KB174893

원전으로 읽는 우리 고전 3

팔찌의 인연

쌍천기봉

③

원전으로 읽는 우리 고전 3

팔찌의 인연

쌍천기몽

③

장시광 옮김

이담
Books

역자 서문

　역자가 <쌍천기봉>을 처음 접한 것은 1993년도, 대학원 석사과정 1학기 때였다. 막 입학하였는데 고전소설을 전공하는 이지하, 김탁환, 정대진 선배 등이 <쌍천기봉>으로 스터디를 하고 있는 것이었다. 당시에는 무슨 내용인지도 모른 채 선배들 손에 이끌려 스터디 자리 한 구석을 차지하고서 소설 읽기에 동참하였다. 그랬던 것이, 후에 이 작품으로 석사논문을 쓰고, 이 작품을 포함하여 박사논문을 쓰기에 이르렀다. <쌍천기봉>은 역자에게는 전공에 발을 들여놓도록 하고, 학업의 징검다리 역할을 한 실로 은혜로운(?) 소설이 아닐 수 없다.

　역자가 <쌍천기봉>에 매력을 느낀 것은 무엇보다도 발랄하고 개성이 강한 인물들의 존재와 그에 기인한 흥미의 배가 때문이었다. 아버지가 정해 주는 중매결혼보다는 마음에 드는 여자를 발견하고 멋대로 결혼한 이몽창이 가장 매력적이다. 남편에게 무조건 복종하기보다는 자신의 주체적 의지를 강조하며 남편에게 저항하는 소월혜도 매력적이다. 비록 당대의 윤리에 저촉되어 후에 징치를 당하지만, 자신의 애정을 발현하려고 하는 조제염과 같은 인물에게서는 측은한 마음이 든다. 만일 이들 발랄하고 개성 강한 인물들이 존재하지 않고, 윤리를 체화한 군자형, 숙녀형 인물들만 소설에 등장했다면 <쌍천기봉>은 윤리 교과서 외의 존재 의미를 지니지 못했을 것이다.

역자는 이러한 <쌍천기봉>을 현대 독자들도 알았으면 하는 바람을 가지고 틈틈이 번역을 하였다. 북한에서는 1983년도에 이미 번역본이 출간되었는데 일반인들이 접하기 쉽지 않고, 또 북한 어투로되어 있어 한국에서도 새로운 번역본의 출간이 필요하다는 생각에 번역을 시작한 것이다. 2004년에 시작하였으나 천성이 게으른 탓에 다른 일 때문에 제쳐 두고 세월만 천연한 것이 벌써 13년째다. 이제는 마냥 미룰 수만은 없다는 생각에 '결단'을 내리고 작업을 매듭지으려 한다.

이 책은 총 2부로 구성되어 있다. 1부에는 현대어 번역본을, 2부에는 주석(註釋) 및 교감(校勘) 본을 실었다. 저본은 한국학중앙연구원 소장본(18권 18책)이고 교감 대상본은 국립중앙도서관 소장본(19권 19책)이다. 2부의 작업은 현대어 번역의 과정을 보여준다는 의미와 더불어 전공자가 아닌 분들도 흥미롭게 읽을 수 있도록 하려는 취지에서 덧붙인 것이다.

이 번역, 교감본을 내는 데 여러 분의 도움과 격려를 받았다. 원문의 일부 기초 작업은 우리 학교에서 공부 중인 김민정, 신수임, 남기민, 유가 등이 수고해 주었다. 이 동학들과는 <쌍천기봉> 강독 스터디를 약 1년 전부터 꾸준히 해 오고 있는데, 이제는 원문을 능수능란하게 읽어 내는 모습에 보람을 느낀다. 역자에게도 자신을 돌아보게 한 스터디가 되었음은 물론이다. 어학을 전공하는 목지선 선생님과 우리 학교 한문학과 황의열 선생님은 주석 작업이 완료된 원문을 꼼꼼히 읽고 해결이 안 된 부분들을 바로잡아 주셨다. 이 자리를 빌려 감사드린다. 2004년도에 대학 동아리 웹사이트에 <쌍천기봉> 번

역문 일부를 연재한 적이 있는데 소설이 재미있다는 반응이 꽤 있었다. 그 당시 응원하고 격려해 준 선후배들에게 늘 빚진 마음이 있었다. 감사드린다.

<쌍천기봉>이라는 거질을 번역하는 작업은 역자의 학문적 여정에서 특별한 의미가 있다. 그런 면에서, 역자가 고전문학을 공부하도록 이끌어 주시고 지금까지도 격려와 질책을 아끼지 않으시는 정원표 선생님과 박일용 선생님, 이상택 선생님께 고개 숙여 감사드린다. 역자의 건강을 위해 노심초사하시는 양가 부모님께는 늘 죄송하고 감사한 마음뿐이다. 마지막으로 동지이자 반려자인 아내 서경희에게 감사한 마음을 전한다.

차례

역자 서문 ▪ 5

1부 | **현대어역**

쌍천기봉 卷5: 이한성은 반역한 한왕을 사로잡고,
　　　　　　이연성은 박색(薄色)과 사별한 후
　　　　　　미색과 결혼하다 / 11
쌍천기봉 卷6: 이몽현은 태후의 강압으로 효성 공주와
　　　　　　혼인하고, 효성 공주는 태후에게 청해
　　　　　　장옥경을 불러들이다 / 91

2부 | **주석 및 교감**

빵쳔긔봉(雙釧奇逢) 권지오(卷之五) / 169
빵쳔긔봉(雙釧奇逢) 권지뉵(卷之六) / 299

역자 해제 ▪ 431

제1부

현대어역

✲ 일러두기 ✲

1. 번역의 저본은 제2부에서 행한 교감의 결과 산출된 텍스트이다.

2. 원문에는 소제목이 없으나 내용을 고려하여 권별로 적절한 소제목을 붙였다.

3. 주석은 인명 등 고유명사나 난해한 어구, 전고가 있는 어구에 달았다.

4. 주석은 제2부의 것과 중복되는 것은 가급적 삭제하거나 간명하게 처리하였다.

쌍천기봉 卷 5

이한성은 반역한 한왕을 사로잡고,
이연성은 박색(薄色)과 사별한 후 미색과 결혼하다

한왕 고후가 반역의 뜻을 품어 군사들을 조련하고 군량을 모으다가 조정에서 두 임금이 연이어 붕(崩)하고 어린 임금이 즉위했다는 말을 듣고 크게 기뻐하며 말하였다.

"조정에서 정현이 죽고 이현 같은 사람은 병이 들어 공무를 못 본다 하니 내 다시 근심이 없도다."

드디어 군사를 내어 지방을 침범하였다. 선종(宣宗)이 이에 매우 놀라 급히 문무 관리를 불러 이 일에 대해 물으니 승상 이현이 아뢰었다.

"한왕이 반역의 뜻을 품은 지 이미 오래되었습니다. 병사가 충분하니 지략과 용맹이 있는 장수를 보내어 치면 될 것입니다. 한림학사 해정량에게 마땅히 대도독의 자리를 주시어 육로로 나아가게 하십시오. 그리고 신의 아우 병부상서 한성이 비록 재주가 용렬하오나 대사(大事)를 그르치지는 않을 것입니다. 신이 친히 정벌하고 싶으나 국가의 대사를 저버리지 못해 가지 못하오니 아우로 대신하게 하고자 하나이다."

임금이 기뻐하며 말하였다.

"선생이 사람 알기를 그릇할 리 없으니 그대로 하겠노라."

승상이 사은하고 성지(聖旨)를 받아 해정량에게 육군도독 자리를 맡기고 이한성에게 수군도독 자리를 맡겼다.

원래 해정량은 전임 태학사 해진의 아들이다. 해진은 말하는 것이 과격하였으므로 한왕에게 미움을 받았다. 그래서 한왕이 임금을 미혹시키니 문황이 깊이 노하여 해진을 하옥시키고 추문(推問)하려 하였다. 그때 이 태사가 힘써 다투어 해진에게 죄를 주면 안 된다고 어전(御前)에서 아뢰니 임금이 잠시 미루어 결정하지 못하였다. 이에 한왕의 무리가 옥중에 가서 해진을 핍박하여 죽였다. 태사가 이를 애통해 하고 한스러움을 이기지 못해 임금 앞에서 힘써 간하여 해진을 신원(伸寃)[1]하고 아들 정량을 극진히 무휼(撫恤)하였다. 정량이 급제하니 그 뛰어난 재주가 출중하였다. 정량은 항상 한왕에게 원한을 갚으려고 했는데 이에 기회를 얻은 것이다.

해정량은 자신이 육군도독이 되었다는 소식에 기쁨을 이기지 못해 진영의 병마(兵馬)를 점고하여 길을 떠나고 이한성은 본부의 군마(軍馬)를 거느려 나아갔다. 이한성이 집에 이르러 부모와 할머니에게 하직하니 진 부인이 크게 놀라 일렀다.

"네가 어리고 재주가 없는데 이제 전쟁터로 향하니 사생(死生)을 알지 못하겠구나. 내 어찌 근심과 염려가 적겠느냐?"

한림이 절하고 말하였다.

"신하된 자가 몸을 나라에 바침에 어찌 사생을 염려하겠나이까? 소손(小孫)이 비록 나이 어리오나 무사히 돌아올 것이니 조모는 너무 염려하지 마소서."

---

1) 신원(伸寃): 원통함을 풀어 없앰.

부인이 눈물을 흘려 말하였다.

"노모와 같이 쓸모없는 사람이 부질없이 인세(人世) 간에 무단히 머물러 너희를 앞에 두고 마음을 위로하고 있더니 네가 전쟁터로 향하니 노모의 마음을 어디에 비하겠느냐?"

이때 태사가 힘겹게 일어나 웃옷을 입고 들어와 모친이 슬퍼하는 모습을 보고 위로하였다.

"신하된 자가 나라를 위하여 몸을 마치는 사람도 있습니다. 이제 이 아이가 나라의 은혜를 태산같이 입었으니 위험한 땅을 두려워해서야 되겠습니까? 다 천명(天命)이니 이 아이가 이번에 가면 몸이 위태롭지는 않을 것이니 어머님은 너무 염려하지 마소서."

그러고서 한성에게 경계의 말을 하였다.

"네 나이 어리고 재주가 없이 위태한 곳에 임하였으니 마땅히 조심하여 대사를 그르치지 말고 지나는 길에 횡포를 저지르지 말 것이며 인가(人家)를 조금도 침범치 말라. 만일 조금이라도 잘못하는 일이 있다면 내 당당히 생전에 너를 자식이라 아니하리라."

도독이 두 번 절해 사례하고 모든 데 절하여 하직하며 말하였다.

"제가 이제 화살과 돌이 횡행하는 곳에 가오나 반드시 몸을 보호하여 빨리 돌아올 것이니 조모와 부모는 심려를 허비치 마시고 제가 무사히 돌아오기를 기다리소서."

말을 마치고 하직하니 눈물이 비 오듯 흐름을 면치 못했다. 태사가 조금도 마음에 두는 기색이 없이 이에 꾸짖어 말하였다.

"네 칠 척 장부로 몸에 갑옷을 입고 눈물을 끝없이 떨어뜨리니 이는 아녀자의 행동이로다. 빨리 가고 존전(尊前)에서 어지러이 굴지 마라."

말을 마치니 기색이 엄숙하고 말이 준절하니 도독이 얼굴을 가다듬어 절하고 물러났다. 모친에게 하직하니 유 부인이 마음이 빈 듯하였으나 길을 가는 아들의 마음을 돋우지 않으려고 온화하게 경계하고 화평하게 이별하였다. 도독이 눈물을 흘리며 하직하고 설 씨를 찾아 이별하였다.

이한성이 슬퍼하며 문을 나서 교장(教場)에 가 군사를 정렬시켜 행군하였다. 승상이 손을 잡고 몸 보중하기를 이르고 병법의 승패에 대해 일일이 말하니 한림이 울며 명령을 들었다. 승상이 다시 경계하였다.

"네 이미 군중(軍衆)의 대장이 되어 눈물을 흘리는 것이 옳지 않은가 하니 아우는 진중하고 조심하여 아버님의 교훈을 잊어버리지 말라."

도독이 사례하고 드디어 일만 수군을 거느려 길을 나섰다.

승상이 대의(大義)를 굳이 잡고 조정에 사람이 없으므로 사사로운 정을 그쳐 그 아우를 전쟁터로 향하게 하였으나 본디 우애는 고금 이래로 희한하였다. 별 같은 눈에서 눈물이 하수(河水)와 같이 흘러 마음을 진정시키지 못한 채 집에 돌아왔다. 태사가 그 행군하던 광경을 묻고 조금도 생각하는 뜻이 없는 듯 행동하였다. 승상이 감히 슬픈 빛을 보이지 못하고 들어가 모친을 뵈니 유 부인이 눈물을 수없이 흘리며 말하였다.

"이 아이가 원래 너의 기상에 미치지 못하되 이제 도적의 소굴에 가게 되었으니 어찌 근심이 적겠느냐?"

승상이 온화한 빛으로 위로하였다.

"제가 비록 아는 것이 없사오나 헤아리건대 아우가 결단코 이기고 돌아올 것이니 마음을 편히 하시기를 바라나이다."

부인이 슬피 탄식하였다.

승상이 이후에 부모를 모셔 지성으로 위로하니 태사는 일찍이 말로 일컫는 일이 없고 낯빛을 고쳐 마음속 생각을 드러내지도 않았다. 다만 설 씨를 자주 불러 자못 두터이 어루만지고 정 씨에게 명하여 그 마음을 위로하라 하였다. 정 씨가 존명(尊命)을 자주 받들어 설 씨를 자기 침소에 청하여 밤낮 부드러운 말로 위로하며 혹 바둑이나 장기를 두며 시름을 풀게 하였다. 설 씨가 한림과 이별한 후로 눈물이 붉은 뺨에 안 맺힐 적이 없더니 시아버지가 때때로 어루만지고 정 부인이 대의(大義)로 타일렀으므로 평안히 있을 수 있었다. 승상이 한성의 큰아들 몽경과 작은아들 몽한을 밤낮으로 데리고 있으면서 글을 가르치고, 극진히 사랑하였다.

이때 해정량이 육로로 산동에 이르러 한왕과 교전하였다. 해정량의 재주가 백기(白起)[2]보다 나았으므로 며칠이 안 돼 산동을 함락시켰다. 한왕이 세력이 약해지자 가솔을 거느려 배를 타고 달아났다. 이에 수군도독 이한성이 일만 명의 군사를 거느려 한왕을 따라가 잡고 산동 일국의 바닷가 고을들을 다 쳐서 멸해 산동을 평정하였다.

드디어 두 사람이 군대를 거두어 낙안주의 성에 들어가 군사들에게 상을 주고 첩서(捷書)를 밤을 낮 삼아 급히 보내었다. 삼군을 쉬게 한 후 길을 떠나 경사로 향하니 이 두 사람은 어린 나이에 그 재주가 고금에 희한하였다.

해정량과 이한성 두 사람의 승첩(勝捷)이 조정에 이르니 임금이 매우 기뻐하고 모든 신하가 즐거워하였다. 몇 달 후에 두 사람이 삼군을 거느려 황극전에 조회하니 임금이 크게 반기고 옥음(玉音)을 온화히 하여 공적을 포장(襃獎)하였다. 낙안주를 고쳐 무평주라 하

---

[2] 백기(白起): B.C.332?-B.C.257. 중국 전국시대 진(秦)나라 소양왕 때의 명장. 무안군. 『천자문』에서는 백기를 전국시대 4대 명장의 반열에 두었음.

고 해정량을 무평후에 봉하고 이한성을 무평백에 봉하시니 두 사람이 고개를 조아려 사은하였다. 임금이 크게 잔치를 베풀어 삼군에게 상을 주었다.

한왕이 수레에 실려 왔으므로 임금이 한왕을 별궁에 거두라 하자, 이 승상이 아뢰었다.

"한왕이 본디 시랑(豺狼)의 마음을 갖고 있으니 살려 두면 큰 우환이 될 것입니다. 원컨대 사사(賜死)하옵소서."

이에 임금이 홀연 탄식하였다.

"한왕이 비록 행실에 떳떳함이 없으나 한왕은 짐의 지친이로다. 돌아가신 황제께서 우애하시던 사람을 차마 죽이지 못하겠노라."

승상이 이 말을 듣고 깊이 감동하여 다시 간하지 못하였다.

승상이 무평백과 함께 본부에 돌아와 부모 존당에게 현알(見謁)하니 진 태부인이 급히 무평백을 곁에 앉히고 등을 두드리며 말하였다.

"노모가 너를 전쟁터에 보내고 무사히 돌아오기를 자나 깨나 바랐단다. 이제 청춘에 후백(侯伯)의 옷으로 가문을 빛내니 노모가 무슨 복으로 이런 영화를 보는고?"

무평백이 절하여 사례하였다.

태사가 또한 천도(天道)를 짐작하였으나 아들이 단아한 것을 나쁘게 여겼더니 의외에 큰 공을 이뤄 무사히 돌아온 것을 보니 일단 기쁜 마음이 있어 즐거운 기색이 잠깐 눈썹 사이에 비치고 화색이 방안에 어리니 철 상서가 치하하였다. 철 상서 부인과 초왕 부인이 이 자리에 모여 무평백에게 치하하고 말하였다.

"아버님이 국상(國喪) 이후로 낯빛을 열어 기뻐하시는 모습을 보지 못하였더니 오늘 아우의 성공을 보고 기뻐하시는 모습이 안색에 나타나니 아우의 효성은 고금에 드물도다."

무평백이 손을 모으고 사례하였다.

"이것이 다 국가의 큰 복이요 천명(天命)이니 어찌 저의 공이겠습니까?"

두 부인이 낭랑히 웃고 승상을 향하여 말하였다.

"아우의 지감(知鑑)이 옛사람보다 더 낫다. 우리가 국가를 위하여 하례하니 아우는 어떻게 생각하는고?"

승상이 사례하며 말하였다.

"이것이 다 조정의 복이요 한성의 복이 크고 재주가 능하기 때문입니다. 어찌 저의 지감이 능해서이겠습니까? 오늘 누이의 치하를 제가 감당하지 못할까 하나이다."

철 부인이 웃으며 말하였다.

"한성 아우가 비록 재주가 능한들 현제(賢弟)가 천거하지 않았으면 어디에 가서 재주를 보였겠는고? 현제가 굳이 사양함이 그른가 하노라."

승상이 사례하였다.

이윽고 물러나 서당에 모여 별회를 베풀었다. 정 상서가 아비의 명을 받아 태사에게 치하하고서 무평백에게 성공함을 하례하였다. 손님이 구름같이 모여 저물도록 단란하게 보냈다. 밤이 되니 서당에 경 시랑, 철 상서, 정 상서 등과 승상 형제가 함께 앉아 술을 내어 와 마시며 도적을 무찌르던 일을 물었다. 무평백이 붉은 입술 사이로 말을 하니 그 말이 거침이 없었다. 수군을 거느려 한왕 잡던 일을 이르니 모두가 칭찬하였다. 연성 공자가 이 말을 듣고 흥이 나서 스스로 침 흐르는 줄을 깨닫지 못하고 말하였다.

"내 당당히 입신(立身)하여 반드시 수군도독이 될 것입니다."

경 시랑이 웃으며 말하였다.

"올해 자경[3]이 초왕을 모욕 준 일을 모두 통쾌하다 할 적에 내 일찍이 너를 이리이리 꾸짖었었다. 오늘 보니, 자희[4]가 저렇듯 엉성한 인물로 천만 군병을 거느려 도적을 멸하고 후백(侯伯)의 옷으로 자리에 나와 통쾌한 말을 하는데 자경이 열여섯이 되도록 아내를 못 얻은 것과 비교하면 백 배 나으니 이 참으로 난형난제라는 말을 자희에게 쓸 수 있겠구나."

무평백이 웃고 말하였다.

"내 마침 천우신조(天佑神助)를 입어 조그만 공을 이루었으니 임금님의 은혜가 과도하여 미미한 몸에 봉작(封爵)이 너무 크니 송구스러움을 이기지 못하겠습니다. 어찌 형님의 지나친 칭찬과 아우의 호쾌함을 따를 수 있겠나이까?"

연성이 이어 웃으며 말하였다.

"내 때마침 운이 글러 지금 남교(藍橋)의 숙녀(淑女)[5]를 만나지 못하고 이렇듯 울적하게 있습니다만 조만간 얼굴은 소아(素娥)[6] 같고 덕은 임사(妊姒)[7] 같은 이를 얻어 금실을 남부럽지 않게 하고 높이 급제하여 대궐에서 어향(御香)을 쏘이고[8] 금포옥대(錦袍玉帶)[9]

---

3) 자경: 이연성의 자(字).
4) 자희: 이한성의 자(字).
5) 남교(藍橋)의 숙녀(淑女): 선녀 운영(雲英)을 말함. 남교는 중국 섬서성 남전현 동남쪽에 있는 땅으로 당나라 때 배항(裴航)이 선녀 운영을 만난 곳이라고 전함.
6) 소아(素娥): 항아(姮娥) 또는 상아(常娥). 달에 산다는 전설상의 선녀. 예(羿)의 아내로서 예가 서왕모(西王母)에게 불사약을 청했으나 얻지 못하자 항아가 불사약을 훔쳐 먹고 선녀가 되어 달로 도망갔다는 전설이 전함.
7) 임사(妊姒): 태임(太妊)과 태사(太姒). 태임은 왕계(王季)의 아내이자 주(周)나라 문왕(文王)의 어머니이고 태사는 문왕의 아내이자 주나라 무왕(武王)의 어머니임. 모두 어진 어머니로 이름남.
8) 대궐에서~쏘이고: 임금을 곁에서 모시겠다는 의미임.
9) 금포옥대(錦袍玉帶): 비단 도포와 옥으로 만든 띠.

로 출장입상(出將入相)하여 오늘 형의 말을 설치(雪恥)할 것입니다. 그러나 형수님이 형님 출정(出征)하신 후에 눈물이 마를 사이가 없고 머리칼은 흐트러지고 화장을 하지 않으시니 이는 평소에 형님이 형수님을 잠시도 떨어져 있지 않았기 때문입니다. 국상(國喪) 때문에 비록 한 방에 깃들지는 않으셨으나 차마 그 얼굴을 피하지는 않으셨으니 큰형님의 행동과 비교하면 차이가 크니 형수님의 형상이 우스워 보이더이다.”

말을 마치니 좌중이 모두 크게 웃었다.

승상이 속으로 웃고 말하였다.

“네 어찌 형 기롱하기를 능사로 아느냐? 사람마다 다 각각 잘하고 못하는 것이 다르니 한결같은 사람이 있겠느냐? 제수씨가 지아비를 위태로운 곳에 보내고 근심하신 것은 여자의 도리니 네 어찌 희롱하느냐? 제수씨가 또 언제 눈물을 주야로 흘리시더냐? 너의 헛된 말을 집 바깥의 사람들이 곧이듣게 하니 참으로 황당하구나.”

정 상서가 미소를 짓고 말하였다.

“남의 규방 일은 우리가 알지 못하거니와 자희의 사람됨으로 그 안사람 버릇을 그릇 가르침이 괴이치 않으니 자경이 어찌 거짓말하겠는가마는 자수[10]는 내가 듣는 것을 꺼려하여 이런 말을 하는도다.”

승상이 웃으며 말하였다.

“소제(小弟)가 어찌 노형을 외대(外待)하겠습니까? 어린아이의 말이 방자하므로 꾸짖느라 그런 것입니다.”

상서가 또한 웃으며 말하였다.

“자경의 언어가 방자하기도 하거니와 내용이야 옳으니 말이 적실

---

10) 자수: 이관성의 자(字).

하므로 자희가 유구무언(有口無言)하는도다."

무평백이 웃으며 대답하였다.

"학생 같은 용렬한 것은 아우에게도 가르침을 받으니 무엇이라 변명하겠나이까?"

연성이 말하였다.

"정 대인께서 소생의 말을 옳게 여기시니 누가 곧이듣지 않겠나이까? 나 이연성이 입바른 탓으로 백형(伯兄)이 자주 꾸짖으시므로 원통함을 풀 길이 없더니 정 대인이 자못 알아주시니 소생이 사례할 바를 알지 못하겠나이다."

정 상서가 다만 웃을 뿐이었다.

이때 한왕이 별궁에서 밤낮으로 천자를 원망하니 승상이 임금에게 한왕 죽일 것을 자주 아뢰었다. 그러나 임금이 윤허하지 않다가 한번은 한왕 있는 곳에 친히 가 보았다. 한왕이 흉한 생각을 품어 임금이 가까이 오기를 기다려 갑자기 발을 내어 임금을 거꾸러뜨리니 용체(龍體)가 엎어짐을 면치 못하였다. 여러 신하가 겨우 구하니 임금이 대로(大怒)하여 무사를 명해 오백 근 구리 솥을 머리에 씌우고 위에 숯을 피우게 하니 구리가 녹아 흐르며 한왕의 몸이 바로 재가 되었다. 임금이 선제(先帝)가 한왕을 우애하던 일과 지친(至親)의 정의(情誼)를 생각해 여러 집 가운데 가려서 그 후사를 이으라 하였다. 임금의 뜻이 이러한 데 대해 조정의 모든 신하가 감탄하였다.

이때 연성 공자는 열여섯 살이었다. 문황(文皇)의 삼년상을 지내고 인종(仁宗)의 이년상도 아직 돌아오지 않았으므로 태사가 상을 마저 지내고 연성을 결혼시키려 하였다. 이에 공자가 불만을 이기지 못해 밤낮 생각이 미녀에게 있었다.

하루는 연성이 몽창과 함께 서당에 앉아 있다가 탄식하였다.

"어느 곳에서 서시(西施),11) 반희(班姬)12)와 같은 여자가 나 이연성을 기다리는고?"

마침 철 상서의 큰아들 연수 공자가 지나다가 이 말을 듣고 크게 우습게 여겨 한 꾀를 생각하고 나아가 말하였다.

"숙부가 무슨 까닭으로 스스로 탄식하십니까?"

연성이 놀라 웃으며 말하였다.

"네 물어 무엇 하려고?"

연수가 대답하였다.

"소질(小姪)이 그윽이 보옵건대, 숙부께서 봄날의 춘정(春情)을 이기지 못하시는 것 같습니다. 그래서 소질이 절색(絶色) 미녀를 천거하려고 하나이다."

연성이 웃으며 말하였다.

"부모가 정실을 정하여 맡기실 것이니 내 어찌 스스로 하겠느냐?"

연수가 대답하였다.

"소질이 감히 숙부의 정실을 천거하려 함이 아닙니다. 소질 부친의 유모가 환란 중에 부친을 구하여 그 공이 중하므로 부친께서 유모에게 집을 주어 유모가 풍족하게 살고 있습니다. 유모에게 한 손녀가 있는데 천하에 무쌍한 미색이라 차마 바로 보지 못할 정도입니다. 숙부께서 마땅히 그 여자를 얻어 자리에 두고 울적하실 때 위로를 받으심이 어떠합니까?"

연성이 속으로 자못 기뻤으나 또한 믿지 않아 웃고 일렀다.

"부모께서 엄숙하시니 내 어찌 아내를 취하기 전에 이런 일을 하겠으며 네 말을 어찌 믿을 수 있겠느냐?"

---

11) 서시(西施): 중국 춘추시대 월왕 구천이 오왕 부차에게 바친 미녀.
12) 반희(班姬): 중국 한(漢)나라 성제(成帝)의 총애를 받았던 후궁.

연수가 손뼉을 치며 크게 웃고 말하였다.

"소질이 어찌 감히 숙부를 속이겠나이까? 그 여자의 얼굴 고운 것은 정 숙모께 잠깐 떨어지나 설 숙모는 절대 미치지 못할 것입니다. 숙부께서 어찌 이런 좋은 기회를 그냥 보내 버립니까? 이제 대부모님의 책망을 두려워하시나 이는 정실과 다르니 아내를 얻기 전 자리에 둔들 무엇이 방해가 되겠나이까? 숙부께서 그 여자를 가까이 하고자 하신다면 소질이 힘써 인도하겠나이다."

연성이 비록 총명이 남보다 뛰어나나 연수의 한바탕 설득에 빠져 마음이 기울어 웃고 말하였다.

"부모의 책망이 두려우나 네 말이 이렇듯 이치에 맞으니 네 마땅히 주선하라."

연수가 대답하였다.

"오늘 황혼에 서당으로 오시면 소질이 힘써 인연을 이루도록 하겠나이다."

원래 연수의 자는 운계니 방년 열세 살이었다. 얼굴이 옥 같고 풍채가 뛰어나며 글을 잘하고 말이 유창하니 우스운 말 하는 것을 좋아하였다. 태사가 처음으로 손자를 얻었으므로 사랑이 지극하여 항상 앞에 두고 몽현 등과 함께 신임하였다. 이에 보는 사람들이 연수가 태사의 골육인지 아닌지 구분하지 못하였으므로 철 상서 부부가 더욱 감격하였다.

연수가 말한 여자는 철 상서 유모 춘화의 손녀였다. 춘화가 철 상서를 화란 중에 보호한 공으로 철 상서가 자신의 집 곁에 큰 집을 지어 살게 하였다. 춘화가 아들 하나를 두었고 그 아들이 딸 하나를 낳으니 이름은 탁구였다. 그 얼굴을 이를진대, 수정궁 야차(夜叉)[13]가 아니면 북극 오악신(汚惡神)이라도 이에 미치지 못할 정도였다.

그래서 춘화가 부끄럽게 여겨 탁구를 깊이 감춰 두고 혼인시킬 마음을 내지 못하고 있었다.

연수가 이연성이 미인 생각하는 것을 보고 한바탕 속이려 하여 이날 춘화의 집에 가 속여 말하였다.

"모친이 탁구를 잠깐 오라고 부르시더라."

춘화가 말하였다.

"탁구를 불러다 무엇 하려 하시는고?"

하고, 탁구를 가라 하니 탁구가 매양 철부에 가면 부인네가 온화한 기색으로 사랑하였으므로 즉시 공자를 따라갔다. 대문에 드니 공자가 데리고 서당에 가 가만히 일렀다.

"네 나이가 차도록 혼인을 아니하니 내가 매우 괴이하게 여기노라. 네 평생을 구하려고 하여 오늘 신선 같은 낭군을 청할 것이니 네예서 기다리고 있다가 이리이리 하라."

탁구가 매양 제 부모와 할미가 자기 혼인시키지 않음을 원망하더니 이 말을 듣고 매우 기뻐하며 응낙하였다.

연수가 서당을 치워 탁구를 들이고 황혼을 기다려 협문을 통해 이부에 이르러 연성을 보고 말하였다.

"소질이 이미 그 여자를 데려다가 소질의 서당에 두었으니 숙부는 빨리 가소서."

연성이 기뻐하며 일어났다. 이때 무평백은 찬바람을 맞아 내당에서 치료하고 있었고 승상은 대서헌에서 태사를 모시고 말하고 있었으며 몽현은 조모 유 부인 침소에 있었고, 몽창만이 홀로 있었다. 몽창이 연성을 보고 물었다.

---

13) 야차(夜叉): 두억시니. 모질고 사나운 귀신의 하나.

"숙부가 어디를 가시나이까?"

연성이 속여 말하였다.

"연수의 부친이 청하므로 가노라."

몽창이 영민했으므로 눈치를 알고 다시 말하지 않고 앉았다. 연성이 일어난 후 가만히 뒤를 따라 가는 곳을 살펴 그윽한 데 숨어서 보았다.

이때 연성이 연수를 따라 서당에 이르니 방이 어둡기가 옻칠을 한 듯하였다. 불을 밝히라 하니 연수가 말하였다.

"여자가 심히 부끄러워하니 숙부는 짐작하여 들어가 취침하소서."

연성이 홀연 의심하여 방에 천천히 들어갔다. 연수가 문을 닫고 나가거늘 주머니 속에서 야명주(夜明珠)를 꺼내 드니 밝은 빛이 대낮 같아서 개미가 기어가는 것도 알 수 있을 정도였다. 눈을 들어 살피니 서녘 벽 아래에 한 흉악한 귀신이 머리를 더북하게 하고 앉아 있었다. 다시 보니 눈이 방울 같고 흑기(黑氣)가 사면에 가득하며 낯빛이 검어 옻칠을 한 듯하였다. 헤아리건대 사람의 혈육을 가진 몸이 아닌 듯하고 몸이 커서 열 아름이나 하며 머리는 도롱이 같아서 어지러이 좌우로 덮여 있으니 무서워서 바로 보지 못할 지경이었다.

연성이 크게 놀라 낯빛이 변해 급히 문을 열어젖히고 내달아 서헌에 이르니, 철 상서는 내당(內堂)에 있었고 마침 연수 공자가 밑의 동생 연경에게 이 일을 이르며 실소하고 있었다. 연성이 분함을 이기지 못해 들이달아 연수를 발로 차며 말하였다.

"이 몹쓸 것아! 네 어찌 사람 속이기를 능사로 아느냐?"

연수가 놀라 박장대소하니 연성이 화가 북받쳐 앞으로 끌며 주먹으로 헤아리지 않고 쳤다. 연수가 두루 막으며 어지러이 불러 말하였다.

"숙부님, 이 무슨 일입니까?"

철 상서가 내당에 있다가 이 소리를 듣고 괴이하게 여겨 놀라서 나와 보니 연성과 연수가 한데 엉켜 있었다. 급히 말리고 연고를 물으니 연성이 분하여 홱 돌아서며 말하였다.

"형이 어찌 자식을 가르치지 않아 사람을 모욕하도록 하나이까?"

상서가 놀라 연수에게 물으니 연수가 웃고 대답하였다.

"제가 어제 할아버님이 부르셔서 이부에 갔더니 숙부가 이러이러하거늘 하도 불쌍하여 탁구 같은 미녀를 천거하여 한방에 들였습니다. 처음에는 순순히 들어가더니 무슨 일로 내달아 와서 저를 치나이다."

상서가 처음에는 놀랐다가 이 말을 듣고 크게 웃고 말하였다.

"탁구는 세상의 일대미인이니 현제(賢弟)의 복을 치하하노라."

연성이 더욱 노하여 큰 소리로 말하였다.

"형이 방자한 자식은 다스리지 않으시고 이렇듯 희롱하나이까?"

말을 마치고 소매를 떨쳐 돌아가니 상서가 웃고 들어가 부인에게 이르니 부인이 연수를 불러 망령됨을 꾸짖었다.

이때 몽창이 연성이 서당에 들어가는 것을 보고 엿보다가 탁구를 보고 땀을 흘리고 엎어지며 돌아왔다. 승상이 서당에 나와 연성과 몽창이 없음을 괴이하게 여기다가 몽창의 행동을 보고 꾸짖어 말하였다.

"어린아이가 어디를 갔다가 저렇듯 정신없이 오는 것이냐?"

몽창이 나이 어렸으므로 떨면서 달려들어 부친 무릎에 엎드려 숨을 낮추고 기운을 진정하지 못하였다. 승상이 또한 놀라 무릎에 누이고 손을 주무르니 몽창이 잠시 후 숨을 내쉬고 일렀다.

"아까 연수 형이 와서 숙부에게 여차여차 말하기에 제가 물으니 숙부가 이리이리 대답했습니다. 숙부가 저를 속이는 것을 분히 여겨 가만히 따라가 보니 연수 형이 숙부를 어두운 방에 들이고 이렇듯 이르거늘 괴이하여 엿보았습니다. 연성 숙부가 야명주를 내어 비추거늘 제가 보니 차마 보지 못할 귀신이므로 하 놀라 이렇게 온 것이옵니다."

승상이 다 듣고 놀라다가 문득 깨달아 연성의 행동을 어이없이 여겼다. 이윽고 연성이 들어오니 승상이 눈을 들어 보니 연성의 미우(眉宇)에 노기가 서려 있었다. 이에 짐작하고 물어 보았다.

"네 어디를 야반(夜半)에 갔다가 이제야 오느냐?"

연성이 그 엄정함을 두려워해 이에 대답하였다.

"아까 철형이 청하기에 갔다 오는 길입니다."

승상이 잠자코 있다가 혀를 쯧쯧 차며 말하였다.

"행동을 그릇해 어린아이에게 욕을 보니 뉘 탓을 삼겠느냐? 네 행동을 보니 네가 아버님의 맑은 교훈을 잊은 듯하구나. 내 이를 한심하게 여기노라."

연성이 승상이 벌써 알았음을 황공해 하며 말을 못 했다.

다음 날 아침, 철 상서가 서당에 이르러 연성을 보고 매우 치하하니 연성이 더욱 분노하여 말을 하지 않았다. 문득 경 시랑이 이르러 웃고 말하였다.

"자경아, 네가 탁구 같은 미녀를 얻었다 하니 하례하노라."

원래 경 시랑과 철 상서가 한 집에 있으니 협문을 두고 왕래하였으므로 경 시랑이 그 일을 알았던 것이다. 연성이 이에 연수를 더욱 절치하고 말을 미처 하지 못해 무평백이 내당으로부터 나오니 철 상서가 물었다.

"자희가 오늘은 좀 나았느냐? 봄바람이 찬데 어찌 나오는고?"

무평백이 말하였다.

"소제(小弟)가 여러 날 방에만 있으니 울적할 뿐만 아니라 오늘은
다 나았거니와 아까 두 형이 웃는 소리를 듣고 나온 것입니다."

철 상서가 웃으며 말하였다.

"자희가 우리 웃는 것을 듣고 궁금해서 나왔으니 자경의 소회를
들어 보라."

드디어 좌우를 시켜 탁구를 부르니 서녘 협문으로부터 흉한 귀신
같은 것이 나와서 대청 아래 쭈그리고 앉아 대청 위 여러 사람의 낯
을 우러러 말하였다.

"어느 분이 이부 셋째 상공이십니까?"

경, 철 두 사람이 이 말을 듣고 손뼉을 쳐 크게 웃으며 무평백은
한 번 보고 대경실색(大驚失色)하여 말하였다.

"이 어떤 것입니까?"

철 상서가 웃으며 말하였다.

"자경이 예뻐하는 계집이니 현제(賢弟)에게도 수숙(嫂叔)의 관계
에 있느니라."

무평백이 오랫동안 말이 없다가 웃으며 말하였다.

"천하 인간 중에 어찌 저런 인물이 있는고? 아우는 어디 가서 저
런 귀신을 데려왔는고?"

연성이 정색하고 말하였다.

"어제 저녁에 제가 철형의 집에 가니 철형이 연수를 시켜 이리이
리 하시니 제가 짐짓 알고 야광주를 비쳐 보고 즉시 나왔습니다. 저
는 채 알지 못하는 것을 이렇듯 하시니 가소롭습니다. 이 반드시 철
형이 한 일이라 저는 본바 처음입니다."

철 상서가 웃으며 말하였다.

"내 진실로 그리 안 했거니와 네가 정말로 능란한 척할 것이냐? 네 모일(某日)에 여차여차 혼잣말하니 내 아이가 하도 우습게 여겨 이렇듯 하였으니 네 곧이듣고 미인을 얻으려 하다가 낭패를 보고서 나를 지목하는 것이냐?"

무평백이 웃으며 말하였다.

"아우가 원래 어려서부터 미인을 생각하다가 이제 이십 살이 가까워지니 춘정(春情)을 이기지 못하고 말을 경솔하게 하여 어린아이에게 속았으니 뉘 탓이겠는가?"

경 시랑이 대소(大笑)하고 탁구를 보며 연성을 가리켜 말하였다.

"이것이 네 낭군이로다."

탁구가 우러러 말하였다.

"첩이 비록 용모는 추하나 낭군이 구하여 얻으신다 하니 일생을 태산같이 바라고 믿나이다."

무평백 등이 일시에 부채를 쳐 크게 웃고 연성은 노를 이기지 못하였다. 승상이 천천히 좌우를 시켜 탁구를 밀어내 가게 하고 탄식하며 말하였다.

"사람이 행실을 잘못 가지면 부모에게 욕이 미치는 법이다. 대인(大人)과 자당(慈堂)의 밝으신 교훈과 큰 덕이 지극하시되 우리 세 사람의 불초함이 커 부모님의 가르침을 따르지 못할까 밤낮 전전긍긍함을 이기지 못했다. 그런데 이제 셋째 아우가 젖먹이를 갓 면하여 말을 가리는 일이 없고 생각하는 것은 다 미녀와 여색이라 어린아이도 가소롭게 여기는 바가 되었구나. 필경 저런 비루한 것을 비록 가까이 한 바는 없겠으나 천인(賤人)이 공후의 귀한 집 공자를 제 남편이라 하는 말이 낭자하여 위아래의 분수가 없게 되었구나. 우리가 형이 되어 무엇으로 아우를 가르친 것이 있느냐? 나는 스스로 몸에 허물이 가득하고 사람 대하는 것이 부끄러워 한심함이 지극하니 허물이 셋째 아우에게 있지 않고 나에게 있구나. 그러니 둘째 아우는 웃음이 나느냐?"

그리고 경, 철 두 사람을 보아 말하였다.

"제가 감히 형님들을 시비함이 아닙니다만, 동기가 되어 가르치지 않으시고 어린아이의 단점을 드러내십니까? 이는 평소에 제가 바라던 바가 아닙니다."

말을 마치니 봉 같은 눈이 나직하고 미우(眉宇)가 엄숙하여 추상(秋霜) 같으니 연성은 크게 부끄러워 말을 못 하고 무평백은 자리를 옮겨 사죄하였다. 경 시랑이 부끄러워 이에 사례하고 말하였다.

"현제(賢弟)가 나를 이렇듯 대하거늘 우형(愚兄)이 저버림이 많으니 부끄러움을 이기지 못하겠구나. 오늘 일로 골육 형제가 뚜렷이 나뉘어 자수가 깊이 탄식함을 깨달으니 우형이 대인과 현제를 저버림이 심하구나. 지금 이후로는 고치려 할 것이니 현제는 용서하라."

승상이 사례하였다.

"제가 어찌 감히 형님을 그릇되다 여기겠습니까? 셋째 아우의 행동이 한심하여 말을 삼가지 못한 것을 후회하나이다."

시랑이 재삼 공손히 사례하였다.

철 부인이 이 말을 듣고 연수 공자를 크게 꾸짖으니 이후에 연수가 감히 연성을 기롱하지 못했다. 또 철 상서 등이 탁구의 일을 입에 올리지 않으니 이것이 모두 승상의 경계가 엄했기 때문이다.

승상이 연성의 행동을 크게 근심하여 며칠 후 부친에게 연성의 혼인을 고하니 태사가 말하였다.

"연성이 만일 아내를 얻으면 그 사랑 때문에 병이 날 것이니 이십이 되기를 기다리려 하노라."

승상이 대답하였다.

"밝으신 가르침이 지극히 마땅하시나 연성의 기상과 신장이 어린 아이의 모습이 없는데 지금까지 아내를 얻지 못하여 울적하게 있으니 연성이 아내 얻기만을 생각하고 있습니다. 이러다 병이 날 것이니 아버님은 재삼 생각하셔서 혼인을 허락하소서."

태사가 오랫동안 깊이 생각하다가 말하였다.

"연성이 이미 군자가 못 될 것이니 늦게 혼인시킨다고 군자가 되겠느냐? 이십이 되도록 홀아비로 있으면 거동이 요란할 것이니 네 말대로 아내를 얻게 해야겠다."

승상이 두 번 절하고 명을 들었다.

태사가 이후에 신붓감을 널리 구하니 공부낭중 청길의 딸이 완사(浣紗)[14]의 색과 반희(班姬)의 재주가 있다는 말을 듣고 여러 곳을 통해 탐지해 보았더니 틀림없는 사실이었다. 태부인이 공을 권하여 결혼시키라 하니 태사가 어머니의 명을 좇아 중매를 통해 구혼하였다. 청 낭중이 크게 기뻐 즉시 허락하고 택일하니 혼인날이 수십 일은 남아 있었다.

원래 청 공에게 딸이 한 명 있었는데 얼굴이 천하에 둘도 없는 박색이요 인물은 짝 없는 대악(大惡)이었다. 그래서 청 공이 매양 근심하던 차였다. 또 질녀 소희를 키웠는데 얼굴과 성품, 행실이 당대에 무쌍하였다. 이런 까닭에 소문이 달리 났으니 이씨 집안에서 잘못 듣고서 구혼한 것이었다.

청 공이 기쁨을 이기지 못해 무릇 예를 다해 혼수를 준비하였다. 길일이 다다르니 연성 공자가 관복을 입고 행렬을 거느려 청가에 가

14) 완사(浣紗): 서시(西施)를 가리킴.

기러기를 올리고 신부가 교자에 오르기를 기다려 교자를 닫고 본부에 이르러 독좌하였다. 신랑의 빛나는 풍채가 매우 뛰어나니 옥청(玉淸)의 신인(神人)이 하강한 듯하였다. 그러나 신부의 안색은 흉하여 차마 바로 보지 못할 정도였다. 살빛이 푸르고 검으며 붉은 눈이 크기 등잔 같고 키는 석 자 정도 되었다. 이 반드시 수정궁 야차가 아니면 반드시 산중의 귀신이니 참으로 탁구와 한 쌍이었다.

연성이 바라보고 대경실색(大驚失色)하여 낯빛이 흙과 같았다. 태부인이 역시 크게 놀라 전언(傳言)이 헛된 줄을 깨달아 놀라움을 이기지 못하였다. 좌중이 놀라움과 의아함을 이기지 못하였으나 태사 부부는 안색이 자약하여 폐백을 화평히 받고 말이 평안하며 기색이 태연하니 좌중의 사람들이 탄복하였다.

종일 잔치하고 석양에 사람들이 흩어지니 신부 숙소를 정해 보내고 일가가 한 당에 모여 말할 적에 태부인이 공에게 말하였다.

"내 전하는 말을 너무 충실히 믿어 저런 귀신 같은 형상을 얻어 연성의 평생을 희지었으니 어찌 염려가 되지 않으리오?"

태사가 자약하게 꿇어앉아 대답하였다.

"청 씨의 얼굴이 이러해도 성덕(盛德)이 있으면 경사일까 싶으나, 이는 그렇지 않아 대란(大亂)을 지을까 하오며 그렇지 않으면 금년을 못 넘길까 싶으니 큰 불행이옵니다."

태부인이 탄식하였다.

이날 경 시랑 등이 밤에 서당에 모여 얘기할 때 연성이 혼인 자리에서 놀란 마음을 진정하지 못해 풀이 죽어 앉아 있으니 철 상서가 참지 못해 웃고 말하였다.

"자경이 전날 말하기를 얼굴은 소아(素娥) 같고 덕은 임사(妊姒) 같은 처자를 얻고 머지않아 높이 과거에 급제하겠노라 하더니 네 소원을 하늘이 살피셨나 보구나. 말이 복이 있어서 탁구 같은 첩과 청부인 같은 숙녀를 얻었으니 이 형이 하례(賀禮)를 폐하지 못하겠노라. 또 얼마나 뒤에 대궐에서 어향(御香)을 쏘이며 금포옥대(錦袍玉帶)로 한 몸을 빛내리오?"

연성이 정색하고 말을 하지 않으니 자리에 있던 최 상서가 웃으며 말하였다.

"자경이 열여섯이 되도록 아내를 얻지 않으니 내 헤아리건대 엄청난 숙녀를 기다리는가 하였더니 저런 귀물(鬼物)을 기다린 것이었도다."

무평백이 웃으며 말하였다.

"연수 조카가 당초에 잘못하여 흉한 탁구를 연성이 아내를 얻기 전에 부부에 비유하였으니 곁에 있던 조물이 들었는가? 그 말 때문에 청 씨가 저러하니 이것이 다 연수의 탓이로다."

연수가 곁에 있다가 웃으며 대답하였다.

"소질(小姪)이 마침 희롱으로 숙부를 속이고 한번 크게 웃으려 했더니 모친께 책망을 듣고 도리어 숙부를 원망했습니다. 그런데 또 숙부가 이렇듯 하시니 셋째 숙부의 처복 사나운 것이 소질의 탓이겠나이까?

연성이 노하여 꾸짖었다.

"이 금수 놈아! 또 무슨 잡부리를 놀리느냐?"

좌우가 크게 웃고 무평백이 웃으며 말하였다.

"애꿎은 조카 꾸짖는 것은 천천히 하고 신방에나 들어가라."

연성이 갑자기 낯빛이 변해 말하였다.

"형님은 어찌 이런 말씀을 하시나이까? 귀물(鬼物)을 가 보라 하시는 것이 괴이하나이다. 이는 소제(小弟)를 모욕하시는 것입니다."

무평백이 손뼉을 치고 크게 웃으며 말하였다.

"좌중이 옆에서 보았으니 누구 말이 옳은고? 초례(醮禮)를 지내고 맞이한 정실의 방에 들어가라 한 것을 모욕한다고 말하니 무엇이라 대답할꼬?"

연성이 또한 웃으며 대답하였다.

"도적놈 청길이 저런 야차(夜叉)를 낳아 저의 평생을 희지으니 어찌 분하지 않습니까?"

말이 끝나기도 전에 승상이 정색하고 말하였다.

"네 부모가 맡기신 정실을 욕하는 것은 부모를 원망하는 것이요 청 공은 순박한 어른이거늘 무슨 까닭에 이런 말을 하느냐? 어른을 공경하지 않음은 떳떳하지 못한 행실이니 빨리 물러가고 잡된 말을 말라."

말이 엄정하고 기색이 추상 같으니 연성이 잠자코 말을 못하고 물러났다. 화가 나 소매를 떨쳐 연랑의 침소에 가서 잤다.

이날 청 씨가 밤이 새도록 신랑이 들어오기를 기다리다가 끝내 종적이 없으니 분기(憤氣)가 뱃속에 가득하고 노기(怒氣)가 하늘을 꿰뚫을 듯하였다. 겨우 참아 다음 날 아침에 문안에 참여하니 정 부인의 일월(日月) 같은 광채가 온 자리에 빛나고 설 씨의 아담하고 전아한 기질이 하등(下等)이 아니었다. 그런데 청 씨의 용모가 흉하여 바로 보지 못할 지경이니 좌우가 새로이 분분해 하며 말을 못 하였다.

연성은 심기가 더욱 불쾌해 서당에 돌아와 스스로 애통해 하고 누워 식음을 전폐하였다. 원래 연성에게는 결증[15]이 있었다. 신부의 더러운 용모를 보고 자기 평생을 한탄하여 비위를 다스리지 못해 음

---

15) 결증: 몹시 급한 성미 때문에 일어나는 화증.

식이 앞에 이르면 토하고 낮에 열이 올라 매우 심하게 앓았다. 승상이 근심하여 의약을 극진히 쓰고 곁에 앉아 위로하였다. 생이 길이 탄식하고 두어 날 고통스럽게 보내다 며칠 뒤에 조금 나으니 승상을 대해 말하였다.

"제가 청 씨를 대함에 차마 비위를 진정시키지 못하니 형님이 소제(小弟)를 살리려 하시거든 대인께 고하고 청 씨를 자기 집에 돌려보내시면 제가 살까 싶습니다."

승상이 그 말이 사리에 맞지 않음을 알았으나 생에게 결중이 있는 것을 알았고 청 씨의 거동이 소년 남자가 견디지 못할 줄을 알았다. 그 아우 사랑함이 몽현 등에게 미치지 못할 정도였으므로 이에 손을 잡고 타일렀다.

"옛사람은 여자의 덕을 귀하게 여기고 색(色)을 상관없이 여겼으니 이것이 군자의 행실이로다. 제수씨가 비록 외모는 박색이나 덕이 있다면 이는 너의 복이니 무슨 일로 이런 과도한 말을 하는 것이냐? 아버님이 엄정하시므로 네 뜻을 고할 길이 없으니 사리에 맞지 않는 마음을 먹지 말고 조리하여 일어나 부부의 의리를 온전히 하거라."

생이 화를 내며 대답하였다.

"형님같이 신명하신 분이 어찌 청 씨의 심통을 모르겠는가마는 이 말씀은 소제(小弟)를 진정으로 대하지 않는 것입니다. 못생긴 아내에게 설사 태임(太姙)과 태사(太姒)의 덕이 있으나 소제가 몸에 병이 난 후로는 상관할 것이 없습니다. 하물며 청 씨는 눈동자에 살기가 등등하고 미우(眉宇) 사이에 대악(大惡)의 기상이 비쳤으니 제가 이 사람의 손에 죽게 되거나 만일 제 명이 길다면 이 사람이 죽을 것입니다. 제가 열여섯 꽃다운 나이에 저 흉인을 위하여 소복을 입는 것이 어찌 애매한 일이 아니겠습니까?"

승상이 다 듣고 그 총명이 장래를 꿰뚫어 봄을 기특히 여겼으나 겉으로는 망령되다고 꾸짖었다.

연성이 수십 일을 조리하고 나서야 일어나 아침저녁 문안에 청 씨를 피해 다녔다. 태사가 이런 일을 자세히 몰랐으나 연성이 청 씨를 박대하는 줄은 알고 하루는 연성을 불러다 경계하였다.

"청 씨가 외모는 볼 만하지 않으나 네 내 자식으로서 여자의 색(色)을 취하는 것이 나의 평생 뜻이 아니다. 모름지기 마음을 다잡아 청 씨와 화락하라. 만일 네가 내 생전에 재취(再娶) 두 글자를 입 밖에 낸다면 내 당당히 너와 부자의 의리를 끊을 것이다. 네가 비록 위를 두려워할 일이 없겠으나 아비의 말을 마음 가는 대로 가볍게 여길 수 있겠느냐?"

공자가 부친의 준엄한 말을 듣고 크게 황공하여 명령을 듣고 물러났다. 마음이 크게 울적하여 차마 청 씨의 흉한 외모를 대할 마음이 없어 마음을 정하였다.

'아버님의 경계하시는 말씀이 이러하시니 내 생전에 저 흉악한 여자와는 함께 즐기지 않으리라.'

이때 청 씨는 생의 박대가 심하였으므로 분노와 원한이 극하여 밤낮 시부모를 원망하였다. 그러나 태사 부부의 기색이 평안하고 고요하여 대악(大惡)을 드러내지 못하였다. 청 씨가 화를 풀 곳이 없어 속으로 헤아렸다.

'낭군이 본디 정 씨 같은 얼굴을 보았으므로 나를 박대하는 것이니 나의 운명이 기박한 것은 이 요녀(妖女) 때문이다.'

그리하여 청 씨가 시집에 온 지 한 달 남짓하여 정 부인을 만났을 때, 말희(妹姬)[16] 같다 하고 요괴 같다 하여 그 모욕이 끝이 없었다. 정 부인이 도리어 어이없어 알고도 모르는 척하고 청 씨가 없을 때를 틈타 다녔다. 청 씨가 정 씨를 자주 만나지 못하니 크게 분노하여 나중에는 그 침소에 가 욕을 하지 않는 날이 없었다. 정 부인이 듣고도 못 들은 척하였으나 욕을 끝없이 하니 설 씨와 경 부인이 크게 놀라 진 부인에게 고하려고 하자 정 부인이 말렸다.

"저 사람이 시집에 와서 바라는 바가 첩뿐이거늘 첩이 대접을 잘 못하여 저 사람이 화내는 것입니다. 화내는 것이 괴이하지 않으니 부인은 첩의 허물을 가르치고 부질없는 말을 존전(尊前)에 고하지 마소서."

두 부인이 탄식하고 그 덕에 항복하였다.

청 씨가 정 부인이 한결같이 조용히 있음을 업신여겨 하루는 정 부인 침당에 가 큰 소리로,

"역적 정연의 딸년아!"

하면서 온갖 욕을 하였는데 차마 듣지 못할 정도였다. 마침 승상이 들어오다가 이 광경을 보고 놀라 걸음을 멈추었다. 청 씨가 비록 대악(大惡)이나 승상의 엄정(嚴正)함은 두려워하였으므로 놀라 달아났다. 승상이 바야흐로 지게문을 열고 들어가니 정 씨가 단정히 앉아 침선(針線)을 다스리고 행동하는 것이 평상시와 같아 전혀 못 듣는 듯하였다. 승상이 크게 항복하여 들어서니 부인이 놀라 바삐 일어나 맞이하였다. 승상이 또한 청 씨의 말을 묻지 않고 잠깐 앉았다가 즉시 나갔다.

이때 몽현 등이 정 씨가 자주 모친을 욕하는 것을 분하게 여겨 부친과 존당에 고하려 하니 정 부인이 엄히 꾸짖어 못하게 하고 타일렀다. 그런데 청 씨가 그 외조(外祖)를 들먹이는 것을 듣고 크게 노

---

16) 말희(妺姬): 중국 하(夏)나라의 마지막 왕인 걸(桀)의 총희.

하여 밖에 나가 연성 숙부를 보아 일렀다.

"숙부가 숙모를 박대하시니 모친께 허물이 되어 청 숙모가 우리 모친을 벌써부터 욕하셨으니 하루도 욕을 하지 않는 날이 없었습니다. 그러나 모친이 듣고도 못 듣는 척하시고 소질(小姪) 등에게 당부하여 입 밖에 내지 말라 하셨으니 저희가 함구(緘口)해 왔습니다. 그런데 오늘은 외조를 들춰서 욕하시니 숙부는 숙모를 잘 대우하셔서 모친을 평안케 하소서."

공자가 다 듣고 크게 놀라 한동안 말을 않다가 탄식하고 즉시 들어가 정 부인을 보고 죄를 청하였다.

"형수님이 소생을 몽현과 한가지로 사랑하셔서 자모(慈母) 버금으로 정성이 작지 않으셨습니다. 그런데 소생이 괴이한 아내를 잘못 얻어 형수님께 욕이 미치니 소생이 무슨 낯으로 형수님을 뵙겠습니까? 형수님은 모름지기 저 패악한 여자를 엄히 다스리시고 잘 대우하지 마소서."

정 부인이 화평(和平)히 웃고 말하였다.

"청 소저가 처음으로 존문(尊門)에 왔으나 시부모님과 존당께서 엄격하시니 친한 사람으로 도련님만 바라보았거늘 도련님이 청 소저를 박대하시고 첩이 또 대접하기를 잘못하여 이런 일이 일어난 것입니다. 그러나 대단한 일은 아니니 도련님은 어디서 듣고 이런 과도한 말씀을 하시는 것입니까?"

공자가 그 도량에 탄복하고 칭찬하며 말하였다.

"형수님의 넓으신 도량이 이러하시니 소생이 무슨 말을 하겠나이까? 그러나 사람이 노하는 일이 각각 있거늘 형수님이 이렇듯 하시니 소생이 도리어 의혹하나이다."

부인이 웃으며 말하였다.

"첩이 숙맥불변(菽麥不辨)17)이나 노하는 일이 없겠는가마는 청 소저의 말이 과도함이 없으니 도련님은 모름지기 정실 대접함이 귀한 줄 아시고 청 소저를 박대하지 마소서."

공자가 길이 탄식하고 말하였다.

"형수님의 말씀이 옳으시나 저런 귀신같이 생긴 사람을 어찌 잘 대하겠습니까?"

"그렇지 않습니다. 옛날 맹광(孟光)18)의 누추함이 어찌 청 씨에게 비기리오마는 양홍(梁鴻)이 버리지 않았습니다. 도련님이 어려서부터 유자(儒者)의 글을 읽어 고사(故事)를 알 것이니 어찌 군자의 덕을 우러러보지 않으십니까?"

공자가 길이 탄식하고 말하였다.

"연성이 어찌 군자 되며 저 투기하는 여자가 어찌 숙녀이겠습니까? 소생의 심사가 어지러우니 형수님은 일컫지 마소서."

그러고서 슬피 탄식하고 눈물 어린 얼굴로 일어나니 부인이 그윽이 불쌍히 여겼다.

이날 청 씨가 승상을 만나 급히 돌아와 분을 이기지 못해 다음 날 또 백화각에 가 무수히 욕하였다. 마침 최 숙인이 집을 옮겨 이부의 별장에 안돈하고 즉시 이에 이르러 모든 데 뵈고 백화각으로 나오던 중이었다. 이 광경을 보고 크게 놀라 방안을 보니 정 부인이 단정히 앉아 못 듣는 것처럼 하고 있었다. 숙인이 그 놀라움을 헤아리지 못해 몽창을 이끌어 그윽한 곳에 가 연고를 물으니 몽창이 대답하였다.

---

17) 숙맥불변(菽麥不辨): 콩인지 보리인지를 구별하지 못한다는 뜻으로, 사리 분별을 못 하고 세상 물정을 잘 모름을 이르는 말.

18) 맹광(孟光): 중국 후한(後漢) 때 양홍(梁鴻)의 처. 박색이었으나 남편을 공경한 인물로 유명함.

"청 숙모가 숙부가 자신을 박대하시는 것을 우리 모친 탓이라 여기고 벌써부터 이렇듯 하셨습니다. 그러나 모친은 바로 대응하지 않으시고 도리어 저희에게 입 밖에 내지 말라고 하였으니 저희가 이런 까닭에 잠자코 있으나 차마 분을 이기지 못하겠나이다."

최 숙인이 크게 놀라 이에 유 부인 침소에 이르러 조용히 이런 말을 고하였다. 유 부인이 크게 놀라 말을 않다가 도리어 웃으며 말하였다.

"내 팔자가 괴이하여 이런 일을 두루 보니 할 말이 없구나. 이는 다 연성의 탓이니 너희는 입 밖에 내지 마라. 조용히 생각해 잘 처리하겠다."

숙인이 웃고 말하였다.

"셋째 공자가 경박하게 행동하기에 정 부인이 액을 만났으니 이런 기이한 일이 없나이다."

부인이 또한 웃고 이날 밤에 연성을 불러 크게 꾸짖었다.

"네가 여자의 색(色)을 나무라 무고하게 아내를 박대하니 이는 유가(儒家)의 밝은 가르침에 크게 죄를 얻은 것이다. 너 때문에 정 현부가 한때도 편함을 얻지 못하니 이 무슨 도리냐? 마땅히 오늘부터 함께 잠을 자 괴이한 일이 없도록 하라."

공자가 길이 탄식하고 꿇어앉아 슬피 고하였다.

"제가 일찍이 부모님의 낳고 길러주신 은혜를 받자와 풍채 하등(下等)이 아니거늘 저런 흉악한 귀신과 대면하는 것은 참지 못하겠나이다. 제가 어머님께 죄를 지을지언정 흉인의 처소에는 못 들어가겠나이다."

부인이 다시 망령됨을 꾸짖으니 공자가 다만 사죄하고 물러나 서당에 나왔다.

이때 청 씨는 공자의 박대를 밤낮으로 원망하다가 한 계교를 생각하였다. 분이 길고 한이 쌓여 흉한 마음이 이생을 크게 힐난하려고 하였으나 연성이 매우 조심하여 청 씨를 피해 다녔으므로 만나지 못하였다.

청 씨가 어느 날 저녁에 이생이 홀로 있는 때를 시녀를 시켜 탐지하였다. 승상은 마침 서헌(書軒)에서 자고 공자가 몽현 등과 함께 자고 있으니 청 씨가 매우 기뻐해 서당에 나가 문을 두드리며 끝없이 욕을 해댔다. 공자가 바야흐로 당건(唐巾)을 반쯤 벗고 누우려 하다가 이 소리를 듣고 매우 화가 나 방울을 급히 흔들어 창두를 모아 도적을 잡으라고 소리쳤다. 이에 청 씨가 겁내어 급히 도망치니 연성이 하도 어이없어 말을 않고 잤다.

다음 날 아침에 몽창이 조모 유 부인에게 이 말을 고하고 웃었다. 부인이 더욱 놀라 조용히 태사에게 연유를 자세히 고한 후에 말하였다.

"정 현부가 당치 않은 액을 만나 비록 내색하지는 않으나 여러 사람이 보기에 매우 괴이하니 상공은 연성을 엄히 다스리소서."

태사가 비록 자식이 청 씨를 박대하는 줄은 알았으나 이런 정도인 줄은 몰랐다가 바야흐로 알고 크게 놀랐다. 즉시 중당에 이르러 공자를 불러 매우 꾸짖고 청 씨의 침소로 가라고 재촉하니 공자가 부친의 엄한 꾸짖음을 두려워해 명령을 거역하지 못했다. 공자가 마음을 크게 먹고 걸음을 옮겨 삼화당에 이르렀다. 청 씨가 생이 오는 것을 보고 전날 저녁에 한 일을 생각하니 분기가 하늘 같아 이를 갈고 앉아 있었다. 공자가 들어와 앉아 눈길을 낮추니 기색의 엄숙함이 서리 내리는 하늘의 찬달 같았다. 이에 청 씨가 불문곡직하고 달려들어 발악하며 꾸짖었다.

"이 짐승아! 네가 감히 정실을 육례(六禮)19)로 맞이해 와 박대를 심하게 하고 편안히 있다가 오늘 내 침소에 들어와 벽을 향하고 있음은 어인 뜻이냐?"

말을 마치고 달려들어 낯을 무수히 잡아 뜯으니 낯가죽이 크게 상하였다. 공자가 뜻밖에 이러한 일을 당하나 미처 피하지 못해 저의 독한 수단을 만났으니 매우 놀라고 노하였다. 이에 크게 소리하여 그 패악(悖惡)한 행동에 대해 죄를 묻고 꾸짖으며 떨쳐 나오려고 하였다.

그런데 바로 이때 최 숙인을 만났다. 숙인이 공자가 처음으로 신방에 들어가는 것을 보고 그 거동을 보려고 이에 이르렀다가 이 광경을 본 것이다. 숙인이 공자가 매우 상한 데 놀라 물었다.

"낭군아! 이것이 무슨 일입니까?"

공자가 눈을 들어 말하였다.

"누이는 내 낯을 보라. 이 여자의 죄가 가벼우냐?"

숙인이 놀랐으나 온화하게 말하였다.

"청 소저가 나이 어려 잠시 생각을 못한 탓입니다. 공자는 대장부니 개회(介懷)치 마시고 나가소서."

공자가 말하였다.

"누이의 말이 참으로 옳으니 이 오랑캐와 겨뤄 무엇 하리오?"

말을 마치고 빠르게 나갔다.

이때 청 씨가 냅다 일어나 머리를 풀어헤치고 바로 숙인에게 달려들어 말하였다.

"너조차 나를 업신여겨 상대하지 말라고 하느냐?"

---

19) 육례(六禮): 혼인의 여섯 가지 예법. 납채(納采), 문명(問名), 납길(納吉), 납폐(納幣), 청기(請期), 친영(親迎)을 이름.

그러고서는 뺨을 매우 치니 숙인이 뜻밖에 이러한 일을 당하니 말을 못 하고 달음질쳐 정당에 이르렀다.

이때 연성 공자가 존당에 이르니 태사와 승상 형제가 있다가 연성의 낯에 붉은 피가 엉겨 있는 것을 보고 모두 대경실색(大驚失色)했다. 유 부인이 급히 물었다.

"이것이 웬일이냐?"

공자가 낯을 싸고 연고를 고하니 자리에 있던 사람들이 놀라서 말을 하지 못하고 태사가 놀란 빛으로 말하였다.

"연성의 행동도 사리에 밝지 못하지만 청 씨의 행동이 강상(綱常)을 범하였으니 우리 아이는 이후에 침소에 들어가지 말아 어리석은 남자가 되지 마라."

말이 끝나지 않아서 최 숙인이 허겁지겁 걸음을 빨리 해 이르러 말하였다.

"낭군네 싸움 말리다가 죄 없는 나조차 뺨을 맞았으니 이런 일이 어디에 있나이까?"

모두 눈을 들어서 보니 최 숙인의 뺨이 푸르러 자국이 뚜렷이 나 있었다. 태사가 더욱 놀라 말을 않다가 일어났다.

연성이 바야흐로 한삼을 들어 낯을 닦으니 하얀 깁에 혈흔이 낭자하였다. 이에 철 부인 경혜벽이 크게 웃으며 말하였다.

"옛날 위징(魏徵)[20]의 처가 그 지아비의 낯을 상하게 했다고 하더니, 현제(賢弟)가 위징의 거조를 만났도다."

공자가 역시 웃고 대답하였다.

"위징의 처는 매사에 아름다웠고, 위 승상과 함께 힘들 때 고난을

---

20) 위징(魏徵): 중국 당(唐)나라 태종(太宗) 때의 재상. 580-643.

함께 겪었습니다. 그러다가 위징이 부귀를 누리게 되어 시녀와 음란한 짓을 하므로 그렇게 했던 것이니 이는 괴이하지 않은 일입니다. 그러나 청 씨는 저와 고난을 겪은 일이 없고 만난 지 반년밖에 안 되었습니다. 자기의 흉한 모습을 생각하지 않고 이렇듯 하니 위징 처에게 견주는 것이 욕되는 일이 아니겠습니까?”

드디어 서당으로 나오니 철 상서 등이 공자의 거동을 보고 놀라며 일시에 크게 웃고 기롱하니 공자가 도리어 웃었다.

이때 홀연 청 공이 이르니 태사가 기쁘게 맞이하여 말하였다. 청 공이 공자를 보고 싶다 하니 공자가 억지로 서헌(書軒)에 이르렀다. 청 공이 그 안색을 보고 크게 놀라 말하였다.

“현서(賢壻)가 이 무슨 일인고?”

공자가 정색하고 사연을 일일이 고하고 말하였다.

“합하(閤下)는 영녀(令女)의 행동이 어떻게 보이나이까? 소생이 이러한 일을 달게 받고 영녀를 내치지 않는 것은 가친(家親)의 덕이 지극해서입니다. 그러니 합하는 밝히 살피소서.”

청 공이 크게 놀라 잠자코 말을 않다가 생의 손을 잡고 사과하였다.

“현서는 통쾌한 남자라. 여아가 저지른 이런 대악(大惡)의 죄를 용서하니 감격함을 이기지 못하겠도다.”

다시 태사를 향해 은덕을 사례하니 태사가 억지로 공손히 사양하였다.

청 공이 청 씨의 침소에 이르러 크게 꾸짖고 또 다시 이런 일이 있으면 부녀의 의리를 끊을 것이라 이르고 돌아갔다. 청 씨가 분하고 서러워 이로부터 병이 생겨 위독해졌다. 태사가 벌써 천명(天命)이 다했음을 알고 크게 불쌍히 여겨 의약을 극진히 하였다.

수십 일 후에 병이 매우 심해지니 태사가 연성을 불러 들어가 보라 하니 공자가 억지로 들어갔다. 이때 청 공도 마침 와 있었다. 청 씨의 병이 매우 심했는데 눈을 떠 공자를 보고 크게 성을 내어 벌떡 일어나 앉아서 곁에 있던 쇳조각을 들어 생을 쳤다. 이에 공자가 대로하여 소매를 떨치고 일어나며 말하였다.

"내 이미 너그러운 도량으로 문병하였으나 문병을 그릇한 것 같으니 뉘 탓을 삼겠는가?"

즉시 나가니 청 공이 탄식하고 여아의 행동을 애달프게 여겼다.

청 씨가 이날 명이 다하니 태사 부부가 그 평소 행동을 버릇없는 것으로 여겼으나 사생(死生)이 중요했으므로 크게 통곡하기를 마지 않고 초상을 극진히 다스렸다. 빈소를 차려 별택(別宅)에 안치하고 매우 슬퍼하니 청 공이 그 의기에 감격하고 더욱 슬퍼하였다.

생은 청 씨가 죽으니 등의 가시를 벗은 듯하였다. 초상에 조객(弔客)들이 모였으나 생이 얼굴을 중히 상하였으므로 바람에 덧날까 하여 방에 깊이 들어 있었다. 성복(成服) 날에 마지못해 흰옷으로 참여하고 서당에 돌아와 상복을 벗어 뜰에 던지고 말하였다.

"흉악한 귀물(鬼物)에게 생전에 욕을 보고 사후(死後)에도 나에게 이런 흉한 것을 입게 하는고?"

승상이 안에서 나오다가 이 행동을 보고 꾸짖었다.

"사람이 죽은 후에조차 이렇게 구는 것은 장부의 행동이 아니니 너는 어찌 이렇듯 몰인정한 것이냐?"

생이 웃고 대답하지 않았다.

택일(擇日)하여 발인(發靷)해 금주로 갈 때 승상은 국가 중임(重任)을 맡고 있으므로 못 가고 무평백 한성과 공자가 상구를 거느려 선영으로 갔다. 가는 길에 관리들이 호송하여 지방까지 가니 빛나는 광채가 거룩하였다. 금주에 이르러 묏자리를 가려 안장(安葬)하니 연성이 비록 호탕한 기운이 남다르나 어진 가풍(家風)을 벗어나지 못하여 하관(下棺)할 때에는 눈물이 가득히 흘러 땅에 떨어졌다. 이는 청씨가 그 젊은 나이에 속절없이 죽은 것을 불쌍히 여겼기 때문이었다. 두어 날 묵어 반혼(返魂)[21]하여 돌아오니 태사 부부가 크게 슬퍼하고 정, 설 두 부인이 슬퍼하는 것이 동기(同氣)보다 덜하지 않았다.

태사가 청 씨의 죽음을 불쌍히 여겨 기년(期年)[22]이 지나 연성을 재취시키려 하였다. 입 밖으로 연성의 혼사를 일컫지 않았으나 조정에서 옥녀(玉女) 둔 사람들이 다투어 구혼하였다. 태사가 전날에 비록 자식을 겉으로는 그르다 하였으나 부부가 불화하는 것을 자못 근심하였다. 그래서 청 씨가 죽은 후에 다시 그런 일이 있을까 하여 요조숙녀를 구하려고 여러 군데에 물어 보았다.

연성의 바라는 마음이 하늘에 미쳐 하늘이 이를 살펴 고금에 희한한 숙녀가 이씨 집안에 들어와 연성의 내조를 빛내고 자손이 창성하였으며 청 씨 때문에 겪은 모욕을 갚았으니 이 이야기는 다음 회를 보기 바란다.

문연각 태학사 이부상서 정문한의 자는 국보요, 호는 천양으로 아버지는 추밀사 각로 정연이다. 정씨 집안은 대대로 명문벌열의 집안으로, 문한이 어린 나이에 조정에 들어가 명망(名望)이 한 시대에 가득했고, 그 현명함이 고금에 뛰어났다. 일찍이 부인 위 씨와 혼인하여 4자 3녀를 두었으니 모두 곤륜산의 아름다운 옥 같았다. 큰아들 세우는 태학사 성운의 딸을 취했으니 부부의 기질이 옥나무와 계수 같았다. 각로 정연에게 여러 아들이 있었으나 상서 정문한은 종사(宗嗣)의 중함이 있었으므로 깊은 사랑이 다른 아들보다 더했고 그

---

21) 반혼(返魂): 장례 지낸 뒤에 신주(神主)를 집으로 모셔 오는 일.
22) 기년(期年): 만 일 년이 되는 날.

종손의 부부가 이렇듯 기이한 것을 크게 기뻐하였다. 아래로 세 아들이 더 있었으나 아직 혼인을 하지는 못했다.

장녀 혜아 소저가 나이 열다섯에 이르니 눈 같은 살빛과 별 같은 눈이며 앵두 같은 입술이 아름답고 자연스러우며 여리고 아리따웠다. 그 숙모 이 승상 부인의 한없는 광채에는 미치지 못하였으나 옥 같은 골격과 눈 같은 피부에 조용하고 엄숙하며 아담하고 시원한 모습이 얼핏 숙모23)의 풍모가 있었다. 아름다운 자태와 단아한 자질이 다시 비할 사람이 없었으니 상서가 크게 사랑하여 소저가 세상에 태어난 이래로 소저에게 일찍이 낯빛을 고쳐 말한 적이 없었다. 각로는 더욱 사랑하여 승상 부인을 시가에 보낸 후에 소저를 대신 앞에 두고 사랑하였으니 그 사랑은 다른 손자들에게 비할 바가 아니었다. 소저가 일찍이 이 승상 부인의 성덕(盛德)을 따라 여공(女工)과 내사(內事)에 갖추지 않은 것이 없고 말이 묵묵하여 윗사람이나 종들에게 기뻐하고 성내는 감정을 드러내지 않았다. 그 덕도(德道)의 편안함과 고요함이 옛사람과 짝할 만하였으니 이 승상이 항상 지극히 사랑해 마음을 다 주었다.

소저가 이미 나이가 차 혼인할 때가 되니 상서가 사윗감 구하기를 열 살 넘으면서부터 심상하게 하지 않았으나 눈에 드는 사람이 하나도 없었다. 근심하여 연성 공자를 많이 유의해 보았으나 다만 그 기상이 너무 지나쳐 군자의 기틀이 적은 것을 미흡하게 여겨 주저하고 있었다. 그러던 차에 탁구의 말도 듣고 청 공의 사위가 된 줄 안 후에는 자못 좋지 않게 여겨 사윗감으로 생각도 하지 않았다.

각로가 항상 연성을 칭찬하여 결혼시키려 하면 상서가 말하였다.

---

23) 숙모: 승상 이관성의 아내 정몽홍을 이름. 정몽홍은 정혜아의 아버지 정문한의 여동생임.

"이연성이 나이 어린 것이 기상이 지나쳐 풍류랑의 거동이 있으니 나이 차기를 기다리사이다."

이미 연성이 아내를 취하고 다시 눈에 맞는 사람이 없자 매양 부모 앞에서 웃으며 말하였다.

"이 아이는 아버님의 안광(眼光)에 미치지 못하고 제가 또 아버님께 미치지 못해 오 년을 사위를 골랐으나 자수[24]와 비슷한 사람도 없으니 딸아이의 팔자가 누이만 못함을 탄식하나이다."

각로가 웃으며 말하였다.

"이 자수 하나를 가까스로 얻었으니 어디에 가 그 같은 이를 다시 얻겠느냐? 연성이 비록 재기가 넘치고 풍류를 좋아하나 이는 소년의 예삿일이요 얼굴과 문장이 고금에 독보(獨步)하거늘 나무라서 버렸구나. 혜아의 혼기는 늦어만 가니 이제 다시 어디에 가 그 쌍을 얻을 수 있겠느냐?"

상서 역시 뉘우쳐 밤낮으로 고민하였다. 연성이 아내를 잃었다는 말을 듣고 각로가 후취로 들일 것을 생각하였으나 상서의 위인이 매우 거오(倨傲)하였으므로 또한 입 밖에 내어 이르지 못하였다.

하루는 이 승상 부인이 이곳에 와 달포 정도 묵었는데 몽현 형제가 또한 따라왔다. 무평백 이한성이 또 이르러 뵙고 연성 공자가 와서 뵙기를 청했다. 때마침 정 부인은 혜아 소저를 데리고 침소에 있었다. 몽창은 연성 공자의 사랑을 받아 정이 지극하였다. 공자가 아내를 잃고 울적하게 있으면서 숙녀를 생각하는 마음을 불쌍히 여기고 있던 차에 혜아 소저의 아름다운 자색을 보고 한 꾀를 내어 연성이 오기를 기다리고 있던 참이었다.

---

24) 자수: 이관성의 자(字)

몽창은 공자가 왔다는 말을 듣고 바삐 나가 절하고 옷을 붙들어 반김을 이기지 못하였다. 공자가 몽창을 새로이 사랑하여 며칠 떠났던 정을 이르고 형수 뵙기를 청하니 몽창이 말하였다.

"모친이 중당(中堂)에 홀로 계시니 들어가사이다."

공자가 몽창을 데리고 내헌(內軒)에 들어가 부인이 머무는 방에 이르러 문을 열었다. 그런데 부인이 한 여자를 데리고 침선을 다스리고 있었으므로 공자가 놀라 짐짓 눈을 들어 보았다. 그 여자의 고운 모습이 사람의 심신을 황홀하게 하였으나 연성이 예의에 구애되어 잠깐 뒤로 물러섰다. 몽창이 웃음을 머금고 소리 내어 말하였다.

"셋째 숙부가 와 계시나이다."

부인이 듣고는 놀라 급히 몸을 일으켜 문밖에 나와 인사를 하니 연성이 가슴이 뛰고 정신이 어지러웠으나 겨우 참고 절하였다. 잠깐 앉았다가 일어나 돌아가니 부인이 그 기색을 괴이하게 여겨 몽창에게 물었다.

"네 어찌 질녀(姪女)가 있는 줄을 알면서 셋째 숙부를 데려왔느냐? 숙부가 질녀를 보았느냐?"

몽창이 대답하였다.

"제가 표매(表妹)25)가 있는 줄을 알지 못하고 숙부를 모셔 왔나이다. 제가 먼저 들어와 보니 표매가 있으므로 숙부를 밖에 머물게 하고 고하였으니 숙부가 못 보셨을 것입니다."

부인이 몽창이 속이는 줄을 알고 속으로 즐거워하지 않았다.

이때 연성이 집에 돌아와 좀 전에 본 여자를 생각하니 삼혼(三魂)26)과 칠백(七魄)27)이 달아난 듯하여 스스로 정신을 가다듬어 생

---

25) 표매(表妹): 외종사촌 누이.
26) 삼혼(三魂): 사람의 마음에 있는 세 가지 영혼으로서 태광(台光), 상령(爽靈), 유정

각하였다.

'이 반드시 정문한의 딸인가 싶으나 당당한 명문벌열의 여자가 어찌 나 이연성의 후취가 되리오? 그러나 내 맹세코 이 여자를 얻고 그치리라.'

이에 서동 소연을 보내 몽창을 데려오라 하였다.

이때 몽창은 아홉 살이었다. 영오함이 남달랐으므로 숙부의 뜻을 짐작하고 모친에게 하직하고 본부에 이르렀다. 연성이 홀로 서당에 있다가 불러서 곁에 앉히고 손을 잡아 반기는 뜻을 드러내었다. 이윽고 몽창이 물었다.

"숙부가 무슨 까닭으로 소질(小姪)을 부르셨나이까?"

연성이 말하였다.

"내 너와 두어 날 떠나 있으니 그리움을 참지 못해 불렀노라."

몽창이 그 기색을 알고 잠깐 웃음을 띠고 앉았다. 승상이 마침 입번(入番)하였으므로 공자가 몽창을 혼자 데리고 잤다. 몽창은 어려서부터 승상 품과 숙부 연성의 품을 떠나지 않았다. 이날 밤에도 공자가 연성의 품에 들어가 누워 손을 잡고 낯을 부비며 온갖 어리광을 부리니 연성의 사랑하는 마음이 참으로 지극하였다.

밤이 깊은 후에 연성이 일렀다.

"낮에 형수 곁에 앉아 있던 여자는 어느 정 공의 딸인고?"

몽창이 말하였다.

"상서 숙부의 여아입니다."

연성이 또 물었다.

(幽精)을 가리킴.

27) 칠백(七魄): 도교에서, 사람의 몸에 있다는 일곱 가지 넋. 몸 안에 있는 탁한 영혼으로서 시구, 복시, 작음, 탄적, 비독, 제예, 취폐가 있음.

"나이는 몇이나 하는고?"

몽창이 대답하였다.

"열다섯 살이라 하더이다."

연성이 웃었다.

"어디 정혼한 데는 있다 하더냐?"

몽창이 대답하였다.

"그것은 알지 못하겠거니와 숙부는 어찌 물으시나이까? 혹 눈에 들어 계시나이까? 그러나 외할아버지께서 본디 성품이 고상하시고 고집이 세시니 어찌 숙부의 후실로 주겠나이까? 숙부가 우리 표매를 얻고자 하신다면 외할아버지께 극진히 고하는 사람이 있어야 될 것이니 모친께 간절히 고해 보소서."

연성이 먼저 이 말을 하려고 하였으나 몽창이 어찌 여길까 주저하고 있었는데 이 말을 듣고 그 영오함에 탄복하였다.

"네 말이 이러하니 내 형수님께 고하여 보겠노라. 그런데 형수님의 엄정하심이 다른 사람들과는 다르시니 주저되는구나. 내 잠깐 정 소저의 뜻을 시험하려고 하니 네 이러이러해 보겠느냐?"

몽창이 기쁜 빛으로 말하였다.

"명대로 하겠나이다."

다음 날 몽창이 정부로 갈 때, 연성이 상사(想思)하는 글 한 수를 지어 몽창에게 주어 남몰래 전하라 하였다.

몽창이 응낙하고 정부에 이르러 모친에게는 이런 내색을 않고 혜아 소저의 침소에 갔다. 소저가 고요히 앉아 시를 읊고 있으니 몽창이 말하였다.

"누이가 시를 지어 읊고 계시는 것을 보니 저에게도 시흥(詩興)이 생깁니다. 그러나 먼저 이것을 보소서."

소저가 속으로 웃고 말하였다.

"너의 재주가 능함을 안 지 오래거니와 새로이 지은 것을 보기를 원하노라."

몽창이 웃고 소매에서 한 폭 화전(華箋)을 내어 주니 소저가 받아 펴 보았다. 음운(音韻)이 웅장하고 필법이 정묘하되 그 사연이 자기의 색(色)을 기리고 사모하여 받들어 지니고 있기를 청한 뜻이었다. 그리고 글 끝에 '학생 이연성은 삼가 두 번 절하노라.'라고 쓰여 있었다. 소저가 한 번 보고 크게 놀라 만면이 붉어 한참이나 말을 않다가 안색을 바르게 하고 크게 꾸짖었다.

"어린아이가 어찌 감히 이런 더러운 글을 규중의 여자에게 전해 나를 모욕하는 것이냐? 내 당당한 사문(斯文)의 여자로서 한 몸이 빙옥(氷玉)과 같거늘 이런 더러운 욕을 보겠느냐? 마땅히 자결하여 분을 풀 것이로되 부모님이 주신 몸을 가볍게 못해 죽지 못하겠도다."

말을 마치고 화로의 불을 가져다 태워 버리고 몽창을 꾸짖어 나가라고 하였다. 몽창이 조금도 어려워하지 않고 말하였다.

"누이가 비록 저를 여지없이 꾸짖으시나 누이는 이미 우리 숙부의 눈에 들었으니 그 정이 마음 깊이 얽혀 있습니다. 누이가 아무리 벗어나려 하신들 어찌 면하겠나이까? 누이는 이미 이씨의 사람이요 저의 숙모입니다. 일이 이에 이른 후에는 벗어나지 못할 것이니 빨리 답간(答簡)을 써 주소서."

소저가 더욱 놀라 매우 성내어 말하였다.

"네 숙부가 사람의 얼굴을 쓰고 글을 안다면 이런 떳떳하지 못한 행실을 하지 않았을 것이다. 내 이미 너에게 속아 눈 들기를 가볍게 하였으니 규방에서 늙을지언정 이런 법도(法度)도 모르는 사람 따르기는 원하지 않노라. 잡말 말고 빨리 나가라."

말을 마치자, 기색이 엄숙하였다. 몽창이 크게 웃고 나가며 말하였다.

"이따 올 것이니 답간을 써 주소서. 훗날 조부모께 폐백을 드릴 때 내 한마디 말이 있을 것입니다."

이렇게 이르고 다시 크게 웃으며 나갔다. 소저가 속으로 크게 불편하게 여겨 생각하였다.

'내가 어려서부터 연고 없이 계단에 내려가지 않았는데 어떻게 탕자의 눈에 뵈어 일생이 순탄하지 않게 되었을꼬?'

그러고 나서 탄식하며 즐기지 않고 이후에는 방문을 나가지 않았다.

몽창이 돌아가 숙부를 대해 정 소저가 한 말을 일일이 일러 주니 연성이 더욱 탄복하여 평생 정 소저를 놓지 않을 뜻을 굳게 정하고 마음이 울적하여 서당에 들어갔다.

마침 봄에 과거가 있어 온 지방의 재주 있는 사람들이 구름같이 모였으므로 연성이 부친에게 과거에 응하겠다고 청하자 태사가 허락하지 않으며 말하였다.

"너와 같은 기상에 일찍 현달하여 기운을 돋우는 것이 무익하니 삼십까지 기다리라."

연성이 불만이 가득해 물러나 가만히 조모에게 고하였다.

"소손(小孫)이 이십 전에 아내를 잃고 심사가 즐겁지 못해 과거를 보아 심사를 풀고자 하였습니다만 아버님이 허락하지 않으시니 조모는 원컨대 소손의 뜻을 좇으소서."

부인이 기뻐하며 태사를 불러 말하였다.

"내 나이 서산의 지는 해와 같으니 모든 손자의 영화를 보고 싶거늘 네 어찌 연성이 과거에 응하는 것을 막는 것이냐?"

태사가 절하고 말하였다.

"제가 까닭 없이 연성의 입신(立身)을 막는 것이 아니옵니다. 그 기상이 매사에 두려워하는 일이 없으니 만일 과거를 보면 마음이 방자해질 것을 우려해 금하게 한 것이옵니다. 그런데 하교(下敎)가 이와 같으시니 어찌 거역하겠나이까?"

드디어 공자를 불러 과거 볼 것을 허락하니 공자가 미우(眉宇)에 기쁜 빛을 띠고 물러났다.

과거 볼 도구들을 차려 과장(科場)에 나아가 평생 재주를 내어 글을 썼다. 붓 끝에 용사(龍蛇)가 나는 듯하고 주옥(珠玉)이 어지러이 떨어지니 순식간에 붓을 휘둘러 바쳤다. 시관(試官)이 눈이 어둡지 않다면 어찌 연성이 낙방(落榜)하리오.

삼 일 후에 방이 나 연성이 드높이 장원으로 급제하니 이씨 집안의 복록(福祿)이 기특하였다. 일가 친척들이 치하하기를 마지않았으나 태사는 집안이 너무 흥성함을 크게 두려워해 조금도 기뻐하는 빛이 없었으니 태사의 공손함이 이와 같았다.

즉시 급제자의 이름을 부르니 임금이 장원을 나아오라 하여 보고 어화청삼(御花靑衫)을 사급(賜給)하였다. 연성을 옥계(玉階)에 올려 그 옥 같은 풍채를 보고 놀라서 승상을 향해 치하하였다.

"승상의 형제 세 사람이 이렇듯 기특하니 노태사의 복은 다시 이를 것이 없도다."

승상이 고개를 조아리고 사례하였다.

임금이 특지(特旨)로 연성에게 한림학사를 시키니 연성이 임금의 은혜에 공손히 사례하고 물러났다. 집에 돌아와 존당(尊堂)에 현알하니 옥 같은 얼굴에 계화(桂花)가 어른거리고 별 같은 눈에 술기운이 올라 곤하여 눈을 낮추었다. 태부인이 기쁨을 이기지 못하고 태사가 바야흐로 잠깐 기뻐하고 미우(眉宇)에 기쁜 빛이 영롱하여 소리를 온화하게 하여 조심할 것을 경계하였다.

외당에 빈객(賓客)이 구름같이 모여 장원을 보채고 노래하는 여자를 들여 춤추게 하였다. 장원이 조금도 사양하지 않고 여자들을 기쁘게 이끌어 즐기는 것을 억누르지 않으니 자리의 사람들이 모두 크게 웃었다. 이처럼 종일 즐기고서 잔치를 파하였다.

다음 날 한림이 청 공의 집에 이르러 장모를 뵈니 청 공 부인이 크게 서러워 우는 눈물이 강물과 같았다. 한림이 또한 사람의 마음을 가졌으므로 감동하여 낯빛을 고쳤다. 청 공이 술이 얼큰해져서 말하였다.

"딸아이가 박복(薄福)하여 사위의 이 같은 영화를 보지 못하고 길이 황천으로 돌아갔으니 이 늙은이의 설움이 간장을 끊는 듯하니 이를 장차 어디에 비하겠느냐? 어리석은 뜻에 자네와 다시 인연을 맺어 친함을 잇고자 하노라. 내 조카딸이 착하고 어질어 옛사람보다 나은 면이 있으니 사위는 조카딸을 아내로 맞이해 정실에 두는 것이 어떠한고?"

말을 마치고 탄식하며 눈물을 떨어뜨리니 한림이 감동하여 낯빛을 고치고 자리를 옮겨 말하였다.

"소생이 불민한 위인이나 악장(岳丈)께서 사위로 택하시어 영녀(令女)와 붉은 줄을 맺었으니[28] 길이 함께 만 년을 누릴까 했습니다. 그런데 영녀가 명이 짧고 소생의 운명이 기박하여 영녀가 이팔청춘으로 지하의 놀란 넋이 되고 말았습니다. 소생의 거문고 줄이 그쳐지고 이승에서 숙녀와 화락할 복이 없음을 탄식하더니 대인(大人)께서 다시 옥녀(玉女)를 허락하고자 하시니 어찌 사양하겠나이까? 다

---

28) 붉은 줄을 맺었으니: 월하노인이 혼인할 운명의 남녀에게 맺어 주던 줄이 붉은 색임.

만 소생이 대인의 높은 뜻을 미처 알지 못하고 이부상서 정문한의 딸과 정혼하였으니 대인의 명을 받들지 못해 안타깝사옵니다. 소생이 대인의 아름다운 뜻을 받들지 못하오니 매우 아쉽사옵니다. 제 표형(表兄) 중에 태우 유렴이 그 아내 여 씨를 내친 후에 지금 아내를 얻지 못한 상태입니다. 유생은 이른바 금옥(金玉) 같은 군자로 영대인 질녀(姪女)의 평생을 욕되지 않게 할 것이니 학생이 당당히 중매의 소임을 하여 이 혼인을 이루고자 하는데 대인의 의향은 어떠하나이까?"

청 공이 이 한림의 한바탕 상쾌한 말을 듣고는 이에 탄식하고 말하였다.

"사위는 이미 정혼한 곳이 있다 하니 노부의 말이 늦음을 탄식하노라. 유 태우는 내가 친히 보았으니 아름다운 사람인 줄 알겠거니와 알지 못하겠도다, 혼인 허락할 줄을 내 믿지 못하겠노라."

한림이 기쁜 빛으로 크게 웃고 말하였다.

"이 일은 소생이 주선할 것이니 의심치 마소서."

그리고 나서 돌아와 유 태우를 보고 이 말을 일러 주었다. 태우가 여 씨의 환난(患難)을 겪고 마음이 어리어리하여 여색(女色)에의 뜻이 꿈만 같더니 이 말을 듣고 말하였다.

"아우의 뜻은 감격할 만하나 내가 여 씨의 독한 해를 만난 후로는 여색이 독사와 전갈 같아 보이니 아우의 두터운 뜻을 좇지 못함이 안타깝도다."

한림이 말하였다.

"형님의 말씀이 그르십니다. 인간 여자 중에서 여 씨 같은 사람이 어디에 있으며 청 공 질녀의 현숙(賢淑)함은 제가 친히 보지는 않았으나 다르지 않게 들었으니 형님은 어서 아내로 맞아 자손을 두소서."

태우가 그 말을 무던히 여겨 부모에게 이 일을 고하였다. 시랑 부부가 이 말을 듣고 중매를 시켜 청 공에게 구혼하였다. 청가에서 흔쾌히 허락하고 택일하니 길일이 며칠 남지 않았다.

원래 소희 소저는 청 공 누이의 딸이다. 성은 영 씨니 얼굴이며 덕행이 당세에 쌍이 없었다. 길일에 태우가 위의를 갖춰 영 씨를 맞이해 돌아왔다. 영 씨의 용모는 이슬 맞은 삼색도(三色桃)29) 같고 성품과 행실이 기특하였으니 시부모가 기뻐하고 태우가 매우 사랑하여 자녀를 두루 두었다.

한림 연성이 급제한 후, 하루는 승상 앞에 가 고하였다.

"제가 아내를 잃은 후 지금까지 아내를 얻지 못했으니 마음이 울적합니다. 몽현 등의 말을 들으니 정문한에게 딸이 있어 아름답다고 하니 형님은 제가 그 여자를 아내로 맞게 하소서."

승상이 크게 외람되게 여겼으나 우애가 지극하고 연성이 진정한 마음을 드러낸 것을 불쌍히 여겨 말하였다.

"과연 문한에게 딸이 있거니와 그 사람의 성품이 한결같이 고상하니 어찌 한 딸을 재실로 주려고 하겠느냐? 어쨌거나 조용히 물어나 보겠다."

한림이 사례하고 물러났다.

승상이 반나절이나 묵묵히 생각하다가 이날 밤에 백화각에 가 부인을 보고 한림의 뜻을 이르고 말하였다.

"영질(令姪)의 아름다움이 내 아우의 쌍이 될 만하나 영형(令兄)의 위인이 심히 거만하니 학생이 섣불리 말을 못 하겠소. 부인은 조용히 악장(岳丈)께 고해 보시오."

---

29) 삼색도(三色桃): 한 나무에서 세 가지 빛깔의 꽃이 피는 복숭아나무.

부인이 다 듣고 벌써 연성이 혜아를 보았음을 스쳐 알고 차분히 대답하였다.

"명대로 하겠나이다."

며칠 후에 정 부인이 시부모에게 고하고 본부에 이르러 부모를 뵈었다. 상서가 자리에 있는 것을 틈타 연성의 혼사를 한참을 설파하고 간절히 말하니 상서가 정색하고 말하였다.

"누이가 비록 시가가 중한들 내 어찌 한 딸을 이연성에게 주리오? 절대 주지 않을 것이니 다시 이르지 말라."

부인이 웃고 대답하였다.

"가부(家夫)가 오라비께 고하라 하셨으므로 저는 말을 전했을 따름입니다. 어찌 구태여 결혼하라고 한 말이겠나이까?"

각로가 말하였다.

"자수의 뜻이 아름답고 이연성이 어린 나이에 입신(立身)하여 얼굴 풍채가 하등(下等)이 아니니 우리 아이는 고집부리지 말고 정혼시켜라."

상서가 절하고 말하였다.

"분부가 마땅하시나 연성이 기상이 방자하여 과거에 급제한 날 창녀와 짐짓 즐겨 위를 두려워하는 일이 없으니 제가 그 때문에 근심하나니 아버님은 저의 한 딸 사랑하는 뜻을 살피소서."

각로가 또한 그르다고 못하였다. 부인이 한마디를 않고 두어 날 묵어 돌아와 승상에게 이 말을 고하니 승상이 웃으며 말하였다.

"내 이미 헤아린 일이네. 영형(令兄)의 헤아림이 자못 고명(高明)하니 그르다고 못할 것이로다."

드디어 한림에게 말하였다.

"정 소저가 벌써 정혼한 데가 있으므로 허락하지 않더구나."

한림이 다 듣고 아연해 하였다.

몽창이 정 상서의 말을 듣고 일일이 옮겨 이르니 한림이 대로하여 생각하였다.

'정 상서가 나를 탕자라 하니 내 진짜 탕자의 소임을 하리라.'

하고, 한 폭 화전을 봉해 몽창을 주어 정 상서 등 모든 사람이 모인 자리에서 주라 하였다. 몽창이 기쁜 빛으로 화전을 가지고 정부에 이르러 들어갔다. 각로 부부와 상서 형제, 혜아 소저가 있으니 몽창이 앞을 향해 서간을 던지며 말하였다.

"누이야! 우리 숙부께서 이 글을 보내더이다."

하고는 몸을 돌이켜 밖으로 나가 노새를 타고 본부로 돌아갔다.

정 공이 손자의 거동을 보고 의심을 이기지 못해 미처 만류하지 못하고 서간을 뜯어보니 다음과 같이 써져 있었다.

'학생 이연성은 두 번 절하고 정 소저 좌하(座下)에 올리노라. 접때 옥 같은 모습을 바라보고 사랑함을 이기지 못해 글로써 올렸더니 어찌 회답이 없는고? 소저가 만일 옛글을 안다면 다른 가문 남자의 눈에 보이고 또 그 글을 받아보고서 어찌 다른 가문에 가려 하는가? 소저가 죽어 넋이라도 나 이연성의 손에서 벗어나지 못하리라. 빨리 뜻을 회보하라.'

모두가 서간을 다 보고 크게 놀라 말을 못하고 있는데 상서가 대로하여 소저를 자리에 꿇리고 꾸짖었다.

"네 일찍이 옛글을 읽어 예의를 알 것이니 무슨 까닭으로 부모를 속이고 외간 남자를 보며 그 글은 또 어찌 받았느냐? 빨리 사실대로 고하라."

소저가 안색이 자약하여 두 번 절하고 말하였다.

"소녀가 일찍이 부모의 경계를 받아 까닭 없이 섬돌에서 내려가지 않음은 아버님이 잘 아실 것입니다. 소녀가 또한 두 번 아뢰지 않겠습니다. 다만 소녀의 운명이 기구하여 접때 숙모가 와 계실 때 그 침소에 가서 말하고 있더니 몽창이 저의 숙부를 유인해 들어와 소녀를 보게 하였습니다. 또 접때 더러운 글을 갖다가 주거늘 소녀가 무심코 본 후에 크게 놀라 몽창을 꾸짖어 물리쳤사옵니다. 그런데 또 이렇듯 글을 날려 소녀를 욕하니 소녀 한 몸에 더러운 말을 싣고 무슨 낯으로 사람들 앞에 서겠나이까? 빨리 죽기를 원하나이다."

말을 마치자, 눈물이 비같이 떨어지니 상서가 그 말마다 온화한 말을 듣고 불쌍히 여기며 연성을 한하며 말하였다.

"저 어린 녀석이 이처럼 방자한가? 내 당당히 혜아를 규방에서 늙히고 저에게 맡기지 않으리라."

각로가 말하였다.

"내 이 공과 사생을 함께한 친구로서 정이 범연치 않으니 그 아들이 설사 그른들 과도하게 꾸짖는 것이 불가하도다. 우리 아이는 분을 참고 순순히 결혼시켜 요란한 일이 없도록 하라. 이제는 혜아가 다른 가문에 못 가리라."

상서가 명대로 하겠다고 했으나 분을 이기지 못하였다.

다음 날 각로는 정 승상 집에 가고 상서 정문한이 홀로 있었다. 홀연 이 태사가 이르니 상서가 공경하여 인사를 마쳤다. 상서가 자리를 옮겨 누추한 집에 임한 것을 사례하고서 말하였다.

"제가 매우 평안치 못한 일을 겪고 마음이 불안하여 존부(尊府)에 나아가 대인께 한번 말씀 드리려 했더니 이에 임하시니 다행으로 여기나이다."

태사가 흔쾌히 말하였다.

"무슨 일인고? 듣기를 원하노라."

상서가 홀연 정색하고 몸을 굽혀 말하였다.

"대인(大人)과 가친(家親)께서는 사생을 함께 하는 친구로 사귐이 심상치 않으시고 소생 등이 어려서부터 형제의 의리를 맺어 피차 마음에 속이는 일이 없었습니다. 대인께서 만일 학생의 불초함과 문호(門戶)의 미천함을 나무라지 않으시고 혼사를 구하셨다면 소생이 당당히 받들었을 것입니다. 그런데 이제 자경30)이 학생의 천한 딸을 몽창의 유인을 통해 보고 두 번 글을 날려 소생을 매우 심하게 업신여겼사옵니다. 소생이 어려서부터 예가 아닌 행동을 보며 듣는 것은 원하지 않았더니 오늘날에 이런 행동을 목도하니 놀랍고, 뼛속 깊이 배인 한스러움을 이기지 못하겠사옵니다. 그래서 대인 안전(案前)에서 자세히 고하오니 당돌함을 용서하소서."

태사가 다 듣고 크게 놀라고 노하여 다만 낯빛을 억제하고 사례하였다.

"만생(晚生)이 자식을 정도(正道)로 가르치지 못해 자식이 이런 희한한 일을 저질렀으니 제가 무슨 면목으로 사람을 대하겠는고? 불초한 자식 방자하여 가문을 욕 먹이고 풍속을 상하게 했으니 부자 천륜으로써 차마 죽이지는 못하나 엄중히 다스려 후일을 징계하겠노라."

상서가 공손히 사양하며 말하였다.

"소생이 평소에 예(禮)가 아닌 행동을 차마 바로 보지 못하여 오늘 자경의 허물을 대인 안전(案前)에 고하였습니다. 그러나 이제 제가 자경에게 죄를 얻었으니 대인은 나이 어린 사람의 일을 과도히 다스리지 마소서."

태사가 다만 사례하고 집에 돌아와 태부인을 뵙고 말하더니 이윽

---

30) 자경: 이연성의 자(字)

고 낯빛을 바르게 하고 자리를 떠나 아뢰었다.

"제가 참으로 불민(不敏)하여 자식을 바른 도리로 가르치지 못한 까닭에 이제 연성의 방자함이 이와 같으니 이는 풍교(風敎)를 무너뜨리는 필부(匹夫)입니다. 결단코 그 죄를 그저 두지 못할 것이니 잠깐 다스리고자 삼가 아뢰나이다."

이때 연성은 없고 승상과 무평백이 자리에 있다가 이 말을 듣고 놀랐다. 태부인이 천천히 말하였다.

"연성의 방자함이 족히 다스릴 만하나 이는 불과 소년 남자가 절색의 미녀를 보고 참지 못해 한 일이니 너는 노모의 낯을 보아 너무 꾸짖지는 마라."

태사가 절하고 물러나 서헌에 와 연성을 부르니 연성이 아버지의 명을 받아 자리에 바삐 이르렀다. 태사의 노기가 엄하고 맹렬하여 좌우로 하여금 연성을 잡아 내려 의관을 벗겨 결박하라 하였다. 한림이 뜻밖에 이 화를 만나 미처 전말을 깨닫지 못하고 다만 고개를 조아리고 죄를 청하였다.

"소자가 불초하여 아버님의 큰 사랑을 우러러보지 못하오나 소자에게 큰 잘못은 없사오니 오늘 꾸지람을 당하오나 죄목이나 알고 벌받음을 원하나이다."

태사가 꾸짖었다.

"네가 사람의 얼굴을 쓰고 풍화(風化)를 더럽혀 그 죄를 용납할 수가 없거늘 무슨 낯으로 나를 아비라 하느냐?"

이에 시노(侍奴)를 꾸짖어 치기를 재촉하였다. 연성이 막 깨달아 한마디를 못하고 머리를 숙여 매를 받으니 태사가 다시 말을 않고 매마다 죄를 물어 육십여 장에 이르렀으나 용서할 뜻이 없었다. 노기가 점점 더해지니 누가 감히 막겠는가.

이렇게 할 때에, 정 각로가 마침 정 승상 제사에 참석하고 수레를 밀어 이에 이르러 들어오다가 이 광경을 보고 놀라 말하였다.

"자경이 무슨 죄가 있어서 형이 저렇듯 무거운 벌을 내리는 것인고?"

태사가 분노를 삭이고 인사를 마친 후 각로가 다시 연고를 무르니 태사가 대강 이르고 탄식하였다.

"제가 자식을 가르치지 못하여 필경 이런 일이 있으니 무슨 낯으로 형을 대하겠는가?"

정 공이 놀라 말하였다.

"내 처음부터 자경을 손녀의 배필로 삼으려 했으나 아들이 고집을 부려 듣지 않고, 자수가 며칠 전에 이 뜻을 이르니 아들이 허락하지 않았었네. 이 때문에 자경이 분하여 짐짓 이런 일을 한 것이라 대단한 잘못은 아니네. 우리 아들이 부질없이 형의 귀에 일러 어린 아이가 큰 벌을 받게 하니 이 무슨 뜻인고? 형은 나의 낯을 보아 용서하라."

태사가 참고서 연성을 끌어 내치라 명하고 정 공과 말하니 정 공이 웃으며 말하였다.

"피차 결혼하는 데 불가한 일이 없을 것인데 거동이 이러하니 우습도다. 그런데 손녀를 이제는 다른 가문에 보내지 못할 것이니 연성의 건즐(巾櫛)31)을 받들게 할 것이니 형의 뜻은 어떠한고?"

태사가 웃으며 말하였다.

"소제(小弟)가 불초한 자식으로써 현부(賢婦) 같은 숙녀를 얻고 또 국보32)의 딸로 자부(子婦)를 삼는다면 감히 얻지 못할 좋은 일이니 어찌 사양하겠는가? 그러나 아들 녀석의 거동을 생각하니 한심함이

---

31) 건즐(巾櫛): 수건과 빗. 아내가 남편을 보필함을 이르는 말.
32) 국보: 정문한의 자(字).

앞서는구려. 또 국보에게 죄를 얻었으니 국보가 어찌 불초한 자식을 슬하에 두고자 하리오?"

정 공이 웃으며 말하였다.

"아들이 천성이 너무 고집스러워 자경의 활발함을 나무라 이렇듯 사달이 났으니 이 점은 소제(小弟)가 탄식하는 바라네. 속히 택일하여 혼사를 이루는 것이 좋을까 하네."

태사가 역시 웃고 허락하고 정 공이 사례하고 돌아갔다.

이때 승상이 연성이 큰 벌을 받는 것을 보고 서헌에 돌아와 몽창을 불러 시비와 곡직을 묻지 않고 서동에게 명령하여 곤장을 치게 하였다. 몽창이 울며 말하였다.

"제가 죄를 지은 일이 없거늘 오늘 무고하게 벌을 받으니 무슨 까닭이옵니까?"

승상이 더욱 노하여 매우 치라고 호령하니 매가 십여 장에 이르자, 몽창의 옥 같은 다리에 붉은 피가 방울져 맺혔다. 승상이 그칠 뜻이 없어 곤장 치는 것이 태만함을 꾸짖어 서동에게 더욱 치라고 재촉하였다. 몽창이 급히 소리 질러 말하였다.

"할아버지! 저를 구해 주소서."

이때 몽현이 그 아우가 불쌍히 맞는 모습을 보고 대서헌에 가 태사에게 고하니 태사가 놀라고 염려하여 친히 서당에 이르러 보고 놀라서 물었다.

"몽창이 무슨 죄를 지었기에 저렇듯 과도하게 치는 것이냐?"

승상이 부친이 오는 것을 보고 내려와 맞이해 대답하였다.

"몽창이 어린 아이로서 비례(非禮)의 서간을 전해 연성을 잘못된 곳에 빠지게 하였으니 이런 까닭에 경계하는 것이옵니다."

태사가 미소 짓고 말하였다.

"네의 자식 가르침이 너무 과도하구나. 사리분별을 못하는 연성이 비례(非禮)의 서간을 지어 어린 아이를 달래 철모르는 아이가 모르고 전한 것인데 어찌 이를 가지고 죄를 삼는고?"

말을 마치고는 몽창을 안고 서헌으로 갔다.

승상이 감히 말을 못 하고 소당(小堂)에 가 연성을 보니 상처가 뚫어져 붉은 피가 솟아나고 있었다. 승상이 슬퍼해 낯빛을 고치고 어루만져 말하였다.

"네 어찌 뜻을 삼가지 못해 부모님이 주신 몸을 이 지경에 이르게 하였느냐? 처자가 비록 귀하나 형세가 불가함을 돌아보지 않고 풍화(風化)33)에 죄를 지으니, 아버님의 크신 덕을 우리 형제가 하나도 받들지 못함을 슬퍼하노라."

그러고서 눈물을 흘리니 한림이 부끄러워 뉘우치며 죄를 청하였다.

"소제(小弟)가 사리에 밝지 못해 스스로 죄를 저질러 오늘 대인께 죄를 얻었으니 이는 제 스스로 빚어낸 재앙입니다. 그러니 어찌 한스러워하겠습니까? 다만 당초에 정 씨를 본 것은 눈 들기를 가볍게 했기 때문이요 글을 보낸 것은 그 뜻을 시험하고자 해서였습니다. 두 번째 글을 보낸 것은 정문한이 소제(小弟)를 탕자라 하여 배척하므로 잠깐 모욕을 씻기 위해서 일부러 그렇게 한 것입니다. 문한이 괴팍하여 아버님께 저의 일을 고해 저에게 무거운 벌을 얻게 했으니 제가 이후에는 정 씨를 취하지 못하겠나이다."

승상이 경계해 말하였다.

"매사에 네가 그릇한 결과니 어찌 남을 한하겠느냐? 뜻을 고집하지 말고 몸 조리해 일어나라."

---

33) 풍화(風化): 교육이나 정치의 힘으로 풍습을 잘 교화하는 일.

연성이 사례하였으나 속으로는 정 상서에게 화를 내어 맹세하되,
'정 씨를 취한 후에 당당히 모욕을 주어 이 분을 풀리라.'
하였다.

승상과 무평백이 띠를 끄르지 않고 밤낮으로 연성을 붙들어 구호하며 정 부인이 스스로 부끄러움을 이기지 못해 그 오라비를 애달프게 생각했다.

한 달 정도가 지나 한림이 다 나아 일어나 부친에게 죄를 청하니 태사가 다시 한바탕 꾸짖고 용서하였다. 한림이 감격하여 물러나 조모와 모친을 뵈니 유 부인이 사리(事理)로 경계하고 태부인이 개과(改過)함을 이르니 두 부인의 말이 금옥과 같았다. 한림이 이에 절하고 물러났다.

이때 몽창이 매를 맞고 정 부인 침소에 와 조리할 때 부인이 여지없이 준절히 꾸짖었다. 몽창이 울고 말은 안 한 채 누워서 응석을 부리며 울었다. 부인이 소리를 그치라 꾸짖었으나 듣지 않고 음식을 먹지 않고 눈이 붓도록 울기를 삼 일이 되도록 한결같이 하였다. 이는 숙부가 무거운 벌을 받았으므로 제 살 아픈 줄도 모른 채 매우 서러웠기 때문이었다. 부인이 마침내 슬퍼 여겨 위로하고 음식을 권하니 몽창이 받아먹고 잠깐 조리하고 겨우 일어나 숙부 병소에 가 함께 있으려 하였다. 그러나 승상이 시동을 시켜 멀리 내치고 들이지 않으니 몽창이 할 수 없어 그저 돌아와 또 울었다. 한림이 이르러 몽창을 보니 다리가 만신창이가 되어 헐어 일어나지 못하였다. 한림이 눈물을 머금고 어루만져 말하였다.

"미친 삼촌의 말을 듣다가 너조차 재앙을 만났구나. 그러나 형님은 어린 것이 무슨 죄가 있다고 이처럼 쳤는고? 네 삼촌 탓이거니와 또 네 외삼촌이 괴이하고 독한 탓이로다."

정 부인이 잠시 있다가 사죄하였다.

"첩의 오라비가 천성이 너무 고집스러워 서방님으로 하여금 무거운 벌을 받게 하니 첩이 몸 둘 곳이 없나이다."

한림이 사양하며 말하였다.

"소생이 어리석고 사리에 밝지 못한 탓이니 어찌 정 상서의 탓이며 형수님이 부끄러워하실 일이 있나이까?"

그리고서 몽창을 어루만져 사랑이 지극하니 몽창이 가득히 반기며 고하였다.

"소질(小姪)이 아버님께 벌을 받아 걸음을 걷지 못하므로 병든 숙부를 곁에서 모시지 못하는 것이 서러워 겨우 조리하여 숙부 곁에 갔었습니다. 그런데 아버님이 밖으로 밀어 내치라 하시니 설움이 끝이 없어 근심하므로 소질이 또한 맞은 곳이 낫지 않았습니다. 이제 숙부께서 먼저 나아 소질을 와서 보시니 소질의 기쁨이 소질이 나은 것보다 더하나이다."

한림이 더욱 사랑하고 몽창의 사정을 불쌍히 여겨 위로하고 사랑하였다. 그 상처를 보고는 어루만지며 눈물을 흘렸다.

승상이 연성의 병이 낫자 이날 밤에 바야흐로 내당(內堂)에 들어가니 몽창이 신음하며 누워 자고 있었다. 부인이 몽창의 일을 다 고하고 가련함을 이르니 승상이 속으로 웃고 말을 안 했다.

이튿날 몽창이 일어나 부친을 보고 두려워 고개를 숙이니 승상이 경계하고 훗날 또 이런 행동이 있으면 영영 문밖에 내치겠다는 뜻을 일러 듣게 한 후 얼굴색을 풀어 위로하였다.

이때 정 각로가 돌아가 상서를 꾸짖어 말하였다.

"네 어려서부터 글을 읽어 식견이 넓을 것이거늘 어디서부터 나온 고집이 이다지도 심한 것이냐? 연성의 일이 비록 그르나 이는 소년의 예삿일이거늘 네가 부질없이 이 공에게 일러 어린 아이가 큰 벌을 받게 하니 이 무슨 뜻이더냐? 더욱이 여아(女兒)의 무안함을 돌아보지 않으니 이는 심하게 괴이한 일이로다. 이는 내가 일생에 너를 가르친 바가 아니로다."

상서가 나직이 사죄하며 말하였다.

"제가 구태여 연성이 큰 벌을 받게 하려고 한 것이 아니옵니다. 그 잘못된 점을 부형에게 일러 경계하여 후에나 그런 일을 않게 하려고 한 것이니 이는 모두 연성을 사람 되게 하려고 했던 것이옵니다."

공이 노하여 말하였다.

"이르지 마라. 원래 처음에 연성과 혼인을 순순히 시켰더라면 무슨 일이 이렇듯 요란했겠느냐?"

상서가 다만 사죄할 뿐이었다.

각로가 상서를 재촉하여 택일하니 혼인날이 겨우 수십 일밖에 남지 않았다.

길일이 다다라 이부에서 신랑을 보내니 한림이 옥 같은 얼굴과 별 같은 눈동자에 길복을 갖추고 행렬을 거느려 가 정부에 이르렀다. 기러기를 올리고 신부가 가마에 오르기를 기다리니 각로가 기쁜 낯빛으로 손을 잡고 말하였다.

"이 늙은이가 자수 같은 기특한 사람을 슬하에 두고 또 너를 맞아 슬하에 두니 기쁨이 다른 일에 비하지 못하겠구나."

한림이 잠자코 절해 사례하였다.

이윽고 소저가 얼굴을 곱게 하고 옷을 화려하게 차려 옥교(玉轎)에 드니 한림이 가마를 닫고 호송하여 본부에 이르렀다. 교배(交拜)를 마치고 시부모에게 폐백을 드리니 신부의 맑은 광채와 맑고 단아한 용모가 방안에 빛났다. 이에 시부모와 존당이 크게 기뻐하며 정

부인에게 말하였다.

"현부(賢婦)의 아름다움이 다시 쌍이 없을까 하더니 이제 신부의 특이함이 현부와 거의 비슷하니 우리의 기쁨이 넘쳐 비할 곳이 없도다."

부인이 담담하게 사례하였다.

석양에 신부의 숙소를 정해 보내니 한림이 자리에서 신부의 용모를 보고 의기양양하여 거름을 옮겨 신방에 이르렀다. 정 소저가 안색을 엄숙하게 하고 몸을 일어나 맞이해 자리를 정한 후, 소저가 몸을 돌려 벽을 향하였다. 한림이 일부러 곁에 나아가 두 눈으로 소저를 보며 말하였다.

"학생이 불초하여 정 상서의 눈 밖에 나 정 상서가 그대를 규방에서 늙히고 탕자 이연성의 후실로는 안 주겠다 하더니 어찌 오늘 뜻을 굽혀 이에 이르렀는고? 소견을 듣고자 하노라."

소저가 미우(眉宇)를 엄숙히 하여 대답하지 않으니 한림이 눈빛을 똑바로 하여 오랫동안 보다가 냉소하며 말하였다.

"그대가 부친의 괴팍함을 이어 이연성에게 전하고자 하나 그것은 어려울 것이로다."

그러고 나서 안석(案席)[34]에 기대어 묻는 말에 대답하지 않는다고 삼경(三更)이 되도록 보채다가 불을 끄고 비단이불에 나아가니 은정(恩情)의 살뜰함은 이루 헤아릴 수 없을 정도였다.

다음 날 아침에 소저가 아침 문안을 할 때 화려하게 꾸미고 참여하니 아름다운 기질이 새로웠다. 시부모가 사랑함을 이기지 못하니 초왕비가 낭랑하게 웃고 태사에게 고하였다.

"오늘 신부의 아름다움이 이러하니 아버님의 마음이 어떠하시나

---

34) 안석(案席): 벽에 세워 놓고 앉을 때 몸을 기대는 방석.

이까?"

태사가 기쁜 빛으로 웃고 말하였다.

"선조께서 주신 경사와 우리 가문의 복으로 신부의 덕성이 그윽하니 신부는 연성의 내조를 빛낼 것이로다. 그러니 네 아비의 기쁨은 물어 알 바가 아니로다."

그리고 나서 일어나 나가니 초왕비가 웃고 연성을 기롱하여 말하였다.

"정 씨 아우의 착한 자질이 이처럼 기이하니 아우의 평생소원이 이루어졌구나. 이 형이 치하하노라."

최 숙인이 웃고 칭찬하였다.

"셋째 낭군의 숙녀 사모함이 해가 쌓여 고질이 되었더니 조물(造物)이 살피시고 황천(皇天)이 구하셔서 오늘 정 소저 같은 빼어난 숙녀를 얻었으니 우리의 기쁨이 그지없습니다. 그러니 더욱 한림의 뜻을 이르겠나이까? 다만 몽창 공자가 숙부의 말을 듣다가 두 다리가 부어 지금 몸을 움직이지 못하니 한림이 염치가 있으시다면 몽창 공자의 병이 나을 동안은 정 소저와 함께 자는 것은 옳지 않은 듯합니다."

좌우가 크게 웃고 연성이 웃고 대답하지 않다가 이윽고 말하였다.

"누이는 최가 주린 것에게 술이나 데워 주지 않고 무엇 하러 와서 이렇듯 괴롭게 구는고?"

숙인이 웃으며 말하였다.

"최 상서의 작위가 팔좌(八座)35)의 존귀함을 가져 높은 관리와 많은 녹봉이 구름같이 흘러들고 노복의 수를 헤아리지 못하거든 내가

---

35) 팔좌(八座): 상서(尙書).

어찌 술을 데우리오?"

한림이 말하였다.

"누이는 내가 모르는 줄 여기는가? 접때도 보니 최문상이 누이를 앞에 앉히고 술을 달라 하며 누이를 향해 우습게 구는 거동이 자못 해괴했으니 누이는 조금도 시원한 체 말라."

숙인이 크게 웃고 말하였다.

"한림의 말이 가장 교활하도다. 그때 상서가 마침 화로에 불이 있는 것을 보고 나에게 술을 데우라 하였으니 그대가 우연히 보고 태반이나 꾸며내 저렇게 구니 가소롭도다."

무평백 한성이 또한 웃고 말하였다.

"너는 말하지 마라. 최문상이 네게 주려 하는 거동이 참으로 기이한 이야깃거리니 변명을 잘도 하는구나."

숙인이 웃고 대답하였다.

"제가 당당한 예(禮)로 최가에게 갔으니 최 공의 거동이 어떻든 관계치 않으려니와 남의 규중 여자에게 서찰을 왕복한 명사(名士)와 비기면 누가 낫나이까?"

모두 크게 웃고 할 말이 없어 하였다.

몽창이 상처가 낫지 않았으나 여기에 와 앉아 있다가 문득 말하였다.

"아주머니가 말씀을 잘하는 체하고 좌중 사람을 다잡으나 모두 꿀 먹은 벙어리같이 앉아 계시니 제가 한 말씀 올리겠나이다. 숙부가 젊은 나이에 아내를 잃고 홀로 방에 거처하며 마음이 울적했습니다. 그래서 표매(表妹) 같은 항아를 보고 눈을 들어 본 것이니 괴이한 일이 아니고, 본 후에 생각한 것은 변고가 아닙니다. 옛사람도 그런 일이 있었으니 우리 숙부의 행동은 큰 과실은 아닌 듯합니다. 처음 서찰을 보낸 것은 표매의 행동을 시험하려고 일부러 하신 것으로, 이는 다른 사람이 생각하지 못한 슬기로운 일입니다. 백 년을 데리고 살 처자(妻子)가 어진지를 알려고 하여 그 색(色)만 취한 것이 아니니 군자의 행동에 미진한 것이 없습니다. 두 번째 글을 보낸 것은 외숙께서 우리에게 너무 거만한 체하셔서 숙부 같은 영걸(英傑)을 나무라시고 혼인을 허락하지 않으시니 숙부가 분하여 그 날카로운 기운을 꺾으려 한 것이니 통쾌한 일입니다. 세 번 일이 다 이치에 옳은 일이거늘 아주머니가 입을 다물고 앉아 있기 심심하고 장한 기운을 이기지 못하여 한갓 말 잘하는 체하고 우리 숙부의 행동을 시비하며, 최가가 아주머니를 향해 희한하게 하는 행동은 다 몰래 감추고 착한 것처럼 행세하니 아주머니는 과연 뭇 여자들 중에서도 미운 귀신입니다.”

말을 마치고 미우가 엄숙하니 모든 사람이 몽창의 말을 듣고 하도 어이없어 박장대소하였다. 한림이 몽창을 나오게 해 안고 말하였다.

“네 이처럼 말을 잘해 이 아저씨의 통쾌한 덕을 나타내고 누이를 꺾으니 과연 기특하도다.”

숙인이 몽창의 말을 듣고 또한 할 말이 없어 크게 웃고 말하였다.

“둘째 공자의 언변이 이처럼 뛰어나니 훗날 장성하면 셋째 낭군의 기상보다 세 배나 더해 반드시 남의 규수를 훔쳐 오겠도다.”

몽창이 웃으며 말하였다.

“아주머니. 그 말도 그리 이르지 마오. 규수(閨秀)라도 내 마음에 맞고 덕이 있으면 고이 데려다가 아내를 삼을 것이니 일가(一家)라고 못할 것이 있으리오?”

사람들과 숙인이 말없이 크게 웃고 유 부인이 웃으며 말하였다.

“몽창의 기상이 이제 저러하니 네 아비가 마음을 많이 쓰겠구나.”

몽창이 미소 짓고 대답하였다.

"소손(小孫)의 기상이 어떠하다고 어찌 아버님께 근심을 끼치겠나이까? 군자가 행동함에 신(信)과 충(忠)과 예(禮)를 다한다면 아버님이 어찌 꾸짖으시며 남자가 미녀를 찾는 것을 또 금해서 무엇 하겠나이까?"

정 부인이 눈길을 들어 몽창을 보며 말하였다.

"어린 아이가 어이 이토록 말이 방자하여 실성한 것 같으냐? 빨리 물러가고 잡말을 그치라."

몽창이 사죄하였다.

"잘못하였나이다."

하고는 다시 말을 않고 단정히 앉아 있으니 늠름한 기운이 여름해의 기상과 가을하늘의 높음을 지녔다. 이에 태부인이 말하였다.

"이 아이가 장래에 귀한 사람이 될 것이니 며느리는 너무 꾸짖지 마라."

정 부인이 사례하였다.

이때 정 상서가 외당(外堂)에 이르러 태사를 보고 자리를 떠나 청하며 말하였다.

"여자가 삼종지의(三從之義)36)가 떳떳하나 딸아이가 약하여 병이 많으니 대인은 은혜를 드리우셔서 일이 년 제가 데리고 있도록 허락하소서."

태사가 웃으며 말하였다.

"이 늙은이가 불초한 자식으로써 신부 같은 숙녀를 얻으니 신부를 한시도 떠나보낼 뜻이 없으나 명공(明公)의 정이 그러하심이 옳

36) 삼종지의(三從之義): 여자가 지켜야 할 세 가지 도리. 어려서는 아버지를 좇고, 시집 가서는 남편을 좇고, 남편이 죽은 뒤에는 아들을 좇음.

으니 일이 년을 허락하나이다.”

상서가 재삼 사례하고 딸을 데려가되 마침내 연성은 알은체하지 않으니 연성이 기색을 살피고 매우 화가 났다. 그러나 부친이 정 씨를 보내니 감히 말을 못 하고 속으로만 분노하였다. 석양에 정부에 이르니 각로 부부가 지극히 사랑하였으나 상서의 기상이 평안하지 않았다. 생이 더욱 대로하여 또한 알은체하지 않고 신방에 이르니 자리가 정돈되어 있고 화촉이 밝았다.

밤이 깊어 소저가 나오니 한림이 정색하고 물었다.

“그대 비록 상서의 딸이나 팔자가 기박하여 탕자(蕩子) 이연성의 계실(繼室)이 되었으니 사생(死生)이 내 손에 있거늘 무슨 까닭으로 거취를 멋대로 하는가? 그 까닭을 듣고자 하노라.”

소저가 버들 같은 눈썹을 엄숙하게 하고 대답하지 않으니 한림이 오랫동안 쏘아보다가 갑자기 낯빛을 바꾸고 말하였다.

“그대 부친이 차가운 눈으로 나를 멸시하고 정색하며 바라보니 그대조차 그 괴팍한 성품을 배워 내게 쓰려고 하는가? 나 이연성이 비록 탕자지만 요괴 같은 여자에게는 굴복당하지 않을 것이니 순순히 입을 열어 사죄한다면 용서하겠지만 끝까지 이처럼 군다면 오늘 밤 안에 그대와 결단을 내고 그치리라.”

말을 마치고도 소저가 정색하고 대답하지 않으니 한림이 더욱 밉게 여겼다. 부디 항복을 받으려고 대나무 자로 무수히 난타하며 그 멋대로 행동함을 물어 대답을 재촉하였다. 소저가 약질로서 매를 견디지 못해 끝내는 혼절하였다. 연성이 바야흐로 치던 것을 그치고 소저를 붙들어 이불에 눕히고 자기 또한 옷을 벗고 이불 속으로 들어갔다.

이때 위 부인이 딸과 사위의 거동을 보려고 이에 이르렀다가 이 광경을 보고 크게 놀라 돌아와 상서에게 이르고 나가 말리기를 청하니 상서가 말하였다.

"내 애초에 이럴 줄 알았으니 새로이 놀랄 바가 아니요, 제 나를 모욕한다고 딸아이를 치거니와 죽이지는 않을 것이니 내버려 두라."

그러고서 요동하지 않으니 위 부인이 참으로 민망하였다.

연성이 일어나 보니 소저의 운환에 피가 엉기고 머리칼이 흐트러졌으며 손은 곳곳이 부어 있었다. 한림이 매우 놀랐으나 내색하지 않고 일어나 세수하고 각로에게 하직하고 집으로 돌아갔다.

소저가 한 몸을 움직이지 못해 이불에 싸여 혼곤해 있으니 부모가 들어가 보고 어이없어 상서가 도리어 웃고 말하였다.

"이연성이 이렇듯 방자하여 거리낌 없이 딸아이를 두드려 패서 상하게 한 것이 다 나에게 역정을 내느라 그런 것이로다. 그러나 너는 부도(婦道)를 닦아 저의 독한 분노를 만나지 마라."

이렇게 굴 적에 각로와 그 아우들이 들어와 물었다.

"이 어찌된 일인고?"

상서가 한림의 말을 자세히 이르니 모두 크게 놀라더니 잠시 후 도리어 크게 웃었다. 각로가 웃으며 말하였다.

"이것이 다 네가 고집을 부린 탓이니 연성의 탓도 아니로다."

뭇 숙부들이 웃으며 말하였다.

"누가 자경37)이 조카딸을 사모하여 병이 났다고 일렀는고? 이 반드시 조카딸을 치려고 상사병이 들었던가 싶도다."

말을 마치고 모두 크게 웃으니 상서가 또한 웃고 딸을 데려와 방안에서 구호하니 소저가 수십 일 만에 쾌차하였다.

---

37) 자경: 이연성의 자(字).

한림이 집에 돌아와 몽창을 데리고 서당에 있고 정부에 가지 않으니 무평백이 수상히 여기고 승상은 필연 연성이 정부에 가 힐난한 줄을 스쳐 알았다.

하루는 승상이 조회 길에 정부에 이르니 마침 상서 형제는 없고 각로가 있거늘 뵙고 제수(弟嫂) 보기를 청하니 각로가 말하였다.

"손녀가 불의에 병이 생겨 제 모친 방에서 조리하고 있네."

승상이 놀라 돌아가 부모에게 고하니 태사가 놀라고 염려하여 정부에 이르러 각로와 상서를 보고 물었다.

"몰랐더니 우리 며느리가 병이 생겼다 하니 증세가 어떠한고?"

각로가 웃으며 말하였다.

"손녀가 우연히 찬 기운을 맞아 병이 났거니와 자경이 이곳에 오지 않으니 제 마음이 울적합니다. 전날 자수로 신방의 객을 삼아 기뻐했더니 이제 자수가 승상이 되었으니 옛일을 바라지 못하게 되었습니다. 자경으로 손녀의 배필을 삼아 매우 기쁘나 자경이 우리 집에 오지 않으니 매우 무료합니다."

태사가 웃으며 말하였다.

"아들 녀석이 매사에 충실한 일이 없으니 또 무슨 별난 뜻이 있어 이곳에 오지 않는고? 당당히 경계하여 보내겠습니다."

드디어 돌아가 한림을 보고 말하였다.

"네 아내가 병이 있다 하니 가서 문후하여 부부의 의리를 박하게 마라."

한림이 명을 받았으나 가려고 하지 않았다.

열흘 정도 지나 생각해 보니 정 씨가 나았을 것 같아 이에 석양에 정부에 이르렀다. 각로가 기쁜 빛으로 손을 잡고 말하였다.

"네 어찌 달포 되도록 기척이 없었느냐?"

한림이 웃으며 말하였다.

"소생이 이곳에 오지 않은 것은 다른 까닭이 아니라 주인이 객을 싫어해 구박해서입니다. 그러니 무슨 염치로 오겠나이까? 다만 오늘은 가친(家親) 명령으로 이르렀나이다."

각로가 즐겁게 웃고 정 학사 등이 웃으며 말하였다.

"우리는 자경을 선비로 알았더니 무슨 까닭으로 천한 사람의 행동을 하여 정실을 친히 난타하였는고? 질녀가 약하고 병이 많아 그 독한 수단을 이기지 못해 병이 골수에 들어 목숨이 경각에 있으니 불쌍하지 않으냐?"

한림이 웃으며 말하였다.

"남편에게 교만하게 군 여자는 죽여도 무방하니 한갓 치기만을 이르겠나이까?"

학사가 크게 웃고 말하였다.

"이 놈의 말이 흉하니 말을 통하지 못할 놈이로구나."

한림이 웃고 일어나 침소에 이르니 위 부인이 야찬(夜餐)을 갖추어 보내었다. 한림이 밤늦도록 앉아 있었으나 소저가 나오지 않으니 참지 못해 시녀를 시켜 청하였다. 이윽고 시녀 소완이 상서의 말로 전하였다.

"'그대가 내 딸을 상놈의 천첩같이 마구 쳤으니 내 비록 용렬하나 결단코 다시 내 딸을 네 손에 넣지 않을 것이니 일찌감치 내 딸을 잊으라.'고 하셨나이다."

한림이 다 듣고 대로하여 답하였다.

"상공이 소생을 나무라 다른 사위를 얻고자 하시니 어찌 말로 다투겠나이까?"

그러고서 소저 유모를 시켜 그렇게 이르라 보내고 소완을 이끌어 자리에 나아가니 소완이 크게 놀라 울었다. 생이 주먹으로 입을 치니 소완이 다시 소리를 못 질렀다. 유모가 이 광경을 보고 놀라고 근심하여 들어가 고하니 상서가 웃고 말을 하지 않았다.

다음 날 아침에 한림이 세수하고 외당에 나가 상서를 보고 안색을 엄숙하게 해 바로 말을 하려고 하였다. 홀연 명패가 이르러 생이 참고 관복을 갖추고 대궐에 이르러 복명하여 소임을 차리고 집으로 갔다.

정 부인이 오래 친정에 못 갔으므로 시부모에게 고하고 귀녕(歸寧)하니 부모와 형제들이 반김을 이기지 못하였다. 위 부인이 이 한림의 전후 행동을 일일이 이르니 부인이 놀라 말하였다.

"조카가 어려서부터 옛글을 읽어 부도(婦道)를 알 것이니 비록 이 한림의 일이 그르나 질녀가 처음 보는 가군을 이기려고 행동을 이렇듯 망령되게 하였는고?"

그러고서 상서를 대해 조용히 말하였다.

"연성의 당초 행동이 비록 정도(正道)를 잃었으나 지금에 이르러서는 할 수 없거늘 질녀가 냉랭한 눈으로 멸시하고 오라버니가 질녀를 감췄으니 어느 어리석은 남자가 참겠나이까? 원컨대 오라버니는 질녀 감추는 것을 그치소서."

상서가 웃고 말하였다.

"연성의 행동이 참으로 해괴하니 이 형이 참기 어려워 저와 겨루기를 면치 못하였거니와 누이의 말이 이와 같으니 이후에는 참작하여 보겠노라."

부인이 사례하였다.

며칠 후에 한림이 옥당(玉堂)에서 출번(出番)하여 집에 가 부모를 보고 정부에 가 상서를 찾으니 상서가 중당(中堂)에 있었다. 한림이 인사도 않고 노기를 띠고 말하였다.

"학생이 비록 불민하나 일찍이 명공(明公)께 큰 죄를 얻지 않았고 양가의 대인(大人)이 마주 대해 혼약을 하셨으니 영녀(令女)가 생의 아내 됨이 욕되지 않은 일입니다. 그러하거늘 무단히 딸을 데려와 감추고 내지 않으며 시녀를 보내 생을 모욕하니 생이 비록 용렬하나 명공이 이렇듯 꾸짖으실 일이 없습니다. 또 영녀가 존귀한 체하나 한 상서의 딸이거늘 오만방자하여 한갓 공의 권세만 믿고 생을 심하게 업신여기고 있습니다. 연성이 비록 사리를 모르나 이렇듯 교만한 여자는 용납하지 않을 것이요 정 씨 또한 생의 어리석음을 나무라 은연중에 다른 가문을 생각하니 학생이 어찌 정 씨 여자를 마음에 두겠나이까? 원컨대 혼서 봉채(封采)[38]를 내어 오시면 쾌히 불 질러 절의(絶義)하고 돌아갈 것입니다. 그러면 이렇듯 죄 얻은 자가 거리낄 것이 없어 시원할까 하나이다."

말을 마치고는 노기가 등등하였다. 정 상서가 다 들으니 연성이 급한 노기를 부려 말이 과도하여 딸이 다른 가문을 생각한다 하며 면전에서 모욕함이 이에 미친 것을 보니 어이가 없어 다만 말하였다.

"너 어린아이가 어른을 알지 못해 말이 이처럼 패려(悖戾)하니 이것이 어찌 사람이 할 짓이냐? 내 또 너의 허물을 이를 것이니 자세히 들어라. 네가 처음에 남의 규방 여자를 엿보아 나쁜 마음을 먹고 글을 날려 풍교(風教)를 무너뜨리니 이는 예를 모르는 필부의 짓이다. 둘째는 네가 존태사 교훈을 받아 귀한 집 공자로서 반평생을 훌륭한 집에서 지냈거늘 정실을 매로 두드려 체면이 손상됨을 모르니 네 행동에 무슨 이를 것이 있느냐? 내 딸아이가 약질로 너의 독한 수단을 한 번 견디는 것도 괴이하거늘 두 번 맞으면 견딜 수 있겠느

---

38) 봉채(封采): 봉치의 원말. 봉치는 혼인 전에 신랑 집에서 신부 집으로 보낸 채단(采緞)과 예장(禮狀).

냐? 이런 까닭에 너의 숙소에 못 보내는 것이니 네 말 잘함을 믿고 풍화(風化)에 관계된 말로 내 딸을 모욕하였으니 내 당당히 존태사께 너의 방자한 죄를 고할 것이다. 태사가 만일 너를 다스린다면 전날 매 맞은 것보다 오히려 더 중할까 하노라."

한림이 이 말을 듣고 더욱 대로하여 기운이 분분하니 정 학사 등 형제가 타일러 말하였다.

"그대가 나이 어려 적은 분노를 참지 못해 말이 너무 과도하니 형님이 노하시는 것이 그르지 않도다. 청컨대 분노를 풀고 피차 온화한 기운을 상하게 하지 말라."

그러고서 상서를 향해 웃고 말하였다.

"형이 항상 질녀를 만금(萬金)의 진주로 아셨으니 당당히 사위를 맞으면 사위와 서로 재미를 보실까 하였습니다. 그런데 막상 질녀가 시집을 가니 문득 장인과 사위가 불화하여 종종 힐난함이 잦으니 이는 세상에 흔하지 않은 일입니다. 원컨대 형님은 어른의 체위(體位)를 존중하셔서, 어린 아이와 서로 다퉈 사람들의 기롱을 취하지 마소서."

상서가 웃고 말하였다.

"연성이 어른을 모르고 말이 과도하니 내 일러 준절히 꾸짖어 고치게 하려고 한 것이니 어찌 저와 겨루겠느냐?"

한림이 비록 말이 뱃속에 가득하였으나 여러 정 공이 너그러운 말로 풀어 타이르는 것을 보니 인정상 과격한 노를 너무 내는 것이 맞지 않았으므로 다만 좌중에 하직하고 돌아갔다. 부인이 상서를 대해 웃고 말하였다.

"오라버니가 비록 연성을 이기고자 하시나 딸 둔 사람으로서 할 수 없는 일이니 오라버니는 이후에는 겨루지 말고 연성을 경계하소서."

상서가 웃고 말하였다.

"내가 어찌 알지 못하겠는가마는 연성의 하는 행동이 가소롭고 한편으로는 해괴하니 참지 못한 것이었다. 내 어찌 매양 손을 놀려 겨루겠느냐?"

부인이 한가히 웃었다.

연성이 집에 돌아오니 승상이 이 일로 한림을 불러 사리(事理)로 경계하여 어린 아이가 감히 어른을 멸시해서는 안 된다며 꾸짖으니 한림이 조용히 사죄하였다.

연성이 정 씨를 데려오려고 하였으나 부친이 이미 허락하였으니 할 수 없어 이에 가만히 조모에게 고하였다.

"부친이 정 씨를 허락해 보내시니 정문한이 소손(小孫)의 이전 허물을 꾸짖고 소손을 용납하지 않아 소손이 괴로움을 이기지 못하오니 조모는 아버지에게 이르셔서 정 씨를 데려오게 하소서."

부인이 웃고 태사를 불러 말하였다.

"노모가 연성의 아내를 덧없이 보고 떠나보내니 심사가 울적하노라. 너는 모름지기 정 씨를 불러 오너라."

태사가 명을 듣고 다음 날 조회를 파하고 오는 길에 정부에 가 상서를 보고 말하였다.

"만생(晚生)이 며느리를 나이 어리다 하여 일이 년을 명공 슬하에 두려고 하였더니 편친(偏親)이 앞에 두고자 하십니다. 그러니 명공은 식부를 돌려보내시는 것이 어떻겠습니까?"

상서가 벌써 연성의 꾀인 줄 알았으나 내색하지 않고 말하였다.

"딸아이의 사생이 존문(尊門)에 달렸거늘 어찌 명을 받들지 않겠습니까? 내일 보내겠나이다."

태사가 사례하고 한참을 이야기하다가 돌아갔다.

이튿날 상서가 거마를 차려 소저를 보내며 경계하였다.

"네 내 집에서는 연성을 거절하였으나 시집에 간 후에는 모든 시비(是非)가 자연 요란할 것이니 온순하기를 힘써 시부모께 죄를 얻지 마라."

소저가 명을 듣고 절하고서 시가에 이르렀다. 태부인과 유 부인이 크게 반기고 사랑하여 말하였다.

"우리 며느리를 늦게야 얻어 덧없이 떠나보내니 비록 장래에는 아주 있을 사람이지만 며느리가 없어 심히 울적하더니 이제 돌아오니 반가움이 비길 데가 없구나."

소저가 자리를 피해 은택(恩澤)을 사례하니 예법에 맞는 모습이 온화하며 공손하고 말이 부드러우니 부인이 더욱 사랑하였다.

소저가 석양 후에 침소에 이르니 한림이 이에 들어와 정색하고 죄를 물어 꾸짖었다.

"그대 여자의 몸으로 가부(家夫)에게 교만하여 스스로 나무라 피하니 진실로 용서하기 어렵도다. 그러나 내가 마음이 약하고 지식이 없어 어리석으므로 용서하니 그대는 시원하게 입을 열어 소견을 이르라."

소저가 새로이 분한 마음이 앞섰으나 그 사나운 위엄과 겨루기가 싫어 묵묵히 있다가 탄식하며 말하였다.

"첩은 본디 민첩하지 못하고 용렬하니 어찌 감히 군자를 가볍게 보는 일이 있겠나이까? 다만 규방의 어리석은 위인이 차마 입 열기를 주저함이 큰 죄목이 되었으니 무슨 다른 말이 있겠나이까?"

연성이 그 옥 같은 목소리가 낭랑함을 듣고 사랑이 태산(泰山)과 하해(河海) 같았다.

이때 이공자 몽현의 자는 백균이니 좌승상 겸 문연각 태학사 운혜 선생 이 공 관성의 장자이다. 모부인 정 씨가 꿈에 각목교(角木蛟)[39]를 보고 잉태하여 낳았다. 공자가 나면서부터 안색이 옥 같고 기상이 시원스러워 범상한 아이가 아니었다. 점점 자라 대여섯 살에 이르니 예법과 충효에 조금도 미진함이 없고 공자(孔子), 안회(顔回)의 호학(好學)과 비단 같은 문장을 몸 안에 갖추었다. 얼굴이 기이하여 천지 사이의 맑은 기운이 엉긴 듯하고 가을 물결 같은 눈길과 별 같은 눈, 연꽃 같은 두 뺨이 시원하고 맑았다. 풍채가 늠름하고 전아하니 가을하늘의 흰 달이 봉우리 사이에 나와 보이는 듯하였고 신장도 굉장하여 살대 같아 팔 척이 넘었으니 그 인물됨이 고금에 비할 자가 없었다.

그 조부 충문공이 한평생 예법 행실을 조금도 어긋남이 없게 하였으나 공자를 생전에 그르다 함이 없었다. 그 부친인 승상도 모든 행동을 정돈되게 하여 공부자(孔夫子)라도 자리를 사양할 기상을 지녔으나 관성을 대해서는 일찍이 낯빛을 고쳐 크게 이르는 일이 없었다. 이는 구태여 자식 가르침이 풀어져서가 아니라 몽현 공자가 부형의 경계를 기다리지 않고서 스스로 닦음이 두터워 다시 이를 것이 없어서였다. 행동거지가 이렇듯 기특하니 승상은 본디 매사에 요동함이 없었으므로 과도하게 사랑하는 일이 없었으나 조부 충문공이 손바닥 안의 보물처럼 매우 사랑하고 증조모 진 태부인이 지극하게 애중(愛重)하였다. 그런데도 공자는 조금도 교만한 빛과 의기양양한 기색이 없어 존전(尊前)에서 손을 꽂고 무릎을 쓸어 시좌(侍坐)하며 혹 말을 도와 심심한 것을 위로하였다. 물러나오면 종일토록 향을 피우고 글을 읽어 부질없는 희롱을 하지 않았다. 그래서 연성 같은

---

39) 각목교(角木蛟): 『서유기』에 나오는 이무기.

숙부가 감히 희롱을 못하고 최 숙인 같은 세상에 드문 구변(口辯)이 공자에게는 보채지 못하였으니 몽현의 아름다운 행실을 여기에서 더욱 알 수 있었다.

이때 형부상서 장세걸은 정난공신(靖難功臣) 장유의 아들이었다. 장유가 문황을 도와 정난의 선봉대장이 되었더니 동창의 수령인 장성용에게 찔려 죽으니 문황이 크게 비통해 하며 옷을 벗어 넣고 추증하여 신국공으로 삼았다. 그리고 세걸에게 그 벼슬을 승습(承襲)하게 하려고 하니 세걸이 굳이 사양하고 삼년상을 치른 후 문과에 급제하여 어린 나이에 벼슬이 형부상서에 올랐다. 몇 년 후 예부상서를 하니 글이 아름답고 인물이 강직하여 금옥(金玉)과 같은 군자였다. 승상이 흠탄(欽歎)하고 공경(恭敬)하며 항상 칭찬하였다.

장 공이 부인 오 씨를 취하여 3자 1녀를 낳았으니, 위로 두 아들이 장가들었고 그 다음 딸이 장성하니 이름은 옥경이었다. 타고난 성품과 탁월한 용모는 만고(萬古)를 헤아려도 비슷한 사람이 없을 정도였고 부녀자가 지녀야 할 덕에 하자할 것이 없었으므로 장 공이 크게 사랑하여 인간 세상에서는 그 쌍이 없을까 여겼다. 그러다가 여환의 옥사 때 정부에 가 공자 몽현을 보고 크게 사랑하여 돌아와 승상을 보고 이 뜻을 이르고자 하였다. 그러나 옥사가 다 끝나지 않아 조급해 하며 행여나 발이 빠른 자에게 빼앗길까 걱정하였다.

옥사가 끝나자, 매우 기뻐하며 하루는 이부에 이르러 승상을 보고 대화하다가 웃으며 말하였다.

"접때 영랑(令郞)을 보니 만생(晩生)의 무딘 눈이 상쾌하더이다."

승상이 가만히 웃고 말하였다.

"용렬한 제 아들이 어찌 형의 칭찬을 당하겠나이까?"

상서가 웃으며 말하였다.

"속어(俗語)에 산이 높으면 옥이 난다고 했습니다. 형이 기이하니 그 아들이 어찌 기특하지 않겠나이까? 영랑의 풍채는 제가 본바 처음이라 흠모함과 사랑함을 참지 못하겠습니다. 그윽이 생각건대, 제가 용렬한 위인으로 형이 버리지 않은 덕분에 벗들 사이에 있게 되었습니다. 어리석은 위인이 문호(門戶)의 천함을 살피지 않고 혼인을 맺고자 하니 형의 뜻이 어떠합니까? 저에게 한 딸이 있어 얼굴과 부덕(婦德)이 거의 영랑(令郎)과 쌍이 될 듯하니 결혼을 허락하시렵니까?"

승상이 고요히 앉아 다 듣고 천천히 대답하였다.

"아들이 본디 용렬하고 또 나이 바야흐로 일곱 살이니 혼인 생각이 없습니다. 또 위로 존당과 가친이 계시고 이어서 자모(慈母)가 계시므로 스스로 주장하지 못하니 형은 살피소서."

상서가 다 듣고 놀라 다만 말하였다.

"제가 또 모르는 바는 아니나 형의 뜻을 알고자 하노라."

승상이 웃으며 말하였다.

"가친과 존당이 허락하신다면 소제(小弟)의 뜻이 한가지니 다른 말이 있겠나이까? 조용히 고해 만일 허락하신다면 혼사를 정했다가 나이 찬 후에 성례(成禮)시키겠습니다."

상서가 다시 말을 못 하고 이에 돌아갈 때 다시 말하였다.

"소제(小弟)가 자식을 높이는 것이 아니로되 만일 영랑이 아니면 제 딸의 쌍이 없을 것이니 형은 대인께 고해 허락받기를 천만 번 바라노라."

승상이 다시 웃고 말하였다.

"혼인은 인륜(人倫)의 큰일이니 제가 스스로 결단은 못하나 존전(尊前)에 아뢰어 형의 뜻을 저버리지 않을 것이니 염려 마소서."

상서가 재삼 당부하고 돌아갔다.

승상이 문안(問安)에 들어가 태부인과 태사에게 장 공의 말을 고하니 태사가 깊이 생각하다가 말하였다.

"장 공은 세상에 없는 군자니 그 딸이 닮았으면 우리 집안에 다행이겠거니와 네 뜻은 어떠한고?"

승상이 절하고 말하였다.

"장세걸은 금옥(金玉)과 같은 군자니 그 딸이 닮은 것이 있을 것입니다. 존명(尊命)이 계시면 저의 뜻은 다른 것이 없나이다."

태사가 잠깐 생각하다가 어머니 앞에 꿇어 고하였다.

"어머님의 뜻은 어떠하시나이까?"

태부인이 답하였다.

"내 본디 늙어 사리에 어두우니 혼인 대사를 주장할 수 있겠느냐? 그러나 우리 아들과 손자의 살핌이 무심치 않을 것이니 결혼시키는 것이 좋겠구나."

태사가 명을 받고 승상을 돌아보고 혼인 허락함을 이르라 하니 승상이 사례하고 물러났다.

장 상서가 또 이르니 승상이 마침 대서헌(大書軒)에 있었으므로 청하여 보았다. 상서가 들어와 태사에게 인사하고 승상과 서로 보아 인사를 마치고서 바삐 물었다.

"어제 고한 말이 어찌 되었나이까?"

승상이 미처 대답하지 않아서 태사가 기쁜 빛으로 고마움을 표하며 말하였다.

"명공(明公)과 같이 두터운 덕과 밝은 행실을 지닌 분이 불민한 손자를 구하니 어찌 사양하겠는가? 다만 아들의 성품이 매사에 오로지 정하는 일이 없으므로 이 늙은이에게 고한다고 허락하지 못했으나 늙은이가 어찌 허락하지 않겠는가?"

상서가 크게 기뻐 바삐 자리를 떠나 사례하였다.

"소생이 문호(門戶)의 비천함과 딸아이의 불민함을 살피지 않고 영윤(令胤)의 풍채를 흠모하여 우러러 구혼함이 있더니 이렇듯 시원하게 허락해 주시니 후의(厚誼)를 갚을 바를 알지 못하겠나이다."

태사가 웃으며 말하였다.

"피차 사문(斯文)40)의 집안이니 겸손할 일이 없고 우리 아들과 명공이 문경지교(刎頸之交)41)로 인친(姻親)의 두터움을 맺음이 아름다운 일이니 과도하게 겸양하여 화기(和氣)를 잃는고?"

상서가 사례하고 몽현을 불러 마음에 드는 사위라 칭찬하니 무평백이 웃으며 말하였다.

"장래의 일은 헤아리지 못하니 저렇듯 과도하게 사랑하심이 너무 지극한가 하나이다."

상서가 다만 웃었다. 이에 자리 앞에서 굳게 약속을 정하고 돌아가 택일하여 납채(納采)하고 두 아이가 나이 차기를 기다렸다. 장 공이 자주 이르러 몽현을 사랑함이 과도하니 그 정은 진심에서 우러나온 것이었다. 몽현이 또한 그 은혜에 감격하여 마음에 장인으로 알았다.

공자가 장성하여 열세 살에 이르니 신장과 행동거지가 훤칠한 장부였다. 태부인이 한시가 급해 혼인시키라 재촉하니 승상이 일찍이 인종이 임종 시에 하던 거동을 생각하고 스스로 마음이 평안치 않았

---

40) 사문(斯文): 유학의 도의나 문화를 이르는 말.
41) 문경지교(刎頸之交): 서로를 위해서라면 목이 잘린다 해도 후회하지 않을 정도의 사이라는 뜻으로, 생사를 같이할 수 있는 아주 가까운 사이, 또는 그런 친구를 이르는 말.

다. 그러나 이때에 자기가 먼저 혼인 말을 일컫는 것이 불가하므로 내색하지 않고 장가에 알려 택일하니 겨우 수십 일밖에 남지 않았다.

인종 황제의 장녀 효성 공주는 정궁 진 낭랑이 낳은 딸이었다. 인종이 오래된 병이 있었는데 공주를 낳은 후 홀연히 나으니 문황이 효성스러운 딸이라 이르고 이 때문에 이름을 효성 공주라 한 것이다. 공주가 나면서부터 얼굴이 기이하여 입으로 형용하여 이를 수가 없고 덕행이 빼어나 고금(古今)을 헤아려도 비교할 사람이 없으니 인종의 사랑이 태자에 대한 사랑보다도 더 깊었다. 공주가 아홉 살 때 인종의 병환이 깊어지자, 공주가 옆에서 모셔 초초해 하니 그 광경은 차마 보지 못할 정도였다. 임금이 탄식하고 이에 진후와 태자에게 말하였다.

"효성이 기이하여 그 쌍이 없을까 하더니 이부상서 이관성의 장자 몽현의 기특함이 참으로 공주의 쌍이 될 만하니 네 마땅히 부마(駙馬)를 봉해 공주의 평생을 저버리지 말라."

또 공주에게 말하였다.

"네 나이 어리므로 땅을 떼어내 봉하지 못했더니 내 이제 병이 이렇게 되었으니 생전에 직첩을 주리라."

드디어 어필(御筆)로 계양 공주라 써 주니 공주가 두 손으로 받고 눈물이 옥면(玉面)에 가득 떨어졌다. 임금이 탄식하고 태자에게 다시 일렀다.

"네 누이 사랑하기를 내가 있을 때와 같이 하라."

다음 날 아침에 태자에게 다시 몽현을 부마 삼으라 이르고는 장씨를 둘째로 삼으라 이르려 하다가 기운이 끊겨 못 이르고 붕(崩)하였다.

공주가 슬픔이 과도하여 음식을 입에 넣지 않고 밤낮 거적에 엎드

려 슬피 곡하였다. 이렇게 하기를 낮으로써 밤을 이으니 진 태후가
밤낮 붙들고 구호하며 위로하는 말이 지극하였다. 공주가 모후(母后)
의 지성을 보고 겨우 부지하였으나 삼년 동안을 일찍이 이가 드러나
게 웃지 않고 수를 놓은 휘장을 가까이 하지 않았으니 공주의 효성
이 이러하였다.

삼년상을 지내고 나니 공주의 나이가 열두 살이 되었다. 눈 같은
피부에 옥 같은 골격이며 꽃 같은 얼굴에 아담한 자태가 한 시대에
독보적(獨步的)이었으니 태후가 매우 사랑하여 한시도 곁을 떠나게
하지 않았다. 공주가 모시고 그 뜻을 위로하니 행동거지가 보통 아이
가 아니었다. 작은 일에 요동하는 일이 없고 급한 일에도 정신없이
행동하지 않았다. 그 성덕(盛德)이 크고 넓어 소무(蘇武)처럼 십 년간
밥을 안 먹게 해도 겁내는 일이 없을 것이요[42] 천하를 주나 기뻐함
이 없을 것이었다.

항상 거처할 적에 자기 침소에서 모시는 궁녀를 다 아랫방에 두고
보모 허 씨와 사부(師父) 진 상궁에게 방을 맡겨 모든 궁녀를 다스리
게 하였다. 자기는 열 살이 갓 넘은 궁녀 소영과 소옥을 앞에 두었다.
태후 문안에 다니며 색이 없는 의복을 입고 예법에 따른 옷 외에는
조금도 보석을 더하는 일이 없었다. 말을 할 적에 크게 웃으며 크게
노하는 일이 없었으나 안색에는 엄숙한 기운이 어려 보통사람이 감
히 우러러보지 못했다. 모시는 궁녀가 만일 뜻에 맞지 않게 했을 때
에는 눈길을 잠깐 흘려 뜨고 미우(眉宇)를 조금 바꾸면 모든 궁녀가

---

42) 소무(蘇武)처럼~것이요: 소무(蘇武)는 한(漢) 무제(武帝) 때 사람으로 무제가 소무
를 중랑장(中郞將)으로 임명해 흉노(匈奴)에 사신으로 보냈으나 소무가 움집에 갇혀
음식을 못 얻어먹고 눈을 먹으며 목숨을 연명하다가, 후에 북해(北海) 가에 옮겨져
들쥐와 풀을 먹으며 지내면서도 절개를 잃지 않음. 소제 때 한나라로 돌아갔는데
잡혀 있던 기간은 19년이었음.

넋을 잃어 손발을 떨었다. 이는 구태여 모질어서가 아니고 안색에 서릿발에 어려 일반 사람과 달라서였다. 선종이 총명하고 위엄이 있는 임금이었으나 공주에 비견함이 과분하였으니 공주의 사람됨을 알 수 있다.

공주의 나이가 열세 살이 되니 신장이 늘씬하고 피부가 윤택하여 조금도 미진한 데가 없었다. 태후가 기뻐하면서도 슬퍼하며 임금에게 일렀다.

"효성이 장성했으니 빨리 관성에게 이르고 혼례를 치르라."

임금이 대답하였다.

"하교(下敎)가 옳으시나 국법에 간선(揀選)하는 법이 있으니 좋은 날을 가려 모든 신하의 집 아들을 모아 법대로 할 것입니다."

태후가 고개를 끄덕이며 옳다고 하였다.

홀연 초왕이 들어와 뵈니 태후가 물었다.

"관성이 아들 몽현이 장성하였나이까?"

왕이 엎드려 대답하였다.

"몽현이 기질이 성숙하고 얼굴이 기이하니 어렸을 때보다 더 나아졌나이다."

태후가 매우 기뻐하며 말하였다.

"공주와 비교하면 어떠하니이까?"

초왕이 말하였다.

"공주의 기이한 골격이 참으로 쌍이 없거니와 관성이 예부상서 장세걸과 정혼하여 길일이 한 달 정도 남았나이다."

태후가 크게 놀라 말하였다.

"선제(先帝)가 붕할 적에 재삼 공주를 이관성의 며느리로 삼으라고 이르셨고 또 몽현이 아니면 그 쌍이 없을 것이라 하셨으니 빨리 길일을 잡아 간택하리라.”

초왕이 대답하였다.

“선제께서 일찍이 이관성에게 공주를 보이시고 결혼시킬 것을 이르셨으나 관성이 마침 굳이 사양하였으니 이제 어찌 전교를 듣겠나이까?”

태후가 말하였다.

“신하가 되어 어찌 임금의 말을 아니 들으리오? 선제의 말씀이 정녕하시니 이를 어찌 고치리오?”

선종이 잠자코 기뻐하지 않으니 대강 태후가 이 승상을 핍박하여 혼인을 정하려 하면 거조가 좋지 않을 것을 짐작해서였다.

쌍천기봉 卷 6

이몽현은 태후의 강압으로 효성 공주와 혼인하고, 효성 공주는 태후에게 청해 장옥경을 불러들이다

임금이 태후의 명을 받아 다음날 다음과 같은 조서(詔書)를 내렸다.

'누이 계양 공주가 장성하였으니 황태후의 칙지(勅旨)를 받아 부마를 간택하려고 하노라. 경성 사대부 집에서 열 살 넘은 아이는 다 오봉루에 모이게 해 태낭랑의 선택을 기다리라.'

통정사(通政事)[1]가 즉시 어지(御旨)를 각문(閣門)[2]에 전하니 사람마다 부귀를 흠모하여 기뻐하였으나 이 승상은 이 기별을 듣고 크게 놀라 스스로 책상을 쳐 말하였다.

"장 씨의 운명이 매우 기박하게 되었구나."

이때 좌우에 아무도 없고 얼제(孽弟) 문성이 있다가 이 말을 듣고 괴이하게 여겼으나 감히 묻지 못하였다.

태사가 이 기별을 듣고 또한 놀라 승상을 불러 말하였다.

"선제(先帝)께서 몽현을 눈에 들어 하시더니 반드시 지금 황제에게 말씀하셨나 보구나. 신하 되어 어찌 몽현을 안 들여보내겠느냐?

---

1) 통정사(通政事): 명나라의 관제로 내외에서 올리는 상소 등을 받아 황제에게 보고하는 일을 담당함.
2) 각문(閣門): 왕명의 출납(出納) 등의 일을 맡아 보는 관아.

만일 몽현이 뽑힌다면 저 장 씨를 어찌할꼬?"

승상이 대답하였다.

"모든 일이 천명(天命)이니 구태여 몽현에게 부마의 작위가 오겠나이까?"

승상이 비록 겉으로는 이처럼 말했으나 매우 기뻐하지 않았다.

길일이 다다르니 이부에서 몽현에게 옷을 입혀 대궐에 보내니 각 집의 소년이 구름같이 가지런히 늘어서 있었다. 태후가 주렴을 치고 일일이 어람(御覽)하니 혹 단아한 사람도 있고 풍류를 좋아하게 생긴 사람도 있었으나 몽현이 미우에 광채가 영롱하고 피부가 백설 같아 무리 중 제일이었다. 태후가 크게 기뻐하고 임금이 또한 기뻐하여 몽현을 택하고 모든 소년을 다 내보낸 후 이 승상을 불러 칭찬하며 말하였다.

"몽현의 기이함을 들은 지 오래나 이와 같은 줄은 몰랐더니 오늘 부마로 택하니 기쁨을 지금 다 말하지 못하겠노라."

승상이 이미 아는 일이었으므로 안색을 변하지 않고 섬돌에서 내려와 정색하고 아뢰었다.

"신의 불초한 자식이 금지옥엽(金枝玉葉)의 쌍 됨이 참으로 격에 맞지 않은 일이옵니다. 하물며 신이 몽현을 예부상서 장세걸의 딸과 정혼하고 납빙(納聘)하여 길일이 며칠 남지 않았으니 약속을 어기지 못할 것이옵니다. 성상(聖上)께서는 다시 아름다운 부마를 가려 필부의 뜻을 빼앗지 마소서."

임금이 오래 생각하다가 대답하였다.

"태후께서 이미 간택(簡擇)하신 것을 어찌 고칠 것이며 경이 이미 정혼했다면 또 어찌 간택에 들였는고?"

승상이 대답하였다.

"신하 되어 임금의 명령을 거스릴 수 있겠나이까? 간선(簡選)의 수를 채울 것으로만 여겼더니 뽑힌 것은 의외입니다. 성상께서는 빨리 물리시고 다른 부마를 뽑으시기를 바라나이다."

임금이 오래 생각하다가 내전(內殿)에 들어가 태후에게 승상의 말을 고하니 태후가 낯빛을 바꾸고 말하였다.

"몽현이 비록 장 씨와 정혼하였으나 임금이 간택하여 일이 명분과 사리에 맞거늘 이관성이 어찌 잡말을 하며 임금은 어찌 선제(先帝)의 유교(遺教)를 잊는고?"

임금이 꿇어앉아 대답하였다.

"몽현이 장 씨에게 납폐를 했으므로 믿음을 저버리지 못할 것이라 하니 장 씨를 둘째로 정하사이다."

태후가 갑자기 낯빛을 바꾸어 말하였다.

"계양은 선제가 사랑하시던 딸로 금지옥엽이어늘 어찌 이처럼 구차한 일이 있는고? 임금이 계양 박대하기를 이 지경에 미칠 줄은 알지 못한 바로다."

말을 마치고 눈물을 흘리니 임금이 크게 불안해 하고 마지못해 즉시 하교하였다.

"짐이 태낭랑의 교지를 받아 누이 계양을 위하여 부마를 택하니 그 아비 이관성이 정혼했다 하여 굳이 사양하였으나 이미 몽현을 부마로 정하였으니 고치지 못할 것이로다. 특별히 정혼한 여자를 다른 데 갈 수 있도록 하고 납폐(納幣)와 문명(問名)을 거둬 예부에 들이고 흠천관(欽天官)3)에게 명해 길일을 가려 혼례를 이루라."

예부가 성지(聖旨)를 받아 장부에 가 납폐(納幣)를 찾았다. 이때

---

3) 흠천관(欽天官): 천문역수(天文曆數)의 관측을 맡은 관아인 흠천감(欽天監)의 관리.

장 공은 이 공자를 딸과 정혼시키고 기뻐하며 길일(吉日)을 손꼽아 기다리고 있었다. 천만뜻밖에 이 말을 듣고 낙담하였으나 사람이 원래 심지가 굳건했으므로 안색을 바꾸지 않고 내당(內堂)에 들어가 딸의 방으로 가 이부의 혼서를 내어주며 소저에게 말하였다,

"나라에서 이몽현을 부마로 정하시고 너를 다른 데 결혼시키라 하셨으니 네 뜻은 어떠하냐?"

소저가 자약히 꿇어앉아 대답하였다.

"소녀가 어려서부터 아버님의 교훈을 받아 대절(大節)4)을 아오니 어찌 다른 성을 섬기겠나이까? 규방에서 의리를 지켜 부모를 섬기고자 하나이다."

상서가 탄식하며 말하였다.

"낸들 어찌 한 딸을 위하여 혼서를 두 번 문에 들여 장 씨의 맑은 덕을 떨어뜨리고 싶겠느냐?"

드디어 밖에 나와 이가의 혼서를 예부에게 주고 수레를 밀어 이부에 이르렀다.

이때 승상이 돌아와 이 말을 모든 데 고하니 온 집안이 놀라고 태사가 놀라 탄식하였다.

"몽현은 지금부터 복록이 굳으려니와 가련한 사람은 장 씨로구나."

이렇게 말할 적에 장 상서가 이에 이르러 치하(致賀)하니 승상이 슬픈 빛으로 말하였다.

"형은 이 무슨 말입니까? 아들이 도리어 믿음을 못 지키고 소제가 의리를 끊음이 지극하니 참으로 어찌할 줄을 모르거늘 치하는 무슨 일입니까?"

---

4) 대절(大節): 목숨을 바쳐 지키는 절개.

무평백이 이어 말하였다.

"조카가 부마에 간택되었으니 영녀(令女)를 어떻게 하려 하시나이까?"

상서가 말하였다.

"학생이 비록 불민하나 어찌 한 자식을 위하여 빙채(聘采)를 두 번 받겠는가? 하물며 천한 자식이 예의를 자못 아니 존문(尊門)의 빙례(聘禮)를 받아 죽어 혼백이라도 이씨의 사람이니 어찌 다른 성을 좇겠는가?"

승상이 탄식하며 말하였다.

"옛사람이 이른바 백인(伯仁)이 나 때문에 죽었다고 한 것[5]이 바로 이 말을 이른 것이로다. 제가 어찌 위엄을 두려워하여 영녀(令女)를 저버리리오?"

드디어 대궐에 나아가 상소하였다.

"신이 불민한 위인으로 세 황제의 조정에 은혜를 입어 영화가 한 몸에 족하오니 밤낮 조물이 꺼리는 것을 두려워했사옵니다. 이에 불초자 몽현이 부마에 간택되니 사람의 얻지 못할 영광이로되 절부(節婦)의 신(信) 지킴은 만승(萬乘)의 천자(天子)라도 빼앗지 못하는 것이 선왕의 법이옵니다. 이제 몽현이 장 씨와 정혼하여 장 씨가 몽현을 지아비로 알고 신이 장 씨를 며느리로 알고 있어 일이 실신(失信)하지 못할 상황입니다. 하물며 장 씨가 열셋 청춘으로 빈 규방에서 늙는다면 오월에 서리가 내리는 것에 가깝게 될 것이옵니다. 엎드려 바라건대, 성상(聖上)께서는 비록 공주를 몽현에게 시집보내셨으나

---

5) 백인(伯仁)이~것: 다른 사람이 화를 입게 된 원인이 자기에게 있음을 한탄하는 말. 진(晉)나라의 왕도(王導)가 억울하게 옥에 갇혔을 때 백인이 누명을 벗겨 주었지만 왕도는 이를 몰랐음. 이후에 백인이 옥에 갇히게 되었으나 왕도가 그를 구할 수 있었음에도 불구하고 구하지 않아 백인이 처형당함. 나중에 이를 안 왕도가 백인을 구하지 못한 자신의 어리석음을 자책하며 이러한 말을 함.

장 씨 여자를 둘째 자리에 두어 의리를 완전케 하소서."

임금이 보고 즉시 내전(內殿)에 들어가 이 일을 태후에게 아뢰니 태후가 낯빛을 바꾸고 말하였다.

"이관성이 녹봉을 먹는 대신이 되어 황녀(皇女)를 가볍게 여겨 말이 이렇듯 거만하니 결단코 용서하지 못할 것이로다. 다만 몽현의 낯을 보아 너그러이 용서하고 오늘 즉시 몽현에게 예물을 주라."

임금이 할 수 없이 조서를 내려 승상을 위로하고 몽현을 인견(引見)하고서 홍금망룡포(紅錦--袍)[6]와 자금관(紫金冠)[7]과 통천서(通天犀)[8] 띠를 사급(賜給)하니 어린 내시가 옷을 받아 입기를 청하였다. 몽현이 맑은 눈을 들어 오랫동안 보다가 섬돌에서 내려와 고개를 조아리고 아뢰었다.

"성은(聖恩)이 미천한 신에게 이와 같으시나 신은 이미 장세걸의 딸에게 납빙(納聘)하여 장 씨를 저버리지 못할 것입니다. 또한 아비의 허락하는 말이 없으니 신이 어찌 마음대로 하겠나이까?"

아뢰기를 마치니 안색이 차고 매워 눈 위에 서리가 내린 것 같았다. 네 번 절하고 물러나니, 임금이 억지로 뜻을 누르지 못해 다시 내전(內殿)에 들어가 태후에게 수말(首末)을 고하니 태후가 크게 노해 어지(御旨)로 장 상서를 꾸짖었다.

'경의 딸이 비록 몽현과 정혼하였으나 황녀(皇女)와 감히 다투지 못할 것이거든 무슨 까닭으로 수절(守節)함을 일러 이렇듯 어지럽게 구는가? 빨리 경의 딸을 다른 곳에 결혼시켜 거리낌이 없게 하라.'

---

6) 홍금망룡포(紅錦--袍): 붉은 비단으로 만든 곤룡포(袞龍袍). 망룡은 용(龍)의 옛말.

7) 자금관(紫金冠): 자금으로 만든 관. 자금은 적동(赤銅)의 다른 이름으로, 적동은 구리에 금을 더한 합금임.

8) 통천서(通天犀): 위아래가 뚫려 있는 무소의 뿔.

장 상서가 조서(詔書)를 보고 크게 탄식하고 즉시 상소를 올렸다.

"소신(小臣)은 성은을 입사와 지위가 재상의 반열에 있고 신의 딸은 규중(閨中)에서 『예기(禮記)』를 읽어 절의(節義)를 잘 아옵니다. 때문에 비록 이가를 위하여 절(節)을 지키오나 옥주(玉主)께 조금도 해로움이 없을 것이니 번뇌치 마시기를 바라나이다."

태후가 상소를 보고 즉시 임금에게 하교(下敎)하여 장 상서를 파직시키고 이 승상에게 전교(傳敎)하여 성지(聖旨)를 받으라 하였다. 승상은 장 공이 파직되고 태후가 외조(外朝)의 신하에게 수서(手書)를 내리는 것을 보고 놀라 말하였다.

"인군(人君)이 덕을 잃음이 이와 같으니 어찌 함구(緘口)하여 명령을 받을 수 있겠는가?"

그러고서 다시 상소하였다.

"신이 일찍이 들으니 충신(忠臣)은 두 임금을 섬기지 않고 열녀(烈女)는 지아비를 바꾸지 않는다고 하였습니다. 장 씨가 이미 사족(士族)의 부녀로서 규중에서 『예기』를 읽어 오륜과 예절을 자못 아니 무슨 까닭으로 혼서 받은 지아비를 위하여 절을 안 지키겠습니까? 이렇듯 예의에 당연한 일을 가지고 태낭랑께서 엄지(嚴旨)를 내리신 것은 자못 실덕(失德)하신 것이니 신이 놀랍사옵니다. 이전에 선제(先帝)께서 동궁에 계실 적에 공주를 신에게 보이시고 결혼하도록 명령하셨으나 신이 이미 장 씨와 정혼하여 맹약(盟約)이 굳음을 아뢰니 억지로 뜻을 누르지 않으셨습니다. 그러하거늘 폐하께서 어찌 한갓 위엄으로 신하를 강박(强拍)하셔서 인륜을 어지럽히시나이까? 장 씨가 열셋 홍안(紅顔)으로 빈 방에서 늙는다면 밝게 다스리시는 데 덕이 손상되고 거의 오월에 서리가 내릴 것이니 비록 기름 솥에 삶기더라도 결단코 성지(聖旨)를 받들지 못할 것입니다. 엎드려 바라건대 성상께서는 신하의 인륜(人倫)을 온전히 하소서."

이 승상의 상소가 임금 앞에 오르니 임금이 다 보고 속으로 기뻐하지 않아 잠자코 있다가 내전에 들어가 태후에게 아뢰었다.

"이관성의 상소가 이와 같으니 어떻게 하오리까?"

태후가 다 보고 크게 노해 말하였다.

"이관성이 이렇듯 임금을 업신여기니 결코 용서하지 못하겠도다. 금의옥(錦衣獄)9)에 가둬 법을 엄정히 할 것이로다."

임금이 놀라 간하였다.

"관성은 선제께서 태자를 부탁하셨던 대신으로 소임이 중하니 어찌 작은 일로 옥에 가두겠나이까? 낭랑은 재삼 생각하소서."

태후가 버럭 화를 내며 말하였다.

"임금이 한 누이를 위해 부마를 뽑음에 일이 이렇듯 어그러지니 한스러움은 이르지 말더라도 이관성이 짐을 업신여김이 매우 심하니 다스리지 않음은 무슨 도리인가?"

말을 마치고서 정색하고 잠자코 있으니 임금이 크게 불안해 하였으나 효성이 지극했으므로 사죄하고 즉시 하교하였다.

"짐이 태낭랑 교지를 받아 누이를 위해 부마를 간택하니 이관성이 고집을 부려 듣지 않을 뿐 아니라 임금을 업신여기고 명령을 뿌리치니 이는 자못 신하된 자의 도리를 잃은 것이로다. 금의옥에 가둬 법을 엄정히 하라."

이때 승상이 도찰원에 있다가 전지(傳旨)를 보고 인수(印綬)10)와 관면(冠冕)11)을 끄르고 옥에 나아갔다. 조정의 관리들이 이 광경을

---

9) 금의옥(錦衣獄): 명나라 때 금위군(禁衛軍)의 하나인 금의위(錦衣衛)에 딸린 감옥.
10) 인수(印綬): 인장(印章)과 인장을 맨 띠. 인수는 관작(官爵)을 가리킴.
11) 관면(冠冕): 벼슬아치가 쓰는 갓.

보고 크게 놀라고 태사는 이 기별을 듣고 무평백과 소부와 몽현 등을 거느려 대궐 아래에서 죄를 기다렸다. 광경이 자못 좋지 않았으므로 임금이 듣고 크게 불안해 하여 내시를 시켜 말을 전했다.

"승상을 하옥한 것은 태낭랑 명령을 어기지 못해 그런 것이니 노선생은 안심하고 승상을 타이르라."

태사가 성은(聖恩)에 감격하여 대궐을 바라보아 절하고 집으로 돌아갔다.

임금이 내전(內殿)에 들어가 태후에게 고하였다.

"혼인이라는 것은 양가에서 상의하여 결정할 일입니다. 그런데 이제 공주를 몽현에게 하가(下嫁)하려 하시면서 먼저 그 아비를 가두는 것은 옳지 않습니다. 어머님께서는 생각해 주옵소서."

태후가 정색을 하고 말하였다.

"임금이 비록 몽현에게 공주를 하가시키려 하나 관성이 허락하지 않으니 어찌하리오? 당당히 허락을 받은 후에 놓아 줄 것이니 임금은 잠자코 있으소서."

그리고서 옆에서 모시고 있던 내시와 모든 비빈(妃嬪)에게 말하였다.

"계양이 이 일을 알면 간(諫)할 것이니, 만일 너희가 이 일을 입밖에 낸다면 법으로 엄정히 다스릴 것이다."

이에 모든 사람이 두려워하며 명령을 들었다.

태후가 이전에는 종일토록 공주를 눈앞에 두었으나 며칠째 부르지 않고 사사로운 문안에도 재촉해 내보내니 공주가 의아해 하였으나 감히 묻지 못하였다.

태후가 다음날 아침에 내시를 시켜 이관성에게 말을 전하였다.

"짐이 비록 불초하나 만민(萬民)의 어미로다. 공주가 선제(先帝)의 생육(生育)을 입어 부마를 명분과 사리에 맞게 간택했으니 옳지 않음이 없거늘 경이 녹을 먹는 대신으로 임금을 비방하고 황제의 딸을 가볍게 여기는가? 빨리 임금의 명령을 따라 어지러운 일이 없게 하라."

승상이 꿇어앉아 다 듣고서 천천히 대답하였다.

"신의 평생 굳은 마음은 신의를 중요하게 여기는 것이니 어찌 부귀를 보고 예를 저버리겠나이까? 만일 옥주께서 태임(太姙)과 태사(太姒)[12]의 덕이 있으시고 장 씨가 현숙하다면 신의 아들 몽현이 군자의 덕은 없으나 규방의 원망을 사게 하지는 않을 것입니다. 낭랑께서 만일 장 씨를 몽현의 곁에 두게 하신다면 신이 임금의 명령을 따를 것이요, 그렇지 않다면 신의 머리에 도끼가 임하여도 뜻을 고치지 않을 것입니다."

내시가 돌아가 이대로 아뢰니 태후가 대로(大怒)하였다.

"관성이 이처럼 위를 업신여기니 그 죄는 목을 베는 벌을 면키 어렵도다. 그러니 가벼이 풀어주지 못하리라."

임금이 태후의 노기가 이러함을 두려워해 감히 말을 못 하였다.

태후가 하루에도 두세 번씩 사람을 시켜 혼인 허락을 강요했으나 승상의 굳은 마음이 철석같고 말이 강직하여 한결같이 처음 말한 것과 같이 대답하니 태후가 더욱 노하였다.

승상을 옥에 가둔 지 십여 일이 되니 조정이 다 놀라고 모든 신하가 연이어 상소하니 조정이 매우 요란하였다. 임금이 이런 거조를 보고 민망하여 이날 내시를 시켜 태사를 불렀다. 태사는 아들이 하는 일을 들으니 신의에 당당한 일이므로 옳게 여겨 잠자코 있었다. 그러

---

12) 태임(太姙)과 태사(太姒): 태임은 주(周)나라 왕계의 아내이자 문왕의 어머니이고, 태사는 주나라 문왕의 후비이자 무왕의 어머니임. 어머니와 아내로서의 도리를 잘 지킨 것으로 유명함.

다가 이때에 조정 사람들이 요란하다는 말을 듣고 승상을 타이르려 하던 참이었다.

태사가 명령에 응해 즉시 관복을 갖추고 사자(使者)를 좇아 궁전에 이르러 네 번 절하고 임금을 현알하니 임금이 기쁜 빛으로 맞이해 몸을 편히 하라 이르고 옥음(玉音)을 내렸다.

"짐이 어린 나이에 대위(大位)를 이었으니 만일 승상이 도와주지 않았다면 천하가 평안했겠는가? 짐이 스스로 그 공덕을 마음에 새기고 있도다. 이제 태후가 누이를 위해 부마를 택하셨으니 이 모두 몽현의 출중함을 아름답게 여기시는 뜻이로다. 그러하거늘 승상이 고집하여 신의를 지키고 있으니 결단력 있는 태낭랑의 성지(聖旨)가 이에까지 이르게 하니 일이 자못 불편하고 이는 평일 바라던 바가 아니로다. 누이가 부덕이 기특하여 남자를 능가하는 도량이 있으니 시집간 후에 장 씨가 수절한다는 말을 듣게 되면 태후의 마음을 돌이켜 일을 온전하게 만들려 할 것이네. 그러니 노선생이 승상을 타일러 태후의 명령을 따르게 한다면 일이 순탄하게 되고 장 씨도 마침내 빈 방에서 늙지 않을 것이니 선생은 재삼 생각하여 승상을 깨닫게 하라."

태사가 엎드려 성은이 이러한 데 감사하여 고개를 조아리고 사례하였다.

"신의 부자가 세 황제의 조정에서 은혜를 입어 임금님의 은혜가 끝이 없으니 이는 몸을 빻아도 갚지 못할 것입니다. 더욱이 금지옥엽(金枝玉葉)을 천한 집에 내리시니 이는 얻지 못할 영광입니다. 그런데, 불초자 관성이 평생 충효와 신의를 중요하게 여기는 까닭에 장 씨가 수절하는 것을 마음에 불쌍하게 여겨 몸이 갇히는 것을 달게 여기고 성지(聖旨)를 받들지 않으니 이는 신의에는 당연하오나 충효를 잃은 행동이옵니다. 신이 옳지 못함을 이르고자 하더니 성지가 이 같으시니 어찌 두 번 뜻을 어기겠나이까?"

임금이 기뻐하며 말하였다.

"승상은 효자라 어찌 선생 말을 거스르겠는가? 누이가 마침내 장씨를 저버리는 일이 없을 것이로다."

태사가 사은하고 물러나 집으로 갔다.

장 상서가 이에 이르러 인사를 마친 후 몸을 굽혀 말하였다.

"소생이 당초에 백균13)의 풍채를 사랑하여 불초(不肖)한 딸을 시집보내 장인과 사위의 인연을 맺으려 했더니 조물주가 소생의 외람함을 밉게 여겨 이런 일이 있게 되었습니다. 이것이 다 임금님의 은혜니 사양하지 못할 것입니다. 그런데 승상 합하(閤下)가 고집스레 소생의 부녀를 위하여 옥에 갇히는 고초를 달게 여기고 태후 마마의 전교(傳敎)에 응하지 않으니 이는 비록 신의(信義)에는 옳으나 군신의 분수를 자못 잃은 것입니다. 원컨대 존대인은 그 뜻으로 승상을 타이르소서."

태사가 공손히 사양하며 말하였다.

"제 아이가 신의를 지키고 부귀(富貴)로 빈천(貧賤)을 바꾸지 않는 것은 옳은 일입니다. 제가 이런 까닭에 입을 다물고 있었던 것입니다. 그런데 접때 성상(聖上)께서 말씀하시며 진정으로 저를 타이르고자 하시니 뜻을 받들겠다고 아뢰었습니다. 영공의 말씀이 이 같으시나 징험하고서 끝날 일이니 설마 어떻게 하겠습니까? 영녀(令女)가 복이 있고 공주가 현명하시다면 쌍이 없을 복록을 누릴 것이니 영공은 안심하소서."

상서가 길이 탄식하고 말하였다.

---

13) 백균: 이몽현의 자(字).

"딸과 같이 비루한 자질을 가진 아이가 어찌 금지옥엽(金枝玉葉)과 동렬(同列)이 되겠나이까? 일이 이에 이르렀는데 무슨 묘책으로 장래를 기대하겠나이까?"

태사가 이에 붓과 종이를 내 와 두어 줄 글을 적어 사람을 시켜 승상에게 보냈다. 승상이 공손히 받아 두 번 절하고 떼어 보았다.

'면하지 못할 것은 하늘의 뜻이로다. 네가 어려서부터 하늘의 운수를 잘 알 것이니 이제 태후께서 분노를 내리시니 덕을 잃으신 것이 많구나. 네가 하는 행동은 신의(信義)에 당연한 것이니 네 아비가 되어 할 말이 없다. 그러나 성인(聖人)이 경(經)과 권(權)[14]으로써 임하셨으니 모든 일에 권도가 없지 않을 것이다. 선제(先帝)[15]의 말씀을 생각하면 공주가 끝내 우리 집안에 들어올 것이요 들어온다면 장 씨도 자연히 함께 있게 될 것이다. 그러니 우리 아이는 성상(聖上)의 불평하심과 존당(尊堂)의 염려를 살펴 고집스레 하나만을 지키지 말라.'

승상이 다 보고 두어 번 탄식하고 답서를 써서 삼가 행하겠다고 아뢰었다. 태사가 기뻐하며 이 뜻을 임금에게 아뢰니, 임금이 크게 기뻐하고 들어가 태후에게 아뢰었다.

"관성이 그 아비의 타이름을 좇아 뜻을 받들겠다고 아뢰었나이다."

태후가 또한 기뻐하여 승상을 용서해 주는 것을 허락하였다.

승상이 옥문(獄門)을 나서니 조정의 모든 관리가 개미가 모이듯 한 곳에 모여 위로하였다. 승상은 안색이 자약하여 태사에게 절하고 아뢰었다.

"제가 불초(不肖)함이 커서 여러 날 문안 인사를 폐하고 염려를

---

14) 경(經)과 권(權): 경(經)은 예의에 맞는 원칙, 권(權)은 사안에 따라 행하는 융통성을 의미함.

15) 선제(先帝): 돌아가신 황제. 여기에서는 인종(仁宗)을 가리킴.

끼쳐 드렸으니 죄가 깊사옵니다."

태사가 탄식하고 장 상서는 자리를 떠나 죄를 청하였다.

"현형(賢兄)이 불초한 딸을 위하여 높은 몸으로써 옥에서 고난을 겪었으니 제가 무슨 낯으로 형을 보겠는가?"

승상이 선뜻 웃으며 말하였다.

"현형이 소제(小弟)에게 어찌 이런 말씀을 하십니까? 제가 마침내 영녀(令女)를 저버리고 부귀로써 빈(貧)을 바꾸었으니 낯을 가려 사람을 보지 않았으면 했나이다. 그러니 이 무슨 말씀입니까?"

상서가 탄식하였다.

승상이 부친을 모시고 집에 돌아와 모친과 조모를 뵈니 온 집안 사람이 장 씨의 일을 안타까워하며 즐거움을 조금도 보이지 않았다.

이윽고 대궐에서 성지(聖旨)를 내려 승상을 복직시키고 중사(中使)16)와 공장(工匠)이 구름같이 모여 이부 곁에 공주궁을 지었다. 승상이 즐거워하지 않아 표를 올려 과도함을 사양하니 이에 두어 등급을 감하였으나 또 어찌 예사롭게 하리오.

겨우 한 달이 지나 천여 간 큰 집을 완성하였다. 채색한 기와는 반공(半空)에 빛나고 푸른 옥의 기둥과 흰 옥의 섬돌이며 구슬로 만든 발이 휘황찬란하고 햇빛에 서로 빛을 다투니 그 거룩한 모양을 이루 다 기록하지 못할 정도였다. 또 천하 십삼 성(省)에서 들어오는 것이 이루 셀 수 없었다.

중사(中使)가 일이 끝났음을 아뢰니 태후가 크게 기뻐하고 흠천감(欽天監)17)에 길일을 택하게 하고 궁녀를 수없이 뽑았다. 이부에서 이를 듣고 승상이 탄식하며 말하였다.

---

16) 중사(中使): 왕의 명령을 전하던 내시(內侍).

17) 흠천감(欽天監): 천문·역수(曆數)·점후(占候) 따위를 맡아보던 관아.

"태후가 한 딸을 사랑하시는 것이 도를 잃었으니 공주가 만일 어질지 않으면 내 집을 망하게 하지 않겠는가?"

이때 몽현이 어려서부터 장 공을 장인으로 알았다가 의외에 부마 작위를 받아 부친이 옥에 갇히고 장 씨가 수절한다는 말을 듣고 비분강개함을 이기지 못하였다.

'공주의 귀함이 시아비를 가두는 지경에 이르렀으니 내 어찌 저와 함께 살 수 있겠는가?'

이처럼 뜻을 정하니 굳은 마음이 철석같았다. 공주궁이 웅장한 모양을 보나 아는 듯 모르는 듯 고요히 서당에서 시사(詩詞)를 짓는 것으로 날을 보냈다. 장 씨가 수절한다는 말을 들어도 요동하지 않아 외모에 엄숙함이 더해 다른 사람이 그 깊이를 헤아리지 못하였다.

소부(少傅) 이연성이 희롱해 말하였다.

"계양궁의 웅장하고 화려한 모습과 공주의 미색을 대하면 봄눈이 녹는 듯할 것이니 미리 기색을 누그러뜨리는 것이 어떠한고?"

공자가 미소를 짓고 대답하였다.

"이 본디 소질(小姪)이 타고난 기색이니 공주가 아니라 서왕모(西王母)[18]를 대한들 그치기가 쉽겠나이까? 하물며 공주가 아비를 가두고 그 아들을 요구하였으니 이는 예의와 염치를 잃은 여자라 소질이 어찌 부귀로써 뜻을 옮기겠습니까?"

소부가 말하였다.

"공주는 기특한 여자로되 태후가 그렇게 하시니 공주는 애매하도다."

몽현이 빙그레 웃고는 대답하지 않았다.

소부가 이날 밤에 들어가 모든 사람에게 이 말을 전하니 소부의

---

18) 서왕모(西王母): 곤륜산에 살며 불사(不死)의 약을 가지고 있는 아름다운 선녀로 전해짐.

어머니인 유 부인이 말하였다.

"현이 아이가 군자의 덕이 있어 아름다우나 고집이 있고 행동거지가 매몰차 제 아비의 넓은 도량에는 미치지 못하니 이 반드시 그냥 하는 말이 아닐 것이다. 공주를 박대하겠구나."

초왕비가 대답하였다.

"몽현이 비록 철석같은 간장을 지녔으나 공주를 보면 어찌 마음이 동하지 않겠나이까?"

태사가 웃으며 말하였다.

"몽현의 마음이 금을 부드럽게 여기고 쇠를 연하게 여기니 어찌 미색 때문에 마음이 동하겠느냐? 공주가 덕이 있으시다면 자연히 화락하게 될 것이다."

길일이 다다르니 이부 사람들이 공주궁에 모여 신랑을 보냈다. 외당에는 만조백관이 구름같이 모여 때를 기다리며 중사(中使)가 일품 복색을 받들어 부마를 입혔다. 머리에는 통천관(通天冠)¹⁹⁾을 쓰고 몸에는 홍금망룡포(紅錦--袍)를 입고 허리에는 백옥 띠를 두르고 발에는 진주로 장식한 가죽신을 신었으니 옥 같은 얼굴이 더욱 사람의 눈을 어릿하게 하였다.

예부상서 장세걸이 다시 벼슬을 하게 되었는데 공경하여 전지(傳旨)를 받들어 읽으며 인(印)을 채우니 부마가 마음이 좋지 않아 눈썹을 잠깐 찡그렸다. 그러나 장 공은 기색이 자약하여 팔을 밀어 부마를 말에 올렸다. 모든 관리들이 뒤를 이어 대궐에 이르니 흰 차일(遮日)은 장생전으로부터 미양궁까지 이어졌으며 태감 수백 명이 호위하고 궁녀 백여 명이 모두 황주리(黃珠履)²⁰⁾를 끌고 단장을 화려하

---

19) 통천관(通天冠): 원래 황제가 정무(政務)를 보거나 조칙을 내릴 때 쓰던 관. 검은 깁으로 만들었는데 앞뒤에 각각 열두 솔기가 있고 옥잠(玉簪)과 옥영(玉纓)을 갖추었음.

게 하여 부마를 모시고 미양궁 대청 앞에 이르렀다. 천여 명의 궁녀가 화려하게 꾸며 입고 붉은 초를 잡고 서 있는 가운데 일곱 가지 보석으로 장식한 금가마를 놓았으니 좌우로 향기로운 내가 진동하고 보배의 빛에 눈이 부셨다.

　노상궁이 순금으로 만든 자물쇠를 받들어 덩 잠그기를 청하니 부마가 인사하고 나아가 덩을 다 잠그고 먼저 나갔다. 무수한 태감과 궁녀가 공주의 연(輦)을 모시고 대궐 문을 나서 함께 이부에 이르렀다. 진 상궁과 허 상궁이 공주를 붙들어 단장(丹粧)을 고치고 자리에 나가 부마와 함께 교배맞절을 마치고 합환주(合歡酒)를 마신 후 다시 막차에 들어 쉬었다. 공주가 존당 진 태부인과 시부모인 이관성과 정 부인에게 폐백을 드리자 모든 사람들이 일시에 눈을 모아 보았다. 공주의 타고난 기특한 용모는 보통사람과 크게 달라 살빛이 맑고 흰 것은 백옥의 푸름을 나무라고, 두 쪽 보조개는 붉은 연꽃 한 송이가 푸른 잎에서 나온 듯, 두 눈의 맑은 빛이 사방에 쏘여 한 쌍 해를 걸어 둔 듯, 반월(半月) 같은 이마는 눈을 쌓은 듯하고, 눈썹은 색깔 있는 붓을 더하지 않아도 이미 봉황의 꼬리와 같고, 붉은 입술은 도솔궁의 단사(丹沙)를 바로 찍은 듯하고, 구름 같은 귀밑머리는 옥을 닦아 메운 듯, 깨끗한 품격과 엄숙하고 빛나는 태도가 맑고 빼어나 다시 비교할 사람이 없었다. 두 눈썹 사이에는 어진 덕이 비치고 눈동자에는 복록이 어렸으며, 키가 넉넉하게 커, 어깨는 나는 듯, 허리는 촉나라 깁을 묶은 듯, 나아가고 물러날 때의 예절에 법도가 있었으니 색(色)을 이르리오. 자리의 모든 사람들이 숨을 못 쉬며 태사 부부와 승상 부처가 그 색에는 놀라지 않았으나 그 덕과 복록을

---

20) 황주리(黃珠履): 황색 구슬로 꾸민 신발.

다 갖추었음을 크게 기뻐하여 태사가 승상에게 말하였다.

"오늘 공주의 덕이 우리 집안을 흥하게 할 것이니 이 아비가 치하하노라."

승상이 기쁜 낯빛으로 절하고 말하였다.

"여자는 덕이 귀하고 색이 중요하지 않으나 오늘 공주의 어짊이 눈동자에 나타나니 이는 모두 부모님의 덕 때문입니다."

드디어 촉나라 깁 백여 필을 공주의 좌우 사람들에게 상으로 주니 승상의 기쁨이 지극하였다. 종일토록 즐거움을 다하고 뭇 손님이 흩어지자, 정 부인은 시어머니 유 부인과 진 태부인을 모셔 본부로 돌아오고 승상 형제는 태사를 모셔 집으로 돌아가면서 부마를 머무르게 하니 부마가 마지못하여 여기에 머물러 밤이 늦도록 섬돌을 거닐다가 억지로 공주 침소 수정전에 갔다. 공주가 몸을 일으켜 맞이해 동서로 자리를 이루니 부마가 미우에 찬 빛이 가득하여 눈을 공주에게 기울임이 없이 단정히 앉았다가 침상에 나아가니 허 보모가 공주를 붙들어 편히 눕히고 휘장을 쳤다. 부마가 조금도 요동함이 없어 첫닭이 울자 본부에 돌아가 문안한 후 입궐하여 태후를 뵈니 태후가 그 화려한 풍채를 새로이 사랑하여 이에 하교하였다.

"짐이 선제(先帝)를 여의고 홀로 공주를 보살펴 오늘 경 같은 짝을 얻어 쌍을 이루니 짐이 기쁨을 이기지 못하겠노라. 경은 공주의 나이 어림을 불쌍히 여겨 매사에 허물치 말고 종신토록 사이좋게 산다면 짐이 구천(九泉)에 가 풀을 맺음이 있으리라."

부마가 네 번 절해 명령을 듣고 사은하니 임금이 사랑하고 친하게 대우함이 진심에서 우러나왔다.

태후가 크게 잔치를 베풀어 대접하고 친히 술을 내리니 부마가 두어 잔을 먹고 취함을 이기지 못하여 하직하고 집에 이르니 소부 이

연성이 웃으며 말하였다.

"부마 된 사람이 너뿐이겠느냐마는 너는 부마 된 지 하루 만에 취색(醉色)이 얼굴에 가득하니 너무 과도한 것 같구나. 조금 줄이는 것이 어떠하냐?"

부마가 웃고 앉으려 하더니 홀연 계양궁 태감 정양이 이르러 엎드려 고하였다.

"오늘 부마 어르신과 옥주께서 함께 궁노(宮奴)와 궁녀의 조하(朝賀)21)를 받으실 것이니 삼가 고하나이다."

부마가 듣고 미우를 찡그리고 궁에 이르니 중청에 붉은 옥으로 만든 의자를 동서에 놓고 모시는 궁녀 수백 명이 좌우에 서고 소옥, 소영이 한 벌 예복을 입고서 사람들에게 절하는 예를 갖추라 말하니 부마는 동편 의자에 앉고 공주는 서편 의자에 앉아 모든 사람의 예를 받으니 궁녀 천여 명이 차례로 나아와 현알하고 궁노 천여 명이 절하는 예를 마쳤다. 상궁 사경운이 붓을 잡아 모든 사람의 족보와 나이를 일일이 써 부마 앞에 놓으니 부마가 그것을 보고 말하였다.

"내 본디 제왕 집안의 법도는 알지 못하거니와 계양 한 궁에 궁인이 너무 많으니 네 공주에게 고하여 궁인을 덜도록 청하라."

사 상궁이 구슬 신발을 끌고 공주 앞에 나아가 그대로 고하니 공주가 고개를 끄덕였다. 상궁이 다시 부마에게 공주가 허락했음을 고하니 부마가 이에 뭇 궁인의 이름 쓴 것을 다 살펴 부모 있는 이는 다 결혼시켜 제 집으로 보내니 수천 명 중에서 반 넘게 민가(民家)로 나가고 겨우 일천 명 정도가 남았다.

부마가 진하를 다 받고 본부에 돌아와 아버지와 제숙(諸叔)을 모

---

21) 조하(朝賀): 경축일에 신하들이 조정에 나아가 임금에게 하례하던 일.

시고 있다가 마음이 좋지 않았으므로 피곤해져 서당에 누워 치료하니 무평백과 소부가 웃고 말하였다.

"조카가 너무 색을 좋아하여 병이 났구나."

몽창이 웃으며 말하였다.

"형님이 장 소저를 생각하고 병이 났지 어찌 공주 때문에 병이 났겠나이까?"

무평백이 박장대소하고 말하였다.

"네 말이 옳다. 이 반드시 공주를 보고는 장 씨를 더 생각해서로다."

부마가 억지로 참아 속으로 웃고 대답하였다.

"그저께 못 먹는 술을 태후께서 권하시므로 많이 먹고 돌아왔는데 그 때문인지 병이 난 것이거늘 숙부께서 기롱하심이 옳지 않고 아우는 어찌 괴이한 말을 하는 것이냐? 장 씨는 다른 집안의 규중 처자니 내가 어찌 장 씨를 생각하겠느냐?"

몽창이 크게 웃고 말하였다.

"형님이 이 모든 사람을 다 속이셔도 소제(小弟)는 못 속입니다. 지금 앓으시는 바는 우연히 찬 바람을 맞아서이지만 장 씨가 형님을 위해 절개 지키는 것을 형님이 한 마음에 맺혀 잊지 못하셔서 그런 것이니, 길례(吉禮) 날 장 공이 인(印)을 받들어 형님 허리에 채우니 형님이 눈썹을 찡그리고 안색이 바뀌되 장 공은 더욱 자약하시더이다. 소제가 비록 용렬하나 형님의 기색은 아니 저를 너무 속이지 마소서."

부마가 어이없어 웃으니 소부가 몽창의 손을 잡고 등을 두드려 웃으며 말하였다.

"너의 영민함이 몽현의 마음을 꿰뚫어 보니 너는 참으로 내 조카로구나."

부마가 말하였다.

"숙부는 모양 없는 아이의 말을 곧이듣지 마소서. 장 씨가 비록 소질(小姪)을 위하여 수절하고 있으나 제가 납폐와 문명(問名)을 찾아 왔고 소질이 저와 더불어 화촉 아래에서 절한 일이 없으니 이를 가지고 기롱함은 남의 규수를 욕하는 것이옵니다. 아우는 모름지기 말을 삼가 주변 사람이 듣는 것을 조심하라."

말을 마치고 안색이 엄숙하니 몽창이 실언함을 사죄하고 말 없이 미소를 지으니 원래 몽창의 총명함이 남보다 뛰어나므로 그 형의 마음속을 꿰뚫어 보았던 것이다.

부마가 수십 일을 조리하여 일어나 다니나 계양궁에는 가지 않으니 정 부인이 알고 하루는 좌우 사람을 치우고 부마를 불러 안색을 엄정히 하고 말하였다.

"공주가 어린 나이에 처음으로 시집에 와 친한 사람은 너뿐이거늘 한 번도 돌아보는 일이 없는 것이냐?"

부마가 말하였다.

"소자가 수십 일 치료하고 바람을 맞아 다시 재발함이 있을까 하여 저곳에 가지 못하였더니 어머님의 말씀이 이와 같으시니 삼가 명을 받들겠나이다."

부인이 잠자코 있다가 탄식하고 말하였다.

"네 비록 어미를 어둡게 여기나 내 다 알고 있으니 너는 편협하게 고집부리지 말거라."

원래 부인이 신명하여 아들의 곧은 마음을 짐작하고 이렇게 이른 것이니 부마가 불안해 어머니에게 절하고 공주에게 가는 것이 탐탁지 않으나 천성이 효성으로 근본을 삼았으므로 억지로 참고 계양궁에 갔다.

이때 공주는 부마가 올 줄은 뜻밖이었다. 홑옷으로 침상에 올라

『예기(禮記)』를 살피고 있다가 부마가 문에 이르자 소옥이 급히 부마가 왔음을 고하니 공주가 놀랐으나 안색이 변하지 않고 천천히 옷을 여미고 침상에서 내려오니 부마가 바야흐로 눈을 드니 방안이 정결하고 좌우에 벌여 놓은 것이 조금도 사치한 것이 없어 그 바깥의 단청하고 채색한 것과 판이하였다. 공주가 자기를 보았으나 경거망동하지 않고 옷을 바르게 하고 자리에 나아가되 나아가고 물러나는 흔적이 없고 예법을 차리는 모습이 맑고 깨끗하며 안색의 맑고 엄숙함이 보통사람은 바라지 못할 정도였다. 부마가 놀라고 의아하였으나 사람의 품성이 매사에 요동하지 않았다. 또 정한 마음이 공주가 만일 어질어 장 씨를 들여와 서로 사이좋게 지낸다면 공주와 즐거움을 함께하려 하였다. 그래서 잠자코 앉아 있었는데 밤이 늦으니 자리에 나아가되 각각의 침상이 천 리와 같이 멀었다.

공주는 천성이 기이할 뿐 아니라 이씨 집안의 가풍을 이미 알고 매사에 검소하고 소박한 것으로 근본을 삼고 자기의 결혼 때 입은 예복 이외에는 비단옷을 입는 일이 없었다. 아침저녁 문안에 허 보모와 소옥, 소영을 데리고 다니며 부귀로써 사람들에게 자랑하는 일이 한 번도 없고 이부의 천한 종들을 대해서도 공손하게 자기를 낮추었다. 시어머니 앞에서 말할 때 늘 보통사람보다 뛰어나니 정부인이 자연히 사랑하고 중히 여김을 이기지 못하였으며 진 태부인과 정당 유 부인의 사랑도 더욱 헤아릴 수 없을 정도였다. 공주가 진 태부인과 시부모의 은혜에 감격하여 효성이 지극하니 승상이 자못 그 위인을 살펴 기뻐하였으나 장 씨를 생각하여 매양 잊지 못하나 내색하지 않았다.

일가의 사람들이 이렇듯 공주를 사랑하였으나 부마는 매사에 생각도 없고 염려도 없는 듯하여 마치 태고의 사람 같았다. 궁에 가는 것을 하루도 거르지 않았으나 일찍이 말로 대화하는 것을 허여하지 않고 또한 기쁜 빛이 없으니 공주가 또 공경을 다할 뿐 얼굴에는 가을하늘 같은 기색이 어려 두 사람의 묵묵함이 참으로 한 쌍이었다.

공주는 부마가 자신을 박대하는 줄을 알았으나 타고난 천성이 세상 욕심에서 벗어나 있으므로 자기의 마음을 옥같이 하여 조금도 한스러워하는 빛이 없었다. 진 상궁은 총명하고 영리한 사람이요, 허 씨는 노련하고 식견이 높은 사람이었다. 부마의 기색을 짐작하고 서로 근심하며 의논하였다.

"우리 옥주와 같은 기질로도 부마 어른이 나쁘게 여기시니 천도(天道)를 참으로 알지 못하겠도다."

이렇듯 안타까워하였으나 공주는 잠자코 엄정히 있으니 이런 말을 공주 앞에서 하지 못했다.

하루는 공주가 찬 바람을 맞아 침상에 누워 병이 오래도록 낫지 않으니 시부모와 제숙(諸叔)이 하루에도 대여섯 번씩 문병을 하였으므로 공주가 그 덕에 감사하였다. 부마가 또한 의약을 다스려 극진히 구호하였으나 좋은 기색이 없으니 진, 허 두 사람이 애달픔을 이기지 못했다.

하루는 부마가 승상부(丞相府)로부터 이에 이르렀는데 공주가 정신이 혼미하여 이불 속에 싸여 있으니 부마가 허 씨에게 말하였다.

"공주의 환후가 어떠한고?"

허 씨가 대답하였다.

"오늘은 더 혼미하시어 말씀을 하지 않으셔서 알 수 없으니 어르신이 친히 보시는 것이 어떠하나이까?"

부마가 짐작하고 남이 의심하는 것을 괴롭게 여겨 이에 잠깐 자리를 옮겨 소리를 낮추어 물었다.

"옥주의 환후가 지금은 어떠하신고?"

공주가 대답하지 않고 신음하는 소리가 그치지 않으니 허 씨가 눈물을 머금고 탄식하며 말하였다.

"옥주께서 일찍이 사람에게 조금도 악을 행하지 않으셨거늘 빈방의 괴로움을 만나셨으니 천도(天道)를 알지 못하겠나이다."

말이 끝나기도 전에 부마가 정색하고 좋은 기색이 전혀 없어 미우에 가을서리가 비치니 안색의 위엄이 겨울날의 찬 서리 같았다. 공주가 길이 부끄러워하고 허 보모의 말이 경솔함을 속으로 노하였다. 조금 지나서 부마가 일어나 돌아가니 공주가 정신을 가다듬고 허 씨를 꾸짖었다.

"보모가 비록 나를 양육하였으나 상하의 높고 낮음이 있고 하물며 이 군은 유교 가문에서 성장하여 예법을 중시하고 군자 행실에 하자할 곳이 없어 내가 밤낮으로 조심하며 죄를 얻을까 두려워하고 있었거든 어찌 미친 말을 내어 나의 불초함을 자못 알게 하는가? 이번은 처음이라 용서하지만 차후에 이런 일이 있다면 십삼 년 양육한 의리를 끊을 것이니 보모가 만일 나를 종신토록 데리고 있으려면 이런 부질없는 말을 말라."

허 씨가 공주가 자신을 엄정히 꾸짖음을 보고 머리를 조아려 사죄하였다.

"이 종이 태낭랑과 선제(先帝)의 명령을 받아 옥주를 모시고 있으니 정은 하늘같고 태산은 가벼울 지경입니다. 하물며 옥주와 같이 타고난 성품과 크신 덕을 지닌 분이 이씨 어르신 같은 부마를 얻으셨으니 금실이 잘 어울리기를 바랐더니 의외에 부마의 뜻이 괴이하여 기색이 차갑고 옥주를 박대하시므로 천한 종이 애달픔이 마음에 가득하여 우연히 말실수를 하였사오니 차후에는 명심하여 다시 그른 일이 없게 하겠나이다.”

공주가 정색하고 말하였다.

“그대의 말이 더욱 알지 못할 일이로다. 이 군의 기색이 담담하고 내 있는 곳에 와 하루도 거르지 않고 잠을 자고 구태여 나를 못 견디게 이상하게 구는 일이 없거늘 어미가 지레 의심하여 괴이한 말을 하니 어찌 애달프지 않으리오? 이제 이런 어지러운 말로 낭랑께 고하면 그 분노가 시어머님께 더해질 것이니 만일 이런 말이 있게 되면 내 무슨 낯으로 세상에 설 수 있겠는가?”

말을 마치고 기색이 엄숙하니 허 씨가 공주의 세차고 단엄한 모습을 보고 두려워 다만 사죄하였다.

공주가 사오 일 조리하여 일어나 승상부에 가 오래 문안 거른 것을 사죄하고 종일토록 모시다가 석양에 돌아왔는데, 소영이 공주를 모시고 승상부에 갔다가 와서 공주에게 아뢰었다.

“이 종이 마침 부마 계신 서당에 가오니 장 상서라 하는 분이 말씀하시다가 탄식하며 이르시기를, ‘현서의 영화로움을 지극하거니와 내 딸아이의 신세를 생각하면 참혹함을 이기지 못하겠노라.’라고 하시니 어르신이 안색을 고치고 삼가 사죄하며 ‘소생이 부귀를 보고 빈(貧)을 저버렸으니 스스로 사람 무리에 드는 것을 부끄러워하나이다.’라고 하시더이다.”

공주가 다 듣고 크게 놀랐다. 원래 공주가 어렸을 적의 일이나 이 승상이 그때 인종께 고하던 말이 생각났었다. 그래서 시집에 와서 장 씨의 거처를 알려고 하였으나 이제 막 들어와 좌우에 친한 이가 없으니 누구에게 물어보겠는가. 매양 부마의 행동이 장 씨 때문인가 의심하고 있던 차에 이 말을 듣고 크게 깨달아 말하였다.

“내 황녀(皇女)의 높은 지위로써 남의 일생을 그릇 만들었으니 쌓은 악이 지극하므로 하늘의 재앙이 두렵구나. 이제 알겠다. 부마가 반드시 장 씨 때문에 얼굴에 온화한 기운이 없었으니 장 씨의 일을 태낭랑께 고하여 장 씨를 규중의 벗으로 삼으리라."

이윽히 헤아리다가 한 계책을 생각해 내고 소옥을 불러서 이리이리 하라 하니 소옥이 명령을 듣고 가만히 승상부에 가 존당의 기실(記室)22) 옥환을 보고 일렀다.

"옥주께서 보실 것이 있으니 금년 삼월의 일기를 보고 싶다고 하시더라."

옥환이 내어 주거늘 소옥이 가지고 가려 하니 마침 최 숙인이 이르러 보고 말하였다.

"궁인은 무엇을 가져가는고?"

소옥이 대답하였다.

"옥주께서 심심하여 승상부 일기를 잠깐 보려고 하여 가져오라 하시므로 가져가나이다."

숙인이 괴이하게 여겨 옥환에게 물었다.

"공주께서 어느 날 일기를 찾으시더냐?"

"삼월의 일기를 찾으시기에 보내었나이다."

숙인은 총명하였으므로 옥환이 말을 듣고 생각하였다.

'공주가 삼월의 일기를 찾는 것이 까닭이 있어서이리라. 지금 몇 달이 지났는데 자기 시집오던 때의 일기를 보려고 하니, 장 씨에게 유익한 일이 있을까 모르겠구나.'

이렇듯 헤아리고 참지 못해 소옥을 뒤를 좇아 가만히 궁에 이르러 겹겹 굽어진 난간을 지나 공주의 침전 뒤로 가 벽 틈으로 보니 이때

---

22) 기실(記室): 가문의 일을 기록하는 소임을 맡은 사람.

이미 황혼이었으므로 등불이 대낮 같았다.

소옥이 들어가 일기를 받들어 드리니 공주가 받아서 일일이 보니 승상의 상소며 태후의 비답(批答)이며 일가 사람들이 장 씨를 아까워한 일이며, 승상이 옥에 갇힌 일이며, 부마가 자기에 대해 소부(少傅)에게 한 말을 일일이 썼으니 공주가 다 보고 놀라 반나절이나 말을 못 하다가 눈물을 머금고 탄식하며 말하였다.

"어머님이 천한 딸자식을 위해 이처럼 대단한 실덕(失德)을 하셨으니 내 죄가 어찌 깊지 않으리오? 부마가 이른 말이 옳으니 내 여자가 되어 시아비를 가두고 그 아들의 아내가 되려 하였으니 나는 예의와 염치를 모르는 죄인이다. 내가 전에는 장 씨의 일을 모르고 부마를 대하였지만 이제는 무슨 낯으로 부마를 대하리오? 태후께 죽도록 간하여 장 씨가 이 군에게 들어온 후에 부마를 볼 것이다."

소옥이 말하였다.

"대강 낭랑께서 이러하셨으므로 그때 옥주를 침전에 머무르게 하지 않으시고 재촉하여 보내시던가 싶나이다."

허 보모가 간하였다.

"옥주의 귀함이 비할 사람이 없거늘 무슨 까닭으로 부마의 박대를 감수하시고 스스로 적국(敵國)[23]을 데려오려 하시니 참으로 알지 못할 일이옵니다."

공주가 정색하고 말하였다.

"보모가 태낭랑 성지를 받아 나를 데려와 시집에 왔으면 옳은 일로 인도하여 높은 가문에 죄를 얻는 일이 없도록 해야 옳거늘 어찌 이런 말을 하는 것인가? 장 씨는 당당한 재상 집안의 여자로 부마와

---

23) 적국(敵國): 같은 남편을 둔 아내.

법에 의거해 정혼하여 납폐를 받았다가 위엄에 핍박당해 빈 규방에서 늙으니 그 사정이 참혹하도다. 장 씨의 현명함은 보지 않아도 알 것이니, 이러한 여자를 끝내 저버린다면 어찌 천벌이 없겠는가? 하물며 먼저 빙례를 행하여 조강 정실의 높음이 있으니 어찌 공경을 등한히 하겠는가?"

진 상궁이 눈물을 머금고 탄식하며 말하였다.

"옥주의 크신 덕이 이러하시되 부마께서 홀로 감동함이 없어 옥주를 홀대하시니 조물의 시기가 심한 것이 아니옵니까?"

공주가 안색을 정돈하여 말하였다.

"사부가 나를 어렸을 때부터 어진 일로 가르치더니 오늘의 말은 어찌 이렇듯 단정하지 못한고? 부마가 부귀를 보고서도 빈(貧)을 잊지 않은 것은 군자의 도타운 행실이니 어찌 하자할 곳이 있으리오? 사부는 잡말을 말라."

그러고서 슬피 탄식하니 진, 허 두 사람이 다시 말을 못 하고 눈물을 흘렸다.

숙인이 이 광경을 보고 공주에게 크게 감복하여 부마를 애달프게 여겼다. 정당에 들어가니 태사와 승상 형제며 모든 부인네가 말하고 있으므로 숙인이 나아가 들은 말을 일일이 고하고 말하였다.

"공주의 크신 덕이 이러하시거늘 부마의 마음은 어떠하기에 혼례한 예닐곱 달에 공주 보기를 길을 지나가는 사람 보듯 하니 알지 못할 일입니다."

모두 듣고 놀라며 공주의 덕에 감복하고 태사가 기특하게 여겨 승상에게 일렀다.

"몽현이 군자의 덕이 미진함이 없으되 공주를 박대하니 이는 다 장 씨를 잊지 못해서이다. 우리 아이는 모름지기 몽현이를 경계하여 임금의 은혜를 저버리지 말라.”

승상이 절해 명령을 듣고 물러나 정 부인에게 일렀다.

“몽현이 신의(信義)를 중요하게 여겨 공주와 소원하나 실제로는 일부러 박대하는 것이 아니니 내가 이른다면 몽현이 품은 뜻을 잃을 것이나, 아버님이 명령하셨으니 부인이 조용히 경계해 보오.”

부인이 대답하였다.

“몽현이 평소에 고집이 과도하니 약한 어미의 말을 듣겠나이까? 군자께서 이르심이 마땅합니다.”

승상이 웃으며 말하였다.

“옛말에 신하를 아는 이는 임금만 한 사람이 없고, 자식을 아는 이는 아비만 한 사람이 없다고 하였으니, 몽현이 어려서부터 외가로 다닌 고집이 있거니와 효성이 뛰어나니 어찌 부인의 말을 안 듣겠소?”

부인이 속으로 웃고 대답하지 않았다. 다음 날 아침에 부마가 문안할 때를 타 부인이 안색을 엄숙하게 하고 말하였다.

“네 일찍이 유교 경전을 읽어 큰 의리를 알 것이니 신의도 크지만 임금과 신하 사이의 대의(大義)도 돌아보지 않을 수 없다. 공주가 네 아내가 되어 매사에 미진함이 없거늘 무슨 까닭으로 공주를 박대하는 것이냐? 그 생각을 듣고 싶구나.”

부마가 뜻밖에도 모친의 엄정한 말을 듣고 황공하여 답할 말이 없어 얼굴을 붉히고 머리를 조아리고 엎드려 있으니 부인이 다시 꾸짖었다.

“공주가 설사 장 씨 정혼한 것을 물리치고 너에게 들어왔으나 공주가 한 것이 아니요, 시집온 후에 모든 행실을 보면 부덕(婦德)에 미진함이 없으니 네가 고집을 꺾어 공주와 화락한다면 공주가 장 씨를 저버리지 않을 것이어늘 어찌 공주를 가볍게 여기는 것이냐?”

부마가 부끄러운 빛으로 오래 있다가 죄를 청하며 말하였다.

"제가 불초하여 부모님께 큰 염려를 끼쳤사오니 죄가 깊습니다. 차후에는 마음을 고쳐 명령을 받들겠나이다."

부인이 말하였다.

"네 어버이 속이는 일을 알지 못하더니 어제서야 존당과 시부모님이 아시고 지나치게 염려하시니 자손의 도리로 미세한 일도 염려를 끼치면 안 되느니라. 공주는 장 씨가 수절하는 줄을 이제야 알고 말하는 것이 이와 같으니 어찌 기특하지 않으냐?"

부마가 사례하고 공주를 기특하게 여기고, 어머니 명령에 태만히 행동할 수 없어 궁에 이르렀다. 그런데 공주는 침전에 없고 또 산호상을 없앴으니 부마가 의심하였으나 궁인 무리와 말 섞는 것을 싫어하여 밤이 깊도록 잠자코 앉아 있으나 공주의 동정이 없었다. 그래서 그 거처를 묻지 않는 것이 너무 무심한 듯하여 좌우 궁인에게 물었다.

"공주가 어디 계시냐?"

궁녀 소영이 내달아 공주의 말을 고하였다.

"'첩이 나이 적고 깊은 궁에서 성장하여 세상일을 잘 알지 못한 채 다만 어머님 명령으로 군자의 건즐(巾櫛)[24]을 받들게 되었습니다. 그런데 제가 그동안의 곡절과 제가 죄 얻은 일을 알지 못하고 편안히 낮을 들어 화려한 집에 거처하며 사람 무리에 참여하더니 어제서야 잠깐 들으니, 시아버님이 하옥하신 일과 장 소저가 운명이 기박하여 빈 규방에 있게 된 일을 알게 되었습니다. 첩이 놀라움이 이기지 못하오니 첩은 시아버님께 심리(審理)를 받는 액운을 끼치고 부마의 인륜을 방해한 죄인입니다. 무슨 면목으로 부마의 정실이 되

---

24) 건즐(巾櫛): 수건과 빗. 아내가 남편을 받드는 것을 말함.

어 안살림을 맡겠나이까? 이런 까닭에 감히 누추한 방에서 처벌을 기다려 스스로 허물을 닦으며 군자께서 장 소저와 인연을 이루신 후에 군자를 뵙겠나이다.'라고 하셨나이다."

부마가 다 듣고 자기와 같이 총명한 사람으로서도 생각하지 못한 말이었으므로 바야흐로 칭송하며 탄복함을 이기지 못하여 미우에 온화한 기운이 자리에 쏘여 잠깐 웃고 천천히 말하였다.

"'지난 일을 장차 다시 이를 만하지 않고 장 씨가 수절하는 것은 황녀(皇女)와 겨루지 못해 그런 것이니 공주가 어찌 과도하게 죄를 청할 일이겠는가? 괴이한 거조를 그치고 어서 돌아오소서.' 하라."

소영이 명령을 듣고 가더니 돌아와 고하였다.

"'군자께서 비록 은혜를 드리우시나 첩이 어찌 편안히 있겠나이까?' 하시고 끝내 거취를 움직일 뜻이 없으시더이다."

부마가 웃고 다시 말을 하지 않고 취침하니 진, 허 두 사람이 바야흐로 부마가 공주를 공경하는 줄을 알고 매우 기뻐 장 씨가 어서 들어오기를 기다렸다.

다음 날 아침에 부마가 모친을 뵙고 말하였다.

"공주가 까닭 없이 누추한 방에 내려가 죄를 일컬으며 저를 보지 않으니 제가 어머님 명령을 어겼으므로 제 죄를 아뢰나이다."

정 부인이 듣고 놀라더니 홀연히 탄식하고 말하였다.

"공주의 큰 덕이 이와 같으니 어찌 기특하지 않은고? 우리 아이는 모름지기 그 덕을 저버리지 말거라."

부마가 절하고 물러났다.

정 부인이 문안에 들어가 이 말을 모든 사람들에게 고하니 태사가 웃으며 말하였다.

"자고로 숙녀가 흔하지 않거늘 내 집에는 정 현부 같은 여자가 들어와 종사(宗嗣)를 빛내고 더욱이 공주는 황실의 금지옥엽으로 이렇듯 행동거지와 덕이 특출하니 어찌 기특하지 않으며 관성이는 무슨 복으로 저런 현부를 얻었는고?"

자리에 있던 사람들이 공주의 기특함을 일컬어 감복하더니 철 상서 부인이 말하였다.

"공주가 귀한 골격으로 더러운 방에 내려가 장 씨가 들어오기를 기다리고 있으니 우리 도리가 자못 불안하네. 오라비는 공주를 불러 타이르는 것이 옳겠네."

승상이 대답하였다.

"누이 말씀이 옳으시나 공주가 덕을 베풀어 진정으로 저렇게 하고, 또 저희끼리 하는 일을 우리가 알은체하겠나이까? 잠자코 나중을 보겠나이다."

부인이 칭찬하며 말하였다.

"현제의 높은 뜻은 우리가 미칠 바가 아니네. 그러나 몽현을 경계하여 공주 공경함을 잃지 않게 하는 것이 좋겠네."

승상이 웃으며 말하였다.

"공주의 덕이 족히 몽현이의 철석과 같은 마음을 돌려 놓을 것이니 어른이 어찌 쓸데없이 간섭을 하리오?"

태사가 옳다고 하였다.

이날 부마가 궁에 이르러 공주가 있는 곳에 나아갔다. 공주가 낮은 집에 빛 없는 휘장을 드리우고 돗자리를 깔고 고요히 앉아『예기』를 보고 있다가 부마가 오는 것을 보고 자연스럽게 일어나 맞이하니 부마가 팔을 들어 인사한 후 좌정(坐定)하고 말하였다.

"옥주께서 무슨 까닭으로 당에서 내려가 죄를 기다립니까?"

공주가 몸을 굽혀 사죄하였다.

"첩이 불초하여 태낭랑 실덕을 돕고 군자의 인륜을 어지럽혔으며 시아버님이 옥중에 나아가는 곤욕을 겪으시게 하였으니 무슨 면목으로 사람 무리에 들겠나이까? 이런 까닭에 허물을 고친 후 군자의 자리를 모시려 하니 당돌함을 용서하소서."

부마가 묵묵히 오래 있다가 일렀다.

"공주의 겸손한 덕은 높거니와 그러나 지난 일을 가지고 저렇게 굴며 고집하니, 모름지기 학생의 말을 좇아 침전으로 돌아가소서."

공주가 홀연 빛나는 눈썹에 슬픈 빛을 띠고 슬피 눈물을 흘리며 말하였다.

"군자께서 오늘 큰 덕을 드리워 첩의 허물을 용서하시나 첩은 어려서 부황(父皇)을 여의어 밝은 교훈을 듣지 못하고 어머니 앞에서 응석을 부리며 자라났으니 한 몸에 볼 만한 행실이 없어 스스로 송구하였나이다. 그러던 차에 저번에 시아버님이 옥에 갇히신 일과 장 소저가 운명이 기박하여 빈 규방에서 있을 일을 생각하니 송구하여 몸 둘 곳이 없거늘 무슨 염치로 화려한 방에서 편안히 거처하겠나이까?"

그러고서 눈에 눈물이 어린 채 슬퍼하니 부마가 그 어진 마음을 보고 더욱 공경하고 또한 공주의 지극한 도리를 거스르지 못해 다시 말을 하지 않고 부드러운 낯빛으로 공주를 위로하고 일어나 나왔다. 이후에는 공주궁 세경전에 처소를 정하고 하루 한 번씩 들어가 공주를 볼 뿐이었다.

공주는 하루 네 번 문안할 적에 예복을 입어 다녀온 후에는 머리를 문 밖에 내지 않고 고요히 들어앉아 있었다.

해가 지나고 신년이 되니 공주가 시부모에게 고하고 행렬을 갖추어 대궐에 들어가니 태후가 크게 반겨 육궁(六宮) 비빈(妃嬪)을 모으고 잔치를 베풀어 공주를 영접하였다. 공주가 전(殿)에 올라 태후와 임금, 황후에게 절하는 예를 마치고 자리 옆에서 모시고 서니 태후가 손을 잡고 머리를 쓰다듬으며 말하였다.

"내 아이가 궁을 나서면서부터 짐의 근심하는 마음이 밤낮으로 이어지더니 이제 이렇듯 장성하였으니 짐의 기쁨이 측량없구나."

공주가 절하고 임금이 웃으며 말하였다.

"누이가 시집을 가보니 부마의 은정이 어떠하던고?"

공주가 엎드려 대답하였다.

"신의 죄가 태산과 같사오니 어찌 부부의 은정을 생각하겠나이까?"

임금이 놀라 물었다.

"누이가 부마에게 무슨 죄를 얻었는가?"

공주가 고개를 조아리고 대답하지 않으니 태후가 의심하고 염려하여 물으니 공주가 대답하였다.

"주변의 이목이 많으니 천천히 고해도 늦지 않을 것입니다."

태후가 매우 급하였으나 공주 기색이 엄숙하니 다시 묻지 못하고 종일토록 즐겼다. 공주가 침소에 들어가자 태후가 소옥을 불러 물었다.

"공주가 시집을 가고서 부마의 사랑이 어떠하더냐?"

원래 소옥과 소영은 총명, 영리하고 충성이 지극하였다. 공주가 이 두 사람에게는 속마음을 털어 놓는 까닭에 이미 말한 적이 있었다. 소옥이 태후가 묻자 대답하였다.

"옥주께서 하가(下嫁)하신 후에 시부모와 존당(尊堂)의 사랑과 부마의 대우가 산과 바다 같았사오나 공주가 홀연 존당의 일기를 가져다 보시고 장 씨가 수절한 일과 승상이 하옥한 일을 아시고 크게 놀라 스스로 당에서 내려가 죄를 기다리며 부마를 보지 않으셨나이다. 이에 부마가 친히 이르러 밤낮으로 타이르셨으나 듣지 않으시니 비자(婢子) 등이 근심함을 이기지 못하나이다."

태후가 다 듣고 크게 놀라 말하였다.

"어린 아이가 망령됨이 이 같으니 어찌 괴이하지 않은가? 내가 꾸짖어 다시는 이렇듯 못 하게 해야겠다."

다음 날 임금이 문안할 적에 태후가 말하였다.

"계양이 세상 물정을 알지 못해 장 씨의 절개를 위하여 당에서 내려가 죄를 기다리는 일이 있다 하니 어찌 놀랍지 않은가?"

임금이 또한 놀라 대답하였다.

"계양은 기특한 아이입니다. 이렇듯 행동함은 다른 사람으로서는 더욱 하지 못할 일이니 어머님은 장 씨를 부마의 둘째로 삼도록 하소서."

태후가 노하여 말하였다.

"계양은 멀리 내다볼 줄 모르고 적국(敵國) 어려운 줄을 몰라 이런 행동을 하니 바로 꾸짖으려 하였거늘 임금이 또 어찌 이런 괴이한 말을 하시는고?"

태후가 바로 공주를 불러 꾸짖으려 하더니, 문득 공주가 색 없는 옷을 입고 머리를 두드려 죄를 청해 말하였다.

"사람의 인륜을 어지럽히고 태낭랑의 덕을 어그러뜨린 죄 많은 여자는 오늘 한 말씀을 아뢰려 하나이다."

태후가 크게 놀라 물었다.

"공주가 이 무슨 행동이며, 짐에게 이를 말이 있다면 조용히 할 것이거늘 무슨 까닭에 이런 행동을 하는 것이냐?"

공주가 눈물이 얼굴에 가득하여 다시 머리를 두드리고 말하였다.

"불초한 신이 죄가 너무 심하여 부황(父皇)을 여의고 낭랑의 사랑을 받아 한 몸의 영귀함이 비길 곳이 없어 밤낮으로 조물이 시기할까 두려워하였습니다. 그러던 중 낭랑이 신을 시집보내실 적에 빙물

받은 여자를 힘으로 물리쳐 오월에 서리가 내리는 원한을 품게 하시고 시아비를 옥에 가둔바 그 일이 크게 옳지 않은 일임을 살피지 않으시고 신으로써 그 며느리를 삼게 하셨나이다. 신이 당초에 이런 곡절을 모르고 편안히 낯을 들어 이씨 집안에 나아가니 시부모님이 지극히 사랑하고 아래로 남편이 예의를 갖추어 두텁게 공경하니 진실로 신이 몸에 지은 허물이 없는가 생각하여 날마다 즐겁게 지냈습니다. 그런데 우연히 이씨 집안의 일기를 보다가 바야흐로 이 일을 자세히 알게 되었습니다. 신이 염치없게도 그 아비를 가두고 그 아들의 처가 될 것을 요구하였으니 신이 차마 하늘의 해를 볼 낯이 없어 누추한 방에 거하며 죄를 기다려 허물을 고쳐 사람 무리에 들려 하였나이다. 부마가 과도히 고집부리는 것을 말렸으나 신이 허물을 스스로 알아 정실(正室)에 들지 않았습니다. 심지어 장 씨는 사족의 여자로 그 부모가 몽현과 정혼시켜 비록 초례(醮禮)는 지내지 않았으나 예물을 주고받아 부부의 이름이 있거늘 낭랑께서 위엄으로 그 납폐(納幣)와 문명(問名)을 거두시고 이가와 저를 정혼시켰으니 장 씨가 열넷 청춘에 규방에서 세월을 보낼 것이니 오월에 서리가 내리는 원한을 품게 될 것입니다. 하늘이 신에게 재앙을 내리실 것이니 낭랑께서 불초한 신을 위하여 어찌 이러한 실덕(失德)을 행하셨나이까? 신 때문에 밝게 다스리는 세상에 교화가 손상되었으니 신은 이른바 예의, 염치와 풍화(風化)를 그릇 만든 죄인입니다. 오늘 죄를 청하고 또 성지(聖旨)를 얻어 장 씨로써 부마의 부인으로 삼아 제가 장 씨와 함께 허물을 서로 바로잡고 군자의 집안이 번창하게 하려 하므로 삼가 아뢰었나이다."

태후가 공주의 상쾌한 말을 듣고 또 공주가 눈물이 얼굴에 가득한 채 머리를 두드리는 모습을 보고는 스스로 마음이 쓰려 급히 시녀를 시켜 공주를 붙들어 올리라 하였으나 공주가 사양하며 말하였다.

"낭랑께서 신을 평안하게 하고 싶으시면 장 씨를 부마의 둘째 부인으로 삼도록 윤허해 주소서. 그러하시면 신이 스스로 마음을 바꾸어 낭랑의 뜻을 받들겠나이다."

태후가 처음에는 공주를 꾸짖으려 하다가 공주의 말이 당연하고 사리에 옳은 것을 듣고 할 말이 없어 다만 말하였다.

"경을 몽현에게 시집보낸 것은 선제(先帝)의 뜻이요, 부마를 간선한 것은 일이 분명하거늘 관성이 위를 두려워하지 않고 고집을 부려 나의 뜻을 거슬렀으므로 부득이 하옥(下獄)하였으나 그것이 어찌 경의 허물이 되겠는가? 장 씨가 괴로이 수절하고 있으나 부마는 아내를 둘을 두면 안 되는 법이 있으니 경이 어떻게 하려 하는고?"

공주가 눈물을 흘려 아뢰었다.

"당초에 부황(父皇)이 신의 시아비를 대해 신을 보이고 이몽현과 결혼하라 이르시니 시아비의 대답이 이러이러하였습니다. 신이 시집갈 때에도 시아비는 구태여 낭랑의 뜻을 어긴 일이 없으니 신을 첫째 자리로 높이고 장 씨를 둘째 아내로 삼게 하려고 한 것은 신의(信義)와 충의(忠義)를 같게 한 것이거늘 낭랑께서 신만을 아내로 삼게 하려고 하시어 이 공을 하옥하셨나이다. 낭랑께서는 이 일을 긴요하지 않게 여기시지만 신은 무슨 낯으로 이몽현을 대하고 싶겠나이까? 국법(國法)에 부마에게 두 아내가 없다는 조항이 있으나 자고로 필부(匹夫)도 처첩이 있으니 몽현과 같은 위인으로서 두 아내를 못 거느릴 것이며, 또 장 씨는 저보다 먼저 빙물을 받아 신보다 전의 사람이니 제가 차마 입을 막아 숙녀가 빈 방에서 원한을 품도록 할 수 있겠나이까? 낭랑께서는 세 번 생각하시어 장 씨를 몽현의 둘째 부인으로 허락하소서."

태후가 잠자코 한참을 있다가 말하였다.

"경이 적국(敵國)의 해를 모르고 이렇듯 하나 훗날 장신궁(長信宮)25)의 화를 만났을 때 짐의 말을 생각하게 될 것이니라."

공주가 절하고 말하였다.

"훗날 설사 장신궁의 해가 있어도 신의 도리를 다한다면 저녁에 죽어도 한이 없을까 하나이다."

태후가 공주의 말이 고상하고 빼어남을 보고 허락을 안 할 수도 없고 허락한다면 공주에게 해로움이 있을까 속으로 깊이 생각하니 임금이 나직이 고하였다.

"장 씨의 수절함은 풍화에 아름다운 일이고 계양이 진정으로 저렇듯 말하니 끝내 허락하지 않으신다면 숙녀의 큰 덕이 어그러질 것입니다. 또 몽현은 군자니 한 여자에 빠져 하나를 박대하지 않을 것이고 더욱이 지금은 계양의 어진 덕에 감복함이 있으니 낭랑께서는 허락하시면 다행이겠나이다."

태후가 잠자코 있다가 공주를 돌아보고 말하였다.

"경의 진심이 이와 같으니 장 씨를 허락하거니와 마침내 경의 평생에 부질없는 일이로다."

공주가 크게 기뻐하며 배무(背舞)26) 사은하여 말하였다.

"신의 미미한 정성을 낭랑께서 받아들여 주시니 성은이 망극하올 뿐 아니라 장 씨에게는 마른 나무에 물과 같으니 낭랑이 허락하신 일은 죽은 사람을 살리는 큰 덕이옵나이다."

---

25) 장신궁(長信宮): 한나라 성제의 후궁인 반첩여(班婕妤)가 머물던 궁. 반첩여는 성제로부터 총애를 받았으나 후에 조비연(趙飛燕)이 성제의 총애를 받자 물러나 장신궁에 머물게 됨.

26) 배무(背舞): 임금 앞에서 절하는 예식을 행할 때 추는 춤.

그러고서 물러나 예복을 바로 갖추고 전(殿)에 올라가 태후를 모셨다. 공주가 평생의 소원을 이루었으므로 마음속에 기쁨이 가득하여 미우에 온화한 기운이 은은하고 말이 거침이 없으며 소리가 낭랑하여 아리따운 거동과 기이한 용모가 온 자리에 빛나니 태후가 사랑함이 측량없고 육궁 비빈이 눈을 기울여 공주를 참으로 기특하게 여겼다.

공주가 수삼 일을 대궐에 머무르면서 이별했던 회포를 다 푼 후 하직하고 나와 시부모와 존당에게 오랫동안 문안 거른 것을 사죄하고 이윽히 말하더니 한참 지난 후에 자리를 떠나 승상에게 고하였다.

"소첩이 깊은 궁에서 성장하여 미처 세상일을 두루 겪지 못해 부마가 빙물을 준 여자가 첩 때문에 절개를 지키고 있음을 알지 못하옵더니 근래에 그 일을 들었으니 어찌 안심하고 있겠나이까? 스스로 사람의 일생을 희지은 허물을 생각하니 낯을 들어 뵙는 것이 황송하옵더니 이제 태낭랑께서 장 씨를 아내로 맞아 부마의 둘째 부인으로 정하라는 전교를 내리셨으므로 시아버님께 아뢰오니 장 씨 집에 연락하시어 어서 혼례를 이루기를 바라나이다."

좌우에 있던 사람들이 듣고 크게 놀라 도리어 공주가 한 일을 헤아리지 못하고 승상은 스스로 이미 헤아린 바이지만 공주의 도량에 탄복하고 칭송하며 이에 공경하는 태도로 말하였다.

"장 씨가 우리 아이를 위하여 절개를 지키니 그 사정이 참혹하나 국법에 부마는 두 아내를 두지 않는다 하였으므로 바라지 못하고 있더니 공주께서 의외에 이러한 일을 하시니 학생이 옥주의 크신 덕을 절절히 깨닫나니 사례할 바를 알지 못하겠나이다."

태사가 말을 이어 탄식하고 말하였다.

"이 늙은이가 불초한 사람으로 조상의 맑은 덕을 저버릴까 두려워하더니 정 씨 며느리가 태임(太姙)과 태사(太姒)[27]의 덕이 있고 옥주께서 또 황실에서 성장하여 착한 마음이 희한하시니 이 늙은이가 무슨 복으로 이를 감당할 수 있겠나이까?"

공주를 자리를 옮겨 사례하고 말하였다.

"소첩이 무슨 사람이라고 존당과 시부모님의 칭찬하시는 말씀을 감당하겠나이까? 장 씨는 부마가 어렸을 때 정혼하여 저보다 빙폐(聘幣)를 먼저 받았으니 곧 부마의 조강 정실이거늘 불초한 소첩이 국법 때문에 위차를 낮추지 못해 스스로 조강의 자리에 거하오니 불안한 마음을 이기지 못하겠나이다."

승상이 재삼 위로하고 찬양하며 좌우의 사람들이 일시에 칭찬하니 이로부터 이씨 집안의 위아래 사람을 막론하고 아이와 심부름꾼에 이르기까지 모두 공주의 정성스러운 마음을 칭송하였다.

이때 임금이 승상을 불러 일렀다.

"누이의 지성이 마침내 태낭랑의 뜻을 돌려 장 씨를 몽현의 재취(再娶)로 삼도록 허락하였으니 승상은 모름지기 공주의 덕을 저버리지 말라."

승상이 두 번 절해 사은하고 말하였다.

"장 씨의 사정이 참담하오나 국법에 부마에게 두 아내가 없다고 하였거늘 공주의 덕이 희한하셔서 시든 나무를 다시 살아나게 하셨으니 신이 폐하의 은혜 갚을 바를 알지 못하겠나이다."

임금이 웃으며 말하였다.

"누이의 어진 마음으로 이는 작은 일이니 장 씨가 비록 아름다우

---

27) 태임(太姙)과 태사(太姒): 태임은 주(周)나라 왕계의 아내이자 문왕(文王)의 어머니이고, 태사는 문왕의 아내이자 무왕의 어머니임. 이들은 부덕이 훌륭한 여성들이라는 칭송을 받음.

나 누이에게는 미치지 못할까 하노라."

그러고서 즉시 장 상서에게 전지를 내려 공주의 덕을 많이 일컬으며 장 씨를 몽현의 아내로 들이라 하였다.

장 소저는 이 부마의 성명을 지켜 일생을 늙으려 정하고, 규방에서 고요히 향을 피우고 시(詩)로써 날을 보내며 부모의 의복을 손질하며 조금도 시름이 없는 듯 지냈다. 부모가 그 모습을 차마 보지 못하고 모친 오 씨는 눈물로 날을 보내고 상서는 탄식함을 마지않았다. 장가 문중이 상서에게 고집이 셈을 이르고 상서를 권해 소저를 다른 가문에 보내라 하니 상서가 대답하였다.

"내 한 딸에 대한 사랑이 작은 게 아니로되 딸아이가 이미 큰 절개를 잡겠다 하고 나는 조정의 중신으로서 차마 집안에 두 번 빙채(聘綵)를 들이겠나이까?"

이에 모두 감히 권하지 못하였다.

이때 선종 황제 후궁 설 귀비의 아우 설최가 어린 나이에 과거에 급제하여 풍채가 아름답더니 장 소저의 무쌍(無雙)한 재주와 덕행을 듣고 중매를 시켜 구혼하였으나 상서가 연유를 갖추어 일러 보내니 설최가 듣고 더욱 사모하여 다시 말 잘하는 매파를 보내니, 매파가 와서 말하였다.

"영아(令兒) 소저가 조그마한 이름을 위하여 꽃봉오리 피지 않은 청춘에 홍안(紅顏)을 규방에서 헛되이 보내는 것이 옳지 않고 설 공자는 풍채가 옥청(玉淸)[28] 신선 같으니 소저의 일생이 헛되지 않을 것입니다. 그러니 어르신은 고집하지 마소서."

상서가 발끈 성을 내어 말하였다.

---

28) 옥청(玉淸): 도교에서, 신선이 산다는 삼청(三淸)의 하나. 상제(上帝)가 있는 곳.

"내 당당한 조정의 중신으로 딸아이가 절을 지키고 있거늘 설가는 어떤 것이기에 이렇듯 무례하단 말이냐?"

그러고서 매파를 밀어 내치니 매파가 할 수 없이 돌아가 그대로 전하니 설생이 분노하여 그윽이 계교를 생각하였다.

상서가 설가가 보낸 매파를 꾸짖어 내쫓고 내당에 들어가 소저에게 이르니 소저가 탄식하고 이윽고 말을 하지 않다가 문득 말하였다.

"소녀가 예의를 잡음에 시비(是非)가 분분하고 이렇듯 구혼하는 이들이 있어 괴로우니 아버님은 소녀를 죽은 아이로 아셔서 저를 옥호정에 들여보내 일생을 마치게 하시면 소녀의 평생이 시원할 것이옵니다."

상서가 슬피 탄식하고 말하였다.

"내 이러한 일을 겪으니 심사가 즐겁지 않고 네가 이렇듯 말하니 마음대로 하라."

소저가 크게 기뻐하며 사례하고 날마다 쓰는 세간을 정리해 먼저 보내고 부모에게 하직하고 교자를 타고 옥호정으로 갔다. 장 공 부부는 딸이 이칠(二七) 홍안에 저렇듯 인간 세상을 사절하고 깊이 들어가 사는 것을 크게 슬퍼해 눈물이 소매에 젖었다.

원래 이 옥호정은 장 공 후원에 있으니 공이 강산의 경치를 사랑하여 집을 이 앞으로 하고 이 산을 후원으로 삼으니 둘레가 오 리에 이어졌다. 장 공이 공장(工匠)을 들여 담을 높이 쌓아 에워싸게 하고 뒤의 큰길에 문을 두어 남자 하인 수십 명에게 지키도록 하였으며 그 안에 정자 삼십여 간을 지으니 크지는 않되 정결하고 사치하지는 않되 맑고 고요하였다. 좌우로 수정렴(水晶簾)29)을 자욱히 치고 가운데

---

29) 수정렴(水晶簾): 수정 구슬을 꿰어 꾸민 발.

에 큰 누각을 세워 그 위에 오르면 안 보이는 데가 없었다. 좌우로 온갖 꽃을 울타리를 세운 듯 심었으니 봄이면 경치가 절승하였다. 윗봉우리에서 맑은 물이 흘러내리니 장 공이 연못을 파 붉은 연꽃과 흰 연꽃을 심었으니 사철의 아름다운 경치가 측량이 없었다.

상서가 딸이 이곳에 있고 싶어 하는 것을 보고 다시 그 정자를 에워 담 한 겹을 더 싸 문을 세우고 바깥문에는 건장한 종 이십 명에게 지키게 하고 중문(中門)에는 충성스럽고 부지런한 종 이십여 명에게 지키게 하고 내문(內門)에는 늙은 유모 수십 명에게 지키게 하고 집안 뒤로 다니는 곳에 또 문 하나를 지어 여종 수삼 명에게 지키게 해 소저가 이따금 집안에 내려와 부모를 뵙도록 하니 그 안의 경치는 참으로 빼어났다. 원래 소저가 여기에 들어와 나중에 좋은 때를 만나게 되니 정자 이름에 조응(照應)한 것이었다.

소저가 정자에 이르니 경치의 기이함이 일만 시름을 태워 없앨 정도였다. 스스로 즐거움을 이기지 못하여 이칠(二七) 홍안으로 인간 세상을 사절함은 완전히 잊고 방에 들어 유모 가 씨와 시녀 난경, 춘옥, 설매, 홍련 등과 함께 밤낮으로 시사(詩詞)를 섭렵하고 이따금 경치를 둘러보아 시흥(詩興)을 돋우었다. 『열녀전(列女傳)』과 『삼강행실(三綱行實)』을 보며 깊이 생각해 행실을 더욱 두텁게 닦으니 홀연 홍진(紅塵)를 거절하고 인간 세상을 더럽게 여기는 뜻이 났다. 옥 같은 골격과 눈 같은 피부가 더욱 윤택하여 날아갈 듯 신선과 같았으니 한 몸이 편안하고 마음이 맑고 상쾌하였으므로 세상 부부의 은정은 꿈에도 생각하지 않았다. 또 장래에 공주가 덕으로써 저 부마를 시켜 자기를 아내로 맞아들이게 하려 해도 목숨을 걸고 옥호정을 나가지 않을 뜻을 두어 한 조각 곧은 마음이 쇠와 돌 같았다.

하루는 소저가 더위를 식히려 홍련을 데리고 정자 뒤에 나와 바위에서 내려오는 물을 떠 발을 씻으며 꽃가지를 꺾어 날아가는 나비를 희롱하니 한 몸에 향내 자욱하고 꽃나비가 이리저리 날며 맑은 바람이 소슬하여 푸른 잎을 펄럭이게 하니 즐거운 뜻이 무궁하였다.

문득 눈을 들어 살피니 못 가운데 원앙 한 쌍이 서로 목욕 감으며 놀고 있으니 홍련이 오랫동안 보다가 탄식하고 말하였다.

"만물 짐승도 저렇듯 짝이 있거늘 우리 소저는 무슨 까닭으로 이칠 홍안에 산수(山水)로 벗을 삼고 세상의 머리털 있는 중이 되셨는고?"

이처럼 탄식함을 마지않으니 소저가 정색하고 말하였다.

"내 이미 부모님의 은혜를 받아 맡은 일이 없이 즐기니 인간 세상의 어지러운 생각이 조금도 없거늘 네 어찌 이런 요망한 말을 하는 것이냐? 이 반드시 네가 춘정(春情)이 동해서인 것이다. 네 원하는 뜻을 좇을 것이니 오늘 이곳을 떠나 마음대로 나가라."

말을 마치고 안색이 엄숙하니 홍련이 두 번 절해 사죄하며 말하였다.

"이 종이 비록 불초하나 어려서부터 소저께 신임을 받아 이제 거의 칠팔 년이 되었나이다. 어찌 이런 뜻이 있으리오마는 이 종이 소저의 곧은 마음을 채 모르고 말을 경솔히 한 죄 만 번 죽어도 오히려 가볍나이다."

소저가 묵묵히 정색하고 즉시 몸을 일으켜 방으로 들어갔다.

세월이 훌쩍 지나 이 해가 지나고 새해가 되었다. 소저가 몸단장을 하고 집에 가 부모를 뵈니 상서 부부는 아들과 며느리 들이 쌍이 갖추어진 것을 보고는 딸을 보고 끝없이 눈물을 흘리며 말하였다.

"우리가 평생에 무슨 죄를 지었기에 지금 이 모습을 보는고? 새해를 만나 모든 사물이 변화하거늘 너의 거동은 어이 이러하냐?"

그러면서 오 부인이 울기를 마지않으니 소저는 부모의 이러한 모습을 보고 스스로 불초함을 슬퍼해 재삼 위로하고 즉시 옥호정으로 들어갔다. 날씨가 잠깐 화창해 눈이 녹아내리며 따뜻한 햇볕이 주렴에 비치니 슬픈 물색(物色)이 마음을 슬프게 하므로 소저가 홀연히 탄식하고 난간을 쳐 말하였다.

"이 몸이 부질없이 인간 세상에 나서 부모의 애간장을 태우는가?"

그러고서 길이 탄식하더니 홀연 금사롱(金絲籠)30)의 앵무가 낭랑하게 말하였다.

"소저는 슬퍼 마소서. 오래지 않아 좋은 소식이 이를 것이니 옥호정 생활이 한 꿈이 될 것입니다."

소저가 금비녀를 빼 앵무를 치며 꾸짖었다.

"요괴로운 짐승이 간사한 소리를 하여 사람의 마음을 미혹시키느냐?"

이렇게 이르며 자못 의아해 하였다.

며칠 후에 상서가 이르러 미우를 찡그리고 말하였다.

"오늘 계양 공주가 태낭랑께 가시나무를 짊어지고 죄를 청하며 힘써 간하여 너를 부마의 재실로 삼게 하였으나 이 본디 태후의 본뜻이 아니시니 도리어 기쁜 일이 아니구나. 너는 어떻게 하려 하느냐?"

소저가 대답하였다.

"소녀 풍진(風塵)을 거절하고 세상을 이별하여 이곳에서 죽을 마음을 먹었으니 어찌 부마의 재실이 되어 황녀(皇女)와 동렬이 되어 남편의 사랑을 다투겠나이까? 성주(聖主)께서 비록 그러한 명령을 내리셨으나 소녀의 뜻은 그치게 하기 어려우니 아버님은 억지로 따르게 하지 마소서."

말을 마치고 슬피 안색을 고쳐 좋은 빛이 없으니 상서가 또한 불

---

30) 금사롱(金絲籠): 금실로 만든 조롱.

편한 마음을 이기지 못해 위로하여 말하였다.

"일이 비록 기쁘지 않고 즐겁지 않으나 네 태후를 섬기는 육경(六卿)의 자식으로 마침내 인륜을 폐하지 못할 것이요, 공주의 크신 덕은 보지 않았으나 기특하다고 들리니 네 몸에 해로움은 없을 듯하니 모름지기 괴이한 뜻을 먹지 말고 순순히 명령을 따르라."

소저가 눈물을 머금고 탄식하며 말하였다.

"부친의 말씀이 옳으시나 소녀가 이곳에 들어올 적에 정한 뜻이 있으니 죽기는 쉬우나 이씨 집안에 들어가지는 못할 것이옵니다."

상서가 다시 이르려 하더니 시녀가 급히 아뢰었다.

"이 승상 어른께서 와 계시나이다."

상서가 급히 정자에서 내려와 외당에 나아가 맞이해 인사를 마치니 승상이 말하였다.

"아침에 폐하의 명령이 있으셔서 영녀(令女)로 몽현의 둘째 부인을 삼으라 하셨습니다. 이미 성지(聖旨)를 받은 후이고 공주의 어진 마음이 고금에 드무니 영녀에게 괴로움이 없을 것이라 형은 어서 택일하여 혼례를 이루도록 하소서."

상서가 사례하고 말하였다.

"폐하께서 은혜를 드리워 딸아이의 사정을 살피시고 계양 공주의 크신 덕이 자고로 다시 없으셔서 천지와 같은 큰 덕을 베풀어 불초한 소녀로 하여금 군자의 건즐(巾櫛)을 받들게 하셨으니 그 은혜는 시든 나무에 잎이 나게 한 것입니다. 어찌 명령 받들기를 더디게 하겠습니까마는 불초녀는 이 씨를 위하여 절(節)을 지키려 하여 심규(深閨)에 들어 몸을 닦고 있나이다. 소제(小弟)가 이따금 친히 가서 보았는데 이번에 성지(聖旨)가 내려 즉시 그곳에 가 딸아이에게 이르니 뜻이 굳어 목숨을 걸고 듣지 않으니 소제가 딸을 참으로 불쌍히 여기나이다."

승상이 놀라 말하였다.

"영녀가 당초에 이 씨를 위하여 빈 규방에서 원한을 품은 것이 보기에 참담하였습니다. 더욱이 우리 마음이 한시도 놓이지 않아 스스로 사람을 그릇 만들고 부귀를 보고 빈천을 버린 허물을 생각하니 소제(小弟)는 낯을 들어 사람을 보기 부끄럽고 아들 녀석은 송홍(宋弘)[31]에게 죄인이 되었나이다. 부자(父子)가 옛글 읽은 것을 함께 부끄러워하더니 폐하께서 몽현의 신의를 완전하게 하려 하셨으니 순순히 성지(聖旨)를 받들어 천자의 뜻을 저버리지 않음이 옳고 영녀가 예의를 안다면 어찌 이처럼 괴이한 마음을 가졌는고? 사람이 태어남에 인륜이 정하여졌으니 지금 세상에 영녀가 재상 집안의 규수로서 혼자 늙을 수 있을 것이며 산림에 몸을 감출 수 있겠나이까? 이는 절대로 옳지 않으니 형은 어서 내 말로 영녀에게 일러 매사가 순리에 맞게 하소서."

상서가 사례하며 말하였다.

"현형의 말씀이 금옥과 같으니 소제가 어찌 받들지 않겠나이까? 소제가 또한 이와 같이 여겼으나 소녀(小女)가 뜻을 굳이 정하여 듣지 않았던 것이니 다시 타일러 보겠나이다."

승상이 대답하였다.

"사람이 지켜야 할 큰 윤리 중에 오륜(五倫)이 가장 크고, 부모와 자식에게 친함이 있으니 영아(令兒)가 어찌 형의 말을 듣지 않으리오? 형은 청컨대 잘 개유하여 영녀의 뜻을 돌려 어서 인륜을 완전하

---

31) 송홍(宋弘): 중국 후한(後漢) 광무제(光武帝)의 신하. 광무제가 자신을 황제의 손윗누이인 호양공주(湖陽公主)와 혼인시키려 하자 '조강지처는 내쫓지 않는다.(糟糠之妻不下堂)'고 말하며 혼인을 거절한 일이 있음.

게 하소서."

상서가 사례하였다. 이윽히 말하다가 승상이 돌아간 후 상서가 즉시 옥호정에 이르러 소저에게 승상의 말을 전하고 대의(大義)로 엄히 꾸짖으니 소저가 울고 이르렀다.

"소녀가 인륜의 큰 의리를 모르는 바가 아닙니다. 일이 이미 이렇게 된 후에는 이 모두 소녀의 팔자입니다. 연분(緣分)이 그만 되었으니 또 어찌 참람하게 뜻을 방자히 먹어 부마의 재실이 될 것이며 공주와 어깨를 겨뤄 남편의 사랑을 다투겠나이까? 소녀가 병이 많으니 스스로 고요히 늙어 죽는 것이 지극한 소원입니다. 이제 성지(聖旨)가 내려와 있고 공주의 뜻이 아름다우나 능히 제 곧은 마음을 돌이키기 어려우니 원컨대 아버님은 소녀 한 사람을 죽은 것으로 아시고 제가 뜻을 지키게 하기를 바라나이다."

상서가 크게 슬펐으나 이가에서 안다면 그릇 여길 것이므로 이에 크게 그 말을 거슬러 꾸짖었다.

"네 뜻이 그러하나 당초에 너를 몽현과 정혼시켰으니 이제 무슨 잡된 말이 있을 수 있겠느냐? 끝내 뜻을 고치지 않는다면 내 너를 자식이라 하지 않을 것이니 빨리 집으로 와 혼인 기일을 어기지 말라."

드디어 소매를 떨치고 돌아가니 소저가 크게 초조하여 이날 저녁밥을 거르고 종일토록 번뇌하다가 홀연히 탄식하고 말하였다.

"내가 이승에서 살기 위해 애쓰는 것이 이토록 구차하고 괴로우니 시원하게 자결하여 세상을 모르는 것이 원이로되 부모님이 주신 몸을 경솔히 상하게 하지 못할 것이니 차라리 머리를 깎아 사람의 형체를 바꾼다면 아버님이 어찌 억지로 따르게 하시겠는가."

말을 마치고 마음이 좋지 않아 슬픈 빛이 얼굴에 드러나니 두 시비 홍련과 설매가 소저의 이 말을 듣고는 깜짝 놀라 나아와 조용히 엎드려 간하였다.

"지금 비자(婢子) 등이 소저의 하시는 일을 감히 시비하는 것이 아니니 소저께서 일찍이 고서(古書)를 읽으셨으니 신체와 머리카락, 피부는 부모에게 받은 것이라 상하게 하지 못할 줄 아실 것입니다. 사람이 태어나 다 각각 짝이 있거늘 소저는 마침 운수가 불행한 때를 만나 이러하신 것이나 또 이미 폐하의 명령을 받으신 후에는 고집을 부리시는 것이 부질없습니다. 또 홀로 계시기를 지극히 원하신다면 어르신께 조용히 고하여 마음대로 하실 것이거늘 이런 괴이한 뜻을 두시니 비자(婢子) 등은 소저를 위하여 이러한 행동이 적당하지 않는다 생각하오니 소저께서는 세 번 생각하소서."

소저가 눈물을 흘리며 말하였다.

"내 어찌 이를 생각지 못하였겠는가마는 아버님의 성품이 강렬하시니 어찌 내 뜻을 좇으시겠느냐? 내 이런 까닭에 얼굴을 바꾸고자 하는 것이로다."

홍련이 말하였다.

"어르신께서 만일 소저의 굳은 마음을 들으신다면 어찌 듣지 않으시겠나이까? 원컨대 소저는 비자(婢子) 등의 말을 좇으소서."

소저가 눈물을 흘려 길이 탄식하고 말을 안 했다.

이날 동틀 무렵에 홍련이 집안에 이르러 상서에게 고하였다.

"소저의 굳은 마음이 쇠와 돌 같아 짧은 시간에 소저의 마음을 풀기 어려우니 어르신께서는 잠깐 길일을 늦추어 그 마음을 위로하소서."

상서 부부가 이 말을 듣고 크게 놀라 이에 옥호정에 가 딸에게 말하였다.

"네 이부에 시집간다 하여 괴이한 마음을 먹는다 하니 내 어찌 네 뜻을 꺾겠느냐? 너는 안심하고 있으라."

소저가 눈물을 흘리고 죄를 청해 말하였다.

"소녀 부질없는 몸이 세상에 나 부모께 불효를 이렇듯 끼치옵고 지금 소녀가 한 마음을 지키려 하나 매사가 난처하여 부모께 큰 염려를 더하니 곳곳에 불효가 가볍지 않나이다."

상서가 탄식하고 말하였다.

"네 팔자가 이미 순탄치 못해서 그런 것이니 설마 어떻게 하겠느냐? 내 지금 네 뜻을 좇거니와 너도 어버이의 마음을 생각해서 멀리 헤아리라."

상서가 드디어 나와 이부에 가 승상을 보고 일렀다.

"어제 형의 말을 듣고 딸아이에게 말하며 재삼 매우 꾸짖었더니 딸아이의 굳은 마음이 철석같아 병이 많은 약질이 금지옥엽의 황녀와 어깨를 겨루는 것이 불가함을 이르며 목숨을 걸겠다 합니다. 부녀의 정에 차마 강제로 따르게 하지 못하니 형은 소제의 용렬함을 용서하고 딸아이가 제 소원대로 지낼 수 있도록 해 주기를 바라나이다."

승상이 놀라 탄식하고 말하였다.

"영아(令兒)의 뜻이 이렇듯 견고하니 가히 핍박하지 못할 것입니다. 소제(小弟)와 제 아들의 부끄러움이 비할 곳이 없나이다."

상서가 사례하였다.

"이것이 다 딸아이의 소견이 편협해서이니 합하께서 부끄러울 일이 있겠나이까?"

승상이 말하였다.

"형이 조용히 사리로 타일러 그 뜻을 되돌려 놓으소서."

상서가 사례하고 돌아갔다.

승상이 내당에 들어가 상서와의 대화를 고하니 태사가 말하였다.

"장 씨의 헤아림이 자못 멀리까지 내다봄이 깊어서 그런 것이나 그르다고 못하겠구나."

승상이 대답하였다.

"장세걸이 원래 고집이 과도한데 그 딸이 필연 닮은 듯하니 갑자기 깨닫게 하지는 못할 것입니다. 그러나 이 뜻을 공주에게 이르시는 것이 좋겠습니다."

드디어 시녀를 시켜 공주를 청하였다.

이때 부마가 바야흐로 공주의 진심을 다 알고 공주를 매우 기특하게 여겨 철석같았던 마음이 자연스레 바뀌는 줄을 깨닫지 못하고, 공주가 대궐에서 나와 공주궁으로 돌아간 것을 알고는 몸을 일으켜 공주궁으로 갔다. 공주가 전처럼 하실(下室)에 있었으므로 바로 그곳에 이르러 예를 마치고 자리를 정하니 부마가 팔을 들어 공손히 인사하고 말하였다.

"학생이 본디 옥주를 싫어하고 업신여겨서가 아니라 스스로 송홍(宋弘)에게 죄인이 됨을 부끄러운 것이 있어 마음이 풀리지 않았습니다. 그런데 옥주가 황실의 귀한 몸으로써 뜻 낮추기를 보통으로 하시니 학생이 이를 모르는 바가 아니로되 속으로 옛사람을 얻은 후 부부의 즐거움을 이루려 뜻을 정하여 피차 부부의 명분이 있으나 능히 화락하지 못하고 있으니 스스로 낭랑께서 부탁하신 뜻을 저버릴까 불안하였습니다. 그런데 능히 장 씨의 굳은 마음을 돌려놓기 어려웠는데 옥주가 옛사람보다 나은 성덕(盛德)으로 낭랑의 뜻을 돌려 장 씨에게 하늘의 해를 보게 하셨으니 학생이 사람 저버린 죄를 잠깐이나마 씻게 되었나이다. 생이 옥주의 어진 덕에 깊이 감복하였으니 옥주는 청컨대 오늘부터 정침(正寢)으로 돌아가소서."

말을 마치니 거침없는 언사는 철을 녹이는 듯, 낭랑한 말은 형산(荊山)의 백옥(白玉)을 울리는 듯하였으니 부마의 말이 길고 간절한 것이 오늘이 처음이었다. 이는 대강 공주의 맑은 덕을 속으로 가장 공경하고 감복했기 때문이었다. 공주가 미우를 온화하게 해 다 듣고 자리를 피해 사례하며 말하였다.

"첩이 본디 비루한 자질로 군자의 수건과 키를 맡음에 허물이 많고 행실이 볼 만한 것이 없으니 스스로 두려워하였습니다. 그런 가운데 장 소저의 수절이 보기에 참혹하고 마음에 슬픔을 참지 못할 것이요, 더욱이 첩은 그 인륜을 희지은 사람이니 온 마음에 염려가 되어 잊을 때가 없었나이다. 그러던 중에 태낭랑께서 그 사정을 들으시고 흔쾌히 허락하셨으니 어찌 첩의 공이겠나이까? 오늘 군자의 치사를 들으니 부끄러움을 이기지 못하겠나이다."

말을 마시니 안색이 평온하고 기운이 온화하니 부마가 속으로 경복하였으나 사람됨이 평소에 여자와 대화를 길게 하는 것을 싫어하였으므로 다만 기쁜 빛으로 상대하였다. 이윽고 팔을 밀어 정실로 들어가기를 청하니 공주가 공손히 사양하였다.

"여자가 되어 남편의 명령을 거역함이 예(禮)가 아니나 앞으로 장 소저가 들어오는 것이 지극히 어려울 것이니 장 소저가 존문(尊門)에 드는 날 옛 침소로 가도 늦지 않나이다."

부마가 웃으며 말하였다.

"장 씨가 이미 학생을 위하여 수절하고 있으니 어찌 혼례를 이루는 것을 어렵게 여기겠나이까? 옥주의 고집이 너무 과도하시도다."

공주가 속으로 웃고 정실로 향하려 하지 않으니 부마가 또한 억지로 청하지 않고 외당으로 나갔다.

다음 날 공주가 문안하고 들어왔더니 문득 시녀가 이부 협실에서 와 승상의 명령을 전하였다. 공주가 바삐 옷매무새를 바로잡고 정당에 이르니 승상이 기쁜 빛으로 자리를 주고 말하였다.

"어제 폐하의 은혜와 옥주의 덕으로 장 씨를 몽현과 혼례시키려 하였으나 장 씨가 고집이 있어 죽을 각오로 말을 듣지 않는다 하니 할 수 없이 공주를 청하여 연고를 이르나이다."

공주가 자리를 옮기고 사례하여 말하였다.

"첩이 소견이 미미하고 말이 가벼우니 어찌 규방 여자의 마음을 꿰뚫어 볼 수 있겠나이까? 그러나 이는 첩을 거리껴서 그런 듯하니 소첩의 부끄러움이 낯 둘 곳이 없나이다."

승상이 위로하였다.

"이 어찌 옥주의 탓이리오? 장 씨의 마음이 물욕에서 벗어나 그런 것이니 공주를 근심하지 마소서."

공주가 사례하고 돌아와 생각하였다.

'장 씨가 부마와의 성례를 허락하지 않은 것은 자못 멀리까지 내다보는 근심이 깊어서 그런 것이 그 뜻을 굽히기 어렵겠구나. 아주 완전한 계책을 베풀어야 마음을 풀 수 있겠구나.'

이처럼 헤아리니 신명한 소견과 너른 도량에 어찌 계교가 없겠는가. 깊이 생각하고 이에 진 상궁을 불러 일렀다.

"이제 나의 한 뜻은 장 씨를 부마의 부인으로 삼으려 하던 것이었으나 의외에 장 씨의 뜻이 완강해 듣지 않는다 하고 그 뜻을 쉽게 돌려놓기 어려울 것이네. 사람을 청하여 이르게 하는 데 귀한 것을 자랑하여 무례하게 할 수 있겠는가? 사부는 모름지기 표문(表文)을 가지고 미양궁에 들어가 태후의 성지(聖旨)를 다시 얻어 오라."

이렇게 말하고 붓과 벼루를 내와 표문을 지어 함에 봉하여 진 씨에게 맡기니 진 씨가 교자를 타고 미양궁에 이르러 태후에게 네 번 절하고 현알하니 태후가 물었다.

"경이 무슨 까닭으로 이르렀으며 부마가 장 씨를 아내로 맞이하였느냐?"

진 씨가 절하고 말하였다.

"옥주께서 신첩을 명하시어 한 장의 표문을 받들어 용전(龍殿)에 아뢰라 하셨으니 명령을 받들어 왔나이다."

말을 마치고 두 손으로 봉함(封緘)을 받들어 아뢰니 태후가 바삐 열어 보시니 소(疏)에 다음과 같이 써져 있었다.

'신녀(臣女) 계양은 머리를 조아려 백 번 절하고 황공하여 태후이신 어머님 탑하(榻下)에 아뢰옵니다. 신이 부마 신(臣) 몽현에게서 빙물을 받은 장 씨의 사정을 아뢰고 몽현의 둘째 부인으로 들이기를 청하였더니 태후께서 윤허하셨으므로 신이 성은을 각골명심(刻骨銘心)하여 돌아가 시가에 고하였나이다. 이에 시가에서 낭랑의 성덕(聖德)을 칭송하고 혼례 이룰 것을 장가에 통하였더니 장 씨의 뜻이 물외(物外)에 시원스레 벗어나 일생을 혼자 늙으려 정해 몸을 산간에 감추겠다 하고 죽을 각오로 말을 듣지 않으니 그 뜻을 돌이키기가 어렵사옵니다. 사람을 청하여 일을 이루려 함에 시종(始終) 있음이 옳으므로 당당히 다시 성지(聖旨)를 주시고, 부인 직첩(職牒)에 미양궁 인(印)을 쳐 내려 주시기를 바라나이다. "

태후가 다 보고 웃으며 말하였다.

"이 아이가 세상을 너무 알지 못해 적국을 사랑함이 이와 같으니 어찌 가소롭게 않은가? 그러나 장 씨의 말을 들으니 장 씨가 현명한가 싶으니 공주에게 해로운 일은 없을 듯하므로 제 청을 좇으리라."

이에 즉시 비답(批答)하여 허락하고 장 씨에게 정국 부인 직첩을 주고 조서(詔書)를 내려 공주의 뜻을 저버리지 말라고 하였다.

진 씨가 물러나 궁에 돌아와 공주에게 성지(聖旨)를 전하니 공주가 기뻐하여 이에 부마가 들어오기를 기다려 나직이 아뢰었다.

"장 소저가 첩의 존귀함을 거리껴 군자의 아내 되기를 원하지 않으니 이는 다 첩의 허물이라 다만 두어 줄로 이런 뜻을 장 씨에게 이르고자 하니 군자가 만일 외람되다고 여지기 않으시다면 행하고자 하나이다."

부마는 장 씨가 자기의 부인이 되기를 원하지 않는다는 말을 듣고 장 씨를 괴팍하다 여기며 공주의 신명한 덕에 항복하고 있었더니 이 말을 듣고 미소 지으며 말하였다.

"옥주께서 하려 하신다면 마음대로 하실 것이니 학생에게 물어 하실 일이 있나이까?"

공주가 사례하고 이에 진, 허 두 상궁에게 명하여 태후의 조서를 교자에 담아 호위하여 가게 하고 자기는 스스로 흰 깁을 펴 한 통의 서간을 지어 소영, 소옥 등에게 맡기고 말하였다.

"장 씨가 거처한 문에 이르러 문지기가 만일 막고 문을 열지 않거든 구태여 억지로 청하지 말고 이리이리 하여 들어가 태후 낭랑의 성지를 전하고 내 서간을 주어 만일 허락하지 않거든 너희 두 사람이 이리이리 하라."

그리고 또 다시 경계하였다.

"소옥 등은 내 마음을 알거니와 사부와 보모는 나를 위하여 장 씨가 오는 것을 기뻐하지 않으니 모름지기 예를 갖추어 몸을 낮추고 말을 공손히 하여 나의 공경하는 뜻을 훼손시키지 말라."

뭇 사람이 명령을 받고 물러났다. 진, 허 두 사람이 교자를 타 수십 궁녀가 에워싸고 황태후 조서를 옥교(玉轎)에 담아 누른 보를 위에 덮어 황양산(黃陽繖)과 청황흑백 오색기를 좌우 사람들이 잡게 하고 태감 수십여 명이 호위하여 옥호정으로 향하니 알지 못하겠다, 공주의 정성이 장 씨의 철석같이 굳은 마음을 돌릴 수 있을까. 다음 회의 내용을 들으라.

소영과 소옥 등이 진, 허 두 사람과 함께 공주의 명령을 받아 옥호정에 이르니 이때 문을 지킨 늙은 문지기가 한가히 문 앞에서 마침 누워 있다가 홀연 눈을 들어 보니 황양산(黃陽繖)이 휘날리는 데 채색 가마를 누런 두건 쓴 건장한 자들이 메고 상궁은 교자를 타고서 청색, 홍색 기가 앞에서 인도하며 궁녀와 태감이 무수한 추종(騶從)을 거느려 문에 이르는 것이었다. 문지기가 크게 놀라 미처 묻지 못해서 정 태감이 먼저 말에서 내려 문지기에게 말하였다.

"나는 계양궁 태감 정양이니 귀댁의 소저에게 태후 낭랑의 조서를 전달하러 이르렀으니 문을 열어 소저에게 통하게 하라."

문지기가 이 말을 듣고 잠깐 정신을 가다듬어 답하였다.

"소복 등은 주인의 명령으로 문을 지켜 감히 잡사람을 들이지 못하니 태감께서는 이를 살펴 용서하소서."

정 태감이 웃고 말하였다.

"우리가 스스로 이른 것이 아니라 전지(傳旨)를 받들어 왔으니 문지기는 이 뜻을 귀소저에게 고하라."

문지기가 정 태감의 기상이 고귀하고 그 말이 사리에 맞음을 보고 잠시 생각하다가 문을 열어 주었다. 태감 등이 추종을 거느려 삼십여 보는 들어가며 보니 뜰에 한 점 티끌이 없어 유리를 깐 듯하며 산이 높지 않으니 화려하고 정결하였으며 좌우로 화초와 초목이 무성하였다.

중문에 이르니 긴 담이 둘러 있는데 가운데 두 짝 검은 문이 굳게 닫혀 있고 젊은 종 수십 명이 앉아 있다가 태감과 상궁의 행렬을 보고 놀라 말하였다.

"이곳은 바깥사람이 마음대로 못 들어오는 곳이나 태감께서 성지(聖旨)를 받들어 이르셨다 하니 미처 아뢰지 못하고 열겠지만 안문에는 또 늙은 유모들이 지키고 있으니 태감께서는 여기에 머무르시고 상궁만 들어가소서."

정 태감이 말하였다.

"아저씨의 말이 옳으니 어찌 따르지 않겠는가?"

뭇 사람이 자기들 머무는 곳은 치워 태감 등을 앉히고 진, 허 두 사람이 소옥 등과 함께 교자에서 내려 십여 보를 들어가니 갈수록 시원하여 좌우로 오색의 꽃나무가 울 서듯 있고 푸른 버들이 줄 지어 서 있으며 늙은 소나무와 푸른 잣나무가 굽이져 가득하고 기이한 풀이 무성하여 향내가 자욱하였다. 분칠한 담에 의지하여 붉은 문이 반공(半空)에 임하였는데 푸른 옷을 입은 중년의 유모 수십 명이 한가하게 앉아 있다가 진 씨 등을 보고 크게 놀라 말하였다.

"이곳은 우리 상서 외에는 못 들어오시고, 하물며 안으로 문을 두어 왕래하시거늘 어떤 궁인이기에 가벼이 들어왔으며 어찌 문지기 등이 어르신 명이 없이 들여보내더이까?"

진 상궁이 나아가 팔을 들어 말하였다.

"우리는 계양궁 궁인이네. 태후 낭랑의 성지(聖旨)를 받들어 소저께 전하려 이르렀으니 그대들은 괴이하게 여기지 말고 전함을 바라노라."

뭇 사람이 계양 두 글자를 듣고 발끈 성을 내 말하였다.

"우리 소저가 당당한 재상가 여자로서 얼굴과 덕이 인간 세상에 드무시니 어른 같은 배필을 구하시어 상공(相公)과 혼인을 맺으려 하실 적에 피차 부족함이 없더니 조물이 시기하여 상공을 부마로 삼으셨습니다. 이제 우리 소저는 이칠 홍안으로 규방에서 홀로 세월을 보내시니 그 사정을 천지에 따져 물을 것이로되 우리 소저는 조금도 한스러워하는 기색이 없이 스스로 이곳에 들어 일생을 마치려 하십니다. 그러니 조금도 계양 공주께 간섭할 일이 없거늘 또 무슨 위엄을 더하시려고 모든 귀인(貴人)이 연이어 와 문을 열라고 하시나이까? 이 문은 상서 어르신 명령 없이는 못 여니 귀인은 우리를 죽이고 여소서."

말을 마치고 뭇 사람의 낯이 붉으며 성내는 기색이 가득하여 차가운 눈으로 멸시하며 몸을 움직이지 않으니 진, 허 두 사람이 그 유모 등의 거동을 보고 분함과 한스러움을 참지 못해 얼굴색이 변해 말을 미처 못 하여 소옥이 앞을 향해 사례하고 말하였다.

"그대 등의 말은 주인을 위한 뜻이구려. 그런데 우리가 그윽이 부끄러워하는 것은 우리 옥주의 크신 덕이 멀리 비추지 못하고 귀댁 소저로 하여금 규방에서 원한을 품게 하니 옥주께서 밤낮으로 불안하시어 대궐에 아뢰어 소저에게 부마의 수건과 빗을 맡게 하셨네. 귀댁 소저가 고집스레 사양하여 듣지 않으시니 옥주께서 그윽이 힘을 다해 한 편 글월을 보내시어 우리가 이에 이르렀더니 그대의 말이 이러하나 우리가 부끄러워 낯을 둘 곳이 없네. 그러나 또한 우리가 주인의 명을 받아 왔다가 글월을 전하지 못하고 돌아가지 못할 것이니 그대 등은 잠깐 살펴 문을 열어 소저께 통해 주기를 바라노라."

뭇 사람이 소옥의 언사가 물 흐르는 듯하고 예절에 맞는 몸가짐이 온화하고 공손한 것을 보고 분노를 삭이고 말하였다.

"우리 소저가 평생 덕을 쌓아 오시다가 이칠(二七)의 나이에 정자에 들어 초목을 벗하고 규방에서 늙는 것이 사람 마음에 참지 못할 슬픔입니다. 하물며 우리의 주인 향한 정은 말할 나위가 있겠나이까? 이런 까닭에 접대 예를 잃음이 많거니와 이 문은 소저가 명령하셔야 열 수 있고 비록 천자가 명령하셔도 우리는 못 여니 귀인은 괴이하게 여기지 마소서."

소영이 웃고 말하였다.

"우리가 귀댁 소저를 보려고 하는 것이 아니라 서간을 전하려 하는 것이니 그대는 수고로움을 생각지 말고 다만 소저께 통하여 소저가 허락하지 않으신다면 설마 어찌하겠는가?"

뭇 사람이 이 말을 듣고 잠깐 깊이 생각하다가 문을 열고 늙은 여종 한 사람이 먼저 들어가 소저에게 고하니 소저가 놀라고 의아하여 말을 않다가 설매에게 눈짓을 하였다. 이에 설매가 즉시 나와 소옥 등을 보니 소옥이 또한 눈으로 설매를 보았다. 눈썹이 그린 듯하고 눈이 맑으며 낯이 복숭아꽃 같아 가볍게 날아갈 것 같은 신선과 같았고 허리에는 붉은 치마를 입고 몸에 자줏빛 옷을 입고 있었다. 소옥 등이 기특하게 여겨 몸을 일으켜 손을 꽂아 만복(萬福)을 일컬으니 설매가 답해 읍(揖)하고 낭랑하게 말하였다.

"우리 주인과 종들은 산수(山水)로 벗을 삼고 인간 세상을 사절한 어리석은 백성들입니다. 오늘 귀한 분들이 어디에서 이르셨나이까?"

소옥이 대답하였다.

"우리는 계양궁 시녀들이네. 옥주의 서간과 태낭랑의 성지(聖旨)를 받들어 이르렀으니 낭자는 어서 소저께 고하기를 바라노라."

설매가 놀라 말하였다.

"우리 소저가 인간 세상을 사절하여 계시나 태후의 조서를 받들어 이르셨다면 어찌 잠시인들 늦출 수 있겠나이까? 일찍 알지 못하여 귀인들을 수고롭게 하였나이다."

설매가 다시 들어가더니 이윽고 두 시녀가 나와 일렀다.

"소저가 일찍 알지 못하여 존귀한 분들을 오래 세워 피곤하게 한 것을 매우 부끄러워하시고 성지(聖旨)를 받들어 오라 하셨나이다."

전, 허 두 사람이 이 말을 듣고 얼굴이 기쁜 빛이 감돌아 이에 황주리(黃珠履)를 벗고 조서를 받들어 안에 이르니 작은 집이 산을 의지하여 지극히 정묘하고 백옥 계단을 세 층으로 만들었고 좌우로 온갖 꽃들이 울 서듯 하며 맑은 향기가 진동하였다.

성지를 상 위에 받들어 올린 후, 이윽고 향기가 자욱하고 옥패(玉佩) 소리가 낭랑히 들리더니 시녀가 소저를 모시고 나왔다. 진, 허 등이 바삐 눈을 들어 보니 그 안색의 맑음은 옥을 더럽게 여길 정도이고 가을 물결 같은 눈길과 별 같은 눈이 사방의 벽에 빛나며 두 뺨은 연꽃이 푸른 물결에서 나온 듯하고 구름 같은 귀밑이 영롱하고 시원하여 빼어난 자태가 태양이 빛을 잃으니 뭇 사람이 크게 놀라 숨을 길게 쉬고 생각하였다.

'천하에 우리 옥주 같으신 짝이 없는가 하였더니 이 사람이 어찌 이렇듯 기특한고?'

이처럼 칭찬하더니 소저가 붉은 비단치마를 끌고 뜰에 내려 향안(香案)32) 앞에 엎드리니 진 상궁이 조서를 내어 읽었다.

'짐이 소녀(少女) 계양을 위하여 부마를 택함에 문득 경의 인륜을 어지럽히는 바가 되었으니 계양이 과도하게 짐에게 간하여 부마의 신의를 완전하게 만들고 싶어 하였도다. 짐이 공주의 뜻을 아름답게 여겨 경으로 부마의 재실을 허락하였으니 이 참으로 좋은 뜻이거늘 경이 고집을 부려 사양하고 정자에 들어가서 삭발하겠다고 이른다 하니 이는 짐을 원망하고 공주에 역정을 부리는 것이 아닌가? 모름지기 어서 부마의 아내가 되어 공주의 아름다운 뜻을 저버리지 말라.'

소저가 다 듣고 일어나 북쪽을 향해 네 번 절하고 머리를 두드려 사죄한 후 안색을 자약히 하여 일어서니 진 상궁, 이 보모, 소옥, 소

---

32) 향안(香案): 향로나 향합을 올려 놓는 상.

영 등 네 사람이 앞에 가 두 번 절하였다. 소저가 잠깐 눈을 들어서 보고 팔을 들어 몸을 편히 하라 하고 당에 오르니 설매와 홍련 등이 방석을 대청에 놓아 뭇 사람을 오르라 하니 네 사람이 굳이 사양하며 말하였다.

"우리는 궁녀라 어찌 감히 당에 오르겠나이까?"

소저가 속으로 웃고 말하였다.

"상궁은 너무 겸손하지 말라."

설매와 홍련 등이 재삼 청하니 진, 허 두 사람은 오르고 소옥 등은 난간 기슭에 앉으니 소저 유모가 술과 과일을 갖추어 뭇 사람을 대접하였다.

소저가 잠자코 오래 앉아 있다가 붓과 벼루를 내어 표를 써 함에 봉하여 진 상궁을 주니 소(疏)에는 다음과 같이 써져 있었다.

'신첩 장옥경은 머리를 조아려 백 번 절하고 삼가 표를 받들어 태후 낭랑 용상(龍床) 아래에 올리나이다. 엎드려 성지(聖旨)를 들으니 눈물이 흘러 온 몸 적심을 이기지 못하옵니다. 신첩이 비록 부마 이몽현을 위하여 절을 지키고 있으나 조정 중신으로 부귀가 지극하오니 한 몸에 조금의 괴로움이 없고 스스로 산의 경치를 즐겨 일생을 누림에 신의 마음이 즐겁고 시원하오니 어찌 이씨 집안에 들어갈 것을 생각하겠나이까? 이런 까닭에 나라의 명령을 받들지 못하오니 태후 낭랑께서는 밝히 비추어 주심을 바라나이다.'

소저가 표를 써 상궁을 주고 말하였다.

"성은이 미천한 몸에 이렇듯 하시나 내 본디 군자를 섬길 예(禮)가 없으므로 감히 조서를 받들지 못하니 귀인은 이대로 어전에 아뢰라."

또 일렀다.

"천한 몸에 병이 많으므로 봄바람이 어지러우니 자못 좋지 않아 오래 앉아 있지 못하니 상궁은 허물치 말라."

그러고서 일어나려 하니 소옥이 바삐 고하였다.

"비자(婢子)가 옥주의 글월을 받들어 이르렀으니 소저의 살피심을 바라나이다."

소저가 몸을 굽혀 도로 앉으며 말하였다.

"귀주(貴主)의 글월을 갖고 왔으면서 어찌 지체했는고?"

소옥이 따라온 궁인을 불러 옥함을 받들어 앞에 놓으니 소저가 공경하여 함을 열고 봉투를 뜯으니 먼저 먹의 자욱이 찬란하여 눈을 가리므로 소저가 매우 놀라고 의아하고 안색을 고치고 훑어보니 글자마다 주옥같고 말마다 비단 같았다. 글 속의 뜻이 협곡의 물을 거꾸로 보내는 듯하고, 필법은 왕희지보다 나았으니 종이에 다음과 같이 써져 있었다.

'계양 공주 주 씨는 삼가 일 척 깁으로써 장 소저 책상 앞에 부치니 낮게 굽어 살핌을 얻을 수 있으리오? 계양은 깊은 궁궐에서 나서 자라고 소저는 재상의 집안에서 자라 서로 이름을 알지 못하더니 계양이 태낭랑의 명령으로 이씨 집안에 들어오게 되자 소저의 평생을 희지으니 스스로 부끄럽도다. 그러므로 태낭랑께 소저의 타고난 맑은 덕을 갖추어 고하니 태낭랑께서 감동하시어 소저에게 부마의 수건과 빗을 맡게 하셨도다. 이에 계양이 스스로 기뻐 숙녀와 함께 어깨를 나란히 해 밝히 교훈을 들을까 하였더니 생각지도 않게 소저가 홍진을 거절하여 산속 정자에 깊이 들어 인륜을 폐하고자 하니 이 모두가 계양 때문이로다. 어리석은 마음에 속을 누르지 못해 당돌히 짧은 편지를 날려 소저의 눈동자를 어지럽히니 더욱 미안하나 성인(聖人)이, 미친 사람의 말에서도 반드시 계책을 얻는다고 말씀하신 것을 믿어 한 말을 고하니 소저는 길이 용납하라.

계양이 일찍이 들으니 천지와 음양이 오륜(五倫)을 본떴으니 사람이 나서 그 쌍이 갖추어짐은 이치에 떳떳한 것이라. 소저가 모든 관리를 총괄하는 재상 집안의 귀한 딸로 이씨 집안의 빙물을 받았으니 피차 부족함이 없거늘 첩이 그 사이로 이씨 집안에 들어왔으니 소저가 마침내 빈 규방에서 늙고자 하는 것이 다 계양을 거리껴서 그런 것이로다. 그러나 이는 크게 옳지 못한 것이 넷이 있으니 당돌함을 잊고 고하노라.

대개 규수로서 산간에서 인간 세상을 끊으려 하니 이는 예(禮)에 마땅하지 않으니 이것이 하나요, 또 산간에 들어가 머리를 깎고 세상을 거절하는 것은 천한 사람의 행동이거늘 소저가 혁혁한 가문의 여자로 이러한 일을 행하는 것이 결코 옳지 않으니 이것이 둘이요, 또 태후가 옛일을 뉘우치고 소저를 타이름이 곡진하시거늘 소저가 조명(詔命)을 듣지 않으니 도리에 온당한 일이 아니므로 이는 옳지 않으니 이것이 셋이요, 또 소저의 양친이 소저가 운명이 기박하여 빈 규방에 있는 것을 긴 날에 차마 보지 못할 것이거늘 소저가 이를 돌아보고 생각지 않음이 효의(孝義)에 마땅하지 않으니 이것이 넷이라.

계양이 어려서부터 사람을 사랑하고 아끼는 마음이 하늘에 묻고 바로잡을 지경이니, 오늘 소저의 사리에 맞지 않는 행동을 잠깐 타이르니 내 비록 옛날 사람만 못하나 큰 사나움은 없을까 하네. 소저는 길이 헤아려 어서 혼례를 받들어 행해 유학 집안에 이르러 시부모의 음식을 받들어 삼강과 오륜의 중요한 일을 폐하지 말라.'

소저가 다 보고 그 말이 물 흐르는 듯하나 한 글자도 조금도 다 예법 밖을 벗어나지 않고 다 자기를 위하여 쓴 것임을 알고 스스로 감동하여 심사가 좋지 않았다. 눈에 물결이 요동쳐 오랫동안 잠자코 있더니 소옥이 다시 일어나 엎드려 고하였다.

"옥주께서 비자 등에게 명하시어 소저의 허락을 받아 오기를 고대(苦待)하고 계실 것이니 삼가 아뢰나이다."

소저가 바야흐로 안색을 억지로 가다듬고 답하였다.

"옥주께서 이렇듯 천한 몸을 생각해 주시니 은혜는 백골난망(白骨難忘)이네. 그러나 천한 몸에 병이 자못 많으니 어찌 귀댁에 나아가 군자의 비와 키를 맡겠는가? 옥주의 크신 덕이 해를 꿰뚫어 초목에까지 혜택이 다 미쳤으나 첩의 마음은 진심으로 인간 세상의 번다한 곳이 싫으니 궁인은 모름지기 이 뜻으로 옥주께 고하라."

그러고서 탄식하고 붓을 들어 답서를 쓰니 다음과 같았다.

'장 씨 옥경은 두 번 절하고 삼가 계양궁 효성 공주 안전(案前)에 글월을 올립니다. 첩은 산간의 머리털 있는 산사람입니다. 이따금 풍편으로 옥주의 일월 같으신 큰 덕을 듣고 스스로 우물 밑 개구리가 하늘을 바라보는 것 같아 흠모함을 이기지 못하였나이다. 그러나 청조(靑鳥)가 소식을 전하지 않으니 초목 가운데 천한 마음이 궁궐 귀댁에 비치기 어렵더니 천만뜻밖에도 옥주의 서찰을 받드니 천한 마음에 도리어 놀라고 황공하여 서찰을 받들고 공경하여 재삼 살피니 서간 속의 말뜻이 다 도리에 합당하고 예의와 충효에 다 옳으니 어찌 받들지 아니하겠나이까? 다만 제 마음이 홍진의 물욕이 꿈만 같아 스스로 마음을 고치지 못하여 존명을 받들지 못하니 옥주는 넓은 덕을 펴시어 첩 한 몸을 버려두신다면 또한 은혜가 크지 않겠나이까? 모월 모일에 산인(山人) 장옥경은 머리를 조아리나이다.'

다 쓰고 소옥을 주며 말하였다.

"내 본디 질병이 오래 낫지 않아 정신이 혼미하므로 편지 속에 내 뜻을 다 못 썼으니 원컨대 궁인은 나를 위하여 내 굳은 마음이 시집가기를 원하지 않는다는 뜻을 옥주께 고하여 내 한 몸을 산수 속에 던져두도록 하라.”

소옥이 머리를 두드려 말하였다.

“소저의 말씀이 온당하시나 또 어찌 이씨 집안에 들어가시는 것을 소저께서 번거롭게 여길 일이 있겠나이까? 옥주께서 소저를 위해 하실(下室)에 거처하며 부마를 거절하시니 규수의 모양으로 아직까지 그저 있으십니다. 소저가 어찌 우리 옥주의 앞길을 건져내지 않으시나이까?”

장 소저가 말을 듣고 놀라고 의아하여 생각하였다.

‘공주가 나를 위하여 이렇듯 과도하게 구니 내 끝내 고집한다면 하늘의 재앙이 있을까 두렵구나.’

이처럼 깊이 생각하고 있더니, 홀연 보니 소영이 옷을 걷고 가시를 지고 들어와 머리를 두드려 죄를 청해 말하였다.

“우리 옥주께서 소저가 허락하지 않으실 줄 미리 아시고 스스로 탄식하여 정성이 미미함을 자책하시고 비자가 대신하여 옷을 걷어 죄를 청하게 한 후 다시 서간을 올리라 하시더이다.”

소저가 다 듣고 놀랐으나 안색을 고치지 않고 홍련을 시켜 소영을 붙들어 편히 있도록 하고 소리를 바르게 하여 말하였다.

“천한 몸이 산간에 고요히 들어 큰 소리를 들어도 정신이 없거늘 그대 등이 무슨 까닭으로 이처럼 과도한 행동을 하여 내 마음이 송구하게 하는가?”

소영이 다시 고개를 조아리고 말하였다.

“이 비자가 스스로 한 바가 아니고 우리 주인의 몸을 대신한 것이니 소저는 굽어 살피소서.”

드디어 봉서를 드리니 소저가 뜯어보니 그 편지에는 다음과 같이 써져 있었다.

'주 씨 계양은 장 씨 어진 소저에게 다시 글을 부치노라. 아! 첩의 정성이 미미하고 사람이 가벼운 까닭에 소저의 버린 바가 되니 스스로 눈물을 머금고 하늘을 우러러 정이 사무치지 못함을 한하니 소저는 첩의 어리석은 정성을 돌아보라. 처음에 태낭랑이 엄지(嚴旨)를 내려 소저를 빈 규방에서 늙게 하셨으나 지금은 뉘우침이 간절하시고 첩이 소저 위한 마음이 천지신명에게 따져 물을 것이로되 소저는 감동함이 없으니 이 모두 적국(敵國) 두 글자를 구애해서라. 첩이 당당히 몸을 피하여 소저의 마음을 평안케 할 것이니 소저는 어떻게 여기는가? 소저가 비록 번다함을 싫다 하나 소저가 당초에 부모의 명으로 이 군에게 돌아간다면 또 번다함을 생각할 수 있으리오? 소저는 재삼 생각하여 첩의 어리석은 정을 돌아보라. 첩이 이렇듯 간절히 소저에게 청하나 소저의 뜻이 한결같다면 스스로 사람 저버린 죄를 닦아 천년만년 후 지하에 가 소저를 보아 사례하고 금세에는 인륜에 참여하지 않을 것이니 이는 첩의 평생 굳은 마음이로다. 붓과 벼루를 임해 마음이 어릿하고 뜻이 쓸쓸하나 소저가 첩의 바라는 마음을 돌아보고 살핀다면 천만 다행일 것이로다.'

소저가 다 보니 그 총명하고 슬기로운 사람이 어찌 공주의 지극한 뜻을 모르겠는가. 공주가 이렇듯 하는데 막기도 어렵고 만일 허락한다면 자기가 다시 옥호정에서 즐기지 못할 것이므로 눈썹을 찡그리고 깊이 생각하여 말을 안 하니, 소옥과 소영이 눈물을 흘리고 머리를 두드려 말하였다.

"우리 옥주의 소저 위한 뜻은 푸른 하늘에 따져 물어도 부끄럽지 않을 것이니 소저는 무슨 까닭에 그 정을 용납하지 않으시어 우리 주인과 종으로 하여금 몸을 둘 데가 없게 하시나이까? 소저께서 만일 허락하지 않으신다면 비자 등이 섬돌 아래에서 달게 죽어 돌아가 옥주의 낙담하심을 보지 않을 것이니 소저의 시원한 말씀을 듣고자 하나이다.”

소저가 불안하여 대답하지 않으니 진 상궁이 나아와 말하였다.

“지금 소저께서 옥주의 곧은 마음을 용납하지 않으시니 비자 등이 그윽이 소저를 위하여 탄식함을 깨닫지 못하니 소저께서 만일 측은지심이 있으시다면 어찌 옥주의 지극한 뜻을 돌아보지 않으시나이까? 옥주께서 소저를 위하여 부마와 각각 거처하여 지금 한 방에 깃들이지 않으시니 소저가 끝내 고집하신다면 우리 옥주께서도 굳은 마음을 돌리지 않으실 것이니 소저는 원컨대 금석과 같은 마음을 돌려 옥주로 항렬을 갖추게 하시기를 원하나이다.”

소저가 저 사람들의 말이 이러함을 보고 막을 말이 없어 이에 탄식하고 말하였다.

“옥주께서 천한 몸을 이렇듯 생각해 주시니 성은(聖恩)이 망극하거니와 옥주와 그대 등이 내 뜻을 모르니 탄식하노라. 일이 이에 이르렀으니 설마 어찌 하겠는가?”

드디어 붓을 들어 답서하니 그 글은 다음과 같다.

‘하루에 두 번 옥주의 서찰을 받드니 다행함이 구름과 안개에 오른 듯하거니와 두 번째 내리신 글을 받들어 보니 천한 몸이 죽어 묻힐 땅이 없을까 하나이다. 옥주께서 만승천자의 금지옥엽으로써 이렇듯 하시니 첩이 무슨 말을 하겠나이까? 그러나 혼인 대사는 부모가 맡아 하실 것이니 첩이 허락할 일이 아님을 옥주께서는 짐작하여 용서하소서.’

소저가 다 쓰고 답서를 소영을 주고 슬피 길이 탄식하고 말이 없으니 소영 등이 소저의 뜻이 잠깐 바뀌었음을 크게 기뻐 이에 하례하여 말하였다.

"소저가 뜻을 돌리셨으니 비자 등이 다행으로 여기나이다. 원컨대 소저는 시원한 말씀을 하시면 마음에 기뻐 돌아가서 우리 주인께 아뢸 말씀이 빛날까 하나이다."

소저가 미소 짓고 말하였다.

"그대 등은 잡말을 말라. 옥주께서 내 글을 보신다면 아실 것이니라."

뭇 사람이 사례하고 기쁜 빛을 머금어 돌아갔다.

진 씨 등이 돌아가 공주를 보고 장 씨의 기특한 용모와 그 하던 말을 고하고 두 봉의 글월을 올리니 공주가 다 듣고 기특함을 이기지 못하여 칭찬하여 말하였다.

"너희의 말을 들으니 장 씨의 기특함을 보지 않아도 알겠구나."

그러고서 그 글을 보니 글자가 뛰어나고 전아하여 구슬을 흩뿌려 놓은 듯하였으니 소사(蘇謝)[33]보다 나은 문장이었다. 그 말이 이치에 맞고 시원스레 물욕에서 벗어나 있음을 보고 한숨을 쉬고 말하였다.

"장 씨의 위인이 이러하니 시집을 가지 않는다는 것이 꾸며낸 말이 아니로다."

그러고서 말하였다.

"장 씨는 예의를 아는 사람이라 나의 진정을 보고도 또한 허락지 않았으나 미음을 돌렸으니 이제는 장 공이 맡을 때로다."

그 서간을 손에서 놓지 않고 재미 내어 보더니 부마가 들어오거늘 서간을 놓고 일어나 맞으니, 부마가 앉으며 공주가 보던 서간을 부채로 이끌어 보고 홀연 미미히 웃고 말을 안 하더니 오랜 뒤에 말하였다.

---

33) 소사(蘇謝): 소혜(蘇蕙)와 사도온(謝道蘊). 모두 중국 위진남북조 시기 동진(東晉) 때의 여류 시인. 소혜는 자(字)인 약란(若蘭)으로 더 잘 알려져 있는데, 남편 두도(竇滔)에게 보낸 회문시(回文詩)인 <직금시(織錦詩)>로 유명함. 사도온은 재상 사안(謝安)의 조카딸로, 문장으로 유명함.

"장 씨가 이미 허락하였으니 옥주는 정당으로 가소서."

공주가 공손히 사례하며 말하였다.

"당당히 군자의 명령을 받들겠나이다."

부마가 잠깐 앉았다가 일어 나간 후 진 상궁이 정실로 돌아갈 것을 청하니 공주가 길이 탄식하고 말하였다.

"내 일찍이 부마를 봄에 부끄러운 일이 있으니 어찌 장 씨가 들어온다 하고 감히 정침으로 돌아가겠는가? 너희는 조급히 굴지 말라."

허 씨가 말하였다.

"옥주의 뜻이 그러하시면 아까 부마 상공을 대하여 어찌 허락하셨나이까?"

공주가 말하였다.

"부마가 여러 번 이르셨으니 오래 사양함이 불가한 듯하여 권도(權道)로 허락하였으나 진정이 아니로다."

뭇 사람이 탄복하여 말하였다.

"옥주의 크신 덕이 이러하시니 우리가 무슨 말씀을 드리겠나이까?"

공주가 미소하고 즉시 승상부에 나아가 상서에게 아뢰었다.

"장 소저가 인간 세상을 사절하고 부마의 아내가 되려 하지 않으니 첩의 마음이 자못 불안하여 짧은 편지로써 간절히 타이르니 뜻을 돌이킴이 있나이다. 시아버님은 장 공께 통하시어 길례(吉禮) 올리기를 바라나이다."

승상이 다 듣고 탄식하며 말하였다.

"공주의 덕이 이러하시니 장 씨도 역시 사람의 마음이라 어찌 감동함이 없으리오?"

드디어 장 공을 보고 이 뜻으로 이르니 상서가 놀라 말하였다.

"딸아이의 마음이 굳으니 어찌 허락함이 있으리오? 그러나 합하의 명이 이와 같으시니 딸아이에게 물어 보겠나이다.”

상서가 승상이 돌아간 후 옥호정에 들어가 소저에게 일렀다.

“승상이 네가 허락함이 있다 하고 길례를 올리자 하니 네가 뜻을 바꾼 것이냐?”

소저가 이에 공주의 두 통 서간을 내어 드리고 전후사연을 일일이 고하니 상서가 보며 듣기를 다한 후 탄식하고 말하였다.

“공주의 크신 덕이 이와 같으시니 네가 끝까지 고집한다면 사람을 공경하는 도리가 아니로다. 네 뜻은 어떠하냐?”

소저가 절하고 말하였다.

“제가 끝까지 뜻을 지키려 했더니 공주의 뜻이 이러하니 제가 부득이하게 좇으니 매우 평안하지 않나이다.”

상서가 크게 기뻐하며 말하였다.

“너의 생각이 옳으니 만일 굳이 공주의 말을 듣지 않는다면 이씨 집안에서 또한 그릇 여길 것이다.”

상서가 집에 돌아가 부인에게 이르고 공주의 은덕을 칭송하여 택일하니 혼례일이 겨우 수십 일이 남았다.

길일이 다다르니 이 부마가 행렬을 거느려 장부에 이르러 기러기를 올리고 신부가 가마에 오르기를 재촉하였다. 장 공이 오늘 딸이 옛 원한을 떨쳐 버리고 옛 인연을 이루고 이 부마의 빛나는 풍채가 이날 더욱 빼어남을 보니 기쁨을 이기지 못해 부마의 손을 잡고 말하였다.

“오늘 현서(賢壻)가 내 슬하의 사위가 되니 외람함과 기쁨을 이기지 못하니 원컨대 내 딸을 저버리지 말라.”

부마가 자리를 피해 절하고 말하였다.

“학생이 어려서부터 악장의 지우(知遇)[34]를 입어 사랑을 목욕감은 지 오래더니 세상 일이 어그러져 전후의 일이 많이 뜻대로 되지 않아 영녀에게 기박한 운명을 맞게 하니 이는 모두 소서(小婿)가 불민한 탓이라 아뢸 바를 알지 못하겠나이다."

상서가 웃고 탄식하였다.

장 소저가 화려하게 꾸미고 옥교에 오르니 부마가 가마를 다 잠그고 말에 올라 이부에 이르러 맞절을 마치고 합환주를 마시니 신부가 금련(金蓮)35)을 돌려 시부모와 존당에게 폐백을 드렸다. 좌우의 사람들이 신부를 보니 가을물 같은 두 눈과 옥 같은 살빛과 붉은 두 뺨이 좋고 시원하며 풍만하여 참으로 무쌍(無雙)한 경국지색(傾國之色)이었다. 다만 공주와 비교하면 공주는 영롱하고 엄숙하며 시원하고 찬란하여 모습이 완전하고 장 씨는 탐스럽고 빼어날 뿐이요 그 나머지는 공주보다 조금 떨어졌다.

승상이 장 씨의 인사를 받고 장 씨의 모습이 편안하고 차분함을 매우 기뻐하여 이에 명령하여 말하였다.

"현부(賢婦)가 옛사람으로 오늘에서야 슬하에 이르니 기쁨을 이기지 못하겠거니와 공주가 위에 계시니 현부는 조심하여 공주와 화락하라. 오늘은 처음 보는 예를 폐하지 못하리라."

장 씨가 두 번 절해 명령을 받고 공주를 향하여 공손히 두 번 절하니 공주가 안색을 바르게 하여 일어나 답례하고 눈을 들어 보니 장 씨 얼굴의 기이함은 자기 아니면 그 쌍이 없을 것이요, 하물며 신이한 눈을 한 번 움직이매 그 사람의 어짊과 그렇지 않음을 모르겠는가. 속으로 사랑하는 마음이 진정으로 나왔다.

종일 즐거움을 다하고 석양에 빈객이 흩어지니 신부 숙소를 조하

---

34) 지우(知遇): 남이 자신의 인격이나 재능을 알고 잘 대우함.
35) 금련(金蓮): 금으로 만든 연꽃이라는 뜻으로, 미인의 예쁜 걸음걸이를 비유적으로 이르는 말.

당에 정하여 신부를 보내고 일가 사람들은 한 당에 모여 모두 담소하니 최 숙인이 몽현을 기롱하였다.

"낭군이 오늘에서야 눈썹을 펴고 즐거워하니 첩이 위하여 하례하노라."

부마가 좌우에 조부모와 뭇 숙부가 가득 있었으므로 희롱하는 것이 옳지 않아 손을 꼬고 단정히 앉아 미소 짓고 말을 하지 않으니 소부 이연성이 또한 웃으며 말하였다.

"누이의 말이 옳도다. 부마가 공주를 홀대하고 자나깨나 장 씨가 마음속에 맺혔던 것이니 그 애정을 이르지 않아 알겠도다."

몽창이 문득 웃고 말하였다.

"숙부와 아주머니는 이리 이르지 마소서. 형님이 당초에 공주를 홀대하였으나 지금은 공주의 크신 덕을 마음속에 감격하여 철골(鐵骨)로 맹세하였으니 공주에게 주된 정을 두고 그 다음에 장씨 형수께 미칠 것이옵니다."

모두 크게 웃고 승상과 태사가 이미 짐작한 일이었더니 몽창이 또 아는 것을 보고 태사가 몽창을 나아오라 하여 손을 잡고 웃으며 말하였다.

"네 어찌 형의 단점을 미리 아는 체하고 담백하게 말하는 것이냐?"

몽창의 조부가 자신 사랑함을 보고 의기양양하여 이에 웃고 말하였다.

"소손(小孫)이 불민하나 형의 마음속을 꿰뚫어 아오니 조부께서 어찌 모르시겠나이까?"

태사가 그 손을 쥐고 어루만져 기쁜 빛으로 웃고 태부인이 몽창을 나오게 해 등을 두드리며 말하였다.

"몽현은 너무 매몰차 남으로 하여금 자신을 공경하게 하고 너는 말이 풍성하여 노모의 시름을 풀게 하니 너는 참으로 효손(孝孫)이로다."

몽창이 사람들이 모인 가운데 방자하게 말함을 승상이 기뻐하지 않으나 조모가 쇠한 나이에 한 번 웃는 것이 태사가 평생 기뻐하였으므로 몽창이 하는 대로 두고 말을 안 하니 몽창의 방자함이 날로 더해 갔다.

밤이 깊어 모두 흩어지니 부마가 등불을 들려 궁에 이르렀다. 이날에서야 공주가 정실에 들어왔는데 부마가 정실에 올 줄은 뜻밖이라 옷을 벗고 자리에 누워 있다가 부마가 문을 열고 들어와 앉으니 공주가 크게 놀라 바삐 일어나 앉았다. 미처 옷을 수습하지 못하고 이불로 앞을 두르고 앉아 안색을 바르게 하여 말을 않고 있더니 부마가 역시 말을 않고 궁녀를 시켜 이불을 펴라 하니 공주가 놀라고 의아하여 말하였다.

"첩이 군자 행동의 간섭함이 당돌하나 군자가 무슨 까닭에 신방을 비우고 여기에 이르셨나이까?"

부마가 답하지 않고 재촉하여 이불을 펴라 하고 옷을 벗고 자리에 나아가니 공주가 매우 불쾌해 옷을 드디어 입고 물러 앉아 말을 하지 않으니 엄숙한 빛이 사방 벽에 빛나니 보통 사람이라면 어찌 눈을 들겠는가마는 이몽현이 아니면 압도하지 못할 것이었다.

부마가 오랜 후 입을 열어 편히 쉬기를 청하니 공주가 이윽히 잠자코 있다가 말하였다.

"부마가 신의를 사모하신다면 어찌 새 사람이 있는 곳을 비우고 여기에 이르신 것이옵니까? 첩이 스스로 부끄러워 편히 쉬지 못하겠나이다."

부마가 정색하고 말하였다.

"이러나 저러나 다 이몽현이 감당할 것이니 공주가 어찌 시비를 하시오?"

공주가 대답하지 않거늘 부마가 오랫동안 말을 하지 않다가 이에 공주를 타일러 스스로 그 옷을 벗기고 함께 자리에 나아가 취침하니 공주가 전날 부마의 말을 생각하고 부끄러워하며 혼례 후 이제야 처음으로 동침하니 부끄러움을 이기지 못하였다. 부마가 은근한 뜻이 산과 바다 같아 호탕한 희롱은 없으나 그 정이 측량이 없었다. 부마가 장 씨 향한 정이 없음이 아니라 공주의 큰 덕을 아름답게 여기고 혼례 후 두 해에 자기 매몰참이 인심이 아니므로 먼저 공주와 정을 맺어 자기의 뜻을 허(虛)한 데 있지 않게 하니 이를 벌써 몽창이 안 것이었다. 진 상궁, 허 보모 등이 부마의 은근한 정을 보고 기쁨이 헤아릴 수 없었다.

공주가 다음 날 부인의 직첩을 장 씨에게 돌려보내니 장 씨가 바야흐로 아침 단장을 이루고 있다가 진 씨를 보고 방석을 밀어 자리를 주고 안부를 물으니 진 씨가 사례하고 이에 부인 직첩을 받들어 드리니 장 씨가 공경하여 받고 사례하여 말하였다.

"미미한 몸이 옥주의 유념하심을 이렇듯 입으니 은혜 백골난망이라 갚을 바를 알지 못하노라."

진 씨가 사례하여 말하였다.

"부인의 어지심이 옥주의 현명함을 이으셨으니 노첩 등이 기쁨을 이기지 못하겠나이다."

이렇게 말하고 돌아가니 장 씨가 시부모에게 문안을 마치고 협문을 통해 궁에 이르니 공주가 바삐 맞아 팔을 밀어 좌정하고 인사를 마친 후 공주가 옷깃을 여며 말하였다.

"첩이 깊은 궁에서 나고 자라 부인의 일생을 어지럽힘을 알지 못하여 부인으로 하여금 오랫동안 고초를 겪으시게 하였네. 이제 서로 보니 부끄러워 낯 둘 곳이 없노라.”

장 씨가 바삐 자리를 떠나 죄를 청하고 말하였다.

“첩이 세상일에 불초하고 매사에 용렬하여 어리석은 뜻에 산수를 사랑하여 일생을 산수 속에서 살리라 생각하고 옥주의 뜻을 받들지 못해 바로 죄를 청하려 이르렀거늘 옥주께서 첩을 대하여 이렇듯 과도하게 예를 차리시니 두려움을 이기지 못하겠나이다.”

공주가 공손히 사양하며 말하였다.

“피차가 한 집에서 늙을 것이니 부인의 말씀이 너무 과도한가 하노라.”

장 씨가 사례하고 잠깐 눈을 들어 공주를 보고 스스로 기운 잃음을 깨닫지 못하였다.

공주가 시녀에게 명해 장 씨에게 과일과 술을 드리게 해 권하며 물었다.

“부인의 연세가 몇이나 하는고?”

장 씨가 자리를 피해 대답하였다.

“세상을 안 지 십사 년이옵니다.”

공주가 기뻐하며 말하였다.

“첩과 동년이시니 정의(情誼)가 각별히 예사롭지 않도다.”

장 씨가 사례하였다.

한나절을 머물렀다가 돌아가니 공주가 장 씨 떠남을 섭섭해 해 자주 모일 것을 청하고 송별하였다.

부마가 이 밤에 비로소 조하당에 이르니 장 씨가 일어나 맞았다. 가는 허리는 꺾어질 듯하고 몸이 어두운 방에서 빛나니 부마가 눈을 들어서 보고 기이하게 여김을 참지 못하여 팔을 밀어 자리를 이루고 말을 하였다.

"학생이 악장의 지우(知遇)를 입어 악장이 사위로 허락하시니 시종(始終)이 한결같을까 하였더니 의외에 마장(魔障)36)이 일어 생이 빈(貧)을 버리고 부귀를 취하여 유교(儒敎)에 죄를 얻었으니 오늘 부인을 봄에 부끄러움이 적겠소?"

소저가 옥 같은 얼굴을 붉히고 가을 물결 같은 눈길을 낮추어 대답하지 않으니 부마가 비록 단정하나 몇 년 사모하던 숙녀를 한 방에서 만나니 어찌 은정을 참을 수 있겠는가. 함께 원앙 이불에 나아가니 은정이 매우 지극하였다.

이후 부마가 공주와 장 씨를 한결같이 후대하여 밖으로 희롱하는 일이 없고 안으로 공경하여 아침저녁으로 온화한 기운이 가득하여 공주와 장 씨가 함께 즐김이 고금에 드물었다.

장 씨가 이에 온 지 일 년이 지난 후 홀연히 잉태 기운이 있으니 부마가 놀라움과 기쁨을 이기지 못하였다. 원래 부마는 공주나 장 씨나 먼저 낳은 아들을 장자(長子)로 삼으려고 애초부터 뜻을 정하였다.

---

36) 마장(魔障): 일의 진행에 나타나는 뜻밖의 방해나 헤살.

제2부

주석 및 교감

A. 원문

1. 저본은 한국학중앙연구원 소장본(18권 18책)으로 하였다.
2. 면을 구분해 표시하였다.
3. 한자어가 들어간 어휘는 한자 병기를 원칙으로 하였다.
4. 음이 변이된 한자어 및 한자와 한글의 복합어는 원문대로 쓰고 한자를 병기하였다. 예) 고이(怪異). 겁칙(劫-)
6. 현대 맞춤법 규정에 의거해 띄어쓰기를 하되, 소왈(笑曰)처럼 '왈(曰)'과 결합하는 1음절 어휘는 붙여 썼다.

B. 주석

1. 다음과 같은 경우에 각주를 통해 풀이를 해 주었다.
   가. 인명, 국명, 지명, 관명 등의 고유명사
   나. 전고(典故)
   다. 뜻을 풀이할 필요가 있는 어휘
2. 현대어와 다른 표기의 표제어일 경우, 먼저 현대어로 옮겼다.
   예) 츄쳔(秋天): 추천.
3. 주격조사 'ㅣ'가 결합된 명사를 표제어로 할 경우, 현대어로 옮길 때 'ㅣ'는 옮기지 않았다. 예) 긔위(氣宇ㅣ): 기우.

C. 교감

1. 교감을 했을 경우 다른 주석과 구분해 주기 위해 [교]로 표기하였다.
2. 원문의 분명한 오류는 수정하고 그 사실을 주석을 통해 밝혔다.
3. 원문의 의미가 분명하지 않은 경우, 국립중앙도서관 소장본을 참고해 수정하고 주석을 통해 그 사실을 밝혔다.
4. 알 수 없는 어휘의 경우 '미상'이라 명기하였다.

빵쳔긔봉(雙釧奇逢) 권지오(卷之五)

- - -

1면

화셜(話說). 한왕(漢王) 고귀(高煦ㅣ) 블궤(不軌)[1]의 뜻을 품어 군
ᄉ(軍士)를 조련(調練)ᄒ고 군냥(軍糧)을 모호더니, 텬됴(天朝)의 두
인군(人君)이 년(連)ᄒ야 붕(崩)ᄒ시고 유군(幼君)이 즉위(卽位)ᄒ시
믈 듯고 크게 깃거 왈(曰),

"됴뎡(朝廷)의 명현이 죽고 니현 ᄀᆞᆺᄐᆞᆫ 사름이 병(病)드러 공ᄉ(公
事)를 못 ᄒᆫ다 ᄒ니 닉 다시 근심이 업도다."

드듸여 군ᄉ(軍士)를 발(發)ᄒ야 디방(地方)을 범(犯)ᄒ니 션종(宣
宗)[2]이 대경(大驚)ᄒ샤 급(急)히 문무(文武)를 명툐(命招)ᄒ샤 이 일
을 무ᄅᆞ시니 승샹(丞相)이 주왈(奏曰),

"한왕(漢王)이 블궤지심(不軌之心)을 품언 디 오란지라. 병(兵)이
죡(足)ᄒ니 가(可)히 지용(智勇)[3]의 쟝슈(將帥)를 보닉여 티리니 한
님혹ᄉ(翰林學士) 히졍냥을 맛당이 대도독(大都督) 인(印)을 주샤
늇노(陸路)로 나아가게 ᄒ시고 신(臣)의 아ᄋ 병부샹셔(兵部尙書)
한셩

---

1) 블궤(不軌): 불궤. 반역을 꾀함.
2) 션종(宣宗): 선종. 중국 명나라의 제5대 황제인 주첨기(朱瞻基)로, 연호는 선덕(宣德)
이고, 1425년부터 1435년까지 재위하였음.
3) 지용(智勇): 지혜와 용맹.

이 비록 용지(庸才)[4]오나 대스(大事)를 그릇 아니리니 신(臣)이 친
(親)히 경토(征討)호고져 호오딕 국가(國家) 대스(大事)를 바리디 못
호야 가디 못호오니 아오로 딕(代)코져 호니이다."

상(上)이 깃그샤 글ㅇ샤딕,

"션싱(先生)이 사름 알기를 그릇홀 니 업스니 그딕로 호리라."

승샹(丞相)이 샤은(謝恩)호고 셩지(聖旨)를 밧즈와 희[5]졍낭으로
뉵군도독(陸軍都督)을 호이고 니한셩으로 슈군도독(水軍都督)을 호
이니 원릭(元來) 희졍낭은 젼임(前任) 태혹스(太學師) 희딘의 아들이
니 희진이 언논(言論)이 과격(過激)혼 고(故)로 한왕(漢王)의게 믜이
여 셩심(聖心)을 혹(惑)게 호니 문황(文皇)이 깁히 노(怒)호샤 하옥
(下獄)호시고 츄문(推問)[6]코져 호시니 니 태스(太師ㅣ) 힘뼈 블가(不
可)호믈 듯토와 어젼(御前)의 주(奏)호니 샹(上)이 유예(猶豫)호야 결
(決)티 못호실시 한왕(漢王)의 당뉘(黨類ㅣ) 옥듕(獄中)의 가 진

을 핍박(逼迫)호야 죽이니 니 태스(太師ㅣ) 블승통훈(不勝痛恨)[7]호
야 샹젼(上前)의 녁징(力爭)[8]호야 희진을 신원(伸寃)[9]호고 아들 명

---

4) 용지(庸才): 용재. 용렬한 재주.
5) 희: [교] 원문에는 '힝'으로 되어 있으나, 앞뒤에 '희'로 나와 있으므로 이와 같이 수정함.
6) 츄문(推問): 추문. 어떤 사실을 자세히 캐며 꾸짖어 물음.
7) 블승통훈(不勝痛恨): 불승통한. 분함과 한스러움을 이기지 못함.
8) 녁징(力爭): 역쟁. 힘써 직언하고 충고함.

냥을 무휼(撫恤)ᄒᆞ미 극진(極盡)ᄒᆞ더니 뎡낭이 급뎨(及第)ᄒᆞ야 영ᄌᆡ(英才) 츌즁(出衆)ᄒᆞ고 샹시(常時) 한왕(漢王)의 원슈(怨讐)를 갑고져 ᄒᆞ더니 긔회(機會)를 어드니 블승대희(不勝大喜)[10]ᄒᆞ여 어영(御營)[11] 병마(兵馬)를 뎜고(點考)[12]ᄒᆞ야 ᄒᆡᆼ(行)ᄒᆞ고 니한셩은 본부(本部) 군마(軍馬)를 거ᄂᆞ려 나아갈ᄉᆡ 본부(本府)의 니르러 부모(父母) 존당(尊堂)의 하딕(下直)ᄒᆞ니 딘 부인(夫人)이 크게 놀라 닐오ᄃᆡ,

"네 년쇼(年少) 부ᄌᆡ(不才)로 이졔 듕디(重地)[13]를 향(向)ᄒᆞ니 ᄉᆞ싱(死生)을 뎡(定)티 못ᄒᆞᆯ디라 엇디 근심과 념녜(念慮ㅣ) 적으리오?"

한님(翰林)이 ᄇᆡ샤(拜謝) 왈(曰),

"신ᄌᆡ(臣子ㅣ) 몸을 나라의 허(許)ᄒᆞ매 엇디 ᄉᆞ싱(死生)을 념녀(念慮)ᄒᆞ리잇고? 쇼손(小孫)이 비록 년쇼(年少)ᄒᆞ오나 무ᄉᆞ(無事)이 도라오오리니

• • •

4면

조모(祖母)ᄂᆞᆫ 과려(過慮) 마ᄅᆞ쇼셔."

부인(夫人)이 눈믈을 ᄂᆞ리와 왈(曰),

"노뫼(老母ㅣ) 무용지인(無用之人)이 브졀업시 인셰(人世) 간(間)의 무단(無斷)[14]이 머므러 너희 등(等)을 알ᄑᆡ 두어 ᄆᆞᅌᆞᆷ을 위로(慰

---

9) 신원(伸寃): 원통함을 풀어 버림. 여기에서는 해진의 억울한 죽음을 풀어 그 명예를 복원한다는 의미임.

10) 블승대희(不勝大喜): 불승대희. 크게 기뻐함을 이기지 못함.

11) 어영(御營): 중국에는 어영, 혹은 어영청(御營廳)이라는 조직이 없었고, 조선시대에 군대인 어영청이 있었음. 여기에서는 군대의 의미로 쓰인 듯함.

12) 뎜고(點考): 점고. 수효를 점검함.

13) 듕디(重地): 중지. 매우 중요한 땅이라는 뜻으로, 여기에서는 문맥상 위험한 땅의 의미로 쓰임.

勞)ᄒᆞ더니 네 젼진(戰陣)의 향(向)ᄒᆞ니 노모(老母)의 ᄆᆞ음을 어딘 비(比)ᄒᆞ리오?”

이ᄶᆡ 태ᄉᆞ(太師ㅣ) 강질(强疾)15)ᄒᆞ야 웃오슬 닙고16) 드러와 모친(母親) 비이(悲哀)ᄒᆞ시믈 보고 위로(慰勞) 왈(曰),

“신ᄌᆞ(臣子ㅣ) 나라흘 위(爲)ᄒᆞ야 몸을 ᄆᆞᆺᄂᆞ니도 잇ᄉᆞ오니 이제 ᄒᆡ아(孩兒ㅣ) 국은(國恩)을 태산(泰山)ᄀᆞ티 닙엇ᄂᆞᆫ디라 위디(危地)를 두리〃잇가? 연(然)이나 텬명(天命)이니 ᄎᆞ아(此兒ㅣ) 이번(-番) 가매 몸이 위틱(危殆)티 아니ᄒᆞ오리니 태〃(太太)ᄂᆞᆫ 과려(過慮)티 마ᄅᆞ쇼셔.”

인(因)ᄒᆞ야 한성을 경계(警戒) 왈(曰),

“네 년쇼(年少) 부ᄌᆡ(不才)로 위틱(危殆)ᄒᆞᆫ 곳의 님(臨)ᄒᆞ니 맛당이 조심(操心)ᄒᆞ야 대ᄉᆞ(大事)를 그ᄅᆞᆺᄒᆞ디 말고 지나ᄂᆞᆫ 바의 팀학(侵虐)17)을

• • •

5면

힝(行)티 말고 츄호(秋毫)를 범(犯)티 말나. 만일(萬一) 호발(毫髮)이나 그ᄅᆞᆺᄒᆞᆫ 일이 이실딘대 ᄂᆡ 당〃(堂堂)이 널노뻐 ᄌᆞ식(子息)이라 ᄉᆡᆼ젼(生前)의 아니ᄒᆞ리라.”

도독(都督)이 ᄌᆡ비(再拜) 샤례(謝禮)ᄒᆞ고 모든 ᄃᆡ 졀ᄒᆞ여 하딕(下直) 왈(曰),

“ᄒᆡ아(孩兒ㅣ) 이제 몸이 시셕(矢石)18) 가온ᄃᆡ 힝(行)ᄒᆞ오나 죡(足)

---

14) 무단(無斷): 까닭 없음.

15) 강질(强疾): 병을 무릅씀.

16) 고: [교] 원문에는 이 뒤에 '강딜ᄒᆞ여'가 있으나 이 단어가 앞에 이미 나왔으므로 삭제함.

17) 팀학(侵虐): 침학. 백성을 침범해서 포학하게 행동함.

이 몸을 보호(保護)ᄒ야 수이 도라오올디니 조모(祖母)와 부모(父母)
ᄂ 셩녀(誠慮)19)를 허비(虛憊)티 마ᄅ시고 무ᄉ(無事)히 도라오믈 기
ᄃ리쇼셔."

셜파(說罷)의 하딕(下直)ᄒ매 누쉬(淚水ㅣ) 산연(潸然)20)이 ᄴ러지
믈 면(免)티 못ᄒ니 태ᄉ(太師ㅣ) 조곰도 뉴렴지ᄉᆡ(留念之色)21)이 업
서 이에 칙(責)ᄒ여 왈(曰),

"네 칠(七) 쳑(尺) 댱부(丈夫)로 몸의 융복(戎服)을 닙고 눈믈을 ᄒᆡ
음업시 ᄴ러ᄎ니 ᄋ녀ᄌ(兒女子)의 거동(擧動)이라. ᄲᆞᆯ니 힝(行)ᄒ고
존젼(尊前)의셔 어ᄌᆞ러이 구디 말나."

셜파(說罷)의 긔ᄉᆡᆨ(氣色)이 싁〃ᄒ고 말ᄉᆞᆷ이 쥰졀(峻截)22)ᄒ니

6면

도독(都督)이23) 긔용(改容) 비ᄉᆞ(拜謝)ᄒ고 믈너나 모친(母親)긔 하
딕(下直)ᄒ니 뉴 부인(夫人)이 심ᄉᆞ(心思ㅣ) 결연(缺然)24)ᄒ나 ᄋᄌ
(兒子)의 가ᄂᆫ ᄆᆞ음을 도〃지 아니려 온화(穩和)이 경계(警戒)ᄒ고
화평(和平)이 니별(離別)ᄒ니 도독(都督)이 눈믈을 흘니고 하딕(下直)
고 셜 시(氏)를 ᄎᄌ 니별(離別)ᄒ고 개연(慨然)25)이 문(門)을 나 교

---

18) 시셕(矢石): 시석. 화살과 돌이라는 뜻으로 전쟁터를 의미함.
19) 셩녀(誠慮): 성려. 진심어린 염려.
20) 산연(潸然): 눈물이 떨어지는 모양.
21) 뉴렴지ᄉᆡᆨ(留念之色): 유념지색. 마음에 깊이 간직하여 생각하는 기색.
22) 쥰졀(峻截): 준절. 매우 위엄이 있고 정중함.
23) 도독(都督)이: [교] 원문에는 '샹셰'로 되어 있으나 문맥을 고려하여 국도본(5:51)을
    따름.
24) 결연(缺然): 비어 있는 듯한 모양.
25) 개연(慨然): 슬퍼하는 모양.

쟝(敎場)26)의 가 군사(軍士)를 졍졔(整齊)27)ᄒ야 힝군(行軍)ᄒ니 승상(丞相)이 손을 잡고 보듕(保重)28)ᄒ믈 니ᄅ고 병법(兵法) 승패(勝敗)를 일〃(一一)히 니ᄅ니 한님(翰林)이 울며 수명(受命)ᄒ니 승샹(丞相)이 다시 경계(警戒) 왈(曰),

"네 임의 군듕(軍中) 대쟝(大將)이 되여 눈믈 ᄂᆞ미 가(可)티 아닌가 ᄒᄂ니 현뎨(賢弟)ᄂᆞᆫ 진듕(珍重)29)ᄒ고 조심(操心)ᄒ야 야〃(爺爺) 교훈(敎訓)을 쎠러 ᄇᆞ리디 말나."

도독(都督)이 샤례(謝禮)ᄒ고 드듸여 일만(一萬) 슈군(水軍)을 거ᄂ려 힝(行)ᄒ니 승샹(丞相)이 대의(大義)를 구디 잡고 됴뎡(朝廷)의 사람이 업스므로

•••

7면

ᄉᆞ졍(私情)을 그쳐 그 아올 젼진(戰陣)으로 향(向)케 ᄒ나 본(本)ᄃᆡ 우이(友愛) 고금(古今) 이ᄅᆡ(以來)로 희한(稀罕)ᄒ디라 셩안30)(星眼)의 눈믈이 하슈(河水) 갓ᄐ여 ᄆᆞ음을 졍(靜)티 못ᄒ야 집의 도라오니 태ᄉᆡ(太師ㅣ) 그 힝군(行軍)ᄒ던 말을 뭇고 죠곰도 싱각ᄂᆞᆫ 쯧이 업슨 둣ᄒᆞ디라 승샹(丞相)이 감(敢)히 슬픈 빗츨 뵈디 못ᄒ고 드러가 모친(母親)긔 뵈니 뉴 부인(夫人)이 눈믈을 수(數)업시 흘리며 왈(曰),

"ᄎᆞ익(此兒ㅣ) 본(本)ᄃᆡ 너희 긔샹(氣像)의 밋디 못ᄒᆞᄃᆡ 이제 적혈

---

26) 교쟝(敎場): 교장. 군사 교육장.

27) 졍졔(整齊): 정제. 정돈.

28) 보듕(保重): 보중. 몸의 관리를 잘하여 건강하게 유지함.

29) 진듕(珍重): 진중. 아주 소중히 여김.

30) 안: [교] 원문에는 '으'로 되어 있으나 오기로 보임.

(賊穴)31)을 님(臨)ᄒ니 엇디 근심이 적으리오?"

승샹(丞相)이 화(和)히 위로(慰勞) 왈(曰),

"히ᄋ(孩兒ㅣ) 비록 아ᄂᆞ 거시 업ᄉ오나 그 가온대 혜아리건디 ᄎᆞ데(次弟) 결단(決斷)코 승쳡(勝捷)ᄒ야 도라오리니 관회(寬懷)32)ᄒ시믈 바라ᄂ이다."

부인(夫人)이 쳑연(慽然) 탄식(歎息)ᄒ더라.

승샹(丞相)이 ᄎᆞ후(此後) 부모(父母)를 뫼셔 위

· • •

8면

로(慰勞)ᄒᆞ믈 지셩(至誠)으로 ᄒ니 태ᄉᆞ(太師)ᄂᆞ 일즉 언어(言語) 간(間)의도 일ᄏᆞᄅᆞ미 업고 ᄂᆞᆺ빗츨 고쳐 싱각ᄂᆞ 뜻을 나타닉디 아니딕 셜 시(氏)를 ᄌᆞ로 블러 무이(撫愛)33)ᄒ믈 ᄌᆞ못 두터이 ᄒᆞ고 뎡 시(氏)를 명(命)ᄒ야 그 ᄆᆞ음을 위로(慰勞)ᄒ라 ᄒ니 뎡 시(氏) 존명(尊命)을 ᄌᆞ로 밧ᄌᆞ오매 셜 시(氏)를 ᄌᆞ긔(自己) 침소(寢所)의 쳥(請)ᄒ야 듀야(晝夜) 화어(和語)로 위로(慰勞)ᄒ며 혹(或) 박혁(博奕)34)으로 시름을 풀게 ᄒ니 셜 시(氏) 한님(翰林)을 니별(離別)ᄒ므로브터 눈믈이 홍협(紅頰)의 안35) 미즐 ᄉᆞ이 업더니 존구(尊舅)의 써〃 무이(撫愛)ᄒ심과 뎡 부인(夫人)의 대의(大義)로 ᄀᆡ유(開諭)ᄒ믈조차 평안(平安)이 잇더라.

---

31) 적혈(賊穴): 도적의 소굴.

32) 관회(寬懷): 마음을 편히 가짐.

33) 무이(撫愛): 무애. 어루만지며 사랑함.

34) 박혁(博奕): 장기와 바둑.

35) 안: [교] 원문에는 이 글자가 없으나 문맥을 고려하여 첨가함.

승샹(丞相)이 한셩의 댱ᄌ(長子) 몽경과 ᄎᄌ(次子) 몽한을 듀야(晝夜) ᄃ리고 이셔 글 ᄀᄅ치고 무휼(撫恤)ᄒ믈 못 미츨 ᄃ시 ᄒ더라.

이적의 히졍냥이 뉵

노(陸路)로 산동(山東)의 니ᄅ러 한왕(漢王)으로 교젼(交戰)ᄒ매 피치(彼此ㅣ) 지죄(才操ㅣ) 빅긔(白起)36)의 지난디라, 수일(數日)이 못ᄒ야 산동(山東)을 함(陷)ᄒ니 한왕(漢王)이 셰궁(勢窮)37)ᄒ야 가솔(家率)을 거ᄂ려 빈 ᄐ고 다라나더니 슈군도독(水軍都督) 니한셩이 일만(一萬) 군(軍)을 거ᄂ려 한왕(漢王)을 쏠와잡고 산동(山東) 일국(一國) 히변(海邊) 군읍(群邑)을 다 쳐 멸(滅)ᄒ니 산동(山東)이 평뎡(平定)ᄒ디라. 드ᄃ여 군(軍)을 거두어 낙안쥬(樂安州)38) 셩(城)의 드러가 군ᄉ(軍士)를 샹(賞) 주고 텹셔(捷書)39)를 셩야(星夜)40)로 주(奏)ᄒᆫ 후(後) 삼군(三軍)을 쉬여 발힝(發行)ᄒ야 경ᄉ(京師)로 향(向)ᄒ니 이 냥인(兩人)이 쇼년(少年)의 지죄(才操ㅣ) 고금(古今)의 희한(稀罕)ᄒ더라.

히·니 냥인(兩人)의 승텹(勝捷)이 됴뎡(朝廷)의 니ᄅ니 샹(上)이

---

36) 빅긔(白起): 백기. 중국 전국시대 진(秦)나라 소양왕(昭襄王) 때의 대장군. 조(趙), 위(魏), 초(楚) 등 주변 국가와의 전투에서 승리해 진나라의 영토를 넓히는 데 일조함. 특히 조나라 조괄(趙括)과의 장평 전투에서 상대 군사 40만 명을 포로로 잡아 생매장해 죽이기도 하였음. 말년에 소양왕의 출전 명령을 거부한 죄로 왕의 명령을 받아 두우(杜邮)에서 자살하는데 죽으면서 장평에서의 학살 때문에 하늘에 죄를 지어 죽게 되었다고 말함. 사마천의 『사기』, 「백기왕전열전」.

37) 셰궁(勢窮): 세궁. 세력이 다함.

38) 낙안쥬(樂安州): 낙안주. 지금의 산둥성 빈주시 혜민현.

39) 텹셔(捷書): 첩서. 싸움에서 승리한 것을 보고하는 글.

40) 셩야(星夜): 성야. 밤을 새워 간다는 뜻으로, 길을 바삐 감을 이름.

대열(大悅)ᄒ시고 졔신(諸臣)이 즐겨ᄒ더라.

수월(數月) 후(後) 희·니 냥인(兩人)이 삼군(三軍)을 거ᄂ려 황극뎐(皇極殿)의 됴회(朝會)ᄒ매 샹(上)이 크

· · ·

10면

게 반기시고 옥음(玉音)이 화열(和悅)⁴¹⁾ᄒ샤 공젹(功績)을 포쟝(襃獎)⁴²⁾ᄒ시고 낙안쥐(樂安州ㅣ)를 고텨 무평쥐라 ᄒ여 희뎡냥으로 무평후를 봉(封)ᄒ시고 니한셩으로 무평빅을 봉(封)ᄒ시니 냥인(兩人)이 고두(叩頭) 샤은(謝恩)ᄒ매 샹(上)이 크게 연향(宴饗)⁴³⁾ᄒ여 삼군(三軍)을 샹ᄉ(賞賜)⁴⁴⁾ᄒ시고 한왕(漢王)을 함거(轞車)⁴⁵⁾의 녀허 왓ᄂ다라 한왕(漢王)을 별궁(別宮)의 가도라 ᄒ시니 니 승샹(丞相)이 주왈(奏曰),

"한왕(漢王)이 본(本)듸 싀랑(豺狼)의 ᄆᆞ음이니 살와 둔즉 큰 환(患)이 될 거시니 원(願)컨듸 ᄉᆞᄉ(賜死)⁴⁶⁾ᄒ여디이다."

샹(上)이 홀연(忽然) 탄왈(歎曰),

"한왕(漢王)이 비록 무샹(無狀)⁴⁷⁾ᄒ나 딤(朕)의 지친(至親)⁴⁸⁾이라 션뎨(先帝) 우이(友愛)ᄒ시던 바를 ᄎᆞ마 샹(傷)히오디 못ᄒ노라."

---

41) 화열(和悅): 화평하여 기쁨.

42) 포쟝(襃獎): 포장. 칭찬하여 장려함.

43) 연향(宴饗): 잔치를 베풂.

44) 샹ᄉ(賞賜): 상사. 칭찬하여 상으로 물품을 내려 줌.

45) 함거(轞車): 죄인을 실어 나르던 수레.

46) ᄉᆞᄉ(賜死): 사사. 죽일 죄인을 대우하여 임금이 독약을 내려 스스로 죽게 하던 일.

47) 무샹(無狀): 무상. 사리에 밝지 못함.

48) 딤(朕)의 지친(至親): 짐의 지친. 한왕 주고후는 선종(宣宗)의 숙부임.

ㅎ시니 승샹(丞相)이 이 말솜을 듯줍고 깁히 감동(感動)ㅎ야 다시
간(諫)티 못ㅎ고 무평빅으

로 더브러 본부(本府)의 도라와 부모(父母) 존당(尊堂)의 현알(見謁)
ㅎ니 딘 태부인(太夫人)이 밧비 무평빅을 겻틱 안치고 등을 두드려
왈(曰),

"노뫼(老母ㅣ) 너롤 젼딘(戰陣)의 보닉고 무ᄉ(無事)히 환경(還京)
ㅎ믈 듀야(晝夜) 바라더니 이제 쳥츈(靑春)의 후빅(侯伯)의 복식(服
色)으로 가문(家門)을 빗닉니 노뫼(老母ㅣ) 무슨 복(福)으로 이런 영
화(榮華)롤 보느뇨?"

무평빅이 빈샤(拜謝)ㅎ고 태식(太師ㅣ) 또흔 텬도(天道)롤 짐작(斟
酌)ㅎ나 ᄋᄌ(兒子)의 단아(端雅)ㅎ믈 낫비 너기더니 의외(意外)예 큰
공(功)을 일워 무ᄉ(無事)이 도라오믈 보니 일단(一旦) 두굿기ᄂ 뜻이
이셔 희긔(喜氣) 잠간(暫間) 미우(眉宇)의 씌이고 화식(和色)이 실듕
(室中)의 어릭니 경 시랑(侍郎), 텰 샹셰(尙書ㅣ) 티하(致賀)ㅎ더라.

텰 샹셔(尙書) 부인(夫人)과 초왕 부인(夫人)이 이의 모다 무평빅
을 향(向)ㅎ야 티하(致賀)ㅎ고 왈(曰),

"야얘(爺爺ㅣ) 국샹(國喪) 이후(以後)로 ᄎ빗출

여러 흔연(欣然)ㅎ시믈 보옵디 못ㅎ엿더니 금일(今日) ᄎ뎨(次弟)의
셩공(成功)ㅎ믈 인(因)ㅎ야 깃거ㅎ시미 안식(顔色)의 나타나시니 현

데(賢弟)의 효셩(孝誠)은 천징(千載)의 드므도다."

무평빅이 공슈(拱手) 샤례(謝禮) 왈(曰),

"이 다 국가(國家) 홍복(洪福)과 텬명(天命)이라 엇디 쇼데(小弟)의 공(功)이리잇고?"

이(二) 부인(夫人)이 낭〃(朗朗)이 웃고 승샹(丞相)을 향⁴⁹⁾(向)ᄒᆞ여 왈(曰),

"현데(賢弟)의 지감(知鑑)이 고인(古人)의 디난디라 우리 등(等)이 국가(國家)를 위(爲)ᄒᆞ야 하례(賀禮)ᄒᆞᄂᆞ니 현데(賢弟)ᄂᆞᆫ 쩌곰 엇더타 ᄒᆞᄂᆞᇰ뇨?"

승샹(丞相)이 샤왈(謝曰),

"이 다 됴뎡(朝廷)의 복(福)이오, 츠데(次弟) 복(福)이 크고 지죄(才操ㅣ) 능(能)ᄒᆞ미라 엇디 쇼데(小弟)의 디감(知鑑)이 능(能)ᄒᆞ미리오? 금일(今日) 져〃(姐姐)의 티하(致賀)를 쇼데(小弟) 당(當)티 못홀가 ᄒᆞᄂᆞ이다."

텰 부인(夫人)이 쇼왈(笑曰),

"츠데(次弟) 비록 지죄(才操) 능(能)ᄒᆞᆫ들 현데(賢弟) 쳔거(薦擧)곳 아니면 어딕 가 발

∘●●

13면

뵈리오? 현데(賢弟) 고ᄉᆞ(固辭)⁵⁰⁾ᄒᆞ미 그른가 ᄒᆞ노라."

승샹(丞相)이 샤례(謝禮)ᄒᆞ더라.

이윽고 믈너 셔당(書堂)의 모다 별회(別懷)를 베플시 뎡 샹셰(尙書

---

49) 향: [교] 원문에는 '형'으로 되어 있으나 오기로 보임.

50) 고ᄉᆞ(固辭): 고사. 굳이 사양함.

]) 부명(父命)을 밧즈와 태스(太師)긔 티하(致賀)ᄒ고 인(因)ᄒ야 무평빅의 셩공(成功)ᄒ믈 하례(賀禮)ᄒ더니 손이 구름ᄀ티 모다 져므도록 단난(團欒)ᄒ고 밤이 되매 셔당(書堂)의 경 시랑(侍郎), 텰 상셰(尚書])ᄋ 뎡 샹셔(尙書) 등(等)과 승샹(丞相) 형뎨(兄弟) 훈가지로 안자 술을 나와 통음(痛飮)51)ᄒ며 도적(盜賊) 파(破)ᄒ던 일을 무르니 무평빅이 단슌(丹脣) 스이로조차 말ᄉ미 도 〃(滔滔)ᄒ야 슈군(水軍)을 거ᄂ려 한왕(漢王) 잡던 말을 니ᄅ니 모다 칭찬(稱讚)ᄒ고 연셩 공지(公子])ᄋ ᄎ언(此言)을 듯고 호흥(豪興)52)이 도 〃(滔滔)ᄒ야 스스로 춤 흐ᄅ믈 ᄭᆡ둣디 못ᄒ여 왈(曰),

"뇌 당 〃(堂堂)이 닙신(立身)ᄒ여 브듸 슈군도독(水軍都督)을 ᄒ여

*●●

14면

보리라."

경 시랑(侍郎)이 쇼왈(笑曰),

"당년(當年)의 ᄌ경53)이 초왕을 곤욕(困辱)ᄒ믈 모다 쾌(快)ᄒ다 ᄒ고 ᄂᆡ 일즉 너를 여ᄎ여ᄎ(如此如此) 칙(責)ᄒ엿더니 금일(今日) 보건대 ᄌ희54) 더러틋 오소(迂疏)55)ᄒ 인믈(人物)노 쳔병만군(千兵萬軍)을 거ᄂ려 도적(盜賊)을 멸(滅)ᄒ고 후빅(侯伯)의 복식(服色)으로 좌(座)의 나 쾌(快)ᄒ 말을 ᄒ니 ᄌ경이 십뉵(十六)이 되도록 취

---

51) 통음(痛飮): 술을 썩 많이 마심.
52) 호흥(豪興): 호탕한 흥.
53) ᄌ경: 이연셩의 자(字).
54) ᄌ희: 이한셩의 자(字).
55) 오소(迂疏): 소활함. 어설픔.

처(娶妻)도 못 ᄒ 거동(擧動)의 비〃승〃(倍倍勝勝)56)ᄒ니 이 진ᄎ 난뎨난형(難弟難兄)이라 ᄒᄆᆯ ᄌ희게 쓰리라.”

무평빅이 웃고 왈(曰),

“늬 마츰 텬우신조(天佑神助)ᄒᄆᆯ 닙어 조고만 공(功)을 일우니 텬은(天恩)이 과(過)ᄒ여 미(微)ᄒ 몸의 봉쟉(封爵)57)이 태듕(泰重)ᄒ니 숑구(悚懼)ᄒᄆᆯ 이긔디 못ᄒᄂ니 엇디 형댱(兄丈)의 과댱(過獎)58)ᄒ 심과 삼뎨(三弟)의 쾌단(快斷)59)ᄒ 호긔(豪氣)60)ᄅᆯ 쓰르리오?”

연셩이 니어 우서 왈(曰),

● ● ●

15면

“늬 마츰 운(運)이 글너 지금 남61)교(藍橋)62)의 슉녀(淑女)ᄅᆯ 만나디 못ᄒ고 이러틋 울젹(鬱寂)ᄒ나 조만(早晚)의 얼골은 소아(素娥)63) ᄀᆺ 고 덕(德)은 임ᄉ(姙姒)64) ᄀᆺ트니ᄅᆯ 어더 금슬(琴瑟)을 챵화65)(唱和)66)

---

56) 비〃승〃(倍倍勝勝): 배배승승. 갑절이나 더 나음.

57) 봉쟉(封爵): 제후(諸侯)로 봉하고 관작(官爵)을 줌.

58) 과댱(過獎): 과장. 너무 칭찬함.

59) 쾌단(快斷): 시원스레 결단함.

60) 호긔(豪氣): 호기. 호탕한 기상.

61) 남: [교] 원문에는 ‘난’으로 되어 있으나 오기로 보임.

62) 남교(藍橋): 중국 섬서성(陝西省) 남전현(藍田縣) 동남쪽에 있는 땅. 당나라 때 배항 (裴航)이 선녀 운영(雲英)을 만난 곳이라고 전함.

63) 소아(素娥): 선녀 항아(嫦娥)의 별칭. 항아가 불사약을 훔쳐 달로 달아났는데, 달빛 이 희기 때문에 이처럼 불림.

64) 임ᄉ(姙姒): 임사. 중국 고대 주(周)나라 문왕(文王)의 어머니 태임(太姙)과 문왕의 아내이자 무왕(武王)의 어머니인 태사(太姒)를 아울러 이르는 말. 이들은 어진 아내 이자 현명한 어머니라는 칭송을 받았음.

65) 화: [교] 원문에는 ‘히’로 되어 있으나 문맥을 고려하여 국도본(5:57)을 따름.

66) 챵화(唱和): 한쪽에서 시나 노래를 부르고 다른 쪽에서 화답함. 여기에서는 연주를

ᄒ고 놉히 등뎨(登第)ᄒ야 금계(金階)67)의 어향(御香)68)을 쏘이고 금
ᄌ옥ᄃᆡ(金紫玉帶)69)로 츌장입샹(出將入相)70)ᄒ야 금일(今日) 형(兄)
의 말을 셜티(雪恥)71)ᄒ리라. 연(然)이나 셜쉬(-嫂ㅣ) 형댱(兄丈) 츌
졍(出征)72)ᄒ신 후(後) 눈믈이 마를 ᄉ이 업고 운환(雲鬟)73)이 헛틀
고 단장(丹粧)을 폐(廢)ᄒ시니 형댱(兄丈)이 너모 슈유블니(須臾不
離)74)ᄒ신 연괴(緣故ㅣ)오 국샹(國喪)을 인(因)ᄒ야 비록 일실(一室)
의 깃드리디 아니시나 ᄎ마 그 얼골을 피(避)티 못ᄒ시니 ᄇᆡᆨ형(伯兄)
의 힝ᄉ(行使)로 비(比)컨대 ᄂᆡ도(乃倒)75)ᄒ고 셜수(-嫂)의 형샹(形
狀)이 가쇼(可笑)로와 뵈더이다.”

셜파(說罷)의 좌듕(座中)이 다 크게 우ᄉ니 승샹(丞相)이 잠쇼(暫
笑) 왈(曰),

“네 엇디 댱형(長兄)을

주고받음을 이름.

67) 금계(金階): 대궐의 계단을 높여 이르는 말.

68) 어향(御香): 궁중(宮中)에서 사용하는 훈향(薰香).

69) 금ᄌ옥ᄃᆡ(金紫玉帶): 금자옥대. 금자(金紫)는 금인(金印)과 자수(紫綬)로, 금인(金印)
은 관직의 표시로 차고 다니던 금으로 된 조각물이고 자수는 고위 관료가 차던 호
패(號牌)의 자줏빛 술임. 옥대(玉帶)는 임금이나 관리의 공복(公服)에 두르던, 옥으
로 장식한 띠임.

70) 츌장입샹(出將入相): 출장입상. 조정에서 나가서는 장수가 되고 들어와서는 재상이 됨.

71) 셜티(雪恥): 설치. 모욕을 갚음. 설욕(雪辱).

72) 츌졍(出征): 출정. 전쟁터에 싸우러 나감.

73) 운환(雲鬟): 여자의 탐스러운 쪽 찐 머리.

74) 슈유블니(須臾不離): 수유불리. 잠시도 떨어지지 않음.

75) ᄂᆡ도(乃倒): 내도. 판이함.

긔롱(譏弄)⁷⁶⁾ ᄒ기를 능ᄉ(能事)로 아ᄂ뇨? 다 각〃(各各) 소댱(所長)이 다ᄅ니 ᄒᆞᆫ골ᄀᆞᄐᆞ니 이시리오? 셜쉬(-嫂ㅣ) 가부(家夫)를 위디(危地)의 보ᄂᆡ고 근심ᄒᆞ시미 녀ᄌ(女子)의 도리(道理)라 네 엇디 농(弄)ᄒᆞ며 ᄯᅩ 언제 눈믈을 듀야(晝夜)로 흘니시더뇨? 너의 허언(虛言)이 외인(外人)이 고디듯게 ᄒᆞ니 인ᄉᆡ(人事ㅣ) 황당(荒唐)ᄒᆞ도다."

뎡 샹셰(尙書ㅣ) 미쇼(微笑) 왈(曰),

"ᄂᆞᆷ의 규ᄂᆡᄉ(閨內事)⁷⁷⁾ᄂᆞᆫ 우리 아디 못ᄒᆞ거니와 ᄌᆞ희의 위인(爲人)으로 그 ᄂᆡ샹(內相)⁷⁸⁾ 버ᄅᆞᆺ을 그릇 ᄀᆞᄅᆞ치미 고이(怪異)티 아니ᄒᆞ니 ᄌᆞ경이 엇디 거즛말ᄒᆞ리오마ᄂᆞᆫ ᄌᆞ쉬 나의 드ᄅᆞ믈 혐의(嫌疑)ᄒᆞ미로다."

승샹(丞相)이 쇼왈(笑曰),

"쇼뎨(小弟) 엇디 노형(老兄)을 외딕(外待)⁷⁹⁾ᄒᆞ리오? 쇼ᄋ(小兒)의 언변(言辯)이 방ᄌ(放恣)ᄒᆞ믈 칙(責)ᄒᆞ미로소이다."

샹셰(尙書ㅣ) 역쇼(亦笑) 왈(曰),

"ᄌᆞ경의 언에(言語ㅣ) 방ᄌ(放恣)도 ᄒᆞ거니와 말인즉 올ᄒᆞ니 젹실(的實)⁸⁰⁾

---

76) 긔롱(譏弄): 기롱. 실없는 말로 놀림.

77) 규ᄂᆡᄉ(閨內事): 규내사. 규방의 일.

78) ᄂᆡ샹(內相): 내상. 아내.

79) 외딕(外待): 외대. 진정으로 대하지 않음.

80) 젹실(的實): 틀림이 없고 확실함.

홀시 즈희 유구무언(有口無言)이로다."

무평빅이 쇼이딕왈(笑而對曰),

"훅싱(學生) ᄀ튼 용녈(庸劣)혼 거슨 아의게 훈(訓)을 아이니[81] 무어시라 변빅(辨白)[82]ᄒ리오?"

연셩이 굴오딕,

"뎡 대인(大人)이 쇼싱(小生)의 말을 올히 너기나[83] 뉘 고디드릭리오? 나 니연셩이 입 바른 타스로 빅형(伯兄) 안젼(案前)의 슈칙(受責)[84]을 즈로 ᄒ시니 신빅(申白)[85]홀 길히 업습더니 뎡 대인(大人)이 즈못 비최시니 쇼싱(小生)이 샤례(謝禮)홀 바룰 아디 못홀소이다."

뎡 샹셰(尙書 |) 다만 웃더라.

이째 한왕(漢王)이 별궁(別宮)의셔 듀야(晝夜) 텬즈(天子)룰 원망(怨望)ᄒ니 니 승상(丞相)이 즈로 죽이믈 주(奏)ᄒ니 샹(上)이 블윤(不允)ᄒ시고 그곳의 친(親)히 가 보시니 한왕(漢王)이 흉(凶)혼 의ᄉ(意思)룰 닉여 샹(上)이 갓가이 오시믈 기두려 블의(不意)예 발을 닉여 샹(上)을 거러 업지르

---

81) 훈(訓)을 아이니: '가르침을 받으니'의 의미인 듯하나 미상임.

82) 변빅(辨白): 변백. 잘못이나 실수에 대해 그 까닭을 말함. 변명(辨明).

83) 나: [교] 원문에는 '니'로 되어 있으나 문맥에 맞지 않으므로 이와 같이 수정함.

84) 슈칙(受責): 수책. 책망을 받음.

85) 신빅(申白): 신백. 윗사람에게 사실을 자세히 아룀.

니 뇽톄(龍體) 업더디시믈 면(免)티 못ᄒ니 군신(群臣)이 겨유 구(救)
ᄒ매 샹(上)이 대로(大怒)ᄒ샤 무ᄉ(武士)를 명(命)ᄒ여 오빅(五百)
근(斤)드리 구리 항(缸)을 머리의 씌우시고 우히 숫글 픠오니 구리
녹아 흐르며 한왕(漢王)의 몸이 편시(片時)86)의 ᄌ 되니라. 샹(上)이
션됴(先朝)의 우이(友愛)ᄒ시던 일과 지친(至親)의 졍의(情誼)를 싱
각ᄒ샤 제실(諸室)87) 듕(中) 글히여 그 후ᄉ(後嗣)를 니으라 ᄒ시니
셩의(聖意) 이러틋 ᄒ시믈 만됴(滿朝ㅣ) 감탄(感歎)ᄒ더라.

이적의88) 연셩 공ᄌ(公子ㅣ) 십뉵(十六) 셰(歲)라. 문황(文皇)의 삼
년(三年)을 지니고 인종(仁宗)의 지긔(再忌)89) 아직 다둣디 아녓더니
태ᄉ(太師ㅣ) 마ᄌ 디니고 연셩을 혼취(婚娶)90)ᄒ려 ᄒ니 공ᄌ(公子
ㅣ) 앙〃(快快)ᄒ믈 이긔디 못ᄒ여 듀야(晝夜) 일념(一念)이 미녀(美
女)의게 잇더니,

일〃(一日)은 몽챵으로 더브러 셔당(書堂)의 안

자 탄(歎)ᄒ디,

"어ᄂ 곳의 셔ᄌ(西子)91) 반희(班姬)92) ᄀᆺ튼 녀ᄌ(女子ㅣ) 이셔 나

---

86) 편시(片時): 잠시.
87) 졔실(諸室): 제실. 제후의 집안.
88) 의: [교] 원문에는 '이'로 되어 있으나 오기로 보임.
89) 지긔(再忌): 재기. 죽은 지 이 년째 되는 날.
90) 혼취(婚娶): 혼취. 혼인.

니연셩을 기드리누고?"

ᄒ며 ᄌ탄(自嘆)ᄒ더니 마춤 텰 샹셔(尙書) 댱ᄌ(長子) 연슈 공ᄌ(公子ㅣ) 디93)나다가 ᄎ언(此言)을 듯고 크게 우이 너겨 일계(一計)를 ᄉᆡᆼ각고 나아가 ᄀᆞ로ᄃᆡ,

"슉뷔(叔父ㅣ) 무슴 연고(緣故)로 ᄌ탄(自嘆)ᄒ시ᄂᆞ뇨?"

연셩이 놀나 우어 왈(曰),

"네 무러 무엇ᄒ리오?"

연쉬 ᄃᆡ왈(對曰),

"쇼딜(小姪)이 그윽이 보옵건대 슉뷔(叔父ㅣ) 츈시(春時) 츈졍(春情)을 이긔디 못ᄒ시믄가 ᄒᄂᆞ니 쇼딜(小姪)이 졀ᄉᆡᆨ(絶色) 미ᄋᆞ(美兒)ᄅᆞᆯ 쳔거(薦擧)코져 ᄒᄂᆞ이다."

연셩이 쇼왈(笑曰),

"부뫼(父母ㅣ) 졍실(正室)을 뎡(定)ᄒ야 맛디실 거시니 닉 엇디 듀댱(主掌)94)ᄒ리오?"

연쉬 ᄃᆡ왈(對曰),

"쇼딜(小姪)이 감(敢)히 슉부(叔父)의 졍실(正室)을 쳔거(薦擧)코져 ᄒ미 아니라 쇼딜(小姪)의 부친(父親) 유뫼(乳母ㅣ) 환난(患難) 듕(中) 부친(父親)을

---

91) 셔ᄌ(西子): 서자. 중국 춘추 시대 월(越)나라의 미인 서시(西施)를 가리킴.

92) 반희(班姬): 중국 한(漢)나라 성제(成帝)의 궁녀인 반첩여(班婕妤). 시가(詩歌)에 능한 미녀로 성제의 총애를 받다가 궁녀 조비연(趙飛燕)의 참소를 받고 물러나 장신궁(長信宮)에서 지내며 <자도부(自悼賦)>를 지어 자신의 처지를 하소연함.

93) 디: [교] 원문에는 '다'로 되어 있으나 오기로 보임.

94) 듀댱(主掌): 주장. 어떤 일을 책임 지고 맡음.

구(救)ᄒ여 공(功)이 듕(重)ᄒᆫ 고(故)로 집을 일워 호부(豪富)히 사ᄂᆞ
니 일(一) 녜(女ㅣ)이셔 텬하(天下)의 무빵(無雙)ᄒ니 ᄎᆞ마 바로 보
디 못ᄒᆞᄂᆞᆫ디라. 슉뷔(叔父ㅣ) 맛당이 어뎌 좌와(坐臥)의 두어 울젹
(鬱寂)ᄒ시믈 쇼혈(消歇)95)ᄒ시미 엇더ᄒ니잇고?"

연셩이 심하(心下)의 ᄌᆞ못 깃거ᄒ나 쏘흔 밋디 아냐 웃고 닐오되,

"부뫼(父母ㅣ) 엄슉(嚴肅)ᄒ시니 ᄂᆡ 엇디 취쳐(娶妻) 젼(前) 이런
일을 ᄒ며 네 말을 엇디 미드리오?"

연슈 고쟝대쇼(鼓掌大笑)96)ᄒ여 닐오되,

"쇼딜(小姪)이 엇디 감(敢)히 슉부(叔父)를 속이리오? 기녜(其女ㅣ)
얼골의 고으미 잠간(暫間) 뎡 슉모(叔母)긔 ᄡᅥ러지나 셜 슉모(叔母)
ᄂᆞ 빅분(百分) 밋디 못ᄒ리니 슉뷔(叔父ㅣ) 엇딘 고(故)로 이런 됴흔
긔회(機會)를 지ᄂᆡ여 ᄇᆞ리〃오? 이제 대부모(大父母) 칙(責)을 두리
시나 이ᄂᆞ 졍실(正室)과 다ᄅᆞ니 취쳐(娶妻) 젼(前)

좌(座)의 두어든 무어시 방해(妨害)로오리오? 슉뷔(叔父ㅣ) 기녀(其女)
를 갓가이 ᄒ고져 ᄒ실딘대 쇼딜(小姪)이 힘뼈 인도(引導)ᄒ리이다."

연셩이 비록 총명(聰明)이 과인(過人)ᄒ나 연슈의 일댱(一場) 다ᄅᆞ
옴예 ᄡᅥ져 ᄆᆞᄋᆞᆷ을 기우려 웃고 닐오되,

---

95) 쇼헐(消歇): 소헐. 없앰.

96) 고쟝대쇼(鼓掌大笑): 고장대소. 손뼉을 치며 크게 웃음. 박장대소(拍掌大笑).

"부모(父母)의 칙(責)이 두려오나 네 말이 이러툿 유리(有理)ᄒ니 네 맛당이 듀션(周旋)97)ᄒ라."

연슈 답왈(答曰),

"오늘 황98)혼(黃昏)의 셔당(書堂)으로 오실진대 쇼딜(小姪)이 힘써 인연(因緣)을 일우게 ᄒ리이다."

공지(公子丨) 응낙(應諾)ᄒ더라.

원ᄂᆡ(元來) 연슈의 ᄌ(字)ᄂᆞᆫ 운계니 방년(芳年) 십삼(十三)이라. 얼골이 옥(玉) ᄀᆞᆺ고 풍치(風采) 표일(飄逸)99)ᄒ며 글을 잘ᄒ고 말슴이 풍늉(豊隆)100)ᄒ니 회희(詼諧)101)를 됴히 너기나 태ᄉᆡ(太師丨) 쳐음으로 손ᄋᆞ(孫兒)를 어덧ᄂᆞᆫ디라 ᄉᆞ랑이 극(極)ᄒ야 샹희102) 알패 두어 몽현 등(等)과 ᄒᆞᆫ가

• • •

22면

지로 신임(信任)ᄒ니 보ᄂᆞ니 그 골육(骨肉)이며 아니믈 분변(分辨)티 못ᄒᆞᆫᄂᆞᆫ디라 텰 샹셔(尙書) 부쳬(夫妻丨) 더옥 감격(感激)히 너기더라.

연슈의 니ᄅᆞᄂᆞᆫ 바 녀ᄌ(女子)ᄂᆞᆫ 텰 샹셔(尙書) 유모(乳母) 츈홰 텰 샹셔(尙書)를 화란(禍亂) 듕(中) 보호(保護)ᄒᆞᆫ 공(功)으로 샹셔(尙書) 집 겨틱 큰 집을 일워 살게 ᄒ니 츈홰 일(一) ᄌ(子)를 두엇고 기ᄌ(其子丨) ᄯᆞᆯ ᄒ나흘 나으니 일홈은 탁귀니 그 얼골을 니룰딘대 슈졍

---

97) 듀션(周旋): 주선. 일이 잘되도록 두루 힘씀.

98) 황: [교] 원문에는 '환'으로 되어 있으나 오기로 보임.

99) 표일(飄逸): 성품이나 기상 따위가 뛰어나게 훌륭함.

100) 풍늉(豊隆): 풍륭. 풍성함.

101) 회희(詼諧): 회해. 익살스럽고도 품위가 있는 말이나 행동. 해학(諧謔).

102) 샹희: 항상.

궁(水晶宮) 야채(夜叉)[103]곳 아니면 북극(北極) 오악신(汚惡神)[104]이
라도 이에 밋디 못홀디라. 츈홰 민망(憫憫)이 너겨 깁히 두어 혼인
(婚姻)홀 의ᄉ(意思)를 아니터니 연쉬 이연셩의 미인(美人) 싱각ᄒ믈
보고 일댱(一場) 속이려 ᄒ여 이날 츈화의 집의 가 쇼겨 닐오ᄃᆡ,

"모친(母親)이 탁구를 잠간(暫間) 오라 브르시더라."

ᄒ니 츈홰 닐오ᄃᆡ,

"탁

• • •

23면

구를 블러다가 무엇ᄒ려 ᄒ시던고?"

탁구를 가라 ᄒ니 탁귀 미양(每樣) 텰부(-府)의 가 부인(夫人)ᄂᆡ
화식(和色)을 여러 무휼(撫恤)[105]ᄒ믈 닙엇ᄂᆞ디라 즉시(卽時) 공ᄌ
(公子)를 쫄와 대문(大門)을 들매 공지(公子ㅣ) ᄃ리고 셔당(書堂)의
가 ᄀᄆ니 닐오ᄃᆡ,

"네 나히 ᄎ도록 취가(娶嫁)[106]를 아니ᄒ니 ᄂᆡ 극(極)히 고이(怪
異)히 너기ᄂᆞ니 네 평싱(平生)을 졔도(濟度)[107]코져 ᄒ야 오늘 신션
(神仙) ᄀᆞ튼 낭군(郎君)을 쳥(請)홀 거시니 네 예셔 기ᄃ리ᄃᆡ 여ᄎ여
ᄎ(如此如此) ᄒ라."

---

103) 슈졍궁(水晶宮) 야채(夜叉): 수정궁 야차. 용왕의 사자로, 모습이 추악하고 성품이
　　잔인함. 『봉신연의』, 『서유기』 등에 등장함.
104) 오악신(汚惡神): 불교에서 말하는 악신 중의 하나로 보이나 미상임.
105) 무휼(撫恤): 불쌍히 여겨 위로하고 도움.
106) 취가(娶嫁): 취가. 시집가고 장가듦. 혼인.
107) 졔도(濟度): 제도. 불교 용어로 부처가 중생을 구제함을 뜻하는데, 여기에서는 인생
　　을 구제한다는 의미로 쓰임.

탁귀 미양(每樣) 제 부모(父母)와 한미[108]를 원망(怨望)ᄒᆞ더니 ᄎᆞ언(此言)을 듯고 대열(大悅)ᄒᆞ여 응낙(應諾)ᄒᆞ거늘, 연쉬 셔당(書堂)을 셔ᄅᆞ져 탁구를 드리고 황혼(黃昏)을 기ᄃᆞ려 협문(夾門)으로조차 니부(-府)의 니ᄅᆞ러 연셩을 보고 닐오ᄃᆡ,

"쇼딜(小姪)이 임의 그 녀ᄌᆞ(女子)를 ᄃᆞ려다가 쇼딜(小姪)의 셔

••

24면

당(書堂)의 두어시니 숙부(叔父)는 ᄲᆞᆯ리 가사이다."

연셩이 가연(可然)히[109] 니러날ᄉᆡ 무평빅은 샹한(傷寒)[110]으로 ᄂᆡ당(內堂)의셔 치료(治療)ᄒᆞ고 승샹(丞相)은 대셔헌(大書軒)의셔 태ᄉᆞ(太師)를 뫼셔 말ᄉᆞᆷᄒᆞ고 몽현은 조모(祖母) 뉴 부인(夫人) 침소(寢所)의 잇고 몽챵이 홀노 잇더니 문왈(問曰),

"슉뷔(叔父ㅣ) 어ᄃᆡ를 가시ᄂᆞ뇨?"

연셩이 쇼겨 닐오ᄃᆡ,

"연슈의 부친(父親)이 쳥(請)ᄒᆞ니 가노라."

몽챵이 영민(英敏)ᄒᆞᆫ디라 눈치를 알고 다시 말 아니코 안잣더니 연셩이 니러난 후(後) ᄀᆞ마니 뒤흘 ᄶᆞᆯ와 가ᄂᆞᆫ 곳을 슬펴 그윽흔 ᄃᆡ 숨어 보니, ᄎᆞ시(此時) 연셩이 연슈를 ᄶᆞᆯ와 셔당(書堂)의 니ᄅᆞ니 방(房)이 어둡기 옷칠흔 ᄃᆞᆺᄒᆞ거늘 블을 밝히라 흔ᄃᆡ 연쉬 왈(曰),

"이 녀ᄌᆡ(女子ㅣ) 심(甚)히 붓그려ᄒᆞ니 숙부(叔父)는 짐쟉(斟酌)ᄒᆞ여 드러가 취

---

108) 한미: 할머니.
109) 가연(可然)히: 선뜻.
110) 샹한(傷寒): 상한. 추위 때문에 생긴 병.

침(就寢)ᄒᆞ쇼셔."

연셩이 홀연(忽然) 의심(疑心)ᄒᆞ야 날호여 방(房)의 들매 연쉬 문(門)을 닷고 나가거ᄂᆞᆯ 낭듕(囊中)의 야명쥬(夜明珠)111)를 ᄂᆡ여 드니 명광(明光)이 낫 ᄀᆞᆮ여 가얌112)이 긔ᄂᆞᆫ 줄을 알너라. 눈을 드러 슬피니 셧녁(西人ㅡ) 벽하(壁下)의 흔 흉악(凶惡)흔 귀신(鬼神)이 머리 더북ᄒᆞ니 안잣거ᄂᆞᆯ 다시 보니 눈이 방울 ᄀᆞᆮᄐᆞ야 흑긔(黑氣) ᄉᆞ면(四面)의 가득ᄒᆞ고 ᄂᆞᆺ비치 검어 옷칠흔 ᄃᆞᆺᄒᆞ야 혜아리건ᄃᆡ 사ᄅᆞᆷ의 혈육지신(血肉之身)113)이 아닌 ᄃᆞᆺᄒᆞ고 몸이 커 열 아름이나 ᄒᆞ며 머리 누역(縷繹)114) ᄀᆞᆮᄐᆞ야 어ᄌᆞ러이 좌우(左右)로 덥혀시니 무셔워 바로 보디 못ᄒᆞᆯ러라. 연셩이 실ᄉᆡᆨ대경(失色大驚)ᄒᆞ야 급(急)히 문(門)을 열티고 ᄂᆡᄃᆞ라 셔헌(書軒)의 니르니 텰 샹셔(尙書)ᄂᆞᆫ ᄂᆡ당(內堂)의 잇고 연쉬 공지(公子ㅣ) ᄎᆞ뎨(次弟) 연경ᄃᆞ려 ᄎᆞᄉᆞ(此事)를 니

ᄅᆞ며 실쇼(失笑)ᄒᆞ거ᄂᆞᆯ 연셩이 분(忿)ᄒᆞᆷ믈 이긔디 못ᄒᆞ여 드리ᄃᆞ라 연슈를 발로 ᄎᆞ 왈(曰),

"이 몹쓸 거샤! 네 엇디 사ᄅᆞᆷ을 소기 "를 능ᄉᆞ(能事)로 아ᄂᆞ뇨?"

연쉬 놀나 박댱대쇼(拍掌大笑)ᄒᆞ거ᄂᆞᆯ 연셩이 셩이 북바쳐 알프로

---

111) 야명쥬(夜明珠): 야명주. 어두운 데서 빛을 내는 구슬.

112) 가얌: 개미.

113) 혈육지신(血肉之身): 피와 살을 지닌 몸.

114) 누역(縷繹): 누더기.

쓰으며 주머괴로 혜아리디 아니코 치니 연쉬 두로 방차(防遮)115)ㅎ
며 어즈러이 블러 왈(曰),

"슉뷔(叔父ㅣ)야, 이 엇딘 일이니잇가?"

텰 샹셰(尚書ㅣ) 닉당(內堂)의 잇다가 이 소릭를 듯고 고이(怪異)히
너겨 놀나 나와 보니 연셩, 연쉬 흔듸 믜즈졋거늘 급(急)히 말니고
연고(緣故)를 무릭니 연셩이 분〃(忿憤)116)ㅎ여 돌텨셔며117) 왈(曰),

"형(兄)이 엇디 즈식(子息)을 ᄀ릭치디 아냐 사름을 욕(辱)ㅎᄂ뇨?"

샹셰(尚書ㅣ) 놀라 연슈드려 무릭니 연쉬 웃고 되왈(對曰),

"힉이(孩兒ㅣ) 작일(昨日) 대야야118)(大爺爺) 브릭

• • •

27면

시므로조차 니부(-府)의 갓습더니 슉뷔(叔父ㅣ) 여츠여츠(如此如此)
ㅎ시거늘 하 블샹ㅎ여 탁구 굿튼 미녀(美女)를 쳔거(薦擧)ㅎ야 일방
(一房)의 드리니 처음은 슌(順)히 드러가더니 므ᄉ 일로 닉ᄃ라와 힉
ᄋ(孩兒)를 치ᄂ이다."

샹셰(尚書ㅣ) 처음은 놀낫더니 이 말을 듯고 크게 웃고 왈(曰),

"탁구는 셰샹(世上)의 일되미인(一代美人)이라 현뎨(賢弟) 복(福)
을 치하(致賀)ㅎ노라."

연셩이 더옥 노(怒)ㅎ야 고셩대언(高聲大言)119) 왈(曰),

---

115) 방차(防遮): 막아서 가림.

116) 분〃(忿憤): 분분. 분하고 원통하게 여김.

117) 돌텨셔며 : 돌아서며.

118) 야: [교] 원문에는 이 글자가 없으나 문맥을 고려하여 첨가함.

119) 고셩대언(高聲大言): 고성대언. 큰 소리로 말함.

"형(兄)이 방ᄌ(放恣)ᄒᆫ ᄌᆞ식(子息)은 다ᄉ리디 아니시고 이러틋 희롱(戱弄)ᄒᄂ뇨?"

셜파(說罷)의 ᄉ매ᄅᆞᆯ 떨티고 도라가니 샹셰(尙書ㅣ) 웃고 드러가 부인(夫人)ᄃᆞ려 니ᄅᆞ니 부인(夫人)이 연슈ᄅᆞᆯ 블러 망녕(妄靈)되다 칙(責)ᄒᆞ더라.

ᄎᆞ시(此時), 몽챵이 연셩의 셔당(書堂)의 드러가믈 보고 여어보더니 탁ᄀᆞᄅᆞᆯ 보고 ᄯᆞᆷ을 흘니고 업드

° ° °

28면

러지며 도라오니 승샹(丞相)이 셔당(書堂)의 나와 연셩과 몽챵 업ᄉᆞ믈 고이(怪異)히 너기더니 몽챵의 거조(擧措)ᄅᆞᆯ 보고 ᄭᅮ지저 왈(曰),

"쇼ᄋᆞ(小兒ㅣ) 어ᄃᆡᄅᆞᆯ ᄀᆞᆺ다가 뎌러틋 황망(慌忙)이 오ᄂ뇨?"

챵이 나히 어린디라 떨며 ᄃᆞ라드러 부친(父親) 무릅히 업드려 숨을 ᄂᆞ초고 긔운(氣運)을 뎡(靜)티 못ᄒᆞ거ᄂᆞᆯ 승샹(丞相)이 ᄯᅩᄒᆞᆫ 놀라 무릅히 누이고 손을 쥐ᄆᆞᄅᆞ니 반향(半晌) 후(後) 숨을 ᄂᆡ쉬고 니ᄅᆞ디,

"앗가 연슈 형(兄)이 니ᄅᆞ러 슉부(叔父)ᄃᆞ려 여ᄎᆞ여ᄎᆞ(如此如此)ᄒᆞ거ᄂᆞᆯ ᄂᆡ ᄆᆞᄅᆞ니 슉뷔(叔父ㅣ) 이리이리 ᄃᆡ답(對答)ᄒᆞ거ᄂᆞᆯ 긔이ᄂᆞᆫ 줄 분(忿)ᄒᆞ야 ᄀᆞ마니 ᄯᅩᆯ와가 보니 연슈 형(兄)이 슉부(叔父)ᄅᆞᆯ 어두온 방(房)의 드리고 이러틋 니ᄅᆞ거ᄂᆞᆯ 고이(怪異)ᄒᆞ여 보니 연슉(-叔)이 야명쥬(夜明珠)ᄅᆞᆯ ᄂᆡ여 비최거ᄂᆞᆯ 보니 ᄎᆞ마 보

° ° °

29면

디 못ᄒᆞᆯ 귀신(鬼神)이니 하 놀나와 이러틋 ᄒᆞ여이다."

승샹(丞相)이 텽파(聽罷)의 놀나더니 믄득 씨드라 연셩의 힝스(行使)
룰 어히업시 너기더니 이윽고 연셩이 드러오거늘 승샹(丞相)이 눈을 드
러 보니 미우(眉宇)의 노긔(怒氣) 어리엿는디라 짐쟉(斟酌)고 문왈(問曰),

"네 어딘룰 야반(夜半)의 갓다가 이제야 오느뇨?"

연셩이 그 엄졍(嚴正)흐믈 두려 이에 딕왈(對曰),

"앗가 텰형(-兄)이 쳥(請)흐니 갓더니이다."

승샹(丞相)이 믁연(默然) 냥구(良久)의 혀 츠고 왈(曰),

"힝스(行使)룰 그릇흐야 쇼익비(小兒輩)의게 욕(辱)을 보다 뉘 타
슬 삼으리오? 네 거동(擧動)을 보니 야"(爺爺) 닑은 교훈(敎訓)이 니
져딘디라 닉 위(爲)흐여 한심(寒心)흐여 흐노라."

연셩이 승샹(丞相)의 불셔 아라시믈 황공(惶恐)흐여 말을 못 흐더라.

평명(平明)[120]의 텰 샹셰(尙書ㅣ) 셔당(書堂)의 니르러 연

* * *

30면

셩을 보고 가쟝 티하(致賀)흐니 연셩이 더욱 분노(忿怒)흐야 말을 아
니흐더니 믄득 경 시랑(侍郎)이 니르러 웃고 닐오딕,

"즈경아. 너는 탁구 곳튼 미아(美兒)룰 엇다 흐니 하례(賀禮)흐노라."

원릭(元來) 경 시랑(侍郎)과 텰 샹셰(尙書ㅣ) 흔 집의 이시니 협문
(夾門)을 두고 왕릭(往來)흐더라. 연셩이 연슈룰 더욱 졀티(切齒)[121]
흐여 말을 미쳐 답(答)디 못흐여셔 무평빅이 닉당(內堂)으로조차 이
에 나오니 텰 샹셰(尙書ㅣ) 문왈(問曰),

"즈희 오늘은 나으냐? 츈풍(春風)이 한닝(寒令)흐거늘 엇디 나오느뇨?"

---

120) 평명(平明): 해가 뜨는 시각.
121) 졀티(切齒): 절치. 몹시 분하여 이를 갊.

무평빅 왈(曰),

"쇼뎨(小弟) 여러 날 드러 이시니 울적(鬱寂)홀 쑨 아니라 금일(今日)은 다 나앗거니와 앗가 냥형(兩兄)의 우음 소리를 듯고 나오미라."

텰 샹셰(尚書ㅣ) 쇼왈(笑曰),

"즈희는 우리 웃는 줄을 듯고 궁거워[122] 나와시니

· · ·

31면

즈경의 소회(所懷)를 드러 보라."

드듸여 좌우(左右)로 탁구를 브르니 셧녁(西ㅅ-) 협문(夾門)으로조차 흉(凶)흔 귀형(鬼形)이 나와 텽하(廳下)[123]의 궁그리티며 안즈 텽샹(廳上) 제녈(諸列)[124]의 눛출 우러々 왈(曰),

"어늬 니부(-府) 삼샹공(三相公)이신고?"

경・텰 냥인(兩人)이 추언(此言)을 듯고 손벽 텨 대쇼(大笑)ᄒ며 무평빅이 흔 번(番) 보고 실싴대경(失色大驚) 왈(曰),

"졔 엇던 거시뇨?"

텰 샹셰(尚書ㅣ) 쇼왈(笑曰)

"즈경의 쇼희(小姬)[125]니 현뎨(賢弟)게도 수숙(嫂叔)[126] 명직(名字ㅣ) 잇느니라."

빅이 냥구(良久)히 말이 업더니 쇼왈(笑曰),

---

122) 궁거워: 궁금하여.

123) 텽하(廳下): 청하. 마루 아래.

124) 졔녈(諸列): 제열. 늘어 있는 뭇사람.

125) 쇼희(小姬): 소희. 첩.

126) 수숙(嫂叔): 형제의 아내와 남편의 형제를 아울러 이르는 말.

"텬하(天下) 인간(人間)의 엇디 뎌런 인믈(人物)이 이시리오? 샤뎨(舍弟)[127]는 어딘 가 뎌런 귀신(鬼神)을 드려온다?"

연성이 졍쇠(正色) 왈(曰),

"쟉야(昨夜) 쇼뎨(小弟) 텰형(-兄)의 집의 가니 텰형(-兄)이 연슈를 싀여 여추여추(如此如此) ᄒ시니 쇼뎨(小弟) 짐즛 알고 야광쥬(夜光珠)를 비최여 보고

∘∘∘

32면

즉시(卽時) 나와시니 나는 채 아디 못ᄒ는 거슬 이러툿 ᄒ시니 가쇼(可笑ㅣ)로소이다. 이 반ᄃ시 텰형(-兄)의 소위(所爲)라 나는 보는 배 쳐음이로소이다."

텰 샹셰(尙書ㅣ) 쇼왈(笑曰),

"니 진실(眞實)로 아냣거니와 네 일졍[128] 능활(能猾)[129]ᄒᆫ 톄홀다? 네 모일(某日)의 여추여추(如此如此) 혼잣말ᄒ니 ᄋ직(兒子ㅣ) 하 우이 너겨 이러툿 ᄒ니 네 고디듯고 미인(美人) 어드려 ᄒ다가 패(敗)ᄒ여 가지고 날을 지쵹(指屬)[130]ᄒᆫ다?"

무평빅이 쇼왈(笑曰),

"삼뎨(三弟) 원릭(元來) 어려셔브터 미인(美人)을 싱각ᄒ다가 이제 이십(二十)의 당(當)ᄒ니 츈졍(春情)을 이긔디 못ᄒ여 말을 경셜(輕說)[131]이 ᄒ여 쇼ᄋ빅(小兒輩)의게 속으니 뉘 타시리오?"

---

127) 샤뎨(舍弟): 사제. 남에게 대한 자기 아우의 겸칭.

128) 일졍: 참으로.

129) 능활(能猾): 교묘한 재주와 능력이 있으면서 교활함.

130) 지쵹(指屬): 지촉. 지목함.

경 시랑(侍郎)이 대쇼(大笑)ᄒ고 탁구를 보며 연성을 ᄀᄅ쳐 왈(曰),

"이거시 네 낭군(郎君)이라."

탁귀 우러〃 왈(曰)

"첩(妾)이

• • •

33면

비록 추용(醜容)132)이나 낭군(郎君)이 구(求)ᄒ여 어더 계시다 ᄒ니 일싱(一生)을 태산(泰山)ᄀ티 바라고 밋ᄂ이다."

무평빅 등(等)이 일시(一時)의 금션(錦扇)133)을 텨 대쇼(大笑)ᄒ고 연성은 노(怒)를 이긔디 못ᄒ더니, 승샹(丞相)이 날호혀 좌우(左右)로 탁구를 미러 닉여가라 ᄒ고 인(因)ᄒ여 탄식(歎息) 왈(曰),

"인〃(人人)이 힝실(行實)을 잘못 가지면 부모(父母)긔 욕(辱)이 밋ᄂ디라 대인(大人)과 ᄌ당(慈堂)의 붉으신 교훈(敎訓)과 셩덕(盛德)이 지극(至極)ᄒ시되 아등(我等) 삼(三) 인(人)이 블쵸(不肖)ᄒ미 커 셩훈(誠訓)을 앙망(仰望)티 못ᄒ니 듀야(晝夜) 긍〃업〃(兢兢業業)134)ᄒ믈 이긔디 못ᄒ거늘 이제 삼뎨(三弟) 유하(乳下)135)를 ᄀᆺ 면(免)ᄒ여 말ᄉᆷ을 골힐 일이 업고 싱각ᄒᄂ 배 다 미녀(美女) 셩쉭(聲色)136)인 고(故)로 쇼ᄋ(小兒)의 가쇼(可笑)로이 너긴 배 되여 필경(畢竟) 뎌런 츄137)루(醜陋)138)ᄒ 거슬 비

---

131) 경셜(輕說): 경설. 말을 경솔히 함.

132) 추용(醜容): 추한 용모.

133) 금션(錦扇): 금선. 폭을 비단으로 대어 만든 부채.

134) 긍〃업〃(兢兢業業): 긍긍업업. 항상 조심하여 삼감.

135) 유하(乳下): 젖먹이.

136) 셩쉭(聲色): 성색. 노래와 여색.

34면

록 갓가이흔 배 업스나 쳔인(賤人)이 공후(公侯) 귀가(貴家) 공쥐(公子)를 제 가뷔(家夫ㅣ)라 말이 낭쟈(狼藉)호여 샹하지분(上下之分)139)이 업스니 우리 등(等)이 형(兄) 되미 무어슬 교계140)(敎戒)141)호미 잇느뇨? 나는 스스로 몸의 허믈이 가득호고 사롬 딕(對)호미 붓그려 한심(寒心)호미 극(極)호니 허믈이 삼뎨(三弟)의게 잇디 아냐 늬 당(當)호미라 츠뎨(次弟)는 우음이 나느냐?"

경·텰 냥인(兩人)을 보아 왈(曰),

"쇼뎨(小弟) 감(敢)히 형댱(兄丈)을 시비(是非)호미 아니라 동긔(同氣) 되어 교훈(敎訓)티 아니시고 쇼ㅇ(小兒)의 단쳐(短處)142)를 도〃시느뇨? 평일(平日) 쇼뎨(小弟) 바라던 배 아니로소이다."

셜파(說罷)의 봉안(鳳眼)이 느죽호고 미위(眉宇ㅣ) 싁〃호여 츄상(秋霜) ⴺ트니 연셩은 대참(大慙)143)호야 말을 못 호고 무평빅은 좌(座)를 써나 샤죄(謝罪)호니 경 시랑(侍郞)이 참괴(慙愧)호여 이에

---

137) 츄: [교] 원문에는 '츄'로 되어 있으나 오기로 보임.
138) 츄루(醜陋): 추루. 못생기고 비루함.
139) 샹하지분(上下之分): 상하지분. 윗사람과 아랫사람이 지켜야 할 분수.
140) 계: [교] 원문에는 '제'로 되어 있으나 오기로 보임.
141) 교계(敎戒): 가르쳐 경계함.
142) 단쳐(短處): 단처. 부족하거나 모자란 점.
143) 대참(大慙): 크게 부끄러움.

35면

샤례(謝禮) 왈(曰),

"현뎨(賢弟) 날을 이러툿 ᄒ거늘 우형(愚兄)이 져ᄇ리미 만ᄒ니 슈괴(羞愧)ᄒ믈 이긔디 못ᄒ리로다. 금일(今日) 시(事ㅣ) 골육(骨肉) 형뎨(兄弟) 현〃(顯顯)ᄒ니 ᄌ쉬 깁히 탄(歎)ᄒ믈 씌둣ᄂ니 우형(愚兄)이 대인(大人)과 현뎨(賢弟)를 져ᄇ리미 심(甚)ᄒ디라 ᄌ금(自今) 이후(以後)로 고티고져 ᄒᄂ니 현뎨(賢弟)ᄂᆞ 용사(容赦)ᄒ라."

승샹(丞相)이 샤례(謝禮) 왈(曰),

"쇼뎨(小弟) 엇디 감(敢)히 형댱(兄丈)을 그릇 너기리오? 삼뎨(三弟)의 힝시(行使ㅣ) 한심(寒心)ᄒ매 말을 삼가디 못ᄒᆞ믈 후회(後悔)ᄒᄂ이다."

시랑(侍郞)이 ᄌ삼(再三) 손샤(遜謝)ᄒ더라. 텰 부인(夫人)이 이 말을 듯고 연슈 공ᄌ(公子)를 대칙(大責)ᄒ니 ᄎ후(此後) 연쉬 감(敢)히 연셩을 긔롱(譏弄)티 못ᄒ며 텰 샹셔(尚書) 등(等)이 탁구 다히 말을 언두(言頭)[144]의 올니디 못ᄒ니 이 젼혀 승샹(丞相) 경계(警戒) 엄(嚴)ᄒ미러라.

승샹(丞相)이

36면

연셩의 힝ᄉ(行使)를 크게 근심ᄒ야 수일(數日) 후(後) 부친(父親)긔 연셩의 취혼(娶婚)ᄒ믈 고(告)ᄒ니 태ᄉ(太師ㅣ) 왈(曰),

---

144) 언두(言頭): 말머리.

"연성이 만일(萬一) 안해를 어드면 익쳐(愛妻)ᄒ기로 병(病)이 일니〃 이십(二十)을 기ᄃ리고져 ᄒ노라."

승상(丞相)이 ᄃ왈(對曰),

"명피(明敎 ㅣ) 지극(至極) 맛당ᄒ시나 연성이 긔샹(氣像)과 신댱(身長)이 쇼으(小兒)의 틱(態) 업거늘 지금(只今) 취쳐(娶妻)티 아니ᄒ니 울젹(鬱寂)히 이셔 취쳐(娶妻)ᄒ기를 싱각ᄒ매 병(病)이 되올디라. 야〃(爺爺)ᄂ 지삼(再三) 싱각ᄒ샤 취혼(娶婚)ᄒ믈 허(許)ᄒ쇼셔."

태시(太師 ㅣ) 팀음(沈吟) 냥구(良久)의 왈(曰),

"연성이 임의 군직(君子 ㅣ) 못 될 거시니 늣게야 취혼(娶婚)ᄒ므로 군직(君子 ㅣ) 되랴? 이십(二十)이 되도록 환부(鰥夫)[145]로 이신즉 거죄(擧措 ㅣ) 요란(擾亂)ᄒ리니 네 말ᄃ로 취실(娶室)케 ᄒ라."

승상(丞相)이 ᄌ비(再拜) 슈명(受命)ᄒ더라.

태시(太師 ㅣ) 츠

· · ·

37면

후(此後) 너비 듯보더니[146] 공부낭듕(工部郞中) 쳥길의 녀익(女兒 ㅣ) 완ᄉ지식(浣紗之色)[147]과 반희(班姬)[148]의 ᄌ죄(才操 ㅣ) 잇다 ᄒ매 여러 곳을 탐지(探知)ᄒ니 뎍실(的實)[149]ᄒ더라 태부인(太夫人)이 공

---

145) 환부(鰥夫): 홀아비.

146) 듯보더니: 듣기도 하고 보기도 하며 알아보거나 살피더니.

147) 완ᄉ지식(浣紗之色): 완사지색. 깁을 빨던 여자의 아름다움. 깁을 빨던 여자는 곧 중국 춘추시대 월(越)나라의 서시(西施)를 말함. 서시가 깁을 빨던 시내는 소흥부(紹興府) 약야산(若耶山)에서 나온 약야계(若耶溪)인바, 완사계(浣紗溪)라고도 함.

148) 반희(班姬): 중국 한(漢)나라 성제(成帝)의 궁인인 반첩여(班婕妤).

149) 뎍실(的實): 적실. 틀림없이 확실함.

(公)을 권(勸)ᄒ야 결혼(結婚)ᄒ라 ᄒ니 태ᄉ(太師ㅣ) 모명(母命)을 조차 듕매(仲媒)로써 구혼(求婚)ᄒ니 쳥 낭듕(郎中)이 크게 깃거 즉시(卽時) 허락(許諾)ᄒ고 튁일(擇日)ᄒ니 날이 수십(數十) 일(日)은 ᄀ렷ᄂ디라.

원ᄅ(元來) 쳥 공(公)의게 일(一) 녜(女ㅣ) 이시니 얼골이 텬하(天下)의 둘 업슨 박ᄉ(薄色)이오 인믈(人物)은 쑥 업슨 대악(大惡)이라 쳥 공(公)이 ᄆ양(每樣) 근심ᄒ더니 딜녀(姪女) 쇼희ᄅᆞᆯ 양육(養育)ᄒ니 얼골과 셩힝(性行)이 당ᄃ(當代)의 업슨디라. 이런 고(故)로 소문(所聞)이 달니 나니 니가(-家)의셔 그릇 드ᄅᆫ 배 되여 구혼(求婚)ᄒ니 쳥 공(公)이 블승과망(不勝過望)150)ᄒ야 므릇 ᄌᆞ쟝(資裝)151)을 치례(致禮)152)ᄒ야 길일(吉日)이 다ᄃᄅ니

···

38면

연셩 공ᄌ(公子ㅣ) 관복(官服)을 닙고 위의(威儀)ᄅᆞᆯ 거ᄂ려 쳥가(-家)의 가 기러기ᄅᆞᆯ 뎐(奠)ᄒ고 신부(新婦) 샹교(上轎)ᄅᆞᆯ 기ᄃ려 봉교(封轎)153)ᄒ기ᄅᆞᆯ ᄆᆺ고 본부(本府)의 니ᄅ러 독좌(獨坐)ᄒ니 신낭(新郎)의 영오(穎悟)ᄒᆫ 풍치(風采) 졀승(絶勝)ᄒ니 옥쳥(玉淸)154) 신인(神人)이 하강(下降)ᄒᆫ 둧ᄒ디 신부(新婦)의 안ᄉ(顔色)이 흉(凶)ᄒ미 ᄎᆞ마 바로 보디 못ᄒ며 술빗치 프ᄅ고 거므며 붉은 눈이 크기 등잔(燈

---

150) 블승과망(不勝過望): 불승과망. 바라는 것보다 넘쳐 기쁨을 이기지 못함.

151) ᄌᆞ쟝(資裝): 자장. 시집갈 때 가지고 가는 혼수.

152) 치례(致禮): 예를 다하여 행함.

153) 봉교(封轎): 가마를 닫음.

154) 옥쳥(玉淸): 도교에서, 신선이 산다는 삼쳥(三淸)의 하나. 상제(上帝)가 있는 곳.

盞) ᄀ고 킈 셕 자155)히나 ᄒ니 이 반ᄃ시 슈졍궁(水晶宮) 야채(夜
叉)156)곳 아니면 졍(正)코 산듕(山中) 귀믈(鬼物)이라 이 진ᄌ 탁구
로 ᄒ ᄲᅡᆼ(雙)이라. 연셩이 바라보고 실ᄉᆡᆨ대경(失色大驚)ᄒ여 ᄂᆺ비치
흙 ᄀ고 태부인(太夫人)이 역시(亦是) 크게 놀나 젼언(傳言)이 헛된
줄을 ᄭᅵᄃᆺ고 차악(嗟愕)157)ᄒᆯ 이긔디 못ᄒ여 좌듕(座中)이 경의(驚
疑)158)ᄒᆯ 이긔디 못ᄒᄃᆡ 태ᄉᆡ(太師ㅣ) 부뷔(夫婦ㅣ) 안ᄉᆡᆨ(顔色)이
ᄌ약(自若)ᄒ야 폐ᄇᆡᆨ(幣帛)

• • •

39면

을 화평(和平)이 밧고 말ᄉᆷ이 평안(平安)ᄒ며 긔ᄉᆡᆨ(氣色)이 태연(泰
然)ᄒ니 좌듕(座中)이 탄복(歎服)ᄒ더라.

종일(終日) 진환(盡歡)159)ᄒ고 셕양(夕陽)의 졔인(諸人)이 흐터디
니, 신부(新婦) 숙소(宿所)를 졍(定)ᄒ야 보ᄂᆡ고 일개(一家ㅣ) ᄒ 당
(堂)의 모다 말ᄉᆷᄒᆯᄉᆡ 태부인(太夫人)이 공(公)ᄃ려,

"늬 젼문(傳聞)이 과실(果實)ᄒᆯ 미더 뎌런 귀형(鬼形)으로160) 연
셩의 평ᄉᆡᆼ(平生)을 희지은디라161) 엇디 념녀(念慮)롭디 아니리오?"

태ᄉᆡ(太師ㅣ) ᄌ약(自若)히 ᄭ러 ᄃᆡ왈(對曰),

___

155) 셕 자: 자는 길이의 단위로 30.3cm 정도이니 셕 자는 90.9cm 정도임. 참고로 국도
본(5:75)에는 '열 길'이라 하여 원문과는 반대로 쳥 씨가 거인으로 묘사되어 있음.
156) 슈졍궁(水晶宮) 야채(夜叉): 수정궁 야차. 용왕의 사자로, 모습이 추악하고 성품이
잔인함. 『봉신연의』, 『서유기』 등에 등장함.
157) 차악(嗟愕): 매우 놀람.
158) 경의(驚疑): 놀라고 의아해함.
159) 진환(盡歡): 즐거운 자리를 다함.
160) 으로: [교] 원문에는 '을'로 되어 있으나 문맥을 고려하여 이와 같이 수정함.
161) 희지은디라: 방해한지라.

"청 시(氏) 얼골이 이러흐나 셩덕(盛德)이 이시면 경싈(慶事닐)가 시브오며 이는 그러치 아냐 대란(大亂)을 니ᄅ혈가 흐오며 그러치 아니흐오면 금년(今年)을 못 슬가 시브오니 큰 블힝(不幸)이로소이다."

태부인(太夫人)이 탄식(歎息)흐더라.

ᄎ일(此日) 경 시랑(侍郎) 등(等)이 셔당(書堂)의 모다 야화(夜話) 홀식 연셩이 셕샹(席上)162) 놀난 ᄆᆞ음을 뎡(靜)티 못흐야

• • •

40면

신싴(神色)163)이 져상(沮喪)164)흐야 안줏시니 텰 샹셰(尙書ㅣ) 참디 못흐야 웃고 글오듸,

"ᄌ경이 젼일(前日) 닐오듸, '얼골은 소아(素娥)165) ᄀᆞ고 덕(德)은 임ᄉᆞ(姙姒)166) ᄀᆞ튼 쳐ᄌ(處子)를 엇고 조만(早晩)의 놉히 등뎨(登第)흐려노라.' 흐더니 네 원(願)을 하늘이 슬피시고 말이 유복(有福)흐여 탁구 ᄀᆞ튼 쳡(妾)과 청 부인(夫人) ᄀᆞ튼 슉녀(淑女)를 어드니 우형(愚兄) 등(等)이 하례(賀禮)를 폐(廢)티 못홀디라. 또 언마 흐여 금계(金階)167)의 어향(御香)168)을 ᄡᅩ이며 금ᄌ옥듸(金紫玉帶)169)로 일

---

162) 셕샹(席上): 석상. 여러 사람이 모인 자리.

163) 신싴(神色); 신색. 안색.

164) 져샹(沮喪): 저상. 기운을 잃음.

165) 소아(素娥): 선녀 항아(嫦娥)의 별칭. 항아가 불사약을 훔쳐 달로 달아났는데, 달빛이 희기 때문에 이처럼 불림.

166) 임ᄉᆞ(姙姒): 임사. 중국 고대 주(周)나라 문왕(文王)의 어머니 태임(太姙)과 문왕의 아내이자 무왕(武王)의 어머니인 태사(太姒)를 아울러 이르는 말. 이들은 어진 아내이자 현명한 어머니라는 칭송을 받았음.

167) 금계(金階): 제왕 궁전의 계단이라는 뜻으로 조정을 이름.

168) 어향(御香): 궁중에서 쓰는 향. 천향(天香)과 같은 말. 여기에서는 임금의 곁에 있음을 의미함.

신(一身)을 빗닉리오?"

연셩이 졍식(正色)고 말을 아니 ″ 좌간(座間)의 최 상셰(尙書ㅣ) 쇼왈(笑曰),

"ㅈ경이 십뉵(十六)이 되도록 취실(娶室)을 아니ᄒ니 닉 혜아리건대 슉녀(淑女)를 기드리ᄂᆞᆫ가 ᄒ엿더니 뎌런 귀믈(鬼物)을 기드리닷다."

무평빅이 쇼왈(笑曰),

"연슈 딜이(姪兒ㅣ) 당초(當初) 그릇ᄒ야 흉(凶)ᄒᆞᆫ 탁구

⋯•●

41면

룰 취쳐(娶妻) 젼(前) 신낭(新郎)을 부 ″(夫婦)라 비유(比喩)ᄒ매 겨 틱 조믈(造物)이 드럿ᄂᆞᆫ다? 그 말노 쳥 시(氏) 뎌러ᄒ니 이 다 연슈 의 타시로다."

연슈 겨틱 잇다가 쇼이딕왈(笑而對曰),

"쇼딜(小姪)이 마춤 희롱(戲弄)으로 슉부(叔父)룰 속이고 ᄒᆞᆫ번(-番) 크게 우ᄉ려 ᄒ미러니 모친(母親)긔 슈칙(受責)을 듯ᄌᆞᆸ고 도로혀 슉 부(叔父)룰 원망(怨望)ᄒ거ᄂᆞᆯ ᄯ 슉뷔(叔父ㅣ) 이러틋 ᄒ시니 삼슉 (三叔)의 쳐궁(妻宮)170) 사오나오미 쇼딜(小姪)의 타시리잇가?"

연셩이 노즐(怒叱)171) 왈(曰),

"이 금슈(禽獸) 놈아, ᄯ 므슴 잡부리룰 놀니ᄂᆞᆫ다?"

---

169) 금ᄌ옥딕(金紫玉帶): 금자옥대. 금자(金紫)는 금인(金印)과 자수(紫綬)로, 금인(金印) 은 관직의 표시로 차고 다니던 금으로 된 조각물이고 자수는 고위 관료가 차던 호 패(號牌)의 자줏빛 술임. 옥대(玉帶)는 임금이나 관리의 공복(公服)에 두르던, 옥으 로 장식한 띠임.

170) 쳐궁(妻宮): 처궁. 처첩에 관한 운수를 점치는 별자리. 여기에서는 처에 관한 운수 를 가리킴.

171) 노즐(怒叱): 노질. 성내어 꾸짖음.

좌위(左右ㅣ) 대쇼(大笑)ᄒ고 무평빅이 쇼왈(笑曰),

"익구준 딜ᄋ(姪兒) 꾸짓기란 날회고 신방(新房)의나 드러가라."

연셩이 볼연(勃然)[172] 쟉ᄉ(作色) 왈(曰),

"형댱(兄丈)은 엇디 이런 말ᄉᆷ을 ᄒ시ᄂ니잇고? 귀믈(鬼物)을 가 보라 ᄒ시미 고이(怪異)ᄒ여이다. 이ᄂ 쇼뎨(小弟)를 욕(辱)ᄒ시미니 잇가?"

42면

빅이 무쟝대쇼(撫掌大笑)[173] 왈(曰),

"좌듕(座中)이 방관(傍觀)이 되여시니 뉘 말이 올흐뇨? 쵸례(醮禮) 빅냥(百兩)[174]으로 마ᄌᆞ온 졍실(正室)의 방(房)의 드러가라[175] ᄒ매 욕(辱)ᄒ다 ᄒ니 무어시라 ᄒ리오?"

연셩이 역쇼(亦笑) 딕왈(對曰),

"도적놈(盜賊-) 쳥길이 더런 야채(夜叉)를 나하 쇼뎨(小弟) 평싱(平生)을 희지으니 엇디 분(憤)히티 아니리잇고?"

언미필(言未畢)[176]의 승샹(丞相)이 변ᄉᆡᆨ(變色) 왈(曰),

"네 부뫼(父母ㅣ) 맛디신 졍실(正室)을 욕(辱)ᄒ미 부모(父母)를 원망(怨望)ᄒ미오, 쳥 공(公)은 슌박(淳朴)ᄒᆫ 어룬이어늘 엇던 고(故)로 이런 말을 ᄒᄂ뇨? 어룬을 공경(恭敬)티 아니미 무샹(無狀)ᄒᆫ 힝실

---

172) 볼연(勃然): 발연. 갑자기 성을 내는 모양.

173) 무쟝대쇼(撫掌大笑): 무장대소. 손뼉을 치며 크게 웃음.

174) 빅냥(百兩): 백량. 신부를 맞아 오는 일. 백 대의 수레로 신부를 맞이한다 하여 이와 같이 씀. 『시경』, <작소(鵲巢)>에 나옴.

175) 라: [교] 원문에는 이 글자가 없으나 문맥을 고려하여 첨가함.

176) 언미필(言未畢): 말이 끝나기 전.

(行實)이라 썰니 믈러가고 부잡(浮雜)[177]훈 말을 말나."

말슴이 엄정(嚴正)ᄒ고 긔식(氣色)이 츄샹(秋霜) ᄀᆺ트니 연셩이 믁연(黙然)이 말을 못 ᄒ야 믈너나 분연(憤然)이 ᄉ매를 썰텨 연낭의 침소(寢所)의 가 자니라.

••

43면

ᄎ일(此日) 셩 시(氏) 새도록 신낭(新郞)의 드러오믈 기ᄃ리더니 죵시(終是) 죵젹(蹤迹)이 업ᄉ니 분긔(憤氣) 빗속의 ᄀ득ᄒ야 노긔(怒氣) 하늘을 쎄칠 듯ᄒᄃᆡ 계유 춤아 평명(平明)의 문안(問安)의 참예(參預)ᄒ니 뎡 부인(夫人)의 일월(日月) ᄀᆮ튼 광휘(光輝) 만좌(滿座)의 죠요(照耀)ᄒ고 셜 시(氏)의 아담(雅澹) 소아(騷雅)[178]훈 긔딜(氣質)이 하등(下等)이 아니로ᄃᆡ 셩 시(氏) 외뫼(外貌]) 흉험(凶險)[179]ᄒ야 바로 보디 못ᄒᆯ디라. 좌위(左右]) 새로이 분〃(紛紛) 아연(啞然)[180]ᄒ고 연셩이 심긔(心氣) 더옥 분(忿)ᄒ여 셔당(書堂)의 도라와 ᄌ통(自痛)[181]ᄒ고 누어 식음(食飮)을 나오디 못ᄒ니 원ᄂᆡ(元來) 연셩이 결증(-症)[182]이 잇ᄂ디라 신부(新婦)의 더러온 용모(容貌)를 보고 ᄌ가(自家) 평싱(平生)을 흔(恨)ᄒ매 비위(脾胃)[183]를 거두잡디[184]

---

177) 부잡(浮雜): 경망스러우며 추잡함.
178) 소아(騷雅): 풍치가 있고 아담함.
179) 흉험(凶險): 흉악하고 음험함.
180) 아연(啞然): 너무 놀라 어안이 벙벙한 모양.
181) ᄌ통(自痛): 자통. 스스로 애통해함.
182) 결증(-症): 몹시 급한 성미 때문에 일어나는 화증.
183) 비위(脾胃): 아니꼽고 싫은 일을 잘 견디는 힘.
184) 거두잡디: 다잡지.

못ᄒᆞ여 음식(飮食)이 알패 니ᄅᆞᆫ즉 토(吐)ᄒᆞ고 ᄂᆞ치 열(熱)이 올나 ᄌᆞ못 듕(重)히 알ᄒᆞ니 승샹(丞相)이 근심

ᄒᆞ야 의약(醫藥)을 극진(極盡)히 ᄒᆞ고 겨틔 안자 위로(慰勞)ᄒᆞ니 싱(生)이 기리 탄식(歎息)고 두어 날 고통(苦痛)ᄒᆞ더니 수일(數日) 후(後) 져기 나으니 승샹(丞相)을 딕(對)ᄒᆞ여 왈(曰),

"쇼제(小弟) 쳥 시(氏)를 딕(對)ᄒᆞ매 ᄎᆞ마 비위(脾胃)를 뎡(靜)티 못ᄒᆞ니 형댱(兄丈)은 쇼뎨(小弟)를 살과져 ᄒᆞ시거든 대인(大人)ᄭᅴ 고(告)ᄒᆞ고 제 집의 보닉시면 살가 시버이다."

승샹(丞相)이 그 말이 ᄉᆞ리(事理)의 당연(當然)티 아니믈 아나 싱(生)의 결증(-症) 잇ᄂᆞᆫ 바 아ᄂᆞᆫ 일이오, 쳥 시(氏)의 거동(擧動)이 쇼년(少年) 남ᄌᆞ(男子)의 견딕디 못홀 줄 디긔(知機)ᄒᆞ매 그 아ᄋᆞ ᄉᆞ랑이 몽현 등(等)의게 밋디 못홀디라. 이에 그 손을 잡고 긔유(開諭)ᄒᆞ딕,

"녯 사ᄅᆞᆷ은 녀ᄌᆞ(女子)의 덕(德)을 귀(貴)히 너기고 ᄉᆡᆨ(色)을 블관(不關)[185]이 너기미 군ᄌᆞ(君子)의 힝실(行實)이라. 쳥쉬(-嫂ㅣ) 비록 외뫼(外貌ㅣ) 박ᄉᆡᆨ(薄色)이나 덕(德)이 이신즉 너의 복(福)이라 무ᄉᆞ 일

로 이런 과도(過度)ᄒᆞᆫ 말을 ᄒᆞᄂᆞᆫ다? 야〃(爺爺)의 엄졍(嚴正)ᄒᆞ시미

---

185) 블관(不關): 불관. 긴요하지 않음.

네 뜻을 고(告)홀 길히 업스니 오원(迂遠)186)훈 뜻을 먹디 말고 됴리
(調理)흐여 니러나 항녀(伉儷)187)의 의(義)를 온젼(穩全)흐라."

싱(生)이 분연(憤然) 되왈(對曰),

"형댱(兄丈)의 신명(神明)흐시미 엇디 쳥 시(氏)의 심통(心-)188)을
모로리오마는 추언(此言)은 쇼뎨(小弟)를 외딕(外待)189)흐시미라. 츄
뷔(醜婦 ㅣ) 셜스(設使) 임스(姙姒)이 덕(德)이 이시나 쇼뎨(小弟) 몸의
병(病)이 난 후(後)는 블관(不關)흐거늘 흐믈며 안졍(眼睛)의 살긔
등〃(殺氣騰騰)190)흐고 미우(眉宇) 스이의 대악(大惡)의 긔샹(氣像)이
비최여시니 쇼뎨(小弟) 추인(此人)의 손의 죽게 되거나 닉 명(命)이
길딘대 뎨 죽으리니 쇼뎨(小弟) 십뉵(十六) 츈광(春光)191)의 뎌 흉인
(凶人)을 위(爲)흐여 복의소딕(服衣素帶)192)흐미 아니 익민흐니잇가?"

승샹(丞相)이 듯기를 뭇고 그 총명(聰明)이 당닉(將來)를 쎄알믈
긔특(奇特)이 너기나 것추로 망녕(妄靈)되다 칙(責)

...

46면

흐더라.

연셩이 수십(數十) 일(日) 됴리(調理)흐야 니러나니 됴셕(朝夕) 문

---

186) 오원(迂遠): 현실과 거리가 멂.
187) 항녀(伉儷): 항려. 남편과 아내로 이루어진 짝.
188) 심통(心-): 마땅치 않게 여기는 나쁜 마음.
189) 외딕(外待): 외대. 진정으로 대하지 않음.
190) 살긔등〃(殺氣騰騰): 살기등등. 살기가 표정이나 행동 따위에 잔뜩 나타나 있음. 살
기는 독살스러운 기운.
191) 츈광(春光): 춘광. 나이.
192) 복의소딕(服衣素帶): 복의소대. 상복을 입고 흰 띠를 맴.

안(問安)의 쳥 시(氏)를 피(避)ᄒ여 둔니〃 태식(太師ㅣ) 이런 일을 ᄌ시 모르나 연셩이 쳥 시(氏) 박ᄃᆡ(薄待)ᄒᄂᆞᆫ 줄을 알고 일〃(一日)은 블러 경계(警戒)ᄒᄃᆡ,

"쳥 시(氏) 외뫼(外貌ㅣ) 비록 보암ᄌᆨ디 아니ᄒ나 네 늬 ᄌ식(子息)으로셔 녀ᄌ(女子)의 식(色)을 취(取)ᄒ미 나의 평싱(平生) 뜻이 아니라. 모로미 ᄆᆞ음을 강잉(强仍)ᄒ야 화락(和樂)ᄒ고 늬 싱젼(生前)193)의 ᄌᆡ취(再娶) 두 ᄌ(字)를 입 밧긔 닐딘대 늬 당〃(堂堂)이 널노 부ᄌ지의(父子之義)194)를 긋ᄎ리니 네 비록 우흘 두릴 일이 업ᄉ나 아븨 말을 간대로195) 경(輕)히 너기랴."

공ᄌ(公子ㅣ) 부친(父親)의 쥰절(峻截)196)ᄒ신 말솜을 듯고 크게 황공(惶恐)ᄒ야 슈명(受命)ᄒ고 믈너나 심회(心懷) 크게 울〃(鬱鬱)ᄒ야 ᄎ마 그 흉모(凶貌)를 ᄃᆡ(對)홀 ᄆᆞ음이 업서 뎡(定)ᄒᄃᆡ,

"야〃(爺爺) 계훈(戒訓)이 이러

• • •

47면

툿 ᄒ시니 늬 싱젼(生前)의 흉인(凶人)과ᄂᆞᆫ 동낙(同樂)디 아니리라." ᄒ더라.

ᄎ시(此時) 쳥 시(氏) 싱(生)의 박ᄃᆡ(薄待) 심(甚)ᄒ니 분원(忿怨)이 극(極)ᄒ여 쥬야(晝夜) 구고(舅姑)를 원망(怨望)ᄒᄃᆡ 태ᄉ(太師) 부뷔(夫婦ㅣ) 긔식(氣色)이 안졍(安靜)197)ᄒ여 대악(大惡)을 발뵈디 못ᄒ

---

193) 싱젼(生前): 생전. 살아 있는 동안.

194) 부ᄌ지의(父子之義): 부자지의. 아버지와 아들 사이의 의리.

195) 간대로: 함부로. 되는대로.

196) 쥰절(峻截): 준절. 매우 위엄 있고 정중함.

더라. 쳥 시(氏) 셩 플 고디 업서 므음의 혜오디,

'낭군(郞君)이 본(本)디 뎡 시(氏) ㄱ튼 얼골을 보아시니 나를 박디(薄待)ㅎ매 나의 박명(薄命)이 요녀(妖女)의 타시라.'

ㅎ고 구가(舅家)의 온 월여(月餘)의 뎡 부인(夫人)을 만나 본즉 욕(辱)ㅎ디, 미희(妹喜)198) ㄱᄌ다 ㅎ며 요괴(妖怪) ㄱᄌ다 ㅎ여 그 욕(辱)이 ㄱ이 업ᄉ니 뎡 부인(夫人)이 도로혀 어히업서 지이브지(知而不知)199)ㅎ여 쏘 쳥 시(氏) 업ᄉ믈 타 나ᄃ니" 쳥 시(氏) 뎡 시(氏)룰 ᄌ로 만나디 못ㅎ니 크게 분(憤)ㅎ야 나죵은 그 침소(寢所)의 가 욕(辱)ㅎ기룰 아닛ᄂ 날이 업ᄉ니 뎡

• •●

48면

부인(夫人)이 텽이블문(聽而不聞)200)ㅎ디 욕(辱)을 무샹(無常)이 ᄒ니 셜 시(氏)와 경 부인(夫人)이 크게 차악(嗟愕)201)ㅎ야 졍당(正堂)의 고(告)ㅎ고져 ㅎ니 뎡 부인(夫人)이 말녀 ᄀᆯ오디,

"제 구가(舅家)의 와 ᄇ라는 배 쳡(妾)분이어늘 쳡(妾)이 디졉(待接)을 그릇ㅎ야 제 노(怒)ㅎ미 고이(怪異)치 아니ᄒ니 부인(夫人)은 쳡(妾)의 허믈을 ᄀᆯ치고 브졀업ᄉ 말을 존202)젼(尊前)의 고(告)티 마ᄅ쇼셔."

냥(兩) 부인(夫人)이 차탄(嗟歎)ㅎ고 그 덕(德)을 항복(降伏)ㅎ더라.

---

197) 안졍(安靜): 안정. 편안하고 고요함.
198) 미희(妹喜): 말희. 중국 하(夏)나라 마지막 임금 걸왕(桀王)의 총희.
199) 지이브지(知而不知): 지이부지. 알면서도 모르는 체함.
200) 텽이블문(聽而不聞): 청이불문. 듣고도 못 들은 척함.
201) 차악(嗟愕): 탄식하고 놀람.
202) 존: [교] 원문에는 '조'로 되어 있으나 오기로 보임.

청 시(氏), 뎡 부인(夫人)이 일향(一向)²⁰³⁾ 줌 〃 (潛潛)ᄒ믈 업슈히 너겨, 일 〃 (一日)은 뎡 부인(夫人) 침당(寢堂)의 가 크게 욕(辱)ᄒ되,

"역적(逆賊) 뎡연의 녜(女ㅣ)야."

ᄒ며 쳔단(千端)²⁰⁴⁾ 슈욕(受辱)이 ᄎ마 듯디 못ᄒ러니 마춤 승샹 (丞相)이 드러오다가 ᄎ경(此景)을 보고 경녀(驚慮)²⁰⁵⁾ᄒ여 거름을 머추ᄂᆞᆫ디라, 청 시(氏) 비록 대악(大惡)이나 승샹(丞相)의 엄

49면

졍(嚴正)ᄒ믈 두리ᄂᆞᆫ디라, 놀나 드라ᄂᆞ니 승샹(丞相)이 ᄇ야ᄒ로 지 게를 열고 드러가니 뎡 시(氏) 단졍(端正)이 위좌(危坐)²⁰⁶⁾ᄒ야 침션 (針線)을 다ᄉᆞ리고 거지(擧止) 평샹(平常)ᄒ야 젼혀 못 듯ᄂᆞᆫ 듯ᄒ니 승샹(丞相)이 크게 항복(降伏)ᄒ야 드러셔니 부인(夫人)이 놀나 밧비 니러 마ᄌᆞ니 승샹(丞相)이 ᄯᅩᄒᆞᆫ 청 시(氏) 말을 뭇디 아니코 잠간(暫 間) 안잣다가 즉시(卽時) 나가니,

ᄎ시(此時) 몽현 등(等)이 청 시(氏) ᄌᆞ로 모친(母親) 욕(辱)ᄒ믈 분(憤)히ᄒ여 부친(父親)긔와 존당(尊堂)의 고(告)ᄒ려 ᄒᆞ니 뎡 부인 (夫人)이 엄(嚴)히 ᄭᅮ지져 못 ᄒ게 ᄒ고 ᄀᆡ유(開諭)²⁰⁷⁾ᄒ니 청 시(氏) 그 외조(外祖) 들먹이믈 크게 노(怒)ᄒ여 밧긔 나가 연셩 슉부(叔父) ᄅᆞᆯ 보와 닐오되,

---

203) 일향(一向): 한결같이.

204) 쳔단(千端): 천단. 온갖.

205) 경녀(驚慮): 경려. 놀라고 걱정함.

206) 위좌(危坐): 몸을 바르게 하고 앉음. 정좌(正坐).

207) ᄀᆡ유(開諭): 개유. 사리를 잘 알아듣도록 타이름.

"슉뷔(叔父ㅣ) 슉모(叔母)를 박ᄃᆡ(薄待)ᄒᆞ시니 모친(母親) 허믈이
되여 쳥 슉뫼(叔母ㅣ) 우리 모친(母親)을 블셔붓허 즐욕(叱辱)ᄒᆞ시믈
아닌 날이 업

• • •

50면

ᄉᆞᄃᆡ 모친(母親)이 텽이블문(聽而不聞)ᄒᆞ시고 쇼딜(小姪) 등(等)을 당
부208)(當付)ᄒᆞ야 구외(口外)예 ᄂᆡ디 말나 ᄒᆞ시니 함구(緘口)ᄒᆞ엿더니
금일(今日)은 외조(外祖)를 들추어 여ᄎᆞ여ᄎᆞ(如此如此) 욕(辱)ᄒᆞ시니
슉부(叔父)ᄂᆞᆫ 후ᄃᆡ(厚待)ᄒᆞ샤 모친(母親)을 평안(平安)케 ᄒᆞ쇼셔."

공직(公子ㅣ) 텽파(聽罷)의 대경(大驚)ᄒᆞ야 이윽이 말을 아니터니 탄
식(歎息)고 즉시(卽時) 드러가 뎡 부인(夫人)을 보고 쳥죄(請罪) 왈(曰),

"쇼싱(小生)을 수쉬(嫂嫂ㅣ) 몽현과 ᄒᆞᆫ가지로 무휼(撫恤)ᄒᆞ샤믈 밧
ᄌᆞ와 ᄌᆞ모(慈母) 버금으로 졍셩(精誠)이 헐(歇)티 아니ᄒᆞ옵더니 고이
(怪異)ᄒᆞᆫ 안히를 잘못 어더 수〃(嫂嫂)긔 욕(辱)이 미ᄎᆞ니 쇼싱(小生)
이 어ᄂᆞ ᄂᆞᆺᄎᆞ로 수〃(嫂嫂)긔 뵈오리잇고? 수〃(嫂嫂)ᄂᆞᆫ 모로미 져
발부(潑婦)209)를 엄(嚴)히 다ᄉᆞ리샤 요ᄃᆡ(饒貸)210)티 마ᄅᆞ쇼셔."

뎡 부인(夫人)이 화평(和平)이 웃고 왈(曰),

"쳥 쇼졔(小姐ㅣ) 처음으로 존문(尊門)의 오매 구고(舅姑) 존당
(尊堂)

---

208) 부: [교] 원문에는 '보'로 되어 있으나 오기로 보임.
209) 발부(潑婦): 도리를 갖추지 못한 흉악한 여자.
210) 요ᄃᆡ(饒貸): 요대. 너그러이 용서함.

이 엄정(嚴正)ᄒ시니 친(親)ᄒ니 슉〃(叔叔)을 바라거늘 박딕(薄待)
ᄒ시고 쳡(妾)이 ᄯ 딕졉(待接)기를 잘못ᄒ여 이런 일이 이시나 대단
티 아니커늘 슉〃(叔叔)은 어딕 조ᄎ 듯고 이런 과도(過度)ᄒᆫ 말을
ᄒ시ᄂ니잇고?"

공ᄌ(公子ㅣ) 그 도량(度量)을 탄복(歎服) 칭션(稱善) 왈(曰),

"수〃(嫂嫂)의 너르신 도량(度量)이 이러ᄐ 흐시니 쇼싱(小生)이
므ᄉ 말을 흐리잇가? 연(然)이나 사ᄅᆷ의 노(怒)ᄒ오믄 각〃(各各) 잇
거늘 수〃(嫂嫂)ᄂ 이러ᄐ ᄒ시니 쇼싱(小生)이 도로혀 의혹(疑惑)ᄒ
ᄂ이다."

부인(夫人)이 우어 왈(曰),

"쳡(妾)이 슉믹블변(菽麥不辨)[211]이나 노(怒)ᄒ오미 업ᄉ리오마ᄂ 청
쇼졔(小姐ㅣ) 말ᄉᆷ이 과도(過度)ᄒ미 업ᄉ니 슉〃(叔叔)은 모로미 졍실
(正室) 딕졉(待接)이 존(尊)ᄒᆫ 줄 아ᄅ시고 박딕(薄待)티 마ᄅ쇼셔."

공ᄌ(公子ㅣ) 댱탄(長歎) 왈(曰),

"수〃(嫂嫂)의 말ᄉᆷ이 올흐시나 뎌런 귀형(鬼形)을 엇지 후딕(厚待)

ᄒ리오?"

부인(夫人) 왈(曰),

---

211) 슉믹블변(菽麥不辨): 숙맥불변. 콩인지 보리인지를 구별하지 못한다는 뜻으로, 사
리 분별을 못하고 세상 물정을 잘 모름을 이르는 말.

"그러티 아니타. 녯날 딍광(孟光)212)의 누츄(陋醜)ᄒᆞ미 엇디 쳥 시 (氏)긔 비기리오마ᄂᆞ 량홍(梁鴻)213)이 ᄇᆞ리디 아냐시니 슉ᄵ(叔叔)이 ᄌᆞ쇼(自少)214)로 유셔(儒書)ᄅᆞᆯ 일거 고ᄉᆞ(古事)ᄅᆞᆯ 알녀든 엇디 군ᄌᆞ (君子)의 덕(德)을 앙망(仰望)215)티 아니시ᄂᆞ뇨?"

공ᄌᆞ(公子ㅣ) 댱탄(長歎) 왈(曰),

"연셩이 엇디 군ᄌᆞ(君子ㅣ) 되며, 뎌 투뷔(妒婦ㅣ) 엇디 슉녜(淑女 ㅣ)리오? 쇼ᄉᆡᆼ(小生)의 심ᄉᆞ(心思ㅣ) 어ᄌᆞ러오니 수ᄵ(嫂嫂)ᄂᆞ 일ᄏᆞᆺ 디 마ᄅᆞ쇼셔."

인(因)ᄒᆞ여 쳑연(惕然) 탄식(歎息)고 눈믈이 어릐여 ᄂᆞ려나니 부인 (夫人)이 그윽이 어엿비 너기더라.

ᄎᆞ일(此日), 쳥 시(氏) 승샹(丞相)을 만나 급(急)히 도라와 분(憤)을 이긔디 못ᄒᆞ여 명일(明日) ᄯᅩ 빅화각의 가 슈욕(受辱)ᄒᆞ더니 마ᄎᆞᆷ 최 슉인(淑人)이 집을 올마 니부(-府) 경댱(京莊)216)의 안돈(安頓)ᄒᆞ고 즉시(卽時) 이에 니ᄅᆞ러 모든 ᄃᆡ 뵈고 빅화217)각으로 오더니 ᄎᆞ경 (此景)을

○●●

53면

보고 크게 놀나 방듕(房中)을 드리미러 보니 뎡 부인(夫人)이 늠연

---

212) 딍광(孟光): 맹광. 중국 후한 때 여인으로, 박색이었으나 남편 양홍을 정성으로 섬 김. 거안제미(擧案齊眉) 고사의 주인공.
213) 량홍(梁鴻): 양홍. 맹광의 남편.
214) ᄌᆞ쇼(自少): 자소. 어려서부터.
215) 앙망(仰望): 우러러 바람.
216) 경댱(京莊): 경장. 서울 사람이 시골에 가지고 있는 농장.
217) 화: [교] 원문에는 없으나 집 이름을 일관되게 하기 위해 이 글자를 첨가함.

(凜然)218) 단좌(端坐)ᄒ여 못 듯듯 ᄒ거늘 슉인(淑人)이 그 희연(駭然)219)ᄒ믈 츙냥(測量)치 못ᄒ여 몽챵을 잇그러 그윽ᄒᆫ 곳의 가 연고(緣故)를 무르니 챵이 ᄃᆡ왈(對曰),

"쳥 슉뫼(叔母ㅣ) 슉뷔(叔父ㅣ) 박ᄃᆡ(薄待)ᄒ시믈 우리 모친(母親) 타시라 ᄒ고 블셔브터 이러틋 ᄒ시ᄃᆡ 모친(母親)이 족수(足數)220)티 아니시고 도로혀 아ᄃᆞᆼ(兒等)을 금디(禁止)ᄒ여 구외(口外)예 ᄂᆡ디 말나 ᄒ시니 츠고(此故)로 잠〃(潛潛)ᄒ여시나 츠마 분(憤)을 이긔디 못홀소이다."

최 슉인(淑人)이 크게 놀나 이에 뉴 부인(夫人) 침소(寢所)의 니르러 죠용이 이런 말을 고(告)ᄒ니 뉴 부인(夫人)이 대경(大驚)ᄒ여 말을 아니터니 도로혀 우어 왈(曰),

"닉 팔쥐(八字ㅣ) 고이(怪異)ᄒ여 이런 일을 ᄌᆞ초 보니 말이 업도다. 이 젼혀(專-) 연셩의 타시니

···

54면

너희 등(等)은 구외(口外)예 ᄂᆡ디 말라. 죠용이 싱각ᄒ여 션쳐(善處)ᄒ리라."

슉인(淑人)이 웃고 왈(曰),

"삼공지(三公子ㅣ) 박ᄒᆡᆼ(薄倖)221)ᄒ옵기에 뎡 부인(夫人)이 익(厄)을 만나시니 이런 긔담(奇談)이 업ᄂ이다."

---

218) 늠연(凜然): 위엄 있고 당당한 모양.
219) 희연(駭然): 해연. 몹시 이상스럽고 놀라움.
220) 족수(足數): 족히 따짐.
221) 박ᄒᆡᆼ(薄倖): 박행. 인정이 박함. 박정(薄情).

부인(夫人)이 역쇼(亦笑)ᄒ고 ᄎ야(此夜)의 연셩을 블러 크게 칙(責)ᄒᄃᆡ,

"네 녀ᄌ(女子)의 ᄉᆡᆨ(色)을 나므라 무고(無故)이 박쳐(薄妻)ᄒᄆᆡ 크게 명교(名敎)222)의 죄(罪)를 어덧거ᄂᆞᆯ 너히 연고(緣故)로 뎌 현뷔(賢婦ㅣ) 일시(一時) 편(便)ᄒᆞᆯ믈 엇디 못ᄒᄂᆞ니 므슴 도리(道理)뇨? 맛당이 금일(今日)로브터 ᄒᆞᆫ가지로 깃드려 고이(怪異)ᄒᆞᆫ 일이 업게 ᄒᆞ라."

공지(公子ㅣ) 댱탄(長歎)ᄒ고 ᄭ러 이고(哀告) 왈(曰),

"ᄒᆡ이(孩兒ㅣ) 일즉 부모(父母) ᄉᆡᆼ육(生育)ᄒ신 은혜(恩惠)를 밧ᄌ와 풍ᄎᆡ(風采) 하등(下等)이 아니어ᄂᆞᆯ 뎌런 흉귀(凶鬼)를 ᄃᆡ면(對面)ᄒᆞᆯ믈 ᄎᆞᆷ디 못ᄒᆞᆯ 배라, ᄒᆡ이(孩兒ㅣ) ᄌᆞ뎐(慈前)의 죄(罪)를 밧ᄌ올디언

뎡 흉인(凶人)의 곳의 못 드러갈소이다."

부인(夫人)이 다시 망녕(妄靈)되ᄆᆞᆯ 칙(責)ᄒᆞ니 공지(公子ㅣ) 다만 샤죄(謝罪)ᄒ고 믈너 셔당(書堂)의 나왓더니,

ᄎ시(此時), 쳥 시(氏) 공ᄌ(公子)의 박ᄃᆡ(薄待)ᄒᆞᆯ믈 듀야(晝夜) 원(怨)ᄒᆞ야 ᄒᆞᆫ 계교(計巧)를 ᄉᆡᆼ각ᄒᆞ더니 분(憤)이 길고 흔(恨)이 ᄡᆞ혀 흉(凶)ᄒᆞᆫ ᄆᆞ음이 니ᄉᆡᆼ(-生)으로 더브러 크게 힐난(詰難)코져 ᄒᆞᄃᆡ 연셩이 십분(十分) 샹심(詳審)223)ᄒᆞ여 피(避)ᄒᆞ여 ᄃᆞ니〃 만나디 못ᄒ여, 일야(一夜)ᄂᆞᆫ 니ᄉᆡᆼ(-生)이 홀로 잇ᄂᆞᆫ ᄄᆡ를 시녀(侍女)로 탐지(探知)ᄒᆞ여 승샹(丞相)이 ᄆᆞᄎᆞᆷ 셔헌(書軒)의셔 슉침(宿寢)ᄒ고 공지(公子ㅣ) 몽현 등(等)으로 더브러 자거ᄂᆞᆯ 쳥 시(氏) 크게 깃거 서당(書

---

222) 명교(名敎): 유교(儒敎)를 달리 이르는 말.
223) 샹심(詳審): 상심. 자세히 살핌.

堂)의 나가 문(門)을 두드리며 무궁(無窮)히 즐욕(叱辱)ᄒ니 공지(公子ㅣ) ᄇ야흐로 당건(唐巾)을 반탈(半脫)ᄒ고 눕고져 ᄒ더니 이 쇼리를 듯고 십분(十分) 대로(大怒)ᄒ여

금녕(金鈴)을 급(急)히 흔드러 창두(蒼頭)[224]를 모화 도적(盜賊)을 잡으라 ᄒ니 청 시(氏) 겁(怯)ᄂ여 급〃(汲汲)히 드리드른디라 연성이 하 어히업서 말을 아니코 자더니 평명(平明)의 몽챵이 조모(祖母) 뉴 부인(夫人)긔 이 말을 고(告)ᄒ고 우순디 부인(夫人)이 더옥 놀나 죠용이 태ᄉ(太師)긔 연유(緣由)를 ᄌ시 고(告)ᄒ고 굴오디,

"뎡 현부(賢婦ㅣ) 당(當)티 아닌 익(厄)을 만나 비록 ᄉ식(辭色)디 아니나 듕인(衆人) 쳠시(瞻視)의 하 고이(怪異)ᄒ니 샹공(相公)은 ᄋ ᄌ(兒子)를 엄틱(嚴飭)[225]ᄒ쇼셔."

태ᄉ(太師ㅣ) 비록 ᄋ지(兒子ㅣ) 청 시(氏) 박디(薄待)ᄒ믈 아나 이런 일을 모로더니 ᄇ야흐로 알고 크게 히연(駭然)ᄒ여 즉시(卽時) 듕당(中堂)의 니르러 공ᄌ(公子)를 블너 대칙(大責)ᄒ고 명(命)ᄒ여 청 시(氏) 침소(寢所)로 가라 지쵹ᄒ니, 공지(公子ㅣ) 부친(父親)

엄칙(嚴責)을 두려 능(能)히 거역(拒逆)디 못ᄒ야 ᄆ음을 크게 먹고 거름을 두로혀 삼화당의 니르니, 청 시(氏) 싱(生)의 오믈 보고 쟉야

---

224) 창두(蒼頭): 사내 종.
225) 엄틱(嚴飭): 엄칙. 엄하게 타일러 경계함.

(昨夜)의 ᄒ던 일을 싱각ᄒ니 분긔(憤氣) 하ᄂᆞᆯ ᄀᆞᆺᄐ야 니ᄅᆞᆯ 글고 안잣더니 공지(公子ㅣ) 드러와 안ᄌ매 츄파(秋波) ᄂᆞ즉ᄒ고 긔되(氣度ㅣ) 싁〃ᄒ미 상텬(霜天) 한월(寒月) ᄀᆞᆺᄐ야 블분시비(不分是非)226) ᄒ고 ᄃ라드러 발악(發惡)ᄒ며 ᄭᅮ지저 왈(曰),

"이 튝싱(畜生)아, 네 감(敢)히 졍실(正室)을 뉵녜(六禮)227) 빅냥(百兩)228)으로 마자 와 박딕(薄待) 심(甚)ᄒ고 안연(晏然)229)ᄒ며 오늘 니 침소(寢所)의 드러와 향벽(向壁)ᄒ믄 어인 ᄯᅳᆺ이뇨?"

셜파(說罷)의 ᄃ라드러 ᄂᆞᆺ츨 무궁(無窮)히 허위여 ᄂᆞᆺ가족이 듕(重)히 샹(傷)ᄒ니 공지(公子ㅣ) 무망(無妄)230)의 이 거조(擧措)ᄅᆞᆯ 만나 미처 피(避)티 못ᄒ여 뎌의 독(毒)ᄒ 슈단(手段)을 만나니 대경(大驚)

••

58면

대로(大怒)ᄒ여 크게 소릭ᄒ여 그 패악(悖惡)ᄒ 힝스(行事)ᄅᆞᆯ 슈죄(數罪)231)ᄒ야 ᄭᅮ지ᄌᆞ며 썰티고 나오고져 ᄒ더니 졍(正)히 최 슉인

---

226) 블분시비(不分是非): 불분시비. 잘잘못을 가리지 아니함.

227) 뉵예(六禮): 육례. 『주자가례』에 따른 혼인의 여섯 가지 의식. 곧 납채(納采)·문명(問名)·납길(納吉)·납징(納徵)·청기(請期)·친영(親迎)을 말함. 납채는 신랑 집에서 청혼을 하고 신부 집에서 허혼(許婚)하는 의례이고, 문명은 납채가 끝난 뒤에 남자집의 주인(主人)이 서신을 갖추어 사자를 여자 집에 보내어 여자의 생모(生母)의 성(姓)을 묻는 의례며, 납길은 문명한 것을 가지고 와서 가묘(家廟)에 점쳐 얻은 길조(吉兆)를 다시 여자집에 보내어 알리는 의례고, 납징은 남자 집에서 여자집에 빙폐(聘幣)를 보내어 혼인의 성립을 더욱 확실하게 해주는 절차이며, 청기는 성혼(成婚)의 길일(吉日)을 정하는 의례이고, 친영은 신랑이 신부 집에 가서 신부를 맞이하여 신랑 집에 돌아오는 의례임.

228) 빅냥(百兩): 백량. 아내를 맞이함을 이름. 제후의 딸이 제후에게 시집감에 보내고 맞이함에 모두 수레 백 량으로 한 데에서 유래함.

229) 안연(晏然): 마음이 편안하고 침착한 모양.

230) 무망(無妄): 일이 갑자기 생기어 생각지 아니하였을 판.

231) 슈죄(數罪): 수죄. 범죄 행위를 들추어 세어냄.

(淑人)을 만난디라 슉인(淑人)이 공ᄌ(公子)의 쳐음으로 신방(新房)
의 드러가믈 보고 그 거동(擧動)을 보려 이에 니ᄅ다가 ᄎ경(此景)을
보고 공ᄌ(公子)의 듕(重)히 샹(傷)ᄒ여시믈 놀나 문왈(問曰),

"낭군(郎君)아, 뎌 엇던 일이니잇가?"

공지(公子ㅣ) 눈을 드러 보며 왈(曰),

"누의ᄂ 뇌 ᄂᆾ츨 보라. ᄎ녀(此女)의 죄(罪) 등한(等閑)ᄒ냐?"

슉인(淑人)이 히연(駭然)ᄒ나 프러 ᄀᆯ오ᄃᆡ,

"쳥 쇼졔(小姐ㅣ) 년쇼(年少)ᄒ여 일시(一時) 싱각디 못ᄒ미라 공ᄌ
(公子)ᄂᆫ 대댱뷔(大丈夫ㅣ)라 개회(介懷)232)티 마ᄅ시고 나가쇼셔."

공지(公子ㅣ) 왈(曰),

"누의 말이 졍(正)히 올흐니 이 견융(犬戎)233)과 결워 무엇ᄒ리오?"

셜파(說罷)의 표연(飄然)히234) 나가니 쳥 시(氏) 닓써나 머리를 플
티고 바로 슉

* * *

59면

인(淑人)의게 ᄃ라드러 ᄀᆯ오ᄃᆡ,

"너조차 업수이 너겨 ᄌᆨ가235)티 못ᄒ리라 ᄒᄂ다?"

인(因)ᄒ야 ᄲᅣᆷ을 ᄆᆡ이 치니 슉인(淑人)이 무망(無妄)의 이 거조(擧
措)를 만236)나니 말을 못 ᄒ고 드룸을 ᄂᆡᄃᆞ라 졍당(正堂)의 니ᄅ니,

---

232) 개회(介懷): 어떤 일 따위를 마음에 두고 생각하거나 신경을 씀.

233) 견융(犬戎): 개오랑캐.

234) 히: [교] 원문에는 '하'라 되어 있으나 오기로 보임.

235) ᄌᆨ가: 다그침. 따짐.

236) 만: [교] 원문에는 '마'라 되어 있으나 오기로 보임.

추시(此時), 연셩 공지(公子ㅣ) 존당(尊堂)의 니르매 태수(太師)와 승샹(丞相) 형데(兄弟) 잇다가 연셩의 눛치 블근 피 돌〃237)ᄒ믈 보고 모다 대경실식(大驚失色)238)ᄒ여 뉴 부인(夫人)이 급(急)히 무르디,

"뎌 엇던 연괴(緣故ㅣ)뇨?"

공지(公子ㅣ) 눛출 우희고 연고(緣故)를 고(告)ᄒ니 만좨(滿座ㅣ) 차악(嗟愕)ᄒ야 말이 업고 태시(太師ㅣ) 히연(駭然) 왈(曰),

"연셩의 힝수(行事)도 무샹(無狀)239)커니와 쳥 시(氏)의 거죄(擧措ㅣ) 강샹(綱常)240)을 범(犯)ᄒ여시니 오이(吾兒ㅣ) 추후(此後) 드러가디 말고 어린 남지(男子ㅣ) 되디 말나."

언미필(言未畢)의 최 슉인241)(淑人)이 거름이 젼도(顚倒)242)ᄒ야 니르러 왈(曰),

"낭군(郎君)늬 싸홈

•••

60면

말니다가 무죄(無罪)ᄒ 나조차 쌈을 마즈니 이런 일이 어디 이시리잇고?"

모다 눈을 드러 보니 최 슉인(淑人)이 쌈이 프르럿 댜곡이 현〃

---

237) 돌〃: 돌돌. 작은 물건이 여러 겹으로 둥글게 말리는 모양. 여기에서는 피가 둥글둥글게 말려 있는 모양을 이름.

238) 대경실식(大驚失色): 대경실색. 몹시 놀라 얼굴빛이 하얗게 질림.

239) 무샹(無狀): 무상. 사리에 밝지 못함.

240) 강샹(綱常): 강상. 삼강(三綱)과 오상(五常)을 아울러 이르는 말. 곧 사람이 지켜야 할 도리.

241) 인: [교] 원문에는 없으나 문맥을 고려하여 첨가함.

242) 젼도(顚倒): 전도. 엎어질 듯이 허둥지둥함.

(顯顯)ᄒ더라 태ᄉᆡ(太師ㅣ) 더옥 히연(駭然)ᄒ야 말을 아니타가 니러
나니 연셩이 부야흐로 한삼(汗衫)을 드러 ᄂᆞᆺ츨 스ᄉᆞ니 빅(白) 깁의
혈흔(血痕)이 낭쟈(狼藉)ᄒ더라, 텰 부인(夫人)이 대쇼(大笑) 왈(曰),

"녯날 위징(魏徵)243)의 쳬(妻ㅣ) 그 지아븨 ᄂᆞᆺ츨 샹(傷)히왓더라
ᄒ더니 현뎨(賢弟)야 위징(魏徵)의 거조(擧措)ᄅᆞᆯ 만낫도다.'"

공ᄌᆡ(公子ㅣ) 역시(亦是) 웃고 ᄃᆡ왈(對曰),

"위징(魏徵) 쳐(妻)ᄂᆞᆫ 미ᄉᆞ(每事ㅣ) 아름답고 위(魏) 승샹(丞相)으
로 더브러 조강간고(糟糠艱苦)244)ᄅᆞᆯ 겪고 징(徵)이 부귀(富貴) 혁〃
(爀爀)ᄒ매 시녀(侍女)로 음난(淫亂)ᄒ니 그러ᄐᆞᆺ ᄒ미 고이(怪異)티
아니커니와 쳥 시(氏)ᄂᆞᆫ 쇼뎨(小弟)로 간고(艱苦)ᄅᆞᆯ 겻그미 업고 만
난 디 반년(半年)이어늘 제

●●●

61면

흉샹(凶狀)을 ᄉᆡᆼ각디 아니코 이러ᄐᆞᆺ ᄒ니 위징(魏徵) 쳐(妻)의게 비
(比)ᄒ미 욕(辱)되디 아니리잇고?"

드ᄃᆡ여 셔당(書堂)의 나오니 텰 샹셔(尙書) 등(等)이 공ᄌᆡ(公子)의
거동(擧動)을 보고 놀나며 일시(一時)의 대쇼(大笑)ᄒ고 긔롱(譏弄)
ᄒ니 공ᄌᆡ(公子ㅣ) 도로혀 웃더니 홀연(忽然) 쳥 공(公)이 니ᄅᆞ니 태
ᄉᆡ(太師ㅣ) 흔연(欣然)이 마ᄌᆞ 말ᄉᆞᆷᄒ더니,

"공ᄌᆞ(公子)ᄅᆞᆯ 보아지라."

---

243) 위징(魏徵): 당나라 태종 때의 명신(名臣). 직간(直諫)으로 태종을 보필한 것으로
유명함.

244) 조강간고(糟糠艱苦): 조강을 먹는 괴로움. 조강은 지게미와 쌀겨라는 뜻으로 가
난한 사람이 먹는 변변치 못한 음식을 이름.

ㅎ니, 공짓(公子ㅣ) 강잉(强仍)ㅎ야 서헌(書軒)의 니ㄹ매 쳥 공(公)
이 그 안쉭(顔色)을 보고 대경(大驚) 왈(曰),

"현셰(賢壻ㅣ) 뎨 엇딘 거죄(擧措ㅣ)뇨?"

공짓(公子ㅣ) 졍쉭(正色)고 ᄉ연(事緣)을 일〃(一一)히 니ㄹ고 왈(曰),

"합하(閤下)는 녕녀(令女)245)의 힝쉭(行事ㅣ) 엇더ㅎ여 뵈ᄂ니잇
고? 쇼싱(小生)이 이 거죠(擧措)를 감심(甘心)246)ㅎ고 녕녀(令女)를
닛티디 아니믄 가친(家親)의 셩덕(盛德)이 지극(至極)ㅎ시미라 합하
(閤下)는 붉히 슬피쇼셔."

쳥 공(公)이 대경(大驚)ㅎ여 이윽이 말

＊＊＊

62면

을 아니터니 싱(生)의 손을 잡고 샤왈(謝曰),

"현셔(賢壻)는 통쾌(痛快)ᄒ 남짓(男子ㅣ)라 녀ᄋ(女兒)의 이런 대악
(大惡)의 죄(罪)를 용샤(容赦)ㅎ니 감격(感激)ㅎ믈 이긔디 못ㅎ노다."

다시 태ᄉ(太師)를 향(向)ㅎ야 덕틱(德澤)을 샤례(謝禮)ㅎ니 태싀
(太師ㅣ) 면강(勉强)247)ㅎ여 손샤(遜謝)ㅎ더라.

쳥 공(公)이 쳥 시(氏)의 침소(寢所)의 니ㄹ러 대칙(大責)고 ᄯ다시
이런 일이 이시면 부녀지의(父女之義)를 긋ᄎᄆ로 니ㄹ고 도라가니 쳥
시(氏) 분(憤)ㅎ고 셜워 일노브터 병(病)이 이러 상셕(床席)의 위돈
(委頓)248)ㅎ니 태싀(太師ㅣ) 볼셔 텬명(天命)이 진(盡)ㅎ여시믈 알고

---

245) 녕녀(令女): 영녀. 윗사람의 딸을 높여 부르는 말.
246) 감심(甘心): 괴로움이나 책망 따위를 기꺼이 받아들임.
247) 면강(勉强): 억지로 함.
248) 위돈(委頓): 병이 들어 쇠약함.

크게 블샹이 너겨 의약(醫藥)을 극진(極盡)히 ᄒ더니 수십(數十) 일(日) 후(後) 병(病)이 극듕(極重)ᄒ매 태ᄉ(太師ㅣ) 연셩을 블러 드러가 보라 ᄒ니 공ᄌ(公子ㅣ) 강잉(强仍)ᄒ야 드러가매 쳥 공(公)이 마춤 왓ᄂᆞᆫ디라, 쳥 시(氏)

●●●
63면

병(病)이 극듕(極重)ᄒ더니 눈을 써 공ᄌ(公子)ᄅᆞᆯ 보고 분연(憤然) 대로(大怒)ᄒ야 닓더나 안자 겨틔 털편(鐵片)을 드러 싱(生)을 치니 공ᄌ(公子ㅣ) 대로(大怒)ᄒ야 ᄉ매ᄅᆞᆯ 썰티고 니러나며 왈(曰),

"너 임의 관후(寬厚)ᄒᆫ 도량(度量)으로 문병(問病)키ᄅᆞᆯ 그릇ᄒ니 뉘 타슬 삼으리오?"

즉시(卽時) 나아가니 쳥 공(公)이 탄식(歎息)고 녀ᄋ(女兒)의 힝ᄉ(行事)ᄅᆞᆯ 애ᄃ리 너기더라.

쳥 시(氏), 이날 명(命)이 진(盡)ᄒ니 태ᄉ(太師) 부뷔(夫婦ㅣ) 그 힝ᄉ(行事)ᄅᆞᆯ 무샹(無狀)이 너기나 ᄉ싱(死生)이 듕(重)ᄒ디라 크게 통곡(慟哭)ᄒ기ᄅᆞᆯ 마디아니ᄒ고 초샹(初喪)을 극진(極盡)이 다ᄉ려 셩빈(成殯)249)ᄒ야 별퇴(別宅)의 안돈(安頓)ᄒ고 슬허ᄒᆞ미 지극(至極)ᄒ니 쳥 공(公)이 그 의긔(義氣)ᄅᆞᆯ 감격(感激)이 너겨 더옥 슬허ᄒ더라.

싱(生)은 쳥 시(氏) 죽으매 등의 가싀ᄅᆞᆯ 버ᄉᆞᆫ 듯ᄒ여 초샹(初喪)의 됴긱(弔客)들

---

249) 셩빈(成殯): 셩빈. 빈소를 차림.

이 모드나 싱(生)이 면샹(面上)이 듕(重)히 샹(傷)ㅎ여시매 촉풍(觸
風)250)홀가 깁히 드럿더니 밋 셩복(成服)251) 날은 마디못ㅎ여 복의
소디(服衣素帶)252)로 참예(參預)ㅎ고 셔당(書堂)의 도라와 버셔 쓸히
더디고 왈(曰),

"흉악(凶惡)ᄒ 귀믈(鬼物)의게 싱젼(生前) 욕(辱)을 보고 ᄉ후(死
後) 날노뼈 이런 흉(凶)ᄒ 거슬 닙게 ᄒᄂ뇨?"

승샹(丞相)이 안흐로셔 나오다가 이 거동(擧動)을 보고 칙왈(責曰),

"사름이 죽은 후(後)조차 이러 굴미 댱부(丈夫)의 힝ᄉ(行事ㅣ) 아
니라 비인졍(非人情)이 이러툿 ᄒ뇨?"

싱(生)이 웃고 답(答)디 아니터라.

퇴일(擇日)ᄒ야 발인(發靷)ᄒ야 금쥐(錦州ㅣ)로 갈ᄉ 승샹(丞相)은
국가(國家) 듕임(重任)으로 못 가고 무평빅과 공지(公子ㅣ) 샹구(喪具)
를 거ᄂ려 션영(先塋)253)으로 가니 일노(一路)254) 각관(各官)이 호숑
(護送)하여 디방(地方)ᄆ디 보ᄂ니 영요(榮耀)ᄒ 광치(光彩) 거록ᄒ

엿더라.

---

250) 촉풍(觸風): 찬바람을 쐼.
251) 셩복(成服): 성복. 초상이 나서 처음으로 상복을 입음.
252) 복의소디(服衣素帶): 복의소대. 상복과 흰 띠.
253) 션영(先塋): 선영. 조상의 무덤이나 그 근처의 땅.
254) 일노(一路): 일로. 가는 길.

금쥐(錦州ㅣ) 니르러 뫼흘 골히여 안장(安葬)ᄒ니 연셩이 비록 호긔(豪氣) 츌뉴(出類)ᄒ나 문풍(門風)이 관홍(寬弘)ᄒ믈 ᄇ리디 못ᄒ야 그 하관(下棺)ᄒ 째 눈믈이 ᄀ득히 흘녀 ᄯᄒ히 ᄶ러디니 이ᄂ 그 졈은 나히 쇽졀업시 죽으믈 블샹이 너기미러라.

두어 날 믁어 반혼(返魂)255)ᄒ여 도라오니 태ᄉ(太師ㅣ) 부뷔(夫婦ㅣ) ᄋ이샹(哀傷)ᄒ믈 크게 ᄒ고 명·셜 이(二) 부인(夫人)이 슬허ᄒ미 동긔(同氣)의 감(減)티 아니ᄒ더라.

태ᄉ(太師ㅣ) 쳥 시(氏) 죽으믈 블샹이 너겨 긔년(幾年)256) 후(後) 연셩을 지취(再娶)코져 ᄒ매 구외(口外)예 연셩의 혼ᄉ(婚事)를 일ᄏ디 아니ᄒ나 됴뎡(朝廷) 권문(權門)257)의 옥녀(玉女)258) 두니ᄂ ᄃ토와 구혼(求婚)ᄒ니, 태ᄉ(太師ㅣ) 젼일(前日) 비록 ᄋ즈(兒子)를 것ᄎ로 그르다 ᄒ나, 부뷔(夫婦ㅣ) 블화(不和)ᄒ믈 ᄌ못 근심ᄒ더니 죽으매 니르러 다시 그런 일이

· · ·

66면

이실가 ᄒ여 뇨죠슉녀(窈窕淑女)를 십분(十分) 방문(訪問)ᄒ고 연셩의 ᄇ라ᄂ ᄆᄋᆷ이 하ᄂᆯ의 딜졍(質正)259)홀지니 텬되(天道ㅣ) 술피샤 고금(古今)의 희한(稀罕)ᄒ 현녀(賢女) 슉완(淑婉)260)이 니문(-門)의 드러와 연셩의 ᄂᆡ조(內助)를 빗ᄂ고 ᄌ손(子孫)이 챵셩(昌盛)ᄒ며 쳥

---

255) 반혼(返魂): 반혼. 장례 지낸 뒤에 신주를 집으로 모셔 오는 일.

256) 긔년(幾年): 기년. 몇 해.

257) 권문: [교] 원문에는 '문권'으로 되어 있으나 오기로 보임.

258) 옥녀(玉女): 남의 딸을 높여 이르는 말.

259) 딜졍(質正): 질정. 따져서 바로잡음.

260) 슉완(淑婉): 숙완. 아름답고 상냥함.

시(氏)를 셜치(雪恥)[261]ᄒ니 ᄎ하회(且下回)를 분히(分解)ᄒ디어다.[262]

화셜(話說). 문연각(文淵閣)[263] 태ᄒᆨᄉ(太學士) 니부샹셔(吏部尚書) 명문한의 ᄌ(字)ᄂ 국뵈오, 호(號)ᄂ 현양이니 부(父)ᄂ 츄밀ᄉ(樞密司)[264] 각노(閣老)[265] 명연이라, 되"(代代) 명문(名門) 벌열(閥閱)[266]이오. 문한이 쇼년(少年) 닙됴(入朝)ᄒ야 명망(名望)이 일셰(一世)의 들리니 그 현명(賢明)ᄒ미 고금(古今)의 쒸여나더라.

일즉 부인(夫人) 위 시(氏)를 취(娶)ᄒ야 ᄉᄌ삼녀(四子三女)를 두니 개"(箇箇)히 곤강미옥(崑岡美玉)[267]이오. 댱ᄌ(長子) 셰우ᄂ 태ᄒᆨᄉ(太學士) 셩운의 녀(女)를 취(娶)ᄒ니 부"(夫婦)의 긔딜(器質)이 옥(玉)남긔 계

•••

67면

슈(桂樹) ᄀ트니 명 각뇌(閣老ㅣ) 여러 아돌이 이시나 샹셔(尚書)ᄂ 종샤(宗嗣)의 듕(重)ᄒ미 이시니 듕이(重愛)[268]ᄒ미 졔ᄌ(諸子)의 넘더니 그 종손(宗孫)의 부뷔(夫婦ㅣ) 이러틋 긔이(奇異)ᄒ믈 크게 깃거ᄒ더라. 아리로 삼지(三子ㅣ) 아직 취실(娶室)ᄒ기의 못 미쳣고 댱

---

261) 셜치(雪恥): 설치. 부끄러움을 씻음.
262) ᄎ하회(且下回)를 분히(分解)ᄒ디어다: 장회소설에서 한 회의 끝에 주로 쓰이는 관용적 표현으로 '다음 회를 살펴보아라.'의 의미임.
263) 문연각(文淵閣): 중국 명나라 때 북경의 궁중에 있던 장서의 전각.
264) 츄밀ᄉ(樞密司): 추밀사. 나라의 기밀과 군사 문제를 다루던 기관.
265) 각노(閣老): 각로. 중국 명나라 때에 재상을 이르던 말.
266) 벌열(閥閱): 나라에 공이 많고 벼슬 경력이 많음. 또는 그런 집안.
267) 곤강미옥(崑岡美玉): 곤산의 아름다운 옥. 곤산은 중국의 전설상의 산으로 황하의 원류이며 옥의 산지로 유명함. 곤산의 미옥은 훌륭한 사람이나 물건을 비유적으로 이르는 말.
268) 듕이(重愛): 중애. 소중히 여겨 사랑함.

녀(長女) 혜아 쇼제(小姐 l) 년(年)이 십오(十五) 셰(歲)의 니르니 눈 ㄱ튼 살빗과 별 ㄱ튼 눈뗘며 잉슌(鶯脣)269)이 묘 ″ ㅈ약(眇眇自若)270) ㅎ며 경영뇨라(輕盈嫋娜)271) ㅎ야 그 슉모(叔母) 니 승샹(丞相)의 부인(夫人) 흔(限) 업순 광치(光彩)의 밋디 못ㅎ나 옥골셜븨(玉骨雪膚 l)272) 뎡 ″ (正正)273) 쇽 ″ ㅎ야 소담274) 쇄락(灑落)ㅎ미 얼프시 슉모(叔母)275) 여풍(餘風)이 이셔 슉ㅈ아딜(淑姿雅質)276)이 다시 비(比)홀 사름이 업스니 샹셔(尙書 l) 크게 스랑ㅎ야 싱늬(生來)277)의 일즉 낫빗츨 고텨 말ㅎ미 업고 각뇌(閣老 l) 더옥 스랑ㅎ야 승샹(丞相) 부인(夫人)을 구가(舅家)의 보닌 후(後)

•••

68면

딕신(代身)으로 알패 두어 가챠ㅎ미 제손(諸孫)의 밋디 못ㅎ딕 쇼제(小姐 l) 일즉 니 부인(夫人) 셩덕(盛德)을 ㅼ라 녀공(女工) 닉ᄉ(內事)의 아니 ㄱ존 거시 업고 말숨이 믁 ″ (默默)ㅎ야 샹하(上下) 비빅(卑輩) 간(間)의도 희로(喜怒)를 동(動)치 아니 ″ 그 덕도(德道)의 안

---

269) 잉슌(鶯脣): 앵순. 꾀꼬리의 입술이라는 뜻으로, 미인의 고운 입술을 이르는 말.

270) 묘 ″ ㅈ약(眇眇自若): 묘묘자약. 묘묘는 아름다운 입술을 형용하는 말이고 자약은 침착한 모양임.

271) 경영뇨라(輕盈嫋娜): 경영요나. 가냘프며 아리따움.

272) 옥골셜븨(玉骨雪膚 l): 옥골설부. 옥같이 희고 깨끗한 골격과 눈처럼 흰 살갗이라는 뜻으로, 미인을 비유적으로 이르는 말.

273) 뎡 ″ (正正): 정정. 바르고 가지런함.

274) 소담: 생김새가 탐스러움.

275) 슉모(叔母): 숙모. 정혜아의 숙모로, 이관성의 아내 정몽홍을 이름.

276) 슉ㅈ아딜(淑姿雅質): 숙자아질. 숙녀의 덕스러운 자태와 전아한 바탕.

277) 싱늬(生來): 생래. 세상에 태어난 이래.

졍(安靜)ᄒ미 고인(古人)을 병구(竝驅)278)ᄒ니 니 승샹(丞相)이 샹히
지극(至極)히 ᄉ랑ᄒ여 ᄆ음을 허(許)ᄒ미 잇더라.

쇼졔(小姐ㅣ) 임의 나히 도요(桃夭)279) 읇기의 밋ᄎ매 샹셔(尙書ㅣ)
퇵셔(擇壻)280)ᄒ기룰 십(十) 셰(歲) 너므며브터 심샹(尋常)281)이 아
니ᄒᄃᆡ ᄒ나토 눈의 드ᄂᆞ니 업ᄉ니 우민(憂悶)ᄒ야 연셩 공ᄌ(公子)
룰 만히 유의(留意)ᄒᄃᆡ 다만 그 긔샹(氣像)이 너모 발양(發揚)282)ᄒ
야 군ᄌ(君子)의 긔틀이 적으믈 미흡(未洽)ᄒ야 쥬져(躊躇)홀 ᄎ(次)
탁구의 말도 듯고 쳥 공(公)의 녀셔(女壻ㅣ) 된 줄 안 후(後)ᄂᆞ ᄌ못
블관(不關)이 너겨 의ᄉ(意思)

• • •

69면

도 아니터니 각뇌(閣老ㅣ) 샹시(常時) 연셩을 칭찬(稱讚)ᄒ여 결혼
(結婚)코져 ᄒ더니 샹셔(尙書ㅣ) 왈(曰),

"니연셩이 나히 어린 거시 너모 발양(發揚)ᄒ야 풍뉴랑(風流郞)283)
의 거동(擧動)이 이시니 나히 ᄎ룰 기ᄃ리사이다."

ᄒ더니 임의 연셩이 취쳐(娶妻)ᄒ고 다시 눈의 마즌 가랑(佳郞)284)
이 업ᄉ니 ᄆᆡ양(每樣) 부모(父母) 안젼(案前)의셔 웃고 ᄀᆞ오ᄃᆡ,

---

278) 병구(竝驅): 나란히 함.

279) 도요(桃夭): 복숭아꽃이 필 무렵이란 뜻으로, 혼인을 올리기 좋은 시절을 이르는
말. 『시경』, <도요(桃夭)>.

280) 퇵셔(擇壻): 택서. 사윗감을 고름.

281) 심샹(尋常): 심상. 대수롭지 않고 예사로움.

282) 발양(發揚): 마음, 기운, 재주 따위를 떨쳐 일으킴.

283) 풍뉴랑(風流郞): 풍류랑. 풍류를 아는 남자.

284) 가랑(佳郞): 재질이 있는 훌륭한 신랑.

"히ᄋ(孩兒)는 야〃(爺爺) 안광(眼光)의 밋줍디 못ᄒ와285) 오(五)년(年)을 틱셔(擇壻)ᄒ딕 ᄌ슈와 방블(彷彿)ᄒ니도 업스니 녀ᄋ(女兒)의 팔ᄌ(八字ㅣ) 쇼미(小妹)만 못ᄒᆯ 탄(嘆)ᄒᄂ이다."

각뇌(閣老ㅣ) 쇼왈(笑曰),

"니 ᄌ슈 ᄒ나흘 갓가스로 어덧거든 어딕 가 그 ᄀᆺ트니를 다시 어드리오? 연셩이 비록 ᄌᆡ긔(才氣) 풍뉴(風流)ᄒ나 이 쇼년(少年)의 예ᄉᆡ(例事ㅣ)오 얼골과 문댱(文章)이 고금(古今)의 독보(獨步)ᄒ거늘 나므라 ᄇ리

* * *

70면

고 혜ᄋ(-兒)의 혼긔(婚期) ᄂ져 가니 이제야 다시 어딕 가 그 ᄡᅡᆼ(雙)을 어드리오?"

샹셰(尙書ㅣ) 역시(亦是) 뉘오쳐 듀야(晝夜) 민〃(憫憫)286)ᄒ더니 연셩이 샹실(喪室)ᄒᆷᆯ 듯고 각뇌(閣老ㅣ) 후취(後娶)를 향의(向意)287)ᄒ딕 샹셰(尙書ㅣ) 위인(爲人)이 심(甚)히 거오(倨傲)288)ᄒ니 ᄯᅩᄒ 니르디 못ᄒ더니,

일〃(一日)은 니 승샹(丞相) 부인(夫人)이 이에 와 달포 ᄆᆞ르며 몽현 형뎨(兄弟) ᄯᅩ ᄣᆞᆯ와왓더니 무평빅이 ᄯᅩ 니ᄅᆞ러 뵈고 연셩 공ᄌ(公子ㅣ) 와 뵈오믈 쳥(請)ᄒ니 뎡 부인(夫人)이 마ᄎᆷ 혜ᄋ 쇼져(小姐)를

---

285) 히ᄋ(孩兒)ᄂ~못ᄒ와: [교] 원문에는 '히ᄋᄂ 야야 안광의 밋디 못ᄒ고 복이 ᄯᅩ 야〃긔 밋디 못ᄒ야'라 되어 있으나 구절이 중복되어 있으므로 국도본(5:92)을 따름.

286) 민〃(憫憫): 민민. 매우 근심함.

287) 향의(向意): 생각을 둠.

288) 거오(倨傲): 거만하고 오만함.

드리고 침소(寢所)의 잇더니 몽챵이 연셩 공ᄌᆞ(公子)의 ᄉᆞ랑을 바다 졍(情)이 지극(至極)ᄒ다라 그 샹실(喪室)ᄒ고 울젹(鬱寂)히 이시며 슉녀(淑女) ᄉᆞ렴(思念)ᄒᆞᄂᆞᆫ ᄆᆞ음을 블샹이 너겨 ᄒᆞ더니 혜ᄋᆞ 쇼져(小姐)의 텬ᄌᆞ국ᄉᆡᆨ(天姿國色)[289]을 보고 ᄒᆞᆫ 의ᄉᆞ(意思)ᄅᆞᆯ ᄂᆡ여 연셩의 오기ᄅᆞᆯ

● ● ●

71면

기ᄃᆞ리더니 공ᄌᆞ(公子ㅣ) 왓다 ᄒᆞ니 몽챵이 밧비 나가 절ᄒᆞ고 오슬 붓드러 반기믈 이긔디 못ᄒᆞᄂᆞᆫ디라 공ᄌᆞ(公子ㅣ) 새로이 ᄉᆞ랑ᄒᆞ야 수일(數日) ᄲᅥ낫던 졍(情)을 니ᄅᆞ고 수〃(嫂嫂)긔 뵈오믈 쳥(請)ᄒᆞ니 몽챵 왈(曰),

"모친(母親)이 듕당(中堂)[290]의 홀노 계시니 드러가사이다."

ᄒᆞ니 공ᄌᆞ(公子ㅣ) 몽챵을 ᄃᆞ리고 ᄂᆡ헌(內軒)의 드러가 부인(夫人) 머므는 방(房)의 니르러는 문(門)을 여니 부인(夫人)이 ᄒᆞᆫ 녀ᄌᆞ(女子)ᄅᆞᆯ ᄃᆞ리고 침션(針線)을 다ᄉᆞ리거늘 공ᄌᆞ(公子ㅣ) 놀ᄂᆞ 진짓 눈을 드러 보니 그 녀자(女子)의 고으미 사름으로 ᄒᆞ여곰 심신(心神)이 황홀(恍惚)ᄒᆞᄃᆡ 녜의(禮義)예 구이(拘礙)ᄒᆞ야 몸을 잠간(暫間) 믈너셔니 몽챵이 우음을 먹음고 쇼릭ᄒᆞ여 왈(曰),

"삼슉(三叔)이 와 계시이다."

부인(夫人)이 텽파(聽罷)의 놀나 급(急)히 몸을 니러

---

289) 텬ᄌᆞ국ᄉᆡᆨ(天姿國色): 천자국색. 타고난 아름다운 미모.

290) 듕당(中堂): 중당. 내당과 외당의 중간에 있는 건물로, 내당에 있는 여자들과 외당에 있는 남자들이 모일 때 주로 이곳을 사용함.

문(門) 밧긔 나와 녜필(禮畢)²⁹¹⁾ ᄒ매 연셩이 심댱(心腸)이 착난(錯亂) ᄒ고 졍신(精神)이 어려 강잉(強仍) ᄒ야 졀ᄒ고 잠간(暫間) 안잣다가 니러 도라가니 부인(夫人)이 그 긔ᄉᆡᆨ(氣色)을 고이(怪異)히 너겨 몽챵ᄃ려 왈(曰),

"네 엇디 질녀(姪女)의 이시믈 알며 삼슉(三叔)을 ᄃ려오뇨? 슉뷔(叔父ㅣ) 딜ᄋᆞ(姪兒)를 보냐?"

몽챵이 ᄃ対왈(對曰),

"ᄒᆡ이(孩兒ㅣ) 표ᄆᆡ(表妹)²⁹²⁾ 이시믈 아디 못ᄒ고 슉부(叔父)를 뫼셔 왓더니 ᄒᆡ이(孩兒ㅣ) 몬져 드러와 보니 표ᄆᆡ(表妹) 잇ᄂᆞᆫ디라 슉부(叔父)를 밧긔 머므르고 고(告)ᄒ엿ᄂᆞ니 못 보와 계시니이다."

부인(夫人)이 챵의 속이믈 디긔(知機)²⁹³⁾ᄒ고 심듕(心中)의 즐겨 아니ᄒ더라.

어시(於是)의 연셩이 집의 도라와 셕샹(席上)의 본 녀ᄌᆞ(女子)를 ᄉᆡᆼ각ᄒ니 삼혼(三魂)²⁹⁴⁾과 칠빅(七魄)²⁹⁵⁾이 다²⁹⁶⁾라나니 스스로 졍신(精神)을 가ᄃᆞ듬아 ᄉᆡᆼ각ᄒᄃᆡ,

---

291) 녜필(禮畢): 예필. 인사를 끝마침.

292) 표ᄆᆡ(表妹): 표매. 외종사촌 누이.

293) 디긔(知機): 지기. 기미나 낌새를 알아차림.

294) 삼혼(三魂): 사람의 마음에 있는 세 가지 영혼. 태광(台光), 상령(爽靈), 유정(幽精)을 이름.

295) 칠빅(七魄): 칠백. 도교에서, 사람의 몸에 있는 일곱 가지 넋. 몸 안에 있는 탁한 영혼으로서 시구(尸拘), 복시(伏矢), 작음(雀陰), 탄적(吞賊), 비독(非毒), 제예(除穢), 취폐(臭肺)을 이름.

296) 다: [교] 원문에는 '나'로 되어 있으나 오기로 보임.

‘이 반드시 명문한의 녀인(女兒 ㄴ)가 시브듸 당〃(堂堂)흔 명문(名門) 벌열(閥閱)의 녀직(女子 ㅣ) 엇디 나 니연성의 후춰(後娶) 되리오? 연(然)이나 닉 밍셰(盟誓)ᄒᆞ야 이 녀ᄌ(女子)를 엇고 그티리라.’

ᄒᆞ고 이에 셔동(書童) 쇼연을 보닉야 몽챵을 드려오라 ᄒᆞ니,

ᄎ시(此時), 몽챵이 구(九) 셰(歲)라 영오(穎悟)ᄒᆞ미 뉴(類) 다른 고(故)로 슉부(叔父)의 ᄯᅳᆺ을 짐쟉(斟酌)고 모친(母親)긔 하딕(下直)고 본부(本部)의 니르니 연성이 홀노 셔당(書堂)의 잇다가 블너 겨틱 안치고 손을 잡아 반기니[297] 이윽고 챵이 문왈(問曰),

“슉뷔(叔父 ㅣ) 므슴 연고(緣故)로 쇼딜(小姪)을 브르시니잇고?”

연셩[298] 왈(曰),

“닉 널노 두어 날 쎠나니 그리오믈 참디 못ᄒᆞ야 블넛노라.”

챵이 그 긔식(氣色)을 알고 잠간(暫間) 우슬 만ᄒᆞ고 안잣더니 승샹(丞相)이 마춤 입번(入番)[299]ᄒᆞ얏는디

라 공직(公子 ㅣ) 몽챵을 혼자 드리고 잘시 몽챵이 ᄌ쇼(自少)로 승샹(丞相) 품과 슉부(叔父) 연셩의 품을 쎠나디 아니ᄒᆞ므로 ᄎ야(此夜)의 슉부(叔父)의[300] 품의 드러누어 손을 잡고 ᄂᆞᆺ츨 다혀 온가지로

---

297) 반기니: [교] 원문에는 ‘반기믈 명ᄒᆞ고’로 되어 있으나 의미를 정확히 하기 위해 국도본(5:96)을 따름.

298) 셩: [교] 원문에는 없으나 이름을 정확히 보이기 위해 국도본(5:96)을 따름.

299) 입번(入番): 관아에 들어가 차례로 숙직함.

이릭300)의 소릐를 ᄒ니 연셩이 ᄉ랑이 혈심(血心)으로 지극(至極)ᄒ더니 밤이 깁흔 후(後) 연셩이 닐오되,

"나직 수수(嫂嫂) 겨틱 안잣던 녀ᄌ(女子ㅣ) 어ᄂ 명 공(公)의 녀ᄋ이(女兒ㅣ)뇨?"

챵 왈(曰),

"샹셔(尙書) 슉부(叔父) 녀이(女兒ㅣ)니이다."

연셩이 우문(又問) 왈(曰),

"나히 몃치나 ᄒ뇨?"

챵이 ᄃᆡ왈(對曰),

"십오(十五) 셰(歲)라 ᄒ더이다."

연셩이 쇼왈(笑曰),

"어딕 뎡혼(定婚)ᄒ 딕 잇다 ᄒ더냐?"

몽챵이 ᄃᆡ왈(對曰),

"그ᄂ 아디 못ᄒ거니와 슉뷔(叔父ㅣ) ᄆᆞᄅ시믄 엇디오? 아니 눈의 드러 계시니잇가? 연(然)이나 외귀(外舅ㅣ)302) 본(本)딕 셩품(性品)이 고샹(高尙)ᄒ시고 고집(固執)이 계시니

• • •

75면

엇디 슉부(叔父)의 후실(後室)을 주리오? 슉뷔(叔父ㅣ) 우303)리 표ᄆᆡ(表妹)를 엇고져 ᄒ실딘대 대부(大父)긔 극진(極盡)이 고(告)ᄒ리 이

---

300) 슉부(叔父)의: [교] 원문에는 '공직'로 되어 있으나 문맥을 고려하여 국도본(5:97)을 따름.

301) 이릭: 이래. 재롱. 아양. 응석.

302) 외귀(外舅ㅣ): 외삼촌.

303) 우: [교] 원문에는 '오'로 되어 있으나 오기로 보임.

셔야 될 거시니 모친(母親)긔 근졀(懇切)이 고(告)ᄒ야 보쇼셔."

연셩이 몬져 이 말을 ᄒ고져 ᄒ디 몽챵이 엇디 너길가 쥬져(躊躇)ᄒ더니 ᄎ언(此言)을 듯고 영오(穎悟)ᄒᆞᆯ믈 탄복(歎服)ᄒ야 이에 닐오디,

"네 말이 이러ᄒ니 늬 수〃(嫂嫂)긔 고(告)ᄒ여 보려니와 수쉬(嫂嫂ㅣ) 엄졍(嚴正)ᄒ시미 타뉴(他類)와 다르시니 ᄌ져(趑趄)304)ᄒ거니와 늬 잠간(暫間) 뎡 쇼져(小姐)의 ᄯᆺ을 시험(試驗)코져 ᄒᄂ니 네 여ᄎ여ᄎ(如此如此) ᄒᆯ가 시브냐?"

몽챵이 흔연(欣然) 왈(曰),

"명(命)디로 ᄒ리이다."

ᄒ고 명일(明日) 뎡부(-府)로 갈ᄉᆡ 연셩이 샹ᄉ편(相思篇) 일(一)슈(首)를 지어 몽챵을 주어 ᄂᆞᆷ 모르게 뎐(傳)ᄒ라 ᄒ니 몽챵이 응낙(應諾)고 뎡부(-府)의 니르러 모

친(母親)긔ᄂ 이런 ᄉᆡᆨ(辭色)을 아니코 혜ᄋ 쇼져(小姐) 침소(寢所)의 니르니 쇼졔(小姐ㅣ) 고요히 단좌(端坐)ᄒ야 츈ᄉ(春詞)305)를 읇거늘 챵이 ᄀᆞᆯ오디,

"져〃(姐姐)의 작시(作詩) 음영(吟詠)ᄒ시믈 보니 쇼졔(小弟) 시흥(詩興)이 발(發)ᄒ나 연(然)이나 이를 몬져 보쇼셔."

쇼졔(小姐ㅣ) 잠쇼(潛笑) 왈(曰),

---

304) ᄌ져(趑趄): 자저. 머뭇거리며 망설임.
305) 츈ᄉ(春詞): 춘사. 봄노래의 의미인 듯하나 정숙한 여성이 부르는 노래로서는 적절하지 않은 듯함. 미상.

"너의 지릉(才能)을 아란 디 오라거니와 새로이 지은 거슬 보믈 원(願)ᄒ노라."

챵이 웃고 ᄉ매로조차 일(一) 복(幅) 화젼(華箋)306)을 ᄂᆡ여 주니 쇼졔(小姐ㅣ) 바다 펴 보니 음운(音韻)이 굉댱(宏壯)ᄒ고 필법(筆法)이 졍공(精工)ᄒᄃᆡ ᄉ연(事緣)이 ᄌᆞ가(自家)의 ᄉᆡᆨ(色)을 기리고 ᄉ모(思慕)ᄒ야 봉지(鳳池)307)의 노ᄅᆞᆷ믈 쳥(請)ᄒᆞᆫ 뜻이오 긋틱, '흑ᄉᆡᆼ(學生) 니연셩은 근ᄌᆡ빅(謹再拜).'라 ᄒ얏더라.

쇼졔(小姐ㅣ) ᄒᆞᆫ 번(番) 보고 대경(大驚)ᄒ야 만면(滿面)이 통홍(通紅)ᄒ고 반향(半晌)이나 말을 아니ᄒ다가 안ᄉᆡᆨ(顏色)을 졍(正)히 ᄒ고 ᄃᆡ

● ● ●

77면

즐(大叱) 왈(曰),

"쇼ᄋᆡ(小兒ㅣ) 엇디 감(敢)히 이런 더러온 글을 규듕(閨中) 녀ᄌ(女子)의게 젼(傳)ᄒ야 날을 욕(辱)ᄒᄂᆢ? ᄂᆡ 당〃(堂堂)ᄒᆞᆫ ᄉ문(斯文) 녀ᄌ(女子)로 일신(一身)이 빙옥(氷玉) ᄀᆞᆺ거ᄂᆞᆯ 이런 더러온 욕(辱)을 보리오. 맛당히 ᄌᆞ결(自決)ᄒ야 분(憤)을 플 거시로ᄃᆡ 부모(父母) 유톄(遺體)를 가ᄇᆡ야이 못ᄒ미라."

셜파(說罷)의 금노(金爐)의 블을 가져 ᄉᆞᆯ와 ᄇᆞ리고 몽챵을 ᄭᅮ지져 나가라 ᄒ니 챵이 죠곰도 어려워 아니코 왈(曰),

"져졔308)(姐姐ㅣ) 비록 쇼뎨(小弟)를 여지(餘地) 업시 칙(責)ᄒ시

---

306) 화젼(華箋): 화전. 남의 편지를 높여 부르는 말.
307) 봉지(鳳池): 봉황이 노니는 연못에서의 즐김이라는 뜻으로 남녀의 즐김을 말함.
308) 져제: [교] 원문에는 '졔〃'로 되어 있으나 문맥을 고려하여 국도본(5:101)을 따름.

나 우리 슉뷔(叔父ㅣ) 져〃(姐姐)를 임의 눈의 드려 그 졍(情)이 심
곡(心曲)의 얽혀시니 져졔(姐姐ㅣ) 아모리 ᄒ신들 엇디 면(免)ᄒ리
오? 져졔(姐姐ㅣ) 임의 니 시(氏)의 사름이오, 쇼뎨(小弟)의 슉뫼(叔
母ㅣ)라. 일이 이에 니른 후(後)는 버셔나디 못ᄒ리니 셜니 답간(答
簡)을 뻐 주쇼셔."

쇼졔(小姐ㅣ) 더

∙∙∙

78면

옥 히연(駭然) 대로(大怒) 왈(曰),

"네 아자비 사름의 얼골을 쓰고 글을 알딘대 이런 무샹(無狀)[309]
흔 힝실(行實)을 아닐지니 늬 임의 네게 속아 눈 들기를 경(輕)히 ᄒ
여시니 심규(深閨)의 늘그나 이런 무힝(無行)흔 사름 조츠믈 원(願)
티 아닌느니 잡(雜)말 〃고 셜니 나가라."

셜파(說罷)의 ᄉ긔(辭氣) 엄슉(嚴肅)ᄒ니 몽챵이 크게 웃고 나가며
왈(曰),

"잇다가 올 거시니 답간(答簡)을 뻐 주쇼셔. 타일(他日) 조부모(祖
父母)긔 폐븍(幣帛)을 나올 제 늬 말이 이시리이다."

이리 니르고 다시 크게 우스며 나가니 쇼졔(小姐ㅣ) 심하(心下)의
크게 블평(不平)ᄒ야 싱각ᄒ딕,

'늬 즈쇼(自少)로 연고(緣故) 업시 계(階)의 ᄂ리디 아니터니 엇딘
고(故)로 탕즈(蕩子)의 눈의 뵈여 일싱(一生)이 블슌(不純)케 된고?'

인(因)ᄒ야 탄식(歎息) 즐기디 아

---

309) 무샹(無狀): 무상. 사리에 밝지 못함.

냐 ᄎ후(此後)는 방문(房門)을 나디 아니ᄒ더라.

몽챵이 도라가 슉부(叔父)를 ᄃᆡ(對)ᄒ야 뎡 쇼져(小姐)의 ᄒ던 말을 일〃(一一)히 니ᄅ니 연셩이 더옥 탄복(歎服)ᄒ야 평싱(平生) 노티 아닐 ᄯᅳᆺ을 굿게 졍(定)ᄒ고 심녜(心慮ㅣ) 울〃(鬱鬱)ᄒ여 셔당(書堂)의 드럿더니 마츰 이 봄의 과게(科擧ㅣ) 이셔 팔방(八方) 긔ᄌᆡ(奇才) 구룸ᄀᆞ티 모드니 연셩이 부친(父親)긔 응과(應科)ᄒ믈 쳥(請)ᄒ니 태ᄉᆡ(太師ㅣ) 블허(不許) 왈(曰),

"너의 긔샹(氣像)의 조달(早達)ᄒ야 긔운(氣運)을 도〃미 무익(無益)ᄒ니 삼십(三十)을 기ᄃᆞ리라."

연셩이 앙〃(怏怏)ᄒ야 믈너나 ᄀᆞ마니 조모(祖母)긔 고왈(告曰),

"쇼손(小孫)이 이십(二十) 젼(前) 샹실(喪室)ᄒ고 심ᄉᆡ(心思ㅣ) 즐겁디 못ᄒ야 과거(科擧)를 ᄒ야 심ᄉ(心思)를 플고져 ᄒᄃᆡ 야얘(爺爺ㅣ) 허(許)티 아니시니 조모(祖母)ᄂᆞᆫ 원(願)컨ᄃᆡ 쇼손(小孫)의 ᄯᅳᆺ을 조ᄎᆞ쇼셔."

부인(夫人)이

두굿겨 태ᄉᆞ(太師)를 블러 왈(曰),

"늬 나히 셔산(西山) 낙일(落日) ᄀᆞᄐᆞ니 제손(諸孫)의 영화(榮華)를 보고져 ᄒᄀᆞ거늘 네 엇디 연셩의 응과(應科)ᄒ믈 막ᄂᆞ뇨?"

태ᄉᆡ(太師ㅣ) 비샤(拜謝) 왈(曰),

"ᄒᆡ이(孩兒ㅣ) 무고(無故)히 삼ᄋ(三兒)의 닙신(立身)ᄒ믈 막으미

아니라 그 긔샹(氣像)이 믹ᄉ(每事)의 두리ᄂᆞ 일이 업ᄉ오니 만일(萬
一) 과거(科擧)를 ᄒᆞᆫ즉 그 ᄆᆞᄋᆞᆷ이 방ᄌᆞ(放恣)홀 거시오매 금(禁)ᄒᆞ오
미러니 하괴(下敎ㅣ) 여ᄎᆞ(如此)ᄒᆞ시니 엇디 거역(拒逆)ᄒᆞ리잇고?"

ᄃᆞ듸여 공ᄌᆞ(公子)를 블러 관광(觀光)310)ᄒᆞ기를 허(許)ᄒᆞ니, 공ᄌᆞ
(公子ㅣ) 미우(眉宇)의 희식(喜色)을 ᄯᅴ여 믈너나 댱옥졔구(場屋諸
具)311)를 출혀 과댱(科場)의 나아가 평싱(平生) ᄌᆡ조(才操)를 ᄂᆡ여
필하(筆下)의 농샤(龍蛇ㅣ) 늘고 쥬옥(珠玉)이 난낙(亂落)ᄒᆞ니 슌식
(瞬息) ᄉᆞ이 휘필(揮筆)ᄒᆞ야 바치매 시관(試官)이 눈이 어둡디 아니
ᄒᆞᆫ 밧 엇디 연셩이 낙방(落榜)ᄒᆞ리

• • •

81면

오.

삼(三) 일(日) 후(後) 방(榜)이 나매 외〃(巍巍)히 댱원(壯元)을 마
치니 니문(-門)의 복녹(福祿)이 긔특(奇特)ᄒᆞᆫ디라 일가(一家) 족312)당
(族黨)이 치하(致賀)ᄒᆞᆷ믈 마디아니ᄃᆡ 태ᄉᆞ(太師ㅣ) 셩만(盛滿)ᄒᆞᆷ믈
크게 두려 조곰도 깃거ᄒᆞ미 업ᄉ니 그 공검(恭儉)ᄒᆞ미 이 ᄀᆞᆺ더라.

즉시(卽時) 챵방(唱榜)313)ᄒᆞ매 샹(上)이 댱원(壯元)을 인견(引
見)314)ᄒᆞ샤 어315)화쳥삼(御花靑衫)316)을 ᄉᆞ급(賜給)ᄒᆞ시고 옥계(玉

---

310) 관광(觀光): 과거를 보러 감. 과행(科行).

311) 댱옥졔구(場屋諸具): 장옥제구. 과거를 볼 때 과거장에서 쓰는 뭇 물건.

312) 족: [교] 원문에는 '존'으로 되어 있으나 문맥에 맞지 않으므로 이와 같이 수정함.

313) 챵방(唱榜): 창방. 방목(榜目)에 적힌 과거 급제자의 이름을 부름.

314) 인견(引見): 윗사람이 아랫사람을 불러 만나 봄.

315) 어: [교] 원문에는 '금'으로 되어 있으나 뒷말과의 결합이 자연스럽지 않아 국도
본(5:104)을 따름.

階)의 올녀 그 옥모풍치(玉貌風采)를 보시매 경아(驚訝)ᄒᆞ샤 승샹(丞相)을 향(向)ᄒᆞ야 칭하(稱賀) 왈(曰),

"샹부(尙父) 곤뎨(昆弟) 삼(三) 인(人)이 이러틋 긔특(奇特)ᄒᆞ니 노태ᄉᆞ(老太師) 복(福)은 다시 니를 거시 업도다."

승샹(丞相)이 돈슈ᄇᆡ샤(頓首拜謝)ᄒᆞ더라.

특지(特旨)로 연셩을 한님ᄒᆞᆨᄉᆞ(翰林學士)를 ᄒᆞ이시니 연셩이 텬은(天恩)을 슉샤(肅謝)317)ᄒᆞ고 믈너 집의 도라와 존당(尊堂)의 현알(見謁)ᄒᆞ매 옥(玉) ᄀᆞᆮ튼 얼골의 계홰(桂花ㅣ) 어른기고 별

· · ·

82면

ᄀᆞᆮ튼 눈의 쥬긔(酒氣) 올나 곤(困)ᄒᆞ야 ᄂᆞᆨ죽ᄒᆞ여시니 태부인(太夫人)이 두긋기믈 이긔디 못ᄒᆞ고 태ᄉᆡ(太師ㅣ) ᄇᆞ야흐로 잠간(暫間) 깃거ᄒᆞ매 두긋겨 미우(眉宇)의 희긔(喜氣) 녕농(玲瓏)ᄒᆞ야 소릭를 화(和)이 ᄒᆞ야 조심(操心)ᄒᆞᆯ를 경계(警戒)ᄒᆞ더라.

외당(外堂)의 빈긱(賓客)이 구름 ᄀᆞ티 모다 신릭(新來)318)를 보채고 챵녀(娼女)를 드려 딕무(對舞)ᄒᆞ니 댱원(壯元)이 조곰도 ᄉᆞ양(辭讓)티 못ᄒᆞ고 흔연(欣然)이 잇그러 일압(昵狎)319)ᄒᆞᆯ를 수습(收拾)디 아니ᄒᆞ니 만좨(滿座ㅣ) 대쇼(大笑)ᄒᆞ더라.

죵일(終日) 진환(盡歡)ᄒᆞ고 파연(罷宴)ᄒᆞ매, 명일(明日) 한님(翰林)이 쳥 공(公) 집의 니ᄅᆞ러 악모(岳母)긔 뵈니 쳥 공(公) 부인(夫人)이

---

316) 어화쳥삼(御花靑衫): 어화쳥삼. 어화는 과거 급제자가 머리에 꽂는 꽃이고, 청삼은 관복 안에 받쳐 입는 푸른 도포임.

317) 슉샤(肅謝): 숙사. 사은숙배. 임금의 은혜에 감사하며 공손하고 경건하게 절을 올림.

318) 신릭(新來): 신래. 과거에 급제한 사람.

319) 일압(昵狎): 친근히 대함.

크게 셜워 우는 눈믈이 강슈(江水) ▽ᄐ니 한님(翰林)이 쏘흔 인심
(人心)이 감동(感動)ᄒ야 ᄂᆞᆺ비츨 고티더라. 쳥 공(公)이 쥬감(酒
酣)320)의 닐오듸,

"녀ᄋᆡ(女兒ㅣ) 박복(薄福)

　∘●∘

83면

ᄒ여 현셔(賢壻)의 져 ▽ᄐ 영화(榮華)를 보디 못ᄒ고 기리 황양(黃
壤)321)의 도라가니 노부(老父)의 셜우미 오ᄂᆡ(五內)322) 긋는 ᄃᆞᆺᄒ니
쟝ᄎᆞ(將次ㅅ) 어듸 비(比)ᄒ리오? 어린 ᄠᅳᄃᆡ 현셔(賢壻)로뼈 다시 인
연(因緣)을 ᄆᆞ즈 친(親)ᄒ믈 닛고져 ᄒᄂᆞ니 싱녀(生女)323)의 현슉(賢
淑)ᄒ미 고인(古人)의 디나니 현셔(賢壻)ᄂᆞᆫ 취(娶)ᄒ야 졍실(正室)의
두미 엇더뇨?"

셜파(說罷)의 희허(噫噓)ᄒ야 눈믈이 뻐러디니 한님(翰林)이 감동
(感動)ᄒ야 ᄂᆞᆺ빗츨 고티고 돗글 뻐나 굴오듸,

"쇼싱(小生)이 블민(不敏)ᄒᆫ 위인(爲人)으로 악댱(岳丈)의 동상(東
床)324)의 틱(擇)ᄒ시믈 밧ᄌᆞ와 녕녀(令女)로 홍승(紅繩)325)을 ᄆᆞ즈매
기리 만년(萬年)을 누릴가 ᄒ더니 녕녜(令女ㅣ) 박명(薄命)ᄒ고 쇼싱

---

320) 쥬감(酒酣): 주감. 술기운이 오름.

321) 황양(黃壤): 저승.

322) 오ᄂᆡ(五內): 오내. 오장(五臟).

323) 싱녀(生女): 생녀. 질녀(姪女).

324) 동상(東床): 동상. 동쪽 평상이라는 뜻으로, '사위'를 달리 이르는 말. 중국 진(晉)
나라의 극감(郤鑒)이 사위를 고르는데, 왕도(王導)의 아들 가운데 동쪽 평상 위에
서 배를 드러내고 누워 있는 왕희지를 골랐다는 고사에서 유래함.

325) 홍승(紅繩): 붉은 끈. 월하노인이 정한 배필을 붉은 끈으로 묶었다고 하여 남녀의
연분을 뜻함.

(小生)의 운익(運厄)이 긔험(崎險)ᄒ야 녕녜(令女ㅣ) 이팔청츈(二八靑春)으로 디하(地下) 경혼(驚魂)이 되니 쇼싱(小生)의 거문고 줄이 그쳐디고 ᄎ

...

84면

싱(此生)의 슉녀(淑女)로 화락(和樂)ᄒᆯ 복(福)이 업ᄉᆞ믈 탄(嘆)ᄒ옵더니 대인(大人)이 다시 옥녀(玉女)로 허(許)코져 ᄒ시니 엇디 ᄉᆞ양(辭讓)ᄒ리오마ᄂᆞ 쇼싱(小生)이 대인(大人) 고의(高意)를 미쳐 아디 못ᄒ고 니부샹셔(吏部尙書) 뎡문한의 녀ᄋᆞ(女兒)로 뎡혼(定婚)ᄒ여시니 틱명(台命)326)을 밧ᄃ디 못ᄒᆞ오니 가셕(可惜)ᄒ이다. 쇼싱(小生)이 대인(大人)의 아름다온 ᄯᅳᆺ을 밧ᄃ디 못ᄒᆞ오니 심(甚)히 훌연327)ᄒ야 ᄒᆞ옵ᄂᆞ니 표형(表兄) 간의틱우(諫議大夫) 뉴렴이 그 쳐(妻) 녀 시(氏)를 닉친 후(後) 지금 취실(娶室)티 못ᄒ여시니 뉴싱(-生)은 니른바 금옥(金玉) ᄀᆞᄐᆞ 군ᄌᆞ(君子ㅣ)라 녕대인(令大人) 딜녀(姪女)의 평싱(平生)이 욕(辱)되디 아니ᄒ리니 혹싱(學生)이 당〃(堂堂)이 듕ᄆᆡ(仲媒) 소임(所任)을 ᄒ야 혼인(婚姻)을 일우리니 틱의(台意)328) 엇더니잇고?"

청 공(公)이 니 한님(翰林)의 일댱(一場) 샹쾌(爽快)ᄒᆯ

...

85면

말을 드르매 훈(訓)을 아여329) 이에 탄식(歎息)고 닐오ᄃᆡ,

---

326) 틱명(台命): 태명. 지체 높은 사람의 명령.
327) 훌연: '서운함'의 의미인 듯하나 미상임.
328) 틱의(台意): 태의. 지체 높은 사람의 뜻.

"현셔(賢壻)는 임의 뎡혼(定婚)훈 곳이 잇다 ᄒ니 노뷔(老夫ㅣ) 말이 미(微)훈 줄 탄(嘆)ᄒ노라. 뉴 태우(大夫)는 닌 친(親)히 보아시니 아름다온 사룸이어니와 아디 못게라, 허혼(許婚)ᄒ믈 밋디 못홀노다."

한님(翰林)이 흔연(欣然) 대쇼(大笑) 왈(曰),

"ᄎᄉ(此事)는 쇼싱(小生)이 쥬션(周旋)ᄒ리니 의심(疑心)티 마ᄅ쇼셔."

인(因)ᄒ야 도라와 뉴 튀우(大夫)룰 보고 이 말을 니ᄅ니 태위(大夫ㅣ) 녀 시(氏)의 환난(患難)을 디닌고 ᄆ음이 어린 듯ᄒ여 녀ᄉ(女色)의 뜻이 ᄲᆷ ᄀ더니 ᄎ언(此言)을 듯고 왈(曰),

"현뎨(賢弟)의 뜻은 감격(感激)ᄒ나 녀 시(氏)의 독해(毒害)330)룰 만난 후(後)는 녀ᄉ(女色)이 샤갈(蛇蝎)331) ᄀ튼니 후(厚)훈 뜻을 좃디 못ᄒ니 가셕(可惜)ᄒ도다."

한님(翰林) 왈(曰),

"형댱(兄丈) 말ᄉᆷ이 그ᄅ시이다. 인간(人間)의 녀지(女子ㅣ) 녀

86면

시(氏) ᄀ튼니 어딘 이시며 쳥 공(公)의 딜녀(姪女)의 현슉(賢淑)ᄒ믄 쇼뎨(小弟) 친(親)히 보나 다ᄅ디 아니케 드러시니 형댱(兄丈)은 일즉 취(娶)ᄒ여 ᄌ손(子孫)을 두쇼셔."

태위(大夫ㅣ) 그 말을 무던이 너겨 부모(父母)긔 이 일을 고(告)ᄒ니 시랑(侍郞) 부뷔(夫婦ㅣ) 조ᄎ 듕미(仲媒)로 쳥 공(公)긔 구혼(求

---

329) 훈(訓)을 아여: '가르침을 받아'의 의미인 듯하나 미상임.

330) 독해(毒害): 독한 해.

331) 샤갈(蛇蝎): 사갈. 뱀과 전갈을 아울러 이르는 말로 심한 혐오감을 비유적으로 이름.

婚)ᄒ니 쳥가(-家)의셔 쾌허(快許)ᄒ고 튁일(擇日)ᄒ니 길긔(吉期)332) 수일(數日)은 격(隔)ᄒ엿더라.

원ᄂᆡ(元來) 쇼333)희 쇼져(小姐)ᄂᆞᆫ 쳥 공(公) 미ᄌᆞ(妹子)의 녜(女ㅣ)라. 셩(姓)은 영 시(氏)니 얼골이며 덕ᄒᆡᆼ(德行)이 셰(世)예 무빵(無雙)ᄒ더니 길일(吉日)의 태위(大夫ㅣ) 위의(威儀)를 ᄀᆞ초와 영 시(氏)를 마자 도라오니 영 시(氏) 용뫼(容貌ㅣ) 이슬 마신 삼식도(三色桃)334)ᄀᆞᆺ고 셩ᄒᆡᆼ(性行)이 특이(特異)ᄒ니 구괴(舅姑ㅣ) 깃거ᄒ고 태위(大夫ㅣ) 듕ᄃᆡ(重待)ᄒ여 ᄌᆞ녀(子女)를 ᄀᆞᆺ초 두니라.

한님(翰林) 연셩이 급뎨(及第)ᄒᆞᆫ 후(後) 일ᄀᆞ(一日)은 승샹(丞相) 안젼(案前)의셔 고(告)ᄒ야 ᄀᆞᆯ오ᄃᆡ,

87면

"쇼뎨(小弟) 샹실(喪室)ᄒᆞᆫ 후(後) 지금(只今) 취쳐(娶妻)를 못 ᄒ니 심회(心懷) 울ᄀᆞ(鬱鬱)ᄒ더라 몽현 등(等)의 말을 드ᄅᆞ니 명문한의 녀ᄌᆞ(女子ㅣ) 이셔 아름답다 ᄒ니 형댱(兄丈)은 쇼뎨(小弟)로 취(娶)케 ᄒ쇼셔."

승샹(丞相)이 크게 넘나게 너기나 우인(友愛) 지극(至極)ᄒᆞᆫ 바의 진졍(眞情)을 펴335)믈 어엿비 너겨 왈(曰),

"과연(果然) 문한의게 ᄯᅩᆯ이 잇거니와 기인(其人)의 셩품(性品)이 일편도이336) 고샹(高尙)ᄒ니 엇디 일(一) 녀(女)로 ᄌᆡ실(再室)을 주고

---

332) 길긔(吉期): 길기. 길일(吉日), 즉 혼례일.

333) 쇼: [교] 원문에는 '초'로 되어 있으나 앞에 '쇼'로 이미 나와 있으므로 이와 같이 수정함.

334) 삼식도(三色桃): 삼색도. 한 나무에서 세 가지 빛깔의 꽃이 피는 복숭아나무.

335) 펴: [교] 원문에는 '폐'로 되어 있으나 의미를 명확히 하기 위해 이와 같이 수정함.

져 호리오? 아모커나 죠용이 무러 보리라."

한님(翰林)이 샤례(謝禮)호고 믈너나니 승샹(丞相)이 반향(半晌)이나 침음(沈吟) 샹냥(商量)호다가 추야(此夜)의 빅화각의 가 부인(夫人)을 보고 한님(翰林)의 쯧을 니르고 왈(曰),

"녕딜(令姪)의 아룸다오미 늬 아이 쌍(雙)이 되염 즉호나 녕형(令兄)의 위인(爲人)이 심(甚)히 거오(倨傲)호니 흑싱(學生)이 한셜(閑說)337)을 못 호느니 부인(夫人)

88면

은 죠용히 악댱(岳丈)긔 고(告)호야 볼디어다."

부인(夫人)이 쳥파(聽罷)의 블셔 연셩이 혜아룰 보아시믈 슷티고 안셔(安舒)이 디왈(對曰),

"명(命)대로 호리이다."

호더라.

수일(數日) 후(後) 부인(夫人)이 구고(舅姑)긔 고(告)호고 본부(本府)의 니르러 부모(父母)긔 뵈옵고 샹셰(尙書ㅣ) 좌(座)의 이시믈 타 연셩의 혼ᄉ(婚事)를 일댱(一場)을 셜파(說破)호야 니르고 근졀(懇切)이 말호니 샹셰(尙書ㅣ) 졍ᄉ(正色) 왈(曰),

"현믜(賢妹) 비록 구개(舅家ㅣ) 듕(重)흔들 늬 엇디 흔 쏠을 니연셩을 주리오? 만〃블가(萬萬不可)호니 다시 니르디 말나."

부인(夫人)이 쇼이디왈(笑而對曰),

"가부(家夫)의 쯧이 형댱(兄丈)긔 고(告)콰져 호실ᄉ 쇼믜(小妹)ᄂ

---

336) 일편도이: 편벽되게.
337) 한셜(閑說): 한설. 잡다한 말.

말을 뎐(傳)홀 ᄯ름이라 엇디 구ᄐ여 ‘결혼(結婚)ᄒ쇼셔.’ ᄒ리오?”

각뇌(閣老ㅣ) 닐오ᄃᆡ,

“ᄌᆞ슈의 ᄯᆺ이 아름답고 니연셩이 쇼년(少年) 닙신(立身)ᄒ야 얼골 풍치(風采) 하등(下等)이 아니〃 오ᄋᆞ(吾兒)ᄂᆞ

• • •

89면

고집(固執)디 말고 졍혼(定婚)ᄒ라.”

샹셰(尙書ㅣ) 비샤(拜謝) 왈(曰),

“명피(明敎ㅣ) 맛당ᄒ시나 연셩이 긔샹(氣像)이 방ᄌᆞ(放恣)ᄒ고 창방(唱榜) 날 창녀(娼女)ᄅᆞᆯ 짐ᄌᆞᆺ 닐압(昵狎)ᄒ야 우흘 두리ᄂᆞᆫ 일이 업ᄉᆞ니 ᄒᆡ이(孩兒ㅣ) 위(爲)ᄒ야 근심ᄒ옵ᄂᆞ니 야〃(爺爺)ᄂᆞᆫ ᄒᆡᄋᆞ(孩兒)의 일녀(一女) ᄉᆞ랑ᄒᄂᆞᆫ ᄯᆺ을 슬피쇼셔.”

각뇌(閣老ㅣ) ᄯ혼 그르다 못 ᄒ니 부인(夫人)은 일언(一言)을 아니코 두어 날 ᄆᆞ저 도라와 승샹(丞相)긔 이 말을 고(告)ᄒ니 승샹(丞相)이 쇼왈(笑曰),

“너 임의 혜아린 일이라 녕형(令兄)의 혜아리미 ᄌᆞ못 고명(高明)ᄒ니 그르다 못 ᄒ리로다.”

드ᄃᆡ여 한님(翰林)ᄃᆞ려 닐오ᄃᆡ,

“뎡 쇼데(小姐ㅣ) 볼셔 뎡혼(定婚)ᄒ온 ᄃᆡ 이시므로 허(許)티 아니ᄒ더라.”

한님(翰林)이 텽파(聽罷)의 아연(啞然)ᄒ야 ᄒ더니 몽챵이 뎡 샹셔(尙書)의 말을 듯고 일〃(一一)히 옴겨 니ᄅᆞ니 한님(翰林)이 대로(大怒)ᄒ야

싱각ᄒᆡ딕,

'뎌 샹셰(尙書ㅣ) 날을 탕지(蕩子ㅣ)라 ᄒᆞ니 닉 진짓 탕ᄌᆞ(蕩子) 소임(所任)을 ᄒᆞ리라.'

ᄒᆞ고 일(一) 복(幅) 화뎐(華箋)338)을 봉(封)ᄒᆞ야 몽챵을 주어 뎌 샹셔(尙書) 졔인(諸人) 모든 딕 주라 ᄒᆞ니 챵이 흔연(欣然)이 가지고 뎌부(-府)의 니ᄅᆞ러 드러가니 각노(閣老) 부″(夫婦)와 샹셔(尙書) 형뎨(兄弟)와 혜아 쇼졔(小姐ㅣ) 잇거늘 챵이 알플 향(向)ᄒᆞ야 셔간(書柬)을 드리치며 왈(曰),

"져″(姐姐)야, 우리 슉부(叔父)계셔 이 글을 보닉더이다."

인(因)ᄒᆞ야 몸을 두로혀 밧그로 나가 노식룰 틱고 본부(本府)로 도라가니 뎌 공(公)이 손아(孫兒)의 거동(擧動)을 블승의심(不勝疑心)339)ᄒᆞ야 미쳐 만뉴(挽留)티 못ᄒᆞ고 셔간(書柬)을 ᄡᅥ혀 보니 굴와시딕,

'흑싱(學生) 니연셩은 지빅(再拜)ᄒᆞ고 뎌 쇼져(小姐) 좌하(座下)의 올니ᄂᆞ니 향일(向日) 옥모(玉貌)룰 바라보고 ᄉᆞ랑ᄒᆞ믈 이긔디 못

ᄒᆞ야 글노뼈 올녓더니 엇디 회답(回答)이 업ᄂᆞ뇨? 쇼졔(小姐ㅣ) 만일(萬一) 넷글을 알던대 타문(他門) 남ᄌᆞ(男子)의 눈의 뵈고 그 글을 바다 보고 엇디 다ᄅᆞᆫ 가문(家門)의 가려 ᄒᆞᄂᆞ뇨? 쇼졔(小姐ㅣ) 죽어 넉

---

338) 화뎐(華箋): 화전. 남의 편지를 높여 이르는 말.

339) 블승의심(不勝疑心): 불승의심. 의심을 이기지 못함.

시라도 나 니연셩의 손의 나디 못ᄒ리라. 썔니 ᄯᅳᆺ을 회보(回報)ᄒ라.’
ᄒ엿더라.

모다 보기ᄅᆯ 뭇고 대경(大驚)ᄒ야 말을 못 ᄒ여셔 샹셰(尙書ㅣ) 블
연대로(勃然大怒)ᄒ야 쇼져(小姐)ᄅᆯ 좌하(座下)의 ᄭᅮᆯ니고 즐왈(叱曰),

“네 일즉 고셔(古書)ᄅᆯ 닑어 녜의(禮義)ᄅᆯ 아ᄂᆞ니 엇던 고(故)로
부모(父母)ᄅᆯ 긔이고 외간(外間) 남ᄌᆞ(男子)ᄅᆯ 보며 그 글은 어이 바
ᄃᆞᆫ고? ᄲᆞᆯ니 딕고(直告)ᄒ라.”

쇼졔(小姐ㅣ) 안ᄉᆡᆨ(顔色)이 ᄌᆞ약(自若)ᄒ야 두 번(番) 절ᄒ고 왈(曰),

“쇼녜(小女ㅣ) 일즉 부모(父母)의 경계(警戒)ᄅᆯ 밧ᄌᆞ와 연고(緣故)
업시 계(階)의 ᄂᆞ리디 아니믈 야애(爺爺ㅣ)

• • •

92면

붉히 아ᄅᆞ시니 쇼녜(小女ㅣ) ᄯᅩᄒᆞᆫ 두 번(番) 알외디 아니ᄒ옵거니와
쇼녀(小女)의 명되(命途ㅣ) 긔구(崎嶇)ᄒ와 져적 슉뫼(叔母ㅣ) 와 계
실 제 그 침소(寢所)의 가셔 말ᄉᆞᆷᄒ더니 몽챵이 져의 슉부(叔父)ᄅᆯ
유인(誘引)ᄒ야 드러와 쇼녀(小女)ᄅᆯ 보게 ᄒ고 져적 더러온 글노ᄡᅥ
갓다가 주거ᄂᆞᆯ 쇼녜(小女ㅣ) 무심(無心)코 보온 후(後) 크게 경ᄒᆡ(驚
駭)ᄒ야 몽챵을 ᄭᅮ지져 믈니쳣ᅀᆞᆸ더니 ᄯᅩ 이러ᄐᆞᆺ 글을 ᄂᆞᆯ녀 쇼녀(小
女)ᄅᆯ 욕(辱)ᄒᄂᆞ[340]니 쇼녜(小女ㅣ) 일신(一身)의 더러온 말을 몸의
싯고 어ᄂᆞ ᄂᆞᆺᄎᆞ로 인뉴(人類)의 츙수(充數)ᄒ리잇고? ᄲᆞᆯ니 죽으믈 원
(願)ᄒᄂᆞ이다.”

셜파(說罷)의 눈믈이 산연(潸然)이 ᄯᅥ러디니 샹셰(尙書ㅣ) 그 ᄌᆞ〃

---

340) ᄂᆞ: [교] 원문에는 ‘ᄒ’로 되어 있으나 오기로 보임.

(字字) 온화(溫和)흔 말을 듯고 익련(哀憐)ᄒ며 연셩을 흔(恨)ᄒ여 왈(曰),

"저 쇼지(少者ㅣ) 이딕도록 방ᄌ(放恣)홀 것가. 니 당〃(堂堂)이 혜
ᄋ룰 심규(深閨)의 늘히고 저룰 맛

••

93면

디지 아니리라."

각뇌[341](閣老ㅣ) 왈(曰),

"닉 니 공(公)과 ᄉ싱지교(死生之交)로 졍의(情誼)[342] 범연(泛然)
티 아니〃 그 아돌이 셜ᄉ(設使) 그른들 과(過)히 칙(責)ᄒ미 블가(不
可)ᄒ니 오ᄋ(吾兒)는 인분(忍憤)ᄒ고 슌(順)히 결혼(結婚)ᄒ야 요란
(搖亂)ᄒ미 업게 ᄒ라. 이제는 혜이 타문(他門)의 못 가리라."

샹셰(尙書ㅣ) 슈명(受命)ᄒ나 분(憤)을 이긔디 못ᄒ더니,

명일(明日) 각뇌(閣老ㅣ) 명 승샹(丞相) 집의 가고 샹셰(尙書ㅣ) 홀
노 잇더니 홀연(忽然) 니 태ᄉ(太師ㅣ) 니ᄅ니 샹셰(尙書ㅣ) 공경(恭
敬)ᄒ야 한훤(寒喧) 필(畢)의 샹셰(尙書ㅣ) 피셕(避席)ᄒ야 누사(陋
舍)[343]의 님(臨)ᄒ시믈 샤례(謝禮)ᄒ고 인(因)ᄒ야 왈(曰),

"쇼관(小官)이 큰 블평(不平)흔 일을 보고 심듕(心中)의 블안(不安)
ᄒ야 존부(尊府)의 나아가 대인(大人)긔 흔번(-番) 셜파(說破)코져 ᄒ
옵더니 이에 님(臨)ᄒ시니 힝심(幸甚)ᄒ이다."

태ᄉ(太師ㅣ) 흔연(欣然)이 닐오딕,

"무ᄉ 일이뇨? 듯기룰 원(願)ᄒ노라."

---

341) 뇌: [교] 원문에는 '괴'로 되어 있으나 오기로 보임.

342) 졍의(情誼): 정의. 서로 사귀어 친하여진 정.

343) 누사(陋舍): 누사. 자신이 사는 집을 겸손하게 이르는 말.

샹셰(尙書ㅣ) 홀연(忽然) 정식(正色)고 몸을 굽혀 왈(曰),

"딕

인(大人)과 가친(家親)이 亽싱디우(死生之友)로 교계(交契) 심샹(尋常)티 아니호시고 쇼싱(小生) 등(等)이 즈쇼(自少)로 형뎨지의(兄弟之誼)를 피ᄎᆞ(彼此ㅣ) 심곡(心曲)의 긔일 일이 업亽니 대인(大人)이 만일(萬一) 혹싱(學生)의 블쵸(不肖)홈과 문호(門戶)의 미쳔(微賤)호믈 나므라디 아니샤 혼亽(婚事)를 구ᄒᆞᆯ딘대 쇼싱(小生)이 당″(堂堂)이 봉힝(奉行)홀 거시어늘, 이제 즈경이 혹싱(學生)의 쳔(賤)혼 ᄯᆞᆯ을 몽챵의 유인(誘引)ᄒᆞᄆ로 보고 두 슌 글을 늘녀 업슈이 너기믈 태심(太甚)이 ᄒᆞ니 쇼싱(小生)이 즈쇼(自少)로 비례(非禮)의 거조(擧措)를 보며 듯기ᄂᆞᆫ 원(願)티 아닛ᄂᆞᆫ 배러니 금쟤(今者)의 이런 거조(擧措)를 목도(目睹)ᄒᆞ니 경히(驚駭)홈과 심한골경(心寒骨驚)[344]호믈 이긔디 못ᄒᆞ야 대인(大人) 안젼(案前)의 즈시 고(告)ᄒᆞ옵ᄂᆞ니 당돌(唐突)호믈 용샤(容赦)[345]ᄒᆞ쇼셔."

태ᄉᆞ(太師ㅣ) 듯기를 ᄆᆞᆺ고 대경대로(大驚大怒)ᄒᆞ야 다만 ᄂᆞ비츨 강잉(强仍)

ᄒᆞ야 샤례(謝禮) 왈(曰),

---

344) 심한골경(心寒骨驚): 몹시 놀라 마음이 서늘하고 뼈가 굳는 듯함.
345) 용샤(容赦): 용사. 관대하게 용서함.

"만싱(晚生)이 즈식(子息) ᄀᆞᄅ치믈 졍도(正道)로 못 ᄒᆞ야 이런 희한(稀罕)ᄒᆞᆫ 일을 져ᄌᆞ니 하(何) 면목(面目)으로 사ᄅᆞᆷ을 디(對)ᄒᆞ리오? 블쵸즈(不肖子)의 방ᄌᆞ(放恣)ᄒᆞᄆᆞ 가문(家門)을 욕(辱) 먹이고 풍화(風化)ᄅᆞᆯ 샹(傷)ᄒᆞ와시니 부즈텬뉸(父子天倫)이 ᄎᆞ마 죽이디 못ᄒᆞ나 듕(重)히 다ᄉᆞ려 후일(後日)을 딩계(懲戒)ᄒᆞ사이다."

샹셰(尙書ㅣ) 손샤(遜謝) 왈(曰),

"쇼싱(小生)이 평싱(平生)의 비례(非禮)의 거동(擧動)을 ᄎᆞ마 졍시(正視)티 못ᄒᆞᄆᆞ로 금일(今日) 즈경의 허믈을 대인(大人) 안젼(案前)의 고(告)ᄒᆞ나 즈경의게 죄(罪)ᄅᆞᆯ 어더시니 대인(大人)은 년쇼빅(年少輩)[346]의 일을 과(過)히 다ᄉᆞ리디 마ᄅᆞ쇼셔."

태시(太師ㅣ) 다만 손샤(遜謝)ᄒᆞ고 집의 도라와 태부인(太夫人)긔 뵈옵고 말ᄉᆞᆷᄒᆞ더니 이윽고 ᄂᆞᆺ빗츨 졍(正)히 ᄒᆞ고 좌(座)ᄅᆞᆯ 써나 주(奏)ᄒᆞ디,

"히익(孩兒ㅣ) 블민(不敏)ᄒᆞ기 심(甚)ᄒᆞ야 즈식(子息)을 졍도(正道)로 ᄀᆞᄅ

• • •

96면

치디 못ᄒᆞᆫ 고(故)로 이제 연셩이 방ᄌᆞ(放恣)ᄒᆞᄆᆞ 여ᄎᆞ(如此)ᄒᆞ니 ᄎᆞ(此)는 풍교(風敎)ᄅᆞᆯ 믄허ᄇᆞ리ᄂᆞᆫ 필뷔(匹夫ㅣ)라 결연(決然)이 그 죄(罪)ᄅᆞᆯ 그저 두디 못ᄒᆞ리니 잠간(暫間) 다ᄉᆞ리고져 삼가 취품(取稟)[347]ᄒᆞᄂᆞ이다."

ᄎᆞ시(此時), 연셩은 업고 승샹(丞相)과 무평빅이 ᄌᆡ좌(在座)러니

---

346) 년쇼빅(年少輩): 연소배. 나이가 어린 무리.
347) 취품(取稟): 취품. 웃어른께 여쭈어서 그 의견을 기다림.

ᄎ언(此言)을 듯고 놀나더니 태부인(太夫人)이 날호여348) 왈(曰),

"연셩의 방ᄌ(放恣)ᄒ미 죡(足)히 다ᄉ럼 죽ᄒ거니와 이 블과(不過) 쇼년(少年) 남이(男兒ㅣ) 졀식(絶色) 미ᄋ(美兒)를 보고 춤디 못ᄒ미니 히ᄋ(孩兒)는 노모(老母)의 ᄂᆞᆺ출 보아 너모 듕ᄎᆡᆨ(重責)디 말나."

태ᄉᆞ(太師ㅣ) 비샤(拜謝)ᄒ고 믈너 셔헌(書軒)의 와 연셩을 브르니 연셩이 부명(父命)을 이어 좌(座)의 년망(連忙)이 다ᄃᆞ라니 태ᄉᆞ(太師ㅣ) 노긔(怒氣) 엄녈(嚴烈)ᄒ야 좌우(左右)로 ᄒ야곰 자바 ᄂᆞ리오고349) 의관(衣冠)을 벗겨 결박(結縛)ᄒ니 한님(翰林)이 무망(無妄)의

97면

이 화(禍)를 만나 미쳐 슈미(首尾)를 ᄭ릿ᄃᆞ디 못ᄒ고 다만 돈슈청죄(頓首請罪) 왈(曰),

"쇼ᄌ(小子)의 블쵸(不肖)ᄒ미 대인(大人) 셩춍(盛寵)을 앙망(仰望)티 못ᄒ오나 큰 그ᄅᆞ미 업ᄉᆞᆫ디라 금일(今日) 듕ᄎᆡᆨ(重責)을 당(當)ᄒ오나 죄목(罪目)이나 알고 죄(罪)를 바드믈 원(願)ᄒᄂ이다."

태ᄉᆞ(太師ㅣ) 즐왈(叱曰),

"네 사ᄅᆞᆷ의 얼골을 쓰고 풍화(風化)를 더러이니 그 죄(罪) 블용쥐(不容誅ㅣ)350)라 어ᄂ ᄂᆞᆺᄎᆞ로 날을 아비라 ᄒᄂᆞ뇨?"

인(因)ᄒ야 시노(侍奴)를 ᄭ지저 치기를 지쵹ᄒ니 연셩이 ᄇᆞ야흐로 ᄭᅵᄃᆞ라 일언(一言)을 못 ᄒ고 머리를 숙여 ᄎᆡᆨ(責)을 바드니 태ᄉᆞ(太師ㅣ) 다시 말을 아니ᄒ고 매마다 고찰(考察)ᄒ야 뉵십여(六十餘)

---

348) 여: [교] 원문에는 '혀'로 되어 있으나 오기로 보임.
349) 오고: [교] 원문에는 '라'로 되어 있으나 문맥을 고려하여 국도본(6:10)을 따름.
350) 블용쥐(不容誅ㅣ): 불용주. 목을 베어도 오히려 부족함.

댱(杖)의 니르티 샤(赦)홀 뜻이 업서 노긔(怒氣) 졈〃(漸漸) 더으느디
라 뉘 감(敢)히 말니리오.

이러 굴 적, 명 각뇌(閣老 |) 마춤 명 승샹(丞相) 졔〈(祭祀)룰 참

예(參預)ᄒ고 술위룰 미러 이에 니르러 드러오다가 ᄎ경(此景)을 보
고 놀나 왈(曰),

"ᄌ경이 므슴 죄(罪) 잇관티 현형(賢兄)이 뎌러툿 듕쟝(重杖)을 더
으느뇨?"

태〈(太師 |) 노(怒)룰 강잉(强仍)ᄒ야 녜필한훤(禮畢寒暄) 후(後)
각뇌(閣老 |) 다시 연고(緣故)룰 무른티 태〈(太師 |) 대강(大綱) 니
ᄅ고 탄식(歎息) 왈(曰),

"쇼뎨(小弟) ᄌ식(子息)을 ᄀᄅ치디 못ᄒ여 필경(畢竟) 이런 일이
이시니 므슴 ᄂ ᄎ로 형(兄)을 디(對)ᄒ리오?"

명 공(公)이 놀나 왈(曰),

"녀 쳐음브터 ᄌ경으로써 손ᄋ(孫兒)의 비필(配匹)을 삼고져 ᄒ티
ᄋ직(兒子 |) 고집(固執)히 듯디 아니ᄒ고 ᄌ쉬 수일(數日) 젼(前) 뜻
을 니르티 ᄋ직(兒子 |) 허(許)티 아니〃 ᄌ경이 분(憤)ᄒ야 짐줏 이
러ᄒ미라 대단흔 과실(過失)이 아니라 ᄋ직(兒子 |) 브졀업시 형(兄)
의 귀예 닐너 어린 ᄋ희룰 듕댱(重杖)을 어더 주니 이 므슴 뜻이뇨?

형(兄)은 나의 ᄂ출 보와 용샤(容赦)ᄒ라."

태시(太師ㅣ) 강잉(强仍)ᄒ야 ᄭᅴ어 닉티라 ᄒ고 뎡 공(公)으로 말
ᄉᆞᆷ홀ᄉᆡ 뎡 공(公)이 쇼왈(笑曰),

"피ᄎᆞ(彼此ㅣ) 결혼(結婚)ᄒᆞ미 블가(不可)ᄒ미 업슬 거ᄉᆞᆯ 거죄(擧
措ㅣ) 이러틋 ᄒ니 우읍거니와 연(然)이나 손ᄋᆞ(孫兒ㅣ) 이제ᄂᆞᆫ 타문
(他門)의 보닉디 못홀 거시니 연셩의 건즐(巾櫛)을 밧들게 ᄒᆞ리니 형
(兄)의 ᄯᅳᆺ은 엇더ᄒᆞ뇨?"

태시(太師ㅣ) 쇼왈(笑曰),

"쇼뎨(小弟) 블초(不肖)ᄒᆞᆫ ᄌᆞ식(子息)으로ᄡᅥ 현부(賢婦) ᄀᆞᆺᄐᆞᆫ 슉녀
(淑女)를 엇고 ᄯᅩ 국보[351]의 ᄯᆞᆯ노ᄡᅥ ᄌᆞ부(子婦)를 삼으미 감(敢)히
엇디 못홀 승ᄉᆡ(勝事ㅣ)라 ᄉᆞ양(辭讓)ᄒᆞ리오? 돈ᄋᆞ(豚兒)의 거동(擧動)
을 ᄉᆡᆼ각ᄒ니 한심(寒心)ᄒ미 압서ᄂᆞᆫ디라 ᄯᅩ 국보의게 죄(罪)를 어더
시니 국뵈 엇디 블효ᄌᆞ(不肖子)를 슬하(膝下)의 두고져 ᄒᆞ리오?"

뎡 공(公)이 쇼왈(笑曰),

"돈ᄋᆞ(豚兒ㅣ) 텬셩(天性)이 너모 고집(固執)ᄒ므로

●●●

100면

ᄌᆞ경의 활발(活潑)ᄒᆞᆷ을 나므라 ᄉᆞ단(事端)이 이러틋 ᄒ니 쇼뎨(小弟)
탄(嘆)ᄒᆞᄂᆞᆫ 배라 쾌(快)히 ᄐᆡᆨ일(擇日)ᄒ야 혼ᄉᆞ(婚事)를 일우미 됴흘
가 ᄒᆞᄂᆞ이다."

태시(太師ㅣ) 역시(亦是) 웃고 허락(許諾)ᄒ고 뎡 공(公)이 칭샤(稱
謝)ᄒ고 도라가다.

이ᄯᅢ 승샹(丞相)이 연셩의 듕칙(重責) 닙으믈 보고 서헌(書軒)의

---

351) 국보: 졍문한의 자(字).

도라와 몽챵을 블러 시비곡딕(是非曲直)을 뭇디 아니ᄒ고 셔동(書童)을 명(命)ᄒ야 틱쟝(笞杖)ᄒ니 몽챵이 울며 왈(曰),

"ᄒ이(孩兒]) 쟉죄(作罪)ᄒᆫ 배 업습거ᄂᆯ 금일(今日) 무고(無故)히 듕칙(重責)을 당(當)ᄒ오니 므슴 연괴(緣故])니잇고?"

승샹(丞相)이 더옥 노(怒)ᄒ야 ᄆ이 치믈 호령(號令)ᄒ니 십여(十餘) 댱(杖)의 니르러ᄂᆫ 몽챵의 옥(玉) ᄀᆮ튼 다리의 젹혈(赤血)이 님니(淋漓)352)ᄒ디 승샹(丞相)이 그틸 ᄯᅳ시 업서 틱만(怠慢)ᄒᆷ믈 칙(責)ᄒ야 셔동(書童)으로 ᄒ여곰 치믈 직

• • •

101면

촉ᄒ니 챵이 탹급(着急)ᄒ야 소리ᄒ여 왈(曰),

"조부(祖父)야, 구(救)ᄒ쇼셔."

이ᄢ 몽현이 그 아ᄋ 잔잉히 마ᄌ믈 보고 대셔헌(大書軒)의 가 태ᄉ(太師)긔 고(告)ᄒ니 태ᄉ(太師]) 경녀(驚慮)ᄒ야 친(親)히 셔당(書堂)의 니르러 보고 놀나 므르디,

"챵이(-兒]) 므슴 죄(罪)ᄅᆯ 어덧관ᄃᆡ 져러틋 과(過)히 치ᄂᆞ뇨?"

승샹(丞相)이 부친(父親)의 오시믈 보고 ᄂᆞ려 마자 딕왈(對曰),

"몽챵이 어린 ᄋᆞ히 비례(非禮)의 셔간(書柬)을 젼(傳)ᄒ야 연셩으로써 그릇 곳의 ᄲᅡ디오니 ᄎ고(此故)로 경계(警戒)ᄒ미로소이다."

태ᄉ(太師]) 미쇼(微笑) 왈(曰),

"너의 훈ᄌ(訓子)ᄒ미 너모 일쥭353) ᄒ도다. 연셩의 무샹(無狀)ᄒ미 비례(非禮)의 셔간(書柬)을 지어 어린 ᄋᆞ히ᄅᆯ 다릭니 쳘 모ᄅᆞᄂᆫ

---

352) 님니(淋漓): 임리. 피, 땀, 물 따위의 액체가 흘러 흥건한 모양.
353) 일쥭: 일찍.

히익(孩兒ㅣ) 모로고 젼(傳)ᄒᆞ미라 엇디 일노뻐 죄(罪)ᄅᆞᆯ 삼ᄂᆞ뇨?"

셜파(說罷)의 몽챵을 안고 서헌(書軒)으로 가니 승

* * *

102면

샹(丞相)이 감(敢)히 말을 못 ᄒᆞ고 쇼당(小堂)의 가 연셩을 보니 샹
체(傷處ㅣ) 뚜러져 젹혈(積血)이 돌〃ᄒᆞ니 승샹(丞相)이 참연(慘然)
이 ᄂᆞᆺ빗ᄎᆞᆯ 고티고 어ᄅᆞᄆᆞ져 왈(曰),

"네 엇디 ᄠᅳᆺ을 삼가디 못ᄒᆞ야 부모(父母) 유톄(遺體)ᄅᆞᆯ 이 디경(地
境)의 니ᄅᆞ게 ᄒᆞ뇨? 쳐ᄌᆞ(妻子ㅣ) 비록 귀(貴)ᄒᆞ나 ᄉᆞ톄(事體) 블가(不
可)ᄒᆞᄆᆞᆯ 도라보디 아냐 풍화(風化)의 죄(罪)ᄅᆞᆯ 저ᄌᆞ니 야야(爺爺)의
셩덕(盛德)을 우리 형톄(兄弟) ᄒᆞ나토 밧드디 못ᄒᆞᄆᆞᆯ 슬허ᄒᆞ노라."

인(因)ᄒᆞ야 눈믈을 ᄂᆞ리오니 한님(翰林)이 참괴(慙愧)코 뉘우쳐 쳥
죄(請罪) 왈(曰),

"쇼뎨(小弟) 무샹(無狀)ᄒᆞ야 스ᄉᆞ로 죄(罪)ᄅᆞᆯ 저ᄌᆞ러 금일(今日) 대
인(大人)긔 죄(罪)ᄅᆞᆯ 어드니 ᄌᆞ쟉지얼(自作之孼)[354]이라 엇디 흔(恨)
ᄒᆞ리잇고마ᄂᆞᆫ 당초(當初) 뎡 시(氏)ᄅᆞᆯ 보믄 눈 들기ᄅᆞᆯ 경(輕)히 ᄒᆞ미
오 글을 보ᄂᆞᆫ 그 ᄠᅳᆺ을 시험(試驗)ᄒᆞ미라 두 번(番)재 글을 보ᄂᆞ

* * *

103면

믄 뎡문한이 쇼뎨(小弟)ᄅᆞᆯ 탕ᄌᆞ(蕩子ㅣ)라 빅쳑(排斥)ᄒᆞ니 잠간(暫間)
셜치(雪恥)코져 짐짓 그러ᄐᆞᆺ ᄒᆞ오미러니 문한의 괴려(乖戾)[355]ᄒᆞ미

---

354) ᄌᆞ쟉지얼(自作之孼): 자작지얼. 자기가 저지른 일 때문에 생긴 재앙.

355) 괴려(乖戾): 사리에 어그러져 온당하지 않음.

야"(爺爺)긔 고(告)ᄒ야 쇼뎨(小弟)를 듕칙(重責)을 어더 주니 쇼뎨
(小弟) ᄎ후(此後) 뎡 시(氏)를 취(娶)티 못ᄒ올소이다."

승샹(丞相)이 경계(警戒) 왈(曰),

"믹ᄉᆡ(每事ㅣ) 네 그릇ᄒ미니 엇디 늠을 흔(恨)ᄒ리오? 고딥(固執)
흔 ᄠᅳᆺ을 먹디 말고 됴리(調理)ᄒ야 니러나라."

연셩이 샤례(謝禮)ᄒ나 심듕(心中)의 뎡 샹셔(尙書)를 분(憤)ᄒ야
ᄆᆞ음의 밍셰(盟誓)ᄒ여,

'뎡 시(氏)를 취(娶)흔 후(後) 당"(堂堂)이 곤욕(困辱)ᄒ야 이 분
(憤)을 플니라.'

승샹(丞相)과 무평빅이 쇠를 그ᄅᆞᆺ디 아니ᄒ고 밤낫 븟드러 구호
(救護)ᄒ며 뎡 부인(夫人)이 스ᄉᆞ로 참괴(慙愧)ᄒᆞᆷ믈 이긔디 못ᄒ야
그 거"(哥哥)를 이돌니 너기더라.

일(一) 월(月) 후(後) 한님(翰林)이 향ᄎᆞ(向差)356)ᄒ야 니러나 부친
(父親)

···

104면

긔 쳥죄(請罪)ᄒ니 태ᄉᆞ(太師ㅣ) 다시 일쟝(一場)을 ᄃᆡ칙(大責)ᄒ고
샤(赦)ᄒ다. 한님(翰林)이 감격(感激)ᄒ야 믈너나 조모(祖母)와 모친
(母親)긔 뵈오니 뉴 부인(夫人)이 ᄉᆞ리(事理)로 경계(警戒)ᄒ며 태부
인(太夫人)이 기과(改過)ᄒᆞᆷ믈 닐너 이(二) 부인(夫人)의 말ᄉᆞᆷ이 금옥
(金玉) ᄀᆞᆺ더라. 한님(翰林) 빅샤이퇴(拜謝而退)ᄒ니,

이ᄯᅢ 몽챵이 ᄆᆡ룰 맛고 뎡 부인(夫人) 침쇼(寢所)의 와 됴리(調理)

---

356) 향ᄎᆞ(向差): 향차. 회복함.

홀시 부인(夫人)이 준절(峻截)이 꾸짓기를 여디(餘地) 업게 ᄒ니 챵
이 울고 말은 아니ᄒ고 누어셔 이릭의 소릭로 우ᄂ디라 부인(夫人)
이 소릭를 금(禁)ᄒ야 꾸짓디 듯디 아니코 음식(飮食)을 아니 먹고
눈이 붓도록 울고 삼(三) 일(日)이 되도록 흔굴ᄀᄐ니 이ᄂ 슉부(叔
父)의 듕칙(重責) 닙으므로 제 슬 알픈 줄을 아디 못ᄒ고 ᄀ쟝 셜워
ᄒᄂ디라 부인(夫人)이 필경(畢竟)은

· · ·

105면

익샹(哀傷)이 너겨 위로(慰勞)ᄒ고 음식(飮食)을 권(勸)ᄒ니 챵이 바
다 먹고 잠간(暫間) 됴리(調理)ᄒ고 겨유 니러나 슉부(叔父) 병소(病
所)의 가 ᄒ가지로 잇고져 ᄒ더니 승샹(丞相)이 시동(侍童)으로 ᄒ여
곰 미357)러 닉쳐 드리디 아니ᄒ니 몽챵이 홀일업서 그저 도라와 쏘
우더니 한님(翰林)이 이에 니릭러 몽챵을 보니 다리 만챵(滿瘡)358)으
로 허러 니러나디 못ᄒ거늘 한님(翰林)이 눈믈을 먹음고 어릭ᄆ져
ᄀ오딕,

"미친 아즈비 말 듯다가 너조차 낙미지익(落眉之厄)359)을 만나도
다. 그러나 형댱(兄丈)이 어린 거시 무슨 죄(罪) 잇다 ᄒ고 이딕도록
첫ᄂ뇨? 네 아자븨 타시어니와 쏘 네 외구(外舅)의 괴독(怪毒)360)ᄒ
타시로다."

ᄆᆼ 부인(夫人)이 날호여 샤례(謝禮) 왈(曰),

---

357) 미: [교] 원문에는 '머'로 되어 있으나 오기로 보임.
358) 만챵(滿瘡): 만창. 창병이 심하여짐. 이몽챵이 매를 맞아서 고름이 생기고 짓물러
짐을 이름.
359) 낙미지익(落眉之厄): 낙미지액. 눈앞에 닥친 재앙.
360) 괴독(怪毒): 괴이하고 독함.

"첩(妾)의 동싱이 텬셩(天性)이 너모 고집(固執)ᄒ므

로 슉〃(叔叔)으로 ᄒ야곰 듕최(重責)을 닙게 ᄒ니 첩(妾)이 몸 둘 곳이 업ᄂ이다."

한님(翰林)이 샤왈(謝曰),

"쇼싱(小生)의 블쵸무샹(不肖無狀)ᄒ미라 엇디 몃 샹셔(尙書) 타시며 수쉬(嫂嫂ㅣ) 참괴(慙愧)ᄒ실 일이 잇ᄉ리잇가."

인(因)ᄒ야 몽챵을 어ᄅ만져 무이(撫愛)ᄒ미 지극(至極)ᄒ니 몽챵이 ᄀ득히 반기믈 고(告)ᄒ딕,

"쇼딜(小姪)이 야야(爺爺)긔 칙(責)을 닙어 거름을 것디 못ᄒ므로 슉부(叔父) 병측(病側)의 뫼시디 못ᄒ미 셜워 겨유 됴리(調理)ᄒ야 슉부(叔父) 병측(病側)의 갓더니 야얘(爺爺ㅣ) 밧그로 미러 닛치라 ᄒ시니 셜우미 가이 업셔 용녀(用慮)361)ᄒ기의 쇼딜(小姪)이 ᄯᅩ흔 댱쳬(杖處ㅣ) 낫디 못ᄒ더니 이제 몬져 향차(向差)ᄒ야 쇼딜(小姪)을 와 보시니 쇼딜(小姪)의 깃브미 쇼딜(小姪)이 나은 이의셔 더ᄒ이다."

한님(翰林)이

더옥 ᄉ랑ᄒ고 그 졍ᄉ(情事)를 어엿비 녀겨 위로(慰勞)ᄒ고 무이(撫愛)ᄒ며 그 샹쳐(傷處)를 보고 어ᄅ만져 눈믈을 ᄂ리오더라.

---

361) 용녀(用慮): 용려. 마음을 쓰거나 몹시 걱정함.

승샹(丞相)이 연셩의 병(病)이 하리매362) 추야(此夜)의 브야흐로 닉당(內堂)의 드러가니 몽챵이 신음(呻吟)ᄒ며 누어 자거늘 부인(夫人)이 몽챵의 졍스(情事)를 다 고(告)ᄒ고 가련(可憐)ᄒ믈 니ᄅ니 승샹(丞相)이 잠쇼(潛笑)ᄒ고 말을 아니ᄒ더니 이튼날 몽챵이 니러나 부친(父親)을 보고 두려 고개를 숙이거늘 승샹(丞相)이 경계(警戒)ᄒ고 칙(責)ᄒ야 후일(後日)을 딩계(懲戒)ᄒ고363) ᄯ 이런 거죄(擧措ㅣ) 이신즉 영〃(永永) 문(門)밧긔 닉칠 ᄯᆺ을 닐너 들닌 후(後) ᄉ식(辭色)을 프러 위로(慰勞)ᄒ더라.

어시(於時)의 뎡 각뇌(閣老ㅣ) 도라가 샹셔(尙書)를 칙왈(責曰),

"네 어려셔브터 글을 닑어 식견(識見)이 너를 거시어늘 어딕로셔

난 고집(固執)이 이심(已甚)ᄒ야 연셩의 일이 비록 그르나 이 쇼년(少年)의 녜ᄉᆞ(例事ㅣ)어늘 브졀업시 니 공(公)ᄃ려 닐너 어린 ᄋᆞ희로써 듕쟝(重杖)을 닙히니 이 므슴 ᄯᆺ이뇨? 더옥 녀ᄋᆞ(女兒)의 무안(無顔)ᄒ믈 도라보디 아니〃 이ᄂᆞᆫ 심(甚)ᄒ 괴독(怪毒)ᄒ 일이라. 나의 일싱(一生) 너를 ᄀᆞᄅ친 배 아니로다."

샹셰(尙書ㅣ) ᄂᆞ죽이 샤례(謝禮) 왈(曰),

"ᄒᆡᄋᆞ(孩兒ㅣ) 구ᄐᆞ여 연셩으로써 듕쟝(重杖)을 어더 주고져 ᄒ미 아니라 그 그ᄅᆞ믈 부형(父兄)ᄃ려 닐너 경계(警戒)ᄒ야 후(後)의나 그런 일을 아니케 ᄒ미니 이 젼혀(專-) 연셩을 사룸 되고져 ᄒ미로소

---

362) 하리매: 나음에.

363) ᄒ고: [교] 원문에는 '왈'로 되어 있으나 말하는 장면이 끊겨 있으므로 이와 같이 수정함.

이다."

공(公)이 노왈(怒曰),

"니르디 말나. 원간364) 쳐음의 연성으로 혼인(婚姻)을 슌(順)이 ᄒ
더면 므스 일 이러틋 요란(搖亂)ᄒ리오?"

샹셰(尚書ㅣ) 다만 샤죄(謝罪)ᄒ더라.

각뇌(閣老ㅣ)

∴

109면

샹셔(尚書)ᄅᆞᆯ 지쵹ᄒ야 퇴일(擇日)ᄒ니 겨유 수십(數十) 일(日)은 가
렷더라.

길일(吉日)이 다ᄃᆞᄅᆞ매 니부(-府)의셔 신낭(新郞)을 보ᄂᆞ니 한님
(翰林)이 옥면셩모(玉面盛貌)365)의 길복(吉服)을 ᄀᆞ초고 위의(威儀)
ᄅᆞᆯ 거ᄂᆞ려 명부(-府)의 니르러 기러기ᄅᆞᆯ 뎐(奠)ᄒ고 샹교(上轎)ᄅᆞᆯ 기
ᄃᆞ리니 각뇌(閣老ㅣ) 흔연(欣然)이 손을 잡고 왈(曰),

"노뷔(老夫ㅣ) ᄌᆞ슈 ᄀᆞ튼 긔ᄌᆡ366)(奇才)ᄅᆞᆯ 슬하(膝下)의 두고 ᄯ
너ᄅᆞᆯ 마자 슬하(膝下)의 두니 깃브미 타ᄉᆞ(他事)로 비(比)티 못ᄒ리
로다."

한님(翰林)이 믁연(黙然) 비샤(拜謝)ᄒ더라. 이윽고 쇼졔(小姐ㅣ)
응쟝셩식(凝粧盛飾)367)으로 옥교(玉轎)368)의 들매 한님(翰林)이 봉교

---

364) 원간: 워낙.
365) 옥면셩모(玉面盛貌): 옥면성모. 옥같이 빼어난 얼굴과 화려한 외모.
366) 지: [교] 원문에는 '즈'로 되어 있으나 문맥을 고려하여 국도본(6:20)을 따름.
367) 응쟝셩식(凝粧盛飾): 응장성식. 얼굴과 옷을 아름답게 단장하고 치장함.
368) 옥교(屋轎): 가마의 일종으로 출입하는 문과 창을 달아 작은 집처럼 만든 가마.

(封轎)학기룰 뭇고 호송(護送)학야 본부(本府)의 니르러 교빅(交拜)
룰 파(罷)학고 구고(舅姑)긔 폐빅(幣帛)을 나오니 신부(新婦)의 몱은
광치(光彩)와 쇼담쟈약(素淡自若)혼 용뫼(容貌ㅣ) 누실(樓室)의 ᄇᆡ이
니 구고(舅姑) 존당(尊堂)이

110면

크게 깃거 뎡 부인(夫人)ᄃ려 왈(曰),

"현부(賢婦)의 아름다오미 다시 ᄡᅡᆼ(雙)이 업슨가 ᄒᆞ더니 이제 신부
(新婦)의 특이(特異)ᄒᆞ미 현부(賢婦)로 방블(髣髴)ᄒᆞ니 우리 등(等)이
깃브미 이긔여 비(比)홀 곳이 업도다."

부인(夫人)이 ᄌᆞ약(自若)히 샤례(謝禮)ᄒᆞ더라.

셕양(夕陽)의 신부(新婦)의 슉소(宿所)룰 뎡(定)ᄒᆞ야 보ᄂᆞᆯ매 한님
(翰林)이 셕샹(席上)의셔 신부(新婦)의 용치(容采)룰 보고 의긔(意氣)
비양(飛揚)ᄒᆞ야 거름을 두로혀 신방(新房)의 니르니 뎡 쇼졔(小姐ㅣ)
안ᄉᆡᆨ(顔色)을 싁〃이 하고 몸을 니러 마자 좌(座)룰 뎡(定)ᄒᆞ매 쇼졔
(小姐ㅣ) 몸을 두로혀 벽(壁)을 향(向)ᄒᆞᄂᆞᆫ디라 한님(翰林)이 진짓 겨
ᄐᆡ 나아가 냥목(兩目)으로 쇼져(小姐)룰 보며 왈(曰),

"흑ᄉᆡᆼ(學生)의 블쵸(不肖)ᄒᆞ미 뎡 샹셔(尚書) 눈의 나 그ᄃᆡ로 심규
(深閨)의 늙히고 탕ᄌᆞ(蕩子) 니연셩의 후실(後室)을 아니 쥬려다 ᄒᆞ
더니 엇

111면

디 금일(今日) 지개(志槪)룰 굴(屈)ᄒᆞ야 이에 니르뇨? 소견(所見)을

듯고져 ᄒᆞ노라."

쇼졔(小姐ㅣ) 미위(眉宇ㅣ) 싁〃ᄒᆞ야 브답(不答)ᄒᆞ니 한님(翰林)이 셩모(星眸)를 졍(正)히 ᄒᆞ야 이윽이 보다가 닝쇼(冷笑) 왈(曰),

"그ᄃᆡ 부369)친(父親)의 괴려(乖戾)ᄒᆞ믈 바다 니연셩의게 뎐(傳)코져 ᄒᆞ나 어려오리라."

인(因)ᄒᆞ야 안식(案息)370)의 비겨 말 아니 답(答)ᄒᆞ믈 삼경(三更)이나 보채다가 블을 ᄊᆞ고 금니(衾裏)371)의 나아가니 은졍(恩情)의 견권(繾綣)372)ᄒᆞ미 측냥(測量) 업더라.

명됴(明朝)의 쇼졔(小姐ㅣ) 아츔 문안(問安)의 응쟝셩식(凝粧盛飾)으로 참예(參預)ᄒᆞ매 아름다온 긔딜(器質)이 새로오매 구괴(舅姑ㅣ) ᄉᆞ랑ᄒᆞ믈 이긔디 못ᄒᆞ더니 초왕비 낭〃(朗朗)이 웃고 태ᄉᆞ(太師)긔 고왈(告曰),

"금일(今日) 신부(新婦)의 아름다오미 이러ᄐᆞᆺ ᄒᆞ오니 야〃(爺爺) 셩의(盛意) 엇더ᄒᆞ시니잇고?"

태시(太師ㅣ) 흔연(欣然) 쇼왈(笑曰),

"조션여경(祖先餘慶)373)과 오문(吾門)의 복(福)

• • •

112면

으로 신뷔(新婦ㅣ) 덕되(德道ㅣ) 유한(幽閑)ᄒᆞ니 연셩의 ᄂᆡ조(內助)를 빗닐디라 네 아븨 깃브믄 무러 알 배 아니로다."

---

369) 부: [교] 원문에는 '분'으로 되어 있으나 오기로 보임.
370) 안식(案息): 벽에 세워 놓고 앉을 때 몸을 기대는 방석. 안석(案席).
371) 금니(衾裏): 금리. 이불 속.
372) 견권(繾綣): 정의(情誼)가 살뜰하여 못내 잊히지 않거나 떨어질 수 없음.
373) 조션여경(祖先餘慶): 조선여경. 조상들이 쌓은 덕으로 후손에게 생긴 경사.

인(因)ㅎ야 니러 나가니 초왕비 웃고 연셩을 긔롱(譏弄)[374]ㅎ야 왈(曰),

"뎡데(-弟)의 슉ᄌ현딜(淑姿賢質)[375]이 이러틋 긔이(奇異)ㅎ니 현뎨(賢弟)의 평싱지원(平生之願)이 ᄎᆞ난디라 우형(愚兄)이 티하(致賀)ㅎ노라."

최 슉인(淑人)이 쇼이찬왈(笑而讚曰),

"삼낭군(三郎君)이 슉녀(淑女) ᄉ모(思慕)ㅎ미 젹년(積年) 고딜(痼疾)이 되엿더니 조믈(造物)이 슬피고 황텬(皇天)이 졔도(濟度)ㅎ샤 금일(今日) 뎡 쇼져(小姐) ᄀᆞᄐᆞᆫ ᄲᅢ혀ᄂᆞᆫ 슉녀(淑女)ᄅᆞᆯ 어드시니 우리 등(等)의 깃브미 그지업거ᄂᆞᆯ 더옥 한님(翰林) 쯧을 니ᄅᆞ리오마ᄂᆞᆫ 몽챵 공ᄌ(公子ㅣ) 슉부(叔父) 말 듯다가 두 ᄃᆞ리 부어 지금 운신(運身) 티 못ᄒᆞ니 한님(翰林)이 념치(廉恥) 계실딘대 몽챵 공ᄌ(公子) 소환(所患)[376]이 차복(差復)[377]ᄒᆞᆯ 동안 뎡 쇼

• • •

113면

져(小姐)로 동쳐(同處)ᄅᆞᆯ 아냠 ᄌᆞᆨᄒᆞ니이다."

좌위(左右ㅣ) 크게 웃고 연셩이 함쇼(含笑) 브답(不答)ᄒᆞ더니 이윽고 왈(曰),

"누의ᄂᆞᆫ 최가(-家) 주린 거시 술이나 더이디[378] 아니ᄒᆞ고 무엇ᄒᆞ

---

374) 긔롱(譏弄): 기롱. 실없는 말로 놀림.

375) 슉ᄌ현딜(淑姿賢質): 숙자현질. 현숙한 자태와 자질.

376) 소환(所患): 앓고 있는 병.

377) 차복(差復): 병이 나아서 회복됨.

378) 더이다: 데우지.

라 와셔 이러툿 괴로이 구ᄂ뇨?"

슉인(淑人)이 쇼왈(笑曰),

"최 샹셰(尙書ㅣ) 쟉위(爵位) 팔좌(八座)[379]의 존(尊)ᄒᆞᆷ를 가져 고관후록(高官厚祿)[380]이 구룸ᄀᆞ티 흘러들고 노복(奴僕)이 수(數)ᄅᆞᆯ 혜디 못ᄒᆞ거든 ᄂᆡ 엇디 술을 더이리오?"

한님(翰林) 왈(曰),

"누의ᄂᆞᆫ ᄂᆡ 모로ᄂᆞᆫ가 너기ᄂᆞ냐? 져젹도 보니 최문샹이 누의ᄅᆞᆯ 알패 안치고 술을 더이라 ᄒᆞ며 누의ᄅᆞᆯ 향(向)ᄒᆞ야 우이 구ᄂᆞᆫ 거동(擧動)이 ᄌᆞ못 히이(駭異)[381]ᄒᆞ니 누의ᄂᆞᆫ 하 쾌(快)ᄒᆞᆫ 쳬 말나."

슉인(淑人)이 대쇼(大笑) 왈(曰),

"한님(翰林) 말ᄉᆞᆷ이 ᄀᆞ장 능(能)[382]ᄒᆞ도다. 그때 샹셰(尙書ㅣ) 마춤 금노(金爐)의 블이 이시믈 보고 날ᄃᆞ려 술을 더이라 ᄒᆞ니

∙••

114면

그ᄃᆡ 우연(偶然)이 보고 태반(太半)이나 주쟉(做作)[383]ᄒᆞ야 져러 구니 가쇠(可笑ㅣ)로다."

무평빅이 역쇼(亦笑) 왈(曰),

"너ᄂᆞᆫ 니ᄅᆞ디 말나. 최문샹이 네게 주린 넉슬 어더 누의게 ᄒᆞᄂᆞᆫ 거동(擧動)이 극(極)ᄒᆞᆫ 긔담[384](奇談)이니 발명(發明)[385]을 잘ᄒᆞᆯ다."

---

379) 팔좌(八座): 중국에서 시대별로 지칭하는 범위가 달랐으나 대개 상서(尙書)를 가리킴.

380) 고관후록(高官厚祿): 높은 지위를 지닌 관리와 두터운 녹봉.

381) 히이(駭異): 해이. 해괴함.

382) 능(能): 능활. 능력이 있으면서 교활함.

383) 주쟉(做作): 주작. 없는 사실을 꾸며 만듦.

슉인(淑人)이 답쇼(答笑) 왈(曰),

"쳔미(賤妹) 당〃(堂堂)흔 녜(禮)로 최가(-家)의 가시니 최 공(公)의 거동(擧動)이 아모라 ᄒ다 관계(關係)ᄒ리오커니와 ᄂᆞᆷ의 규듕(閨中) 녀ᄌ(女子)의게 셔찰(書札) 왕복(往復)ᄒᄂ 명ᄉ(名士)와 비(比)ᄒ면 뉘 나으니잇가?"

모다 대쇼(大笑)ᄒ고 홀 말이 업서 ᄒ더니 몽챵이 샹체(傷處ㅣ) 낫디 아냐시나 이에 와 안잣다가 믄득 니ᄅᄃᆡ,

"아ᄌ미 말 됴흔 톄ᄒ고 좌듕인(座中人)을 다 관속(管束)386) ᄒ니 모다 꿀 먹은 벙어리ᄀᆞᆺ티 안자시니 ᄂᆡ 흔 말 ᄒ리라. 슉뷔(叔父ㅣ) 년쇼(年少) 쟝년(壯年)의 샹실(喪室)ᄒ고 환거독실(鰥居獨室)ᄒ야

• • •

115면

심ᄉᆡ(心思ㅣ) 울〃(鬱鬱)ᄒ디라, 표미(表妹) ᄀᆞᄐ 흥ᄋ(姮娥)를 보고 눈 드러 보미 고이(怪異)ᄒ며 본 후(後)ᄂ 싱각ᄒ미 변(變)이 아니〃 고인(古人)이 븩일 진〃이 브ᄅ미 잇거든387) 우리 슉부(叔父)의 ᄒ신 일이 큰 과실(過失)이 아닌 듯ᄒ고 처음 셔찰(書札)을 보ᄂᆡ믄 표미(表妹)의 ᄒᆡᆼᄉ(行事)를 시험(試驗)코져 짐즛 ᄒ시미오, 이ᄂ 타인(他人)의 싱각디 못홀 슬긔라 븩(百) 년(年)을 ᄃᆞ리고 살 쳐ᄌ(處子)의 현우(賢愚)를 알려 ᄒᄆᆡ 그 ᄉᆡᆨ(色)만 취(取)ᄒ미 아니〃 군ᄌ(君子) ᄒᆡᆼ신(行身)의 미진(未盡)ᄒ미 업고 두 번(番)재 글로뻐 보ᄂᆡ믄 우리

---

384) 담: [교] 원문에는 '남'으로 되어 있으나 문맥을 고려하여 이와 같이 수정함.

385) 발명(發明): 죄나 잘못이 없음을 밝힘.

386) 관속(管束): 다잡음.

387) 븩일~잇거든: 미상.

의게 너모 거오(倨傲)흔 체흐샤 슉부(叔父) ᄀ툰 영걸(英傑)을 나므
라시고 혼인(婚姻)을 허(許)티 아니시니 슉뷔(叔父ㅣ) 분(憤)흐야 그
예긔(銳氣)를 것그미 쾌(快)흔 일이라 셰 번(番) 일이 다 인니(人理)
의 올흐신 일이어늘 아즈미 입을 다믈고 안

◦●●

116면

잣기 심〃흐고 쟝(壯)흔 긔운(氣運)을 이긔디 못흐야 흔갓 말 됴흔
체흐고 우리 슉부(叔父) 힝ᄉ(行事)를 시비(是非)흐며 최가(-家)의 아
즈미를 향(向)흐야 긔구(崎嶇)히 구ᄂᆞ 거동(擧動)을 다 ᄉ리쳐 곰초
고 착흐롸 흐니 과연(果然) 듕희(衆姬) 듕(中) 슬믠[388] 것거시로다."

언파(言罷)의 미위(眉宇ㅣ) 싁〃흐니 졔인(諸人)이 몽챵의 말을 듯
고 하 어히업셔 박댱대쇼(拍掌大笑)흐니 한님(翰林)이 챵을 나호여
안고 닐오디,

"네 이러톳 말을 잘흐야 아자븨 쾌(快)흔 덕(德)을 나타닉고 누의
를 것지ᄅ니 과연(果然) 긔특(奇特)흐도다."

슉인(淑人)이 몽챵의 말을 듯고 쏘한 홀 말이 업서 크게 웃고 왈(曰),

"ᄎᆞ공ᄌᆞ(次公子)의 언변(言辯)이 이러톳 능녀(凌厲)[389]흐니 타일(他
日) 댱셩(長成)흐면 삼낭군(三郎君)의 긔샹(氣像)의셔 삼분(三分)[390]
이나 더흐야 필연(必然) 눔의 규슈(閨秀)

---

388) 슬믠: 싫어하고 미워하는.

389) 능녀(凌厲): 능려. 아주 뛰어나게 훌륭함.

390) 삼분(三分): 십분의 삼.

롤 도적(盜賊)ᄒ야 올노다.”

몽챵이 쇼왈(笑曰),

“아ᄌ미 그 말도 그리 니ᄅ디 말나. 규쉬(閨秀ㅣ)라도 닉 ᄆ음의 ᄆᆺ고 덕(德)이 잇거든 고이 드려다가 안히를 삼으리니 일개(一家ㅣ)로 니ᄅ리오?”

졔인(諸人)과 슉인(淑人)이 무언대쇼(無言大笑)ᄒ고 뉴 부인(夫人)이 우어 왈(曰),

“몽챵의 긔샹(氣像)이 이제 져러틋 ᄒ니 네 아비 심덕(心德)을 만히 드릴노라.”

챵이 미쇼(微笑) 디왈(對曰),

“쇼손(小孫)의 긔샹(氣像)이 엇더ᄒ관디 엇디 야〃(爺爺)긔 근심을 기치리잇고? 군ᄌ(君子) 힝신(行身)의 신(信)과 튱(忠)과 녜(禮)를 다 ᄒᆫ즉 야애(爺爺ㅣ) 엇디 칙(責)ᄒ시며 남ᄌ(男子)의 미녀셩ᄉᆡᆨ(美女聲色)이야 ᄯᅩ 금(禁)ᄒ셔 무엇ᄒ리잇가?”

뎡 부인(夫人)이 츄파(秋波)를 드러 챵을 보며 왈(曰),

“쇼ᄋᆡ(小兒ㅣ) 어이 이디도록 언에(言語ㅣ) 방ᄌ(放恣)ᄒ여 실셩(失性)ᄒᆫ 것 ᄀᆮᄐᆞ뇨? ᄲᆞᆯ리 믈너가고 잡(雜)말을 그치라.”

몽챵이 샤죄(謝罪) 왈(曰),

“그릇 ᄒᆞ얏ᄂᆞ이다.”

ㅎ고 다시 말을 아니ㅎ고 단좌(端坐)ㅎ니 늠″(凜凜)혼 긔운(氣運)
이 하일지샹(夏日之像)391)과 츄텬(秋天)의 놉흐믈 가져시니 태부인
(太夫人)이 굴오딕,

"ᄎ이(此兒ㅣ) 쟝ᄂᆡ(將來) 귀인(貴人)이 될 거시니 쇼부(小婦)는 너
모 칙(責)디 말나."

뎡 부인(夫人)이 샤례(謝禮)ㅎ더라.

이쌔 뎡 샹셰(尙書ㅣ) 외당(外堂)의 니르러 태ᄉ(太師)긔 뵈고 좌
(座)룰 떠나 쳥(請)ㅎ여392) 왈(曰),

"녀ᄌᆡ(女子ㅣ) 삼죵지의(三從之義)393) 덧″ㅎ나 녀이(女兒ㅣ) 질약
(質弱)ㅎ야 병(病)이 만흐니 대인(大人)은 은혜(恩惠)룰 드리오샤 일
이(一二) 년(年)을 허(許)ㅎ쇼셔."

태시(太師ㅣ) 쇼왈(笑曰),

"노뷔(老夫ㅣ) 블쵸ᄌ(不肖子)로써 신부(新婦) ᄀ튼 현미(賢美) 슉
녀(淑女)룰 어드니 일시(一時) 떠날 뜻이 업ᄉ나 명공(明公)의 졍니
(情理) 그러ㅎ실시 올흐니 일이(一二) 년(年)을 허(許)ㅎᄂ이다."

샹셰(尙書ㅣ) 지삼(再三) 샤례(謝禮)ㅎ고 녀ᄋ(女兒)룰 다려가딕
연셩을 ᄆ춤ᄂᆡ

• • •

119면

아른 체 아니″ 연셩이 긔싴(氣色)을 슬피고 십분(十分) 대로(大怒)

---

391) 하일지샹(夏日之像): 하일지상. 여름 해와 같은 기상.

392) ㅎ여: [교] 원문에는 '죄'로 되어 있으나 문맥에 맞지 않아 국도본(6:28)의 'ㅎ'로
교체하고 '여'는 첨가함.

393) 삼죵지의(三從之義): 삼종지의. 봉건 시대 여자가 지켜야 할 세 가지 도리. 어려
서는 아버지를 좇고, 시집가서는 남편을 좇고, 남편이 죽은 뒤에는 아들을 좇음.

ᄒᆞᄃᆡ 부친(父親)이 뎡 시(氏)ᄅᆞᆯ 보ᄂᆞ니 감(敢)히 말을 못 ᄒᆞ고 심듕(心中)의 분″(忿憤)ᄒᆞ더니 셕양(夕陽)의 명부(-府)의 니르니 각노(閣老) 부뷔(夫婦 l) 지극(至極)히 ᄉᆞ랑ᄒᆞ나 샹셔(尙書)의 긔샹(氣像)이 평안(平安)티 아니ᄒᆞ니, 싱(生)이 더옥 대로(大怒)ᄒᆞ야 쏘ᄒᆞᆫ 아른 체 아니ᄒᆞ고 신방(新房)의 니르니 포딘(鋪陳)394)이 정제(整齊)ᄒᆞ고 화쵹(華燭)이 명낭(明朗)ᄒᆞ더라.

야심(夜深) 후(後) 쇼제(小姐 l) 나왓거ᄂᆞᆯ 한님(翰林)이 졍ᄉᆡᆨ(正色) 문왈(問曰),

"그ᄃᆡ 비록 샹셔(尙書) 녀ᄋᆞ(女兒 l)나 팔ᄌᆞ(八字 l) 박(薄)ᄒᆞ야 탕ᄌᆞ(蕩子) 니연셩의 계실(繼室)이 되니 ᄉᆞ싱(死生)이 ᄂᆡ 손의 잇거ᄂᆞᆯ 엇던 고(故)로 거취(去就)ᄅᆞᆯ ᄌᆞ임(自任)ᄒᆞᄂᆞᆫ 연고(緣故)ᄅᆞᆯ 듯고져 ᄒᆞ노라."

쇼제(小姐 l) 뉴미(柳眉)ᄅᆞᆯ ᄉᆡᆨ″히 ᄒᆞ고 브답(不答)ᄒᆞ니 한님(翰林)이 냥구(良久) 슉시(熟視)러니 불연변ᄉᆡᆨ(勃然變色)395) 왈(曰),

"그ᄃᆡ 부

• • •

120면

친(父親)이 날을 닝396)안(冷眼) 멸시(蔑視)ᄒᆞ고 졍ᄉᆡᆨ(正色) 목도(目睹)ᄒᆞ나 그ᄃᆡ조차 그 괴려(乖戾)ᄒᆞᆫ 셩품(性品)을 빗화 ᄂᆡ게 ᄡᅳ고져 ᄒᆞᄂᆞ냐? 나 니연셩이 비록 탕ᄌᆞ(蕩子 l)나 요괴(妖怪)로온 녀ᄌᆞ(女子)의 게ᄂᆞᆫ 굴(屈)티 아니리니 슌(順)히 입을 여러 샤죄(謝罪)ᄒᆞᆯ딘대 용샤

---

394) 포딘(鋪陳): 포진. 바닥에 깔아놓는 방석, 요, 돗자리의 총칭.

395) 불연변ᄉᆡᆨ(勃然變色): 발연변색. 왈칵 성을 내어 얼굴빛이 달라짐.

396) 닝: [교] 원문에는 'ᄂᆡ'로 되어 있으나 오기로 보임.

(容赦)ᄒ려니와 죵닉(終乃) 뎌러 굴던대 금야(今夜)의 그딕로 결단(決斷)ᄒ고 그치리라."

셜파(說罷)의 쇼졔(小姐ㅣ) 졍쉭(正色) 브답(不答)ᄒ니 한님(翰林)이 더옥 믜이 너겨 브딕 훙복(降伏)을 밧고져 ᄒ야 듁쳑(竹尺)으로 무수(無數)히 난타(亂打)ᄒ며 그 ᄌ힝(恣行)ᄒ믈 무러 딕답(對答)을 지쵹ᄒ니, 쇼졔(小姐ㅣ) 약질(弱質)이 견딕디 못ᄒ야 필경(畢竟) 혼졀(昏絶)397)ᄒ더라 브야흐로 긋치고 븟드러 침금(寢衾)의 누이고 ᄌ긔(自己) ᄯ혼 오슬 그르고 금니(衾裏)의 나아갓더니 ᄎ시(此時) 위부인(夫人)이 녀ᄋ(女兒)와 셔랑(壻郞)

• • •

121면

의 거동(擧動)을 보려 이에 니ᄅ럿다가 이 광경(光景)을 보고 크게 놀나 도라와 샹셔(尙書)ᄃ려 니ᄅ고 나가 말니믈 쳥(請)ᄒ니 샹셰(尙書ㅣ) 왈(曰),

"니 처음의 이런 줄 아라시니 새로이 놀날 배 아니오, 제 날을 곤욕(困辱)ᄒ노라 녀ᄋ(女兒)를 치거니와 죽이든 아닐 거시니 바려 두라."

인(因)ᄒ야 요동(搖動)티 아니ᄒ니 위 부인(夫人)이 십분(十分) 민망(憫惘)398)이 너기더라. 연셩이 니러나 보니 쇼졔(小姐ㅣ) 운환(雲鬟)399)의 피 엉긔고 녹발(綠髮)이 허트러시며 손이 곳〃이 부어시니 한님(翰林)이 ᄀ장 놀나딕 ᄉ쉭(辭色)디 아니ᄒ고 니러 관셰(盥洗)ᄒ고 각노(閣老)긔 하딕(下直)ᄒ고 집으로 도라가니 쇼졔(小姐ㅣ) 일신

───────────

397) 혼졀(昏絶): 정신이 아찔하여 까무러침.
398) 민망(憫惘): 보기에 답답하고 딱하여 안타까움.
399) 운환(雲鬟): 여자의 탐스러운 쪽 찐 머리.

(一身)을 움죽이디 못ᄒᆞ야 금니(衾裏)의 ᄲᅡ혀 혼곤(昏困)[400]ᄒᆞ여시니 부뫼(父母ㅣ) 드러가 보고 어히업서 샹셰(尙書ㅣ) 도로혀 우어 왈(曰),

"니연셩이 이

• • •

122면

러틋 방ᄌᆞ(放恣)ᄒᆞ야 긔탄(忌憚) 업시 녀ᄋᆞ(女兒)를 두ᄃᆞ려 뎌러틋 샹(傷)ᄒᆞ미 도시(都是)[401] 날을 역졍(逆情)[402]ᄒᆞ미라. 연(然)이나 녀ᄋᆞ(女兒)는 부도(婦道)를 닷가 뎌의 독(毒)ᄒᆞᆫ 노(怒)를 만나디 말나."

이러 굴 적 각노(閣老)와 졔뎨(諸弟) 드러와 문왈(問曰),

"져 엇던 일이뇨?"

샹셰(尙書ㅣ) 한님(翰林)의 말을 ᄌᆞ시 니ᄅᆞᆫ듸, 졔싱(諸生)이 대경(大驚)ᄒᆞ더니 반향(半晌) 후(後) 도로혀 크게 웃는디라 각뇌(閣老ㅣ) 쇼왈(笑曰),

"이 도시(都是) 너의 고집(固執)ᄒᆞᆫ 타시니 연셩의 탓도 아니로다."

졔슉(諸叔)이 쇼왈(笑曰),

"뉘 닐오듸 ᄌᆞ경이 딜녀(姪女)를 ᄉᆞ모(思慕)ᄒᆞ야 병(病)이 되엿다 ᄒᆞ더뇨? 이 반ᄃᆞ시 치고져 ᄒᆞᄂᆞᆫ[403] ᄆᆞ음이 샹ᄉᆡ(相思ㅣ) 되엿던가 시브다."

셜파(說罷)의 일좨(一座ㅣ) 대쇼(大笑)ᄒᆞ니 샹셰(尙書ㅣ) 역쇼(亦

---

400) 혼곤(昏困): 정신이 흐릿하고 고달픔.

401) 도시(都是): 모두.

402) 역졍(逆情): 역정. 몹시 언짢거나 못마땅하여서 내는 성.

403) ᄒᆞᄂᆞᆫ: [교] 원문에는 빠져 있으나 문맥을 고려하여 보충함.

笑)ᄒ고 녀ᄋ(女兒)를 드려 방듕(房中)의셔 구호(救護)ᄒ니 수십(數十) 일(日) 만의 쾌차(快差)ᄒ니라.

한님(翰林)의 부듕(府中)의

• • •

123면

도라와 몽챵을 드리고 셔당(書堂)의 잇고 명부(-府)의 가디 아니ᄒ니 무평404)빅이 슈샹(殊常)이 너기고 승샹(丞相)은 필연(必然) 명부(-府)의 가 힐난(詰難)ᄒᆫ 줄 스치고 일〃(一日)은 됴회(朝會) 길히 명부(-府)의 니르니 마춤 샹셔(尙書) 형뎨(兄弟) 업고 각뇌(閣老ㅣ) 잇거ᄂᆞᆯ 뵈옵고 수시(嫂氏)405) 보믈 쳥(請)ᄒ니 각뇌(閣老ㅣ) 다만 닐오ᄃᆡ,

"손녜(孫女ㅣ) 블의(不意)예 유병(有病)ᄒ야 제 모친(母親) 방듕(房中)의셔 됴리(調理)ᄒᆫ다."

ᄒ니 승샹(丞相)이 놀나 도라가 부모(父母)긔 고(告)ᄒᆞᄃᆡ 태ᄉᆡ(太師ㅣ) 경녀(驚慮)ᄒ야 명부(-府)의 니ᄅᆞ러 각노(閣老)와 샹셔(尙書)를 보고 문왈(問曰),

"몰나더니 ᄋᆡ뷔(我婦ㅣ) 유병(有病)타 ᄒ니 증셰(症勢) 엇더ᄒᆞ뇨?"

각뇌(閣老ㅣ) 쇼왈(笑曰),

"손ᄋᆞ(孫兒)는 우연(偶然)이 쵹샹(觸傷)406)ᄒ미어니와 ᄌᆞ경이 이곳이 오디 아니〃 쇼뎨(小弟) 심회(心懷) 울〃(鬱鬱)ᄒ여이다. 젼일(前日) ᄌᆞ슈로 동방(洞房)407) 향ᄀᆡᆨ(鄕客)을 삼아 두

---

404) 평: [교] 원문에는 '령'으로 되어 있으나 일관성을 위해 이와 같이 수정함.
405) 수시(嫂氏): 수씨. 형제의 아내.
406) 쵹샹(觸傷): 촉상. 찬 기운이 몸에 닿아서 병이 남.
407) 동방(洞房): 신방.

굿기더니 이제 즈쉬 대상(大相)이 되여시니 녜일을 브라디 못ᄒ고 즈경으로 손녀(孫女)의 비필(配匹)을 삼으니 깃브미 극(極)ᄒ듸 즈경이 오디 아니〃 심(甚)히 무류(無聊)⁴⁰⁸⁾ᄒ도다."

태시(太師ㅣ) 쇼왈(笑曰),

"돈ᄋ(豚兒ㅣ) 민ᄉ(每事)의 실(實)⁴⁰⁹⁾이 업ᄉ니 또 므슨 별단(別段)⁴¹⁰⁾ 뜻이 이셔 이곳의 오디 아니ᄒᄂᆫ고? 당〃(堂堂)이 경계(警戒)ᄒ야 보ᄂ리이다."

드듸여 도라가 한님(翰林)을 보고 닐오듸,

"네 안히 유병(有病)타 ᄒ니 가셔 문후(問候)ᄒ야 부〃지의(夫婦之義)를 박(薄)히 말나"

한님(翰林)이 슈명(受命)ᄒ나 즐겨 가디 아냣더니 또 십(十) 일(日)만의 혜아리매 뎡 시(氏) 나아실 ᄃᆺᄒ디라 이에 셕양(夕陽)의 뎡부(-府)의 니ᄅ니 각뇌(閣老ㅣ) 흔연(欣然)이 집슈(執手) 왈(曰),

"네 엇디 달⁴¹¹⁾포 되도록 긔척이 업던다?"

한님(翰林)이 쇼왈(笑曰),

"쇼ᄉᆼ(小生)이 이곳의 아니 오믄 다

---

408) 무류(無聊): 무료. 지루하고 심심함.

409) 실(實): 실속. 성실한 마음.

410) 별단(別段): 따로 별다르게.

411) 달: [교] 원문에는 '날'로 되어 있으나 문맥을 고려하여 이와 같이 수정함.

른 연괴(緣故]) 아니라 쥬인(主人)이 긱(客)을 염박(厭薄)[412] 호니 므
슴 념치(廉恥)로 오리잇가마는 금일(今日)은 가친(家親) 명(命)으로
니르럿느이다."

각뇌(閣老]) 흔연(欣然)이 웃고 명 흑 (學士) 등(等)이 쇼왈(笑曰),

"우리는 주경을 명 (明士)로 아더니 엇던 고(故)로 쳔인(賤人)의
거조(擧措)를 호야 졍실(正室)을 친(親)히 난타(亂打) 호니 딜녜(姪女])
질약다병(質弱多病) 호여 그 독(毒) 훈 슈단(手段)을 이긔디 못호야 병
(病)이 골슈(骨髓)의 드러 명진경각(命在頃刻)[413] 호니 아니 블샹호냐?"

한님(翰林)이 쇼왈(笑曰),

"가부(家夫)의게 교앙(驕昻)[414] 훈 녀ᄌ(女子)는 죽여 무던 호니 훈
갓 치기를 니르리오?"

흑ᄉ(學士]) 대쇼(大笑) 왈(曰),

"이놈의 말이 흉(凶) 호니 언어(言語) 샹통(相通) 못 홀 거시로다."

한님(翰林)이 웃고 니러 침소(寢所)의 니르니 위 부인(夫人)이 야
찬(夜餐)을 ᄀ초아 보뉘엿더라. 한님(翰林)이 야심(夜深)토록 안

자시티 쇼졔(小姐]) 나오디 아니커눌 춤디 못호야 시녀(侍女)로 쳥

---

412) 염박(厭薄): 믭고 싫어서 쌀쌀하게 대함.
413) 명진경각(命在頃刻): 명재경각. 거의 죽게 되어 곧 숨이 끊어질 지경에 처함.
414) 교앙(驕昻): 잘난 체하며 겸손함이 없이 건방짐.

(請)흔디 이윽고 시녀(侍女) 쇼완이 샹셔(尚書) 말노 젼(傳)흐디,

"'그디 닉 쏠을 상님(桑林)[415] 쳔쳡(賤妾)ㄱ티 즐미(叱罵)흐니 닉 비록 용녈(庸劣)흐나 결연(決然)이 다시 네 손의 너치 아니리니 일즉 이즈라.' 흐시느이다."

한님(翰林)이 쳥파(聽罷)의 블연대로(勃然大怒)흐야 답왈(答曰),

"샹공(相公)이 쇼싱(小生)을 나므라 다른 가랑(佳郎)을 엇고져 흐시니 엇디 말로 다토리오?"

인(因)흐야 쇼져(小姐) 유모(乳母)로 흐여곰 닐너 보니고 쇼완을 잇그러 즈리의 나아가니 쇼완이 대경(大驚)흐야 크게 울거늘 싱(生)이 주머괴로 입을 치며 저히니[416] 쇼완이 다시 소리룰 못흐더라. 유뫼(乳母ㅣ) 추경(此景)을 보고 놀나고 근심흐야 드러가 고(告)흐니 샹셰(尚書ㅣ) 웃고 말을

· · ·

127면

아니흐더라.

평명(平明)[417]의 한님(翰林)이 관셰(盥洗)흐고 외당(外堂)의 나아가 샹셔(尚書)룰 보고 안식(顔色)이 싁〃흐야 졍(正)히 말을 흐고져 흐더니 홀연(忽然) 명패(命牌) 니루니 싱(生)이 강잉(强仍)흐야 관복(官服)을 갓초고 예궐(詣闕) 복명(復命)[418]흐야 소임(所任)을 출히고 집으로 가니라.

---

415) 상님(桑林): 상림. 뽕나무 숲에서의 남녀의 만남. 『시경, <상중(桑中)>.

416) 저히니: 위협하니.

417) 평명(平明): 해가 뜨는 시간.

418) 복명(復命): 명령을 받고 일을 처리한 사람이 그 결과를 보고함.

명 부인(夫人)이 오래 친당(親堂)의 못 가시므로 구고(舅姑)긔 고(告)ᄒ고 귀령(歸寧)419)ᄒ니 부모(父母) 뎨형(弟兄)이 반기믈 이긔디 못ᄒ고 위 부인(夫人)이 니 한님(翰林) 젼후(前後) 힝ᄉ(行事)를 일〃(一一)히 니르니 부인(夫人)이 경왈(驚曰),

"딜ᄋ이(姪兒ㅣ) ᄌ쇼(自少)로 녯글을 닑어 부도(婦道)를 알녀든 비록 니 한님(翰林) 일이 그르나 딜ᄋ이(姪兒ㅣ) 쳐음 보ᄂᆞᆫ 가군(家君)을 이긔려 ᄒ므로 거죄(擧措ㅣ) 이러틋 망녕(妄靈)되뇨?"

인(因)ᄒ야 샹셔(尙書)를 ᄃᆡ(對)ᄒ여 죠용이 ᄀᆞᆯ오ᄃᆡ,

"연셩이 당초(當初) 거죄(擧措ㅣ) 비록 정도(正道)를

* * *

128면

일허시나 도금(到今)하야 홀일업거ᄂᆞᆯ 딜녜(姪女ㅣ) 닝안(冷眼) 멸시(蔑視)ᄒ고 형(兄)이 딜녀(姪女)를 곱초시니 어ᄂᆞ 어린 남ᄌᆡ(男子ㅣ) 감심(甘心)ᄒ리오? 원(願)컨ᄃᆡ 거〃(哥哥)ᄂᆞᆫ 딜녀(姪女) 곱초기를 그치쇼셔."

샹셰(尙書ㅣ) 웃고 왈(曰),

"연셩의 거죄(擧措ㅣ) 십분(十分) 히이(駭異)ᄒ니 우형(愚兄)이 인분(忍忿)420)키 어려워 저과 결오기를 면(免)티 못ᄒ엿거니와 현ᄆᆡ(賢妹) 말이 이 ᄀᆞᆺ트니 ᄎᆞ후(此後) 짐쟉(斟酌)ᄒ여 보리라."

부인(夫人)이 샤례(謝禮)ᄒ더라.

수일(數日) 후(後) 한님(翰林)이 옥당(玉堂)의 츌번(出番)ᄒ야 집의 가 부모(父母)긔 뵈옵고 명부(-府)의 가 샹셔(尙書)를 ᄎᆞᄌᆞ니 듕당(中

---

419) 귀령(歸寧): 귀녕. 친정 나들이.
420) 인분(忍忿): 분노를 참음.

堂)의 잇거늘 한님(翰林)이 녜(禮)도 아니코 노긔(怒氣) 블연(勃然)
왈(曰),

"혹싱(學生)이 비록 블민(不敏)ᄒ나 일즉 명공(明公)긔 큰 죄(罪)를
엇디 아녓고 냥가(兩家) 대인(大人)이 면약(面約) 명친(定親)ᄒ시매
녕녜(令女ㅣ) 싱(生)의

• • •

129면

안해 되미 욕(辱)되디 아니커늘 무단(無斷)이 쭐을 ᄃ려와 곰초고 닉
디 아니ᄒ며 시[421]녀(侍女)를 보닉여 곤욕(困辱)ᄒ니 싱(生)이 비록
용녈(庸劣)ᄒ나 명공(明公)이 이러틋 칙(責)ᄒ실 일이 업고 녕녜(令
女ㅣ) 존귀(尊貴)ᄒ 톄ᄒ나 ᄒ 샹셔(尙書)의 녀의(女兒ㅣ)어늘 교만
(驕慢) 방ᄌ(放恣)ᄒ야 혼갓 공(公)의 셰(勢)를 미더 날 업슈이 너기
믈 틱심(太甚)이 ᄒ니 연성이 비록 ᄉ리(事理)를 모르나 이러틋 교앙
(驕昻)ᄒ 녀ᄌ(女子)를 용납(容納)디 아닐 거시오, 명 시(氏) ᄯ흔 싱
(生)의 용우(庸愚)ᄒ믈 나므라 은연(隱然)이 타문(他門)을 싱각ᄒ니
혹싱(學生)이 엇디 명녀(-女)를 뉴련(留連)[422]ᄒ리잇고? 원(願)컨딕
혼셔(婚書) 봉치(封采)[423]를 닉여오셔든 쾌(快)히 블 딜너 절의(絶義)
ᄒ고 도라가리니 여ᄎ(如此) 득죄쟤(得罪者ㅣ) 거리끼미 업서 쾌(快)
홀가 ᄒᄂ이다."

셜

---

421) 시: [교] 원문에는 '신'으로 되어 있으나 오기로 보임.

422) 뉴련(留連): 유련. 차마 떠나지 못함.

423) 봉치(封采): 봉채. 봉치의 원말. 봉치는 혼인 전에 신랑 집에서 신부 집으로 보낸
채단(采緞)과 예장(禮狀).

파(說罷)의 노긔(怒氣) 분〃(紛紛)ᄒ니 뎡 샹셔(尚書ㅣ) 듯기를 뭇ᄎ매 연셩의 급(急)ᄒ 노긔(怒氣)로조차 말슴이 과도(過度)ᄒ매 녀ᄋ(女兒)로뼈 타문(他門)을 싱각ᄒ다 ᄒ야 면욕(面辱)424)ᄒ미 이에 미ᄎ믈 보매 어히업서 다만 닐오ᄃᆡ,

"네 황구쇼ᄋ(黃口小兒)425)로 어룬을 아디 못ᄒ야 말슴이 이러텃 패만(悖慢)426)ᄒ니 이 엇디 스름의 홀 배리오? ᄂᆡ 또 너의 허믈을 니ᄅ리니 ᄌ시 드롤디어다. 네 쳐음의 남의 규각(閨閣) 녀ᄌ(女子)를 여어보아 ᄉ렴(私-)427)ᄒ고 글을 늘녀 풍교(風敎)를 문허ᄇ리니 이는 녜(禮)를 모ᄅᄂ 필뷔(匹夫ㅣ)오, 둘은 네 존태ᄉ(尊太師) 교훈(敎訓)을 밧ᄌ와 귀가(貴家) 공자(公子)로 반싱(半生)을 옥당(玉堂)의 튱수(充數)ᄒ엿거늘 졍실(正室)을 매로 두ᄃ려 톄면(體面)의 손샹(損傷)ᄒ믈 모ᄅᄂ니 너의 힝신(行身)의

무슴 니를 거시 잇ᄂᆞ뇨? 나의 녀이(女兒ㅣ) 약질(弱質)의 너의 독(毒)ᄒ 슈단(手段)을 ᄒ 번(番) 견딈도 고이(怪異)커늘 두 번(番) 마ᄌ 견ᄃ리오? ᄎ고(此故)로 너의 슉소(宿所)의 못 보ᄂᆡ미니 네 말 됴흐믈

---

424) 면욕(面辱): 면전에서 욕을 보임.
425) 황구쇼ᄋ(黃口小兒): 황구소아. 젖내 나는 어린아이라는 뜻으로, 철없이 미숙한 사람을 낮잡아 이르는 말.
426) 패만(悖慢): 온화하지 못하고 거칠며 거만함.
427) ᄉ렴(私-): 사렴. 사사로이 두는 나쁜 마음.

ᄌ듕(藉重)428)ᄒ야 풍화(風化)의 관계(關係)ᄒ 말로 욕(辱)ᄒ니 니
당″(堂堂)이 존태ᄉ(尊太師)긔 너의 방ᄌ(放恣)ᄒ 죄(罪)를 고(告)ᄒ
리니 태ᄉ(太師ㅣ) 만일(萬一) 너를 다ᄉ릴딘대 젼일(前日) 쟝칙(長
責)의셔 오히려 듕(重)홀가 ᄒ노라.”

한님(翰林)이 ᄎ언(此言)을 듯고 더옥 대로(大怒)ᄒ야 긔운(氣運)이
분″(紛紛)429)ᄒ니 뎡 혹ᄉ(學士) 등(等) 형뎨(兄弟) 기유(開諭) 왈(曰),

“그ᄃ 나히 어려 젹은 노(怒)를 ᄎᆷ디 못ᄒ야 언에(言語ㅣ) 너모 과
도(過度)ᄒ니 형댱(兄丈)이 노(怒)ᄒ실시 그ᄅ디 아니ᄒ더라. 쳥(請)
컨ᄃ 식노(息怒)ᄒ고 피ᄎ(彼此ㅣ) 화긔(和氣)를 상(傷)히오디 말라.”

인(因)ᄒ야 샹셔(尚書)를 향(向)ᄒ야 웃고 왈(曰),

“형(兄)이

132면

샹히 딜녀(姪女)로뼈 만금농쥬(萬金弄珠)430)로 아ᄅ시매 당″(堂堂)
이 셔랑(婿郎)을 마즌즉 빵″(雙雙)ᄒ ᄌ미를 보실가 ᄒ엿더니 딜이
(姪兒ㅣ) 취가(娶嫁)ᄒ매 믄득 옹셰(翁婿ㅣ) 블화(不和)ᄒ여 죵″(種
種) 샹힐(相詰)431)ᄒ미 ᄌᄌ니 이 셰샹(世上)의 흔티 아닌 일이라.
원(願)컨ᄃ 형댱(兄丈)은 어룬의 톄위(體位)를 존듕(尊重)ᄒ샤 쇼ᄋ
비(小兒輩)로 셔로 ᄃ토와 듕인(衆人)의 긔쇼(譏笑)를 취(取)티 마ᄅ
쇼셔.”

---

428) ᄌ듕(藉重): 자중. 중요한 것이나 권위 있는 것에 의거함.

429) 분″(紛紛): 분분. 어지럽게 뒤섞임.

430) 만금농쥬(萬金弄珠): 만금농주. 매우 값비싼, 희롱하는 구슬.

431) 샹힐(相詰): 상힐. 서로 트집을 잡아 비난함.

샹셰(尙書ㅣ) 쇼왈(笑曰),

"연성이 어룬을 모룺고 말이 과도(過度)ᄒᆞ니 닌 일너 졀칙(折責)[432]ᄒᆞ야 고티과져 ᄒᆞ미라 어이 저와 결오리오?"

한님(翰林)이 비록 빗속의 ᄀᆞ득ᄒᆞ나 여러 명 공(公)의 관후(寬厚)ᄒᆞᆫ 말숨으로 프러 ᄀᆡ유(開諭)ᄒᆞ믈 보니 인졍(人情)의 과격(過激)ᄒᆞᆫ 노(怒)를 너모 닌미 블가(不可)ᄒᆞ더라 다만 좌듕(座中)의 하딕(下直)ᄒᆞ고 도라가니

• • •

133면

부인(夫人)이 샹셔(尙書)를 딕(對)ᄒᆞ여 웃고 왈(曰),

"형댱(兄丈)이 비록 연셩을 이긔고져 ᄒᆞ시나 녀ᄋᆞ(女兒) 둔 사름이 ᄒᆞᆯ 일이 업ᄉᆞ니 거″(哥哥)는 ᄎᆞ후(此後)란 결우디 말고 경계(警戒)ᄒᆞ쇼셔."

샹셰(尙書ㅣ) 쇼왈(笑曰),

"우형(愚兄)이 엇디 아디 못ᄒᆞ리오마ᄂᆞᆫ 연셩의 ᄒᆞᄂᆞᆫ 거죄(擧措ㅣ) 가쇼(可笑)롭고 일변(一邊) 히이(駭異)ᄒᆞ니 춤디 못ᄒᆞ미라 어이 ᄆᆡ양(每樣) 죡수(足數)[433]ᄒᆞ야 결우리오?"

부인(夫人)이 한가(閑暇)히 웃더라.

연셩이 본부(本府)의 도라오매 승샹(丞相)이 이 일을 한님(翰林)을 블러 ᄉᆞ리(事理)로 경계(警戒)ᄒᆞ야 쇼익(小兒ㅣ) 감(敢)히 어룬을 멸딕(蔑待)티 못ᄒᆞ믈 칙(責)ᄒᆞ니 한님(翰林)이 믁연(黙然) 샤례(謝禮)러라.

---

432) 졀칙(折責): 절책. 심하게 책망함.
433) 죡수(足數): 족수. 따지고 꾸짖음.

연셩이 뎡 시(氏)를 드려오고져 ㅎ디 부친(父親)이 임의 허락(許 諾)ㅎ여시니 홀 일이 업서 이에 ᄀ마니 조모434)(祖母)긔 고(告)ㅎ디, "부

134면

친(父親)이 뎡 시(氏)를 허(許)ㅎ야 보니시매 명문한이 쇼손(小孫)의 젼(前) 허믈을 칙(責)ㅎ야 용납(容納)디 아니ㅎ오니 쇼손(小孫)이 괴 로오믈 이긔디 못ㅎ오니 조모(祖母)는 야〃(爺爺)긔 니ᄅ샤 뎡 시 (氏)를 다려오게 ㅎ쇼셔."

부인(夫人)이 웃고 태ᄉ(太師)를 블너 왈(曰),

"노뫼(老母ㅣ) 연셩의 안해를 덧업시 보고 쩌나니 심ᄉ(心思ㅣ) 울〃(鬱鬱)ㅎ다라 ᄒ의(孩兒)는 모로미 블러오라."

태ᄉ(太師ㅣ) 슈명(受命)ㅎ고 명일(明日) 파됴(罷朝) 길히 뎡부(-府) 의 가 샹셔(尙書)를 보고 닐오디,

"만싱(晩生)이 식부(息婦)로써 나히 어리다 ㅎ야 일이(一二) 년(年) 을 명공(明公) 슬하(膝下)의 두고져 ㅎ더니 편친(偏親)이 알패 두과 져 ㅎ시ᄂ디라 명공(明公)은 식부(息婦)를 도라보니시미 엇더ㅎ뇨?"

샹셰(尙書ㅣ) 볼셔 연셩의 능435)졘(能計ㄴ)436)줄 아디 ᄉ식(辭色) 디 아니ㅎ고 칭샤(稱謝) 왈(曰),

"녀이(女兒ㅣ) 존

---

434) 모: [교] 원문에는 '고'로 되어 있으나 오기로 보임.

435) 능: [교] 원문에는 '농'으로 되어 있으나 오기로 보임.

436) 능졘(能計ㄴ): 능계. 능란한 계책.

문(尊門)의 亽싱(死生)이 달녓거늘 엇지 명(命)을 밧드디 아니리잇
고? 명일(明日) 보닉리이다."

태亽(太師ㅣ) 손샤(遜謝)ᄒ고 이윽이 말슴ᄒ다가 도라가니 이튼날 샹
셰(尙書ㅣ) 거마(車馬)를 출혀 쇼져(小姐)를 보닉며 경계(警戒) 왈(曰),

"네 닉 집의셔는 연셩을 거절(拒絶)ᄒ나 구가(舅家)의 간 후(後)는
모든 시비(是非) 즈연(自然) 분운(紛紜)⁴³⁷⁾ᄒ리니 온슌(溫順)ᄒ기를
힘뻐 구고(舅姑)긔 죄(罪)를 엇디 말라."

쇼졔(小姐ㅣ) 슈명(受命) 빅샤(拜謝)ᄒ고 구가(舅家)의 니르니 태
부인(太夫人)과 뉴 부인(夫人)이 크게 반기고 亽랑ᄒ야 닐오딕,

"ᄋ부(我婦)를 늦게야 어더 덧업시 쩌나니 이 비록 댱닉(將來) 아
조 이실 사름이나 심(甚)히 울"(鬱鬱)ᄒ더니 이졔 도라오니 반가오
미 비길 딕 업도다,"

쇼졔(小姐ㅣ) 피셕(避席)ᄒ야 은퇴(恩澤)을 샤례(謝禮)ᄒ매 녜뫼
(禮貌ㅣ) 온공(溫恭)ᄒ고 말슴이 유화(柔和)⁴³⁸⁾ᄒ니

부인(夫人)이 더옥 익듕(愛重)ᄒ더라.

쇼졔(小姐ㅣ) 셕양(夕陽) 후(後) 침소(寢所)의 니르니 한님(翰林)이
이에 드러와 졍식(正色)고 슈죄(數罪)하야 칙왈(責曰),

---

437) 분운(紛紜): 어지러움.
438) 유화(柔和): 부드럽고 온화함.

"그딕 녀즈(女子)의 몸으로셔 가부(家夫)의게 교앙(驕昂)ᄒ야 스스로 나ᄆ라 피(避)ᄒ니 진실(眞實)로 샤(赦)키 어려오딕 닉 ᄆ음이 약(弱)ᄒ고 디식(智識)이 우몽(愚蒙)ᄒᆫ 고(故)로 샤(赦)ᄒᄂ니 그딕ᄂ 쾌(快)히 입을 여러 소견(所見)을 니ᄅ라."

쇼제(小姐ㅣ) 새로이 증분(增忿)439)ᄒ미 압셔딕 그 포려(暴戾)440)ᄒ 위엄(威嚴)을 결우기를 저허 팀음(沈吟) 냥구(良久)의 탄왈(嘆曰),

"첩(妾)은 본(本)딕 블민(不敏) 암용(暗庸)441)ᄒ니 엇디 감(敢)히 군즈(君子)를 경시(輕視)ᄒ미 이시리오마ᄂ 규방(閨房)의 향암(鄕闇)442)된 위인(爲人)이 ᄎ마 입 열기를 쥬저(躊躇)ᄒ미 큰 죄목(罪目)이 되니 무슴 타셜(他說)이 이시리잇고?"

연셩이 그 옥셩(玉聲)이 낭〃(朗朗)ᄒ믈 듯고 ᄋᆷ듕(愛重)ᄒ 은ᄋᆡ(恩愛) 태산(泰山) 하희(河海) ᄀ

...

137면

더라.

이적의 니 공즈(公子) 몽현의 즈(字)ᄂ 빅균이니 좌승샹(左丞相) 겸 문연각(文淵閣) 태흑ᄉ(太學士) 운혜 션ᄉᆼ(先生) 니 공(公)의 댱즈(長子ㅣ)니 모부인(母夫人) 뎡 시(氏) 숨의 각목교(角木蛟)443)를 보고 잉틱(孕胎)ᄒ야 ᄉᆼ(生)하니 공ᄌᆞ(公子ㅣ) 나ᄆ브터 안ᄉᆞᆨ(顏色)이 옥(玉)

---

439) 증분(增忿): 분노가 더함.
440) 포려(暴戾): 몹시 우악스럽고 사나움.
441) 암용(暗庸): 어리석고 변변치 않음.
442) 향암(鄕闇): 시골에서 지내 온갖 사리에 어둡고 어리석음.
443) 각목교(角木蛟): 이무기. <서유기>에 나옴.

ㅈ고 긔샹(氣像)이 동탕(動蕩)444)ㅎ야 범인(凡兒ㅣ) 아니러라. 졈졈
(漸漸) 자라 오뉵(五六) 셰(歲)의 니르니 녜법(禮法) 튱효(忠孝)의 반
졈(半點) 미진(未盡)ㅎ미 업서 이에 공안(孔顔)445)의 호학(好學)과 금
슈(錦繡) ㄱ튼 문쟝(文章)을 복듕(腹中)의 쟝(藏)ㅎ여시니 얼골의 긔
이(奇異)ㅎ미 텬디(天地) ㅅ이 묽은 긔운(氣運)이 엉긔여 츄파셩안(秋
波星眼)446)과 부용냥협(芙蓉兩頰)447)이 싁〃 교결(皎潔)448)ㅎ야 풍치
(風采) 늠〃(凜凜) 소아(騷雅)449)ㅎ미 츄텬(秋天) 소월(素月)이 옥년
(玉蓮)450) ㅅ이의 늬와 낫눈 둣 신댱(身長)의 굉쟝(宏壯)ㅎ미 슐틱 ㄱ
ㅌ여 팔(八) 쳑(尺)의 디닉고 봉익됴의451) 고금(古今)의 비(比)ㅎ리
업스니 그 조부(祖父) 튱문452)공의 반싱(半生) 녜

•••

138면

법(禮法) 힝실(行實)의 호리(毫釐)453) 유차(有差)454)ㅎ미 업스틱 공

---

444) 동탕(動蕩): 평범하지 않음. 기운이 호탕함.
445) 공안(孔顔): 공구(孔丘)와 안회(顔回). 공구(B.C.551~B.C.479)는 곧 공자(孔子).
   공자는 중국 춘추시대 노나라의 사상가・학자로 자는 중니(仲尼)임. 인(仁)을 정
   치와 윤리의 이상으로 하는 도덕주의를 설파하여 유학의 시조로 추앙받음. 안회
   (B.C.521~B.C.490)는 중국 춘추시대의 유학자로 자는 자연(子淵)이고, 공자의
   수제자로 학덕이 뛰어났음.
446) 츄파셩안(秋波星眼): 추파성안. 가을 물결처럼 맑은 눈길과 별처럼 빛나는 눈.
447) 부용냥협(芙蓉兩頰): 부용양협. 연꽃처럼 맑고 붉은 두 뺨.
448) 교결(皎潔): 맑고도 밝음.
449) 소아(騷雅): 풍치가 있고 아담함.
450) 옥년(玉蓮): 옥련봉(玉蓮峯)으로 보이나 미상임.
451) 봉익됴의: 미상.
452) 문: [교] 원문에는 '무'로 되어 있으나 앞에서 이미 '문'으로 나왔으므로 이와 같
   이 수정함.
453) 호리(毫釐): 아주 적은 분량.

(公子)를 싱니(生來)의 그르다 ᄒᆞ미 업고 그 부친(父親) 승샹(丞相)
이 텬싱(天生) 빅ᄒᆡᆼ(百行)의 졍돈(整頓)ᄒᆞ미 공부ᄌᆞ(孔夫子ㅣ)455)라
도 자리를 ᄉᆞ양(辭讓)ᄒᆞᆯ 긔샹(氣像)이로ᄃᆡ ᄋᆞᄌᆞ(兒子)를 ᄃᆡ(對)ᄒᆞ야
일즉 ᄂᆞᆾ빗ᄎᆞᆯ 고쳐 크게 니르미 업ᄉᆞ니 이 구ᄐᆡ여 훈ᄌᆞ(訓子)의 프러
디미 아니라 공ᄌᆞ(公子ㅣ) 부형(父兄)의 경계(警戒)를 기ᄃᆞ리디 아냐
스스로 닷그미 도타오니 다시 니를 거시 업ᄉᆞ미라. ᄒᆡᆼ동거지(行動擧
止) 이러틋 긔특(奇特)ᄒᆞ니 승샹(丞相)은 본(本)ᄃᆡ 믹ᄉᆞ(每事)의 요동
(搖動)ᄒᆞ미 업ᄉᆞᆫ 고(故)로 과도(過度)이 닉애(溺愛)456)ᄒᆞᄂᆞᆫ 일이 업ᄉᆞ
ᄃᆡ 조부(祖父) 튱문457)공이 과이(過愛)ᄒᆞᄆᆞᆯ 댱듕보옥(掌中寶玉)458)ᄀᆞ
티 ᄒᆞ고 증조모(曾祖母) 딘 태부인(太夫人)이 이듕(愛重)ᄒᆞ미 극(極)
ᄒᆞᄃᆡ 공ᄌᆞ(公子ㅣ) 조곰도 셜만(褻慢)459)ᄒᆞᆫ 빗과 양〃(揚揚)460)ᄒᆞᆫ 긔
ᄉᆡᆨ(氣色)이 업서 죤젼(尊前)의 손을 곳고 무룹흘 ᄡᅳ러 시좌(侍坐)ᄒᆞ

•••

139면

여 혹(或) 말ᄉᆞᆷ을 찬조(贊助)ᄒᆞ야 심〃ᄒᆞ시믈 위로(慰勞)ᄒᆞ고 믈너오
매 죵일(終日)토록 향(香)을 픠오고 글을 넑어 브졀업슨 희롱(戲弄)
을 아니ᄒᆞ니 쇼부(少傅)461) ᄀᆞᆺ튼 슉뷔(叔父ㅣ) 감(敢)히 희롱(戲弄)을

---

454) 유차(有差): 어긋남이 있음.

455) 공부ᄌᆞ(孔夫子ㅣ): 공부자. 공구(孔丘)의 높임말.

456) 닉애(溺愛): 익애. 지나치게 사랑하거나 귀여워함.

457) 문: [교] 원문에는 '무'로 되어 있으나 앞에서 이미 '문'으로 나왔으므로 이와 같
이 수정함.

458) 댱듕보옥(掌中寶玉): 장중보옥. 손바닥 안의 귀한 구슬.

459) 셜만(褻慢): 설만. 하는 짓이 무례하고 거만함.

460) 양〃(揚揚): 양양. 뜻한 바를 이룬 만족한 빛을 얼굴과 행동에 나타내는 면이 있음.

461) 쇼부(少傅): 소부. 이연성을 가리키나 이연성이 소부가 되는 것은 뒤의 일이고,

못 ᄒᆞ고 최 슉인(淑人) ᄀᆞᄐᆞᆫ 셰언구변(細言口辯)이 공ᄌᆞ(公子)의게ᄂᆞᆫ 보채디 못ᄒᆞ니 몽현의 아름다온 ᄒᆡᆼ실(行實)을 이에 더옥 알니러라.

이때 형부샹셔(刑部尙書) 댱셰걸은 졍[462]난공신(靖難功臣) 댱유의 ᄌᆞ(子ㅣ)라. 댱위 문황(文皇)을 돕ᄉᆞ와 졍난(靖難)의 션봉대댱(先鋒大將)이 되엿더니 동챵 슈쟝(首將) 셩용의게 딜녀 죽으니 문황(文皇)이 크게 비통(悲痛)ᄒᆞ샤 오ᄉᆞᆯ 버셔 너흐시고 신국공을 증(贈)ᄒᆞ샤 셰걸로 그 벼ᄉᆞᆯ을 승습(承襲)고져 ᄒᆞ시니 셰걸이 구디 ᄉᆞ양(辭讓)ᄒᆞ고 삼년(三年) 슈상(守喪)[463] 후(後) 문과(文科)의 츌신(出身)ᄒᆞ야 쇼년(少年)의 벼ᄉᆞᆯ이 형부샹셔(刑部尙書)의 올나더니 수년(數年)

140면

후(後) 녜부샹셔(禮部尙書)를 ᄒᆞ니 글이 문쟝(文章)이오 인믈(人物)이 강명(剛明) 졍딕(正直)ᄒᆞ여 금옥(金玉) 군ᄌᆡ(君子ㅣ)라 승샹(丞相)이 흠탄(欽歎) 공경(恭敬)ᄒᆞ야 샹헤 일ᄏᆞᄅᆞ미 잇더라.

댱 공(公)이 부인(夫人) 오 시(氏)를 취(娶)ᄒᆞ야 삼ᄌᆞ일녀(三子一女)를 ᄉᆡᆼ(生)ᄒᆞ니 우흐로 냥ᄌᆡ(兩子ㅣ) 취쳐(娶妻)ᄒᆞ고 버거 녀ᄋᆡ(女兒ㅣ) 쟝셩(長成)ᄒᆞ니 일홈은 옥경이오, 텬품특용(天稟特容)[464]을 만고(萬古)의 혜아려도 방블(髣髴)ᄒᆞ리 업ᄉᆞᆯ ᄃᆞᆺᄒᆞ고 녀공(女工) ᄇᆡᆨᄒᆡᆼ(百行)의 ᄉᆞ덕(四德)[465]이 하ᄌᆞ(瑕疵)홀 거시 업ᄉᆞ니 댱 공(公)이 크

현재 직위는 한림학사임.

462) 졍: [교] 원문에는 '평'으로 되어 있으나 오기로 보임.

463) 슈상(守喪): 수상. 상을 치름.

464) 텬품특용(天稟特容): 천품특용. 하늘이 낸 탁월한 용모.

465) ᄉᆞ덕(四德): 여자로서 갖추어야 할 네 가지 덕. 부덕(婦德), 부언(婦言), 부용(婦容), 부공(婦功)을 이름.

게 ᄉ랑ᄒ야 인간(人間)의 그 ᄡᅡᆼ(雙)이 업슬가 ᄒ더니 녀환의 옥ᄉ
(獄事) 적 정부(-府)의 가 니 공ᄌ(公子) 몽현을 보고 크게 ᄉ랑ᄒ야
도라와 승샹(丞相)을 보고 이 ᄯᅳᆺ을 니ᄅ고져 ᄒᄃᆡ 옥ᄉᆡ(獄事ㅣ) 미결
(未決)ᄒ여시니 탁급(着急)ᄒ여 ᄒᆡᆼ(幸)혀 발이 ᄲᄅᆞᆫ 쟈(者)의게 아이
미 될가 민 〃(悶悶)ᄒ더니

· · ·

141면

옥ᄉᆡ(獄事ㅣ) 결(決)ᄒ매 십분(十分) 환희(歡喜)ᄒ여,

일 〃(一日)은 니부(-府)의 니ᄅ러 승샹(丞相)을 보고 말ᄉᆞᆷᄒ더니
샹셰(尚書ㅣ) 쇼왈(笑曰),

"쇼뎨(小弟) 져즈음긔 녕낭(令娘)을 보니 만ᄉᆡᆼ(晚生)의 무된 눈이
쾌(快)ᄒ더이다."

승샹(丞相)이 잠쇼(潛笑) 왈(曰),

"용녈(庸劣)ᄒᆫ 돈ᄋᆡ(豚兒ㅣ) 엇디 인형(仁兄)466)의 과쟝(過獎)467)
ᄒ시믈 당(當)ᄒ리오?"

샹셰(尚書ㅣ) 쇼왈(笑曰),

"쇽어(俗語)의 산고옥츌(山高玉出)468)이라 ᄒ니 현형(賢兄)의 긔이
(奇異)ᄒ므로 그 아ᄃᆞᆯ이 엇디 긔특(奇特)디 아니리오? 녕낭(令娘)의
풍치(風采)ᄂᆞᆫ 쇼뎨(小弟) 본 배 처음이라 흠모(欽慕)흠과 ᄉ랑ᄒ믈
참디 못ᄒᄂᆞ니 그윽이 ᄉᆡᆼ각건ᄃᆡ 쇼뎨(小弟) 용녈(庸劣)ᄒᆫ 위인(爲人)
으로 형(兄)의 ᄇᆞ리디 아니믈 닙어 붕비(朋輩)의 모쳠(冒添)469)ᄒ니

---

466) 인형(仁兄): 상대를 높여 부르는 말.

467) 과쟝(過獎): 과장. 지나치게 칭찬함.

468) 산고옥츌(山高玉出): 산고옥출. 산이 높으니 옥이 나옴.

어린 쯧이 문호(門戶)의 한쳔(寒賤)470)흐믈 슬피디 아니흐고 인친(姻親)흐믈 밋고져 흐느니 태의(台意) 엇더뇨? 쇼뎨(小弟)의게 일(一) 녀(女ㅣ) 이서

···

142면

얼골과 스덕(四德)이 거의 녕낭(令娘)의 채를 잡암 즉흐니 가(可)히 결혼(結婚)흐믈 허락(許諾)흐시랴."

승샹(丞相)이 고요히 단좌(端坐)흐야 듯기를 뭇고 날호여 티왈(對曰),

"돈이(豚兒ㅣ) 본(本)디 용녈(庸劣)흐고 또 나히 브야흐로 칠(七)세(歲)니 혼인(婚姻)의 념(念)이 업거니와 우흐로 존당(尊堂)과 가친(家親)이 계시고 버거471) 즈뫼(慈母ㅣ) 계시니 스스로 듀댱(主掌)472)티 못흐느니 형473)(兄)은 슬필디어다."

샹셰(尙書ㅣ) 텽파(聽罷)의 악연(愕然)흐야 다만 니르디,

"쇼뎨(小弟) 또 모르디 아니흐디 형(兄)의 쯧을 알고져 흐노라."

승샹(丞相)이 쇼왈(笑曰),

"가친(家親)과 존당(尊堂)이 허(許)흐실딘대 쇼뎨(小弟)의 쯧이 흔 가지라 타셜(他說)이 이시리오? 죠용히 고(告)흐야 만일(萬一) 허락(許諾)흐실딘대 혼스(婚事)를 뎡(定)흐엿다가 나히 츤 후(後) 셩녜(成

---

469) 모쳠(冒添): 모첨. 외람되이 함께 함.

470) 한쳔(寒賤): 한천. 한미하고 천함.

471) 버거: 다음으로. 이어서.

472) 듀댱(主掌): 주장. 어떤 일을 책임지고 맡음.

473) 형: [교] 원문에는 '혈'로 되어 있으나 오기로 보임.

禮)474)케 ᄒ리라.”

샹셰(尙書ㅣ) 다시 말을 못 ᄒ고 이에 도라갈시 다시

•••

143면

닐오디,

“쇼뎨(小弟) 즈식(子息)을 기475)리미 아니로디 만일(萬一) 녕낭(令
娘)곳 아니면 쇼녜(小女ㅣ) ᄡᅡᆼ(雙)이 업스리니 현형(賢兄)은 대인(大
人)긔 고(告)ᄒ야 허(許)ᄒ믈 쳔만(千萬) 브라노라.”

승샹(丞相)이 다시 웃고 왈(曰),

“혼인(婚姻)은 인뉸대관(人倫大關)이니 쇼뎨(小弟) 스스로 결단(決
斷)을 못 ᄒ나 존젼(尊前)의 품(稟)ᄒ야 형(兄)의 ᄠᅳᆺ을 져ᄇ리디 아니
리니 쇼려(消慮)ᄒ라.”

샹셰(尙書ㅣ) 지삼(再三) 당부(當付)ᄒ고 도라가다.

승샹(丞相)이 문안(問安)의 드러가 태부인(太夫人)과 태ᄉ(太師)긔
댱 공(公)의 말을 고(告)ᄒ니 태시(太師ㅣ) 팀음(沈吟)ᄒ다가 왈(曰),

“댱 공(公)은 기셰군지(蓋世君子ㅣ)476)니 그 ᄯᆯ이 달마시면 오문
(吾門)의 다힝(多幸)ᄒ미어니와 네 ᄠᅳᆺ은 엇더뇨?”

승샹(丞相)이 ᄇᆡ샤(拜謝) 왈(曰),

“댱셰걸은 금옥(金玉) ᄀᆞᆺ튼 군지(君子ㅣ)니 그 녀지(女子ㅣ) 품슈
(稟受)ᄒ미 이실디라 존명(尊命)이 계신즉 ᄒᆡᄋ(孩兒)의 ᄠᅳᆺ은 타의

---

474) 셩녜(成禮): 성례. 혼인의 예식을 지냄.

475) 기: [교] 원문에는 ‘시’로 되어 있으나 오기로 보임.

476) 기셰군지(蓋世君子ㅣ): 개세군자. 기상이나 위력, 재능 따위가 세상을 뒤덮을 만
한 군자.

(他意) 업ᄂ이다.”

태시(太師ㅣ)

• •

144면

잠간(暫間) 싱각ᄒ다가 모젼(母前)의 ᄭ러 고왈(告曰),

“태〃(太太) ᄯᅳᆺ은 엇더ᄒ시니잇가?”

태부인(太夫人)이 답왈(答曰),

“ᄂᆡ 본(本)ᄃᆡ 노혼(老昏)ᄒ니 혼인(婚姻) 대ᄉ(大事)를 듀당(主掌)ᄒ리오? 연(然)이나 ᄒᆡ우(孩兒)와 손우(孫兒)의 슬피미 무심(無心)티 아닐디라 결혼(結婚)ᄒ미 됴토다.”

태시(太師ㅣ) 슈명(受命)ᄒ고 승샹(丞相)을 도라보아 허혼(許婚)ᄒ믈 니르라 하니 승샹(丞相)이 샤례(謝禮)ᄒ고 믈너낫더니,

댱 샹셰(尙書ㅣ) ᄯᅩ 니르니 승샹(丞相)이 마ᄎᆷ 대셔헌(大書軒)의 잇ᄂ디라 청(請)ᄒ야 볼ᄉᆡ, 샹셰(尙書ㅣ) 드러와 태ᄉ(太師)긔 녜(禮)ᄒ고 승샹(丞相)으로 셔로 볼ᄉᆡ 한훤(寒暄) 필(畢)의 샹셰(尙書ㅣ) 밧477)비 닐오ᄃᆡ,

“쟉일(昨日) 고(告)ᄒᆫ 말이 엇디 되엿ᄂ니잇가?”

승샹(丞相)이 미쳐 답(答)디 못ᄒ여셔 태시(太師ㅣ) 흔연(欣然)이 칭샤(稱謝) 왈(曰),

“명공(明公)의 셩덕(盛德) 명ᄒᆡᆼ(明行)으로 블민(不敏)ᄒᆫ 손우(孫兒)를 구(求)ᄒ시니 엇

---

477) 밧: [교] 원문에는 ‘빗’이라 되어 있으나 오기로 보임.

디 ᄉ양(辭讓)ᄒ리오마ᄂᆞᆫ 돈익(豚兒ㅣ) 셩품(性品)이 ᄆᆡᄉᆞ(每事)의 ᄌᆞ젼(自專)[478]티 아닛ᄂᆞᆫ 고(故)로 노부(老夫)의게 취품(就稟)ᄒ기로 허(許)티 못ᄒ여시나 노뷔(老夫ㅣ) 엇디 블허(不許)ᄒᆞ미 이시리오?"

ᄒᆞᆫ대 샹셰(尙書ㅣ) 크게 깃거 년망(連忙)히 좌(座)ᄅᆞᆯ 써나 샤례(謝禮) 왈(曰),

"쇼싱(小生)이 문호(門戶)의 한쳔(寒賤)흠과 녀ᄋᆞ(女兒)의 블민(不敏)ᄒᆞᆷᄅᆞᆯ 슬피디 아니ᄒᆞ고 녕윤(令胤)의 풍ᄎᆡ(風采)ᄅᆞᆯ 흠앙(欽仰)ᄒᆞ야 우러 " 구혼(求婚)ᄒᆞ미 잇더니 이러틋 쾌허(快許)ᄒᆞ시니 후의(厚意)ᄅᆞᆯ 갑흘 바ᄅᆞᆯ 아디 못게이다."

태ᄉᆞ(太師ㅣ) 쇼왈(笑曰),

"피ᄎᆞ(彼此ㅣ) ᄉᆞ문(斯文) 일믹(一脈)이라 겸손(謙遜)홀 일이 업고 돈ᄋᆞ(豚兒)와 명공(明公)이 문경지괴(刎頸之交ㅣ)[479]니 닌친(姻親)의 후(厚)ᄒᆞᆷᄅᆞᆯ ᄆᆡᄌᆞ미 아ᄅᆞᆷ다온 일이니 과(過)히 겸양(謙讓)ᄒᆞ야 화긔(和氣)ᄅᆞᆯ 일ᄂᆞ뇨?"

샹셰(尙書ㅣ) 칭샤(稱謝)ᄒᆞ고 몽현을 블러 쾌셰(快婿ㅣ)라 칭(稱)ᄒᆞ니 무평빅이 쇼왈(笑曰),

"댱ᄂᆡ(將來)

---

478) ᄌᆞ젼(自專): 자전. 자기 마음대로 행함.

479) 문경지괴(刎頸之交ㅣ): 서로를 위해서라면 목이 잘린다 해도 후회하지 않을 정도의 사이라는 뜻으로, 생사를 같이할 수 있는 아주 가까운 사이, 또는 그런 친구를 이르는 말. 중국 전국시대의 인상여(藺相如)와 염파(廉頗)의 고사에서 유래함.

롤 측냥(測量)티 못ᄒᄂ니 뎌러툿 과(過)히 ᄉ랑ᄒ시미 너모 일죽홀
가 ᄒᄂ이다."

샹셰(尙書ㅣ) 웃더라. 이에 돗 알패셔 뇌뎡(牢定)480) ᄒ고 도라가
틱일(擇日)ᄒ야 납치(納采)ᄒ고 냥ᄋ(兩兒)의 나히 ᄎ믈 기드리며 댱
공(公)이 ᄌ로 니ᄅ러 몽현을 ᄉ랑ᄒ미 과도(過度)ᄒ야 그 졍(情)이
혈심(血心)으로 비로ᄉ니 몽현이 ᄯ흔 그 은혜(恩惠)롤 감격(感激)ᄒ
야 ᄆᄋᆷ의 빙악(聘岳)481)으로 아더라.

공ᄌ(公子ㅣ) 댱셩(長成)ᄒ야 십삼(十三) 셰(歲)의 니ᄅ니 신댱(身
長) 거지(擧止) 언건(偃蹇)482)ᄒ 댱뷔(丈夫ㅣ)라 태부인(太夫人)이 일
시(一時)롤 밧바 지쵹ᄒ야 셩녜(成禮)ᄒ라 ᄒ니 승샹(丞相)이 일죽
인종(仁宗) 님종(臨終) 시(時)의 ᄒ시던 거동(擧動)을 ᄉᆼ각고 스ᄉ로
ᄆᄋᆷ이 평안(平安)치 아니ᄒ되 당시(當時)ᄒ야 ᄌ긔(自己) 몬져 이
말로써 일ᄏᄅ미 블가(不可)ᄒ다라. 이러므로 ᄉ식(辭色)디 아

니ᄒ고 댱가(-家)의 보(報)ᄒ야 틱일(擇日)ᄒ니 겨유 수십(數十) 일
(日)은 가렷더라.

ᄎ셜(且說). 인종(仁宗) 황뎨(皇帝) 댱녀(長女) 효483)셩(孝誠) 공쥬

---

480) 뇌뎡(牢定): 뇌정. 굳게 약속을 정함.

481) 빙악(聘岳): 장인.

482) 언건(偃蹇): 큰 모양.

483) 효: [교] 원문에는 '호'로 되어 있으나 이후의 내용과 호칭을 고려하여 이와 같이

(公主)는 졍궁(正宮) 딘 낭〃(娘娘) 탄싱(誕生)ᄒᆞ신 배라. 인종(仁宗)이 슉딜(宿疾)이 계시더니 공쥬(公主)ᄅᆞᆯ 싱(生)ᄒᆞ신 후(後) 홀연(忽然) 나ᄋᆞ시니 문황(文皇)이 니ᄅᆞ샤ᄃᆡ,

"효셩(孝誠)의 ᄯᆞᆯ이라."

ᄒᆞ시니 연고(緣故)로 효셩(孝誠) 공쥬(公主ㅣ)라.

공쥬(公主ㅣ) 나며브터 얼골이 긔이(奇異)ᄒᆞ미 입으로 형용(形容)ᄒᆞ야 니ᄅᆞᆯ 거시 업고 덕ᄒᆡᆼ(德行)의 ᄲᅥ혀나미 고금(古今)의 샹고(詳考)ᄒᆞ나 비유(比喩)ᄒᆞᆯ 곳이 업ᄉᆞ니 인종(仁宗)의 ᄉᆞ랑ᄒᆞ시미 태ᄌᆞ(太子) 우히러라.

공쥬(公主ㅣ) 구(九) 셴(歲ㄴ)적 인종(仁宗)이 병환(病患)이 팀듕(沈重)ᄒᆞ시니 공쥬(公主ㅣ) 시측(侍側)ᄒᆞ야 황〃초조(惶惶焦燥)ᄒᆞ미 ᄎᆞ마 보디 못ᄒᆞᆯ디라.

샹(上)이 탄식(歎息)ᄒᆞ시고 이에 딘후(-后)와 태ᄌᆞ(太子)ᄃᆞ려 니ᄅᆞ샤ᄃᆡ,

"효셩(孝誠)이 긔

• • •

148면

이(奇異)ᄒᆞ미 그 ᄡᅡᆼ(雙)이 업ᄉᆞᆯ가 ᄒᆞ더니 니부샹셔(吏部尙書) 니관셩의 댱ᄌᆞ(長子) 몽현의 긔특(奇特)ᄒᆞ미 진짓 공쥬(公主)의 ᄡᅡᆼ(雙)이니 네 맛당이 부마(駙馬)ᄅᆞᆯ 봉(封)ᄒᆞ야 공쥬(公主)의 평싱(平生)을 져ᄇᆞ리디 말나."

ᄯᅩ 공쥬(公主)ᄃᆞ려 ᄀᆞᆯ오샤ᄃᆡ,

"네 나히 어리매 ᄶᆞᆨ흘 ᄇᆞ려 봉(封)티 못ᄒᆞ엿더니 닉 이제 병(病)이

수정함.

이러ᄒᆞ니 싱젼(生前)의 직텹(職牒)484)을 주리라."

드듸여 어필(御筆)노 계양 공쥬(公主ㅣ)라 써 주시니 공쥬(公主ㅣ)
ᄽᅡᆼ슈(雙手)로 밧ᄌᆞ와 눈믈이 옥면(玉面)의 가득이 쩌러지니 샹(上)이
탄식(歎息)ᄒᆞ시고 태ᄌᆞ(太子)ᄃᆞ려 다시 니ᄅᆞ샤ᄃᆡ,

"네 누의 우이(友愛)ᄒᆞ기ᄅᆞᆯ ᄂᆡ 이신 적ᄀᆞ티 ᄒᆞ라."

명일(明日) 조됴(早朝)의 태ᄌᆞ(太子)ᄃᆞ려 다시 몽현을 부마(駙馬)
삼으믈 니ᄅᆞ시고 댱 시(氏)ᄅᆞᆯ 둘재 삼으믈 니ᄅᆞ려 ᄒᆞ시다가 긔운(氣
運)이 혼〃(昏昏)ᄒᆞ야 못 니ᄅᆞ시고 붕(崩)ᄒᆞ시

149면

니 공쥬(公主ㅣ)의 이훼(哀毁)485) 과도(過度)ᄒᆞ야 식믈(食物)을 입의
너티 아니ᄒᆞ고 듀야(晝夜) 거젹의 업듸여 이챵(哀愴)ᄒᆞᆫ 곡읍(哭泣)이
나ᄌᆞ로ᄡᅥ 밤을 니으니 던 태휘(太后ㅣ) 일야(日夜) 붓들고 구호(救
護)ᄒᆞ샤 위로(慰勞)ᄒᆞ시ᄂᆞᆫ 말솜이 지극(至極)ᄒᆞ시니 공쥬(公主ㅣ) 모
후(母后)의 지셩(至誠)을 보고 겨유 브디(扶持)ᄒᆞ나 삼년(三年) ᄂᆡ
(內)의 일즉 니 드러나게 웃디 아니ᄒᆞ고 슈댱(繡帳)486)을 갓가이 아
니ᄒᆞ니 그 효셩(孝誠)이 이러틋 ᄒᆞ더라.

삼년(三年)을 지ᄂᆡ며 공쥬(公主)의 년(年)이 십이(十二) 세(歲)의
니른다라. 셜부옥골(雪膚玉骨)487)과 화용아질(花容雅質)488)이 일셰
(一世)의 독보(獨步)ᄒᆞ니 태휘(太后ㅣ) 극이(極愛)ᄒᆞ샤 일시(一時)ᄅᆞᆯ

---

484) 직텹(職牒): 직첩. 조정에서 내리는 벼슬아치의 임명장.
485) 이훼(哀毁): 애훼. 몹시 야윌 만큼 부모(父母)의 죽음을 몹시 슬퍼함.
486) 슈댱(繡帳): 수장. 수놓은 휘장.
487) 셜부옥골(雪膚玉骨): 설부옥골. 눈같이 흰 피부와 옥같이 희고 깨끗한 골격.
488) 화용아질(花容雅質): 꽃같이 아름다운 용모와 전아한 기질.

겻틀 써나디 아니시니 공쥬(公主)) 뫼셔 그 뜻을 위로(慰勞)ㅎ니 힝
동거지(行動擧止) 크게 범인(凡兒)) 아니라 져근 일의 요동(搖動)ㅎ
미 업고 급(急)ㅎᄂ 일의 총망(悤忙)티 아냐 그 셩덕(盛德)의 크고 너
ᄅ미 소무(蘇武)[489]의 십(十) 년(年) 밥 아니 먹으믈

• • •

150면

당(當)하라 ㅎ나 구겁(懼怯)ㅎ미 업슬 거시오 텬하(天下)를 주나 깃
거ㅎ미 업슬디라.

샹시(常時) 쳐(處)ㅎ매 ᄌ긔(自己) 침소(寢所)의 시위(侍衛)ㅎᄂ 궁
녀(宮女)를 다 하실(下室)의 두고 보모(保姆) 허 시(氏)와 ᄉ부(師傅)
던 샹궁(尚宮)을 방(房)을 맛뎌 제(諸) 궁인(宮人)을 총딥(總執)[490]게
ㅎ고 ᄌ긔(自己)ᄂ 십(十) 셰(歲) ᄀᆺ 너믄 궁아(宮兒) 쇼영, 쇼옥을 알
패 두어 태후(太后) 문안(問安)의 ᄃ니며 의복(衣服)이 무식(無色)ㅎ
야 법(法)의 조촌 녜법(禮法) 밧ᄀ 츄호(秋毫)도 칠보(七寶)를 더으ᄂ
일이 업ᄉ며 말ᄉᆷ을 ㅎ매 크게 우스며 크게 노(怒)ㅎ미 업ᄉ나 안식
(顏色)의 엄슉(嚴肅)ㅎᆫ 긔운(氣運)이 어릐여 범인(凡人)이 블감앙시
(不敢仰視)[491]ㅎ며 시위(侍衛) 궁녜(宮女)) 만일(萬一) 뜻의 맛디 아
닌즉 츄파(秋波)를 잠간(暫間) 흘니 쓰고 미우(眉宇)를 변(變)ㅎᆫ즉 제
(諸) 궁인(宮人)이 망혼샹담(亡魂喪膽)[492]ㅎ야 슈죡(手足)을 써니 이

---

489) 소무(蘇武): 중국 한나라의 충신. 무제 때인 기원전 100년에 중랑장으로서 흉노
　　에 사신으로 갔다가 체포되어 항복을 강요받았으나 절의를 굽히지 않았고, 끼니
　　를 제공받지 못해 눈을 녹여 먹으며 기갈을 이겨냈다고 전해짐.

490) 총딥(總執): 총집. 모든 일을 한데 묶어 관할함.

491) 블감앙시(不敢仰視): 불감앙시. 감히 우러러보지 못함.

492) 망혼샹담(亡魂喪膽): 망혼상담. 넋을 잃고 간담이 서늘함.

구틱여 모딜미 아니

로틱 안식(顔色)이 츄샹(秋霜)이 어릭여 범인(凡人)과 달나 션종(宣宗)이 총명(聰明) 엄위(嚴威)ᄒᆞ신 인군(人君)이로틱 공쥬(公主)를 비견(比肩)ᄒᆞ시미 과도(過度)ᄒᆞ시니 공쥬(公主)의 위인(爲人)을 가(可)히 알니러라.

공쥬(公主)의 년(年)이 십삼(十三)이 되니 신댱(身長)이 유여493)(裕餘)ᄒᆞ고 긔뷔(肌膚ㅣ) 윤틱(潤澤)ᄒᆞ야 일호(一毫) 미진(未盡)ᄒᆞ미 업스니 틱휘(太后ㅣ) 깃브고 슬허 샹(上)ᄃᆞ려 니ᄅᆞ샤틱,

"효셩이 댱셩(長成)ᄒᆞ야시니 ᄲᆞᆯ니 관셩ᄃᆞ려 니ᄅᆞ고 셩녜(成禮)ᄒᆞ라."

샹(上)이 틱왈(對曰),

"하괴(下敎ㅣ) 올ᄒᆞ시나 국법(國法)의 간션(揀選)494)ᄒᆞ기의 이시니 일길(日吉) 신량(新良)ᄒᆞᆫ 째를 글히여 졔신(諸臣)의 집 쇼ᄌᆞ(少子)들을 모화 법(法)틱로 홀 거시니이다."

휘(后ㅣ) 고개 조아 올타 ᄒᆞ시더니 홀연(忽然) 초왕이 드러와 입현(立見)ᄒᆞ니 태휘(太后ㅣ) 문왈(問曰),

"관셩의 ᄌᆞ(子) 몽현이 댱셩(長成)ᄒᆞ엿

ᄂᆞ니잇가?"

---

493) 유여: [교] 원문에는 '슈연'이라 되어 있으나 뜻이 더욱 명확한 국도본(6:56)을 따름.
494) 간션(揀選): 간선. 여럿 가운데 가려서 뽑음.

왕(王)이 부복(俯伏) 딕왈(對曰),

"몽현의 긔딜(器質)이 슉셩(夙成)[495]홈과 얼골의 긔이(奇異)ᄒᆞ미 ᄋ시(兒時)로 비승(倍勝)ᄒᆞ니이다."

태휘(太后ㅣ) 대열(大悅) 왈(曰),

"공쥬(公主)와 비(比)컨대 엇더ᄒᆞ니잇가?"

초왕 왈(曰),

"공쥬(公主)의 긔골(奇骨)이 진짓 ᄡᅡᆼ(雙)이 업거니와 연(然)이나 관셩이 녜부샹셔(禮部尙書) 댱셰걸과 뎡혼(定婚)ᄒᆞ야 길긔(吉期) ᄒᆞᆫ 둘은 가렷ᄂᆞ이다."

태휘(太后ㅣ) 대경(大驚) 왈(曰),

"션뎨(先帝) 님붕(臨崩) 시(時)의 지삼(再三) 니관셩의 며ᄂᆞ리 삼으믈 닐너 계시고 ᄯᅩ 몽현곳 아니면 그 ᄡᅡᆼ(雙)이 업스리라 ᄒᆞ던 거시니 셜니 길긔(吉期)ᄅᆞᆯ 나호혀 간퇵(揀擇)ᄒᆞ리라."

초왕이 딕왈(對曰),

"션뎨(先帝) 일즉 니관셩ᄃᆞ려 공쥬(公主)ᄅᆞᆯ 뵈시고 결혼(結婚)ᄒᆞ믈 니ᄅᆞ시니 관셩이 ᄆᆞ참 고ᄉᆞ(固辭)ᄒᆞ여시니 엇디 이제 젼교(傳敎)ᄅᆞᆯ 드ᄅᆞ리잇고?"

태휘(太后ㅣ) 왈(曰),

• • •

153면

"신해(臣下ㅣ) 되여 엇디 인군(人君)의 말을 아니 드ᄅᆞ리오? 션뎨(先帝) 말ᄉᆞᆷ이 뎡녕(丁寧)ᄒᆞ시니 엇디 고티리오?"

---

495) 슉셩(夙成): 숙성. 나이에 비하여 지각이나 발육이 빠름.

선종(宣宗)이 믁연(黙然)이 깃거 아니시니 대강(大綱) 태휘(太后
ㅣ) 니 승샹(丞相)을 핍박(逼迫)ㅎ여 뎡친(定親)ㅎ려 홀 적 거되(擧措
ㅣ) 됴치 아니믈 짐쟉(斟酌)ㅎ시미러라.

빵쳔긔봉(雙釧奇逢) 권지뉵(卷之六)

1면

화셜(話說). 샹(上)이 태후(太后)의 명(命)을 밧즈와 명일(明日) 됴셔(詔書)를 느리와 글 ᄋ샤ᄃᆡ,

'어ᄆᆡ(御妹)1) 계양 공쥬(公主ㅣ) 년긔(年紀) 쟝셩(長成)ᄒ여시니 황태후(皇太后) 칙지(勅旨)를 밧즈와 부마(駙馬)를 튁(擇)고져 ᄒᄂ니 경셩(京城) ᄉ태우(士大夫) 집 십(十) 셰(歲) 너믄 쇼ᄋᆞ(少兒)를 다 오봉누의 모다 태낭낭(太娘娘)의 샏시믈 기ᄃᆞ리라.'

ᄒ시니 통졍시(通政司ㅣ)2) 즉시(卽時) 어지(御旨)를 각문(閣門)3)의 젼(傳)ᄒ니 사름마다 부귀(富貴)를 흠모(欽慕)하여 깃거하ᄃᆡ 니 승샹(丞相)이 이 긔별(奇別)을 듯고 대경(大驚)ᄒ여 스ᄉ로 셔안(書案)을 쳐 글오ᄃᆡ,

"댱4) 시(氏) 홍안박명(紅顔薄命)5)이 극(極)ᄒ리로다."

이ᄯᅥ 좌우(左右)의 아모도 업고 얼뎨(孼弟)6) 문셩이 잇더니 ᄎ언(此言)을 듯고 고이(怪異)히 너기나 감(敢)히 뭇지 못ᄒ더니 태시(太

---

1) 어ᄆᆡ(御妹): 어매. 임금의 누이.
2) 통졍시(通政司ㅣ): 통정사. 명나라의 관제로 내외에서 올리는 상소 등을 받아 황제에게 보고하는 일을 담당함.
3) 각문(閣門): 왕명의 출납(出納) 등의 일을 맡아 보는 관아.
4) 댱: [교] 원문에는 '댱'으로 되어 있으나 여기에서는 '쟝 씨'를 가리키므로 이와 같이 수정함.
5) 홍안박명(紅顔薄命): 얼굴이 예쁜 여자는 운명이 기박함.
6) 얼뎨(孼弟): 얼제. 어머니가 천첩인 이복동생.

師ㅣ) 이 긔별(奇別)을 듯고 역경(亦驚)ᄒ여

●●●

2면

승샹(丞相)을 블너 ᄀᆞᆯ오딕,

"선뎨(先帝) 몽현을 눈의 드려 겨시니 반ᄃᆞ시 금샹(今上)[7]긔 니르미 겨실지라. 신ᄌᆡ(臣子ㅣ) 되여 엇지 몽현을 아니 드려보ᄂᆞ리오? 만일(萬一) 몽현이 쌘인즉 져 댱 시(氏)ᄅᆞᆯ 엇지리오?"

승샹(丞相)이 딕왈(對曰),

"ᄉᆞᄉᆡ(事事ㅣ) 텬명(天命)이니 구ᄐᆞ여 몽현의게 부마(駙馬) 쟉위(爵位) 오리잇고?"

승샹(丞相)이 비록 거ᄎᆞ로 이리 니르나 심(甚)히 즐겨 아니하더라.

길일(吉日)이 다ᄃᆞ라미 니부(-府)의셔 몽현을 장쇽(裝束)[8]ᄒ여 입궐(入闕)ᄒ미, 각(各) 집 쇼년(少年)이 구름 ᄀᆞᆺᄐᆞ야 제제(濟濟)[9]히 버러시니 태휘(太后ㅣ) 쥬렴(珠簾)을 치고 일일(一一)히 어람(御覽)ᄒ시미 혹(或) 단아(端雅)ᄒ니도 잇고 풍뉴(風流)로오니도 이시되 몽현의 미우(眉宇)[10]의 팔칙(八彩)[11] 녕농(玲瓏)홈과 빅셜(白雪) 긔부(肌膚)의 듕〃(衆中) 제일(第一)이라.[12] 태휘(太后ㅣ) 대희(大喜)ᄒ시고 샹(上)이 역희(亦喜)ᄒ샤 몽현을 틱(擇)

---

7) 금샹(今上): 금상. 지금 황제.

8) 장쇽(裝束): 장속. 몸을 꾸며서 차림.

9) 제제(濟濟): 제제. 많고 성함.

10) 미우(眉宇): 이마의 눈썹 근처.

11) 팔칙(八彩): 팔채. 제왕의 얼굴을 찬미하는 말. 중국 고대 요임금의 눈썹에 여덟 가지 색채가 있었다는 데서 유래함.

12) 빅셜(白雪)~제일(第一)이라: 원문에는 '긔뷔 빅셜 ᄀᆞᆺᄐᆞ딕 들미 그 탈식ᄒᄂᆡ'로 되어 있으나 문장이 자연스럽지 않아 국도본(6:60)을 따름.

호시고 제(諸) 쇼년(少年)을 다 내여보닉시고 니 승샹(丞相)을 명쵸
(命招)13)호샤 칭하(稱賀) 왈(曰),

"몽현의 긔이(奇異)호믈 드런 지 오릭나 이러툿 호믄 몰닷더니 금
일(今日) 부마(駙馬)롤 쓴니 깃브믄 일시(一時)의 파셜(播說)14)치 못
호노라."

승샹(丞相)이 임의 아는 일이라 안색(顔色)을 블변(不變)호고 계
(階)의 느려 정식(正色) 쥬왈(奏曰),

"신(臣)의 블쵸(不肖)호 즈식(子息)이 금지옥엽(金枝玉葉)의 빵(雙)
되미 만만(萬萬) 블스(不似)15)호거늘 호믈며 신(臣)이 몽현으로뻐 례
부샹셔(禮部尙書) 댱셰걸의 녀(女)와 뎡혼(定婚) 납빙(納聘)호여 길
긔(吉期) 슈일(數日)을 가려시니 임의 빅약(背約)지 못호올지라 성샹
(聖上)은 다시 아름다온 부마(駙馬)롤 쓴시고 필부(匹夫)의 뜻을 앗
지 마릭쇼셔."

샹(上)이 침음(沈吟) 답왈(答曰),

"태휘(太后ㅣ) 임의 간퇵(揀擇)호신 거슬 엇지 고치며 경(卿)이 임
의 뎡혼(定婚)호여실진딕 또 엇지 간퇵(揀擇)의 드리뇨?"

승샹(丞相)이 딕왈(對曰),

---

13) 명쵸(命招): 명초. 임금의 명령으로 신하를 부름.

14) 파셜(播說): 파설. 말을 베풂.

15) 블스(不似): 불사. 꼴이 격에 맞지 않음.

"신지(臣子ㅣ) 되여 샹녕(上令)16)을 거스리리잇고? 간션(揀選)의 슈(數)를 치울 쁜이러니 쌘이믄 의외(意外)라. 셩샹(聖上)은 쌀니 퇴(退)호시고 다른 부마(駙馬)를 쌘시믈 브라ㄴ이다."

샹(上)이 침음(沈吟)호시다가 내뎐(內殿)에 드러가 태후(太后)긔 승샹(丞相)의 말솜을 고(告)호딕, 태후(太后ㅣ) 변싀(變色) 왈(曰),

"몽현이 비록 댱녀(-女)와 뎡혼(定婚)호여시나 인군(人君)이 간퇵(揀擇)하여 일이 명졍언슌(名正言順)17)호거놀 니관셩이 엇지 잡말(雜-)을 호며 샹(上)이 엇지 션뎨(先帝)의 유교(遺敎)를 닛ㄴ뇨?"

샹(上)이 꾸러 딕왈(對曰),

"몽현이 댱녀(-女)로 납빙(納聘)호여 실신(失信)치 못호리라 호니 댱녀(-女)로 둘지롤 뎡(定)호샤이다."

태휘(太后ㅣ) 발연쟉싀(勃然作色)18) 왈(曰),

"계양은 션뎨(先帝) 스랑호시던 바로 금지옥엽(金枝玉葉)이어놀 엇지 이러툿 구챠(苟且)혼 경싀(景色)이 이시리오? 샹(上)이

···

5면

계양 박딕(薄待)호믈 이 디경(地境)의 미출 줄 아지 못혼 비로다."

셜파(說罷)의 눈믈이 ㄴ리시니 샹(上)이 크게 블안(不安)호시고 마지못하여 즉시(卽時) 하교(下敎) 왈(曰),

"짐(朕)이 태낭낭(太娘娘) 교지(敎旨)를 밧즈와 어미(御妹) 계양을 위(爲)19)하여 부마(駙馬)를 퇵(擇)호믹 기부(其父) 니관셩이 뎡혼(定

---

16) 샹녕(上令): 상령. 임금의 명령.

17) 명졍언슌(名正言順): 명정언순. 명분이 바르고 말이 사리에 맞음.

18) 발연쟉싀(勃然作色): 발연작색. 발끈 성을 내어 불쾌한 빛이 얼굴에 드러남.

婚)ᄒ여시므로 고사(固辭)ᄒ미 이시나 임의 몽현으로 부마(駙馬)를 명(定)ᄒ여시니 곳치지 못ᄒ올지라. 특별(特別)이 뎡혼(定婚)ᄒ 녀ᄌ(女子)를 다ᄅᆫ 듸 뎡(定)ᄒ게 ᄒ고 납폐(納幣) 문명(問名)[20]을 거두어 녜부(禮部)의 드리고 흠텬관(欽天官)[21]을 명(命)ᄒ여 길일(吉日)을 ᄀᆯ히여 례(禮)를 일우라."

ᄒ시니 녜부(禮部ㅣ) 셩지(聖旨)를 밧ᄌ와 댱부(-府)의 가 납폐(納幣)를 ᄎᆞᄌᆞ니, ᄎᆞ시(此時) 댱 공(公)이 니 공ᄌ(公子)를 뎡혼(定婚)ᄒ미 심(甚)히 쾌락(快樂)ᄒ여 길일(吉日)을 손고바 기ᄃᆞ리더니 쳔만무망(千萬無妄)[22]의 이 말을 드ᄅᆞ니 심긔(心氣) 낙황(落慌)[23]ᄒ

● ● ●

6면

나 사름이[24] 심지(心地) 견강(堅剛)ᄒ지라 안ᄉᆡᆨ(顔色)을 블변(不變)ᄒ고 내당(內堂)의 드러가 녀ᄋᆞ(女兒)의 방듕(房中)의 가 니부(-府) 현훈[25](玄纁)[26]을 내며 쇼져(小姐)ᄃᆞ려 왈,

"나라히셔 니ᄌ(-子)를 부마(駙馬)를 뎡(定)ᄒ시고 널노뻐 다ᄅᆫ 듸 결혼(結婚)ᄒ라 ᄒ시니 네 ᄯᅳᆺ은 엇지코져 ᄒᆞ뇨?"

---

19) 위: [교] 이 앞에 '우'가 있으나 문맥을 고려하여 삭제함.
20) 문명(問名): 혼인을 정한 여자의 장래 운수를 점칠 때에 그 어머니의 성씨를 물음. 여기에서는 그 종이.
21) 흠텬관(欽天官): 흠천관. 천문역수(天文曆數)의 관측을 맡은 관아인 흠천감(欽天監)의 관리.
22) 쳔만무망(千萬無妄). 천만무망. 아무 생각이 없던 중.
23) 낙황(落慌): 낙담하고 당황함.
24) 사름이: [교] 원문에는 이 뒤에 '론지'가 있으나 문맥을 고려하여 삭제함.
25) 훈: [교] 원문에는 '혼'으로 되어 있으나 문맥에 맞도록 수정함.
26) 현훈(玄纁): 검은 색과 붉은 색의 실로 폐백의 의례 때에 사용되던 물건. 여기에서는 폐백을 의미함.

쇼제(小姐ㅣ) 즈약(自若)27)히 ᄯ무러 ᄃᆡ왈(對曰),

"쇼녜(小女ㅣ) 어려셔브터 야야(爺爺)의 교훈(敎訓)을 밧즈와 대졀 (大節)을28) 아옵ᄂᆞ니 엇지 이셩(異姓)을 셤기리잇가? 슈의심규(守義 深閨)29)ᄒᆞ여 부모를 셤기고져 ᄒᆞᄂᆞ이다."

샹셰(尙書ㅣ) 탄왈(歎曰),

"ᄂᆡ들 엇지 일(一) 녀(女)를 위(爲)ᄒᆞ여 현훈30)(玄纁)을 두 번(番) 문(門)의 드려 댱 시(氏) 쳥덕(淸德)을 ᄯᅥ러ᄇᆞ리리오?"

드ᄃᆡ여 밧긔 ᄂᆞ와 니가(-家)의 현훈31)(玄纁)으로써 례부(禮部)를 주고 슐위를 미러 니부(-府)의 니르니, 추시(此時) 승샹(丞相)이 도라 와 이 말을 모든 ᄃᆡ 고(告)ᄒᆞ니 일개(一家ㅣ) 놀ᄂᆞ고 태ᄉᆡ(太師ㅣ) 경탄(驚歎) 왈(曰),

7면

"몽현은 즈금(自今) 이릭(以來)로 복녹(福祿)이 구드려니와 가련(可 憐)홀손 댱 시(氏)로다."

졍언간(停言間)32)의 댱 샹셰(尙書ㅣ) 이의 니르러 치하(致賀)ᄒᆞ니 승샹(丞相)이 츄연(惆然) 왈(曰),

"현형(賢兄)아, 이 엇진 말고? ᄋᆞ즈33)(兒子ㅣ) 신(信)을 못 직희고

---

27) 즈약(自若): 자약. 보통 때처럼 침착함.

28) 대졀(大節)을: [교] 원문에는 '대져룰'로 되어 있으나 연철이 되어 의미가 분명하지 않으므로 국도본(6:65)을 따름.

29) 슈의심규(守義深閨): 수의심규. 규방에서 여자로서의 의리를 지킴. 장 씨가 이몽현 과 정혼한 사이였으므로 이와 같이 말한 것임.

30) 훈: [교] 원문에는 '혼'으로 되어 있으나 문맥에 맞도록 수정함.

31) 훈: [교] 원문에는 '혼'으로 되어 있으나 문맥에 맞도록 수정함.

32) 졍언간(停言間): 정언간. 말을 잠시 그친 사이.

나[34]의 블의(不義)ᄒ미 극(極)ᄒ니 졍(正)히 아모리 ᄒᆯ 줄 모르거ᄂᆞᆯ 치하(致賀)ᄂᆞᆫ 므ᄉ 일고?"

무평빅이 니어 글오ᄃᆡ,

"질ᄋᆞ(姪兒ㅣ) 부마(駙馬)의 ᄲᅢ이미 녕녀(令女)를 엇지코져 ᄒ시ᄂᆞ뇨?"

상셰(尙書ㅣ) 왈(曰),

"혹ᄉᆡᆼ(學生)이 셜ᄉᆞ(設使) 블민(不敏)ᄒ나 엇지 ᄒᆞᆫ ᄌᆞ식(子息)을 위(爲)ᄒ여 빙ᄎᆡ(聘采)[35]를 두 번(番) 바드며 ᄒᆞ믈며 쳔(賤)ᄒᆞᆫ ᄌᆞ식(子息)이 례의(禮義)를 ᄌᆞᆯ 못 아ᄂᆞᆫ지라 죤문(尊門) 빙례(聘禮)를 바다 죽어 혼빅(魂魄)이라도 니 시(氏)의 사ᄅᆞᆷ이라 어이 이셩(異姓)을 조ᄎᆞ리오?"

승샹(丞相)이 탄왈(歎曰),

"고인(古人)이 니른바 빅인(伯仁)이 유아이ᄉᆞ(由我而死ㅣ)[36]라 ᄒᆞ미 졍(正)히 ᄎᆞ언(此言)을 니ᄅᆞ미로다. 쇼뎨(小弟) 엇지 위엄(威嚴)을 두려

---

33) ᄋᆞ지: [교] 원문에는 이 뒤에 '도리 안ᄂᆞᆫ'이 있으나 문맥을 고려하여 국도본(6:66)을 따라 삭제함.

34) 나: [교] 원문에는 '니'로 되어 있으나 오기로 보이므로 국도본(6:66)을 따름.

35) 빙ᄎᆡ(聘采): 빙채. 빙물(聘物)과 채단(采緞). 빙물은 결혼할 때 신랑이 신부의 친정에 주던 재물이고, 채단은 신랑 집에서 신부 집으로 미리 보내는 푸른색과 붉은색의 비단임.

36) 빅인(伯仁)이 유아이ᄉᆞ(由我而死ㅣ): 백인이 유아이사. 백인이 나 때문에 죽음. 다른 사람이 화를 입게 된 원인이 자기에게 있음을 한탄하는 말. 진(晉)나라의 왕도(王導)가 억울하게 옥에 갇혔을 때 백인이 누명을 벗겨 주었지만 왕도는 이를 몰랐음. 이후에 백인이 옥에 갇히게 되었으나 왕도가 그를 구할 수 있었음에도 불구하고 구하지 않아 백인이 왕도의 종형(從兄)인 왕돈(王敦)에 의해 처형당함. 나중에 이를 안 왕도가 백인을 구하지 못한 자신의 어리석음을 자책하며 이러한 말을 함. 『진서(晉書)』, <주의전(周顗傳)>.

령녀(令女)를 져브리리오?"

드듸여 궐하(闕下)의 나아가 샹쇼(上疏) 왈(曰),

'신(臣)이 블민(不敏)흔 위인(爲人)으로 삼됴(三朝)의 슈은(受恩)ᄒ
여 영춍후록(榮寵厚祿)37)이 일신(一身)의 죡(足)ᄒ오니 쥬야(晝夜) 죠
믈(造物)이 쩌리믈 두리옵더니 이의 블쵸ᄌ(不肖子) 몽현이 부마(駙
馬)의 쌘이믹 사름의 엇지 못홀 영광(榮光)이로듸 졀부(節婦)38)의 신
(信) 직희오미 만승텬ᄌ(萬乘天子)도 앗지 못ᄒ오미 션왕(先王)의 법
(法)이어늘 이졔 몽현이 댱녀(-女)로 뎡혼(定婚)ᄒ여 댱녜(-女ㅣ) 몽현
을 지아비로 알고 신(臣)이 댱녀(-女)를 며ᄂ리로 아라 일이 가(可)히
실신(失信)치 못홀 거시오, ᄒ믈며 엇지 댱녜(-女ㅣ) 십삼(十三) 쳥츈
(靑春)을 공규(空閨)의 늙으미 오월비상(五月飛霜)39)이 ᄀ가올지라.
복원(伏願) 셩샹(聖上)은 비록 공쥬(公主)로써 몽현의게 가(嫁)ᄒ시나
댱녀(-女)로써 둘지 위(位)의 두어 신의(信義)를 완젼(完全)키 ᄒ쇼셔.'

ᄒ엿더라.

샹(上)이 보시

고 즉시(卽時) ᄂ뎐(內殿)의 드러가샤 ᄎᄉ(此事)를 태후(太后)긔 품

---

37) 영춍후록(榮寵厚祿): 영총후록. 임금의 은총과 두터운 봉록.

38) 졀부(節婦): 절부. 절개가 굳은 아내.

39) 오월비상(五月飛霜): 오월비상. 오월에 서리가 내린다는 뜻으로, 여자가 품은 깊은
원한을 비유적으로 이르는 말.

(稟)ᄒᆞ시니 휘(后ㅣ) 쟉ᄉᆡᆨ(作色)⁴⁰⁾ 왈(曰),

"니관셩이 식녹대신(食祿大臣)⁴¹⁾이 되여 황녀(皇女)ᄅᆞᆯ 가ᄇᆞ야이 너겨 말ᄉᆞᆷ이 이러틋 픽만(愎慢)⁴²⁾ᄒᆞ니 결연(決然)이 용샤(容赦)치 못ᄒᆞᆯ 거시로ᄃᆡ 몽현의 ᄂᆞᆺ츨 보와 관셔(寬恕)⁴³⁾ᄒᆞ고 즉일(卽日)노 몽현을 례부(禮部)ᄅᆞᆯ 쥬라."

ᄒᆞ시니, 샹(上)이 훌일업셔 슈죠(手詔)⁴⁴⁾로 승샹(丞相)을 위로(慰勞)ᄒᆞ시고 몽현을 인견(引見)⁴⁵⁾ᄒᆞ샤 홍금망룡포(紅錦--袍)⁴⁶⁾와 ᄌᆞ금관(紫金冠)⁴⁷⁾과 통텬셔(通天犀)⁴⁸⁾ ᄣᅴᆯ 샤급(賜給)ᄒᆞ시니 쇼황문(少黃門)⁴⁹⁾이 오ᄉᆞᆯ 밧ᄌᆞ와 닙기ᄅᆞᆯ 쳥(請)ᄒᆞ니 몽현이 ᄆᆞᆰ은 눈을 드러 냥구(良久) 슉시(熟視)⁵⁰⁾ᄒᆞ다가 계(階)의 ᄂᆞ려 돈슈(頓首)⁵¹⁾ 쥬왈(奏曰),

"셩은(聖恩)이 미신(微臣)의게 이 ᄀᆞᆺᄐᆞ시나 신(臣)이 임의 댱셰걸의 녀(女)와 납빙(納聘)ᄒᆞ야 가히 져ᄇᆞ리지 못ᄒᆞᆯ 거시오 아비 허(許)ᄒᆞᄂᆞᆫ 말이 업ᄉᆞ니 신(臣)이 엇지 ᄌᆞ젼(自專)⁵²⁾ᄒᆞ리잇고?"

---

40) 쟉ᄉᆡᆨ(作色): 작색. 불쾌한 느낌이 얼굴에 드러남.

41) 식녹대신(食祿大臣): 식록대신. 나라의 녹봉을 받는 대신.

42) 픽만(愎慢): 패만. 사람됨이 온화하지 못하고 거칠며 거만함.

43) 관셔(寬恕): 관서. 너그러이 용서함.

44) 슈죠(手詔): 수조. 손수 쓴 조서.

45) 인견(引見): 윗사람이 아랫사람을 불러 만나 봄.

46) 홍금망룡포(紅錦--袍): 홍금망룡포. 붉은 비단으로 만든 곤룡포(袞龍袍). 망룡은 용(龍)의 옛말. 곤룡포(袞龍袍)는 원래 임금이 입는 정복을 뜻하나 여기에서는 부마가 입는 옷의 의미로 쓰임.

47) ᄌᆞ금관(紫金冠): 자금관. 자금으로 만든 관. 자금은 적동(赤銅)의 다른 이름으로, 적동은 구리에 금을 더한 합금임.

48) 통텬셔(通天犀): 통천서. 위아래가 뚫려 있는 무소의 뿔.

49) 쇼황문(少黃門): 소황문. 어린 내시.

50) 슉시(熟視): 숙시. 눈여겨 자세히 봄.

51) 돈슈(頓首): 돈수. 머리를 조아림.

52) ᄌᆞ젼(自專): 자전. 스스로 마음대로 함.

언쥬(言奏)ㅎ기를

마ᄎᆞ미 안ᄉᆡᆨ(顔色)이 ᄎᆞ고 믜오미 셜샹가샹(雪上加霜) ᄀᆞᆺᄐᆞ야 ᄉᆞᄇᆡ(四拜)ㅎ고 퇴(退)ㅎ니, 샹(上)이 강박(强迫)53)지 못ㅎ샤 다시 ᄂᆡ젼(內殿)의 드ᄅᆞ샤 태후(太后)긔 슈말(首末)을 고(告)ㅎ시니 태후(太后ㅣ) 크게 노(怒)ㅎ샤 어지(御旨)로 쟝 샹셔(尙書)를 칙(責)ㅎ여 ᄀᆞᆯᄋᆞ샤ᄃᆡ,

'경녜(卿女ㅣ) 비록 몽현으로 뎡혼(定婚)ㅎ여시나 황녀(皇女)로 감(敢)히 징공(爭功)54)치 못하려든 엇진 고(故)로 슈졀(守節)ㅎᄆᆞᆯ 닐너 이러틋 어즈럽게 ᄒᆞᄂᆞ뇨? ᄲᆞᆯ니 경녀(卿女)를 다른 ᄃᆡ 결혼(結婚)ㅎ여 거리끼미 업게 ᄒᆞ라.'

ㅎ엿더라.

댱 상셰(尙書ㅣ) 됴셔(詔書)를 크게 탄식(歎息)ㅎ고 즉시(卽時) 쇼(疏)를 올녀 ᄀᆞᆯ오ᄃᆡ,

'쇼신(小臣)이 셩은(聖恩)을 닙ᄉᆞ와 지위(地位) 지녈(宰列)55)이오 신(臣)의 녜(女ㅣ) 규즁(閨中)의셔 례긔(禮記)를 닐거 졀의(節義)를 ᄉᆞ못ᄂᆞᆫ 고(故)로 비록 니가(-家)를 위(爲)

ㅎ여 졀(節)을 직희오나 옥쥬(玉主)긔 죠금도 히(害)로오미 업슬 거시

---

53) 강박(强迫): 남의 뜻을 무리하게 내리누르거나 자기 뜻에 억지로 따르게 함.

54) 징공(爭功): 쟁공. 서로 공을 다툼.

55) 지녈(宰列): 재렬. 재상의 반열.

니 셩념(聖念)56)이 죠금도 번뇌(煩惱)치 마ᄅ시믈 ᄇ라ᄂ니이다.'

하엿더라.

태휘(太后ㅣ) 보시고 즉시(卽時) 샹(上)긔 하교(下敎)ᄒ샤 댱 샹셔(尙書)를 파직(罷職)ᄒ시고 니 승샹(丞相)의게 젼교(傳敎)ᄒ샤 셩지(聖旨)를 바드라 ᄒ시니 승샹(丞相)이 댱 공(公)의 파직(罷職)홈과 태휘(太后ㅣ) 외됴(外朝) 신하(臣下)의게 슈셔(手書) ᄂ리오시믈 보고 크게 골돌(鶻突)57)ᄒ여 ᄀᆯ오ᄃᆡ,

"인군(人君)의 실덕(失德)ᄒ시미 여ᄎ(如此)ᄒ니 엇지 함구(緘口)ᄒ여 명(命)을 밧ᄌ오리오?"

ᄒ고 다시 샹쇼(上疏) 왈(曰),

'신(臣)이 일즉 드ᄅ니 튱신(忠臣)은 블ᄉ이군(不事二君)이오 녈녀(烈女)ᄂ 블경이뷔(不更二夫ㅣ)58)라. 댱녜(-女ㅣ) 임의 ᄉ족(士族) 부녀(婦女)로 규듕(閨中)의셔 례긔(禮記)를 닑어 오륜(五倫)과 례졀(禮節)을 ᄌ못 아오니 엇진 고(故)로 현훈(玄纁) 바든

• • •

12면

지아비를 위(爲)ᄒ여 졀(節)을 아니 직희리잇고? 이러ᄐᆺ 례의(禮義)예 당연(當然)ᄒ 일노써 태낭낭(太娘娘) 엄지(嚴旨) ᄌ못 실덕(失德)ᄒ시미니 신(臣)이 골돌(鶻突)ᄒᄂ이다. 션시(先時)의 션뎨(先帝) 동

---

56) 셩념(聖念): 셩념. 임금의 생각.

57) 골돌(鶻突): 놀람.

58) 튱신(忠臣)은 블ᄉ이군(不事二君)이오 녈녀(烈女)ᄂ 블경이뷔(不更二夫ㅣ): 충신은 불사이군이오 열녀는 불경이부. 충신은 두 임금을 섬기지 않고 열녀는 두 지아비를 섬기지 않음. 이 구절의 출처인 『사기』에는 '열녀(烈女)' 대신 '정녀(貞女)'라 되어 있음. 『사기(史記)』, <전단열전(田單列傳)>.

궁(東宮)의 겨실 적 공쥬(公主)로써 신(臣)을 뵈시고 결혼(結婚)홀 말
슴을 명(命)ᄒ시거늘 신(臣)이 임의 댱녀(-女)로 뎡혼(定婚)ᄒ여 밍약
(盟約)이 구드믈 알외오니 강박(强迫)지 아냐 겨시거늘 폐희(陛下ㅣ)
엇지 흔갓 위엄(威嚴)으로 신하(臣下)를 강박(强迫)ᄒ샤 인륜(人倫)
을 난(亂)하시며 댱녜(-女ㅣ) 십삼(十三) 홍안(紅顔)으로 공규(空閨)
에 늙을진딕 셩명지치(聖明之治)59)의 호싱지덕(好生之德)60)이 숀
(損)ᄒ고 오월비샹(五月飛霜)이 ᄯᅩ가오리니 비록 유확(油鑊)61)의 줌
기이나 결연(決然)이 셩지(聖旨)를 밧드지 못ᄒ리니 복원(伏願) 셩상
(聖上)은 신하(臣下)의 인륜(人倫)을 온젼62)(穩全)63)이 ᄒ쇼셔.'
　하엿더라.

•••

13면

화셜(話說). 니 승상(丞相) 쇼푀(疏表ㅣ)64) 룡젼(龍殿)65)의 오르믹 샹
(上)이 보시기를 맛고 심니(心裏)66)의 깃거 아니샤 믁연(黙然)ᄒ시고
ᄂᆡ뎐(內殿)의 드러가 태후(太后)ᄭᅴ 쥬(奏)ᄒ딕,

　"니관셩 고징(告諍)67)이 여ᄎᆞ(如此)ᄒ니 엇지ᄒ리잇고?"

　태휘(太后ㅣ) 보시기를 맛고 대노(大怒) 왈(曰),

---

59) 셩명지치(聖明之治): 성명지치. 현명한 임금의 다스림.
60) 호싱지덕(好生之德): 호생지덕. 사형에 처할 죄인을 특사하여 살려 주는 제왕의 덕.
61) 유확(油鑊): 기름이 끓는 솥.
62) 젼: [교] 원문에는 '졍'으로 되어 있으나 오기로 보임.
63) 온젼(穩全): 온전. 잘못된 것이 없이 바르거나 옳음.
64) 쇼푀(疏表ㅣ): 소표. 신하가 임금에게 올린 상소.
65) 룡젼(龍殿): 용전. 대궐.
66) 심니(心裏): 심리. 마음속.
67) 고징(告諍): 고쟁. 고하여 간함.

"니관셩이 이럿둧 인군(人君)을 업슈이 녀기니 결연(決然)이 샤(赦)치 못홀지라. 금의옥(錦衣獄)[68]의 ᄂ리와 법(法)을 졍(正)히 홀 거시니이다."

샹(上)이 놀나 간(諫)ᄒ여 ᄀᆞᆯᄋᆞ샤ᄃᆡ,

"관셩은 탁고대신(托孤大臣)[69]으로 쇼임(所任)이 즁(重)ᄒ니 엇지 젹은 일의 취옥(就獄)[70]ᄒ리잇고? 낭낭(娘娘)은 지삼(再三) 싱각ᄒ쇼셔."

태휘(太后ㅣ) 발연대노(勃然大怒) 왈(曰),

"샹(上)이 흔 누의ᄅᆞᆯ 위(爲)ᄒ여 부마(駙馬)ᄅᆞᆯ ᄲᅵᆫᄆᆡ 일이 이럿둧 거츠러지니 통한(痛恨)ᄒ믄 니ᄅᆞᆯ도 말고 니관셩이 짐(朕) 업슈이 너기미 태심(太甚)ᄒᄃᆡ 다ᄉᆞ리지 아니시니 이 므슴 도리(道理)뇨?"

언파(言罷)의 졍ᄉᆡᆨ(正色)

14면

믁연(黙然)ᄒ시니 샹(上)이 크게 블안(不安)ᄒ시나 효셩(孝誠)이 지극(至極)ᄒ신 고(故)로 샤죄(謝罪)ᄒ시고 즉시(卽時) 하교(下敎) 왈(曰),

"짐(朕)이 태낭낭(太娘娘) 교지(敎旨)ᄅᆞᆯ 밧ᄌᆞ와 어ᄆᆡ(御妹)ᄅᆞᆯ 위(爲)ᄒ여 부마(駙馬)ᄅᆞᆯ 간퇵(揀擇)ᄒᄆᆡ 니관셩이 고집(固執)이 듯지 아닐 ᄲᅮᆫ 아녀 인군(人君)을 흘쎅리니[71] ᄌᆞ못 신ᄌᆞ(臣子)의 도(道)ᄅᆞᆯ 일헛ᄂᆞᆫ지라 금의옥(錦衣獄)의 ᄂ리와 법(法)을 졍(正)히 ᄒ라."

셩지(聖旨) ᄂ리신이, ᄎᆞ시(此時) 승상(丞相)이 도찰원(都察院)[72]의

---

68) 금의옥(錦衣獄): 명나라 때 금위군(禁衛軍)의 하나인 금의위(錦衣衛)에 딸린 감옥.

69) 탁고대신(托孤大臣): 선왕이 죽으며 어린 태자를 부탁한 신하.

70) 취옥(就獄): 취옥. 옥에 가둠.

71) 흘쎅리니: 업신여겨 함부로 냉정하게 뿌리치니.

잇더니 젼지(傳旨)⁷³⁾를 보고 인슈(印綬)⁷⁴⁾와 관면(冠冕)⁷⁵⁾을 그르고 옥(獄)의 ᄂ아가니 만됴(滿朝ㅣ) 츠경(此景)을 보고 크게 놀ᄂ고 태ᄉᆞ(太師ㅣ) 긔별(奇別)을 듯고 무평빅과 쇼부(少傅)와 몽현 등(等)을 거ᄂ려 궐하(闕下)의 딕죄(待罪)⁷⁶⁾하니 경ᄉᆡᆨ(景色)이 ᄌᆞ못 죠치 아닌지라 샹(上)이 문지(聞之)ᄒᆞ시고 크게 블안(不安)ᄒᆞ샤 ᄂᆡ시(內侍)로 젼어(傳語) 왈(曰),

"샹부(相府)를 하옥(下獄)ᄒᆞᆷ믄 태낭낭(太娘娘) 명(命)을 위월(違越)⁷⁷⁾치 못ᄒᆞ미니 노션싱(老先生)은 안심(安心)ᄒᆞ고 샹부(相府)를

• • •

15면

개유(開諭)ᄒᆞ라."

태ᄉᆞ(太師ㅣ) 셩은(聖恩)을 감격(感激)ᄒᆞ여 망궐샤은(望闕謝恩)⁷⁸⁾ᄒᆞ고 집으로 도라가니라.

샹(上)이 ᄂᆡ뎐(內殿)의 드러가샤 태후(太后)긔 고왈(告曰),

"혼인(婚姻)이른 거ᄉᆞᆫ 냥개(兩家ㅣ) 샹의(相議)ᄒᆞ여 홀 거시어늘 이제 공쥬(公主)로 몽현의게 하가(下嫁)ᄒᆞ려 ᄒᆞ시며 몬져 그 아비를 가도미 가(可)치 아닌지라 낭낭(娘娘)은 싱각ᄒᆞ쇼셔."

태휘(太后ㅣ) 졍ᄉᆡᆨ(正色) 왈(曰),

---

72) 도찰원(都察院): 중국 명나라·청나라 때에, 벼슬아치의 비위를 규탄하고 지방 행정을 감찰하는 일을 맡아보던 관아. 홍무제가 어사대를 개편하여 설치함.

73) 젼지(傳旨): 전지. 승정원의 담당 승지를 통하여 전달되는 왕명서(王命書). 유지(有旨).

74) 인슈(印綬): 인장(印章)과 인장을 맨 띠. 인수는 관작(官爵)을 가리킴.

75) 관면(冠冕): 벼슬아치가 쓰는 갓.

76) 딕죄(待罪): 대죄. 죄인이 처벌을 기다림.

77) 위월(違越): 어김.

78) 망궐샤은(望闕謝恩): 망궐사은. 대궐을 바라보고 임금의 은혜에 감사함.

"샹(上)이 비록 몽현의게 공쥬(公主)를 하가(下嫁)코져 ᄒ시나 관성이 허(許)치 아니니 엇지ᄒ리오? 당당(堂堂)이 허락(許諾)을 ᄇ든 후(後) 가돈 거슬 노ᄒ리니 샹(上)은 잠잠(潛潛)ᄒ쇼셔."

시위(侍衛) 근시(近侍)와 졔(諸) 비빙(妃嬪)다려 니ᄅ샤ᄃᆡ,

"계양이 이런 일을 알면 간(諫)ᄒᆯ 거시니 여등(汝等)이 입 밧긔 ᄂᆡ일진ᄃᆡ 법(法)을 졍(正)히 ᄒ리라."

졔인(諸人)이 숑연(悚然) 슈명(受命)ᄒ다.

휘(后ㅣ) 이젼(以前)은 죵일(終日)토록 공쥬(公主)를 안젼(案前)의 두시더니 슈일(數日)지 일즉 브르지 아니시고

• •

16면

사ᄉ(事事) 문안(問安)의 지쵹ᄒ여 보ᄂᆡ시니 공쥬(公主ㅣ) 의아(疑訝)ᄒ나 감(敢)히 뭇잡지 못ᄒ더라.

태휘(太后ㅣ) 명일(明日) 죠됴(早朝)의 ᄂᆡ시(內侍)로 하여금 젼어(傳語)ᄒᄃᆡ,

"짐(朕)이 비록 블쵸(不肖)ᄒ나 만민(萬民)의 어미요 공쥬(公主ㅣ) 션뎨(先帝)의 싱육(生育)ᄒ시믈 밧ᄌ와 부마(駙馬)를 명졍언슌79)(名正言順)이 간퇵(揀擇)ᄒᄆᆡ 블가(不可)ᄒᄆᆡ 업거늘 경(卿)이 식녹대신(食祿大臣)80)으로 인군(人君)을 비방(誹謗)하고 황녀(皇女)를 가바야이 너기ᄂᆞ뇨? 섈니 군명(君命)을 슌(順)ᄒ여 어즈러오미 업게 ᄒ라."

승샹(丞相)이 ᄭ우러 듯기를 ᄆᆞ고 늘호여 ᄃᆡ(對)ᄒᄃᆡ,

"신(臣)의 평싱(平生) 졍심(貞心)이 신의(信義)를 듕(重)히 너기옵

---

79) 슌: [교] 원문에는 '슈'로 되어 있으나 오기로 보임.

80) 식녹대신(食祿大臣): 식록대신. 나라의 녹봉을 받는 대신.

ᄂ니 엇지 부귀(富貴)를 보고 례(禮)를 ᄇ리리잇고? 옥쥬(玉主ㅣ) 임ᄉ(姙姒)[81]의 덕(德)이 겨실진ᄃ 쟝녜(-女ㅣ) 현슉(賢淑)ᄒ고 신(臣)의 ᄌ(子) 몽현이 군ᄌ(君子)의 덕(德)이 업ᄉ나[82] 규방(閨房)의 원(怨)을 ᄶ치지 아니리니 낭낭(娘娘)이 만일(萬一) 쟝녀(-女)로써 몽현의 좌(左)[83]의 두

•••

17면

게 ᄒ실진ᄃ 신(臣)이 군명(君命)을 슌(順)ᄒ올 거시오 그러치 아닌즉 신(臣)의 머리의 부월(斧鉞)이 림(臨)ᄒ나 못 고칠쇼이다.”

ᄂ시(內侍) 환쥬(還奏)[84]ᄒ니 휘(后ㅣ) 대로(大怒) 왈(曰),

“관성이 이럿ᄐ 우흘 업슈히 너기니 그 죄(罪) 블용쥬(不容誅)[85]라 경(輕)히 노치 못ᄒ리라.”

샹(上)이 태휘(太后ㅣ) 노긔(怒氣) 이러ᄒ시믈 두려 감(敢)히 말을 못 ᄒ시더라.

태휘(太后ㅣ) ᄒ로 두세 슌(巡)[86]식 사ᄅᆷ 브려 허락(許諾)을 강박(强迫)ᄒ ᄃ 승샹(丞相) 졍심(貞心)이 쳘셕(鐵石) ᄀᆺ고 말ᄉᆷ이 렬렬(烈烈)ᄒ여 흐갈ᄀᆺ치 쳐음 말ᄃ로 대답(對答)ᄒ니 태휘(太后ㅣ) ᄂ노(益怒)[87]ᄒ샤[88] 취옥(就獄)ᄒ연 지 십여(十餘) 일(日)이 되니 묘당(廟

---

81) 임ᄉ(姙姒): 임사. 중국 고대의 후비(后妃)인 태임과 태사를 이름. 태임은 주나라 왕계의 아내이자 문왕의 어머니이고, 태사는 주나라 문왕의 후비이자 무왕의 어머니임. 어머니와 아내로서의 도리를 잘 지킨 것으로 유명함.

82) 나: [교] 원문에는 ‘니’로 되어 있으나 문맥을 고려하여 이와 같이 수정함.

83) 좌(左): 곁.

84) 환쥬(還奏): 환주. 돌아와 아룀.

85) 블용쥬(不容誅): 불용주. 목 베이는 벌을 면키 어려움.

86) 슌(巡): 순. 차례.

堂)89)이 진경(震驚)90) 호고 만됴(滿朝) 제신(諸臣)이 년(連) 호여 샹쇼 (上疏) 호여 십분(十分) 요란(擾亂) 호니 샹(上)이 이런 거죠(擧措)를 보시고 민망(憫惘) 호여 추일(此日) 즁수(中使)91)로 태수(太師)를 브릭시니 태식(太師]) 아즈(兒子)의 호는 일을 드릭믹 신의(信義)의 당당(堂堂)

● ● ●

18면

호므로써 올희 너겨 함믁(含黙)92) 호더니 당시(當時) 호여 모든 사룸의 요란(擾亂) 호믈 듯고 승샹(丞相)을 개유(開諭)코져 호더니 명픽(命牌)93)를 응(應) 호여 즉시(卽時) 관복(官服)을 굿쵸와 수쟈(使者)를 죠츠 뎐폐(殿陛)의 니룰러 수비(四拜) 현알(見謁) 호오니 샹(上)이 흔연(欣然)이 평신(平身)94) 호믈 니릭시고 옥음(玉音)을 느리와 굴오샤딕,

"짐(朕)이 유튱(幼沖) 혼 나히 대위(大位)를 이으니 만일(萬一) 샹부(相府)의 보졍(輔政)95) 홈곳 아니면 텬히(天下]) 평안(平安) 호리오? 스스로 그 공덕(功德)을 무음의 삭이더니 이제 태휘(太后]) 어미(御妹)를 위(爲) 호여 부마(駙馬)를 틱(擇) 호시믹 이 젼혀(專-) 몽현의 츌인(出人)96) 호믈 아룹다이 너기시는 뜻이시어늘 샹뷔(相府]) 고집

---

87) 닉노(益怒): 익로. 더욱 성을 냄.
88) 샤: [교] 원문으로 '시'로 되어 있으나 문맥을 고려하여 이와 같이 수정함.
89) 묘당(廟堂): 조정.
90) 진경(震驚): 두려워하고 놀람.
91) 즁스(中使): 중사. 궁중에서 임금의 명령을 전하던 내시.
92) 함믁(含黙): 함묵. 입을 다물고 가만히 있음.
93) 명픽(命牌): 임금이 벼슬아치를 부를 때 보내던 나무패.
94) 평신(平身): 몸을 평안히 함.
95) 보졍(輔政): 보정. 정사를 도움.

(固執)이 신의(信義)를 직희니 태낭낭(太娘娘) 과단(果斷)97)ᄒᆞ신 셩지(聖旨) 이가지 니르시게 ᄒᆞ니 ᄉᆞ톄(事體)98) 주못 미안(未安)ᄒᆞ고 평일(平日) 바라던 빈 아니로다. 어믜(御妹) ᄉᆞ덕(四德)99)이 긔특(奇特)ᄒᆞ여 남ᄌᆞ(男子)의

◦••

19면

지는 도량(度量)이 이시니 하가(下嫁)ᄒᆞ여 댱녀(-女)의 슈졀(守節)ᄒᆞᆷ믈 드르면 태휘(太后ㅣ) 셩의(聖意)를 두로혀 만젼(萬全)100)케 ᄒᆞ리니 노션싱(老先生)은 샹부(相府)를 개유(開諭)ᄒᆞ여 태후(太后) 명(命)을 슌(順)홀진딕 ᄉᆞ시(事事ㅣ) 슌편(順便)101)ᄒᆞ고 댱 시(氏) 마ᄎᆞᆫ 공규(空閨)의 늙지 아니리니 션싱(先生)은 ᄌᆡ삼(再三) 샹량(商量)102)ᄒᆞ여 샹부(相府)를 씪듯게 ᄒᆞ라."

태ᄉᆞ(太師ㅣ) 부복(俯伏)103)하여 셩은(聖恩)이 이러틋 ᄒᆞ시믈 감샤(感謝)ᄒᆞ여 돈슈(頓首) 샤왈(謝曰),

"신(臣)의 부ᄌᆡ(父子ㅣ) 삼됴(三朝)104)의 슈은(受恩)ᄒᆞ와 텬은(天

---

96) 출인(出人): 출인. 남보다 뛰어남.

97) 과단(果斷): 딱 잘라서 결정함.

98) ᄉᆞ톄(事體): 사체. 사리와 체면.

99) ᄉᆞ덕(四德): 사덕. 여자가 갖추어야 할 네 가지 덕. 곧, 부덕(婦德), 부언(婦言), 부용(婦容), 부공(婦功).

100) 만젼(萬全): 만전. 모든 일이 온전하게 됨.

101) 슌편(順便): 순편. 마음이나 일의 진행 따위가 거침새가 없고 편함.

102) 샹량(商量): 상량. 헤아려 생각함.

103) 부복(俯伏): 고개를 숙이고 엎드림.

104) 삼됴(三朝): 삼조. 세 황제의 조정. 이현이 영락제 성조(成祖, 재위 1402~1424), 인종(仁宗, 재위 1424~1425), 선종(宣宗, 재위 1425~1435)을 섬겼으므로 이와 같이 말함.

恩)이 호텬망극(昊天罔極)105)이라 몸을 바아도106) 갑습지 못홀 거시어늘 더옥 금지옥엽(金枝玉葉)으로 쳔가(賤家)의 느리오시미 엇지 못홀 영광(榮光)이오딕 블효즈(不肖子) 관셩이 평싱(平生) 튱효(忠孝)와 신의(信義)를 즁(重)히 너기옵는 고(故)로 댱녀(-女)의 슈졀(守節)ᄒ믈 심즁(心中)의 참연(慘然)107)ᄒ여 몸이 옥니(獄裏) 취리(就理)108)를 감심(甘心)109)ᄒ고 셩지(聖旨)를 밧즙지 아니ᄒ오니 신의(信義)의

• • •

20면

당연(當然)ᄒ오나 튱효(忠孝)를 일허습는지라 신(臣)이 블가(不可)ᄒ믈 니르고져 ᄒ옵더니 셩지(聖旨) 이 ᄀᆞᆺᄐ시니 엇지 두 번(番) 위월(違越)ᄒ리잇고?"

샹(上)이 깃거 왈(曰),

"샹부(相府)는 효지(孝子ㅣ)라 엇지 션싱(先生) 말ᄉᆞᆷ을 거스리리오? 어미(御妹) 뭇ᄎᆞᆷᄂᆡ 댱녀(-女)를 져ᄇᆞ리미 업스리라."

틱ᄉᆞ(太師ㅣ) 샤은(謝恩)ᄒ고 믈너 햐쳐(下處)110)의 ᄂᆞ오니, 댱 샹셔(尚書ㅣ) 이의 니르러 례필한훤(禮畢寒暄)111) 후(後) 몸을 굿펴112) 왈,

"쇼싱(小生)이 당쵸(當初)의 빅균113)의 풍치(風采)를 ᄉᆞ랑ᄒ여 블

---

105) 호텬망극(昊天罔極): 호천망극. 넓고 큰 하늘처럼 끝이 없는 은혜.

106) 바아도: 빻아도.

107) 참연(慘然): 참연. 참혹히 여김.

108) 취리(就理): 죄를 지은 벼슬아치가 사법 기관에 나아가 심리를 받던 일.

109) 감심(甘心): 괴로움을 달게 여김.

110) 햐쳐(下處): 하처. 손님이 길을 가다가 묵는 집.

111) 례필한훤(禮畢寒暄): 예필한훤. 날씨의 춥고 더움을 말하는 예를 마침.

112) 굿펴: 굽혀.

113) 빅균: 백균. 이몽현의 자(字).

쵸녀(不肖女)로써 동상(東床)114)의 결승(結繩)115)을 밋고져 ᄒ더니 죠믈(造物)이 쇼싱(小生)의 외람(猥濫)ᄒ믈 믜이116) 너겨 이런 일이 이시나 도시(都是)117) 군은(君恩)이니 ᄉ양(辭讓)치 못ᄒ려든 승샹(丞相) 합히(閤下ㅣ) 고집(固執)히 쇼싱(小生)의 부녀(父女)를 위(爲)ᄒ여 옥즁(獄中) 고쵸(苦楚)118)를 감심(甘心)ᄒ고 태낭낭(太娘娘) 젼교(傳敎)를 응(應)치 아니ᄒ니 비록 신의(信義)의 올흐나 군신지분(君臣之分)119)을 ᄌ못 일

21면

헛ᄂᆞ지라 원(願)컨딕 존대인(尊大人)은 그 ᄯᅳᆺ으로 개유(開諭)ᄒ쇼셔.”

태ᄉᆞ(太師ㅣ) 숀샤(遜謝)120) 왈(曰),

“돈ᄋᆞ(豚兒ㅣ)121) 신의(信義)를 직희고 부귀(富貴)를 뼈 빈쳔(貧賤)을 밧고지 못ᄒ미 일의 올흔지라 노뷔(老夫ㅣ) ᄎᆞ고(此故)로 입을 잠아미러니 향긱(向刻)122) 셩샹(聖上) 말ᄉᆞᆷ이 여ᄎᆞ(如此)ᄒ샤 혈심(血

---

114) 동상(東床): 동쪽 평상이라는 뜻으로, '사위'를 달리 이르는 말. 중국 진(晉)나라의 극감(郤鑒)이 사위를 고르는데, 왕도(王導)의 아들 가운데 동쪽 평상 위에서 배를 드러내고 누워 있는 왕희지를 골랐다는 고사에서 유래함.

115) 결승(結繩): 끈을 묶음. 월하노인(月下老人)이 혼인할 운명인 남녀의 발에 붉은 끈을 묶으면, 남녀는 후에 반드시 혼인하게 된다고 하는 데서 유래함.『속유괴록(續幽怪錄)』에 이야기가 실려 있음.

116) 믜이: 밉게.

117) 도시(都是): 모두.

118) 고쵸(苦楚): 고초. 고난.

119) 군신지분(君臣之分): 임금과 신하 사이에 지켜야 할 분수.

120) 숀샤(遜謝): 손사. 겸손하게 사례함.

121) 돈ᄋᆞ(豚兒ㅣ): 돈아. 자기의 자식을 낮추어 부르는 말.

122) 향긱(向刻): 향각. 접때.

心)123)으로 노부(老夫)를 개유(開諭)쾌져124) 흐시니 승슌(承順)흐믈
쥬(奏)흐엿고 녕공(令公)125) 말솜이 이 굿트시니 징이파의(徵而罷
矣)126)라 현마 엇지흐리오? 녕녜(令女ㅣ) 복(福)이 굿고127) 공쥬(公
主ㅣ) 현쳘(賢哲)흐실진ᄃᆡ 무쌍(無雙)흔 복녹(福祿)을 누리리니 녕공
(令公)은 안심(安心)흐라."

상셰(尙書ㅣ) 장탄(長歎) 왈(曰),

"녀ᄋ(女兒)의 용잔누질(庸孱陋質)128)노 엇지 금지옥엽(金枝玉葉)
과 동렬(同列)이 되리오? 일이 이의 일ᄋ고 므숨 묘단(妙端)129)으로
쟝ᄅᆡ(將來)를 바라리잇고?"

태ᄉᆡ(太師ㅣ) 이의 필찰(筆札)130)을 나와 두어 줄 글을 젹어 사룸
으로 흐여곰 승샹(丞相)긔 보ᄂᆡ니 승샹(丞相)이 공경(恭敬)흐여 바다
ᄌᆡ배(再拜)흐

•••

22면

고 쩌여 보니 굴와시ᄃᆡ,

'면(免)치 못흘 거슨 텬의(天意)라. 네 ᄌᆞ쵸(自初)로 텬슈(天數)를
붉히 알 거시니 이졔 태후(太后) 셩뇌(聖怒ㅣ)131)를 ᄂᆞ리시ᄆᆡ 실덕

---

123) 혈심(血心): 진심에서 나오는 정성.

124) 개유(開諭)쾌져: 개유하고자.

125) 녕공(令公): 영공. 나이가 많아 중년이 지난 남자를 대접하여 이르는 말. 영감(令監).

126) 징이파의(徵而罷矣): 징험하고서 끝날 것임.

127) 굿고: 갖추어지고.

128) 용잔누질(庸孱陋質): 용렬하고 비루한 자질.

129) 묘단(妙端): 묘한 실마리.

130) 필찰(筆札): 붓과 종이.

131) 셩뇌(聖怒ㅣ): 성노. 임금의 진노를 높여 이르는 말. 여기에서는 태후의 진노를

(失德)ᄒ시미 만흔지라 너의 ᄒᄂᆫ 배 신의(信義)의 당연(當然)ᄒ니
네 아비 되여 홀 말이 업거니와 그러나 셩인(聖人)이 경권(經權)[132]
으로써 임(臨)ᄒ시니 빅ᄉᆞ(百事ㅣ) 권도(權道)도 업지 못홀 거시오,
션뎨(先帝) 말ᄉᆞᆷ을 ᄉᆡᆼ각컨ᄃᆡ 공쥬(公主ㅣ) 마ᄎᆞᆷᄂᆡ 오문(吾門)의 드러
올 거시오 드러온즉 댱 시(氏) ᄌᆞ연(自然) 모드리니 ᄒᆡᄋᆞ(孩兒)ᄂᆞᆫ 셩
샹(聖上) 블평(不平)ᄒ심과 죤당(尊堂) 념녀(念慮)를 살피고 고집(固
執)히 ᄒᆞᄂᆞ흘 직희지 말나.’

ᄒ엿더라.

승샹(丞相)이 견필(見畢)의 두어 번(番) 탄식(歎息)ᄒ고 답셔(答書)
를 일워 봉힝(奉行)ᄒᆞ믈 알외니 태ᄉᆞ(太師ㅣ) 깃거 이 ᄯᅳᆺ을 주달(奏
達)ᄒᆞᄃᆡ, 샹(上)이 대열(大悅)ᄒ샤 드러가 태후(太后)ᄭᅴ 쥬(奏)ᄒ시ᄃᆡ,

“관셩이 기부(其父)의 개유(開諭)ᄒᆞ믈 죠ᄎᆞ 셩지(聖旨)

· · ·

23면

봉승(奉承)ᄒ오믈 쥬(奏)ᄒ엿ᄂᆞ이다.”

태휘(太后ㅣ) 역희(亦喜)ᄒ샤 샤(赦)ᄒᆞ믈 윤종(允從)[133]ᄒ시니 승
샹(丞相)이 옥문(獄門)을 나며 만됴빅관(滿朝百官)이 가야미[134] ᄭᅬᄃᆞᆺ
ᄒᆞ쳐(下處)의 모다 치위(致慰)[135]홀ᄉᆡ 승샹(丞相)이 안ᄉᆡᆨ(顔色)이 ᄌᆞ
약(自若)ᄒ여 태ᄉᆞ(太師)ᄭᅴ 졀ᄒ고 술오ᄃᆡ,

─────────────

이름.

132) 경권(經權): 경도(經道)와 권도(權道). 경도는 언제나 지켜야 할 떳떳한 도리이고,
권도는 상황에 따라 변통하는 도리를 이름.

133) 윤종(允從): 윤허(允許). 임금이 신하의 청을 허락함.

134) 가야미: 개미.

135) 치위(致慰): 위로함.

"히이(孩兒ㅣ) 블쵸(不肖)ᄒ오미 커 여러 날 셩졍(省定)136)을 폐(廢)ᄒ고 셩녀(盛慮)를 기치오니 죄(罪) 깁도쇼이다."

태ᄉᆡ(太師ㅣ) 탄식(歎息)고 댱 샹셰(尙書ㅣ) 좌(座)를 ᄯᅥ나 쳥죄(請罪) 왈(曰),

"현형(賢兄)이 블쵸녀(不肖女)를 위(爲)ᄒ여 놉흔 몸으로써 옥즁(獄中) 간고(艱苦)를 겻그니 쇼뎨(小弟) 므슴 ᄂᆞᆺᄎᆞ로 형(兄)을 보리오?"

승샹(丞相)이 가연이137) 우어 왈(曰),

"현형138)(賢兄)이 쇼뎨(小弟)를 디(對)ᄒ여 엇지 이런 말을 ᄒᆞᄂᆈ? 쇼뎨(小弟) 마ᄎᆞ닉 녕녀(令女)를 져ᄇᆞ리고 부귀(富貴)로 빈(貧)을 밧고니139) 낫츨 가리와 사ᄅᆞᆷ을 보지 말고져 ᄒᆞᄂᆞ니 이 엇진 말이뇨?"

샹셰(尙書ㅣ) 탄식(歎息)ᄒ더라.

승샹(丞相)이 부친(父親)을 뫼140)시고 집의 도라와 모친(母親)과 조모(祖母)긔 뵈니 일개(一家ㅣ) 댱

• • •

24면

시(氏)의 졍ᄉᆞ(情事)를 차셕(嗟惜)141)ᄒ며 흥미(興味) 호발(毫髮)도 업더라.

이윽고 궐닉(闕內)의셔 셩지(聖旨) ᄂᆞ려 승샹(丞相)을 복직(復職)

---

136) 셩졍(省定): 성정. 아침 문안인 신셩(晨省)과 저녁 문안인 혼졍(昏定)을 합쳐 이르는 말로, 문안을 뜻함.
137) 가연이: 선뜻의 의미인 듯하나 미상임.
138) 형: [교] 원문에는 없으나 문맥을 고려하여 첨가함.
139) 니: [교] 원문에는 '뇨'로 되어 있으나 문맥에 맞지 않아 이와 같이 수정함. 참고로 국도본(6:76)에는 이 부분이 빠져 있음.
140) 뫼: [교] 원문에는 '뵈'로 되어 있으나 오기로 보임.
141) 차셕(嗟惜): 차석. 애달프고 안타까움.

호고 즁ᄉ(中使)[142)와 공쟝(工匠)이 구름 ᄀᆺ치 모도 니부(-府) 겻티 공쥬궁(公主宮)을 지으니 승샹(丞相)이 즐기지 아냐 표(表)ᄅᆞᆯ 올녀 과도(過度)ᄒ믈 ᄉᆞ양(辭讓)ᄒ여 두어 분(分)을 감(減)ᄒ나 ᄯᅩ 엇지 녜ᄉ(例事)로오리오.

겨유 일(一) 월(月)은 ᄒ여 쳔여(千餘) 간(間) 대가(大家)ᄅᆞᆯ 일우니 ᄎᆡᄉᆡᆨ(彩色) 기와ᄂᆞᆫ 반공(半空)의 됴요(照耀)ᄒ고 쳥옥(靑玉) 기동과 ᄇᆡᆨ옥(白玉) 셥이며 구슬 바리[143) 눈이 현황(眩慌)[144)ᄒ고 일광(日光)이 징영(爭榮)[145)ᄒ니 그 거룩ᄒ믈 다 긔록(記錄)지 못ᄒᆞᆯ 거시오 텬하(天下) 십삼(十三) 싱(省)의셔 드ᄂᆞᆫ 거시 블가승쉬(不可勝數ㅣ)[146)러라. 즁ᄉᆡ(中使ㅣ) 필역(畢役)[147)ᄒᆞᆯ 알외니, 태휘(太后ㅣ) 대희(大喜)ᄒ샤 흠텬감(欽天監)[148)의 길일(吉日)을 틱(擇)ᄒ시고 궁녀(宮女)ᄅᆞᆯ 슈(數)업시 ᄲᅢ시니, 니부(-府)의셔 듯고 승샹(丞相)이 탄왈(歎曰),

"태휘(太后ㅣ) 일(一) 녀(女) ᄉᆞ랑ᄒ시미 도(道)ᄅᆞᆯ 일흐시니 공쥬(公主ㅣ) 만일(萬一) 어지지 아니

• • •

25면

시면 뉘 집을 망(亡)치 아니리오?"

ᄒ더라.

---

142) 즁ᄉ(中使): 중사. 궁중에서 왕명을 전하던 내시.

143) 바리: 발이.

144) 현황(眩慌): 어지럽고 황홀함.

145) 징영(爭榮): 쟁영. 서로 빛을 다툼.

146) 블가승쉬(不可勝數ㅣ): 불가승수. 이루 셀 수 없음.

147) 필역(畢役): 공사를 마침.

148) 흠텬감(欽天監): 흠천감. 중국 명나라·청나라 때에, 천문(天文)·역수(曆數)·점후(占候) 따위를 맡아보던 관아.

ᄎ시(此時) 몽현이 ᄋ시(兒時)로붓허 댱 공(公)을 악댱(岳丈)으로 아랏다가 의외(意外)예 부마(駙馬) 쟉위(爵位)ᄅᆞᆯ 바드ᄆᆡ 부친(父親)이 취옥(就獄)ᄒᆞ고 댱 시(氏) 슈졀(守節)ᄒᆞ믈 듯고 블승비분(不勝悲憤)149)ᄒᆞ여 싱각ᄒᆞᄃᆡ,

'공쥬(公主)의 귀(貴)ᄒᆞ미 싀아비ᄅᆞᆯ 가도ᄂᆞᆫ 지경(地境)의 이시니 내 엇지 져로 더브러 동낙(同樂)ᄒᆞ리오?'

쥬의(主意)ᄅᆞᆯ 뎡(定)ᄒᆞᄆᆡ 구든 ᄆᆞᄋᆞᆷ이 쳘셕(鐵石) ᄀᆞᆺᄐᆞ여 공쥬궁(公主宮) 쟝(壯)ᄒᆞ믈 보나 아ᄂᆞᆫ 듯 모ᄅᆞᆫ 듯 고요히 셔당(書堂)의셔 시사(詩史)ᄅᆞᆯ 죵일(終日)ᄒᆞ고 댱 시(氏) 슈졀(守節)ᄒᆞ믈 드르나 동(動)치 아냐 외모(外貌)의 싁싁ᄒᆞ미 더ᄒᆞ여 남이 그 깁희ᄅᆞᆯ 탁량(度量)150)치 못ᄒᆞᄂᆞᆫ지라. 쇼부(少傅ㅣ) 희롱(戲弄) 왈(曰),

"계양궁의 장녀(壯麗) 흠과 공쥬(公主)의 ᄉᆡᆨ(色)을 ᄃᆡ(對)ᄒᆞᆫ즉 츈셜(春雪) 스ᄃᆞᆺ ᄒᆞ리니 미리 긔ᄉᆡᆨ(氣色)을 누기미 엇더뇨?"

공직(公子ㅣ) 미쇼(微笑) ᄃᆡ왈(對曰),

"이 본(本)ᄃᆡ 쇼질(小姪)의 텬품긔ᄉᆡᆨ(天稟氣色)151)이니 공쥬(公主) 아녀 왕모(王母)152)ᄅᆞᆯ ᄃᆡ(對)ᄒᆞᆫ들 굿치

. . .

26면

미 쉬오리잇가? ᄒᆞ믈며 공쥬(公主)ᄂᆞᆫ 아비ᄅᆞᆯ 가도고 그 아ᄃᆞᆯ을 요구(要求)ᄒᆞ미 례의(禮義) 념치(廉恥)ᄅᆞᆯ 일흔 녀직(女子ㅣ)라 쇼질(小姪)

---

149) 블승비분(不勝悲憤): 불승비분. 슬프고 분함을 이기지 못함.
150) 탁량(度量): 헤아림.
151) 텬품긔ᄉᆡᆨ(天稟氣色): 천품기색. 타고난 기색.
152) 왕모(王母): 서왕모(西王母). 곤륜산에 살며 불사(不死)의 약을 가지고 있는 아름다운 선녀로 전해짐.

이 엇지 부귀(富貴)로써 뜻을 옴기리잇가?”

쇼부(少傅ㅣ) 왈(曰),

“공쥬(公主)는 긔특(奇特)한 녀쥐(女子ㅣ)로딕 태휘(太后ㅣ) 그리
ᄒᆞ시니 공쥬(公主)는 이믜153)토다.”

몽현이 잠쇼(潛笑) 부답(不答)ᄒᆞ니 쇼부(少傅ㅣ) ᄎᆞ셕(此夕)의 드
러가 모든 딕 이 말을 베프니 뉴 부인(夫人)이 골오딕,

“현이(-兒ㅣ) 군ᄌᆞ(君子)의 덕(德)이 아름다오나 고집(固執)이 잇고
거지(擧止) 미몰154)ᄒᆞ여 제 아뷔 너른 도량(度量)의는 밋지 못ᄒᆞ니
이 반ᄃᆞ시 그 말이 희언(戲言)이 아니라 공쥬(公主)를 박딕(薄待)ᄒᆞ
리로다.”

쵸왕비 답왈(答曰),

“몽현이 비록 쳘셕(鐵石) ᄀᆞᆺᄐᆞᆫ 간쟝(肝腸)이나 공쥬(公主)를 본죽 어
이 아니 동(動)ᄒᆞ리잇고?”

태ᄉᆞ(太師ㅣ) 쇼왈(笑曰),

“몽현의 ᄆᆞ음이 금(金)을 연(軟)히 너기고 쇠를 연(軟)케 너기니 엇
지 식(色)으로 ᄆᆞ음을 요동(搖動)ᄒᆞ리오? 공쥐(公主ㅣ) 덕(德)이 이실
진딕 ᄌᆞ연(自然) 화락(和樂)

• • •

27면

ᄒᆞ리라.”

ᄒᆞ더라.

길일(吉日)이 다ᄃᆞ르미 니부(-府)의셔 공쥬궁(公主宮)의 모다 신낭

---

153) 이믜: 애매. 아무 잘못 없이 꾸중을 듣거나 벌을 받아 억울함.
154) 미몰: 인정이나 싹싹한 맛이 없고 아주 쌀쌀맞음.

(新郎)을 보닐ᄉᆡ 외155)당(外堂)의 만됴빅관(滿朝百官)이 구름ᄀᆞ치 모다 ᄭᅥ를 기다리며 즁ᄉᆡ(中使ㅣ) 일품(一品) 복식(服色)을 밧드러 부마(駙馬)를 닙히니 머리의ᄂᆞᆫ 통텬관(通天冠)156)을 쓰고 몸의ᄂᆞᆫ 홍금망룡포(紅錦--袍)를 닙고 허리의 빅옥ᄯᅴ(白玉-)157)를 두르고 발의 진쥬혜158)(珍珠鞋)159)를 신으니 옥(玉) ᄀᆞᆺᄒᆞᆫ 얼골이 더옥 사ᄅᆞᆷ의 눈을 어리오더라.

례부샹셔(禮部尙書) 댱셰걸이 다시 관쟉(官爵)하엿더니 공경(恭敬)ᄒᆞ여 젼지(傳旨)를 밧드러 닑으며 인(印)을 치오니 부ᄆᆡ(駙馬ㅣ) ᄆᆞᄋᆞᆷ이 됴치 아녀 뉴미(柳眉)를 잠간(暫間) 변(變)ᄒᆞ되 댱 공(公)은 ᄉᆞ긔(辭氣) ᄌᆞ약(自若)ᄒᆞ여 폴 미러 믈긔 올니고 만됴(滿朝ㅣ) 위의(威儀)ᄒᆞ여 대ᄂᆡ(大內)160)의 니ᄅᆞ니 흰 챠일(遮日)은 쟝싱뎐으로븟허 미양궁ᄭᅡ지 니어시며 태감(太監)161) 슈빅(數百)이 옹위(擁衛)ᄒᆞ고 궁ᄋᆞ(宮娥)162) 빅여(百餘) 인(人)이

· • •

28면

흔굴ᄀᆞ치 황쥬리(黃珠履)163)를 ᄭᅳ을고 단쟝(丹粧)을 셩(盛)히 ᄒᆞ여

---

155) 외: [교] 원문에는 '의'로 되어 있으나 오기로 보임.

156) 통텬관(通天冠): 통천관. 원래 황제가 정무(政務)를 보거나 조칙을 내릴 때 쓰던 관. 검은 깁으로 만들었는데 앞뒤에 각각 열두 솔기가 있고 옥잠(玉簪)과 옥영(玉纓)을 갖추었음.

157) 빅옥ᄯᅴ(白玉-): 백옥띠. 백옥으로 장식한 허리띠.

158) 혜: [교] 원문에는 '휘'로 되어 있으나 의미가 통하지 않아 이와 같이 수정함.

159) 진쥬혜(珍珠鞋): 진주혜. 진주로 장식한 가죽신.

160) 대내(大內): 임금이 거처하는 곳.

161) 태감(太監): 내시.

162) 궁ᄋᆞ(宮娥): 궁아. 궁녀.

부마(駙馬)를 뫼셔 미양궁 대청(大廳) 알픠 니르니 쳔여(千餘) 인(人) 궁인(宮人)이 황쟝셩식(黃粧盛飾)164)으로 홍쵸(紅-)165) 잡아셔는 가온디 칠보금년(七寶金輦)166)을 노하시니 좌우(左右)로 향풍(香風)이 진울(盡蔚)167)ᄒ고 보빅의 비치 눈이 브이더라.

노샹궁(老尚宮)이 슌금쇄약(純金鎖鑰)168) 밧드러 뎡 줌으믈 쳥(請)ᄒ니 부마(駙馬ㅣ) 읍양(揖讓)ᄒ여 나아가 줌으기를 뭇고 몬져 ᄂᆞ가민 무슈(無數) 태감(太監)과 궁녜(宮女ㅣ) 공쥬(公主) 년(輦)을 뫼셔 궐문(闕門)을 나 ᄒᆞ가지로 나와 니부(-府)의 니ᄅᆞ러는 진 샹궁(尚宮), 허 샹궁(尚宮)이 공쥬(公主)를 붓드러 단쟝(丹粧)을 고치고 좌셕(坐席)의 나 부마(駙馬)로 더브러 교빅(交拜)169)를 맛고 합환쥬(合歡酒)170)를 파(罷)ᄒᆞᆫ 후(後) 다시 막ᄎ(幕次)의 드러 쉬여 죤당(尊堂), 구고(舅姑)긔 폐빅(幣帛)을 나오니 모다 일시(一時)의 눈을 졍(定)ᄒᆞ여 보민 공쥬(公主ㅣ) 텬싱특용(天生特容)171)이 범인(凡人)으로 더

• • •

29면

브러 크게 달나 슐빗치 ᄆᆞᆰ고 희믄 빅옥(白玉)의 프르믈 나모라며 두 ᄲᅡᆨ 보죠개 홍년(紅蓮) ᄒᆞᆫ 송이 쳥엽(靑葉)의 ᄂᆡ왓는 듯, 두 눈의 ᄆᆞᆰ은

---

163) 황쥬리(黃珠履): 황주리. 황색 구슬로 꾸민 신발.

164) 황쟝셩식(黃粧盛飾): 황장성식. 빛나게 차려 입고 성대하게 꾸밈.

165) 홍쵸(紅-): 홍초. 붉은 물감을 들인 초.

166) 칠보금년(七寶金輦): 칠보금련. 일곱 가지 보석으로 장식한 금가마.

167) 진울(盡蔚): 매우 성함.

168) 슌금쇄약(純金鎖鑰): 순금쇄약. 순금으로 만든 자물쇠.

169) 교빅(交拜): 교배. 신랑과 신부가 서로 절을 주고받는 예(禮).

170) 합환쥬(合歡酒): 합환주. 혼례식 때 신랑 신부가 서로 잔을 바꾸어 마시는 술.

171) 텬싱특용(天生特容): 천생특용. 타고난 뛰어난 용모.

빗치 〻좌(四座)의 쏘여 혼 빵(雙) 희롤 거럿는 듯 반월(半月) 니마는 눈을 무은 듯ㅎ고 아미(蛾眉)[172]는 치필(彩筆)을 더으지 아녀 임의 봉황미(鳳凰尾)[173]롤 향(向)ㅎ고 쥬슌(朱脣)[174]은 도슐궁(兜率宮)[175] 단〻(丹沙ㅣ) 졍(正)히 딕[176]은 듯 구름 귀밋츤 옥(玉)을 닥가 메온 듯 죠흔 품격(品格)과 〻〻 영요[177](榮耀)[178]흔 틱되(態度ㅣ) 쳥월슈려(淸越秀麗)[179]ㅎ여 다시 비(比)홀 사롭이 업거놀 두 눈섭 〻이 어진 덕(德)이 비최고 안모(眼眸)[180]의 팔복(八福)[181]이 어릭여시며 신쟝(身長)이 유여(有餘)ㅎ며 엇게 〻는 듯 허리 쵹깁(蜀-)을 뭇근 듯 진퇴례졀(進退禮節)의 동지(動止)[182] 유법(有法)ㅎ미 식(色)을 니르리오. 만좌(滿座ㅣ) 숨을 못 쉬며 태〻(太師) 부부(夫婦)와 승샹(丞相) 부체(夫妻ㅣ) 그 식(色)을 놀나지 아니ㅎ딕 그 덕틱(德澤)과 복녹(福祿)이 구젼(俱全)[183]ㅎ믈 크게 깃거 틱

---

172) 아미(蛾眉): 누에나방의 눈썹이라는 뜻으로, 가늘고 길게 굽어진 아름다운 눈썹을 이르는 말. 미인의 눈썹을 이름.

173) 봉황미(鳳凰尾): '봉황의 꼬리'의 뜻으로 보이나 미상임.

174) 쥬슌(朱脣): 주순. 붉은 입술.

175) 도슐궁(兜率宮): 도솔궁. '도솔천에 있는 궁전'의 뜻인 듯하나 미상임.

176) 딕: [교] 원문에는 '닉'으로 되어 있으나 오기로 보임.

177) 영요: [교] 원문에는 '녕녕'으로 되어 있으나 의미를 명확히 하기 위해 국도본(6:81)을 따름.

178) 영요(榮耀): 아름답게 빛남.

179) 청월슈려(淸越秀麗): 청월수려. 맑고 빼어남.

180) 안모(眼眸): 눈동자.

181) 팔복(八福): '여덟 가지 복'의 의미인 듯하나 미상임.

182) 동지(動止): 행동거지.

183) 구젼(俱全): 구전. 다 갖춤.

시(太師ㅣ) 승상(丞相)다려 골오디,

"금일(今日) 공쥬(公主) 덕틱(德澤)이 오문(吾門)을 흥(興)케 ᄒ리니 노뷔(老父ㅣ) 위(爲)ᄒ여 치하(致賀)ᄒ노라."

승상(丞相)이 흔연(欣然) 빈샤(拜謝) 왈(曰),

"녀ᄌ(女子)ᄂ 덕(德)이 귀(貴)ᄒ고 ᄉᆡᆨ(色)이 블관(不關)ᄒ오나 금일(今日) 공쥬(公主)의 어지ᄅᆞ시미 안모(眼眸)의 나타나오니 이 도시(都是) 부모(父母) 셩덕(盛德)이로쇼이다."

드되여 쵹깁(蜀-) 빅여(百餘) 필(疋)을 공쥬(公主) 좌우(左右)ᄅᆞᆯ 샹ᄉᆞ(賞賜)ᄒ니 승샹(丞相)이 깃브미 극(極)ᄒ미러라. 죵일(終日) 진환(盡歡)ᄒ고 졔긱(諸客)이 훗터지ᄆᆡ 졍 부인(夫人)이 죤고(尊姑)와 태부인(太夫人)을 뫼셔 본부(本府)로 도라오고 승샹(丞相) 형뎨(兄弟) 태ᄉᆞ(太師)ᄅᆞᆯ 뫼셔 도라가며 부마(駙馬)ᄅᆞᆯ 머므ᄅᆞ니 부ᄆᆡ(駙馬ㅣ) 마지못ᄒ여 이의 머므러 심야(深夜)토록 옥계(玉階)의 건니다가 강잉(强仍)[184]ᄒ여 공쥬(公主) 침쇼(寢所) 슈명뎐의 니ᄅᆞ니 공쥬(公主ㅣ) 몸을 니러 마ᄌᆞ 동셔(東西)로 좌(座)ᄅᆞᆯ 일우니 부ᄆᆡ(駙馬ㅣ) 미우(眉宇)의 ᄎᆞᆫ 빗치 가득ᄒ여 눈을 기

우림이 업셔 단좌(端坐)ᄒ엿다가 침상(寢牀)의 가연(慨然)이[185] 나아

---

184) 강잉(强仍): 억지로 참음.
185) 가연(慨然)이: 개연히. 쓸쓸히.

가미186) 허 보뫼(保姆 ㅣ) 공쥬(公主)를 붓드러 편(便)히 누이고 쟝(帳)을 지오딕 부민(駙馬 ㅣ) 죠금도 요동(搖動)ᄒᆞ미 업셔 계쵸명(鷄初鳴)187)의 본부(本府)의 드러가 신셩(晨省)ᄒᆞ고 인(因)ᄒᆞ여 입궐(入闕)ᄒᆞ여 태후(太后)긔 뵈오니 휘(后 ㅣ) 그 화풍셩모(華風盛貌)188)를 식로이 ᄉᆞ랑ᄒᆞ샤 이의 하교(下敎) 왈(曰),

"짐(朕)이 션뎨(先帝)를 여히ᅌᅳᆸ고 홀노 공쥬(公主)를 무휼(撫恤)189)ᄒᆞ여 금일(今日) 경(卿) ᄀᆞᆺᄒᆞᆫ 비우(配偶)를 어더 ᄡᅡᆼ(雙)을 일우니 짐(朕)이 깃브믈 이긔지 못ᄒᆞᄂᆞᆫ지라. 경(卿)은 공쥬(公主)의 유츙(幼沖)190)ᄒᆞᆷ믈 어엿비 너겨 민ᄉᆞ(每事)를 허믈치 말고 죵신(終身)토록 화락(和樂)ᄒᆞᆫ즉 짐(朕)이 구텬(九泉)의 플을 믹ᄌᆞ미 이시리라.191)"

부민(駙馬 ㅣ) 샤빅(四拜) 슈명(受命)ᄒᆞ고 샤은(謝恩)ᄒᆞ니 샹(上)이 ᄉᆞ랑ᄒᆞ시고 친근(親近)ᄒᆞ시미 혈심(血心)으로 죠ᄎᆞ ᄂᆞ시더라.

태후(太后 ㅣ) 크게 연향(宴享)192)ᄒᆞ여 딕졉(待接)ᄒᆞ

시고 친(親)히 향온(香醞)193)을 ᄉᆞ쥬(賜酒)ᄒᆞ시니 부민(駙馬 ㅣ) 두어

---

186) 미: [교] 원문에는 '녀'로 되어 있으나 오기로 보여 국도본(6:83)을 따름.
187) 계쵸명(鷄初鳴): 계초명. 첫닭이 욺.
188) 화풍셩모(華風盛貌): 화풍성모. 화려한 풍모.
189) 무휼(撫恤): 사랑하여 어루만지고 위로함.
190) 유츙(幼沖): 유충. 나이가 어림.
191) 구텬(九泉)의~이시리라: 구천의 풀을 맺음이 있으리라. 저승에 가서도 은혜를 갚는다는 뜻. 결초보은(結草報恩) 고사. 중국 춘추시대 진(晉)나라 때 위과(魏顆)가 아버지 위무자의 죽기 전 유언 대신 평소에 한 말씀을 따라, 위무자가 죽은 후에 자신의 서모(庶母)를 순장시키지 않고 개가시켰는데 후에 위과가 진(秦)나라와 전투를 벌일 적에 서모의 망부(亡父)가 나타나 풀을 맺어 위과를 도왔다는 이야기. 『춘추좌씨전(春秋左氏傳)』에 전함.
192) 연향(宴享): 잔치를 베풂.

잔을 먹고 취(醉)호믈 이긔지 못호여 하직(下直)고 집의 니르니, 쇼뷔(少傅 l) 우어 왈(曰),

"부마(駙馬) 되느니 너쑨이리오마는 너는 부마(駙馬) 된 일일(一日)의 취쇠(醉色)이 만면(滿面)호여시니 너모 과도(過度)혼가 호느니 잠간(暫間) 감(減)호미 엇더호뇨?"

부미(駙馬 l) 웃고 안즈려 호더니 홀연(忽然) 계양궁 태감(太監) 명양이 니르러 부복(俯伏)194)호여 고(告)호딕,

"금일(今日) 부마(駙馬) 노야(老爺)와 옥쥐(玉主 l) 모드샤 궁노(宮奴) 궁녀(宮女)의 죠하(朝賀)195)를 바드실 거시니 삼가 고(告)호느이다."

부미(駙馬 l) 쳥파(聽罷)의 미우(眉宇)를 씽긔고196) 궁(宮)의 니르니 즁쳥(中廳)의 홍옥교의(紅玉交椅)197)를 동셔(東西)의 노코 시위(侍衛) 궁녀(宮女) 슈빅(數百) 인(人)이 좌우(左右)로 셔고 쇼옥, 쇼영이 흔 벌 례복(禮服)을 닙어 비례(拜禮)를 브롤싀 부마(駙馬)는 동편(東便) 교의(交椅)의 안고 공쥬(公主)는 셔편(西便) 교즈(交子)에 안즈 졔인(諸人)의 례(禮)를 바드니 궁녀(宮女) 쳔여(千餘) 인(人)

◦◦◦

33면

이 츠례(次例)로 나아와 현알(見謁)호고 궁노(宮奴) 쳔여(千餘) 인(人)이 비례(拜禮)를 뭇츠미 상궁(尙宮) 샤경운이 붓을 잡아 졔인(諸

---

193) 향온(香醞): 궁중의 술.
194) 부복(俯伏): 고개를 숙이고 엎드림.
195) 죠하(朝賀): 조하. 경축일에 신하들이 조정에 나아가 임금에게 하례하던 일.
196) 씽긔고: 찡그리고.
197) 홍옥교의(紅玉交椅): 붉은 옥으로 만든 의자.

人의 족보(族譜)와 년치(年齒)를 일일(一一)히 뼈 부마(駙馬) 알픠 노흐니 부미(駙馬ㅣ) 보고 니르딕,

"내 본(本)딕 졔왕가(帝王家) 규구(規矩)198)는 아지 못흐거니와 계양 일궁(一宮)의 궁인(宮人)이 너모 거록흐니 네 공쥬(公主)긔 고(告)ㅎ여 덜믈 쳥(請)ㅎ노라."

샤 샹궁(尙宮)이 쥬리(珠履)199)를 쯰어 공쥬(公主) 알픠 나아가 고(告)ㅎ딕 공쥐(公主ㅣ) 고개 죠으니 샹궁(尙宮)이 다시 부마(駙馬)긔 공쥐(公主ㅣ) 허락(許諾)ㅎ시믈 고(告)ㅎ니 부미(駙馬ㅣ) 이의 졔(諸) 궁인(宮人)의 일홈 쓴 거슬 다 샹고(詳考)200)ㅎ여 부모(父母) 잇느니는 다 셩혼(成婚)ㅎ여 살게 졔집으로 보닉니 슈쳔(數千) 인(人)의 반(半) 느마 민가(民家)로 나고 겨유 일쳔(一千) 인(人)은 잇더라.

부미(駙馬ㅣ) 진하(進賀) 밧기를 뭇고 본부(本府)의 도라와 야야(爺爺)와 졔슉(諸叔)을 뫼셧더니 심식(心事ㅣ) 블호(不好)흔 고(告)로 긔운이 곤뇌(困惱)201)ㅎ

• •

34면

야 셔당(書堂)의 누어 치료(治療)ㅎ니, 무평202)빅과 쇼뷔(少傅ㅣ) 웃고 골오딕,

"질익(姪兒ㅣ) 너모 호식(好色)ㅎ여 병(病)이 눗다."

---

198) 규구(規矩): 법도.
199) 쥬리(珠履): 주리. 구슬로 꾸민 신발.
200) 샹고(詳考): 상고. 자세하게 살핌.
201) 곤뇌(困惱): 피곤함.
202) 평: [교] 원문에는 '령'으로 되어 있으나 앞의 예를 따라 이와 같이 수정함.

ᄒ니, 몽챵이 우으며 왈(曰),

"형댱(兄丈)이 쟝 쇼져(小姐)를 싱각고 병(病)이 눗지 엇지 공쥬(公主)로 인(因)ᄒ여 병(病)이 ᄂ리오?"

무평203)빅이 무쟝대쇼(撫掌大笑)204) 왈(曰),

"네 말이 올타. 이 반ᄃ시 공쥬(公主)를 보고 댱 시(氏)를 더 싱각ᄒ미로다."

부ᄆᆡ(駙馬ㅣ) 강잉(强仍)하여 잠쇼(潛笑) ᄃᆡ왈(對曰),

"ᄌᆡ쟉일(再昨日)205) 못 먹ᄂ 슐을 태후(太后) 권(勸)ᄒ시므로죠차 만히 먹고 도라와 인(因)ᄒ여 병(病)이 발(發)ᄒ엿거늘 슉부(叔父) 긔롱(譏弄)206)ᄒ시미 가(可)치 아니코 ᄎᄃᆡ(次弟)ᄂ 엇지 고이(怪異)ᄒᆫ 말을 ᄒᄂ뇨? 댱 시(氏)ᄂ 타문(他門) 규즁(閨中) 쳐ᄌᆡ(處子ㅣ)라 내 엇지 싱각ᄒ리오?"

몽챵이 대쇼(大笑) 왈(曰),

"형댱(兄丈)이 모든 사름을 다 쇼기시나 쇼뎨(小弟)ᄂ 못 쇼기리이다. 즉금(卽今) 알ᄒ시ᄂ 바ᄂ 우연(偶然)이 쵹샹(觸傷)207)ᄒ시미어니와 댱 시(氏) 형(兄)을 위(爲)ᄒ여 졀(節) 직

● ● ●

35면

희믈 형댱(兄丈)이 일념(一念)의 ᄆᆡ쳐 닛지 못ᄒ시ᄂ니 공쥬(公主)를

---

203) 평: [교] 원문에는 '령'으로 되어 있으나 앞의 예를 따라 이와 같이 수정함.
204) 무쟝대쇼(撫掌大笑): 무장대소. 손뼉을 치며 크게 웃음. 박장대소(拍掌大笑).
205) ᄌᆡ쟉일(再昨日): 재작일. 그저께.
206) 긔롱(譏弄): 기롱. 실없는 말로 놀림.
207) 쵹샹(觸傷): 촉상. 찬 기운이 몸에 닿아서 병이 생김.

필연(必然) 쇼딕(疏待)208)ᄒ실 거시오, 길녜(吉禮) 날 댱 공(公)이 인(印)을 밧드러 형댱(兄丈) 허리의 치오니 형댱(兄丈)이 눈셥을 ᄲ긔고 안식(顏色)을 변(變)ᄒ시딕 댱 공(公)은 더옥 ᄌ약(自若)ᄒ시더이다. 쇼뎨(小弟) 비록 용녈(庸劣)ᄒ나 형댱(兄丈) 긔식(氣色)은 아ᄂ니 너모 쇼기지 마ᄅ쇼셔."

부ᄆ(駙馬ㅣ) 어히업셔 우ᄉ딕 쇼뷔(少傅ㅣ) 몽챵의 손을 잡고 등을 두ᄃ려 쇼왈(笑曰),

"너의 영민(穎敏)ᄒ미 몽현의 심통을 ᄉᄆ209) 보니 진짓 내 질ᄋ(姪兒)로다."

부ᄆ(駙馬ㅣ) 굴오딕,

"슉부(叔父)ᄂ 형상(形狀) 업손 아히 말 고지듯지 마ᄅ쇼셔. 댱 시(氏) 비록 쇼질(小姪)을 위(爲)ᄒ여 슈졀(守節)ᄒ나 납폐(納幣) 문명(問名)을 ᄎᄌ 왓고 쇼질(小姪)이 졀노 더브러 화쵹(華燭) 하(下)의 졀ᄒ미 업스니 일노써 긔롱(譏弄)ᄒ미 남의 규슈(閨秀)를 욕(辱)ᄒ미라. 차뎨(次弟)ᄂ 모ᄅ미 말슴을 삼가 방인(傍人)210)

36면

의 듯기를 졔방(制防)211)ᄒ라."

셜파(說罷)의 안식(顏色)이 식식ᄒ니 몽챵이 실언(失言)ᄒ믈 샤죄(謝罪)ᄒ고 미쇼(微笑) 무언(無言)ᄒ니 원닉(元來) 몽챵의 총명(聰明)

---

208) 쇼딕(疏待): 소대. 소홀히 대우함.

209) ᄉᄆ: 사무쳐.

210) 방인(傍人): 옆의 사람.

211) 졔방(制防): 제방. 제어하여 막음.

이 과인(過人)혼지라 그 형(兄)의 심즁(心中)을 쎄아더라.

부마(駙馬ㅣ) 슈십(數十) 일(日) 죠리(調理)ᄒ여 니러 돈니나 계양궁의 가지 아니니 졍 부인(夫人)이 알고, 일일(一日)은 좌우(左右)를 치우고 부마(駙馬)를 블너 안쇡(顔色)을 졍(正)히 ᄒ고 굴오딕,

"공쥬(公主ㅣ) 어린 나히 쳐음으로 구가(舅家)의 와 친(親)ᄒ니 너 샌이어늘 일슌(一巡)212) 고문(顧問)213)ᄒ미 업ᄂ뇨?"

부마(駙馬ㅣ) 왈(曰),

"쇼직(小子ㅣ) 슈십(數十) 일(日) 치료(治療)ᄒ므로 쵹풍(觸風)ᄒ여 다시 더으미 잇ᄉ올가 ᄒ여 져곳의 가지 못ᄒ여습더니 ᄌ괴(慈敎ㅣ)214) 이러툿 ᄒ시니 삼가 명(命)을 밧들니이다."

부인(夫人)이 침음(沈吟) 탄식(歎息) 왈(曰),

"네 비록 어미를 어둡게 너기나 닉 다 아ᄂ니 너는 일편(一偏)215) 도이 고집(固執)지 말나."

원늬(元來) 부인(夫人)의 신명(神明)216)ᄒ미 으

...

●●●

37면

ᄌ(兒子)의 졍심(貞心)217)을 짐죽(斟酌)ᄒ고 니러 니르니 부마(駙馬ㅣ) 황연(惶然)218)이 배ᄉ219)(拜謝)220)ᄒ고 즐겨 아니딕 텬셩(天性)이

---

212) 일슌(一巡): 일순. 한 번.

213) 고문(顧問): 찾아가 위로함. 위문(慰問).

214) ᄌ괴(慈敎ㅣ): 자교. 어머니의 가르침.

215) 일편(一偏): 한쪽으로 치우침.

216) 신명(神明): 신령스럽고 이치에 밝음.

217) 졍심(貞心): 정심. 곧은 마음.

218) 황연(惶然): 두려워 불안한 모양.

효셩(孝誠)으로 본(本)을 삼는지라 강잉(强仍)ᄒ여 계양궁의 니ᄅ니,

ᄎ시(此時) 공쥐(公主ㅣ) 부마(駙馬)의 올 줄을 몽미(夢寐) 밧기라 단의(單衣)로 샹(牀)의 올나 례긔(禮記)를 슬피더니 부미(駙馬ㅣ) 문(門)의 니ᄅ미 쇼옥이 급(急)히 부마(駙馬) 오시믈 고(告)ᄒ니 공쥐(公主ㅣ) 놀나 안식(顔色)을 블변(不變)ᄒ고 ᄂᆞᆯ호여 오술 녀뮈고 샹(牀)의 ᄂᆞ리니 부미(駙馬ㅣ) 바야흐로 눈을 드니 방즁(房中)이 졍결(淨潔)ᄒ고 좌우(左右)의 버린 거시 호발(毫髮)도 사221)치(奢侈)ᄒᆞᆫ 거시 업셔 그 밧그로 단청(丹靑) 칙식(彩色)과 닉도(乃倒)222)ᄒ며 ᄌᆞ가(自家)를 보나 경동(輕動)223)치 아녀 오술 졍(正)히 ᄒ고 좌(座)의 ᄂᆞ아가디 진퇴(進退) 흔젹(痕迹)이 업고 례뫼(禮貌ㅣ) 쳥슉(淸淑)224)ᄒ며 안식(顔色)의 쳥엄(淸嚴)225)ᄒ미 범인(凡人)은 가(可)히 ᄇᆞ라지 못ᄒᆞᆯ지라. 부미(駙馬ㅣ) 경아(驚訝)ᄒᆞᄂ 사름이 품지(稟志)226) 미ᄉ(每事)의 요동(搖動)치 아닌

∘••

38면

ᄂ 빈오 뎡(定)ᄒᆞᆫ ᄯᆺ이 공쥐(公主ㅣ) 만일(萬一) 어즈러 댱 시(氏)를 드려와 화동(和同)ᄒᆞᆨ 즉 동락(同樂)ᄒ믈 허(許)ᄒ려 ᄒᄂ 고(告)로 믁연(黙然)이 안졋더니, 야심(夜深)ᄒ미 ᄌᆞ리의 ᄂᆞ아가디 각침각샹(各

---

219) 사: [교] 원문에는 '시'로 되어 있으나 오기로 보임.

220) 배사(拜謝): 웃어른에게 삼가 사례함.

221) 사: [교] 원문에는 '시'로 되어 있으나 오기로 보임.

222) 닉도(乃倒): 내도. 판이함.

223) 경동(輕動): 경거망동.

224) 쳥슉(淸淑): 청숙. 맑고 깨끗함.

225) 쳥엄(淸嚴): 청엄. 맑고 엄숙함.

226) 품지(稟志): 기품과 뜻. 기품은 타고난 기질과 성품.

寢各狀)²²⁷⁾의 멀미 쳔(千) 니(里) ᄀᆞᆺ더라.

공쥬(公主ㅣ) 텬셩(天性)이 긔이(奇異)ᄒᆞᆯ 분 아니라 니문(-門) 가ᄒᆡᆼ(家行)²²⁸⁾을 임의 알고 믹ᄉᆞ(每事)ᄅᆞᆯ 검박(儉朴)ᄒᆞ기로 본(本)을 삼고 ᄌᆞ긔(自己)의 위의(威儀) 죠츤 례복(禮服) 밧근 금슈(錦繡)²²⁹⁾ᄅᆞᆯ 닙ᄂᆞᆫ 일이 업고 됴셕(朝夕) 문안(問安)의 허 보모(保姆)와 쇼옥, 쇼영을 다리고 ᄃᆞᆫ니며 부귀(富貴)로써 사ᄅᆞᆷ의게 ᄒᆞᆫ 번(番) ᄌᆞ랑ᄒᆞ미 업고 니부(-府) 하쳔(下賤) 비복(婢僕)을 딕(對)ᄒᆞ여도 공슌(恭順)ᄒᆞ며 비약(卑弱)²³⁰⁾ᄒᆞ고 존고(尊姑) 알픠 뫼셔 말ᄉᆞᆷᄒᆞ미 다 범인(凡人)의 ᄶᅱ여ᄂᆞ니 졍 부인(夫人)이 ᄌᆞ연(自然) ᄉᆞ랑ᄒᆞ고 즁(重)히 너기믈 이긔지 못ᄒᆞ며 태부인(太夫人)과 졍당(正堂) 뉴 부인(夫人)이 ᄉᆞ랑이 더옥 측냥(測量)치 못ᄒᆞᄂᆞᆫ지라 공쥬(公主ㅣ)

39면

존당(尊堂) 구고(舅姑)의 은혜(恩惠)ᄅᆞᆯ 감격(感激)ᄒᆞ여 효셩(孝誠)이 지극(至極)ᄒᆞ니 승샹(丞相)이 ᄌᆞ못 그 위²³¹⁾인(爲人)을 슬펴 깃거ᄒᆞ딕 댱 시(氏)ᄅᆞᆯ ᄉᆡᆼ각ᄒᆞ여 믹양(每樣) 닛지 못ᄒᆞ나 ᄉᆞ쉭(辭色) 아니ᄒᆞ더라.

일개(一家ㅣ) 이러틋 공쥬(公主)ᄅᆞᆯ ᄉᆞ랑ᄒᆞ딕 부마(駙馬)ᄂᆞᆫ 무심무려(無心無慮)²³²⁾ᄒᆞ미 태고젹(太古-) 사ᄅᆞᆷ ᄀᆞᆺᄒᆞ여 궁(宮)의 가기ᄅᆞᆯ ᄒᆞ

---

227) 각침각상(各寢各牀): 각침각상. 각각의 침상.
228) 가ᄒᆡᆼ(家行): 가행. 가문의 관행.
229) 금슈(錦繡): 금수. 비단옷.
230) 비약(卑弱): 자신을 낮춤.
231) 위: [교] 원문에는 '우'로 되어 있으나 오기로 보임.
232) 무심무려(無心無慮): 매사에 관심이 없고 염려가 없음.

로도 폐(廢)치 아니되 일족 언어(言語) 슈작(酬酌)233)ᄒᄆᆯ 허(許)치 아니코 ᄯᅩᄒᆫ 흔연(欣然)ᄒᄆᆯ 업스니 공쥬(公主ㅣ) ᄯᅩ 공경(恭敬)ᄒᄀᆞᆯ 다ᄒᆯ지언졍 면모(面貌)의 츄텬(秋天) ᄀᆞᆺᄒᆞᆫ 긔ᄉᆞᆨ(氣色)이 어릭여 냥인(兩人)의 ᄆᆨᄆᆨ(默默)ᄒᄆᆞ 진짓 ᄡᅡᆼ(雙)이라.

공쥬(公主)ᄂᆞᆫ 부마(駙馬)의 박ᄃᆡ(薄待)ᄒᄆᆯ 알ᄃᆡ 텬셩(天性) 타나미 믈외(物外)의 버셔난지라 ᄌᆞ긔(自己) ᄆᆞ음을 옥(玉) ᄀᆞᆺ치 ᄒᆞ여 한(恨)ᄒᄆᆞ 분호(分毫)234)도 업스니 진 샹궁(尙宮)은 총명(聰明) 녕니(怜悧)ᄒᆞᆫ 사름이오 허 시(氏)ᄂᆞᆫ 노셩(老成) 고명(高明)ᄒᆞᆫ지라 부마(駙馬)의 긔ᄉᆞᆨ(氣色)을 짐쟉(斟酌)ᄒᄆᆞ 이셔 근

···

40면

심ᄒᆞ여 의논(議論)ᄒᆞᄃᆡ,

"우리 옥쥬(玉主)의 져 ᄀᆞᆺᄐᆞᆫ 긔질(氣質)노 부마(駙馬) 노야235)(老爺)의 낫비 너기시미 되니 텬도(天道)ᄅᆞᆯ 가(可)히 아지 못ᄒᆞ리로다."

이러틋 ᄎᆞ셕(嗟惜)236)ᄒᆞ나 공쥬(公主ㅣ) ᄆᆨᄆᆨ(默默) 엄졍(嚴正)ᄒᆞ니 이런 말을 ᄉᆞᄉᆡᆨ(辭色)지 못ᄒᆞ더니,

일일(一日)은 공쥬(公主ㅣ) ᄎᆞᆨ풍(觸風)ᄒᆞ여 샹요(牀-)237)의 침면(沈綿)238)ᄒᆞ니 구고(舅姑) 제슉(諸叔)이 ᄒᆞᄅᆞ 다엿 번(番)식 문병(問病)ᄒᆞ니 공쥬(公主ㅣ) 그 덕틱(德澤)을 감샤(感謝)ᄒᆞ여 부미(駙馬ㅣ) ᄯᅩᄒᆞᆫ

---

233) 슈작(酬酌): 수작. 주고받음.

234) 분호(分毫): 썩 적은 것.

235) 노야: [교] 원문에는 '샹이'로 되어 있으나 의미가 통하지 않아 국도본(6:91)을 따름.

236) ᄎᆞ셕(嗟惜): 차석. 탄식하고 안타까워함.

237) 샹요(牀-): 상요. 침상에 편 요라는 뜻으로 '잠자리'를 이르는 말.

238) 침면(沈綿): 오랫동안 낫지 않음.

의약(醫藥)을 다스려 구호(救護)호미 극진(極盡)하나 긔식(氣色)이 흔연(欣然)치 아니니 진·허 냥인(兩人)이 블승(不勝)이돌와 호더니,

호로는 부민(駙馬ㅣ) 샹부(相府)로죠츠 이의 니르니 공쥬(公主ㅣ) 혼침(昏沈)²³⁹⁾호여 금니(衾裏)²⁴⁰⁾의 빳엿거늘, 부민(駙馬ㅣ) 허 시(氏)다려 왈(曰),

"공쥬(公主ㅣ) 환휘(患候ㅣ) 엇더호뇨?"

허 시(氏) 디왈(對曰),

"오놀은 더 혼혼(昏昏)²⁴¹⁾호샤 말슴을 아니시니 아지 못호옵ᄂᆞ니 노얘(老爺ㅣ) 친견(親見)호시미 엇더호니잇고?"

부민(駙馬ㅣ) 짐쟉(斟酌)호고 남의

· ● ●

41면

의심(疑心)호믈 괴로이 너겨 이의 잠간(暫間) 좌(座)를 옴겨 쇼리를 ᄂᆞ쵸와 문왈(問曰),

"옥쥬(玉主ㅣ) 환휘(患候ㅣ) 이쩌는 엇더호시뇨?"

공쥬(公主ㅣ) 부답(不答)호고 통셩(痛聲)²⁴²⁾을 긋치지 못호는지라 허 시(氏) 눈믈을²⁴³⁾ 먹음고 탄식(歎息) 왈(曰),

"옥쥬(玉主ㅣ) 일즉 사롬의게 반졈(半點) 젹악(積惡)을 힝(行)치 아녀 겨시디 공방(空房)의 괴로오믈 만ᄂᆞ시니 텬도(天道)를 아지 못호리로다."

---

239) 혼침(昏沈): 정신이 아주 혼미함.
240) 금니(衾裏): 금리. 이불 속.
241) 혼혼(昏昏): 정신이 혼미함.
242) 통셩(痛聲): 통성. 아파서 신음하는 소리.
243) 을: [교] 원문에는 '믈'로 되어 있으나 오기로 보임.

언미필(言未畢)244)의 부미(駙馬ㅣ) 정식(正色)245)고 완연(宛然)이 깃거 아냐246) 미우(眉宇)의 츄샹(秋霜)이 빗최니 안식(顔色)의 준졀(峻截)247)ᄒ미 동일한샹(冬日寒霜)248) ᄀᆺᄐᆫ지라 공쥬(公主ㅣ) 기리 춤괴(慙愧)249)ᄒ고 허 보모(保姆)의 언경(言輕)250)ᄒᆷᆯ 심즁(心中)의 노(怒)ᄒ더니 냥구(良久) 후(後) 부미(駙馬ㅣ) 니러 도라가니, 공쥬(公主ㅣ) 정신(精神)을 강작(强作)251)ᄒ여 허 시(氏)ᄅᆯ 칙왈(責曰),

"보뫼(保姆ㅣ) 비록 날을 양육(養育)ᄒ여시나 샹하(上下) 존비(尊卑) 잇고 ᄒ믈며 니 군(君)은 성문(聖門)252)의 싱쟝(生長)ᄒ여 례법(禮法)이 즁(重)ᄒ고 군ᄌ(君子) 힝실(行實)의 하ᄌ(瑕疵)ᄒᆯ 곳이 업

•••

42면

ᄉ니 ᄂᆡ 쥬야(晝夜) 긍긍업업(兢兢業業)253)ᄒ여 죄(罪)ᄅᆯ 어들가 두리거든 엇지 밋친 말을 발(發)ᄒ여 나의 블쵸(不肖)ᄒᆷᆯ ᄉ뭇 알게 ᄒ뇨? 이번(-番)은 쳐음이미 용셔(容恕)ᄒ거니와 ᄎ후(此後) 이런 일이 이실진ᄃᆡ 십삼(十三) 년(年) 양육지의(養育之義)254)ᄅᆯ 긋치리니

---

244) 언미필(言未畢): 말이 끝나기 전.
245) 정식(正色): 정색. 얼굴에 엄정한 빛을 나타냄.
246) 냐: [교] 원문에는 '니'로 되어 있으나 맥락에 맞지 않아 이와 같이 수정함.
247) 준졀(峻截): 준절. 매우 위엄이 있고 정중함.
248) 동일한샹(冬日寒霜): 동일한상. 겨울날의 찬 서리.
249) 춤괴(慙愧): 참괴. 부끄러워함.
250) 언경(言輕): 말이 가벼움.
251) 강작(强作): 강작. 억지로 차림.
252) 성문(聖門): 성문. 공자의 가르침을 따르는 집안.
253) 긍긍업업(兢兢業業): 항상 조심하여 삼감.

보뫼(保姆ㅣ) 만일(萬一) 날을 죵신(終身)토록 다리고 잇고져 ᄒᆞ거든 이런 브졀업ᄉᆞᆫ 말을 말나."

허 시(氏) 공쥬(公主)의 엄졍(嚴正)히 칙(責)ᄒᆞᆷ믈 보고 고두(叩頭) 샤죄(謝罪) 왈(曰),

"비ᄌᆡ(婢子ㅣ) 태낭낭(太娘娘)과 션뎨(先帝) 명(命)을 밧ᄌᆞ와 옥쥬(玉主)를 뫼시니 졍(情)이 하ᄂᆞᆯ ᄀᆞᆮᄐᆞ이 태산(泰山)이 가비야올 거시오, ᄒᆞᆷ믈며 옥쥬(玉主)의 텬품특용(天稟特容)과 셩덕(盛德)으로뻐 니노야(老爺) ᄀᆞᆮᄐᆞᆫ 부마(駙馬)를 어드시니 금슬(琴瑟)이 챵화(唱和)ᄒᆞᆷ믈 바랏더니 의외(意外)의 부믹(駙馬ㅣ) 쁫이 고이(怪異)ᄒᆞ여 긔식(氣色)이 닝낙(冷落)ᄒᆞ고 박ᄃᆡ(薄待)ᄒᆞ시니 쳔비(賤婢) 이들오미 심즁(心中)의 가득ᄒᆞ여 우연(偶然)이 실언(失言)ᄒᆞ미 잇ᄉᆞ오니 ᄎᆞ

●●●

43면

후(此後)ᄂᆞᆫ 명심(銘心)ᄒᆞ여 다시 그ᄅᆞ미 업ᄉᆞ리이다."

공쥬(公主ㅣ) 졍ᄉᆡᆨ(正色) 왈(曰),

"그ᄃᆡ 말이 더욱 아지 못ᄒᆞᆯ 일이로다. 니 군(君)의 긔식(氣色)이 평샹(平常)ᄒᆞ고 내 곳의 와 헐슉(歇宿)²⁵⁵⁾ᄒᆞᆷ믈 일일(一日)도 폐(廢)치 아니ᄒᆞ고 굿ᄐᆞ야 날노 ᄒᆞ여금 못 견ᄃᆡ게 이샹(異常)이 굴미 업거ᄂᆞᆯ 어미 즈레 의심(疑心)ᄒᆞ여 고이(怪異)ᄒᆞᆫ 말을 ᄒᆞ니 엇지 익답지 아니ᄒᆞ리오? 이제 이런 어즈러온 말노뻐 낭낭(娘娘)긔 고(告)ᄒᆞ여 셩뇌(聖怒ㅣ) 죤고(尊姑)긔 더을 거시니 만일(萬一) 이런 말이 잇게 되면 닉 므ᄉᆞᆷ 낫ᄎᆞ로 셰(世)의 닙(立)ᄒᆞ리오?"

---

254) 양육지의(養育之義): 양육한 의리.
255) 헐슉(歇宿): 헐숙. 어떤 곳에 대어 쉬고 묵음.

언파(言罷)의 식식 엄슉(嚴肅)ᄒᆞ니 허 시(氏) 공쥬(公主)의 녈녈(烈烈) 단엄(端嚴)ᄒᆞᄆᆞᆯ 두려 다만 샤죄(謝罪)ᄒᆞ더라.

공쥬(公主ㅣ) 슈오(數五) 일(日) 죠리(調理)ᄒᆞ여 니러 샹부(相府)의 가 오릭 셩졍(省定) 폐(廢)ᄒᆞᄆᆞᆯ 샤죄(謝罪)ᄒᆞ고 죵일(終日)토록 뫼셧다가 셕양(夕陽)의 도라오니, 쇼영이 공쥬(公主)ᄅᆞᆯ 뫼셔 샹부(相府)의 ᄀᆞᆺ더니 공쥬(公主)ᄭᅴ 알외ᄃᆡ,

"비ᄌᆞ(婢子ㅣ)

• • •

44면

맛춤 부마(駙馬) 겨신 셔당(書堂)의 가오니 댱 샹셔(尙書)라 ᄒᆞ되 말ᄉᆞᆷᄒᆞ며 댱 샹셰(尙書ㅣ) 탄식(歎息)ᄒᆞ여 닐오ᄃᆡ, '현셔(賢壻)의 영귀(榮貴)ᄒᆞᆷ은 극(極)ᄒᆞ거니와 녀ᄋᆞ(女兒)의 신셰(身世)ᄅᆞᆯ 싱각건ᄃᆡ 춤혹(慘酷)ᄒᆞᄆᆞᆯ 이긔지 못ᄒᆞ리로다.' 노애(老爺ㅣ) 안식(顔色)을 변(變)ᄒᆞ고 비샤(拜謝)ᄒᆞᄃᆡ, '쇼싱(小生)이 부(富)ᄅᆞᆯ 보고 빈(貧)을 져ᄇᆞ리니 스스로 인뉴(人類)의 ᄂᆞ초이믈256) 붓그러ᄒᆞᄂᆞ이다.' ᄒᆞ시더이다."

공쥬(公主ㅣ) 쳥파(聽罷)의 크게 놀ᄂᆞ니 원ᄂᆡ(元來) 공쥬(公主ㅣ) 어려실 젹 일이나 니 승샹(丞相)이 그ᄶᅥ 인종ᄭᅴ 고(告)ᄒᆞ던 말ᄉᆞᆷ을 싱각ᄒᆞ더니 댱257)시(當時)ᄒᆞ여ᄂᆞᆫ 하가(下嫁)ᄒᆞᄆᆡ 댱 시(氏)의 거쳐(居處)ᄅᆞᆯ 알고져 ᄒᆞᄃᆡ 곳 드러와 좌우(左右)의 친(親)ᄒᆞ니 업스니 눌ᄃᆞ려 무ᄅᆞ리오. 믹양(每樣) 부마(駙馬)의 거동(擧動)을 댱 시(氏)로 의심(疑心)ᄒᆞ더니, 추언(此言)을 듯고 크게 ᄭᅢ다라 왈(曰),

"내 황녀(皇女)의 죤(尊)ᄒᆞᄆᆞ로뻐 남의 일싱(一生)을 그릇 민ᄃᆞ니

---

256) ᄂᆞ초이믈: 낮추어짐을.
257) 당: [교] 원문에는 '댱'으로 되어 있으나 오기로 보임.

적악(積惡)이 극(極)흔지라

•••

45면

텬앙(天殃)258)이 두렵도다. 알괘라! 부미(駙馬ㅣ) 반드시 댱 시(氏)로 인(因)ᄒ여 화긔(和氣) 업ᄉ이니 댱 시(氏)로뻐 태낭낭(太娘娘)긔 고(告)ᄒ여 규즁(閨中) 붕우(朋友)를 삼으리라."

ᄯᅩ 싱각ᄒ디,

'낭낭(娘娘)이 본(本)디 날을 편이(偏愛)ᄒ시니 엇지 댱 시(氏)를 용납(容納)ᄒ시리오? 연(然)이나 닉 하가(下嫁)ᄒ올 졔 죠치 아닌 거죄(擧措ㅣ)259) 만ᄒ리니 엇지ᄒ면 ᄌ시 알고?'

이윽히 혜아리다가 일계(一計)를 씌드라 쇼옥을 블너 여ᄎ여ᄎ(如此如此)ᄒ라 ᄒ니 쇼옥이 슈명(受命)ᄒ여 가마니 샹부(相府)의 가 죤당(尊堂) 긔실(記室)260) 옥환을 보고 닐오디,

"옥쥬(玉主ㅣ) 보실 것 이시니 금년(今年) 삼월(三月) 일긔(日記) 흔 거슬 보와지라 ᄒ시더라."

옥환이 닉여 쥬거늘 쇼옥이 가지고 가려더니, 최 슉인(淑人)이 니르러 보고 닐오디,

"궁인(宮人)은 므어슬 가져가ᄂ뇨?"

쇼옥이 디왈(對曰),

"옥쥬(玉主ㅣ) 심심ᄒ여 샹부(相府) 일긔(日記)를 잠간(暫間) 보고져 ᄒ여 가져

---

258) 텬앙(天殃): 천앙. 하늘이 내리는 재앙.

259) 거죄(擧措ㅣ): 거조. 말이나 행동 따위를 하는 태도.

260) 긔실(記室): 기실. 가문의 일을 기록하는 소임을 맡은 사람.

오라 ᄒ시기 가져가ᄂ이다.”

숙인(淑人)이 고이(怪異)히 너겨 옥환다려 왈(曰),

“공쥬(公主ㅣ) 어ᄂ 늘 일긔(日記)ᄅᆯ 츳즈자시더뇨?”

“삼월(三月) 일긔(日記)ᄅᆯ 츳즈시미 보니엿ᄂ이다.”

숙인(淑人)은 총명(聰明)ᄒ지라 옥환의 말을 듯고 싱각ᄒᄃᆡ,

‘공쥬(公主ㅣ) 삼월(三月) 일긔(日記) 츳즈미 연괴(緣故ㅣ) 이시미라. 즉금(卽金) 슈월(數月)의 즈긔(自己) 하가(下嫁)ᄒ던 일긔(日記)ᄅᆯ 보고져 ᄒ니 아니 댱 시(氏)긔 유익(有益)ᄒᆯ가.’

이러틋 혜아려 춤지 못ᄒ여 쇼옥의 뒤흘 죠츠 가마니 궁(宮)의 니ᄅ러 겹겹 곡난(曲欄)²⁶¹⁾을 지나 공쥬(公主) 침뎐(寢殿) 뒤흐로 가 벽(壁)틈으로 보니, 츠시(此時) 임의 황혼(黃昏)이라 등쵹(燈燭)이 ᄎᆺ ᄀᆺ더라.

쇼옥이 드러가 일긔(日記)ᄅᆯ 밧드러 드리니 공쥬(公主ㅣ) 바다 일″(一一)이 보니 승샹(丞相)의 샹쇼(上疏ㅣ)며 태후(太后) 비답(批答)이며 일개(一家ㅣ) 댱 시(氏) 앗김과 승샹(丞相)을 옥(獄)의 가도며 부ᄆᆡ(駙馬ㅣ) 즈긔(自己)ᄅᆯ 향(向)ᄒ여 ᄒᆫ 말을 쇼부(少傅)ᄃᆞ

려 와 뎐(傳)ᄒ믈 일일(一一)이 뼈스니 공쥬(公主ㅣ) 보기ᄅᆯ 못고 츠악(嗟愕)²⁶²⁾ᄒ여 반향(半晌)²⁶³⁾이나 말을 못 ᄒ다가 함누(含淚) 탄식

---

261) 곡난(曲欄): 곡란. 굽이진 난간.
262) 츠악(嗟愕): 차악. 몹시 놀람.

(歎息) 왈(曰),

"모휘(母后ㅣ) 쳔(賤)흔 녀식(女息)을 위(爲)ᄒ샤 이런 대단흔 실덕(失德)을 ᄒ시니 닉 죄(罪) 엇지 깁지 아니ᄒ리오? 부마(駙馬)의 니른 말이 올흐니 닉 녀ᄌ(女子ㅣ) 되여 싀아비를 가도고 그 아들의 쳬(妻)ㅣ 되고져 ᄒ니 례의(禮義) 념치(廉恥)를 모르ᄂ 죄인(罪人)이라. 젼(前) 일을 모르고 부마(駙馬)를 딕(對)ᄒ엿거니와 이졔야 무슴 ᄂᄎ로 부마(駙馬)를 딕(對)ᄒ리오? 태후(太后)긔 죽도록 간(諫)ᄒ여 댱시(氏), 니 군(君)긔 드러온 후(後) 부마(駙馬)를 보리로다."

쇼옥이 글오딕.

"대강(大綱) 낭낭(娘娘)이 이러틋 ᄒ시므로 그쩍 옥쥬(玉主)를 침뎐(寢殿)의 머므르지 아니시고 직쵹ᄒ여 보내시던가 시브이다."

허 보뫼(保姆ㅣ) 간왈(諫曰),

"옥쥬(玉主ㅣ) 귀(貴)ᄒ미 비(比)홀 사람이 업거늘 엇진 고(故)로 부마(駙馬)의 박딕(薄待)를 감슈(甘受)[264]ᄒ시고

• • •

48면

스스로 젹국(敵國)을 드려오고져 ᄒ시니 진실(眞實)노 아지 못홀 일이로쇼이다."

공쥬(公主ㅣ) 졍ᄉᆡᆨ(正色) 왈(曰),

"보뫼(保姆ㅣ) 태낭낭(太娘娘) 셩지(聖旨)를 밧ᄌ와 날을 다려 구가(舅家)의 니르미 올흔 일노 인도(引導)ᄒ여 놉흔 가문(家門)의 득죄(得罪)ᄒ미 업게 ᄒ여야 올커늘 엇지 이런 말을 ᄒᄂ뇨? 댱 시(氏)

---

263) 반향(半晑): 반나절.
264) 감슈(甘受): 감수. 비난이나 책망을 달게 받아들임.

당당(堂堂)혼 샹문(相門)²⁶⁵⁾ 녀즈(女子)로 부마(駙馬)로 더브러 의법
(依法)이 명혼(定婚)ᄒ여 납폐(納幣)를 바닷다가 위엄(威嚴)의 핍박
(逼迫)혼 배 되여 공규(空閨)의 늙으니 그 졍시(情事ㅣ) 춤혹(慘酷)ᄒ
고 현쳘(賢哲)ᄒᄆ믄 보지 아녀셔 알지라. 이러툿²⁶⁶⁾ 혼 녀즈(女子)를
죵시(終是)²⁶⁷⁾ 져ᄇ릴진ᄃ 엇지 텬벌(天罰)이 업스리오? ᄒᄆᆯ며 몬져
빙례(聘禮)를 힝(行)ᄒ여시니 죠강(糟糠) 졍실(正室)의 존(尊)ᄒᄆ 이
시니 엇지 등한(等閒)이 공경(恭敬)ᄒ리오?"

진 샹궁(尙宮)이 함누(含淚) 탄식(歎息) 왈(曰),

"옥쥬(玉主ㅣ) 셩덕(盛德)이 이러툿²⁶⁸⁾ ᄒ시ᄃ 부마(駙馬ㅣ) 홀노
감동(感動)ᄒ시ᄆ

49면

업스샤 옥쥬(玉主)를 쇼ᄃ(疏待)ᄒ시니 죠믈(造物)의 싀긔(猜忌)ᄒᄆ
심(甚)치 아니리오?"

공쥬(公主ㅣ) 안식(顔色)을 졍돈(整頓)ᄒ여 ᄀᆯ오ᄃ,

"스뷔(師父ㅣ) 날노뼈 ᄋᆞ시(兒時)로븟터 어진 일을 가ᄅ치더니 금
일(今日) 언ᄉ(言辭ㅣ) 이러툿 단졍(端整)치 못ᄒᄂ뇨? 부마(駙馬ㅣ)
부귀(富貴)를 보고 빈(貧)을 잇지 아니니 군직(君子ㅣ) 힝실(行實)이
돈독(敦篤)혼지라 엇지 하ᄌ(瑕疵)홀 곳이 이시리오? 스부(師父)ᄂ
잡말(雜-) 말나."

---

265) 샹문(相門): 상문. 재상 집안.

266) 툿: [교] 원문에는 '툰'으로 되어 있으나 오기로 보임.

267) 죵시(終是): 종시. 끝내.

268) 툿: [교] 원문에는 '툰'으로 되어 있으나 오기로 보임.

인(因)ᄒᆞ여 츄연(惆然) 탄식(歎息)ᄒᆞ니 진·허 이(二) 인(人)이 다
시 말을 못 ᄒᆞ고 눈믈을 흘니더라.

숙인(淑人)이 ᄎᆞ경(此景)을 보고 크게 항복(降服)ᄒᆞ여 부마(駙馬)
ᄅᆞᆯ 이돌니 너겨 경당(正堂)의 드러가니 태ᄉᆞ(太師)와 승샹(丞相) 형
뎨(兄弟)며 모든 부인(夫人)ᄂᆡ 말솜ᄒᆞ거ᄂᆞᆯ 숙인(淑人)이 ᄂᆞ아가 드ᄅᆞᆫ
말을 일일(一一)이 고(告)ᄒᆞ고 ᄀᆞᆯ오ᄃᆡ,

"공쥬(公主)의 셩덕(盛德)이 이럿틋 ᄒᆞ시거ᄂᆞᆯ 부마(駙馬)의 ᄆᆞᄋᆞᆷ은
엇더ᄒᆞ관ᄃᆡ 셩례(成禮)ᄒᆞᆫ 뉵칠(六七) 삭(朔)의 힝노(行路) ᄀᆞᆺ투시니
아지 못

● ● ●

50면

ᄒᆞᆯ 일이로쇼이다."

모ᄃᆞ 듯고 놀ᄂᆞ며 항복(降服)ᄒᆞ여 태ᄉᆞ(太師ㅣ) 긔특(奇特)키 너겨
승샹(丞相)다려 닐오ᄃᆡ,

"몽현이 군ᄌᆞ(君子)의 덕(德)이 미진(未盡)ᄒᆞ미 업ᄉᆞᄃᆡ 공쥬(公主)
ᄅᆞᆯ 박ᄃᆡ(薄待)ᄒᆞ니 도시(都是) 댱 시(氏)ᄅᆞᆯ 잇지 못ᄒᆞ미라 ᄋᆞ익(我兒
ㅣ) 모로미 경계(警戒)ᄒᆞ여 군은(君恩)을 져바리지 말나."

승샹(丞相)이 ᄇᆡ사269)(拜謝) 슈명(受命)ᄒᆞ고 믈너나 졍 부인(夫人)
다려 닐오ᄃᆡ,

"몽현이 신의(信義)ᄅᆞᆯ 즁(重)히 너겨 공쥬(公主)로 쇼(疏)ᄒᆞ나 그
실(實)은 진짓 박ᄃᆡ(薄待)ᄒᆞ미 아니니 닌 닐오미 그 지개(志槪)ᄅᆞᆯ 일
흘 거시오 존명(尊命)이 겨시니 부인(夫人)이 죠용이 경계(警戒)ᄒᆞᆯ지

---

269) 사: [교] 원문에는 '시'로 되어 있으나 오기로 보임.

어다.”

부인(夫人)이 딕왈(對曰),

“몽현이 평싱(平生) 고집(固執)이 과도(過度)ᄒ니 약(弱)ᄒ 어미 닐오믈 드ᄅ리오? 군직(君子ㅣ) 닐ᄋ시미 맛당ᄒᆞ이다.”

승샹(丞相)이 쇼왈(笑曰),

“고어(古語)의 지신(知臣)은 막여군(莫如君)이오 지ᄌ(知子)ᄂ 막여뷔(莫如父ㅣ)270)라 ᄒ니 몽현이 ᄌ쇼(自少)로 외가(外家)로 다닌 고집(固執)이 잇거니와 효셩(孝誠)이 츌

• • •

51면

인(出人)ᄒ니 엇지 부인(夫人) 말을 아니 드ᄅ리오?”

부인(夫人)이 잠쇼브답(潛笑不答)271)이러니 평명(平明)의 부민(駙馬ㅣ) 문안(問安)ᄒ믈 인(因)ᄒ여 부인(夫人)이 안쇠(顔色)을 싁싁이 ᄒ여 ᄀᆞ오딕,

“네 일죽 유셔(儒書)272)를 닑어 대의(大義)를 알니니 신의(信義)도 크거니와 군신(君臣) 대의(大義)도 아니 도라보지 못홀지라 공쥐(公主ㅣ) 네 안히 되여 믹ᄉ(每事)의 미진(未盡)하미 업거늘 엇진 고(故)로 박딕(薄待)ᄒᄂ뇨? 그 쥬의(主意)를 듯고져 ᄒ노라.”

부민(駙馬ㅣ) 의외(意外)예 모친(母親)의 엄졍(嚴正)ᄒ 말ᄉᆞᆷ을 듯

---

270) 지신(知臣)은 막여군(莫如君)이오 지ᄌ(知子)ᄂ 막여뷔(莫如父ㅣ): 지신은 막여군이요 지자는 막여부. 신하를 아는 이는 임금만 한 이가 없고 자식을 아는 이는 아비만 한 이가 없음. 『한비자(韓非子)』에 나오는바, 원문에는 ‘知子莫如父’ 대신 ‘知子莫若父’라 되어 있는데, 의미상의 차이는 없음.

271) 잠쇼브답(潛笑不答): 잠소부답. 잠자코 웃으며 대답하지 않음.

272) 유셔(儒書): 유서. 유교 경전.

고 황공(惶恐)ᄒ여 답(答)홀 말이 업셔 옥면(玉面)을 븕히고 고두부복(叩頭俯伏)273)ᄒ여시니 부인(夫人)이 다시 칙왈(責曰),

"공쥬(公主ㅣ) 셜ᄉ(設使) 댱 시(氏) 뎡혼(定婚)ᄒᆫ 거슬 믈니치고 너의게 드러와시나 공쥬(公主)의 ᄒ요미 아니오 하가(下嫁)ᄒᆫ 후(後) 빅힝(百行) ᄉ덕(四德)274)이 미진(未盡)ᄒ미 업ᄉ니 네 고집(固執)을 두로혀 화락(和樂)ᄒᆫ죽 공쥬(公主ㅣ) 댱 시(氏)ᄅᆞᆯ 져ᄇ리지 아닐 거시

☉●●

52면

어늘 엇지 경(輕)히 너기ᄂ뇨?"

부마(駙馬ㅣ) 춤식(慙色) 냥구(良久)의 쳥죄(請罪) 왈(曰),

"ᄒ이(孩兒ㅣ) 블쵸(不肖)ᄒ와 부모(父母) 셩녀(盛慮)ᄅᆞᆯ 끼치오니 죄(罪) 깁도쇼이다. ᄎ후(此後)나 ᄆᆞᄋᆞᆷ을 곳쳐 죤명(尊命)을 밧들니이다."

부인(夫人) 왈(曰),

"네 어버이 긔이믈275) 아지 못ᄒ더니 쟉일(昨日)이야276) 죤당(尊堂) 구괴(舅姑ㅣ) 알ᄋ시고 과녀(過慮)ᄒ시니 ᄌᆞ손(子孫)의 도리(道理) 미셰(微細)ᄒᆫ 일도 셩녀(盛慮)ᄅᆞᆯ 끼치미 가(可)치 아니ᄒ고 공쥬(公主ㅣ) 댱 시(氏) 슈졀(守節)ᄒ믈 이졔야 알고 언단(言端)이 여ᄎ(如此)ᄒ니 엇지 긔특(奇特)지 아니리오?"

부마(駙馬ㅣ) 비사277)(拜謝)ᄒ고 공쥬(公主)ᄅᆞᆯ 긔특(奇特)히 너기

---

273) 고두부복(叩頭俯伏): 고개를 조아리고 땅에 엎드림.

274) ᄉ덕(四德): 사덕. 부녀자가 갖추어야 할 네 가지 덕. 곧, 부덕(不德), 부언(婦言), 부용(婦容), 부공(婦功).

275) 긔이믈: 속임을.

276) 야: [교] 원문에는 '이'로 되어 있으나 오기로 보임.

고 모부인(母夫人) 명(命)을 태만(怠慢)치 못ᄒ여 궁(宮)의 니ᄅ니,
공쥬(公主ㅣ) 침뎐(寢殿)의 업고 ᄯ 산호상(珊瑚牀)을 아ᄉ시니 부마
(駙馬ㅣ) 의심(疑心)ᄒ나 궁인비(宮人輩)와 졉화(接話)²⁷⁸⁾ᄒᄆᆯ 슬희
여 야심(夜深)토록 ᄆᆨ연(黙然)이 안ᄌ시ᄃᆡ 공쥬(公主)의 동졍(動靜)
이 업ᄂᆫ지라 그 거쳐(去處)ᄅᆯ 뭇지 아니미 너모 무심(無心)ᄒ여 좌우
(左右)ᄃ려 무

•••

53면

ᄅᄃᆡ,

"공쥬(公主ㅣ) 어ᄃᆡ 겨시뇨?"

궁ᄋ(宮娥) 쇼영이 ᄂᆡ다라 공쥬(公主) 말ᄉᆷ을 고(告)ᄒᄃᆡ,

"'쳡(妾)이 나히 젹고 심궁(深宮)의 싱쟝(生長)ᄒ여 셰ᄉ(世事)ᄅᆯ
바히 아지 못ᄒ여 다만 모낭낭(母娘娘) 명(命)으로 군ᄌ(君子) 건질
(巾櫛)²⁷⁹⁾을 쇼임(所任)ᄒᄆᆡ 기간(其間) 곡졀(曲折)과 득죄(得罪)ᄒ 일
을 아지 못ᄒ고 안연(晏然)히 ᄂᆞᆺ출 드러 화당(華堂)²⁸⁰⁾의 거(居)ᄒ여
인뉴(人類)의 춤예(參預)ᄒ더니 쟉일(昨日)이야²⁸¹⁾ 즙간(暫間) 드ᄅ니
죤구(尊舅)의 하옥지ᄉ(下獄之事)²⁸²⁾와 댱 쇼져(小姐)의 공규(空閨) 박
명(薄命)을 드ᄅ니 놀ᄂᆞ오ᄆᆯ 이긔지 못ᄒᄂᆞ니 쳡(妾)이 엄구(嚴舅)ᄅᆯ
취리(就理)²⁸³⁾의 ᄋᆡ(厄)을 ᄭᅵ치고 부마(駙馬ㅣ) 인뉸(人倫)을 희지은

---

277) 사. [교] 원문에는 '시'로 되어 있으나 오기로 보임.

278) 졉화(接話): 접화. 직접 대화함.

279) 건질(巾櫛): 건즐. 수건과 빗이라는 뜻으로, 아내가 남편을 받드는 것을 말함.

280) 화당(華堂): 화려한 집.

281) 야. [교] 원문에는 '이'로 되어 있으나 오기로 보임.

282) 하옥지ᄉ(下獄之事): 하옥지사. 옥에 갇힌 일. 이관성이 하옥당한 일을 말함.

죄인(罪人)이라 하(何) 면목(面目)으로 부마(駙馬)의 정실(正室)이 되여
즁궤(中饋)284)를 림(臨)ᄒ리오? 츠고(此故)로 감(敢)히 비실(卑室)285)
의 딕죄(待罪)ᄒ여 스스로 허믈을 닥고 댱 쇼져(小姐)로 인연(因緣)을
일우신 후(後) 뵈오리이다.' ᄒ시더이다."

부믜(駙馬ㅣ) 쳥파(聽罷)의 즈긔(自己) 총명(聰明)ᄒ므로도 의ᄉ(意
思)치 못ᄒ 말이라

●●●

54면

바야흐로 층복(稱服)286)ᄒ믈 이긔지 못ᄒ여 미우(眉宇)의 화(和)ᄒ
긔운이 일좌(一座)의 뽀여 즘간(暫間) 웃고 늘호여 ᄀᆯ오ᄃᆡ,

"'지ᄂᆞ 일은 댱ᄎᆞ(將次ㅅ) 다시 닐넘즉지 아니코 댱 시(氏)의 슈졀
(守節)ᄒᄆᆞᆫ 황녀(皇女)와 결우지 못ᄒ미 당당(堂堂)ᄒ니 공쥬(公主ㅣ)
엇지 과도(過度)히 쳥죄(請罪)ᄒ시리오? 고이(怪異)ᄒ 거죠(擧措)ᄅᆞᆯ
고치고 일즉 도라오쇼셔.' 하라."

쇼영이 슈명(受命)ᄒ여 가더니 도라와 고(告)ᄒᄃᆡ,

"'부ᄌᆞ(夫子ㅣ) 비록 은혜(恩惠)ᄅᆞᆯ 드리오시나 쳡(妾)이 엇지 안연
(晏然)ᄒ리잇고?' ᄒ시고 죵시(終是) 거쳐(去就)ᄅᆞᆯ 요동(搖動)ᄒ실 ᄯᅳᆺ
이 업ᄉ시더이다."

부믜(駙馬ㅣ) 웃고 다시 말이 업셔 취침(就寢)ᄒ니 진·허 냥인(兩
人)이 바야287)흐로 부믜(駙馬ㅣ) 공쥬(公主) 경즁(敬重)288)ᄒ믈 알고

---

283) 취리(就理): 죄를 지은 벼슬아치가 의금부에 나아가 심리를 받던 일.
284) 즁궤(中饋): 중궤. 안살림 가운데 음식에 관한 일을 책임 맡은 여자. 주궤(主饋).
285) 비실(卑室): 누추하고 작은 집.
286) 층복(稱服): 칭복. 칭송하고 탄복함.

십분(十分) 깃겨 댱 시(氏) 드러오믈 죄오더라.

명죠(明朝)의 부미(駙馬ㅣ) 모친(母親)긔 뵈옵고 글오딕,

"공쥬(公主ㅣ) 무단(無斷)289)이 하실(下室)290)의 ᄂᆞ려 죄(罪)를 일ᄏᆞᆺ고 히ᄋᆞ(孩兒)를 보지 아니니 히이(孩兒ㅣ)

• • •

55면

죤명(尊命)을 어긔른 고(故)로 죄(罪)를 알외ᄂᆞ이다."

졍 부인(夫人)이 쳥파(聽罷)의 놀ᄂᆞ더니 홀연(忽然) 탄왈(嘆曰),

"공쥬(公主)의 셩덕(盛德)이 여ᄎᆞ(如此)ᄒᆞ니 엇지 긔특(奇特)지 아니리오? 오ᄋᆞ(吾兒)ᄂᆞᆫ 모ᄅᆞ미 그 덕(德)을 져ᄇᆞ리지 말나."

부미(駙馬ㅣ) 빅샤(拜謝)ᄒᆞ고 퇴(退)ᄒᆞ다.

졍 부인(夫人)이 문안(問安)의 드러가 이 말을 모든 딕 고(告)ᄒᆞ니 태ᄉᆞ(太師ㅣ) 쇼왈(笑曰),

"ᄌᆞ고(自古)로 슉녜(淑女ㅣ) 흔치 아니ᄒᆞ거ᄂᆞᆯ 내 집의 졍 현부(賢婦) ᄀᆞ튼 녀직(女子ㅣ) 드러와 종ᄉᆞ(宗嗣)291)를 빗ᄂᆡ고 더옥 공쥬(公主)ᄂᆞᆫ 황가(皇家) 금지옥엽(金枝玉葉)으로 이러툿 힝신(行身) 덕되(德道ㅣ) 특츌(特出)ᄒᆞ니 엇지 긔특(奇特)지 아니며 관익(-兒ㅣ) 므ᄉᆞᆷ 복(福)으로 져런 현부(賢婦)를 어덧ᄂᆞ뇨?"

일좨(一座ㅣ) 공쥬(公主)의 긔특(奇特)ᄒᆞᆷ믈 일ᄏᆞ292)ᄅᆞ 항복(降服)

---

287) 야: [교] 원문에는 '이'로 되어 있으나 오기로 보임.

288) 경즁(敬重): 경중. 공경하여 소중히 여김.

289) 무단(無斷): 미리 승낙을 얻지 않음.

290) 하실(下室): 누추하고 작은 집. 비실(卑室).

291) 종ᄉᆞ(宗嗣): 종사. 종가 계통의 후손.

292) ᄏᆞ: [교] 원문에는 'ᄏᆞᆺ'으로 되어 있으나 오기로 보임.

ᄒᆞ더니 쳘 샹셔(尙書) 부인(夫人)이 굴오ᄃᆡ,

"공쥬(公主ㅣ) 귀골(貴骨)노 누실(陋室)의 ᄂᆞ려 댱 시(氏) 드러오믈 기ᄃᆞ리니 우리 도리(道理)의 ᄌᆞ못 블안(不安)ᄒᆞ니 거거(哥哥)²⁹³⁾ᄂᆞᆫ 공쥬(公主)ᄅᆞᆯ 블너 개²⁹⁴⁾유(開諭)ᄒᆞ미 가(可)

· ● ●

56면

ᄒᆞ이다."

승샹(丞相)이 ᄃᆡ왈(對曰),

"져져(姐姐)²⁹⁵⁾ 말ᄉᆞᆷ이 올ᄒᆞ시나 제 셩덕(盛德)을 베퍼 진졍(眞情)으로 져러ᄐᆞᆺ ᄒᆞ고 ᄯᅩ 져희신지 ᄒᆞᄂᆞᆫ 일을 우리 알은 체ᄒᆞ리오? ᄂᆞ죵을 줌줌(潛潛)코 볼 거시니이다."

부인(夫人)이 칭지(稱之) 왈(曰),

"현뎨(賢弟)의 놉흔 ᄯᅳᆺ은 우리의 밋츨 빈 아니로다. 슈연(雖然)이나²⁹⁶⁾ 몽현을 경계(警戒)ᄒᆞ여 공경(恭敬)ᄒᆞ믈 일치 말미 죠토다."

승샹(丞相)이 쇼왈(笑曰),

"공쥬(公主)의 덕(德)이 죡(足)히 현ᄋᆞ(-兒)의 쳘셕간쟝(鐵石肝腸)²⁹⁷⁾을 두로혀리니 어른이 엇지 다ᄉᆞ(多事)²⁹⁸⁾이 굴이오?"

태ᄉᆞ(太師ㅣ) 올타 ᄒᆞ더라.

ᄎᆞ일(此日) 부ᄆᆞ(駙馬ㅣ) 궁(宮)의 니ᄅᆞ러 공쥬(公主) 곳의 ᄂᆞ아가

---

293) 거거(哥哥): 오라비.

294) 개: [교] 원문에는 '가'로 되어 있으나 오기로 보임.

295) 져져(姐姐): 저저. 누님.

296) 슈연(雖然)이나: 수연이나. 비록 그러하나.

297) 쳘셕간쟝(鐵石肝腸): 철석간장. 쇠나 돌과 같이 단단한 마음.

298) 다ᄉᆞ(多事): 다사. 쓸데없이 간섭을 함.

니 공쥬(公主ㅣ) 느즌 집의 빗 업슨 쟝(帳)을 드리오고 돗글 싸라 고요히 안즈 례긔(禮記)를 술피더니 부마(駙馬)의 오믈 보고 텬연(天然)이299) 니러 뭇거늘 부미(駙馬ㅣ) 플 미러 좌졍(坐定)ᄒ고 글오ᄃᆡ,

"옥쥬(玉主ㅣ) 므슴 연고(緣故)로 하당ᄃᆡ죄(下堂待罪)300)ᄒ미 엇지뇨?"

공쥬(公主ㅣ) 몸

●●●

57면

을 굽혀 샤왈(謝曰),

"첩(妾)의 블쵸(不肖)ᄒ미 태낭낭(太娘娘) 실덕(失德)ᄒ시믈 돕습고 군즈(君子) 눈긔(倫紀)301)를 어즈러니며 죤귀(尊舅ㅣ) 옥니(獄裏) 취리(就理)의 곤(困)ᄒ시믈 보시니 어ᄂ 면목(面目)으로 인륜(人倫)의 츙슈(充數)302)ᄒ리잇고? 츠고(此故)로 허믈을 곳쳐 군즈(君子) 좌하(座下)의 뫼시고져 ᄒᄂ니 당돌(唐突)ᄒ믈 용샤(容赦)ᄒ쇼셔."

부미(駙馬ㅣ) 믁믁(黙黙) 냥구(良久)의 닐오ᄃᆡ,

"공쥬(公主)의 겸손(謙遜)ᄒ시ᄂ 덕(德)은 놉거니와 연(然)이나 지ᄂ 일을 져러 굴미 고집(固執)ᄒ니 모ᄅᆞ미 혹ᄉᆡᆼ(學生)의 말을 죠츠 침뎐(寢殿)으로 도라가샤이다."

공쥬(公主ㅣ) 홀연(忽然) 팔ᄎᆡ(八彩) 뉴미(柳眉)의 슬픈 빗치 발(發)ᄒ여 샹연(傷然)303) 슈누(垂淚)304) 왈(曰),

---

299) 텬연(天然)이: 천연이. 자연스럽게.

300) 하당ᄃᆡ죄(下堂待罪): 하당대죄. 방에서 내려와 죄를 기다림.

301) 눈긔(倫紀): 윤기. 윤리와 기강.

302) 츙슈(充數): 충수. 일정한 수효를 채움.

303) 샹연(傷然): 상연. 슬픈 모양.

304) 슈누(垂淚): 수루. 눈물을 흘림.

"부지(夫子ㅣ) 금일(今日) 대덕(大德)을 드리오샤 첩(妾)의 허믈을 샤(赦)ᄒ시나 첩(妾)이 ᄋ시(兒時)의 부황(父皇)을 여희와 붉은 교훈(敎訓)을 듯ᄌᆸ지 못ᄒ고 모후(母后)의 이릭305)를 밧ᄌ와 ᄌ라니 일신(一身)의 보왐 죽흔 힝실(行實)이 업ᄂ지라 스

• • •

58면

스로 숑구(悚懼)ᄒ던 ᄎ(次) 져즘긔 존구(尊舅)의 취옥(就獄)ᄒ신 일과 당 쇼져(小姐) 공규(空閨) 박명(薄命)을 싱각ᄒ니 숑구무디(悚懼無地)306)어늘 므ᄉᆷ 념치(廉恥)로 화당(華堂)의 안거(安居)ᄒ리오?"

인(因)ᄒ여 봉안(鳳眼)의 눈믈이 어리여 ᄌ샹(自傷)307) 춤연(慘然)ᄒ니 부민(駙馬ㅣ) 그 현심(賢心)을 보믹 크게 경즁(敬重)ᄒ고 ᄯ흔 지극(至極)흔 도리(道理)를 거ᄉ리지 못ᄒ여 다시 말을 아니ᄒ고 온화(穩和)308)히 위로(慰勞)ᄒ고 니러 ᄂ와309) 이후(以後)ᄂ 공쥬궁(公主宮) 셰경뎐의 쳐쇼(處所)를 ᄒ고 ᄒ로 흔 번(番)식 드러가 볼 ᄯ분이라.

공쥬(公主ㅣ) ᄉ시(四時) 문안(問安)홀 적 례복(禮服)을 닙어 단녀온 후(後)ᄂ 머리를 문(門) 밧긔 ᄂ왓지 아니ᄒ고 고요히 드럿더니,

히 진(盡)ᄒ고 신년(新年)이 되니 공쥬(公主ㅣ) 구고(舅姑)긔 고(告)ᄒ고 위의(威儀)를 ᄀ쵸와 입궐(入闕)홀ᄉᆡ 태휘(太后ㅣ) 크게 반기샤 뉵궁(六宮) 비빙(妃嬪)을 모흐고 잔치를 베퍼 공쥬(公主)를 영

---

305) 이릭: 사랑. 응석.

306) 숑구무디(悚懼無地): 송구무지. 두려워하여 몸 둘 곳이 없음.

307) ᄌ샹(自傷): 자상. 스스로 슬퍼함.

308) 온화(穩和): 조용하고 평화로움.

309) 와: [교] 원문에는 '왈'로 되어 있으나 오기로 보임.

접(迎接)홀싀 공쥬(公主ㅣ) 뎐(殿)의 올

• • •

59면

나 태후(太后)와 샹(上)과 후(后)긔 비례(拜禮)룰 뭇고 좌(座)의 시립
(侍立)ᄒ니 태휘(太后ㅣ) 숀 잡고 머리룰 쁘다담310)아 ᄀᆞᄅ오샤ᄃᆡ,

"너 ᄋᆞ희 츌궁(出宮)ᄒᄆᆞ로붓허 짐(朕)의 우심(憂心)이 일야(日夜)
경경(耿耿)311)ᄒ더니 이제312) 이러틋 장셩(長成)ᄒ엿시니 짐(朕)이
깃브미 측냥(測量) 업도다."

공쥬(公主ㅣ) 비샤(拜謝)ᄒ고 샹(上)이 쇼왈(笑曰),

"어믜(御妹) 하가(下嫁)ᄒᄆᆡ 부마(駙馬)의 은졍(恩情)이 엇더뇨?"

공쥬(公主ㅣ) 부복(俯伏) 뒤왈(對曰),

"신(臣)의 죄(罪) 태산(泰山) ᄀᆞᆺᄉ313)오니 엇지 부부(夫婦) 은졍(恩
情)을 뉴렴(留念)314)ᄒ리잇고?"

샹(上)이 경왈(驚曰),

"어믜(御妹) 부마(駙馬)긔 무슨 죄(罪)룰 어덧ᄂᆞ뇨?"

공쥬(公主ㅣ) 고두(叩頭) 브답(不答)이어늘 태휘(太后ㅣ) 의려(疑
慮)315)ᄒ여 므르신ᄃᆡ, 공쥬(公主ㅣ) 뒤왈(對曰),

"이목(耳目)이 번거316)ᄒ니 날호여 고(告)ᄒᄆᆡ 늣지 아니ᄒ니이다."

---

310) 담: [교] 원문에는 '답'으로 되어 있으나 오기로 보임.
311) 경경(耿耿): 마음에서 사라지지 않고 염려가 됨.
312) 제: [교] 원문에는 '게'로 되어 있으나 오기로 보임.
313) ᄉ: [교] 원문에는 'ᄌ'로 되어 있으나 오기로 보임.
314) 뉴렴(留念): 유념. 마음속에 둠.
315) 의려(疑慮): 의심하고 염려함.
316) 번거: 조용하지 못하고 자리가 어수선함.

휘(后 l) 심(甚)히 착급(着急)[317]ᄒ시나 공쥬(公主) 긔식(氣色)이
싁싁ᄒ니 다시 뭇지 못ᄒ시고 죵일(終日)토록 즐기시고 공쥬(公主 l)
침쇼(寢所)의 드러가니 태휘(太后 l) 쇼옥을

60면

블너 므르샤듸,

"공쥬(公主 l) 하가(下嫁)ᄒ미 부마(駙馬)의 은이(恩愛) 엇더ᄒ뇨?"

원닉(元來) 쇼옥, 쇼영은 총명(聰明) 녕니(怜悧)ᄒ고 튱셩(忠誠)이
지극(至極)ᄒ니 공쥬(公主 l) ᄎ(此) 냥인(兩人)을 심곡(心曲)을 허
(許)ᄒ미 잇ᄂᆫ 고(故)로 임의 니ᄅᆞ럿ᄂᆞ지라 태후(太后)의 므르시믈
죠ᄎ 듸왈(對曰),

"옥쥬(玉主) 하가(下嫁)ᄒ신 후(後) 구고(舅姑) 죤당(尊堂) 은권(恩
眷)과 부마(駙馬)의 즁듸(重待) 산히(山海) ᄀᆞᆺᄉ[318]오듸 공쥬(公主 l)
홀연(忽然) 죤당(尊堂) 일긔(日記)을 갓다가 보시고 댱 시(氏) 슈졀
(守節)홈과 승샹(丞相) 하옥(下獄)ᄒᆫ 일을 알으시고 크게 놀나 스스
로 하당(下堂)의 듸죄(待罪)ᄒ여 부마(駙馬)를 보지 아니시니 부미
(駙馬 l) 친(親)히 니ᄅᆞ러 쥬야(晝夜) 기유(開諭)ᄒ시듸 듯지 아니ᄒ
시니 비ᄌᆞ(婢子) 등(等)이 우민(憂悶)[319]ᄒ오믈 이긔지 못홀쇼이다."

휘(后 l) 청파(聽罷)의 크게 놀나 글ᄋᆞ샤듸,

"어린 ᄋᆞ히 망녕(妄靈)되미 이 ᄀᆞᆺ트니 어이 고이(怪異)치 아니리
오? 내 칙(責)ᄒ여 다시 이럿툿[320] 못ᄒ게 ᄒ리라."

---

317) 착급(着急): 몹시 급함.

318) ᄉ: [교] 원문에는 'ᄌᆞ'로 되어 있으나 오기로 보임.

319) 우민(憂悶): 근심하고 번민함.

명

일(明日) 샹(上)이 문안(問安)ᄒ시믈 인(因)ᄒ여 굴ᄋ샤ᄃᆡ,

"계양이 세졍(世情)321)을 아지 못ᄒ여 댱녀(-女)의 졀(節)을 위(爲)ᄒ여 여ᄎ여ᄎ(如此如此) ᄒ미 잇다 ᄒ니 엇지 놀납지 아니ᄒ리오?"

샹(上)이 역경(亦驚) 디왈(對曰),

"계양은 긔특(奇特)ᄒᆫ ᄋᆞ히라. 이러ᄒ미 더옥 엇지 못홀지라 낭낭(娘娘)은 댱녀(-女)로ᄡ여 부마(駙馬)의 둘지롤 삼게 하쇼셔."

휘(后ㅣ) 노왈(怒曰),

"계양은 원녀(遠慮)322)롤 아지 못ᄒ고 젹국(敵國) 어려온 쥴을 몰나 이런 거죠(擧措)롤 ᄒ니 졍(正)히 칙(責)고져 ᄒ거늘 샹(上)이 ᄯᅩ 엇지 이런 고이(怪異)ᄒᆫ 말을 ᄒ시ᄂᆞ뇨?"

졍(正)히 공쥬(公主)롤 블너 칙(責)ᄒ려 ᄒ시더니, 믄득 공쥬(公主ㅣ) 무식(無色)ᄒᆫ 오슬 닙어 머리롤 두ᄃᆞ려 청죄(請罪) 왈(曰),

"사롬의 인뉸(人倫)을 어즈러이고 태낭낭(太娘娘) 셩덕(聖德)을 휴손(虧損)323)ᄒᆫ 죄녀(罪女)ᄂᆞᆫ 금일(今日) ᄒᆫ 말ᄉᆞᆷ을 쥬(奏)코져 ᄒᄂᆞ이다."

휘(后ㅣ) 대경(大驚) 문왈(問曰),

"공쥬(公主ㅣ) 졔 엇진

---

320) 툿: [교] 원문에는 '튼'으로 되어 있으나 오기로 보임.
321) 셰졍(世情): 세정. 세상 물정.
322) 원녀(遠慮): 원려. 멀리까지 내다보는 생각.
323) 휴손(虧損): 휴손. 어그러뜨림.

거죄(擧措ㅣ)며 짐(朕)드려 니룰 말이 이시면 죠용이 홀 거시어눌 어
인 고(故)로 져런 거죠(擧措)룰 ᄒᆞᄂᆞ뇨?"

공쥐(公主ㅣ) 눈믈이 만면(滿面)ᄒᆞ여 다시 머리룰 두다려 왈(曰),
"블쵸(不肖) 신(臣)이 죄역(罪逆)324)이 태심(太甚)ᄒᆞ여 부황(父皇)
을 여히옵고 낭낭(娘娘) 은권(恩眷)을 밧ᄌᆞ와 일신(一身) 영귀(榮貴)
비길 곳이 업ᄉᆞ니 일야(日夜) 죠믈(造物)의 싀긔(猜忌)룰 두리옵더니
낭낭(娘娘)이 신(臣)으로써 가(嫁)ᄒᆞ시민 슈빙(受聘)325)ᄒᆞᆫ 계집을 위
녁(威力)으로 거졀(拒絶)ᄒᆞ여 비샹지원(飛霜之怨)326)을 일위시고 시
아비룰 옥(獄)의 ᄂᆞ리와 크게 가(可)치 아닌 줄을 슬피지 아니샤 신
(臣)으로써 그 ᄌᆞ부(子婦)룰 숨으시니 신(臣)이 당쵸(當初) 이런 곡졀
(曲折)을 모ᄅᆞ옵고 안연(晏然)이 ᄂᆞᆺ출 드러 니문(-門)의 ᄂᆞ아가니 구
괴(舅姑ㅣ) 지극(至極)히 ᄉᆞ랑ᄒᆞ고 아리로 가뷔(家夫ㅣ) 례경(禮敬)327)
ᄒᆞ믈 두터이 ᄒᆞ니 진실(眞實)노 신(臣)이 몸의 지은 허믈이 업ᄂᆞᆫ가
ᄒᆞ여 일일(日日) 연락(宴樂)328)

으로 지ᄂᆡ더니 우연(偶然)이 니문(-門) 일긔(日記)룰 보다가 ᄇᆞ야흐

---

324) 죄역(罪逆): 마땅한 이치에 거슬리는 큰 죄.
325) 슈빙(受聘): 수빙. 빙물을 받음.
326) 비샹지원(飛霜之怨): 비상지원. 오월에 서리가 내리게 할 정도의 큰 원한.
327) 례경(禮敬): 예경. 예의를 갖춰 공경함.
328) 연락(宴樂): 즐김.

로 주시 아온지라 신(臣)의 념치도상(廉恥都喪)[329]후미 그 아비를 가도고 그 아들의 쳐(妻) 되믈 요구(要求)후니 신(臣)이 추마 텬일(天日) 볼 눗치 업셔 비실(卑室)의 되죄(待罪)후여 허믈을 고쳐 인뉸(人倫)의 츙슈(充數)코져 후미 부미(駙馬ㅣ) 과도(過度)히 고집(固執)후믈 말니되 신(臣)이 허믈을 스스로 아[330]라 졍실(正室)의 드지 못후고 지어(至於)[331] 댱 시(氏)는 수죡지녀(士族之女)로 그 부뫼(父母ㅣ) 몽현으로써 졍혼(定婚)후여 쵸녜(醮禮)[332]룰 아녀시나 빙폐(聘幣)룰 힝(行)후여 부부지명(夫婦之名)[333]이 잇거늘 낭낭(娘娘)이 위엄(威嚴)으로 그 납폐(納幣) 문명(問名)을 거두시고 니가(-家)로써 뎡혼(定婚)후니 댱 시(氏) 십수(十四) 쳥츈(青春)을 심규(深閨)의셔 셰월(歲月)을 지닉리니 이는 오월비상지원(五月飛霜之怨)이라 하놀이 신(臣)의게 앙화(殃禍)[334]룰 느리오시리니 낭낭(娘娘)은 블쵸(不肖) 신(臣)을 위(爲)후여 엇지 이런

· · ·

64면

실덕(失德)을 후시누니잇고? 신(臣)을 인(因)후여 셩명지치(聖明之治)[335]의 풍홰(風化ㅣ) 손샹(損傷)후니 신(臣)이 이른바 례의(禮義) 념치(廉恥)와 풍화(風化)룰 그릇 믄둔 죄인(罪人)이라. 금일(今日) 죄

---

329) 념치도상(廉恥都喪): 염치도상. 염치를 다 잃음.

330) 아: [교] 원문에는 '이'로 되어 있으나 오기로 보임.

331) 지어(至於): 심지어.

332) 쵸녜(醮禮): 초례. 전통적으로 올리는 혼인 예식.

333) 부부지명(夫婦之名): 부부의 명분.

334) 앙화(殃禍): 지은 죄의 앙갚음으로 받는 재앙.

335) 셩명지치(聖明之治): 성명지치. 임금이 밝게 다스림.

(罪)를 청(請)호고 또 셩지(聖旨)를 엇주와 댱 시(氏)로써 부마(駙馬)의 부인(夫人)을 숨아 훈가지로 허믈을 규졍(糾正)336)호고 군즈(君子)의 가되(家道 l) 챵(昌)호게 호고져 호느니 삼가 쥬(奏)호느이다."

태휘(太后 l) 공쥬(公主)의 샹쾌(爽快)훈 말숨을 드르시고 눈믈이 만면(滿面)홈과 머리 두다린 양(樣)을 보시며 스스로 무음이 뜰히샤 급(急)히 시녀(侍女)로 호여금 붓드러 올나라 호시니, 공쥬(公主 l) 스양(辭讓) 왈(曰),

"낭낭(娘娘)이 신(臣)으로써 평신(平身)코져 호시거든 댱녀(-女)를 윤허(允許)호시면 신(臣)이 스스로 환심(歡心)호여 낭낭(娘娘) 셩의(聖意)를 밧들니이다."

태휘(太后 l) 처음은 공쥬(公主)를 최(責)고져 호시더니 그 말숨의 당연(當然)홈과 스리(事理)의 올

◦●●

65면

흐믈 드르시미 홀 말이 업스샤 다만 닐오샤되,

"경(卿)으로써 몽현의게 하가(下嫁)호믄 션뎨(先帝) 뜻이오 부마(駙馬)를 간션(揀選)호미 일이 명빅(明白)호거늘 관셩이 우흘 두리지 아녀 고집(固執)히 거스니 브득이(不得已) 하옥(下獄)호여시나 엇지 경(卿)의 허믈이 되리오? 댱녀(-女)는 괴로이 슈졀(守節)호나 부마(駙馬)의 두 안히 업스니 경(卿)이 엇지코져 호느뇨?"

공쥬(公主 l) 눈믈을 흘녀 쥬왈(奏曰),

"당쵸(當初) 부황(父皇)이 신(臣)의 시아비를 되(對)호샤 신(臣)을

---

336) 규졍(糾正): 규정. 잘못을 바로잡음.

뵈시고 니몽현과 결혼(結婚)호믈 니르시니 대답(對答)이 여추여추(如此如此)호고 신(臣)이 하가(下嫁)홀 썩의는 굿투여 셩지(聖旨)를 위월(違越)호미 업순지라 신(臣)을 샹원(上元)337)을 존(尊)호고 댱 시(氏)로 둘지룰 호고져 호미 신(信)과 튱의(忠義) 궃거늘 낭낭(娘娘)이 신(臣)으로뻐 독춍338)(獨寵)339)코져 호샤 니 공(公)을 하옥(下獄)호시니 낭낭(娘娘)은 블

· · ·

66면

관(不關)340)이 너기시나 신(臣)이야 므슴 눗추로 니몽현을 딕(對)코 시브리잇고? 국법(國法)의 부미(駙馬ㅣ) 냥쳬(兩妻ㅣ) 업수나 주고(自古)로 필부(匹夫)도 쳐쳡(妻妾)이 이시니 몽현의 위인(爲人)이 냥쳐(兩妻)룰 못 거느리며 아시(兒時)로 구혼(求婚)호여 어드려 홈과 달나 댱 시(氏) 몽현을 위(爲)호여 졀(節)을 직히고 쏘 몬져 빙치(聘綵)호니 신(臣)의 젼(前) 사룸이라 추마 함구(緘口)호여 슉녀(淑女)로 공규(空閨)의 함원(含怨)호믈 보리잇고? 낭낭(娘娘)은 셰 번(番) 싱각호샤 댱녀(-女)로 몽현의 둘지 부인(夫人)을 허(許)호쇼셔."

휘(后ㅣ) 믁연(黙然) 냥구(良久) 왈(曰),

"경(卿)이 젹국(敵國)의 히(害)룰 모르고 져러틋 호나 타일(他日) 쟝신궁(長信宮)341) 화(禍)룰 만늘 젹 짐(朕)의 말을 싱각호리라."

---

337) 샹원(上元): 상원. 첫째 아내.

338) 독춍: [교] 원문에는 '쥬퉁'으로 되어 있으나 의미를 명확히 하기 위해 국도본(6:111)을 따름.

339) 독춍(獨寵): 독총. 총애를 독차지함.

340) 블관(不關): 불관. 관계하지 않음.

341) 쟝신궁(長信宮): 장신궁. 한(漢)나라 성제(成帝)의 후궁인 반첩여(班婕妤)가 머물

공쥐(公主ㅣ) 비샤(拜謝) 왈(曰),

"타일(他日) 셜사(設使) 쟝신궁(長信宮) 히(害)이시나 신(臣)의 도리(道理)룰 다ᄒᆞᆫ즉 셕ᄉᆞᆷ(夕死ㅣ)라도 무한(無恨)342)일가 ᄒᆞᄂᆞ이다 ."

태휘(太后ㅣ) 공쥬(公主) 언ᄉᆞᆷ(言辭ㅣ) 고졀(高絶)343)ᄒᆞᄆᆞᆯ 보시

• ••

67면

고 허(許)치 아님도 어렵고 허(許)ᄒᆞᆫ즉 공쥬(公主)긔 유히(有害)ᄒᆞᆯ가 침음(沈吟)ᄒᆞ시니 샹(上)이 ᄂᆞ즉이 고(告)ᄒᆞ시ᄃᆡ,

"댱녀(-女)의 슈졀(守節)ᄒᆞᄆᆡ 풍화(風化)의 아름다온 일이옵고 계양의 혈344)심(血心)으로 져러툿 ᄒᆞ니 죵시(終是) 허(許)치 아니시면 슉녀(淑女)의 셩덕(盛德)이 이져질 거시오 몽현은 군ᄌᆡ(君子ㅣ)니 ᄒᆞᆫ 곳의 쎈겨 ᄒᆞᄂᆞᄒᆞᆯ 박ᄃᆡ(薄待)치 아닐 거시오 더옥 계양의 현심슉덕(賢心淑德)345)을 심복(心服)346)ᄒᆞᄆᆡ 이시니 허(許)ᄒᆞ시미 힝심(幸甚)이로쇼이다."

태휘(太后ㅣ) 믁연(默然)ᄒᆞ시다가 도라 공쥬(公主)룰 보와 왈(曰),

"경(卿)의 혈심(血心)이 여ᄎᆞ(如此)ᄒᆞ니 댱녀(-女)룰 허(許)ᄒᆞ거니

던 궁. 반첩여는 성제로부터 총애를 받았으나 후에 조비연(趙飛燕)이 성제의 총애를 받자 물러나 장신궁에 머물게 됨.

342) 셕ᄉᆞᆷ(夕死ㅣ)라도 무한(無恨): 석사라도 무한. 저녁에 죽어도 한이 없다는 뜻. 『논어(論語)』에 나오는 구절을 변용한 것임. 『논어』에 "선생께서 말씀하시기를, '아침에 도를 들으면 저녁에 죽어도 좋다.'라 하셨다. 子曰: 朝聞道, 夕死可矣."(『논어』, 「이인(里仁)」)

343) 고졀(高絶): 고절. 고상하고 뛰어남.

344) 혈: [교] 원문에는 '혈'로 되어 있으나 오기로 보임.

345) 현심슉덕(賢心淑德): 현심숙덕. 어진 마음과 착한 덕.

346) 심복(心服): 마음으로 복종함.

와 마춤내 경(卿)의 평싱(平生)의 부졀업도다."

공쥬(公主ㅣ) 대희(大喜)ᄒ여 빅무(背舞)347) 샤은(謝恩) 왈(曰),

"신(臣)의 미(微)ᄒᆫ 졍셩(精誠)을 낭낭(娘娘)이 쳥납(聽納)348)ᄒ시니 셩의(聖意) 망극(罔極)ᄒ올 ᄲᆞᆫ 아니로라 당녀(-女)로 ᄒ여금 마른 남긔 믈이라 텬은(天恩)

• • •

68면

이 호싱지덕(好生之德)349)이로쇼이다."

인(因)ᄒ여 믈너 례복(禮服)을 졍(正)히 ᄒ고 뎐(殿)의 올나 뫼시ᄆᆡ 공쥬(公主ㅣ) 평싱(平生) 쇼원(所願)을 일우ᄆᆡ 깃브미 속의 가득ᄒ여 미우(眉宇)의 화긔(和氣) 알연(戛然)350)ᄒ고 말ᄉᆞᆷ이 도도(滔滔)351)ᄒ며 쇼릭 낭낭(朗朗)ᄒ여 아리다온 거동(擧動)과 긔이(奇異)ᄒᆫ 용치(容采)352) 만좌(滿座)의 죠요(照耀)353)ᄒ니 휘(后ㅣ) 샤랑ᄒ시미 측냥(測量) 업고 뉵궁(六宮) 비빙(妃嬪)이 눈을 기우려 긔이(奇異)히 너기믈 춤지 못ᄒ더라.

공쥬(公主ㅣ) 슈삼(數三) 일(日) 머므러 별회(別懷)ᄅᆞᆯ 다ᄒᆞᄆᆡ 하직(下直)ᄒ고 나와 구고(舅姑) 죤당(尊堂)긔 오릭 셩졍(省定) 폐(廢)ᄒ

---

347) 빅무(背舞): 배무. 임금 앞에서 절하는 예식을 행할 때 추는 춤.
348) 쳥납(聽納): 청납. 남의 의견을 받아들임.
349) 호싱지덕(好生之德): 호생지덕. 사형에 처할 죄인을 특사하여 살려 주는 제왕의 덕이라는 뜻으로 여기에서는 장옥경을 구해 준 은덕을 말함.
350) 알연(戛然): 맑고 은은함.
351) 도도(滔滔): 말하는 모양이 거침이 없음.
352) 용치(容采): 용채. 용모.
353) 죠요(照耀): 조요. 빛남.

믈 샤례(謝禮)ᄒ고 이윽히 말솜ᄒ더니 반향(半晌) 후(後) 좌(座)를 쪄
나 승샹(丞相)긔 고(告)ᄒ딕,

"쇼첩(小妾)이 심궁(深宮)의 싱쟝(生長)ᄒ와 미쳐 셰샹ᄉ(世上事)
를 경녁(經歷)지 못ᄒ와 부마(駙馬)의 슈빙(受聘)ᄒᆫ 녀ᄌᆡ(女子]) 첩
(妾)의 연고(緣故)로 졀(節) 직희믈 아지 못ᄒ옵더니 근간(近間)354)
듯ᄌᆞ오믹 엇지 안심(安心)ᄒ리잇고? 스ᄉ로 사

•••

69면

룸의 일싱(一生) 희지은 허믈을 싱각ᄒ오믹 ᄂᆞᆺ 드러 뵈오미 황숑(惶
悚)ᄒ옵더니 이졔 태낭낭(太娘娘) 셩지(聖旨) 댱 시(氏)로써 부마(駙
馬) 둘지 부인(夫人)을 졍(定)ᄒ샤 취(娶)ᄒ라 ᄒ신 젼교(傳敎) 이습
ᄂᆞ지라 삼가 죤구(尊舅)긔 취품(就稟)355)ᄒ옵ᄂᆞ니 져 집의 통(通)ᄒ
샤 슈히 례(禮) 일오믈 바라ᄂᆞ이다."

좌위(左右]) 쳥파(聽罷)의 크게 놀ᄂᆞ며 도로혀 공쥬(公主) 힝ᄉ
(行事)를 측냥(測量)치 못ᄒ고 스ᄉ로 승샹(丞相)이 임의 혜ᄋᆞ린 빅
나 공쥬(公主)의 녁냥(力量)356)을 탄복(歎服) 칭션(稱善)357)ᄒ여 이
의 공경(恭敬)ᄒ여 골오딕,

"댱 시(氏) 돈ᄋᆞ(豚兒)358)를 위(爲)ᄒ여 이의 졀(節)을 직희니 그
졍ᄉᆡ(情事]) 춤혹(慘酷)ᄒ딕 국법(國法)이 부믹(駙馬]) 냥체(兩妻

---

354) 근간(近間): 요사이.
355) 취품(就稟): 취품. 웃어른께 나아가 여쭘.
356) 녁냥(力量): 역량. 공력과 도량.
357) 칭션(稱善): 칭선. 착한 것을 칭찬함.
358) 돈ᄋᆞ(豚兒): 돈아. 자기 자식을 낮추어 이르는 말.

l) 업순 고(故)로 바라지 못호더니 공쥐(公主l) 의외(意外)예 이런 거죠(擧措)를 호시니 혹싱(學生)이 옥쥬(玉主) 셩덕(盛德)을 쾌(快)히 씨둣느니 샤례(謝禮)홀 바를 아지 못홀쇼이다."

태시(太師l) 말을 이어 탄왈(嘆曰),

"노뷔(老夫l) 블쵸지인(不肖之人)으로

● ● ●

70면

죠션(祖先)359) 묽은 덕(德)을 져브릴가 두리더니 졍 현뷔(賢婦l) 임
ㅅ지덕(姙姒之德)360)이 잇고 옥쥐(玉主l) 또 황가(皇家)의 싱쟝(生
長)호여 션심(善心)이 희한(稀罕)호시니 노뷔(老夫l) 므슨 복(福)으
로 이를 당(當)호리오?"

공쥐(公主l) 돗글 써나 샤례(謝禮) 왈(曰),

"쇼쳡(妾)이 므슨 사름이완딕 죤당(尊堂) 구고(舅姑)의 셩언(盛
言)361)을 감당(勘當)호리잇고? 댱 시(氏)는 부마(駙馬) ᄋ시(兒時)의
뎡(定)호여 빙폐(聘幣)를 몬져 호여시니 이 곳 부마(駙馬) 졍실(正室)
죠강(糟糠)이어늘 국법(國法)으로써 위(位)를 ᄂ쵸지 못호여 블쵸(不
肖)훈 쇼쳡(妾)이 스스로 죠강(糟糠) 원위(元位)의 거(居)호오니 블안
(不安)호오믈 이긔지 못호도쇼이다."

승샹(丞相)이 지삼(再三) 위로(慰勞)호고 찬양(讚揚)호며 좌위(左右
l) 일시(一時)의 칭찬(稱讚)호믈 이긔지 못호니 일노부터 니부(-府)

---

359) 죠션(祖先): 조선. 선조(先祖).

360) 임ㅅ지덕(姙姒之德): 임사지덕. 태임(太姙)과 태사(太姒)의 덕. 태임은 주(周)나라
왕계의 아내이자 문왕(文王)의 어머니이고, 태사는 문왕의 아내이자 무왕의 어머
니. 이들은 부덕(婦德)이 뛰어난 여성들이라는 칭송을 받음.

361) 셩언(盛言): 성언. 칭찬하는 말.

샹하(上下) ᄋ동(兒童) 쥬졸(走卒)362)이 공쥬(公主) 셩심(誠心)을 칭
숑(稱頌)ᄒ더라.

　어시(於時)의 샹(上)이 승샹(丞相)을 명쵸(命招)ᄒ샤 골ᄋ샤되,

　"어미(御妹) 여ᄎ여ᄎ(如此如此)

⸱●●

71면

ᄒ여 지셩(至誠)이 마ᄎ내 태낭낭(太娘娘) 뜻을 도로혀 댱 시(氏)로
몽현의 직취(再娶)를 허(許)ᄒ시니 샹부(相府)363)는 모로미 공쥬(公
主)의 덕(德)을 져ᄇ리지 말나."

　승샹(丞相)이 직비(再拜) 샤은(謝恩) 왈(曰),

　"댱녀(-女)의 졍ᄉ(情事ㅣ) 춤담(慘憺)ᄒ오나 국법(國法)의 부마(駙
馬ㅣ) 냥쳬(兩妻ㅣ) 업거늘 공쥬(公主)의 덕(德)이 희한(稀罕)ᄒ샤 이
운364) 남글365) 깅싱(更生)케 ᄒ시니 신(臣)이 텬은(天恩)을 갑ᄉ올
바를 아지 못ᄒ쇼이다."

　샹(上)이 쇼왈(笑曰),

　"어미(御妹)의 현심(賢心)으로 이는 쟈근 일이니 댱녜(-女ㅣ) 비록
아름다오나 어미(御妹)의게는 밋지 못ᄒ가 ᄒ노라."

　ᄒ시고 즉시(卽時) 댱 샹셔(尚書)의게 젼지(傳旨)ᄒ샤 만히 공쥬
(公主)의 덕(德)을 일ᄏ라 댱 시(氏)로 몽현을 마즈라 ᄒ시더366)라.

　각셜(却說). 댱 쇼졔(小姐ㅣ) 니 부마(駙馬) 셩명(姓名)을 직희여 일

---

362) 쥬졸(走卒): 주졸. 여기저기 돌아다니며 심부름하는 사람.
363) 샹부(相府): 상부. 승상.
364) 이운: 시든.
365) 남글: 나무를.
366) 더: [교] 원문에는 '리'로 되어 있으나 오기로 보임.

싱(一生)을 늙그려 졍(定)ᄒᆡ미 고요히 규즁(閨中)의셔 향(香)을 픠오
고 시ᄉᆞ(詩詞)로뼈 죵일(終日)ᄒᆞ며 부모(父母)의 의복(衣服)을 가아마

라367) 반졈(半點) 시름이 업슨 ᄃᆞᆺᄒᆞ나 부뫼(父母 1) 춤아 보지 못ᄒᆞ
여 모친(母親) 오 시(氏) 눈믈노 죵일(終日)ᄒᆞ고 샹셔(尙書)ᄂᆞᆫ 탄식
(歎息)ᄒᆞ믈 마지아니ᄒᆞᄂᆞᆫ지라 댱가(-家) 문즁(門中)이 샹셔(尙書)를
권(勸)ᄒᆞ여 고집(固執) 되믈 이르고 쇼져(小姐)를 타문(他門)의 보내
라 ᄒᆞ니 샹셰(尙書 1) 답왈(答曰),

"내 일(一) 녀(女) ᄉᆞ랑이 헐(歇)ᄒᆞ미 아니로ᄃᆡ 녀이(女兒 1) 임의
대졀(大節)을 잡으미라 ᄒᆞ고 내 됴뎡(朝廷) 즁신(重臣)이 되여 ᄎᆞ마
문개(門家 1)368)의 두 번(番) 빙치(聘綵)를 드리리오?"

ᄒᆞ니 모다 감(敢)히 권(勸)치 못ᄒᆞ더니,

이ᄣᆡ 션369)종(宣宗)370) 황뎨(皇帝) 후궁(後宮) 셜 귀비(貴妃)의 ᄋᆞ
아 셜최 쇼년(少年) 닙신(立身)ᄒᆞ여 풍치(風采) 미려(美麗)ᄒᆞ더니 댱
쇼져(小姐)의 무ᄡᅡᆼ(無雙)ᄒᆞᆫ 지덕(才德)을 듯고 즁미(仲媒)로 구혼(求
婚)ᄒᆞᄃᆡ 샹셰(尙書 1) 연유(緣由)를 ᄀᆞ쵸 일너 보내니 셜최 듯고 더
옥 ᄉᆞ모(思慕)ᄒᆞ여 다시 말 잘ᄒᆞ는 미파(媒婆)를 보내여 ᄀᆞᆯ오ᄃᆡ,

"녕ᄋᆞ(令兒) 쇼졔(小姐 1) 죠고만 일홈을 위(爲)

---

367) 가아마라: 가음알아. 헤아려 처리하여.

368) 문개(門家 1): '가문'의 뜻으로 보이나 미상임.

369) 션: [교] 원문에는 '셩'으로 되어 있으나 오기로 보임.

370) 션종(宣宗): 선종. 명나라 제5대 황제 주첨기(朱瞻基)의 묘호. 연호는 선덕(宣德)
이고 재위 기간은 1425~1435년임.

ㅎ여 곳봉오리 미개(未開)ㅎ 청츈(靑春)의 홍안(紅顔)을 규즁(閨中)
의셔 공숑(空送)371)ㅎ미 가(可)치 아니ㅎ시고 셜 공직(公子ㅣ) 풍칙
(風采) 옥쳥(玉淸)372) 신션(神仙) ㄱ트니 쇼져(小姐) 일싱(一生)이 헛
되지 아닐지라 노야(老爺)는 고집(固執)지 마르쇼셔."

샹셰(尙書ㅣ) 발연대노(勃然大怒) 왈(曰),

"내 당당(堂堂)ㅎ 됴뎡(朝廷) 즁신(重臣)으로 녀이(女兒ㅣ) 졀(節)
을 직희거늘 셜가(-家)는 엇던 거시완딕 이러틋 무례(無禮)ㅎ뇨?"

미파(媒婆)를 미러 닉치니 픽(婆ㅣ) 홀 일이 업셔 도라가 회보(回
報)ㅎ니 셜싱(-生)이 분노(忿怒)ㅎ여 그으이 계교(計巧)를 싱각ㅎ더라.

샹셰(尙書ㅣ) 셜가(-家) 미파(媒婆)를 즐퇴(叱退)373)ㅎ고 내당(內
堂)의 드러가 쇼져(小姐)다려 닐ㅇ니 쇼제(小姐ㅣ) 탄식(歎息)ㅎ고
이윽이 말이 업더니 믄득 글오딕,

"쇼녜(小女ㅣ) 례의(禮義)를 잡으미 시비(是非) 분운(紛紜)374)ㅎ고
이러틋 구혼(求婚)ㅎ는 거죄(擧措ㅣ) 괴로오니 야얘(爺爺ㅣ) 쇼녀(小
女)로뼈 죽으니로 아르샤 옥호뎡의 드

---

371) 공숑(空送): 공송. 헛되이 보냄.
372) 옥쳥(玉淸): 옥청. 도교에서, 신선이 산다는 삼청(三淸)의 하나. 상제(上帝)가 있는 곳.
373) 즐퇴(叱退): 질퇴. 꾸짖어 물리침.
374) 분운(紛紜): 어지러움.

러 일싱(一生)을 뭇게 ᄒ시면375) 쇼녜(小女ㅣ) 평싱(平生)이 쾌(快)ᄒ
도쇼이다.”

샹셰(尙書ㅣ) 츄연(惆然) 탄식(歎息) 왈(曰),

“내 이룰 뵈미 심ᄉ(心事ㅣ) 즐겁지 아니ᄒ고 네 이릇툿 ᄒ니 ᄆ
음으로 ᄒ라.”

쇼제(小姐ㅣ) 대희(大喜) 샤례(謝禮)ᄒ고 일용즙믈(日用什物)376)을
츌혀 몬져 보내고 부모(父母)긔 하직(下直)ᄒ고 교ᄌ(轎子)377)룰 타
옥호뎡으로 가니, 댱 공(公) 부쳬(夫妻ㅣ) 녀ᄋ(女兒)의 이칠(二七)
홍안(紅顔)의 져러툿 인셰(人世)룰 ᄉ졀(謝絶)ᄒ고 깁히 들믈 크게
슬혀 눈믈이 ᄉ미 졋더라.

원뉘(元來) 이 옥호뎡은 댱 공(公) 후원(後園)의 잇ᄂ지라 공(公)이
강산(江山) 경개(景槪)룰 ᄉ랑ᄒ여 집을 이 압흐로 ᄒ고 이 산을 후
원(後園)을 삼으니 쥬회(周回)378) 오(五) 리(里)의 니어시니 댱 공(公)
이 공쟝(工匠)을 드려 에워 쟝원(牆垣)379)을 놉히고 뒤 큰길노 문(門)
을 두어 가졍(家丁)380) 슈십(數十) 인(人)을 직희오고 그 안히 뎡ᄌ
(亭子) 삼십여(三十餘) 간(間)을 지으니 크지

---

375) 면: [교] 원문에는 ‘며’로 되어 있으나 문맥을 고려하여 이와 같이 수정함.

376) 일용즙믈(日用什物): 일용집물. 날마다 쓰는 세간.

377) 교ᄌ(轎子): 교자. 가마.

378) 쥬회(周回): 주회. 둘레.

379) 쟝원(牆垣): 장원. 담.

380) 가졍(家丁): 가정. 집에서 부리는 남자 하인.

아니되 정결(淨潔)ᄒ고 ᄉ치(奢侈)치 아니되 청화(淸華)381) 고요ᄒ더
라. 좌우(左右)로 슈정념(水晶簾)382)을 조옥이 지우고 가온되 큰 누
(樓)를 셰워 그 우ᄒ 오르면 아니 뵈ᄂ 되 업ᄉ며 좌우(左右)로 빅화
(百花)를 울 셰온 다시 심거시니 봄이면 경개(景槪) 졀승(絶勝)ᄒ고
샹봉(上峰)으로 몱은 믈이 흘너ᄂ리니 댱 공(公)이 년지(淵池)383)를
파 홍년(紅蓮) 빅년(白蓮)을 시므니 ᄉ졀(四節)의 아름다온 경개(景
槪) 측낭(測量) 업더라.

샹셰(尙書ㅣ) 녀이(女兒ㅣ) 이곳의 잇고져 ᄒ믈 보고 다시 그 뎡주
(亭子)로 에워 담 ᄒ 겹을 더 빳고 문(門)을 셰우고 밧문(-門)의ᄂ 건
장(健壯)ᄒ 시노(侍奴)384) 이십(二十) 인(人)을 직희오고 즁문(中
門)385)의ᄂ 튱근(忠勤)386)ᄒ 노가(奴家)387) 이십여(二十餘) 인(人)을
직희오고 ᄂ문(內門)388)의ᄂ 노양낭(老養娘)389) 슈십(數十) 인(人)을
직희오고 부즁(府中)390) 뒤흐로 단니ᄂ 되 ᄯ 문(門) ᄒ나흘 지어 ᄎ
환(叉鬟)391) 슈삼(數三) 인(人)을 직희워 쇼졔(小姐ㅣ) 잇

---

381) 청화(淸華): 청화. 속된 데가 없이 맑고 화려함.
382) 슈정념(水晶簾): 수정렴. 수정 구슬을 꿰어 꾸민 발.
383) 년지(淵池): 연지. 못.
384) 시노(侍奴): 옆에서 지키는 종.
385) 즁문(中門): 중문. 대문 안에 또 세운 문.
386) 튱근(忠勤): 충근. 충성스럽고 부지런함.
387) 노가(奴家): 종.
388) ᄂ문(內門): 내문. 안에 있는 문.
389) 노양낭(老養娘): 노양랑. 늙은 유모.
390) 부즁(府中): 부중. 집안.
391) ᄎ환(叉鬟): 차환. 주인을 가까이서 모시는, 머리를 얹은 여자 종을 이르는 말.

다감 부즁(府中)의 ᄂ려와 부뫼(父母ㅣ)긔 뵈옵게 ᄒ니 그 안히 경치
(景致) 진실(眞實)노 거록ᄒ지라 원간³⁹²⁾ 쇼제(小姐ㅣ) 이의 드러와
죠흔 ᄶᆞᄅᆞᆯ 만ᄂᆞᄆᆡ 뎡ᄌᆞ(亭子) 일홈을 응(應)ᄒᄆᆡ러라.

쇼제(小姐ㅣ) 이의 이르ᄆᆡ 경믈(景物)의 긔이(奇異)ᄒᄆᆡ 일만(一萬)
시름을 슬와 바리ᄂᆞᆫ지라 스스로 즐거옴을 이긔지 못ᄒ여 이칠(二七)
홍안(紅顔)으로뼈 인간(人間)을 ᄉᆞ졀(謝絶)ᄒᄆᆞᆫ 돈연(頓然)³⁹³⁾이 잇고
방즁(房中)의 드러 유모(乳母) 가 시(氏)와 시ᄋᆞ(侍兒) 난경, 츈옥, 셜
미, 홍년 등(等)으로 더브러 쥬야(晝夜) 시ᄉᆞ(詩詞)ᄅᆞᆯ 셥녑(涉獵)³⁹⁴⁾ᄒ
고 닛다감 경개(景槪)ᄅᆞᆯ 둘너보와 시흥(詩興)을 도으며 녈녀젼(列女
傳)과 삼강힝실(三綱行實)을 잠심(潛心)ᄒ여 힝실(行實)을 더옥 도타
이 ᄒ여 닷그니, 홀연(忽然) 홍진(紅塵)³⁹⁵⁾이 거졀(拒絶)ᄒ고 인셰(人
世)ᄅᆞᆯ 더러이 너기ᄂᆞᆫ ᄯ뜻이 ᄂᆞᄂᆞᆫ지라 옥골셜뷔(玉骨雪膚ㅣ)³⁹⁶⁾ 더옥
윤퇴(潤澤)ᄒ여 표연(飄然)이 신션(神仙)

ᄀᆞᆺᄐᆞ니 일신(一身)이 안한(安閒)ᄒ고 심ᄉᆞ(心事ㅣ) 쳥상(淸爽)³⁹⁷⁾ᄒᆞᆫ

---

392) 원간: '워낙'의 의미인 듯하나 맥락에 맞지 않음. 미상.
393) 돈연(頓然): 조금도 돌아봄이 없음.
394) 셥녑(涉獵): 섭렵. 물을 건너 찾아다닌다는 뜻으로, 많은 책을 널리 읽거나 여기
저기 찾아다니며 경험함을 이르는 말.
395) 홍진(紅塵): 속세.
396) 옥골셜뷔(玉骨雪膚ㅣ): 옥골설부. 옥 같은 몸과 눈 같은 피부라는 뜻으로, 아름다
운 여인을 이르는 말.

지라, 셰샹(世上) 부부(夫婦) 은졍(恩情)은 꿈의도 싱각지 아녀, 또 댱닉(將來) 공쥐(公主ㅣ) 덕(德)을 펴 부마(駙馬)로써 주긔(自己)를 취(娶)케 ㅎ나 죽기로써 옥호명을 나지 아닐 뜻을 두어 일편(一片) 졍심(貞心)이 쇠돌 ⟨더라.

일일(一日)은 쇼졔(小姐ㅣ) 더위를 씌여 홍년을 다리고 졍주(亭子) 뒤히 ㄴ와 바회의 나리ᄂᆞ 믈을 쎠 발을 씨스며 곳가지를 썻거 ㄴ난 나뷔를 희롱(戲弄)ㅎ니 일신(一身)의 향(香)닉 욱욱(郁郁)³⁹⁸⁾ㅎ고 화졉(花蝶)³⁹⁹⁾이 분분(紛紛)이 늘며 청풍(淸風)이 쇼솔ㅎ여 프른 닙흘 뒤이즈니 즐거온 뜻이 무궁(無窮)ㅎ더라.

믄득 눈을 드러 슬피니 못 가온딕 혼 쌍(雙) 원앙(鴛鴦)이 셔로 목욕(沐浴) ⟨마 놀거늘, 홍년이 보기를 냥구(良久)이 ㅎ다가 희허(噫噓) 탄식(歎息) 왈(曰),

"만믈(萬物)의 즘싱도 져러툿 쩍이 잇거늘 우리 쇼져(小姐)ᄂᆞ

무슴 연고(緣故)로 이칠(二七) 홍안(紅顔)의 산슈(山水)로 버슬 숨고 셰샹(世上)의 머리털이 잇ᄂᆞ 즁이 되여 겨시뇨?"

희허(噫噓) 탄식(歎息)ㅎ믈 마지아니니, 쇼졔(小姐ㅣ) 졍쉭(正色) 왈(曰),

"내 임의 부모(父母) 은혜(恩惠)를 밧즈와 쇼임(所任) 업시 즐기니 인셰(人世)의 어즈러온 념(念)이 분호(分毫)도 업거늘 네 엇지 이런 요망(妖妄)⁴⁰⁰⁾혼 말을 ㅎᄂᆞ뇨? 이 반드시 네 츈졍(春情)이 동(動)ㅎ

---

397) 청샹(淸爽): 청상. 맑고 상쾌함.
398) 욱욱(郁郁): 매우 향기로움.
399) 화졉(花蝶): 화접. 꽃나비.

미라 네 원(願)ᄒᄂᆫ 쯧을 좃ᄂᆞ니 금일(今日) 이곳을 쎠나 ᄆᆞᆷ디로 나가라.”

셜파(說罷)의 안식(顔色)이 싁싁 단엄(端嚴)ᄒᄂᆡ 홍녑이 ᄌᆡ빅(再拜) 샤죄(謝罪) 왈(曰),

“비ᄌᆞ(婢子ㅣ) 비록 블쵸(不肖)ᄒᆞ나 ᄋᆞ시(兒時)로붓터 쇼져(小姐) ᄭᅴ 신임(信任)ᄒᆞ여 이졔 ᄒᆞ마 칠팔(七八) 년(年)이라 엇지 이런 쯧이 이시리잇고만ᄂᆞᆫ 비ᄌᆞ(婢子ㅣ) 쇼졔(小姐ㅣ)의 졍심(貞心)을 치 모ᄅᆞ고 말을 경(輕)히 ᄒᆞᆫ 죄(罪) 만ᄉᆞ유경(萬死猶輕)[401]이로쇼이다.”

쇼졔(小姐ㅣ) 믁믁(黙黙) 졍식(正色)고 즉시(卽時) 몸을 니

• ● •

79면

러 방(房)으로 드러오니라.

광음(光陰)이 훌훌[402](欻欻)[403]ᄒᆞ여 이 ᄒᆡ 진(盡)ᄒᆞ고 신년(新年)이 되니 쇼졔(小姐ㅣ) 단쟝(丹粧)[404]을 일우고 부즁(府中)의 ᄂᆞ려 부모(父母)ᄭᅴ 뵈오니 샹셔(尙書) 부뷔(夫婦ㅣ) 졔ᄌᆞ(諸子) 졔부(諸婦)의 ᄡᅡᆼ(雙)이 가즉ᄒᆞ믈 보고 녀ᄋᆞ(女兒)ᄅᆞᆯ 보고 히음 업손 눈믈이 써러져 글오ᄃᆡ,

“우리 평싱(平生)의 므슴 죄(罪)로 이의 이 경샹(景狀)[405]을 보ᄂᆞ뇨? 신셰(新歲)ᄅᆞᆯ 만ᄂᆞ니 빅믈(百物)이 번화(繁華)ᄒᆞ거ᄂᆞᆯ 너의 거동

---

400) 요망(妖妄): 언행이 방정맞고 경솔함.

401) 만ᄉᆞ유경(萬死猶輕): 만사유경. 만 번 죽어도 오히려 가벼움.

402) 훌훌: [교] 원문에는 ‘훌훌’로 되어 있으나 오기로 보임.

403) 훌훌(欻欻): 신속한 모양.

404) 단쟝(丹粧): 단장. 얼굴, 머리, 옷차림 따위를 곱게 꾸밈.

405) 경샹(景狀): 경상. 모습.

(擧動)은 어이 이러ㅎ뇨?"

오 부인(夫人)이 울기를 마지아니ㅎ니 쇼졔(小姐ㅣ) 부모(父母)의
이러틋 ㅎ시믈 보고 스스로 블쵸(不肖)를 슬허 직삼(再三) 위로(慰勞)
ㅎ고 즉시(卽時) 옥호뎡으로 드러오니, 일긔(日氣)406) 잠간(暫間) 훈
화(薰和)407)ㅎ고 눈이 녹아 ᄂ리며 다ᄉ408)흔 양긔(陽氣)409) 쥬렴(珠
簾)의 비최니 쳑쳑(慼慼)410)흔 믈싴(物色)이 심시(心事ㅣ) 샹감(傷
感)411)ㅎ이ᄂ지라 홀연(忽然) 탄식(歎息)ㅎ고 난간(欄干)을 쳐 ᄀᆯ오ᄃᆡ,

"ᄎ신(此身)이 브졀업시 인셰(人世) 간(間)

• • •

80면

의 나 부모(父母)의 간쟝(肝腸)412)을 틱오ᄂ뇨?."

ㅎ고 인(因)ㅎ여 쟝탄(長歎)ㅎ더니 홀연(忽然) 금ᄉ롱(金絲籠)413)
의 잉뮈(鸚鵡ㅣ) 낭낭(朗朗)이 ᄀᆯ오ᄃᆡ,

"쇼져(小姐)ᄂ 슬허 마ᄅ쇼셔. 오ᄅᆡ지 아냐 죠흔 쇼식(消息)이 니
ᄅ리니 옥호뎡이 흔 ᄭᅮᆷ이 되리이다."

쇼졔(小姐ㅣ) 금차(金釵)414)를 ᄲᅢ혀 녹잉(綠鸚)을 치며 ᄭ즈져 왈(曰),

"요괴(妖怪)로온 즘싱이 간ᄉ(奸邪)흔 소리를 ㅎ여 사름의 ᄆ음을

---

406) 일긔(日氣): 일기. 날씨.
407) 훈화(薰和): 따뜻하고 화창함.
408) 다ᄉ: 다사. 조금 따뜻함.
409) 양긔(陽氣): 양기. 햇볕의 따뜻한 기운.
410) 쳑쳑(慼慼): 척척. 근심하는 빛이 있음.
411) 샹감(傷感): 상감. 하찮은 일에도 쓸쓸하고 슬퍼져서 마음이 상함.
412) 간쟝(肝腸): 간장. 마음.
413) 금ᄉ롱(金絲籠): 금사롱. 금실로 만든 조롱(鳥籠).
414) 금차(金釵): 금비녀.

혹(惑)게 ㅎᄂ뇨?”

이리 닐오며 ᄌ못 의아(疑訝)ᄒ더니,

슈일(數日) 후(後) 샹셰(尙書ㅣ) 니르러 미우(眉宇)를 삥긔고 글오ᄃᆡ,

“금일(今日) 계양 공쥬(公主ㅣ) 태낭낭(太娘娘)긔 부형쳥죄(負荊請罪)415)ᄒ며 녁간고징(力諫告諍)416)ᄒ여 널노써 부마(駙馬)의 ᄌ실(再室)을 삼으라 ᄒ시나 이 본(本)ᄃᆡ 태후(太后) 본ᄯᅳᆺ(本-)이 아니시라 도로혀 깃븐 일이 아니로다. 네 ᄯᅳᆺ은 엇지코져 ᄒᄂ뇨?”

쇼졔(小姐ㅣ) 대왈(對曰),

“쇼녜(小女ㅣ) 풍진(風塵)을 거졀(拒絶)ᄒ고 셰샹(世上)을 니별(離別)ᄒ여 이곳의셔 죽

...

81면

으믈 뎡(定)ᄒ엿습ᄂ니 엇지 부마(駙馬)의 ᄌ실(再室)이 되여 황녀(皇女)로 동녈(同列)이 되여 툥(寵)을 다토리오? 셩쥬(聖主ㅣ) 비록 그러ᄐᆺ ᄒ시나 쇼녀(小女)의 ᄯᅳᆺ은 긋치미 어려오니 야야(爺爺)는 강박(强迫)지 마ᄅ쇼셔.”

셜파(說罷)의 츄연(惆然)이 안ᄉᆨ(顔色)을 긋쳐 죠흔 빗치 업ᄉ지라 샹셰(尙書ㅣ) 역시(亦是) 블평(不平)ᄒ믈 이긔지 못ᄒ고 위로(慰勞)ᄒ여 글오ᄃᆡ,

“일이 비록 깃브지 아니ᄒ고 즐겁지 아니ᄒ나 네 ᄉ태후뉵경(事太后六卿)417)의 ᄌ식(子息)으로 ᄆᆞᆺᄎᆞᄂᆡ 인뉸(人倫)을 폐(廢)치 못ᄒ올 거

---

415) 부형쳥죄(負荊請罪): 부형청죄. 가시나무를 짊어지고 사죄함.

416) 녁간고징(力諫告諍): 역간고쟁. 힘써 간함.

417) ᄉ태후뉵경(事太后六卿): 사태후육경. 태후를 섬기는 육경 벼슬을 하는 관리.

시오, 공쥬(公主)의 셩덕(盛德)은 보지 아니나 긔특(奇特)ᄒ여 들니
니 네 몸의 히로오믄 업술 듯ᄒ니 모르미 고이(怪異)ᄒᆫ 의ᄉ(意思)를
먹지 말고 슌(順)히 텬명(天命)을 죠치라."

쇼졔(小姐ㅣ) 함누(含淚) 탄식(歎息) 왈(曰),

"부친(父親) 말ᄉᆷ이 올흐시나 쇼녜(小女ㅣ) 이곳의 드러올 적 뎡
(定)ᄒᆫ ᄯ디 이시니 죽기는 쉽ᄉ오나 니

●●●

82면

문(-門)의 드러가기는 못 ᄒᆞ쇼이다."

샹셰(尙書ㅣ) 다시 닐오고져 ᄒ더니 시녜(侍女ㅣ) 급보(急報) 왈(曰),

"니 승샹(丞相) 노얘(老爺ㅣ) 와 겨시이다."

샹셰(尙書ㅣ) 급(急)히 뎡ᄌ(亭子)의 ᄂᆞ려 외당(外堂)의 ᄂᆞ아가 마
ᄌᆞ 한훤례필(寒暄禮畢)의 승샹(丞相)이 ᄀᆞᆯ오디,

"아ᄎᆞᆷ의 됴명(詔命)418)이 여ᄎᆞ(如此)ᄒ샤 녕ᄋ(令兒)로 몽현의 둘
지 부인(夫人)을 삼으라 ᄒ시니 임의 셩지(聖旨)를 밧ᄌ온 후(後) 공
쥬(公主)의 현심(賢心)이 고금(古今)의 드므니 녕녜(令女ㅣ) 괴로오미
업ᄉ리라. 형(兄)은 밧비 틱일(擇日)ᄒ여 친영(親迎)을 일우게 ᄒ라."

샹셰(尙書ㅣ) 사례(謝禮) 왈(曰),

"텬은(天恩)이 녀ᄋ(女兒)의 졍ᄉ(情事)를 술피시고 계양 공쥬(公
主) 셩덕(盛德)이 ᄌᆞ고(自古)로 다시 업ᄉ샤 텬디(天地) ᄀ튼 큰 덕
(德)을 베퍼 블쵸(不肖) 쇼녀(小女)로 군ᄌ(君子)의 건즐(巾櫛)을 밧
들게 ᄒ시니 은혜(恩惠) 이운 남긔 닙히 나게 ᄒ미라 엇지 봉힝(奉

---

418) 됴명(詔命): 조명. 조서의 명령.

行)ᄒᆞ미 더ᄃᆡ리오마ᄂᆞᆫ 블쵸녜(不肖女ㅣ) 니 시(氏)ᄅᆞᆯ 위(爲)ᄒᆞ

83면

여 졀(節)을 직희려 ᄒᆞ여 심규(深閨)의 드러 몸을 닷거ᄂᆞᆯ 쇼뎨(小弟) 잇다감 친(親)히 가 보더니 금ᄎᆞ(今次)의 셩지(聖旨) ᄂᆞ리시ᄆᆡ 즉시(卽時) 그곳의 가 져ᄃᆞ려 니ᄅᆞᆫ즉 ᄯᅳᆺ이 여ᄎᆞ(如此)ᄒᆞ여 쥭기로 듯지 아니ᄒᆞ니 쇼뎨(小弟) 졍(正)히 긍민(矜悶)[419] ᄒᆞᄂᆞ이다."

승상(丞相)이 경왈(驚曰),

"녕녜(令女ㅣ) 당쵸(當初) 니 시(氏)ᄅᆞᆯ 위(爲)ᄒᆞ여 공규(空閨)의 함원(含怨)ᄒᆞ미 쇼견(所見)의 참담(慘憺)ᄒᆞᆫ지라 더옥 우리 등(等)의 ᄆᆞ음이 일시(一時) 노히지 아냐 스ᄉᆞ로 사ᄅᆞᆷ을 그릇 ᄆᆡᆫ들고 부귀(富貴)ᄅᆞᆯ 보고 빈쳔(貧賤)을 버린[420] 허믈을 ᄉᆡᆼ각ᄒᆞᄆᆡ 쇼뎨(小弟) ᄂᆞᆺ촐 드러 사ᄅᆞᆷ 보미 븟그럽고 돈ᄋᆡ(豚兒ㅣ) 숑홍(宋弘)[421]의 죄인(罪人)이 되엿ᄂᆞᆫ지라. 부ᄌᆡ(父子ㅣ) 고셔(古書)ᄅᆞᆯ 닑으믈 ᄎᆞᆷ괴(慙愧)[422] ᄒᆞ더니 텬은(天恩)이 몽현으로ᄡᅥ 신의(信義)ᄅᆞᆯ 완젼(完全)콰져 ᄒᆞ시니 슌(順)히 셩지(聖旨)ᄅᆞᆯ 밧드러 셩텬ᄌᆞ(聖天子) ᄯᅳᆺ을 져ᄇᆞ리지 아니미 올코 녕녜(令女ㅣ) 례의(禮義)ᄅᆞᆯ

---

419) 긍민(矜悶): 가엾게 여김.

420) 버린: [교] 원문에는 '바란'으로 되어 있으나 문맥을 고려하여 이와 같이 수정함.

421) 숑홍(宋弘): 송홍. 중국 후한(後漢) 광무제(光武帝)의 신하. 광무제가 자신을 황제의 손윗누이인 호양공주(湖陽公主)와 혼인시키려 하자 '조강지처는 내쫓지 않는다.(糟糠之妻不下堂)'고 하며 혼인을 거절한 일이 있음.

422) ᄎᆞᆷ괴(慙愧): 참괴. 부끄러워함.

알진디 엇지 이리 고이(怪異)혼 의亽(意思)를 늬엿느뇨? 사룸이 느민 인뉸(人倫)을 졍(定)ᄒ여시니 금셰(今世)의 녕녜(令女ㅣ) 샹문(相門) 규슈(閨秀)로 혼즈 늙으며 산림(山林)의 몸을 곰쵸리오? 이ᄂᆞᆫ 만만 (萬萬) 가(可)치 아니ᄒ니 형(兄)은 일즉 늬 말노 닐너 亽싀(事事ㅣ) 슌편(順便)423)케 홀지어다.”

샹셰(尚書ㅣ) 칭亽(稱謝) 왈(曰),

“현형(賢兄) 말ᄉᆞᆷ이 금옥(金玉) ᄀᆞᆺ트시니 쇼뎨(小弟) 엇지 봉힝(奉行)치 아니리오? 쇼뎨(小弟) ᄯᅩ혼 이ᄀᆞᆺ치 너기되 쇼녜(小女ㅣ) 뜻을 구지 졍(定)ᄒ여 듯지 아니니 다시 개유(開諭)ᄒ리이다.”

승샹(丞相)이 디왈(對曰),

“인지디뉸(人之大倫)424)의 오뉸(五倫)이 막디(莫大)ᄒ고 부ᄌᆞ유친 (父子有親)ᄒ니 녕익(令兒ㅣ) 엇지 형(兄)의 말을 아니 드ᄅᆞ리오? 형 (兄)은 쳥(請)컨디 잘 개유(開諭)ᄒ여 녕녀(令女)의 뜻을 두로혀 일즉 인뉸(人倫)을 완젼(完全)케 ᄒ라.”

샹셰(尚書ㅣ) 샤례(謝禮)ᄒ고 이윽이 말ᄉᆞᆷᄒ다가 승샹(丞相)이 도 라간 후(後) 샹셰(尚書ㅣ) 즉시(卽時) 옥호뎡

의 니ᄅᆞ러 쇼져(小姐)다려 승샹(丞相) 말ᄉᆞᆷ을 젼(傳)ᄒ고 대의(大義)

---

423) 슌편(順便): 순편. 일을 처리하는 것이 사리에 맞음.

424) 인지디뉸(人之大倫): 인지대륜. 사람이 지켜야 할 큰 윤리.

로 절칙(切責)[425]ᄒ딕 쇼제(小姐ㅣ) 울고 닐오딕,

"쇼녜(小女ㅣ) 인륜(人倫) 대의(大義)를 모르미 아니라. 일이 임의 이리 된 후(後)는 도시(都是) 쇼녀(小女)의 팔직(八字ㅣ)라. 연분(緣分)이 그만ᄒ니 ᄯ 엇지 춤남(僭濫)[426]이 ᄯᆺ을 방ᄌᆞ(放恣)히 먹어 부마(駙馬)의 직실(再室)이 되며 공쥬(公主)로 엇게롤 ᄀᆞᆯ와 징춍(爭寵)[427]ᄒ리오? 쇼녜(小女ㅣ) 다병(多病)ᄒ니 스ᄉᆞ로 고요히 늙어 죽으미 지원(至願)이오, 이직 셩지(聖旨) 겨시고 공쥬(公主) ᄯᆺ이 아름다오나 능(能)히 졍심(貞心)을 도로혀기 어려오니 원(願)컨딕 야야(爺爺)는 쇼녀(小女) 일(一) 인(人)을 죽으니로 아[428]ᄅ샤 ᄯᆺ을 직희게 ᄒ시믈 ᄇᆞ라ᄂᆞ이다."

샹셰(尙書ㅣ) 크게 비챵(悲愴)[429]ᄒ나 니가(-家)의셔 안즉 그릇 너길지라 이의 크게 그 말을 것질너 ᄭᆞ즈져 왈(曰),

"네 ᄯᆺ이 그러ᄒ니 당쵸(當初) 널노써 몽현과 졍(定)ᄒ여시니 이졔 므슴 잡의논(雜議論)이 이시리

86면

오? 죵시(終是) ᄯᆺ을 긋치지 아니면 널노써 ᄌᆞ식(子息)이라 아니리니 ᄉᆞᆯ니 부즁(府中)의 ᄂᆞ려와 혼긔(婚期)를 어긔릇지 말나."

드딕여 ᄉᆞ미를 ᄲᅥᆯ치고 도라가니, 쇼제(小姐ㅣ) 크게 쵸죠(焦燥)[430]

---

425) 졀칙(切責): 절책. 매우 꾸짖음.
426) 춤남(僭濫): 참람. 분수에 넘쳐 너무 지나침.
427) 징춍(爭寵): 쟁총. 남편에게서 총애를 얻으려 다툼.
428) 아: [교] 원문에는 '알로 되어 있으나 오기로 보임.
429) 비챵(悲愴): 비창. 마음이 몹시 상하고 슬픔.
430) 쵸죠(焦燥): 초조. 애가 타서 마음이 조마조마함.

ᄒ여 ᄎ일(此日) 셕식(夕食)을 폐(廢)ᄒ고 죵일(終日)토록 번뇌(煩惱)
ᄒ더니 홀연(忽然) 탄식(歎息) 왈(曰),

"니 ᄎ싱(此生) 계활(契闊)431)이 이러틋 구ᄎ(苟且)ᄒ고 괴로오니
쾌(快)히 ᄌ결(自決)ᄒ여 모ᄅ미 원(願)이로ᄃᆡ 부모(父母) 유톄(遺體)
ᄅᆞᆯ 가ᄇᆡ야이 샹(傷)ᄒ이오지 못ᄒᆞᆯ 거시니 ᄎᆞᆯᄒᆞ리 머리ᄅᆞᆯ 싹가 사ᄅᆞᆷ의
형톄(形體)ᄅᆞᆯ 변(變)ᄒᆞᆨ즉 야애(爺爺ㅣ) 엇지 강박(強迫)ᄒ시리오?"

셜파(說罷)의 심ᄉᆡ(心事ㅣ) 죠치 아냐 츄연(惆然)이 슬픈 빗치 동
(動)ᄒ니 냥(兩) 시비(侍婢) 홍년, 셜믹, 쇼져(小姐)의 ᄎᆞ언(此言)을
드ᄅᆞ믹 크게 놀나 나아와 ᄂᆞ죽이 부복(俯伏)ᄒ여 간왈(諫曰),

"ᄎ시(此時) 비ᄌ(婢子) 등(等)이 쇼져(小姐) ᄒ시ᄂᆞᆫ 일을 감(敢)히
시비(是非)ᄒᆞ미 아니라 쇼제(小姐ㅣ) 일즉 고셔(古書)ᄅᆞᆯ 닑으샤 신

톄발부(身體髮膚)ᄂᆞᆫ 슈지부뫼(受之父母ㅣ)432)라 샹(傷)ᄒ이오지 못ᄒᆞᆯ
줄 알 거시오, 샤ᄅᆞᆷ이 ᄂᆞ믹 다 각각(各各) 쓱이 잇거늘 쇼제(小姐ㅣ)
시운(時運)이 블힝(不幸)ᄒ신 ᄶᆡ를 만나 마춤 이러ᄒ시나 ᄯᅩ 임의 텬
명(天命)을 어드신 후(後)ᄂᆞᆫ 고집(固執)ᄒ시미 브졀업고 ᄯᅩ 지극(至
極)히 원(願)치 아니실진ᄃᆡ 노야(老爺)긔 죠용이 고(告)ᄒ여 ᄆᆞᄋᆞᆷᄃᆡ
로 ᄒᆞ실 거시어늘 이런 고이(怪異)ᄒᆞᆫ ᄯᅳᆺ을 두시니 비ᄌᆡ(婢子ㅣ) 쇼져
(小姐)ᄅᆞᆯ 위(爲)ᄒ여 취(取)치 아니ᄒᆞᄂᆞ니 쇼져(小姐)ᄂᆞᆫ 셰 번(番) 싱
각ᄒ쇼셔."

---

431) 계활(契闊): 삶을 위하여 애쓰고 고생함.
432) 신톄발부(身體髮膚)ᄂᆞᆫ 슈지부뫼(受之父母ㅣ): 신체발부는 수지부모. 신체와 머리
털과 피부는 부모에게서 받은 것이라는 뜻. 『효경(孝經)』에 나오는 말.

쇼제(小姐ㅣ) 타누(墮淚) 왈(曰),

"닉 엇지 싱각지 못ᄒ리오마ᄂ 야야(爺爺) 셩품(性品)이 강녈(剛烈)ᄒ시니 어이 닉 ᄯᆺ을 죠ᄎ시리오? ᄎ고(此故)로 얼골을 변(變)코져 ᄒ미로다."

홍년이 ᄀᆞ오ᄃᆡ,

"노야(老爺) 만일(萬一) 쇼져(小姐) 졍심(貞心)을 ᄃᆞᆯ실진ᄃᆡ 엇지 듯지 아니시리잇고? 원(願)컨ᄃᆡ 쇼져(小姐)ᄂ 비ᄌᆞ(婢子) 등(等)의 말을 죠ᄎ쇼셔."

쇼제(小姐ㅣ) 눈믈을 흘녀 쟝탄(長歎)ᄒ고 말

* * *

88면

을 아니ᄒ더라.

ᄎ일(此日) 평명(平明)의 홍년이 부즁(府中)의 니르러 샹셔(尚書)ᄭᅴ,

"쇼져(小姐)의 졍심(貞心)이 쇠돌 ᄀᆞᆺ터 겨시니 편시간(片時間)433) 히혹(解惑)434)기 어렵ᄉ온지라 노야(老爺)ᄂ 즘간(暫間) 길긔(吉期)435)를 느츄샤 그 ᄆᆞ음을 위로(慰勞)ᄒ쇼셔."

샹셔(尚書) 부뷔(夫婦ㅣ) ᄎ언(此言)을 듯고 대경(大驚)ᄒ여 이의 옥호명의 가 녀ᄋᆞ(女兒)다려 왈(曰),

"네 니부(-府)의 가(嫁)ᄒ믈 인(因)ᄒ여 고이(怪異)혼 의ᄉᆞ(意思)를 ᄇᆞᆫ다 ᄒ니 닉 엇지 네 ᄯᆺ을 강박(强迫)ᄒ리오? 안심(安心)ᄒ여 이시라."

쇼제(小姐ㅣ) 눈믈을 흘니고 쳥죄(請罪) 왈(曰),

---

433) 편시간(片時間): 잠시간.

434) 히혹(解惑): 해혹. 의혹을 풀어 없앰.

435) 길긔(吉期): 길기. 혼인 날짜.

"쇼녜(小女ㅣ) 브졀업슨 몸이 셰간(世間)의 나 부모(父母)긔 블효 (不孝)를 이러틋 깃치옵고 도금(到今)436)ᄒ여 쇼녜(小女ㅣ) ᄒᆫ ᄆᆞᄋᆞᆷ 을 직희려 ᄒᄆᆡ 매ᄉᆞ(每事ㅣ) 난쳐(難處)ᄒ여 부모(父母)긔 셩녀(盛 慮)437)를 더으니 곳곳이 블효(不孝) 비경(非輕)438)ᄒ이다."

샹셰(尙書ㅣ) 탄왈(嘆曰),

"네 팔ᄌᆞ(八字ㅣ) 임의 슌(順)치 못ᄒᄆᆡ니 현마 엇지ᄒ리오? 내 즉 금(卽今) 네 뜻

● ● ●

89면

을 좃거니와 너도 어버이 졍니(情理)439)를 ᄉᆡᆼ각ᄒ여 먼니 혜아리라."

드듸여 ᄂᆞ와 니부(-府)의 가 승샹(丞相)을 보고 닐오ᄃᆡ,

"쟉일(昨日) 형(兄)의 말노ᄡᅥ 녀ᄋᆞ(女兒)다려 니ᄅᆞ고 ᄌᆡ삼(再三) 졀 칙(切責)ᄒᄃᆡ 녀이(女兒ㅣ)의 졍심(貞心)이 쳘셕(鐵石) ᄀᆞᆺᄐᆞ여 다병 약질(多病弱質)노 쵸방(椒房)440) 금지옥엽(金枝玉葉)과 엇개를 ᄀᆞᆯ오 미 블가(不可)ᄒᆞᆯ 일너 죽기로 졍(定)ᄒ니 부녀지졍(父女之情)의 ᄎᆞ 마 강박(强迫)기를 못 ᄒᄂᆞ니 형(兄)은 쇼뎨(小弟)의 용녈(庸劣)441)ᄒ ᆷ믈 용셔(容恕)ᄒ고 쇼녀(小女)로ᄡᅥ 제 원(願)ᄃᆡ로 지ᄂᆡ게 ᄒᆞᆷ믈 ᄇᆞ라 노라."

승샹(丞相)이 경탄(驚歎) 왈(曰),

---

436) 도금(到今): 지금에 이르름.
437) 셩녀(盛慮): 셩려. 심한 염려.
438) 비경(非輕): 가볍지 않음.
439) 졍니(情理): 졍리. 인정과 도리.
440) 쵸방(椒房): 초방. 왕비를 달리 이르는 말.
441) 용녈(庸劣): 용렬. 사람이 변변하지 못하고 졸렬함.

"녕익(令愛)의 지개(志槪) 이러틋 견고(堅固)ᄒ니 가(可)히 핍박(逼迫)지 못홀지라 쇼제(小弟)와 돈ᄋ(豚兒)의 붓그러오미 비(比)홀 곳이 업도다."

샹셰(尙書ㅣ) 샤왈(謝曰),

"이 다 녀ᄋ(女兒) 쇼견(所見)이 협착(狹窄)ᄒ미라, 합히(閤下ㅣ) 춤괴(慙愧)ᄒ미 겨시리오?"

승샹(丞相) 왈(曰),

"형(兄)이 죠용이 ᄉ리(事理)로 개유(開諭)ᄒ여 그 ᄯᆮ을 도로혀

· · ·

90면

게 ᄒ라."

샹셰(尙書ㅣ) 샤례(謝禮)ᄒ고 도라가니,

승샹(丞相)이 닉당(內堂)의 드러가 이 말을 고(告)ᄒ니 태ᄉ(太師ㅣ) 왈(曰),

"댱 시(氏) 혜아리미 ᄌᆞᆺ못 원녀(遠慮ㅣ) 깁ᄒ미니 그ᄅᆞ다 못ᄒ리로다."

승샹(丞相)이 ᄃᆡ왈(對曰),

"댱셰걸이 원닉(元來) 고집(固執)이 과도(過度)ᄒ니 그 ᄯᆯ이 필연(必然) 달마ᄉᆞᆫ지라 과글니442) ᄭᅵ닷기를 밋지 못ᄒ도쇼이다. 연(然)이나 이 ᄯᆮ을 공쥬(公主)긔 닐ᄋᄉᆞ이다."

드ᄃᆡ여 시녀(侍女)로 공쥬(公主)ᄅᆞᆯ 청(請)ᄒ다.

어시(於是)의 부마(駙馬ㅣ) ᄇᆞ야흐로 공쥬(公主) 셩심(誠心)을 치 알고 긔특(奇特)이 너기믈 마지아니ᄒ니 ᄌᆞ연(自然) 쳘셕(鐵石) ᄀᆞᆮ튼

---

442) 과글니: 과글이. 갑자기. 급하게.

무음이 두로혀믈 씌둣지 못호여 공쥬(公主 |) 대궐(大闕)로셔 느와
궁(宮)으로 도라가시믈 알고 몸을 니러 궁(宮)의 니르니, 공쥬(公主 |)
젼(前)쳐로[443] 하실(下室)의 잇는지라. 바로 그곳의 니르러 례(禮)를
믓고 좌(座)를 일우믹, 부민(駙馬 |) 폴을 드러 손샤(遜謝) 왈(曰),

"혹싱(學生)이 본(本)되 옥쥬(玉主)를

···

91면

염모(厭侮)[444]호미 아니라 스스로 숑홍(宋弘)의 죄인(罪人) 되믈 즈
츔(自慙)[445]호미 이셔 무음의 플니지 못호엿더니, 옥쥬(玉主 |) 쵸방
(椒房)의 귀(貴)흔 몸으로 쯧 느쵸시믈 샹녜(常例)로 호시니 혹싱(學
生)이 모르미 아니로되 무음의 명(定)흔 쯧이 고인(故人)을 어든 후
(後) 부부지락(夫婦之樂)[446]을 일우고져 호여 피치(彼此 |) 허명(虛
名)[447]이 이시나 능(能)히 화락(和樂)지 못호니 스스로 낭낭(娘娘)의
부탁(付託)호신 셩우(誠遇)[448]를 져ᄇ릴가 블안(不安)호딕 능(能)히
졍심(貞心)을 두르혀기 어렵고[449] 옥쥬(玉主 |) 고인(古人)의 지는 셩
덕(盛德)으로 낭낭(娘娘) 셩의(聖意)를 두로혀 당 시(氏)로 텬일(天日)
을 보게 호시니 혹싱(學生)이 사룸 져ᄇ린 죄(罪)를 즙간(暫間)이나
씨슨지라. 싱(生)이 옥쥬(玉主)의 어진 덕(德)을 깁히 감복(感服)호느

---

443) 젼(前)쳐로: 전처로. 전처럼.
444) 염모(厭侮): 싫어하고 업신여김.
445) 즈츔(自慙): 자참. 스스로 부끄러워함.
446) 부부지락(夫婦之樂): 부부 사이의 즐거움. 동침을 의미함.
447) 허명(虛名): '명분'의 뜻으로 보이나 미상임.
448) 셩우(誠遇): 성우. 정성스러운 대우.
449) 고: 원문에는 이 뒤에 '더'가 있으나 부연된 글자로 보아 삭제함.

니 옥쥬(玉主)는 쳥(請)컨디 금일(今日)노붓허 졍침(正寢)450)의 도라 가쇼셔."

말슴을 파(罷)ᄒ미 도도(滔滔)흔 언시(言辭ㅣ) 싱쳘(生鐵)을 녹이 ᄂᆞᆫ 듯 낭낭(朗朗)흔 말

• • •

92면

숨이 형산(荊山)의 벽451)옥(璧玉)452)을 울니ᄂᆞᆫ 듯ᄒ니 부마(駙馬)의 말이 길고 간졀(懇切)ᄒ미 금일(今日) 쳐음이라. 대강(大綱) 공쥬(公 主)의 슉덕(淑德)을 즁심(中心)453)의 가쟝 경복(敬服)454)ᄒ미라. 공쥬 (公主ㅣ) 미우(眉宇)를 화(和)히 ᄒ고 듯기를 ᄆᆞᆺ츠미 피셕(避席) 샤례 (謝禮) 왈(曰),

"쳡(妾)이 본(本)디 부즁(府中) 누질(陋質)노 군즈(君子)의 건긔(巾 箕)455)를 쇼임(所任)ᄒ미 허믈이 만코 힝실(行實)이 보왐 즉지 아니니 스스로 숑구(悚懼)ᄒᄂᆞᆫ 가온디 당 쇼져(小姐)의 슈졀(守節)ᄒ미 쇼견 (所見)의 참통(慘痛)456)ᄒ고 인심(人心)의 측연(惻然)457)ᄒ믈 츰지 못

---

450) 졍침(正寢): 정침. 집안의 정중앙에 있는 방. 여기에서는 비실(婢室)이 아닌 원래 거처하던 방을 의미함.

451) 벽: [교] 원문에는 '빅'로 되어 있으나 의미를 명확히 하기 위해 이와 같이 수정함.

452) 형산(荊山)의 벽옥(璧玉): 중국 춘추시대 초(楚)나라 형산(荊山)에서 난 화씨벽(和 氏璧)을 이름. 초나라의 변화(卞和)라는 이가 박옥(璞玉)을 발견하여 초나라 왕인 여왕(厲王)과 무왕(武王)에게 바쳤으나 왕들이 그것을 돌멩이로 간주하여 각각 변화의 왼쪽 발과 오른쪽 발을 자름. 이후 문왕(文王)이 즉위하자 변화는 왕에게 갈 수 없어 통곡하니, 문왕이 그 소문을 듣고 옥공(玉工)을 시켜 박옥을 반으로 가르게 해 진귀한 옥을 얻고 이를 화씨벽(和氏璧)이라 칭함. 『한비자(韓非子)』에 이 이야기가 실려 있음.

453) 즁심(中心): 중심. 심중(心中).

454) 경복(敬服): 공경하여 복종함.

455) 건긔(巾箕): 건기. 수건과 쓰레받기라는 뜻으로, 아내가 남편을 보좌함을 이르는 말.

홀 거시오, 더옥 첩(妾)은 그 인뉸(人倫)을 희지은458) 사름이라, 일넘
(一念)의 경경(耿耿)459)ᄒ여 이줄 쩌 업더니 태낭낭(太娘娘)이 그 졍
ᄉ(情事)를 드르시미 셩의(聖意) 쾌허(快許)ᄒ신지라 엇지 첩(妾)의
공(功)이리잇고? 금일(今日) 군ᄌ(君子)의 치샤(致謝)를 드르니 황괴
(惶愧)460)ᄒ믈 이긔지 못ᄒ도쇼이다."

셜파(說罷)의 안쇠(顔色)이 평샹(平常)

•••

93면

ᄒ고 ᄉ기(辭氣) 유열(愉悅)461)ᄒ니 부미(駙馬ㅣ) 심하(心下)의 경복
(敬服)ᄒ나 사름되오미 평싱(平生) 녀ᄌ(女子)로 긴 셜화(說話)를 슬
히 너기ᄂᆞᆫ지라 다만 흔연(欣然) 샹ᄃᆡ(相對)ᄒ여 이윽고 풀 미러 졍실
(正室)노 드러가기를 쳥(請)ᄒ니 공쥐(公主ㅣ) 손샤(遜謝) 왈(曰),

"녀ᄌᆡ(女子ㅣ) 되여 가군(家君)의 명(命)을 거슬미 례(禮) 아니나
댱 쇼졔(小姐ㅣ) 드러오믈 지란(至難)ᄒ리니 댱 쇼졔(小姐ㅣ) 죤문
(尊門)의 드ᄂᆞᆫ 늘 볏 침쇼(寢所)로 가미 늣지 아니ᄒ이다."

부미(駙馬ㅣ) 쇼왈(笑曰),

"댱 시(氏) 임의 혹싱(學生)을 위(爲)ᄒ여 슈졀(守節)ᄒ니 엇지 친
영(親迎)ᄯ려 어려이 너기리오? 옥쥬(玉主)의 고집(固執)이 너모 과
도(過度)ᄒ시도다."

---

456) 참통(慘痛): 참혹하고 고통스러움.
457) 측연(惻然): 슬퍼하는 모양.
458) 희지은: 남의 일을 방해한.
459) 경경(耿耿): 마음에서 사라지지 않고 염려가 됨.
460) 황괴(惶愧): 두렵고 부끄러움.
461) 유열(愉悅): 온화함.

공쥬(公主]) 줌쇼(潛笑)ᄒ고 즐겨 졍실(正室)노 향(向)치 아니ᄒ니 부마(駙馬]) ᄯ흔 강청(强請)462)치 아니코 외당(外堂)으로 ᄂ가더라.

명일(明日) 공쥬(公主]) 문안(問安)ᄒ고 드러왓더니 믄득 시녜(侍女]) 니부(-府) 협실(夾室)463)노죠ᄎ 승샹(丞相) 명(命)을 젼(傳)ᄒ니 공쥬(公主]) 밧비 의샹(衣裳)을 슈렴(收斂)464)ᄒ

. . .

94면

고 졍당(正堂)의 니ᄅ니 승샹(丞相)이 흔연(欣然)이 좌(座)를 쥬고 글오ᄃᆡ,

"어졔 텬은(天恩)과 옥쥬(玉主) 덕(德)으로 댱 시(氏)로 몽현과 셩친(成親)코져 ᄒᄆᆡ 댱 시(氏) 고집(固執)이 여ᄎ여ᄎ(如此如此)ᄒ여 죽기로 듯지 아닌ᄂᆞᆫᄃ ᄒ니 ᄒ릴이 업ᄉᆞ므로 공쥬(公主)를 쳥(請)ᄒ여 연고(緣故)를 니ᄅᆞ미로쇼이다."

공쥬(公主]) 피셕(避席) 샤왈(謝曰),

"쳡(妾)이 쇼견(所見)이 미(微)ᄒ고 말이 경(輕)ᄒ니 엇지 시러금 규리(閨裏) 옥슈465)의 졍셩(精誠)이 ᄉᆞ맛가이466) 비최리잇고? 그러나 쳡(妾)을 구이(拘碍)467)ᄒᄆᆡ니 쇼쳡(小妾)의 츔안(慙顔)468)ᄒᄆᆡ ᄂᆞᆾ 둘469) 곳이 업ᄉᆞ이다."

---

462) 강청(强請): 강청. 억지로 청함.
463) 협실(夾室): 안방에 딸리어 붙은 방.
464) 슈렴(收斂): 수렴. 옷매무새를 바로잡음.
465) 옥슈: 옥수. 미상.
466) ᄉᆞ맛가이: 꿰뚫어.
467) 구이(拘碍): 구애. 거리끼거나 얽매임.
468) 츔안(慙顔): 참안. 낯부끄러움.

승샹(丞相)이 위로(慰勞) 왈(曰),

"이 엇지 옥쥬(玉主) 탓시리오? 댱 시(氏) 무음이 믈욕(物慾)의 버셔느미니 공쥬(公主)는 쇼려(消慮)470) 홀지어다."

공쥐(公主ㅣ) 샤례(謝禮) 호고 도라와 싱각호딕,

'댱 시(氏) 부마(駙馬)로 셩녜(成禮)를 허(許)치 아니미 주못 원녜(遠慮ㅣ) 깁흐미니 그 뜻을 굽피기 어려온지라 만젼지계(萬全之計)471)를 베퍼야 무음

● ● ●

95면

을 히혹(解惑)홀노다.'

이리 혜아리미 신명(神明)흔 쇼견(所見)과 너른 도량(度量)의 므슨 계괴(計巧ㅣ) 업스리오. 침스샹량(沈思商量)472) 호여 이의 진 샹궁(尙宮)을 블너 니르딕,

"이제 이 한 뜻을 댱 시(氏)로써 부마(駙馬)의 부인(夫人)을 숨으려 호미 의외(意外)예 댱 시(氏) 뜻이 여ᄎᆞ(如此)호여 듯지 아닌는딕 호니 슈히 도로혀기 어려온지라. 사름을 쳥(請)호여 닐외미 귀(貴)호믈 쟈랑호여 셜만(褻慢)473) 호리오? 스부(師父)는 모르미 표문(表文)을 가져 미양궁의 드러가 태후(太后) 셩지(聖旨)를 다시 엇즈와 오라."

호고 필연(筆硯)을 나와 표문(表文)을 지어 봉함(封緘)호여 진 시

---

469) 둘: [교] 원문에는 '굴'로 되어 있으나 오기로 보임.
470) 쇼려(消慮): 소려. 근심을 없앰.
471) 만젼지계(萬全之計): 만전지계. 아주 완전한 계책.
472) 침스샹량(沈思商量): 침사상량. 깊이 헤아림.
473) 셜만(褻慢): 설만. 하는 짓이 무례하고 거만함.

(氏)를 맛지니 진 시(氏) 교ᄌ(轎子) 타 미양궁의 니르러 ᄉ비(四拜) 현알(見謁)ᄒ온ᄃᆡ, 태휘(太后ㅣ) 문왈(問曰),

"경(卿)이 므슴 연고(緣故)로 니르러시며 부ᄆᆡ(駙馬ㅣ) 댱 시(氏)를 취(娶)ᄒ냐?"

진 시(氏) 비왈(拜曰),

"옥쥬(玉主ㅣ) 신첩(臣妾)을 명(命)ᄒ샤 흔 쟝(張) 표문(表文)을 밧드러 룡젼(龍殿)의 쥬(奏)ᄒ

• • •

96면

라 ᄒ시니 봉명(奉命)ᄒ여 왓ᄂ이다."

언필(言畢)의 ᄡᅡᆼ슈(雙手)로 봉함(封緘)을 밧드러 알외오니 휘(后ㅣ) 밧비 여러 보시니 쇼(疏) 왈(曰),

'신녀(臣女) 계양은 돈슈빅비(頓首百拜)ᄒ고 셩황셩공(誠惶誠恐)[474]ᄒ여 태후(太后) 모낭낭(母娘娘) 탑하(榻下)의 쥬(奏)ᄒ옵ᄂ니 부마(駙馬) 신(臣) 몽현의 슈빙인(受聘人) 댱녀(-女)의 졍ᄉ(情事)를 알외고 몽현의 둘지 위(位)를 쳥(請)ᄒ오니 셩지(聖旨) 윤허(允許)ᄒ신지라 신(臣)이 셩은(聖恩)을 각[475]골명심(刻骨銘心)[476]ᄒ여 도라와 구가(舅家)의 고(告)ᄒᄆᆡ 이의 낭낭(娘娘) 셩덕(聖德)을 칭숑(稱頌)ᄒ고 셩녜(成禮)ᄒᄆᆞᆯ 댱가(-家)의 통(通)ᄒ니 댱녀(-女)의 ᄯᅳᆺ이 믈외(物外)의 호연(浩然)이 버셔나 일ᄉᆡᆼ(一生)을 혼ᄌ 늙으려 졍(定)ᄒ고 몸을 산간(山間)의 금쵸와 죽기로 듯지 아니ᄒ오니 ᄯᅳᆺ 두로혀미 어려오니

---

474) 셩황셩공(誠惶誠恐): 성황성공. 참으로 황공함.

475) 각: [교] 원문에 '감'으로 되어 있으나 오기로 보임.

476) 각골명심(刻骨銘心): 뼈에 새기고 마음에 새겨 은혜를 잊지 않음,

사룸을 쳥(請)ᄒ여 일워미 시죵(始終)이 이시미 올

흔지라 당당(堂堂)이 다시 셩지(聖旨)ᄅᆞᆯ 엇줍고 부인(夫人) 직쳡(職牒)477)의 미양궁 인(印)을 쳐 ᄂᆞ리오시믈 바라ᄂᆞ이다.'

태휘(太后ㅣ) 견필(見畢)의 쇼왈(笑曰),

"이 ᄋᆞ히 너모 셰샹(世上)을 아지 못ᄒ여 적국(敵國) ᄉᆞ랑ᄒ미 이러툿 ᄒ니 엇지 가쇼(可笑)롭지 아니리오? 그러ᄂᆞ 댱녀(-女)의 말을 드ᄅᆞ미 현쳘(賢哲)ᄒ가 시브니 공쥬(公主)의게 히(害)로오믄 업슬지라 졔 쳥(請)을 죠ᄎᆞ리라."

즉시(卽時) 비답(批答)ᄒ여 의윤(依允)ᄒ시고 댱 시(氏)로 졍국 부인(夫人) 직쳡(職牒)을 쥬시고 됴셔(詔書)ᄒ여 공쥬(公主)의 ᄯᅳᆺ을 져ᄇᆞ리지 말나 ᄒᆞ시니,

진 시(氏) 퇴(退)ᄒ여 궁(宮)의 도라와 공쥬(公主)긔 셩지(聖旨)ᄅᆞᆯ 젼(傳)ᄒ니 공쥬(公主ㅣ) 희열(喜悅)ᄒ여 이의 부마(駙馬) 드러오믈 기다려 ᄂᆞ죽이 품(稟)ᄒ여 글오ᄃᆡ,

"댱 쇼졔(小姐ㅣ) 쳡(妾)의 죤귀(尊貴)ᄒ믈 거리겨 군ᄌᆞ(君子)의 실인(室人) 되믈 원(願)치 아니ᄒ니 이 다 쳡(妾)의 허

믈이라 다만 두어 줄노 이런 ᄯᅳᆺ을 일ᄅᆞ고져 ᄒᆞᄂᆞ니 죤의(尊意) 만일(萬一) 넘게 아니 너기실진ᄃᆡ 힝(行)코져 ᄒᆞᄂᆞ이다."

---

477) 직쳡(職牒): 직첩. 조정에서 내리는 벼슬아치의 임명장.

부마(駙馬ㅣ) 댱 시(氏) 즈가(自家)의 부인(夫人) 되믈 원(願)치 아니ᄒᆞ믈 듯고 괴려(乖戾)478)이 너기며 공쥬(公主)의 신명(神明)ᄒᆞᆫ 셩덕(盛德)을 항복(降服)ᄒᆞ더니 ᄎᆞ언(此言)을 듯고 미쇼(微笑) 왈(曰),

"옥쥬(玉主ㅣ) ᄒᆞ고져 ᄒᆞ실진ᄃᆡ ᄆᆞᄋᆞᆷᄃᆡ로 ᄒᆞ실지니 흑싱(學生)다려 믈어 ᄒᆞ시리오?"

공쥬(公主ㅣ) 칭샤(稱謝)ᄒᆞ고 이의 진·허 냥(兩) 샹궁(尙宮)을 명(命)ᄒᆞ여 태후(太后) 됴셔(詔書)를 교ᄌᆞ(轎子)의 담아 호위479)(護衛)ᄒᆞ여 가게 ᄒᆞ고 ᄌᆞ긔(自己) 스ᄉᆞ로 빅깁을 펴고 일봉셔(一封書)480)를 지어 쇼영, 쇼옥 등(等)을 맛지고 닐오ᄃᆡ,

"댱 시(氏) 거쳐(居處)ᄒᆞᆫ 문(門)의 니ᄅᆞ러 원재(園者ㅣ)481) 만일(萬一) 막고 여지 아니ᄒᆞ거든 구ᄐᆡ여 핍박(逼迫)지 말고 여ᄎᆞ여ᄎᆞ(如此如此)ᄒᆞ여 드러가 태후(太后) 낭낭(娘娘) 셩지(聖旨)를 젼(傳)ᄒᆞ고 ᄂᆡ 셔간(書簡)을 쥬어 만일(萬一) 허(許)치

아니ᄒᆞ거든 너희 냥인(兩人)이 이리이리 ᄒᆞ라."

ᄯᅩ 다시 경계(警戒) 왈(曰),

"쇼옥 등(等)은 내 ᄆᆞᄋᆞᆷ을 알거니와 ᄉᆞ부(師父)와 보모(保姆)ᄂᆞᆫ 날을 위(爲)ᄒᆞ여 댱 시(氏)를 깃거 아니ᄒᆞᄂᆞ니 모ᄅᆞ미 례(禮)를 ᄂᆞ즉이 ᄒᆞ고 말ᄉᆞᆷ을 공슌(恭順)이 ᄒᆞ여 나의 공경(恭敬)ᄒᆞᄂᆞ 뜻을 숀(損)케

---

478) 괴려(乖戾): 사리에 어그러져 온당하지 않음.
479) 호위: [교] 원문에는 '위유'로 되어 있으나 의미를 명확히 하기 위해 국도본(7:10)을 따름.
480) 일봉셔(一封書): 일봉서. 봉투에 넣어서 봉한 한 통의 편지.
481) 원재(園者ㅣ): 원자. 정원을 지키는 사람.

말나."

제인(諸人)이 슈명(受命)ᄒ고 믈너나 진·허 냥인(兩人)이 교ᄌ(轎
子)ᄅᆞᆯ 타 슈십(數十) 궁녜(宮女ㅣ) 옹위(擁衛)ᄒ고 황태후(皇太后) 됴
셔(詔書)ᄅᆞᆯ 옥교(玉轎)의 담아 누른 보흘 덥허 황양산(黃陽繖)과 청
황흑빅(靑皇黑白) 오ᄉᆡᆨ긔(五色旗)ᄅᆞᆯ 좌우(左右)의 잡히고 태감(太監)
슈십여(數十餘) 인(人)이 호위(護衛)ᄒ여 옥호뎡으로 향(向)ᄒ니 아
지 못게라 공쥬(公主)의 졍셩(精誠)이 댱 시(氏)의 쳘셕(鐵石) 졍심
(貞心)을 두로혈가 ᄎᆞ청ᄒᆞ회(且聽下回)[482]ᄒ라.

각셜(却說). 쇼영, 쇼옥 등(等)이 진·허 냥인(兩人)으로 더브러 공
쥬(公主) 명(命)으로 옥호뎡의 니ᄅᆞ니, ᄎᆞ시(此時) 원문(園門) 직흰
노원

•••

100면

쟤(老園者ㅣ) 흔가(閑暇)히 원즁(園中)의 이셔 맛춤 누엇다가 홀연
(忽然) 눈을 드러 보니 황양산(黃陽傘)이 븟치이ᄂᆞᆫ딕 치교(彩轎)ᄅᆞᆯ 누
른 두건(頭巾) 쓴 쟝재(壯者ㅣ) 메고 샹궁(尙宮)은 교ᄌ(轎子) 타 셔고
청홍긔(靑紅旗) 알픠 인도(引導)ᄒ며 궁인(宮人)과 태감(太監)이 무슈
(無數) 츄죵(騶從)[483]을 거ᄂᆞ려 문(門)의 다ᄅᆞ니 원재(園者ㅣ) 대경(大
驚)ᄒ여 밋쳐 뭇지 못ᄒ더니 졍 태감(太監)이 몬져 물을 ᄂᆞ려 원재(園
者)다려 글오딕,

---

482) ᄎᆞ청ᄒᆞ회(且聽下回): 차청하회. '또 다음 회의 내용을 들으라.'는 뜻으로, 쟝(章)이
    구분된 회장체 소설에서 전회(前回)의 말미에 독자로 하여금 다음 회의 내용을
    궁금하게 여기도록 하기 위해 등장하는 투식구.
483) 츄죵(騶從): 추종. 상전을 따라다니는 종.

"나는 계양궁 태감(太監) 졍양이러니 귀퇵(貴宅) 쇼져(小姐)긔 태후(太后) 낭낭(娘娘) 됴셔(詔書)를 젼(傳)ᄒ라 니르럿ᄂ니 가(可)히 문(門)을 여러 쇼져(小姐)긔 통(通)ᄒ라."

원재(園者ㅣ) 이 말을 듯고 잠간(暫間) 졍신(精神)을 슈렴(收斂)ᄒ여 답왈(答曰),

"쇼복(小僕) 등(等)은 쥬인(主人)의 명(命)으로 문(門)을 직희여 감(敢)히 잡사름(雜--)을 드리지 못ᄒᄂ니 태감(太監)은 스스로 슬펴 용샤(容赦)ᄒ쇼셔."

졍 태감(太監)이 웃고 ᄀᆞᆯ오ᄃᆡ,

"우리 스스로 니르미 아니라 젼지(傳旨)를 밧드

* * *

101면

러 왓시니 원쟈(院者)ᄂᆞᆫ 이 ᄯᅳᆺ을 귀소져(貴小姐)긔 고(告)ᄒ라."

원재(園者ㅣ) 졍 태감(太監)의 긔상(氣像)이 고긔(高貴)ᄒ고 그 말ᄉᆞᆷ이 졀당(切當)484)ᄒᄆᆞᆯ 보고 훈(訓)을 일워485) 이의 잠간(暫間) ᄉᆡᆼ각다가 문(門)을 열거ᄂᆞᆯ, 태감(太監) 등(等)이 츄죵(騶從)을 거ᄂᆞ려 삼십여(三十餘) 보(步)ᄂᆞᆫ 드러가며 보니 ᄯᅳᆯ히 일(一) 졈(點) 듯글이 업셔 뉴리(琉璃)를 ᄭᆞᆫ 듯ᄒ며 뫼히 놉지 아니나 화려(華麗)ᄒ고 졍결(淨潔)ᄒ며 좌우(左右)로 화쵸(花草)와 쵸목(草木)이 무셩(茂盛)ᄒ더라.

즁문(中門)의 니르니 긴 담이 둘넛ᄂᆞᄃᆡ 가온ᄃᆡ 두 ᄲᅥᆨ 거믄 문(門)이 구지 닷쳣고 져믄 쟝획(臧獲)486) 슈십(數十) 인(人)이 안졋다가

---

484) 졀당(切當): 절당. 사리에 꼭 들어맞음.

485) 훈(訓)을 일워: 깨우침을 받아.

486) 쟝획(臧獲): 장획. 종.

태감(太監)과 샹궁(尙宮)의 위의(威儀)를 보고 놀나 닐오디,

"이곳은 외인(外人)이 간디로 못 드러오ᄂᆞ니 태감(太監)니 셩지(聖旨)를 밧ᄌᆞ와 니르러 겨시다 ᄒᆞ니 밋쳐 보품(報稟)487)치 못ᄒᆞ고 열녀니와 쏘 안문의ᄂᆞᆫ 노양낭(老養娘)비 직

∵

102면

희여시니 태감(太監)은 이의 머믈고 샹궁(尙宮)만 드러가쇼셔."

졍 태감(太監) 왈(曰),

"공공(公公)488)의 말이 올ᄒᆞ니 엇지 좃지 아니ᄒᆞ리오?"

졔인(諸人)이 져히 머므ᄂᆞᆫ 곳을 셔ᄅᆞ져 태감(太監) 등(等)을 안치고 진·허 냥인(兩人)이 쇼옥 등(等)으로 더브러 교ᄌᆞ(轎子)의 ᄂᆞ려 십여(十餘) 보(步)를 드러가니 가지록 훤칠ᄒᆞ여 좌우(左右)로 오ᄉᆡᆨ(五色) 쏫남기 울 셔ᄃᆞᆺ ᄒᆞ고 프른 버들이 줄 지어 셔시며 늙은 쇼ᇇ과 프른 잣남기 구비져 ᄌᆞ옥ᄒᆞ고 긔이(奇異)ᄒᆞᆫ 플이 무셩(茂盛)ᄒᆞ여 향(香)니 욱욱(郁郁)ᄒᆞ더라. 분칠(粉漆)489)ᄒᆞᆫ 담을 의지(依支)ᄒᆞ여 붉은 문(門)이 반공(半空)의 림(臨)ᄒᆞ엿ᄂᆞᆫ디 프른 옷 닙은 즁년(中年)의 양낭(養娘) 슈십(數十) 인(人)이 ᄒᆞᆫ가(閑暇)히 안쯧다가 진 시(氏) 등(等)을 보고 대경(大驚) 왈(曰),

"이곳은 우리 샹셔(尙書) 밧 못 드러오시고 ᄒᆞ믈며 안흐로 문(門)을 두어 왕ᄂᆡ(往來)ᄒᆞ시

---

487) 보품(報稟): 윗사람에게 아룀.

488) 공공(公公): 아저씨. 우리말에는 이 맥락에 맞는 어휘가 보이지 않고 중국어에 이 말이 있음.

489) 분칠(粉漆): 분을 바름.

거늘 엇던 궁인(宮人)이시완듸 경(輕)히490) 드러오며 엇지 원쟈(園

者) 등(等)이 노야(老爺) 명(命) 업시 드려보닉더니잇고?"

진 샹궁(尙宮)이 ᄂ우아가 풀흘 드러 글오듸,

"우리 등(等)은 계양궁 궁인(宮人)이라. 태후(太后) 낭낭(娘娘) 셩지

(聖旨)ᄅᆞᆯ 밧ᄌᆞ와 쇼져(小姐)긔 젼(傳)ᄒᆞ려 니ᄅᆞᆺᄂᆞ니 잉잉(媵媵)491)은

고이(怪異)히 너기지 말고 젼(傳)ᄒᆞᆷ을 바라로라."

졔인(諸人)이 계양 두 ᄌᆞ(字)ᄅᆞᆯ 듯고 발연노ᄉᆡᆨ(勃然怒色)ᄒᆞ여 글오듸,

"우리 쇼졔(小姐ㅣ) 당당(堂堂)ᄒᆞᆫ 샹문(相門)492) 녀ᄌᆞ(女子)로 얼굴

덕되(德道ㅣ) 인셰(人世)의 드므시니 노야(老爺) ᄀᆞᆺ튼 빈필(配匹)을 구

(求)ᄒᆞ샤 니 샹공(相公)으로 셩친(成親)ᄒᆞ려 ᄒᆞ시니 피ᄎᆞ(彼此) 겸숀

(謙遜)ᄒᆞ미 업더니 죠믈(造物)이 싀긔(猜忌)ᄒᆞ여 샹공(相公)을 부마(駙

馬)ᄅᆞᆯ 삼으시니 우리 쇼졔(小姐ㅣ) 이칠(二七) 홍안(紅顔)으로 규방

(閨房)의 공숑(空送)ᄒᆞ시니 졍ᄉᆡ(情事ㅣ) 텬디(天地)의 질뎡(質正)493)

ᄒᆞᆯ 거시로듸 죠금도 한(恨)ᄒᆞᄂᆞᆫ 긔ᄉᆡᆨ(氣色)이 업ᄉᆞ샤 스ᄉᆞ로 이곳의

드러 일싱(一生)을

ᄆᆞᆺ고져 ᄒᆞ시니 각별(各別) 계양 공쥬(公主)긔 간셥(干涉)ᄒᆞᆯ 일이 업

---

490) 경(輕)히: 손쉽게.

491) 잉잉(媵媵): 아줌마의 뜻인 듯하나 미상임.

492) 샹문(相門): 상문. 재상의 집안.

493) 질뎡(質正): 질정. 묻거나 따져 바로잡음.

거늘 쏘 므슴 위엄(威嚴)을 더으려 ᄒ시고 모든 귀인(貴人)이 년낙
(連絡)494)ᄒ여 문(門)을 열나 ᄒ시ᄂ뇨? 이 문(門)은 샹셔(尙書) 노야
(老爺) 명(命) 업시 못 열니니 귀인(貴人)은 아등(我等)을 죽이고 열
지어다."

설파(說罷)의 제인(諸人)이 ᄎᄎ 븕으며 노식(怒色)이 표등(飆騰)495)
ᄒ여 닝안(冷眼) 멸시(蔑視)ᄒ고 요동(搖動)치 아니ᄒ니 진·허 냥인
(兩人)이 그 양낭(養娘) 등(等)의 거동(擧動)을 보고 블승분한(不勝忿
恨)496)ᄒ여 ᄉ식(辭色)을 변(變)ᄒ고 말을 못 밋쳐ᄒ여셔 쇼옥이 압흘
향(向)ᄒ여 칭사(稱謝)497)ᄒ여 굴오ᄃᆡ,

"잉잉(媵媵) 등(等)의 말이 쥬인(主人)을 위(爲)ᄒᆫ 쯧이라. 우리 등
(等)이 그윽이 붓그려ᄒᆞᄂᆞ 바ᄂᆞ 우리 옥쥬(玉主)의 셩덕(盛德)이 먼
니 비최지 못ᄒ시고498) 귀퇴(貴宅) 쇼져(小姐)로 ᄒ여금 규합(閨閤)
의 원(怨)을 먹음긔 ᄒ니 옥쥬(玉主ㅣ) 쥬야(晝夜) 블안(不安)ᄒ샤 텬
뎡(天庭)499)의

•••

105면

쥬(奏)ᄒ샤 쇼져(小姐)로 ᄒ여금 부마(駙馬)의 건즐(巾櫛)을 쇼임(所
任)코져 ᄒ시니 귀퇴(貴宅) 쇼졔(小姐ㅣ) 고집(固執)히 ᄉ양(辭讓)ᄒ
여 듯지 아니시미 옥쥬(玉主ㅣ) 그윽이 민면(黽勉)500)ᄒ샤 일(一) 편

---

494) 년낙(連絡): 연락. 서로 이어 옴.
495) 표등(飆騰): 회오리바람처럼 일어남.
496) 블승분한(不勝忿恨): 불승분한. 성내고 한스러워함을 이기지 못함.
497) 사: [교] 원문에는 '시'로 되어 있으나 오기로 보임.
498) 고: [교] 원문에는 빠져 있으나 문맥을 고려하여 첨가함.
499) 텬뎡(天庭): 천정. 대궐.

(篇) 글월을 보니시니 이의 니르럿더니 제(諸) 잉잉(媵媵)의 말이 이러툿 ㅎ니 우리 등(等)이 붓그려오미 놋 둘 곳이 업스나 ᄯᅩᄒᆞᆫ 쥬인(主人)의 명(命)으로 왓다가 젼(傳)치 못ᄒᆞ고 도라가지 못ᄒᆞᆯ지라 잉잉(媵媵) 등(等)은 잠간(暫間) 슬퍼 문(門)을 여러⁵⁰¹⁾ 쇼져(小姐)긔 통(通)ᄒᆞ믈 바라노라."

제인(諸人)이 쇼옥의 언ᄉᆡ(言辭ㅣ) 흐르는 듯ᄒᆞ고 녜뫼(禮貌ㅣ)⁵⁰²⁾ 온공(溫恭)⁵⁰³⁾ᄒᆞ믈 보고 노(怒)를 두로혀 ᄀᆞᆯ오ᄃᆡ,

"우리 쇼져(小姐)의 평싱(平生) 덕도(德道)로써 이칠(二七) 츈광(春光)⁵⁰⁴⁾의 졍ᄌᆞ(亭子)의 드샤⁵⁰⁵⁾ 쵸목(草木)으로 벗ᄒᆞ고 규리(閨裏)의 늙으미 인심(人心)의 츄연(惆然)ᄒᆞ믈 춤지 못ᄒᆞᆯ 비라. ᄒᆞᄆᆞᆯ며 우리 등(等)이 쥬인(主人) 향(向)ᄒᆞᆫ 졍(情)을 니ᄅᆞ리오? ᄎᆞ고(此故)로 향

··

106면

긱(向刻)⁵⁰⁶⁾ 녜(禮)를 일흐미 만커니와 연(然)이나 이 문(門)은 쇼졔(小姐ㅣ) 명(命)ᄒᆞ셔야 열고 비록 텬ᄌᆞ(天子ㅣ) 명(命)이 겨시나 우리 등(等)은 못 여ᄂᆞ니 귀인(貴人)은 고이(怪異)히 너기지 말나."

쇼영이 웃고 ᄀᆞᆯ오ᄃᆡ,

---

500) 민면(黽勉): 힘을 다함.
501) 러: [교] 원문에는 '려'로 되어 있으나 오기로 보임.
502) 녜뫼(禮貌ㅣ): 예모. 예절에 맞는 몸가짐.
503) 온공(溫恭): 온화하고 공손함.
504) 츈광(春光): 춘광. 나이.
505) 샤: [교] 원문에는 '시'로 되어 있으나 오기로 보임.
506) 향긱(向刻): 향각. 접때.

"우리 등(等)이 귀퇵(貴宅) 쇼져(小姐)를 보고져 ᄒᆞ미 아냐 셔간(書簡)을 젼(傳)코져 ᄒᆞ미니 잉잉(媵媵)은 슈고(受苦)로오믈 개회(介懷)치 말고 다만 쇼져(小姐)긔 통(通)ᄒᆞ여 허(許)치 아니신즉 현마 엇지ᄒᆞ리오?"

계인(諸人)이 ᄎᆞ언(此言)을 듯고 잠간(暫間) 침음(沈吟)ᄒᆞ다가 문(門)을 열고 노ᄎᆞ환(老叉鬟) 일(一) 인(人)이 몬져 드러가 쇼져(小姐)긔 고(告)ᄒᆞ니 쇼제(小姐ㅣ) 경아(驚訝)ᄒᆞ여 말을 아니터니 눈으로 셜미를 보니 셜미 즉시(卽是) 나와 쇼옥 등(等)을 보니 쇼옥이 ᄯᅩᄒᆞᆫ 눈으로 미를 보미 눈섭이 그린 듯ᄒᆞ고 눈이 ᄆᆞᆰ으며 ᄂᆞᆺ치 도화(桃花) ᄀᆞᆺ트여 표연(飄然)이 신션(神仙) ᄀᆞᆺ고 허리의 홍샹(紅裳)을 미고 몸의 ᄌᆞ의(紫衣)를

· · ·

107면

닙엇더라.

쇼옥 등(等)이 긔특(奇特)이 너겨 몸을 니러 손을 ᄭᅩᄌᆞ 만복(萬福)을 일ᄏᆞᆮ되 셜미 답읍(答揖)ᄒᆞ고 말ᄉᆞᆷ이 낭낭(朗朗)ᄒᆞ여 글오되,

"우리 노쥬(奴主)ᄂᆞᆫ 산슈(山水)로 벗을 숨고 인셰(人世)를 ᄉᆞ졀(謝絶)ᄒᆞᆫ 우밍(愚氓)[507]이라. 금일(今日) 귀개(貴蓋) 어드로죠ᄎᆞ 니르시뇨?"

쇼옥이 답왈(答曰),

"우리 등(等)은 계양궁 시녜(侍女ㅣ)러니 옥쥬(玉主) 셔간(書簡)과 태낭낭(太娘娘) 셩지(聖旨)를 니르러 겨시니 낭쟈(娘子)ᄂᆞᆫ 일즉이 쇼져(小姐)긔 고(告)ᄒᆞ과져 ᄒᆞ노라."

---

507) 우밍(愚氓): 우맹. 어리석은 백성.

민 경왈(驚曰),

"우리 쇼제(小姐ㅣ) 인셰(人世)를 ㅅ졀(謝絶)ㅎ여 겨시나 태후(太后) 됴셰(詔書ㅣ) 겨실진듸 엇지 줌시(暫時)들 지완(遲緩)508)ㅎ리오? 일즉 아지 못ㅎ여 귀인(貴人)들을509) 슈고롭게 ㅎ도쇼이다."

다시 드러가더니 이윽고 두 시녜(侍女ㅣ) 나와 닐오듸,

"쇼제(小姐ㅣ) 일즉 아지 못ㅎ여 죤인(尊人)510)들을 오릭 셰워 곤(困)케 ㅎ믈 만히 츔안(慙顔)511)ㅎ시고 셩지(聖旨)를 밧ㅈ

108면

와 오라 ㅎ시ᄂ이다."

진·허 냥인(兩人)이 ㅊ언(此言)을 듯고 희동안싁(喜動顔色)512)ㅎ여 이의 황쥬리(黃珠履)를 그르고 됴셔(詔書)를 밧드러 안히 니르니 져근 집이 뫼흘 의지(依支)ㅎ여 극(極)히 졍묘(精妙)513)ㅎ고 빅옥(白玉)셤을 셰 층(層)으로 므엇고 좌우(左右)로 빅홰(百花ㅣ) 울 셔돗 ㅎ고 쳥향(淸香)이 진울(盡蔚)514)ㅎ더라.

황지(皇旨)515)를 샹(牀) 우히 봉안(奉安)516)ㅎ 후(後) 이윽고 향풍(香風)이 진울(盡蔚)ㅎ고 옥픽(玉佩) 징징(錚錚)517)ㅎ더니518) 시녜(侍

---

508) 지완(遲緩): 늦춤.
509) 을: [교] 원문에는 '은'으로 되어 있으나 오기로 보임.
510) 죤인(尊人): 존인. 존귀한 사람.
511) 츔안(慙顔): 참안. 얼굴에 부끄러운 빛이 보임.
512) 희동안싁(喜動顔色): 희동안색. 기쁜 빛이 얼굴에 보임.
513) 졍묘(精妙): 정묘. 정밀하고 묘함.
514) 진울(盡蔚): 향기 등이 자욱함.
515) 황지(皇旨): 임금의 교지(敎旨).
516) 봉안(奉安): 받들어 모심.

女ㅣ) 쇼제(小姐ㅣ)를 뫼셔 느오니 진·허 등(等)이 밧비 눈을 드러 보미 그 안식(顔色)의 묽으믄 옥(玉)을 더러이 너기고 츄파성안(秋波星眼)519)이 스벽(四壁)의 죠520)요(照耀)521)ᄒ며 냥협(兩頰)의 부용홰(芙蓉花ㅣ) 녹파(綠波)의 닉왓는 둧 구룸 ᄀᆞᆺ튼 귀밋치 녕농(玲瓏)ᄒ고 쇄락(灑落)522)ᄒ여 천광빅태(天光百態)523) 일광(日光)이 무식(無色)ᄒ니 졔인(諸人)이 대경(大驚)ᄒ여 숨을 길게 쉬고 싱각ᄒ디,

'텬하(天下)의 우리 옥쥬(玉主) ᄀᆞᆺ튼 벅

109면

이 업슨가 ᄒ더니 ᄎᆞ인(此人)이 엇지 이러툿 긔특(奇特)ᄒ뇨?'

졍(正)히 일ᄏᆞᆺ더니 쇼제(小姐ㅣ) 홍금상(紅錦裳)524)을 ᄭᅳ으고 쓸히 나려 향안(香案)525) 알픠 업디니 진 상궁(尙宮)이 됴셔(詔書)를 내여 닑으니 글와시디,

'짐(朕)이 쇼녀(少女) 계양을 위(爲)ᄒ여 부마(駙馬)를 틱(擇)ᄒᆞ미 믄득 경(卿)의 인눈(人倫)을 어즈러이는 마장(魔障)526)이 되니 계양이

---

517) 징징(錚錚): 쟁쟁. 옥이 부딪쳐 맑게 울리는 소리.

518) 니: [교] 원문에는 이 뒤에 '녀'가 있으나 부연된 글자로 보아 삭제함.

519) 츄파셩안(秋波星眼): 추파성안. 가을 물결과 같이 맑은 눈길과 별과 같이 아름다운 눈.

520) 죠: [교] 원문에는 '죵'으로 되어 있으나 오기로 보임.

521) 죠요(照耀): 조요. 빛남.

522) 쇄락(灑落): 기운이나 몸이 상쾌하고 깨끗함.

523) 천광빅태(天光百態): 천광백태. 영묘한 광채와 온갖 태도.

524) 홍금샹(紅錦裳): 홍금상. 붉은 비단 치마.

525) 향안(香案): 향로나 향합을 올려 놓는 상.

526) 마장(魔障): 마장. 귀신의 장난이라는 뜻으로, 일의 진행에 나타나는 뜻밖의 방해나 훼살을 이르는 말.

과도(過度)히 짐(朕)을 간(諫)ᄒᆞ여 부마(駙馬)로 신의(信義)ᄅᆞᆯ 완젼(完全)코져 ᄒᆞᆯ식 짐(朕)이 공쥬(公主) ᄯᅳᆺ을 아ᄅᆞᆷ다이 너겨 경(卿)으로 부마(駙馬)의 ᄌᆡ실(再室)을 허(許)ᄒᆞᄂᆞ니 이 졍(正)히 됴흔 ᄯᅳᆺ이어ᄂᆞᆯ 경(卿)이 고집(固執)히 츄ᄉᆞ(推辭)[527]ᄒᆞ고 산[528]뎡(山亭)의 드러 삭[529]발(削髮)ᄒᆞ기로ᄡᅥ 니ᄅᆞ다 ᄒᆞ니 이 아니 짐(朕)을 원망(怨望)ᄒᆞ고 공쥬(公主)ᄅᆞᆯ 역졍(逆情)[530]ᄒᆞ미냐? 모로미 일즉이 부마(駙馬)의 가뫼(家母ㅣ) 되여 공쥬(公主)의 아ᄅᆞᆷ다온 ᄯᅳᆺ을 져ᄇᆞ리지 말나.'

ᄒᆞ엿더라.

110면

쇼졔(小姐ㅣ) 듯기ᄅᆞᆯ 다ᄒᆞᄆᆡ 니러 븍향(北向) ᄉᆞ비(四拜)ᄒᆞ고 머리ᄅᆞᆯ 두다려 샤죄(謝罪)ᄒᆞᆫ 후(後) 안ᄉᆡᆨ(顔色)을 ᄌᆞ약(自若)히 ᄒᆞ여 니러셔니 진 샹궁(尙宮), 이 보모(保姆), 쇼옥, 쇼영 등(等) ᄉᆞ(四) 인(人)이 알ᄑᆡ 가 ᄌᆡ비(再拜)ᄒᆞ니 쇼졔(小姐ㅣ) 잠간(暫間) 눈을 드러 보고 ᄑᆞᆯ을 드러 평신(平身)ᄒᆞ라 ᄒᆞ고 당(堂)의 오ᄅᆞ니 셜ᄆᆡ, 홍년 등(等)이 방셕(方席)을 쳥(廳)의 노하 제인(諸人)을 올흐라 ᄒᆞ니 ᄉᆞ(四) 인(人)이 고샤(固辭)[531] 왈(曰),

"우리 등(等)은 궁인(宮人)이라 엇지 감(敢)히 샹당(上堂)[532]ᄒᆞ리오."

---

527) 츄ᄉᆞ(推辭): 추사. 물러나며 사양함.

528) 산: [교] 원문에는 '신'으로 되어 있으나, 같은 권 113면에 '산뎡'으로 나와 있고 문맥상 '산뎡'이 타당하게 보이므로 이와 같이 고침.

529) 삭: [교] 원문에는 '살'로 되어 있으나 오기로 보임.

530) 역졍(逆情): 역정. 몹시 언짢거나 못마땅하여서 내는 성.

531) 고샤(固辭): 고사. 굳이 사양함.

532) 샹당(上堂): 상당. 당에 오름.

쇼졔(小姐ㅣ) 잠쇼(暫笑) 왈(曰),

"샹궁(尙宮)은 겸숀(謙遜)치 말나."

셜미, 홍년 등(等)이 직삼(再三) 쳥(請)ᄒᆞ니 진・허 이(二) 인(人)은 오ᄅᆞ고 쇼옥 등(等)은 난간(欄干) 기숡의 안ᄌᆞ니 쇼졔(小姐ㅣ) 유뫼(乳母ㅣ) 쥬과(酒果)[533]를 ᄀᆞᆺ쵸와 졔인(諸人)을 ᄃᆡ졉(待接)ᄒᆞ더라.

쇼졔(小姐ㅣ) ᄆᆡᆨᄆᆡᆨ(脉脉)히[534] 안ᄌᆞ다가 필연(筆硯)을 나와 표(表)를 써 봉함(封緘)ᄒᆞ여 진 샹궁(尙宮)을 쥬니 쇼(疏)의 왈(曰),

'신쳡(妾) 댱옥경은 돈슈ᄇᆡᆨᄇᆡ(頓首百拜)[535]ᄒᆞ고 삼가 표(表)를 밧드러 태

111면

후(太后) 낭낭(娘娘) 룡샹(龍床)[536] 하(下)의 올니ᄂᆞ이다. 업ᄃᆡ여 셩지(聖旨)를 듯즙고 톄ᄉᆞ모골(涕泗毛骨)[537]ᄒᆞ믈 이긔지 못ᄒᆞ옵ᄂᆞ니 신쳡(臣妾)이 비록 부마(駙馬) 니몽현을 위(爲)ᄒᆞ여 졀(節)을 직히오나 아비 됴뎡(朝廷) 즁신(重臣)으로 부귀(富貴) 극(極)ᄒᆞ오니 일신(一身)의 반졈(半點) 괴로오미 업고 스ᄉᆞ로 산경(山景)[538]을 즐겨 일ᄉᆡᆼ(一生)을 계교(計巧)ᄒᆞᄆᆡ 신(臣)의 ᄆᆞ음이 즐겁고 쇼탕(疏宕)[539]ᄒᆞ온지라 엇지 니문(-門)의 드러가기를 ᄉᆡᆼ각ᄒᆞ리잇고? ᄎᆞ고(此故)로 국명

---

533) 쥬과(酒果): 주과. 술과 과일.

534) ᄆᆡᆨᄆᆡᆨ(脉脉)히: 맥맥히. 잠자코 오래.

535) 돈슈ᄇᆡᆨᄇᆡ(頓首百拜): 돈수백배. 머리가 땅에 닿도록 수없이 계속 절을 함.

536) 룡샹(龍床): 용상. 임금이 정무를 볼 때 앉던 평상.

537) 톄ᄉᆞ모골(涕泗毛骨): 체사모골. 눈물이 줄줄 흘러 온 몸을 적심.

538) 산경(山景): 산의 경치.

539) 쇼탕(疏宕): 소탕. 시원함.

(國命)을 봉승(奉承)[540]치 못ᄒᆞ오미니 태후(太后) 낭낭(娘娘)은 붉히 비최시믈 바라ᄂᆞ이다.'

ᄒᆞ엿더라.

쇼졔(小姐ㅣ) 표(表)ᄅᆞᆯ 써 샹궁(尚宮)을 쥬고 굴오ᄃᆡ,

"셩은(聖恩)이 쳔신(賤身)[541]의게 니러틋 ᄒᆞ시나 닉 본(本)ᄃᆡ 군ᄌᆞ(君子)ᄅᆞᆯ 셤길 녜(禮) 업순지라 감(敢)히 됴셔(詔書)ᄅᆞᆯ 봉승(奉承)치 못ᄒᆞᄂᆞ니 귀인(貴人)은 이ᄃᆡ로 어젼(御前)의 쥬(奏)ᄒᆞ라."

쏘 니ᄅᆞᄃᆡ,

112면

"쳔(賤)한 몸의 병(病)이 만흔 고(故)로 츈풍(春風)이 어즈러오니 ᄌᆞ못 죠치 아닌지라 오릭 안줏지 못ᄒᆞᄂᆞ니 샹궁(尚宮)은 허믈 말나."

인(因)ᄒᆞ여 니러ᄂᆞ고져 ᄒᆞ더니 쇼옥이 밧비 고(告)하ᄃᆡ,

"비ᄌᆞ(婢子ㅣ) 옥쥬(玉主) 글월을 밧ᄌᆞ와 니ᄅᆞ러습ᄂᆞ지라 쇼져(小姐)의 슬피심믈 바라ᄂᆞ이다."

쇼졔(小姐ㅣ) 흠신(欠身)[542]ᄒᆞ여 도로 안즈며 닐오ᄃᆡ,

"귀쥬(貴主)[543]의 글월이 와실진ᄃᆡ 엇지 지뉴(遲留)[544]ᄒᆞᄂᆞ뇨?"

쇼옥이 죠ᄎᆞ 온 궁인(宮人)을 블너 옥함(玉函)을 밧드러 알픽 노흐니 쇼졔(小姐ㅣ) 공경(恭敬)ᄒᆞ여 함(函)을 열고 봉피(封皮)[545]ᄅᆞᆯ 쩌히

---

540) 봉승(奉承): 웃어른의 뜻을 이어받음.

541) 쳔신(賤身): 천신. 미천한 몸.

542) 흠신(欠身): 공경하는 뜻을 나타내기 위하여 몸을 굽힘.

543) 귀쥬(貴主): 귀주. 공주를 높여 부르는 말.

544) 지뉴(遲留): 지류. 오래

545) 봉피(封皮): 물건을 싼 종이.

니 몬져 믁젹(墨跡)546)이 찬난(燦爛)ᄒ여 눈을 가리오ᄂ지라 쇼졔(小姐ㅣ) 십분(十分) 경아(驚訝)ᄒ여 안식(顔色)을 긋치고 나리보니 ᄌᄌ쥬옥(字字珠玉)547)이오 언언금쉬(言言錦繡ㅣ)548)니 셔즁(書中)549) ᄉ의(辭意)550) 산협슈(山峽水)551)를 것구ᄅ치고 필법(筆法)은 왕우군(王右軍)552)의 지ᄂ니 종이 굴와시티,

•••

113면

'계양 공쥬(公主) 쥬 시(氏)ᄂ 삼가 일(一) 쳑(尺) 깁으로뼈 댱 쇼져(小姐) 안하(案下)의 붓치ᄂ니 ᄂ지 굽어 술피믈 어드랴. 계양은 심궁(深宮)의셔 싱쟝(生長)ᄒ고 쇼져(小姐)ᄂ 후문(侯門)553)의셔 ᄌ라나 셔로 일홈을 아지 못ᄒ더니 계양이 태낭낭(太娘娘) 명(命)으로 니문(-門)의 드러오믹 미쳐ᄂ 쇼져(小姐)의 평싱(平生)을 희지으니 스스로 슈괴(羞愧)554)ᄒ지라. 고(故)로 태낭낭(太娘娘)긔 쇼져(小姐) 텬싱슉덕(天生淑德)555)을 가쵸 고(告)ᄒ니 텬심(天心)이 감동(感動)ᄒ샤556) 쇼져(小姐)로써 부마(駙馬)의 건즐(巾櫛)을 쇼임(所任)케 ᄒ시니 계양

---

546) 믁젹(墨跡): 묵적. 먹으로 쓴 흔적.

547) ᄌᄌ쥬옥(字字珠玉): 자자주옥. 글자마다 주옥같음.

548) 언언금쉬(言言錦繡ㅣ): 언언금수. 말마다 비단 같음.

549) 셔즁(書中): 서중. 편지 속.

550) ᄉ의(辭意): 사의. 말이나 글의 뜻.

551) 산협슈(山峽水): 산협수. 산골짜기의 물.

552) 왕우군(王右軍): 중국 동진(東晋)의 서예가인 왕희지(王羲之)를 이름. 그가 우군장군의 벼슬을 했으므로 이처럼 불림.

553) 후문(侯門): 원래 제후의 집안을 뜻하나, 여기에서는 재상의 집안을 말함.

554) 슈괴(羞愧): 수괴. 부끄러움.

555) 텬싱슉덕(天生淑德): 천생숙덕. 하늘이 낸 정숙하고 단아한 덕.

556) 샤: [교] 원문에는 '시'로 되어 있으나 오기로 보임.

이 스스로 희열(喜悅)ᄒ여 슉녀(淑女)로 더브러 엇개를 굴오고 붉히 교훈(敎訓)ᄒ믈 드룰가 ᄒ더니 싱각지 아닌 쇼졔(小姐ㅣ) 홍진(紅塵)을 거졀(拒絕)ᄒ여 산뎡(山亭)의 깁히 드러 인륜(人倫)을 폐(廢)코져 ᄒ니 일시(一是)557) 계양의 연괴(緣故ㅣ)라. 어린 쓰이 싯치 누ᄅ

• • •

114면

지 못ᄒ여 당돌(唐突)히 쳑셔(尺書)558)를 늘녀 쇼져(小姐) 안졍(眼睛)559)을 어ᄌ러이니 더옥 미안(未安)ᄒ나 셩인(聖人)이 광부지언(狂夫之言)도 필획칙(必獲策)560)이란 말을 미더 ᄒᆫ 말을 고(告)ᄒᄂ니 쇼져(小姐)ᄂᆫ 기리 용납(容納)ᄒ라. 계양이 일죽 드르니 텬디(天地) 음양(陰陽)이 오륜(五倫)을 샹(相)561)ᄒ니 사롬이 ᄂᆡ미 그 ᄡ앙(雙)이 가죽ᄒᄆᆫ 니(理)의 썻덧ᄒᆫ지라. 쇼졔(小姐ㅣ) 텬관(天官)562) 춍지(冢宰)563) 직녈(宰列)564)의 귀녀(貴女)로 니문(-門)의 빙폐(聘幣)ᄒᄆᆡ 피ᄎ(彼此) 겸손565)(謙遜?)ᄒᄆᆡ 업거늘 쳡(妾)이 ᄉ이로죠ᄎ 니문(-門)의 드러오니 쇼졔(小姐ㅣ) ᄆᆞᄎᆞᄂᆡ 공규(空閨)의 늙고져 ᄒ시니 일시

---

557) 일시(一是): 모두.

558) 쳑셔(尺書): 척서. 짧은 편지.

559) 안졍(眼睛): 안정. 눈동자.

560) 셩인(聖人)이~필획칙(必獲策): 성인이 광부지언도 필획책. 성인이 미친 사내의 말에서도 반드시 계책을 얻는다는 뜻. 『사기(史記)』의 <회음후열전>에 나오는 다음 구절을 변용한 것임. "미친 사내의 말에서도 성인은 채택한다. 狂夫之言, 聖人擇焉."

561) 샹(相): 상. 도움.

562) 텬관(天官): 천관. 관명(官名)의 일종.

563) 춍지(冢宰): 총재. 주나라 관명으로 육경의 우두머리.

564) 직녈(宰列): 재열. 재상의 반열.

565) 겸손: [교] 원문에는 '겸슌'으로 되어 있으나 오기로 보임.

(一是) 계양을 구익(拘礙)566)ᄒ미어니와 크게 가(可)치 아니미 네히 이시니 당돌(唐突)ᄒ믈 닛고 고(告)ᄒ노라.

대개(大槪) 규슈(閨秀)로써 산간(山間)의 인셰(人世)를 굿츠려 ᄒ니 녜(禮)의 맛당티 아니미 ᄒ나히오 ᄯ 산

●●●

115면

간(山間)의 드러 삭발거셰(削髪拒世)567)ᄒᄂ니는 이 쳔인(賤人)의 힝ᄉ(行事)어늘 쇼제(小姐ㅣ) 혁혁(赫赫)ᄒ 가문(家門) 녀ᄌ(女子)로 ᄎᄉ(此事)를 힝(行)ᄒ미 만만(萬萬) 가(可)치 아니미 둘히오 ᄯ 태휘(太后ㅣ) 셕ᄉ(昔事)를 뉘우ᄎ시고 쇼져(小姐)를 관유(寬諭)568)ᄒ시미 관곡(款曲)569)ᄒ시거늘 쇼제(小姐ㅣ) 됴명(詔命)570)을 듯지 아니ᄒ니 도리(道理)의 온당(穩當)ᄒ미 아니라 블가(不可)ᄒ미 셰히오, ᄯ 쇼져(小姐)의 냥친(兩親)이 쇼져(小姐)의 공규(空閨) 박명(薄命)을 쟝일(長日)의 ᄎ마 보지 못ᄒ여 ᄒ실 거시어늘 쇼제(小姐ㅣ) 이를 도라 관념(關念)치 아니미 효의(孝義)의 맛당치 아니미 네히라. 계양이 ᄌ쇼(自少)로 ᄉ름 ᄉ랑ᄒ고 앗기는 ᄆᄋᆷ이 하늘의 질졍(質正)571)홀 지라. 금일(今日) 쇼져(小姐)의 ᄉ톄(事體)572) 가(可)치 아닌 힝ᄉ(行事)를 졈간(暫間) 개유(開諭)ᄒᄂ니 닉 비록 넷 ᄉ름만 ᄀᆺ지 못ᄒ나

---

566) 구익(拘礙): 구애. 거리끼거나 얽매임.
567) 삭발거셰(削髪拒世): 삭발거세. 머리를 깎고 세상을 거절함.
568) 관유(寬諭): 너그러이 타이름.
569) 관곡(款曲): 매우 정답고 친절함.
570) 됴명(詔命): 조명. 조서의 명령.
571) 질졍(質正): 질정. 묻거나 따져 바로잡음.
572) ᄉ톄(事體): 사체. 사리와 체면.

큰 스오나오믄 업슬가 ᄒᄂᆞ니 쇼져(小姐)

•••

116면

ᄂᆞᆫ 기리 혜아려 일쥭 길혼녜(吉婚禮)573)룰 승슌(承順)574)ᄒᆞ여 셩문
(聖門)에575) 니ᄅᆞ러 구고(舅姑) 감지(甘旨)576)룰 밧드러 삼강(三綱)
과 오륜(五倫)의 즁(重)ᄒᆞᆫ 일을 폐(廢)치 마ᄅᆞ쇼셔.'

ᄒᆞ엿더라.

쇼졔(小姐ㅣ) 보기를 다ᄒᆞ믹 그 말ᄉᆞᆷ이 흐ᄅᆞᄂᆞᆫ 듯ᄒᆞ나 ᄒᆞᆫ ᄌᆞ(字)
호발(毫髮)이 다 례(禮) 밧기 아니오 다 ᄌᆞ가(自家)룰 위(爲)ᄒᆞᆷ 줄
알고 스스로 감동(感動)ᄒᆞ여 심ᄉᆞ(心事ㅣ) 죠치 아닌지라 봉안(鳳
眼)577)의 믈결이 요동(搖動)ᄒᆞ여 냥구(良久)히 믹믹(脉脉)578) 무언
(無言)이러니 쇼옥이 다시 니러 부복(俯伏)ᄒᆞ여 고(告)ᄒᆞ딕,

"옥쥐(玉主ㅣ) 비ᄌᆞ(婢子) 등(等)을 명(命)ᄒᆞ샤579) 쇼져(小姐) 허락
(許諾)을 바ᄃᆞ 오믈 고딕(苦待)580)ᄒᆞ고 겨실 거시니 삼가 알외ᄂᆞ이
다."

쇼졔(小姐ㅣ) ᄇᆞ야흐로 안식(顏色)을 강잉(強仍)ᄒᆞ여 답왈(答曰),

"옥쥐(玉主ㅣ) 니러틋 쳔신(賤身)을 유렴(留念)581)ᄒᆞ시니 은혜(恩

---

573) 길혼녜(吉婚禮): 길혼례. 혼례.

574) 승슌(承順): 승순. 웃어른의 명을 잘 좇음.

575) 에: [교] 원문에는 '이'로 되어 있으나 오기로 보임.

576) 감지(甘旨): 맛이 좋은 음식.

577) 봉안(鳳眼): 봉황의 눈같이 가늘고 길며 눈초리가 위로 째지고 붉은 기운이 있는 눈.

578) 믹믹(脉脉): 맥맥. 잠자코 오래.

579) 샤: [교] 원문에는 '시'로 되어 있으나 오기로 보임.

580) 고딕(苦待): 고대. 몹시 기다림.

581) 유렴(留念): 유념. 잊거나 소홀히 하지 않도록 마음속에 깊이 간직하여 생각함.

惠) 빅골난망(白骨難忘)이어니와 연(然)이나 쳔(賤)흔 몸의 병(病)이
즈못 만흐니 엇지 귀퇵(貴宅)의

• • •

117면

누아가 군ᄌ(君子)의 뷔키582)를 쇼임(所任)ᄒ리오? 옥쥬(玉主ㅣ) 셩
덕(盛德)이 관일(灌溢)583)ᄒ샤 쵸목(草木)의 혜퇵(惠澤)이 다 미츳시
나 쳡심(妾心)이 혈심(血心) 진졍(眞情)으로 인간(人間) 번요(煩擾)흔
고디 슬흔 빅라. 궁인(宮人)은 모ᄅ미 이 뜻으로 옥쥬(玉主)긔 고(告)
ᄒ라.”

인(因)ᄒ여 탄식(歎息)ᄒ고 붓슬 드러 답셔(答書)를 쓰니 ᄀ와시딕,
‘댱 시(氏) 옥경은 직비(再拜)ᄒ고 삼가 계양궁 효셩 옥쥬(玉主) 안
젼(案前)584)의 올니ᄂ니 쳡(妾)은 산간(山間)의 머리틸 잇ᄂ 산인(山
人)이라. 잇다감 풍편(風便)으로죠ᄎ 옥쥬(玉主)의 일월(日月) ᄀᆺ트신
셩덕(盛德)을 듯줍고 스ᄉ로 우물 밋 개고리 하늘을 바름 ᄀᆺ트여 흠
모(欽慕)ᄒ오믈 이긔지 못ᄒ오딕 쳥됴(靑鳥ㅣ) 시러금 신(信)585)을 젼
(傳)치 아니ᄒ니 쵸목(草木) 가온딕 쳔(賤)흔 셩졍(性情)586)이 경궁
(瓊宮) 귀퇵(貴宅)의 비최기 어렵

---

582) 뷔키: 비와 키. 아내가 빗질하고 키질을 하여 남편을 받든다는 뜻.
583) 관일(灌溢): 흘러 넘침.
584) 안젼(案前): 안전. 존귀한 사람이 앉아 있는 자리의 앞.
585) 신(信): 서신.
586) 셩졍(性情): 성정. 타고난 성품.

118면

더니 천만의외(千萬意外)587)의 옥찰(玉札)588)을 밧드오니 쳔심(賤心)
이 도로혀 경공(驚恐)589)ᄒ여 한셔(翰書)590)ᄅᆞᆯ 밧들고 공경(恭敬)ᄒ
여 지삼(再三) 슬피오믹 셔즁(書中) 수의(辭意) 다 도리(道理)의 합당
(合當)ᄒ고 녜의(禮義)와 튱효(忠孝)의 다 올흐시니 엇지 밧드지 아
니리잇고마ᄂᆞᆫ 쳔신(賤身)의 ᄆᆞ음이 홍진(紅塵) 믈욕(物慾)의 념(念)
이 쑴 ᄀᆞᆺ트니 스스로 긋치지 못ᄒ여 감(敢)히 죤명(尊命)을 밧드지
못ᄒᄂᆞ니 옥쥬(玉主)ᄂᆞᆫ 너ᄅᆞᆫ 덕(德)을 펴샤591) 쳡(妾) 일신(一身)을
바려두실진딕 ᄯᅩᄒᆞᆫ 은혜(恩惠) 크지 아니리잇가? 모월(某月) 모일(某
日)의 산인(山人) 댱옥경은 돈슈(頓首)592)ᄒ노라.'

ᄒ엿더라.

쓰기ᄅᆞᆯ ᄆᆞᆺᄎᆡ 쇼옥을 쥬고 굴오디,

"니 본(本)디 질병(疾病)이 미류(彌留)593)ᄒ여 졍신(精神)이 모황
(耗荒)594)ᄒᆞᆫ 고(故)로 셔ᄉᆞ(書辭)595)의 니 졍(情)을 다 못 ᄒ니 원(願)
컨디 궁인(宮人)은 날을 위(爲)ᄒ여 니 졍심(貞心)이 취가(娶嫁)ᄒ기
ᄅᆞᆯ 원(願)치 아닌

---

587) 쳔만의외(千萬意外): 천만의외. 천만뜻밖.
588) 옥찰(玉札): 서찰을 높여 이르는 말.
589) 경공(驚恐): 놀라고 두려움.
590) 한셔(翰書): 한서. 편지.
591) 샤: [교] 원문에는 '시'로 되어 있으나 오기로 보임.
592) 돈슈(頓首): 돈수. 고개를 조아림.
593) 미류(彌留): 병이 오래 낫지 않음.
594) 모황(耗荒): 쇠모. 쇠퇴하여 줄어듦.
595) 셔ᄉᆞ(書辭): 서사. 편지에 쓰는 말.

는 쥴노 고(告)ᄒ여 늬 일신(一身)을 더져 두시게 ᄒ라."

쇼옥이 고두(叩頭) 왈(曰),

"쇼져(小姐) 말솜이 온후(溫厚)596)ᄒ시나 쏘 엇지 니문(-門)의 드러가시믈 쇼졔(小姐ㅣ) 번요(煩擾)ᄒ실 일이 이시리잇고? 옥쥬(玉主ㅣ) 쇼져(小姐)롤 위(爲)ᄒ샤 하실(下室)의 거(居)ᄒ여 부마(駙馬)롤 거졀(拒絶)ᄒ시니 규슈(閨秀)의 모양(模樣)이 지금 그져 겨신지라. 쇼졔(小姐ㅣ) 엇지 우리 젼졍(前程)597)을 졔도(濟度)598)치 아니ᄒ시ᄂ니잇고?"

댱 쇼졔(小姐ㅣ) 쳥파(聽罷)의 경아(驚訝)ᄒ여 싱각ᄒ디,

'공쥬(公主ㅣ) 날을 위(爲)ᄒ여 이러틋 과도(過度)히 구니 늬 죵시(終是)599) 고집(固執)ᄒ진디 텬앙(天殃)600)이 두립도다.'

졍(正)히 침음(沈吟)ᄒ더니, 홀연(忽然) 보니 쇼영이 오슬 메고 가시롤 져 드러와 머리롤 두드려 쳥죄(請罪)ᄒ여 굴오디,

"우리 옥쥬(玉主ㅣ) 쇼져(小姐)의 허락(許諾) 아니실 줄 미리 아ᄅ시고 스ᄉ로 탄(歎)ᄒ여 졍셩(精誠)이 미(微)ᄒ믈 칙(責)ᄒ샤601) 쇼비ᄌ(小婢子)로 디신(代身)ᄒ여 육단(肉袒)602) 쳥죄(請罪)ᄒ고

---

596) 온후(溫厚): 온화하고 너그러움.

597) 젼졍(前程): 전정. 앞길.

598) 졔도(濟度): 제도. 구제해 이끎.

599) 죵시(終是): 종시. 끝내.

600) 텬앙(天殃): 천앙. 하늘에서 벌로 내리는 재앙.

601) 샤: [교] 원문에는 '시'로 되어 있으나 오기로 보임.

602) 육단(肉袒): 복종·항복·사죄의 표시로 윗옷의 한쪽을 벗어 상체(上體)의 일부를 드러내는 일.

120면

다시 셔간(書簡)을 올니라 ᄒᆞ시더이다."

쇼졔(小姐ㅣ) 쳥파(聽罷)의 놀ᄂᆞ나 안ᄉᆡᆨ(顔色)을 블변(不變)ᄒᆞ고 홍년으로 쇼영을 븟드러 평신(平身)케 ᄒᆞ고 쇼ᄅᆡ를 졍(正)히 ᄒᆞ여 골오ᄃᆡ,

"쳔신(賤身)이 산간(山間)의 고요이 드러 큰 쇼ᄅᆡ를 드러도 졍신(精神)이 비월(飛越)ᄒᆞ거ᄂᆞᆯ 그ᄃᆡ 등(等)이 엇진 고(故)로 이러틋 과도(過度)ᄒᆞᆫ 거죠(擧措)를 ᄒᆞ여 ᄂᆡ ᄆᆞ음이 숑구(悚懼)603) ᄒᆞ게 ᄒᆞᄂᆞ뇨?"

쇼영이 다시 돈슈(頓首) 왈(曰),

"이 비ᄌᆞ(婢子)의 스ᄉᆞ로 ᄒᆞᆫ ᄇᆡ 아냐 아쥬(我主) 귀톄(貴體)를 ᄃᆡ(代)ᄒᆞ미니 쇼져(小姐)ᄂᆞᆫ 굽어 ᄉᆞᆯ피쇼셔."

드ᄃᆡ여 봉셔(封書)를 드리니 쇼졔(小姐ㅣ) ᄣᅦ혀 보니 셔(書)의 왈(曰),

'쥬 시(氏) 계양은 당 시(氏) 현쇼져(賢小姐)긔 다시 글을 붓치ᄂᆞ니, 희(噫)라! 쳡(妾)의 졍셩(精誠)이 미(微)ᄒᆞ고 사ᄅᆞᆷ이 경(輕)ᄒᆞᆫ 고(故)로 쇼져(小姐)의 ᄇᆞ리미 되니 스ᄉᆞ로 눈믈을 먹음고 하ᄂᆞᆯ을 우러러 졍(情)이 ᄉᆞ뭇지

121면

못ᄒᆞ믈 한(恨)ᄒᆞᄂᆞ니 쇼져(小姐)ᄂᆞᆫ 쳡(妾)의 어린 졍셩(精誠)을 도라보라. 쵸(初)의 태낭낭(太娘娘) 엄지(嚴旨) 쇼져(小姐)로 공규(空閨)의 늙게 하여 겨시나 도금(到今)604) ᄒᆞ여 뉘우ᄎᆞ시미 간졀(懇切)ᄒᆞ시

603) 숑구(悚懼): 송구. 두려움.

고 첩(妾)이 쇼져(小姐) 위(爲)훈 ᄆ음이 신명(神明)의 질졍(質正)훌 거시로되 쇼져(小姐)ᄂᆞ 감동(感動)ᄒᆞ미 업스니 이 도시(都是) 젹국 (敵國) 두 ᄌᆞ(字)를 구익(拘礙)ᄒᆞ미라. 첩(妾)이 당당(堂堂)이 몸을 피 (避)ᄒᆞ여 쇼져(小姐) ᄆ음을 평안(平安)케 ᄒᆞ리니 쇼져(小姐)ᄂᆞ 엇지 너기ᄂᆞ뇨? 쇼졔(小姐ㅣ) 비록 번요(煩擾)ᄒᆞ믈 밀막으나 쇼졔(小姐ㅣ) 당쵸(當初) 부모(父母)의 명(命)으로 니 군(君)의게 도라올진티 ᄯᅩ 번 요(煩擾)ᄒᆞ믈 념(念)ᄒᆞ랴? 쇼져(小姐)ᄂᆞ 지삼(再三) 싱각ᄒᆞ여 첩(妾) 의 어린 졍(情)을 도라보라. 첩(妾)이 이러툿 간졀(懇切)이 쇼져(小 姐)의게 쳥(請)ᄒᆞ여 쇼졔(小姐ㅣ) ᄯᅳ지 호갈ᄀᆞᆺ틀진티 스스로 사605)롭 져ᄇᆞ린 죄(罪)를 닥가 쳔츄빅셰(千秋百世)606) 후(後) 디하(地下)

...

122면

의 가 쇼져(小姐)를 보와 사례(謝禮)ᄒᆞ고 금셰(今世)의 인뉸(人倫)의 춤예(參預)치 아니리니 이 첩(妾)의 평싱(平生) 졍심(貞心)이라. 필연 (筆硯)을 림(臨)ᄒᆞ여 ᄆ음이 어리고 의ᄉᆡ(意思ㅣ) 삭막(索漠)607)ᄒᆞ나 쇼져(小姐)ᄂᆞ 첩(妾)의 ᄇᆞ라ᄂᆞᆫ ᄆ음을 도라 슬피미 쳔만(千萬) 힝심 (幸甚)이라.'

ᄒᆞ엿더라.

쇼졔(小姐ㅣ) 보기를 맞ᄎᆞ미 그 춍명(聰明)ᄒᆞᆫ 혜심(慧心)608)이 엇

---

604) 도금(到今): 지금에 이름.
605) 사: [교] 원문에는 '시'로 되어 있으나 오기로 보임.
606) 쳔츄빅셰(千秋百世): 천추백세. 천 년, 백 세대의 뜻으로, 먼 미래를 말함.
607) 삭막(索漠): 쓸쓸하고 막막함.
608) 혜심(慧心): 슬기로운 마음.

지 공쥬(公主)의 지극(至極)흔 뜻을 모르리오? 제 이러틋 흐는딕 밀막기도 어렵고 허(許)흔즉 즈긔(自己) 듯시 옥호뎡 즐기믈 엇지 못흘지라. 아미(蛾眉)룰 씽그고 침음(沈吟)흐여 말을 아니흐니 쇼옥, 쇼영이 눈믈을 흘니고 머리룰 두드려 왈(曰),

"우리 옥쥐(玉主ㅣ) 쇼져(小姐) 위(爲)흔 뜻은 챵명(蒼明)609)의 즐뎡(質正)흐여도 븟그럽지 아니흐리니 쇼제(小姐ㅣ) 엇진 고(故)로 그 졍(情)을 용납(容納)지 아니샤 우리 노쥬(奴主)로 흐여금 치신무의(致身無義)610)흐게 흐

• • •

123면

시느뇨? 쇼제(小姐ㅣ) 만일(萬一) 허(許)치 아니신즉 비즈(婢子) 등(等)이 계하(階下)의셔 죽으믈 감심(甘心)흐고 도라가 옥쥬(玉主)의 낙막(落寞)611)흐시믈 보지 아니리니 쾌(快)흔 말솜을 드러지이다."

쇼제(小姐ㅣ) 블안(不安)흐여 답(答)지 아니흐니 진 샹궁(尙宮)이 진왈(進曰),

"금(今)의 쇼제(小姐ㅣ) 옥쥬(玉主)의 졍심(貞心)을 용납(容納)지 아니시니 비즈(婢子) 등(等)이 그윽이 쇼져(小姐)룰 위(爲)흐여 탄(嘆)흐믈 씽듯지 못흐느니 쇼제(小姐ㅣ) 만일(萬一) 측은지심(惻隱之心)이 겨실진딕 옥쥬(玉主)의 지극(至極)흔 뜻을 도라보지 아니시느뇨? 옥쥐(玉主ㅣ) 쇼져(小姐)룰 위(爲)흐샤 부마(駙馬)로 더브러 각거(各居)흐샤 지금(只今) 일방(一房)의 깃드리지 아니시니 쇼제(小姐ㅣ) 죵시

---

609) 챵명(蒼明): 창명. 푸른 하늘.

610) 치신무의(致身無義): 몸을 의리가 없는 데 이르게 함.

611) 낙막(落寞): 마음이 쓸쓸함.

(終是) 고집(固執)호신즉 우리 옥쥬(玉主ㅣ) 졍심(貞心)을 도로혀지 아니시리니 쇼져(小姐)는 원(願)컨디 금셕지심(金石之心)612)을 도로 혀샤 옥쥬(玉主)로 항녈(行列)을 가족호시믈613) 원(願)호노이다."

쇼졔(小姐ㅣ) 져 사롬들의 언에(言語ㅣ) 니러틋

• • •

124면

호믈 보고 시러금 밀막을 말이 업셔 이의 탄(嘆)하여 닐오디,

"옥쥬(玉主ㅣ) 쳔신(賤身)을 이러틋 뉴념(留念)호시니 셩은(聖恩)이 난망(難忘)이어니와 옥쥬(玉主)와 그디 등(等)이 닉 뜻을 모르니 탄(嘆)호노라. 일이 이의 니르러시니 현마 엇지 호리오?"

드디여 부슬 드러 답셔(答書)호니 기셔(其書)의 굴와시디,

'일일(一日)의 두 번(番) 옥찰(玉札)을 밧드오니 힝심(幸甚)호오미 운무(雲霧)의 오른 듯호거니와 직슌(再巡)614) 느리오신 글을 밧들미 쳔신(賤身)이 죽어 무칠 ᄯ히 업슬가 호노이다. 옥쥬(玉主ㅣ) 쳔승(千乘)615) 금지옥엽(金枝玉葉)으로써 니럿틋 호시니 쳡(妾)이 므슴 말을 호리잇가? 연(然)이나 혼인(婚姻) 대ᄉ(大事)는 부뫼(父母ㅣ) 쥬 쟝(主掌)616)호시리니 쳡(妾)이 허(許)호미 아니 잇실 줄 옥쥬(玉主ㅣ) 짐쟉(斟酌)호여 용셔(容恕)호쇼셔.'

---

612) 금셕지심(金石之心): 금석지심. 쇠와 돌처럼 단단한 마음.

613) 가족호시믈: 가지런하게 하심을.

614) 직슌(再巡): 재순. 두 번째.

615) 쳔승(千乘): 천승. 천 대의 수레를 낼 수 있는 사람. 곧, 제후를 이름. 그런데 효성 공주는 천자의 딸이므로 여기에서는 천자를 이르는 만승(萬乘)이 적합한 표현임.

616) 쥬쟝(主掌): 주장. 어떤 일을 책임지고 맡음. 또는 그런 사람.

쇼졔(小姐ㅣ) 쓰기를 뭇ᄎ 쇼영을 쥬고 쳑연(惕然) 쟝탄(長歎)ᄒ여 말이 업스니 쇼영 등(等)이 쇼져(小姐)의 ᄯᅳᆺ이 잠간(暫間) 두로혀믈 크게 깃거 이의 칭하(稱賀)ᄒ여 ᄀᆞᆯ오ᄃᆡ,

"쇼졔(小姐ㅣ) ᄯᅳᆺ을 도로혀시니 비ᄌᆞ(婢子) 등(等)의 ᄒᆡᆼ심(幸甚)이로쇼이다. 원(願)컨ᄃᆡ 쇼져(小姐)ᄂᆞᆫ 쾌(快)ᄒᆞᆫ 말ᄉᆞᆷ을 ᄒᆞ시면 환심(歡心)[617]ᄒ여 도라가 아쥬(我主)긔 알욀 말이 빗ᄂᆞᆯ가 ᄒᆞᄂᆞ이다."

쇼졔(小姐ㅣ) 미쇼(微笑) 왈(曰),

"그ᄃᆡ 등(等)은 잡말(雜-) 말나. 옥쥬(玉主ㅣ) ᄂᆡ 글을 보신즉 아ᄅᆞ시리라."

졔인(諸人)이 칭샤(稱謝)ᄒ고 희ᄉᆡᆨ(喜色)을 먹음어 도라갈ᄉᆡ,

진 시(氏) 등(等)이 도라와 공쥬(公主)긔 뵈고 댱 시(氏)의 긔특(奇特)ᄒᆞᆫ 용모(容貌)와 그 허던 말을 고(告)ᄒ고 두 봉(封) 글월을 올니니 공쥬(公主ㅣ) 듯기를 다ᄒᆞᄆᆡ 긔특(奇特)ᄒᆞᆷ을 이긔지 못ᄒ여 칭도(稱道)[618] 왈(曰),

"여등(汝等)의 말을 드ᄅᆞ니 댱 시(氏) 긔특(奇特)ᄒᆞᆷ을 보지 아냐셔 알니로다."

인(因)ᄒ여 그 글을 보ᄆᆡ ᄌᆞ

---

617) 환심(歡心): 마음이 기쁨.

618) 칭도(稱道): 칭찬해 말함.

톄(字體) 경발(警拔)619)ㅎ고 쇼아(騷雅)620)ㅎ여 쥬옥(珠玉)을 홋튼 둣
ㅎ니 쇼스(蘇謝)621)의 지는622) 문쟝(文章)이라. 그 믈슴이 졀당(切
當)623)ㅎ고 호연(浩然)이 믈욕(物慾)의 버셔ᄂᆞ믈 보고 위연(喟然)624)
탄왈(嘆曰),

"댱 시(氏) 위인(爲人)이 이러ㅎ니 취가(娶嫁) 아니미 교언(巧
言)625)이 아니로다."

인(因)ㅎ여 굴오듸,

"댱 시(氏) 대례(大禮)를 아는 사름이미 나의 진졍(眞情)을 보고
ᄯᅩᄒᆞᆫ 허락(許諾)지 아녀시나 ᄆᆞ음을 두로혀시니 이졔야 댱 공(公)이
쥬쟝(主掌)홀 비로다."

그 셔간(書簡)을 손의 노치 아니코 지미 닉여 보더니 부마(駙馬ㅣ)
드러오거늘 셔간(書簡)을 노코 니러 마즈니, 부마(駙馬ㅣ) 안즈며 공
쥬(公主)의 보든 셔간(書簡)을 붓치로 나호혀 보고 홀연(忽然) 미미
(微微)히 웃고 말을 아니ㅎ더니 냥구(良久)의 굴오듸,

"댱 시(氏) 임의 허락(許諾)ㅎ여시니 옥쥐(玉主ㅣ) 졍당(正堂)으로
가쇼셔."

공쥐(公主ㅣ) 손샤(遜辭) 왈(曰),

---

619) 경발(警拔): 독특하고 뛰어남.

620) 쇼아(騷雅): 소아. 풍치가 있고 전아함.

621) 쇼스(蘇謝): 소사. 소혜(蘇蕙)와 사도온(謝道蘊). 모두 중국 위진남북조 시기 동진
(東晉) 때의 여류 시인. 소혜는 자(字)인 약란(若蘭)으로 더 잘 알려져 있는데, 남
편 두도(竇滔)에게 보낸 회문시(回文詩)인 <직금시(織錦詩)>로 유명함. 사도온은
재상 사안(謝安)의 조카딸로, 문장으로 유명함.

622) 지는: 이기는.

623) 졀당(切當): 절당. 사리에 꼭 들어맞음.

624) 위연(喟然): 한숨 쉬는 모양.

625) 교언(巧言): 교묘하게 꾸며대는 말.

"당당(堂堂)이 군주(君子)의 명을 밧들니이다."

부미(駙馬ㅣ) 잠간(暫間) 안줏

• • •

127면

다가 니러 누간 후(後) 진 샹궁(尙宮)이 졍실(正室)노 도라가믈 쳥(請)
ᄒᆞᆫ디, 공쥬(公主ㅣ) 쟝탄(長歎) 왈(曰),

"닉 일쯕 부마(駙馬)를 보미 붓그러온 일이 이시니 엇지 댱 시(氏)
드러온다 ᄒᆞ고 감(敢)히 졍침(正寢)으로 도라가리오? 여등(汝等)은
죠급(躁急)피 구지 말나."

허 시(氏) 왈(曰),

"옥쥬(玉主) 뜻이 그러ᄒᆞ시면 앗가 부마(駙馬) 샹공(相公)을 딕(對)
ᄒᆞ여 엇지 허락(許諾)ᄒᆞ시뇨?"

공쥬(公主ㅣ) 왈626)(曰),

"부미(駙馬ㅣ) 여러 번(番) 니ᄅᆞ시니 오릭 ᄉᆞ양(辭讓)ᄒᆞ미 블가(不
可)ᄒᆞᆫ 둧ᄒᆞᆫ 고(故)로 권도(權道)627)로 허락(許諾)ᄒᆞ여시나 진졍(眞情)
이 아니라."

졔인(諸人)이 탄복(歎服) 왈(曰),

"옥쥬(玉主)의 셩덕(盛德)이 이러틋 ᄒᆞ시니 우리 등(等)이 므슴 말
슴을 ᄒᆞ리잇고?"

공쥬(公主ㅣ) 미쇼(微笑)ᄒᆞ고 즉시(卽時) 샹부(相府)의 ᄂᆞ아가 샹
셔(尙書)씌 취품(就稟)628)ᄒᆞᆫ디,

---

626) 왈: [교] 원문에는 없으나 문맥을 고려하여 첨가함.

627) 권도(權道): 상황에 따라 변통하는 도리.

628) 취품(就稟): 취품. 나아가 아룀.

"댱 쇼제(小姐ㅣ) 인간(人間)을 수절(謝絶)ᄒ고 부마(駙馬) 가뫼(家母ㅣ) 되믈 즐겨 아니ᄒ니 쳡심(妾心)이 ᄌᆞ못 블안(不安)ᄒ여 쳑셔(尺書)로써 간절(懇切)이 개유(開諭)ᄒᆞᄆᆡ 도로혀ᄆᆡ 잇ᄉᆞᆸᄂᆞᆫ지라

• • •

128면

존구(尊舅)ᄂᆞᆫ 댱 공(公)긔 통(通)ᄒᆞ샤 길녜(吉禮)[629]를 ᄒᆡᆼ(行)ᄒᆞ믈 바라ᄂᆞ이다."

승샹(丞相)이 쳥파(聽罷)의 탄식(歎息) 왈(曰),

"공쥬(公主) 덕(德)이 이러ᄒᆞ시니 댱 시(氏) 역시(亦是) 인심(人心)이라 엇지 감동(感動)ᄒᆞᄆᆡ 업스리오?"

드듸여 댱 공(公)을 보고 이 ᄯᅳᆺ으로써 이른듸 샹셰(尙書ㅣ) 경왈(驚曰),

"녀ᄋᆡ(女兒ㅣ) 졍심(貞心)이 구드니 엇지 허(許)ᄒᆞᄆᆡ 이시리오? 연(然)이나 합하(合下) 명(命)이 여ᄎᆞ(如此)ᄒ니 져다려 무러 보리이다."

승샹(丞相)이 도라간 후(後) 옥호뎡의 드러가 쇼져(小姐)다려 닐오듸,

"니 승샹(丞相)이 네 허락(許諾)ᄒᆞᄆᆡ 잇다 ᄒᆞ고 이러틋 ᄒᆞ니 네 ᄯᅳᆺ이 도로혀ᄆᆡ 잇ᄂᆞ냐?"

쇼제(小姐ㅣ) 이의 공쥬(公主)의 두 봉(封) 셔간(書簡)을 내여 드리고 젼후(前後) ᄉᆞ연(事緣)을 일일(一一)히 고(告)ᄒ니, 샹셰(尙書ㅣ) 보며 듯기를 다ᄒᆞ고 탄왈(歎曰),

"공쥬(公主) 셩덕(盛德)이 여ᄎᆞ(如此)ᄒᆞ시니 네 죵시(終是) 고집(固執)ᄒᆞᆫ즉 ᄉᆞ룸을 공경(恭敬)ᄒᆞᄂᆞᆫ 도리(道理) 아니라 네 ᄯᅳᆺ은 엇지코져

---

629) 길녜(吉禮): 길례. 혼례(婚禮).

ᄒᆞᄂᆞᆫ뇨?”

쇼졔(小姐ㅣ) 빈

● ● ●

129면

샤(拜謝) 왈(曰),

“아히 죵시(終是) 뜻을 직희려 ᄒᆞ야ᄉᆞᆸ더니 공쥬(公主)의 뜻이 이러
ᄒᆞ니 ᄒᆡ이(孩兒ㅣ) 브득이(不得已) 죠츠나 심(甚)히 블평(不平)ᄒᆞ이다.”

샹셰(尙書ㅣ) 대희(大喜)ᄒᆞ여 닐오ᄃᆡ,

“너의 싱각이 올흐니 만일(萬一) 구지 듯지 아닐진ᄃᆡ 니문(-門)의
셔 ᄯᅩᄒᆞᆫ 그릇 너기리라.”

ᄒᆞ더라.

부즁(府中)의 도라와 부인(夫人)ᄃᆞ려 니ᄅᆞ니 공쥬(公主) 은덕(恩
德)을 칭숑(稱頌)ᄒᆞ여 퇴일(擇日)ᄒᆞ니 겨유 슈십(數十) 일(日) 격(隔)
ᄒᆞ엿더라.

길긔(吉期) 다ᄃᆞ르믹 니 부믹(駙馬ㅣ) 위의(威儀)를 거ᄂᆞ려 댱부(-
府)의 니ᄅᆞ러 기러기를 젼(奠)ᄒᆞ고 신부(新婦) 샹교(上轎)630)를 직쵹
ᄒᆞ니 댱 공(公)이 금일(今日) 녀ᄋᆞ(女兒)의 신슈(身數)631) 구한(舊
恨)632)을 ᄱᅥᆯ치고 옛 인연(因緣)을 일옴과 니 도위(都尉)633) 영풍쥰골
(英風俊骨)634)이 이늘 더옥 ᄲᅢ혀ᄂᆞᆷ믈 보니 흔희대락(欣喜大樂)635)ᄒᆞ

---

630) 샹교(上轎): 상교. 가마에 오름.
631) 신슈(身數): 신수. 한 사람의 운수.
632) 구한(舊恨): 오래 전부터 품어 온 원한.
633) 도위(都尉): 부마도위(駙馬都尉)의 준말.
634) 영풍쥰골(英風俊骨): 영풍준골. 영걸스러운 풍채와 준수하게 생긴 골격.
635) 흔희대락(欣喜大樂): 매우 기쁘고 즐거움.

믈 이긔지 못ᄒ여 부마(駙馬)의 손을 줍고 글오디,

"금일(今日) 현셰(賢壻ㅣ) 나의 슬하(膝下)의 동상(東床)636)이 되니 외람(猥濫)홈과 깃브믈

•••

130면

이긔지 못ᄒᄂ니 원(願)컨디 녀ᄋ(女兒)를 져ᄇ리지 말나."

부마(駙馬ㅣ) 피셕(避席) 비샤(拜謝) 왈(曰),

"ᄒᆞᆨ싱(學生)이 어려셔브터 악쟝(岳丈)의 지우(知遇)637)를 닙ᄉ와 은이(恩愛)를 목욕(沐浴)가만 지 오릭더니 셰ᄉᆞ638)(世事ㅣ) 츠타(蹉跎)639)ᄒ여 젼후ᄉᆞ(前後事ㅣ) 만히 거츠러 녕녀(令女)의 박명(薄命)을 끼치니 도시(都是)640) 쇼셰(小壻ㅣ) 블민(不敏)641)ᄒ미라 알욀 바를 아지 못ᄒ거이다."

샹셰(尙書ㅣ) 웃고 탄식(歎息)ᄒ더라.

댱 쇼졔(小姐ㅣ) 응642)장셩식(凝粧盛飾)643)으로 옥교(玉轎)의 오르미 부마(駙馬ㅣ) 줍으기를 믓고 샹마(上馬)ᄒ여 부즁(府中)의 니르러 독좌(獨坐)를 믓고 합환쥬(合歡酒)를 파(罷)ᄒ미 금년(金蓮)644)을

---

636) 동상(東床): 동상. 동쪽 평상이라는 뜻으로, '사위'를 달리 이르는 말. 중국 진(晉)나라의 극감(郤鑒)이 사위를 고르는데, 왕도(王導)의 아들 가운데 동쪽 평상 위에서 배를 드러내고 누워 있는 왕희지(王羲之)를 골랐다는 고사에서 유래함.

637) 지우(知遇): 남이 자신의 인격이나 재능을 알고 잘 대우함.

638) ᄉᆞ: [교] 원문에는 '지'로 되어 있으나 맥락을 고려하여 이와 같이 수정함.

639) 츠타(蹉跎): 차타. 어그러짐.

640) 도시(都是): 모두.

641) 블민(不敏): 불민. 어리석고 둔하여 재빠르지 못함.

642) 응: [교] 원문에는 '옹'으로 되어 있으나 오기로 보임.

643) 응장셩식(凝粧盛飾): 응장성식. 곱게 화장하고 옷을 잘 꾸밈.

두로혀 구고(舅姑) 존당(尊堂)의 폐빅(幣帛)을 느오니 좌위(左右ㅣ) 보건딕, 츄슈(秋水)645) 냥안(兩眼)과 옥(玉) 굿튼 술빗과 븕은 냥협(兩頰)이 죠코 쇄락(灑落)646)ᄒ며 풍녕(豊盈)647)ᄒ여 진짓 무쌍(無雙)ᄒᆫ 경국싴(傾國色)648)이라. 다만 공쥬(公主)로 비(比)컨딕 공쥬(公主)ᄂᆫ 녕농(玲瓏) 싴싴ᄒ고 쇄락(灑落) 찬난(燦爛)ᄒ여 빅태(百態) 완전(完全)ᄒ고 댱 시(氏)ᄂᆫ

· · ·

131면

쇼담649) 슈려(秀麗)ᄒᆯ 분이오 기여(其餘)ᄂᆫ 잠간(暫間) 써러지더라.

승샹(丞相)이 댱 시(氏)의 레(禮)를 밧고 안샹(安詳)650)ᄒᆷᆯ 십분(十分) 짓거 이의 명(命)ᄒ여 글오딕,

"현뷔(賢婦ㅣ) 벗사룸으로 금일(今日)이야 슬하(膝下)의 니르니 깃브믈 이긔지 못ᄒ거니와 공쥐(公主ㅣ) 우히 겨시니 현부(賢婦)ᄂᆫ 죠심(操心)ᄒ여 화동(和同)651)ᄒ라. 금일(今日)은 처음 보ᄂᆫ 녜(禮)를 폐(廢)치 못ᄒ리라."

댱 시(氏) 지비(再拜) 슈명(受命)ᄒ고 공쥬(公主)를 향(向)ᄒ여 공슌

---

644) 금년(金蓮): 금련. 금으로 만든 연꽃이라는 뜻으로, 미인의 예쁜 걸음걸이를 비유적으로 이르는 말. 중국 남조(南朝) 때 동혼후(東昏侯)가 금으로 만든 연꽃을 땅에 깔아 놓고 반비(潘妃)에게 그 위를 걷게 하였다는 고사에서 유래함.

645) 츄슈(秋水): 추수. 맑고 명랑한 눈매를 비유적으로 이르는 말.

646) 쇄락(灑落): 기분이나 몸이 상쾌하고 깨끗함.

647) 풍녕(豊盈): 풍영. 생김새가 풍만하고 기름짐.

648) 경국싴(傾國色): 경국색. 임금이 혹하여 나라가 기울어져도 모를 정도의 미인이라는 뜻으로, 뛰어나게 아름다운 미인을 이르는 말. 경국지색(傾國之色).

649) 쇼담: 생김새가 탐스러움.

650) 안샹(安詳): 안상. 성질이 찬찬하고 자세함.

651) 화동(和同): 뜻이 잘 맞음.

(恭順)이 지비(再拜)ᄒ니 공쥬(公主ㅣ) 안식(顔色)을 졍(正)히 ᄒ여 니러나 답례(答禮)ᄒ고 눈을 드러 보니 댱 시(氏) 얼골의 긔이(奇異)ᄒᄆᆫ 즈가(自家)곳 아니면 그 빵(雙)이 업슬 거시오, ᄒᄆᆯ며 신이(神異)ᄒᆫ 눈을 ᄒᆫ 번(番) 움죽이ᄆᆡ 그 사ᄅᆷ의 현블쵸(賢不肖)652)를 모ᄅᆞ리오. 심하(心下)653)의 ᄋᆡ모(愛慕)ᄒᆞᄆᆡ 혈심(血心)으로죠ᄎᆞ ᄂᆞ더라.

종일(終日) 진환(盡歡)654)ᄒ고 셕양(夕陽)의 빈긱(賓客)이 홋터지니 신부(新婦) 슉쇼(宿所)를 됴

· · ·

132면

하당의 뎡(定)ᄒ여 보ᄂᆡ고 일개(一家ㅣ) ᄒᆫ 당(堂)의 모다 담쇼(談笑)하더니 최 슉인(淑人)이 몽현을 긔농(譏弄)655)ᄒᄃᆡ,

"낭군(郞君)이 금일(今日)이야 눈섭을 펴고 환락(歡樂)ᄒ니 쳡(妾)이 위(爲)ᄒ여 하례(賀禮)ᄒ노라."

부ᄆᆡ(駙馬ㅣ) 좌우(左右)로 됴부모(祖父母)와 졔슉(諸叔)656)이 셩녈(盛列)657)ᄒ여시니 희롱(戲弄)ᄒᄆᆡ 가(可)치 아냐 손을 죄고 단좌(端坐)ᄒ여 미쇼(微笑) 무언(無言)이니 쇼뷔(少傅ㅣ) 역쇼(亦笑) 왈(曰),

"누의 말이 올토다. 부ᄆᆡ(駙馬ㅣ) 공쥬(公主)를 쇼ᄃᆡ(疏待)ᄒ고 오ᄆᆡ(寤寐)658)의 ᄆᆡ쳣던 거시니 그 ᄋᆡ졍(愛情)이 니ᄅᆞ지 아냐 알니로다."

---

652) 현블쵸(賢不肖): 현불초. 어질고 어질지 않음.
653) 심하(心下): 마음속.
654) 진환(盡歡): 실컷 즐김.
655) 긔농(譏弄): 기롱. 실없는 말로 놀림.
656) 졔슉(諸叔): 제숙. 모든 숙부.
657) 셩녈(盛列): 성렬. 가득 벌여 있음.
658) 오ᄆᆡ(寤寐): 오매. 자나 깨나 언제나.

몽챵이 믄득 웃고 글오딕,

"슉부(叔父)와 아주미는 이리 니르지 마르쇼셔. 형쟝(兄丈)이 당쵸(當初) 공쥬(公主)를 쇼딕(疏待)ᄒ나 도금(到今)ᄒ여 공쥬(公主)의 셩덕(盛德)을 심즁(心中)의 감격(感激)ᄒᄆᆞᆯ 쳘골(鐵骨)노 밍심(盟心)659)ᄒ시ᄂᆞ니 그 쥬의(主意ㄴ) 즉 공쥬(公主)긔 졍(情)을 두고 댱슈(-嫂)긔 미츠리이다."

모두 크게 웃고 승샹(丞相)과 태ᄉᆞ(太師ㅣ) 임의 짐쟉(斟酌)ᄒᆞᆫ 일

...

133면

이러니 몽챵이 ᄯᅩ 알믈 보고 태ᄉᆞ(太師ㅣ) 몽챵을 ᄂᆞ아오라 ᄒᆞ여 숀을 줍고 쇼왈(笑曰),

"네 엇지 형(兄)의 단쳐(短處)를 미리 아는 톄ᄒᆞ고 담박(澹泊)660)히 토셜(吐說)661)ᄒᆞᄂᆞᆫ다?"

몽챵이 죠부(祖父)의 가쵸ᄒᆞ시믈662) 보고 의긔(意氣)663) 방약(傍若)664)ᄒᆞ니 이의 웃고 글오딕,

"쇼손(小孫)이 블민(不敏)ᄒᆞ나 형(兄)의 심즁(心中)을 쎠 아읍ᄂᆞ니 죠뷔(祖父ㅣ) 엇지 모르시리잇고?"

태ᄉᆞ(太師ㅣ) 그 숀을 쥐고 어르만져 흔연(欣然)이 웃고 태부인(夫

---

659) 밍심(盟心): 맹심. 마음에 맹세함.

660) 담박(澹泊): 담백.

661) 토셜(吐說): 토설. 숨겼던 사실을 비로소 밝혀 말함.

662) 가쵸ᄒᆞ시믈: 사랑하심을.

663) 의긔(意氣): 기상(氣像).

664) 방약(傍若): 곁에 사람이 없는 것처럼 아무 거리낌 없이 함부로 말하고 행동하는 태도가 있음. 방약무인(傍若無人).

人)이 몽창을 나호여 등을 두다려 굴오딕,

"몽현은 너모 미몰665)ㅎ여 남으로 ㅎ여금 공경(恭敬)케 ㅎ고 너는
말숨이 풍늉(豊隆)666)ㅎ여 노모(老母)의 시름을 플게 ㅎ니 진짓 효손
(孝孫)이라."

ㅎ시니 몽창이 즁회(衆會) 즁(中) 방즈(放恣)ㅎ 언어(言語)를 승샹
(丞相)이 깃거 아니나 죠뫼(祖母ㅣ) 쇠노지년(衰老之年)667)의 ㅎ 번
(番) 우으시믈 태시(太師ㅣ) 평싱(平生) 깃거ㅎ는 비라 추고668)(此故)
로 ㅎ는 딕로 말을 아니ㅎ니 몽

• • •

134면

챵의 방즈(放恣)ㅎ미 날로 더으더라.

야심(夜深)ㅎ여 모두 흐터지미 부마(駙馬ㅣ) 쵹(燭)을 줍히고 궁
(宮)의 니르니 추일(此日)이야 공쥐(公主ㅣ) 졍실(正室)의 드러 부마
(駙馬)의 올 줄은 의외(意外)라. 오술 그르고 침셕(枕席)669)의 누엇더
니 부뫼(駙馬ㅣ) 문(門)을 열고 드러 안즈니, 공쥐(公主ㅣ) 대경(大
驚)ㅎ여 밧비 니러 안즈 미쳐 의샹(衣裳)을 출히지 못ㅎ고 금금(錦
衾)670)으로 알플 두르고 안즈 안싁(顔色)을 졍(正)히 ㅎ여 말을 아니
ㅎ더니, 부뫼(駙馬ㅣ) 역시(亦是) 말을 아니코 궁ᄋ(宮娥)로 침금(寢
衾)을 펴라 ㅎ니 공쥐(公主ㅣ) 경아(驚訝)ㅎ여 굴오딕,

---

665) 미몰: 매몰참. 인정이나 싹싹한 맛이 없고 아주 쌀쌀맞음.
666) 풍늉(豊隆): 풍융. 풍성함.
667) 쇠노지년(衰老之年): 쇠로지년. 노쇠한 나이.
668) 고: [교] 원문에는 없으나 문맥을 고려하여 첨가함.
669) 침셕(枕席): 침석. '베개와 자리'라는 뜻으로, 잠자리를 말함.
670) 금금(錦衾): 비단 이불.

"첩(妾)이 군즈(君子) 힝신(行身)671)의 간예(干預)672)ᄒ미 당돌(唐突)ᄒ나 군지(君子 ㅣ) 엇진 고(故)로 신방(新房)을 븨오고 이의 니르러 겨시니잇고?"

부미(駙馬 ㅣ) 브답(不答)ᄒ고 침금(寢衾)을 지쵹ᄒ여 펴라 ᄒ고 오슬 그르고 즈리의 누아가니 공쥬(公主 ㅣ) 블열(不悅)ᄒ믈 이긔지 못ᄒ여 의샹(衣裳)을 드듸여 닙고

· · ·

135면

들너 안즈 말을 아니ᄒ니 엄슉(嚴肅)ᄒᆫ 빗치 ᄉ벽(四壁)의 죠요(照耀)673)ᄒ니 범인(凡人)인즉 엇지 눈을 들니오마ᄂᆞ 니몽현곳 아니면 압두(壓頭)치 못홀네라.

부미(駙馬 ㅣ) 냥구(良久) 후(後) 입을 열어 편(便)히 쉬믈 쳥(請)ᄒ니 공쥬(公主 ㅣ) 이윽히 줌줌(潛潛)ᄒ엿다가 글오듸,

"부미(駙馬 ㅣ) 신의(信義)를 ᄉ모(思慕)ᄒ실진듸 엇지 신인(新人)의 곳을 븨오고 이의 니르러 겨시뇨? 첩(妾)이 스스로 붓그려 편(便)히 쉬지 못ᄒ미로쇼이다."

부미(駙馬 ㅣ) 졍ᄉᆡᆨ(正色) 왈(曰),

"이러나 져러나 다 니몽현이 당(當)홀 거시니 공쥬(公主 ㅣ) 엇지 시비(是非)ᄒ시리오?"

공쥬(公主 ㅣ) 브답(不答)이어늘 부미(駙馬 ㅣ) 냥구(良久) 믁연(默然)이러니, 이의 공쥬(公主)를 개유(開諭)ᄒ여 스스로 그 의샹(衣裳)

---

671) 힝신(行身): 행신. 처신(處身).
672) 간예(干預): 어떤 일에 간섭하여 참여함. 간여(干與).
673) 죠요(照耀): 조요. 밝게 비쳐서 빛남.

을 그르고 흔가지로 잇그러 취침(就寢)ᄒ니, 공쥬(公主 1) 젼일(前日) 부마(駙馬)의 말을 싱각고 븟그리며 셩녜(成禮) 이졔야 처음으로 친근(親近)ᄒᆷ를 ᄒ니 슈괴(羞愧)

●●

136면

ᄒᆷ를 이긔지 못ᄒ되 부마(駙馬 1) 은근(慇懃)ᄒᆫ 뜻이 산히(山海) ᄀᆞᆺ ᄐᆞ야 호탕(浩蕩)ᄒᆫ 희롱(戲弄)은 업스나 그 졍(情)이 측냥(測量) 업스니 부마(駙馬 1) 댱 시(氏) 향(向)ᄒ여 졍(情)이 업스미 아니라 공쥬(公主)의 대덕(大德)을 아름다이 너기며 셩녜(成禮)ᄒᆫ 두 히의 ᄌᆞ긔(自己) 미몰ᄒᆷ미 인심(人心)이 아닌 고(故)로 몬져 졍(情)을 미즈 ᄌᆞ가(自家)의 뜻을 허(虛)ᄒᆫ 되 아니 잇게 ᄒ니 이 발셔 몽챵이 몬져 알미러라. 진 샹궁(尙宮), 허 보모(保姆) 등(等)이 부마(駙馬)의 은근(慇懃)ᄒᆷ를 보고 깃브미 측냥(測量) 업더라.

공쥬(公主 1) 명일(明日)의 부인(夫人) 직쳡(職牒)을 댱 시(氏)긔 도라보너니 댱 시(氏) 부야흐로 아춤 단장(丹粧)을 일우다가 진 시(氏)를 보고 방셕(方席)을 미러 좌(座)를 쥬고 평부(平否)674)를 무르니 진 시(氏) 비샤(拜謝)ᄒ고 이의 부인(夫人) 직쳡(職牒)을 밧드러 드리니 댱 시(氏) 공경(恭敬)ᄒ여 밧고 샤ᄉ(謝辭)675)ᄒ여 ᄀᆞᆯ오되,

"미(微)ᄒᆫ 몸이 옥쥬(玉主)

---

674) 평부(平否): 안부.
675) 샤ᄉ(謝辭): 사사. 고마운 뜻을 나타냄.

의 뉴념(留念)ᄒ시믈 이러툿 닙으니 은혜(恩惠) 난망(難忘)이라 갑흘 바를 아지 못ᄒ노라."

진 시(氏) 샤왈(謝曰),

"부인(夫人)이 어즈리시미 옥쥬(玉主) 현명(賢明)을 니으시니 노쳡(老妾) 등(等)이 희열(喜悅)ᄒ믈 이긔지 못ᄒ도쇼이다."

ᄒ고 도라가니 댱 시(氏) 구고(舅姑)긔 문안(問安)을 파(罷)ᄒ고 협문(夾門)으로죠ᄎ 궁(宮)의 니르니 공쥬(公主]) 밧비 마ᄌ 풀 미러 좌졍(坐定)ᄒ고 례필(禮畢) 후(後) 공쥬(公主]) 옷기슬 녀미야 글오ᄃᆡ,

"쳡(妾)이 심궁(深宮)의 싱쟝(生長)ᄒ여 부인(夫人)의 일싱(一生)을 어즈리이믈 아지 못ᄒ여 부인(夫人)으로 ᄒ여금 오릭 고쵸(苦楚)를 겻그시게 ᄒ니 이졔 셔로 보오미 참괴(慙愧)ᄒ믈 눗 둘 곳이 업ᄉ이다."

댱 시(氏) 밧비 좌(座)를 써나 쳥죄(請罪)ᄒ여 글오ᄃᆡ,

"쳡(妾)이 인ᄉ(人事]) 블쵸(不肖)ᄒ고 ᄆᆡᄉ(每事]) 용둔(庸鈍)[676]ᄒ와 어린 의ᄉ(意思]) 산슈(山水)를 ᄉ랑ᄒ여 일싱(一生)을 계교(計巧)ᄒ고 셩의(盛意)[677]를 밧드지

못ᄒ니 쳡(妾)이 졍(正)히 쳥죄(請罪)코져 니르러습ᄂᆞ니 옥쥬(玉主])

---

676) 용둔(庸鈍): 어리석고 미련함.
677) 셩의(盛意): 성의. 정성스러운 뜻.

엇지 첩(妾)을 디(對)ᄒ여 이러틋 과도(過度)ᄒ시니 숑뉼(悚慄)[678]ᄒ믈 이긔지 못ᄒ도쇼이다.”

공쥐(公主ㅣ) 숀샤(遜辭) 왈(曰),

“피ᄎᆞ(彼此ㅣ) 혼 집의셔 늙을 거시니 부인(夫人) 말ᄉᆞᆷ이 너모 과도(過度)ᄒᆞᆫ가 ᄒ노라.”

댱 시(氏) 사례(謝禮)ᄒ고 줌간(暫間) 눈을 드러 공쥬(公主)를 보고 스ᄉᆞ로 심긔(心氣) 져상(沮喪)[679]ᄒ믈 씌돗지 못ᄒ더라.

공쥐(公主ㅣ) 시녀(侍女)를 명(命)ᄒᆞ샤 과쥬(果酒)를 드려 권(勸)ᄒ며 무러 ᄀᆞᆯ오ᄃᆡ,

“부인(夫人) 년셰(年歲) 몃치나 ᄒᄂᆈ?”

댱 시(氏) 피셕(避席) 디왈(對曰),

“셰샹(世上) 아론 지 십ᄉᆞ(十四) 년(年)이로쇼이다.”

공쥐(公主ㅣ) 희왈(喜曰),

“첩(妾)과 동년(同年)이시니 졍의(情誼)[680] 각별(恪別) 심샹(尋常)[681]치 아니ᄒᆞ여이다.”

댱 시(氏) 샤례(謝禮)ᄒ더라.

반일(半日)을 머므러 도라오니 공쥐(公主ㅣ) 써ᄂᆞ믈 훌연(欻然)ᄒ여 ᄌᆞ로 모드믈 쳥(請)ᄒ고 숑별(送別)ᄒ니라.

부마(駙馬ㅣ) ᄎᆞ야(此夜)의 비로쇼 됴하당의 니르니 댱 시(氏) 니러 마

---

678) 숑뉼(悚慄): 송률. 두려워 떪.

679) 져샹(沮喪): 저상. 기운을 잃음.

680) 졍의(情誼): 정의. 서로 사귀어 친하여진 정.

681) 심샹(尋常): 심상. 대수롭지 않고 예사로움.

 미 셤외(纖腰ㅣ)682) 것겨질 둧 고 풍뉴(風柳ㅣ)683) 동인684) 여 암실(暗室)이 바이니 부 (駙馬ㅣ) 눈을 드러 보고 긔이(奇異)히 너기믈 춤지 못 여 풀을 미러 좌(座)를 일우고 말을 펴 골오 ,

"흑 (學生)이 악쟝(岳丈)의 디685)우(知遇)를 닙 와 동샹(東床)을 허(許) 시니 시죵(始終)이 흔굴갓틀가 더니 의외(意外)예 마쟝(魔障)686)이 니러나 (生)이 빈(貧)을 바리고 부귀(富貴)를 취(取) 는 힝 (行事ㅣ) 명교(名敎)의 죄(罪)를 어덧 지라 금일(今日) 부인(夫人)을 보 참괴(慙愧) 미 져그랴?"

쇼졔(小姐ㅣ) 옥면(玉面)을 븕히고 츄파(秋波)를 쵸아 답(答)지 아니 니 부 (駙馬ㅣ) 비록 단졍(端正) 나 젹년(積年) 샹(思想) 던 슉녀(淑女)를 일실(一室)의 믓 니 엇지 은졍(恩情)을 졀 (節遮)687) 리오. 흔가지로 원앙금니(鴛鴦衾裏)의 아가니 은익(恩愛) 진즁(珍重)688) 미 극(極) 더라.

 후(此後) 부 (駙馬ㅣ) 공쥬(公主)와 댱 시(氏)를 흔굴 치 후 (厚待)689) 여 밧그로 희롱(戲弄)된 일

---

682) 셤외(纖腰ㅣ): 섬요. 가는 허리.

683) 풍뉴(風柳ㅣ): 풍류. 바람 앞의 버들.

684) 동인: 미상.

685) 디: [교] 원문에는 '니'로 되어 있으나 오기로 보임.

686) 마쟝(魔障): 마장. 일의 진행에 나타나는 뜻밖의 방해나 헤살.

687) 졀 (節遮): 절차. '절제하고 차단함'의 의미인 듯하나 미상임.

688) 진즁(珍重): 진중. 아주 소중히 여김.

689) 후 (厚待): 후대. 후하게 대우함.

이 업고 안으로 공경(恭敬)ᄒ여 됴모(朝暮)의 화긔(和氣)690) 온ᄌ(溫慈)691)ᄒ여 공쥬(公主)와 댱 시(氏) 화동(和同)ᄒ미 고금(古今)의 드므더라. 댱 시(氏) 이의 온 일(一) 년(年)이 지ᄂ 후(後) 홀연(忽然) 잉틴(孕胎) 긔운이 이시니 부마(駙馬ㅣ) 경희(驚喜)692)ᄒ믈 이긔지 못ᄒ여 원ᄂ(元來) 부마(駙馬)의 ᄠᅳ의ᄂ 공쥬(公主)나 댱 시(氏)나 몬져 ᄋ들을 낫ᄂ니로 댱ᄌ(長子)를 ᄒ고져 ᄠᅳᆺ을 당쵸(當初)로븟터 뎡(定)ᄒ엿더라.

---

690) 화긔(和氣): 화기. 온화한 기색.

691) 온ᄌ(溫慈): 온자. 온화하고 인자함.

692) 경희(驚喜): 놀라고 기뻐함.

역자 해제

1. 머리말

　<쌍천기봉>은 18세기에 창작된 것으로 추정되는 작가 미상의 국문 대하소설로, 중국 명나라 초기를 배경으로 남경, 개봉, 소흥, 북경 등 다양한 공간에서 벌어지는 사건을 그려낸 작품이다. '쌍천기봉(雙釧奇逢)'은 '두 팔찌의 기이한 만남'이라는 뜻으로, 호방형 남주인공 이몽창과 여주인공 소월혜가 팔찌로 인연을 맺는다는 작품 속 서사를 제목으로 정한 것이다. 이현, 이관성, 이몽현 및 이몽창 등 이씨 집안의 3대에 걸친 이야기로, 역사적 사건을 작품의 앞과 뒤에 배치하고, 중간에 이들 인물들의 혼인담 및 부부 갈등, 부자 갈등, 처첩 갈등 등 한 가문에서 벌어질 수 있는 다양한 갈등을 소재로 서사를 구성하였다. 유교 이념인 충과 효가 전면에 부각되고 사대부 위주의 신분의식이 드러나 있으면서도, 이러한 이데올로기에 저항하는 인물들이 등장함으로써 작품에는 봉건과 반봉건의 팽팽한 길항 관계가 형성될 수 있었다.

2. 창작 시기 및 작가

　<쌍천기봉>의 창작 연도는 정확히 알 수 없고, 다만 18세기에 창작되었을 것으로 추정할 뿐이다. 온양 정씨가 필사한 규장각 소장

<옥원재합기연>은 정조 10년(1786)에서 정조 14년(1790) 사이에 단계적으로 필사되었는데, 이 <옥원재합기연> 권14의 표지 안쪽에는 온양 정씨와 그 시가인 전주 이씨 집안에서 읽었을 것으로 보이는 소설의 목록이 적혀 있다. 그중에 <쌍천기봉>의 후편인 <이씨세대록>의 제명이 보인다.[1] 이 기록을 토대로 보면 <쌍천기봉>은 적어도 1786년 이전에 창작된 것으로 짐작할 수 있다.

또, 대하소설 가운데 초기본인 <소현성록> 연작(15권 15책, 이화여대 소장본)이 17세기 말 이전에 창작된바,[2] 그보다 분량과 등장인물의 수가 훨씬 많은 <쌍천기봉>은 <소현성록> 연작보다 후대의 작품일 가능성이 높다.

<쌍천기봉>의 작가를 확정할 만한 자료는 아직 발견되지 않았다. 작품 말미에 이씨 집안의 기록을 담당한 유문한이 <이부일기>를 지었고 그 6대손 유형이 기이한 사적만 빼어 <쌍천기봉>을 지었다고 나와 있으나 이는 이 작품이 허구가 아니라 사실임을 부각하기 위한 가탁(假託)일 가능성이 크다.

<쌍천기봉>의 작가는 확인할 수 없으나 작품의 수준과 서술시각을 고려하면 경서와 역사서, 소설을 두루 섭렵한 지식인이며, 신분의식이 강한 인물로 추정할 수 있다. <쌍천기봉>은 비록 국문으로 되어 있으나 문장이 조사나 어미를 제외하면 대개 한자어로 구성되어 있고, 전고(典故)의 인용이 빈번하다. 비록 대하소설 <완월회맹연>(180권 180책)에는 미치지 못하지만, 다른 유형의 고전소설에 비

---

1) 심경호, 「樂善齋本 小說의 先行本에 관한 一考察 - 온양정씨 필사본 <옥원재합기연>과 낙선재본 <옥원중회연>의 관계를 중심으로-」, 『정신문화연구』 38, 한국정신문화연구원, 1990.

2) 박영희, 「소현성록 연작 연구」, 이화여대 박사논문, 1994 참조.

하면 작가의 지식 수준이 매우 높은 편이다. <쌍천기봉>에는 또한 집안 내에서 처와 첩의 위계가 강조되고, 주인과 종의 차이가 부각되어 있으며, 사대부 집안이 환관 집안과 혼인할 수 없다는 인식도 드러나 있다. 이처럼 <쌍천기봉>의 작가는 학문적 소양을 갖추고 강한 신분의식을 지닌 사대부가의 일원으로 추정된다.

3. 이본 현황

<쌍천기봉>의 이본은 현재 국내에 2종, 해외에 3종이 있는 것으로 확인된다.[3] 국내에는 한국학중앙연구원(이하 한중연본)과 국립중앙도서관(이하 국도본)에 1종씩 소장되어 있고, 해외에는 러시아, 북한, 중국에 각각 소장되어 있는 것으로 알려져 있다.

한중연본은 예전 낙선재(樂善齋)에 소장되어 있던 국문 필사본으로 18권 18책, 매권 140면 내외, 총 2,406면이고 궁체로 되어 있다. 국도본은 국문 필사본으로 19권 19책, 매권 120면 내외, 총 2,347면이며 대개 궁체로 되어 있으나 군데군데 거친 여항체가 보인다. 두 이본을 비교한 결과 어느 본이 선본(善本) 혹은 선본(先本)이라고 말할 수는 없을 것 같다.[4] 축약이나 생략, 변개가 특정한 이본에서만 이루어져 있지 않기 때문이다.

러시아의 경우 상트페테르부르크레닌그라드 아시아민족연구소 아세톤(Aseton) 문고에 22권 22책의 필사본 1종이 소장되어 있고,[5] 북

---

3) 이하 이본 관련 논의는 장시광, 「쌍천기봉 연작 연구」, 서울대 석사논문, 1996, 6~21면을 참조하였다.

4) 기존 연구에서는 국도본을 선본(善本)이라 하였으나(위의 논문, 21면) 더욱 면밀한 검토가 필요하다.

5) О.П.Петрова, Описание Письменых Памятников Корейской Культуры, Москва: Издальство Асадемий Наук СССР, Выпуск1:1956, Выпуск2:1963.

한의 경우 일찍이 <쌍천기봉>을 두 권의 번역본으로 출간하며 22권의 판각본으로 소개한 바 있다.6) 권1을 비교한 결과 아세톤 문고본과 북한본은 거의 동일한 본으로 보인다. 다만 북한에서 판각본이라 소개한 것은 필사본의 오기로 보인다. 한편, 중국에서 윤색한 <쌍천기봉>은 현재 미국 하버드대학교의 하버드-옌칭 연구소에서 확인할 수 있다고 한다.

필자가 직접 확인하지 못한 중국본을 제외한 4종의 이본을 검토해 보면, 국도본과 러시아본(북한본)은 친연성이 있는 반면, 한중연본은 다른 이본과의 친연성이 떨어진다.

4. 서사의 구성

<쌍천기봉>의 주인공은 두 팔찌를 인연으로 맺어지는 이몽창과 소월혜다. 특히 이몽창이 핵심인데, 작가는 그의 이야기를 작품의 한가운데에 절묘하게 배치해 놓았다. 전체 18권 중, 권7 중반부터 권14 초반까지가 이몽창 위주의 서사이다. 이몽창이 그 아내들인 상씨, 소월혜, 조제염과 혼인하고 갈등하는 이야기가 중심을 이루고 있다. 이몽창 서사의 앞에는 그의 형 이몽현이 효성 공주와 늑혼하고 정혼자였던 장옥경을 재실로 들이는 내용이 전개되고, 이몽창 서사의 뒤에는 이몽창의 여동생인 이빙성이 요익과 혼인하는 이야기가 이어진다.

작가는 이처럼 허구적 인물들의 서사를 작품의 전면에 내세우는 한편, 역사적 사건담으로 이들 서사를 둘러싸는 구성 방식을 취하고 있다. 즉, 작품의 전반부에는 명나라 초기 연왕(燕王)의 정난(靖難)

---

6) 오희복 윤색, <쌍천기봉>(상)(하), 민족출판사, 1983.

의 변을, 후반부에는 영종(英宗)이 에센에게 붙잡히는 토목(土木)의 변을 배치하였다. 그리고 이들 역사적 사건을 허구적 인물의 성격 내지 행위와 연관지음으로써 이들 사건이 서사에 자연스럽게 녹아들도록 하였다. 즉, 정난의 변은 이몽창의 조부 이현이 지닌 의리와 그 어머니 진 부인에 대한 효성을 보이는 수단으로 활용되었고, 토목의 변은 이몽창의 아버지인 이관성의 신명함과 충성심을 보이는 수단으로 제시되어 있다.

물론 작품의 말미에는 이한성의 죽음, 그리고 그 자식인 이몽한의 일탈과 회과가 등장하며 열린 결말을 보여주고 있지만, 전체적으로 보았을 때 역사적 사건이 허구적 사건을 감싸는 형식은 <쌍천기봉>이 지니는 구성상의 특징이라 할 수 있다.

5. 유교 이념과 신분의식의 표출

<쌍천기봉>에는 유교 이념인 충과 효가 강하게 드러나 있고, 아울러 사대부 위주의 신분의식 또한 두드러지게 나타나 있다. 이러한 면에서 <쌍천기봉>은 상하층이 두루 향유할 수 있는 작품이라기보다는 상층민이자 기득권층을 위한 작품임을 알 수 있다.

충과 효는 조선시대를 지탱하는 국가 이념으로, 이 둘은 원래 임금과 신하, 부모와 자식 사이에 상호적인 의리를 기반으로 배태된 이념이었으나, 점차 지배와 종속 관계로 변질된다. 두 가지는 또 유비적 속성을 지녔다. 곧 집안에서 부모에 대한 자식의 효도는 국가에서 임금에 대한 신하의 충성과 직결되도록 구조화한 것이다.

<쌍천기봉>에는 충과 효가 이데올로기화한 모습이 적나라하게 나타나 있다. 예컨대, 늑혼(勒婚) 삽화는 이데올로기화한 충의 대표적

사례이다. 이몽현은 장옥경과 이미 정혼한 상태였으나 태후가 위력으로 이몽현을 효성 공주와 혼인시키려 한다. 이 여파로 장옥경은 수절을 결심하고 이몽현의 아버지 이관성은 늑혼을 거절하다가 투옥된다. 끝내 태후의 위력으로 이몽현은 효성 공주와 혼인하고 장옥경은 출거된다. 태후로 대표되는 황실이 개인의 혼인을 지배하고 있다. 그리고 그 지배 논리를 충(忠)에서 찾고 있다.

효가 인물 행위의 동기와 방향을 결정하는 경우도 나타난다. 부모가 특정한 사안에 대해 자식의 선택권을 저지하고 자신의 뜻을 관철시키려 한다면 그것은 인지상정의 관계를 권력 관계로 변질시켜 버린 것이다. 예를 들어 이현이 자기의 절개를 굽히는 것은 모두 어머니 진 부인에 대한 효성 때문이다. 이현이 처음에 정난의 변을 일으키려 하는 연왕을 돕지 않겠다고 하였으나 결국 어머니 때문에 연왕을 돕는다. 또 연왕이 황위를 찬탈해 성조가 되었을 때 이현은 한사코 벼슬하기를 거부하지만 자기의 뜻을 굽히고 벼슬하게 되는 것도 어머니 진 부인이 설득했기 때문이다. 이외에도 자식은 부모의 뜻에 무조건 순종해야 한다는 논리는 작품 전편에 두드러진다.

<쌍천기봉>은 또 사대부 위주의 신분의식을 드러내고 있다. 이를 선민의식이라 해도 무방하다. 예를 들면, 이몽창이 어렸을 때 집안의 시동 소연을 활로 쏘아 눈을 맞히자 삼촌인 이한성과 이연성이 웃는 장면이라든가, 이연성이 그의 아내 정혜아가 괴팍하게 군다며 마구 때리자 정혜아의 할아버지가 이연성을 옹호하며 웃으니 좌중이 함께 웃는 장면 등은 신분이 낮은 사람, 여자 등의 약자에 대한 인식과 배려가 부족함을 보여주는 대목으로, 신분 차에 따른 뚜렷한 위계를 사대부 남성 위주의 시각에서 형상화한 것이다.

이외에 이현이 자신의 첩인 주 씨가 어머니의 헌수 자리에 나와

앉아 있는 것을 보고 나중에 꾸짖는 장면도 처와 첩의 분별을 분명하게 드러내는 부분이다. 또 이씨 집안에서 이몽창이 소월혜와 불고이취(不告而娶: 아버지의 허락을 받지 않고 혼인한 것)한 것을 알았는데 소월혜의 숙부가 환관 노 태감이라는 오해를 하고 혼인을 좋지 않게 생각하는 장면 또한 그러하다. 후에 이씨 집안에서는 노 태감이 소월혜의 숙부가 아니라 소월혜 조모의 얼제라는 사실을 알고 안도한다. 첩이나 환관에 대한 신분적 차별 의식을 엿볼 수 있다.

6. 발랄한 인물과 주체적 인물

<쌍천기봉>에 만일 유교 이념과 신분의식만 강하게 노정되어 있다면 이 작품은 독자들에게 이념 교과서 이상의 큰 매력을 주지 못했을 것이다. 소설에 교훈이 있다면 흥미도 있을 터인데 작품에서 그러한 역할을 하는 이는 남성인물인 이몽창과 이연성, 주체적 여성인물인 소월혜와 이빙성, 그리고 자신의 욕망을 가감 없이 드러내는 반동인물 조제염 등이다.

이연성과 그 조카 이몽창은 작품에서 미색을 밝히며 여자에 관한 자신의 의지를 밀어붙여서 끝내 관철시키는 인물이다. 그러한 과정에서 독자에게 웃음을 제공하기도 한다. 이연성은 미색을 밝히는 인물이지만 조카로부터 박색 여자를 소개받고 또 혼인도 박색 여자와 함으로써 집안사람들의 기롱을 받고 웃음을 자아내게 한다. 이연성은 자신의 마음에 든 정혜아를 쟁취하기 위해 이몽창을 시켜 연애편지를 전달하기도 해 물의를 일으키는데 우여곡절 끝에 정혜아와 혼인한다. 이몽창의 경우, 분량이나 강도 면에서 이연성의 서사보다 더 강력한 모습을 보인다. 호광 땅에 갔다가 소월혜를 보고 반하는

데 소월혜와 혼인하려면 소월혜가 갖고 있는 팔찌의 한 짝이 있어야 한다는 말을 듣고, 할머니 유요란 방에서 우연히 팔찌를 발견해 그 팔찌를 가지고 마음대로 혼인한다. 이른바 아버지에게 고하지 않고 자기 마음대로 아내를 얻은, 불고이취를 한 것이다.

이연성이 마음에 든 여자에게 연애 편지를 보낸 행위나, 이몽창이 중매 없이 자기 마음대로 혼인한 행위는 현대 사회에서는 얼마든지 있을 수 있는 일이었으나, 18세기 조선의 사대부 집안에서는 있으면 안 되는 일이었다. 이것은 가부장의 권한을 침해하는 매우 심각한 일이었기 때문이다. 집안의 질서가 어그러지는 문제인 것이다. 가부장인 이현이나 이관성이 이들을 심하게 때린 것은 그러한 연유에서이다.

이연성이나 이몽창은 가부장의 권한을 침해하면서까지 중매를 거부하고 자유 연애를 추구하려 한 인물이다. 그리고 결국 그것을 관철시켰다. 작가는 경직된 이념을 보여주면서 한편으로는 이처럼 자유 의지를 가진 인물을 등장시킴으로써 서사의 흥미를 제고하고 있다.

이몽창의 아내 소월혜와 요익의 아내이자, 이몽창의 여동생인 이빙성은 남편에 대한 절대적 순종을 강요하는 이념에 맞서 자신의 주체적 면모를 드러내려 시도한 인물들이다. 결국에는 가부장적 이념에 굴복하기는 하지만 이들의 시도는 그 자체로 신선하다. 소월혜는 이몽창이 자신과 중매 없이 혼인했다가 이후에 또 마음대로 파혼 서간을 보내자 탄식하고, 결국 이몽창과 우여곡절 끝에 혼인하기는 하였으나 그 경박함을 싫어해 이몽창에게 상당 기간 동안 냉랭하게 대한다. 이빙성 역시 남편 요익이 빙성 자신을 그린 미인도를 매개로 자신과 혼인했다는 점에서 그 음란함을 싫어해 요익을 냉대한다. 소월혜와 이빙성의 논리가 비록 예법에 근거한 것이기는 하지만, 남편에 대해 무조건 순종하는 대신 자신의 감정과 호오의 판단을 적극적으로 드러냈다는 점에서 이들의 행위는 의미가 있다.

<쌍천기봉>에는 여느 대하소설에서와 마찬가지로 욕망을 추구하는 여성반동인물이 등장하는데 이 작품에서 그러한 역할을 하는 인물은 이몽창의 세 번째 아내 조제염이다. 이몽창은 일단 조제염이 늑혼으로 들어왔다는 점에서 싫었는데, 혼인한 후 그 눈빛에서 보이는 살기 때문에 조제염을 더욱 싫어하게 된다. 이에 반해 조제염은 이몽창에 대한 애정이 지극하다. 그러나 조제염의 애정은 결국 동렬인 소월혜를 시기하고 소월혜의 자식을 살해하는 데까지 연결된다. 조제염의 살해 행위는 물론 어느 사회에서든지 용납될 수 없는 것이다. 그러나 그녀가 그렇게까지 행동하게 된 원인을 짚어 보면, 그것은 처첩을 용인한 가부장제 사회에서 비롯되었음을 알 수 있다. 또한 남성의 애정이나 성욕은 용인하면서 여성의 그것은 용인하지 않는 차별적 시각도 한 몫 하고 있다. 조제염의 존재는 이처럼 가부장제의 질곡을 드러내는 기제이면서, 한편으로는 갈등을 심각하게 부각시킴으로써 서사를 흥미로운 방향으로 이끌어가는 역할을 한다.

7. 맺음말

<쌍천기봉>은 일찍이 북한에서 번역본이 나왔고, 러시아에서도 관심을 가지고 소설 목록에 포함시킨 바 있다. 사회주의 국가에서 이처럼 <쌍천기봉>을 주목한 것은 '자유로운 사랑에 대한 열렬한 지향과 인간의 개성을 억압하는 봉건적 도덕관념에 대한 반항의 정신이 구현되어 있기'[7] 때문일 것이다. <쌍천기봉>에 비록 유교 이념이

---

7) 오희복 윤색, 앞의 책, 3면.

부각되어 있지만, 또한 주인공 이몽창의 행위로 대표되는 반봉건적 성격이 내재되어 있음을 주목한 것이다. 일리 있는 해석이다.

<쌍천기봉>에는 여성주동인물의 수난과 여성반동인물의 욕망이 부각되어 있는데, 이것들은 당대의 여성 독자에게 정서적 감응을 충분히 불러일으킬 수 있는 소재들이다. 아울러 명나라 역사적 사건의 배치, <삼국지연의>와 같은 연의류 소설의 내용 차용 등은 남성 독자에게도 매력적으로 보이는 소재였을 것이다. 그리고 이 소설이 지닌 이러한 매력은 당대의 독자에게뿐만 아니라 현대의 독자에게도 충분히 흥미로울 것이라 기대한다.

장시광

전북 진안에서 출생하여 서울대학교에서 고전소설에 관한 연구로 문학박사 학위를 받
았다. 서울대 강사, 아주대 강의교수 등을 거쳐 현재 경상대학교 국어국문학과 교수로
재직 중이며, 경상대학교 여성연구소 부소장을 맡고 있다.
논문으로 「대하소설의 여성반동인물 연구」(박사학위논문), 「여성영웅소설에 나타난 여
화위남의 의미」, 「대하소설 갈등담의 구조 시론」, 「운명과 초월의 서사」, 「대하소설의
호방형 남성주동인물 연구」 등이 있고, 저서로 『한국 고전소설과 여성인물』이 있으며,
번역서로 『조선시대 동성혼 이야기:방한림전』, 『홍계월전:여성영웅소설』, 『심청전: 눈
먼 아비 홀로 두고 어딜 간단 말이냐』 등이 있다.
현재 고전 대하소설의 현대화 작업에 주력하고 있으며, 고전 대하소설의 인물과 사건
등에 대한 연구를 진행 중이다. 이후 고전 대하소설의 현대화 작업을 완료하는 것을 목
표로 하고 있다. 아울러 고전 대하소설의 창작 방법 및 대하소설 사이의 층위를 분석하
려 한다.

(팔찌의 인연) 쌍천기봉 3

초판인쇄 2018년 2월 28일
초판발행 2018년 2월 28일

지은이 장시광
펴낸이 채종준
펴낸곳 한국학술정보㈜
주소 경기도 파주시 회동길 230(문발동)
전화 031) 908-3181(대표)
팩스 031) 908-3189
홈페이지 http://ebook.kstudy.com
전자우편 출판사업부 publish@kstudy.com
등록 제일산-115호(2000. 6. 19)

ISBN 978-89-268-8212-2 04810
       978-89-268-8226-9 (전9권)